Best Time

白马时光

明开夜合 著

露水的夜

（全2册）

上

江苏凤凰文艺出版社
JIANGSU PHOENIX LITERATURE AND ART PUBLISHING

图书在版编目（CIP）数据

露水的夜 ：全2册 / 明开夜合著. — 南京 ：江苏凤凰文艺出版社，2023.6
ISBN 978-7-5594-7641-8

Ⅰ. ①露… Ⅱ. ①明… Ⅲ. ①长篇小说一中国一当代 Ⅳ. ①I247.5

中国国家版本馆CIP数据核字(2023)第047884号

露水的夜：全 2 册

明开夜合 著

责任编辑 刘洲原
特约策划 张 丝
特约编辑 张 丝 陆珍珠
封面设计 小茜设计 Miniqian Designstudio/QQ:310094811
出版发行 江苏凤凰文艺出版社
南京市中央路 165 号，邮编：210009
网 址 http://www.jswenyi.com
印 刷 三河市金元印装有限公司
开 本 880 毫米 ×1230 毫米 1/32
印 张 18
字 数 568 千字
版 次 2023 年 6 月第 1 版
印 次 2023 年 6 月第 1 次印刷
书 号 ISBN 978 - 7 - 5594 - 7641 - 8
定 价 69.80 元（全 2 册）

Be my faith.

Yes, I do.

______________________，

这本书适合______________看。

____

____

____

____

叶冼体范本：	南嘉，这本书适合雨天的时候看。 我建议你坐到窗边，最好是能看见高楼和天空的地方。 是个有点沉闷的故事，但看完倒不觉得沉重。 不开心没关系，不开心不是原罪。 叶

目录

contents

Contents

她是他的每个清晨

/ 第一章 /

冷涧深雪

南笳和周濂月认识，是因为解文山老师，否则她多半一辈子都接触不到这样金字塔顶端的人。

那真是乱糟糟的一天——

话剧团今年新排了一出剧目，沉浸式的先锋题材，首演超出预期地成功。

剧团定了第二天庆功，从傍晚一直喝到深夜。

南笳在包房里睡了一觉，醒来已经快到晚上十一点了。包房里太吵，南笳这一阵又缺觉少眠，实在扛不住了，准备先走。

好友陈田田喝得半醉，头疼欲裂，因为南笳住得不远，就想去她家借住一晚。

南笳叫了部车，载上陈田田一块儿走了。

出租车停在胡同口，南笳习惯性地往沿街的铺面那儿看了一眼——解文山老师开了一家专售旧书古籍的书店，就在这条街上。

已经要到夜里十一点半了，书店一楼的灯还亮着。

南笳觉得有点儿奇怪，一时驻足。

解文山的书店属于商业和居住两用，一楼卖书，二楼居家。他上了年纪，觉变少了，又嗜好看书，一般晚上书店关门以后，还要看书写字一两个小时才会上床。但无论如何，通常不会晚过十一点，他就一定会关了一楼的门上楼去。

南笳扶了扶半挂在自己身上的陈田田：“还站得稳吗？你等我一会儿，我去跟解老师打声招呼。”

陈田田也是认识解文山的，曾经跟南笳一起去他那儿蹭过饭，便说：“我也去。”

书店门没关，南笳径直推门进去。店里亮着灯，香插里檀香未灭，前堂却没人。

南笳更觉奇怪。这不是解老师的风格，他只要出门，总会记得熄灭一切明火，怕引起火灾。

南笳唤了两声，没听见声响，见通往后间的移门开了一线，便说了一声“打扰了”，将门推开。

解文山双目紧闭，瘫倒在水泥地上，像是一摊没了形状的橡皮泥。

南笳腿都吓软了，稍微镇静一会儿，几步跑过去，“扑通”一声跪在地上，轻搡解文山的肩膀，对方毫无反应。她哆嗦着伸手摸他的颈侧大动脉，还有脉搏。

她立即吩咐陈田田：“田田，打 120！”

陈田田也被吓清醒了，赶紧掏出手机打急救电话。

南笳经历了有生以来最漫长的五分钟，直到外头传来救护车急促的声响。

南笳和陈田田跟着救护车去了医院，解文山直接被推进急救室。

南笳等在走廊里，背靠着墙壁，一背的冷汗，全身发凉。

陈田田捉住她的手，轻轻捏了一下：“还好吧？”

南笳无声地点头。

“放心，解老师一定能化险为夷。”

“嗯。”

陈田田又问：“想来根烟吗？”

“这里不让。”

“外面抽去？”

南笳笑了笑：“没事，不用的。你陪着我我已经好多了。”

南笳强迫自己到长椅上坐下，耐心地等。

度秒如年，不知道过去多久，总算等到“急救中”的灯灭了。

一个护士推门出来通知她，解文山已经脱离危险，一会儿就会转到病房去。

约莫十分钟，解文山被推了出来。他鼻孔里插着氧气鼻管，看着只像是睡得很沉。南笳有点儿不敢确定，用手碰了碰他的手臂，皮肤是冰凉的，但她大拇指触到了他手腕的脉搏，总算放心了些。

南笳去办了住院手续，回到病房，守了半个多钟头，解文山苏醒了。

护士过来做了些检查，体征一切正常，南笳放下心来，准备回去给解老师收拾几身换洗衣物再送过来。

南笳让陈田田跟她一块儿先回去，拿上她家的钥匙先去休息。

医院离解文山的书店很近，打个车只要十分钟。

书店里灯还亮着，门没锁，不过“暂停营业”的牌子挂了出来，兴许是邻居帮忙挂的。

南笳进屋去，收拾了衣服、洗漱用品、身份证和医保卡，走到门口，又折回来，从书架上拿了两本书。

关了灯，走出门，她正准备锁门，忽听身后有停车声。

转头，隔着夜色，南笳眯眼一看，发现路边停了辆黑色轿车。

车门打开，后座下来一个陌生男人，白衣黑裤的简单打扮，但身形修长挺拔，戴一副细框眼镜，有种清冷孑然的气质，与这市井之地有点儿格格不入。

男人的目光十分平淡：“解老师已经休息了？”

南笳问：“您是过来买书的？”

“不是。路过这儿，方才看店里还亮着灯，顺便过来打声招呼。”

“您是……”

“解老师的学生。”

“那不巧，解老师住院去了。”

男人顿了顿：“什么时候的事？”

“就刚刚。急性心肌梗死，送医院及时，没大碍，就是要住几天院。”

男人看了她一眼：“你送的医院？”

南笳点头：“我是解老师的邻居。您要去医院瞧瞧吗，或者给解老师打个电话，再约时间？”

男人往她手里提着的东西看。

南笳意会："哦，这都是给解老师的东西，准备去趟医院给他送过去。"

男人往旁边迈了一步，伸手，拉开了车门："麻烦带我过去看看。"

南笳犹豫一霎，还是上了车。后座很宽敞，南笳在左边的座位坐下，将装东西的两只纸袋放在自己双腿上。

车里十分安静。

南笳拿眼角的余光去看身侧的男人，他跷腿闲散坐着，手肘撑在车窗框沿上，转头看着窗外，窗户玻璃映出一张没有半分情绪的脸。

南笳嗅到空气里有一股冷冽的雪松味，过足的冷气把这车厢营造得像在冬日里。

她没有出声，而显然男人也认为两人没有互相认识的必要。

他们一路沉默着到了医院。

南笳率先推开病房门，走过去确认解文山是醒着的，低声说："解老师，您有个学生过来探望您。"

解文山偏头看了一眼，很是惊讶，手掌撑着床沿想坐起来，声气虚弱地说："濂月？你怎么来了？"

那个男人几步走过去，伸手按了按解文山的肩膀："您躺着，好好休息。"

解文山强打精神地笑了笑："今天都这么晚了，怎么不明天再抽空过来？"

"正好顺路。"男人没多解释什么，伸手拿起床头柜上的住院单瞧了瞧，"要住几天院？"

"一周多。"

"我叫人安排护工照顾您。"

解文山局促极了："不用，这太麻烦你了。"他瞧了瞧南笳，那表情有点儿像是期望她能说点儿什么。

南笳便说："我陪护就行了。"

男人甚至都没看她一眼，只问解文山："您觉得呢？"

他说话一直是平声静气的，但无端地予人以压迫感。

南笳微微耸耸肩，瞧了一眼解文山。

明显解文山已经向他这位学生妥协了，嗫嚅片刻后说道："那都听濂月你安排吧。”

一会儿，有护士过来叫他们早些离开病房，时间太晚了，病人都要休息。三人间没有陪床条件，也用不着陪床，每隔一小时就有护士过来巡逻，出不了什么事。

如此一来，南笳便对解文山说：“解老师，那我先走了，明早再过来看您——哦，给您带了两本书，精神好些的时候可以看看，打发时间。”

解文山笑笑：“还是小笳你了解我。”

立于一旁的那个男人似乎没有要走的意思，仿佛是要跟解文山单独再说两句话。

南笳没再说什么，走出病房，顺手掩上了门。

医院大门外，车流稀疏，长明的路灯也显出几分困倦。

南笳有种心有余悸的感觉，从提包里拿出烟盒和打火机，点了一支烟。

她穿了一身黑色——吊带上衣、皮裙和马丁靴，浓妆，散着一头卷发，是适合喝酒蹦迪的装扮。她是直接从酒吧回来的，遇上了解文山发病这档子事，衣服都没空换。

深更半夜一个人在路边徘徊，又是这样一身打扮，叫人误会也难免——南笳正抽着烟，眼角的余光里瞧见前面一辆明黄色的跑车驶了过来。

跑车一个急刹，停在她跟前。车窗落下，驾驶座上有个男的偏头朝她这边望，吹了声口哨：“美女去哪儿？请你喝酒？”

南笳懒得理。

那男的阴阳怪气地“哟”了一声：“欲擒故纵啊？”

南笳依旧爱搭不理。

那男的非但没被劝退，反而似乎更来了斗志，笑说：“我诚心的，什么条件美女只管提。”

南笳咬着细细的烟，腾出手，冲对方比了个不甚礼貌的手势。

男的自讨没趣，骂了句脏话，终于一踩油门走了。

南笳不过掀了掀眼皮，神情平淡地继续抽烟。手机响起微信提示，她摸出来看了一眼，状态栏里数条未读消息，一时都懒得点开看。

她抬眼朝路边张望，想瞧瞧有没有空出租车，一转头却微微愣住——前方有台自动售货机，解文山的那个学生站在旁边，手里也拿着一支烟。

他在那儿多久了？南笳眯了眯眼。

路灯是暖黄的，但奇怪的是，他在暖色的调子里显得更冷，瞧过来的目光也毫无温度，只有一种似乎身处万事之外的淡漠。

男人问："贵姓？"

南笳有点儿纳闷他突然而来的好奇心："南。南笳。"

男人向不远处投以目光："我送南小姐一程。"

南笳顺着他的目光看去——他的车停在那儿。

那辆黑色轿车的品牌很低调，车牌号却不低调，字母 A 打头，后头接续一串连号的数字。

南笳笑了一声。难道这人，甚至不屑与她同等地自我介绍一句吗？

"那请问您贵姓？"

男人瞥她一眼，这才说："周。"

这实在是一个很好看的男人，是她日常生活中极少会碰到的那一种类型。她觉得文学作品里动不动形容人像石膏雕像很没有想象力，但细看周濂月又想不出什么别的形容词。

他像是冷涧深雪——总归都是些没有活人气息的东西。

不管是车牌号彰显出的非富即贵，还是他这性格，都让南笳不大敢深入跟他打交道。

"周先生，谢谢你的好意，不过我已经叫了车。"

周濂月眼镜之下的目光平静无波，并不再邀请第二次，他收回目光，转身朝停车的地方走去。

南笳解锁手机，叫了一辆车。

等车来的时间，她走到了周濂月方才所站的地方。自动售货机亮着灯，里头的饮料瓶整齐地陈列着，有种清凉的洁净感。

南笳弯腰研究了一会儿，伸手按了一罐可乐。

可乐罐滚落下来，落在取货通道里。

南笳俯身拿出来，吊带的肩带顺着肩头往下滑落些许，她直起身后，不甚在意地拉了一下。

她咬着烟，一手拿着易拉罐，一手扣开了拉环，“砰”的一声喷出气泡。

仰头喝了一口，忽然感觉有人在看她。

南笳抬眼看去，前方周濂月的车正飞驰而过。

车窗半落，她与周濂月的视线一霎交汇，又倏然错过。

南笳到家时已过凌晨。

陈田田在她的旧沙发上等得睡了过去，听见敲门声才迷迷糊糊地爬起来开门，打着呵欠问她：“医院那边处理完了？”

“嗯。你洗过澡了？”她看陈田田穿的是她的睡衣。

“洗过了，你也赶紧去洗了睡吧。”

“好。你先去吧。”

南笳脱了衣服，穿着内衣去浴室卸妆。

她租的是胡同里的四合院，被房东重新装修过，设施倒是齐全，不过条件也就那样，门歪窗斜的，花洒老坏，马桶老堵。这些小毛病她都能将就，主要是住习惯了，也喜欢这附近便利的生活条件，加之离解文山那儿近，有个说话的人，不那么孤独。因此南笳毕业之后就一直住在这儿，没换过。

南笳拿蘸了卸妆水的化妆棉敷在眼睛上，听见陈田田在卧室里喊她：“笳笳，你有语音电话。”

南笳扔了化妆棉，抽了一张洗脸巾胡乱擦了一把脸，飞快地走回卧室。

手机电量只有不到百分之五了，还在尽职尽责地站最后一班岗，南笳说：“早知道上个月不换新手机了。”上个手机电量低于百分之十的时候会随时在任何一个节点突然关机。

“什么？”

“没。”南笳将手机调成静音，丢到一旁去，“你睡吧。”

“谁打的？”

“郑瀚。”

“还缠着你呢？”

“嗯。”

“你不是已经拒绝他了吗？”

“话说轻了他装傻，说重了我又不敢，大人物我惹不起，撕破脸最后倒霉的还是我自己。”南笳妆卸了一半，脸上黏糊糊的很难受，“你快睡吧，不用管我了。”

等卸完妆、洗完澡，南笳躺在床上，累过头了却毫无睡意。

一旁的陈田田睡得很香，偶尔换成仰躺的睡姿，发出轻微的鼾声。

南笳爬起来，到门前的台阶上坐着抽了支烟。

四四方方的院子，框着一方暗沉沉的天空，只有远处一盏路灯越过围墙，发出萤火虫似的一点光芒。

隔天早上，南笳没叫醒陈田田，由她睡到自然醒，自己则买了些水果，去医院探望解文山。

到了病房，解文山睡的那张床却是空的，南笳一打电话才知道，他调到VIP病房去了。

南笳找到新病房，看见解文山穿着蓝色条纹病号服，靠坐在病床上，面色有几分憔悴，但精神似乎还行，正在翻南笳给他带的书。

南笳问他：“吃过早饭了？”

解文山把书往旁边一盖，笑着说：“吃过了。”

“护工给您送来的？”

解文山点头。

南笳玩笑道：“您这个学生，一定来头很大吧？”一句话就能把人换到VIP病房。

一提到周濂月，解文山便显出三分的局促：“兴许是吧，反正是我平常打不上交道的那一类人。”

“怎么会？多少达官贵人找您求赐墨宝，他不至于比这些人还厉害吧？”

“我也说不清他具体是做什么的，一直也没问过。”

“不是您学生吗？”

“学生和学生也不一样。”

“怎么不一样？”

解老师没细说。

南笳笑笑："他是您刚收的？您的学生我能数个七七八八，倒是第一次见这位。"

"那倒不是。我跟他认识也有三年了。"

"我好像真没见过这位。"

"可能是不凑巧。"解文山明显不想多聊，换了话题，"对了，小笳，我还没谢谢你，要不是你……"

"别煽情，您知道我讨厌这个。"

解文山笑了："那我不说了。"

南笳跟解文山认识有四年多了，解文山年过六旬，终身未婚，膝下无儿无女，也没见有别的什么亲人。

起初南笳觉得解文山怪可怜的，这么一孤寡老头儿，独自守着这么一爿小店。久了才发现，跟解文山来往的那些人，个个有来头。后来一时兴起去搜他的资料，才知他曾经是书法协会的副主席。

北城就是一这么神奇的地儿，再怎么不起眼的一个老头儿，也有可能是大隐隐于市的扫地僧。

解文山很照顾南笳，念及她是外地姑娘，在北城打拼不容易，逢年过节，总会叫上她去他那儿吃饭。

解文山博览群书，性格儒雅随和，兼有三分风趣。做饭手艺也好，红烧鱼做得一绝，不比外头的高级餐厅差。

能蹭饭，又能听解文山讲古，南笳简直求之不得。

南笳在北城的朋友很多，但真正称得上像是亲人的，解文山是为数不多的几个之一。

南笳从自己给解文山带的水果里拿了个橙子出来，她拖开椅子在病床旁边坐下，边剥边说："对了，跟您说个事。"

解文山看她。

"我上周不是跟您说，我接到了一个角色，不久就要进组吗？"

"这事……"

"黄了。"南笳很平静。

解文山比她更失望："不都签过合同了，这也能反悔？"

南笳笑笑："人家也是混口饭吃，不想惹麻烦。"

"这种不讲信义的剧组，不去也罢——小笳，你别失望啊，以后肯定多的是机会。你业务能力这么强，大红大紫的时候在后头呢。"

"但愿吧。借您吉言！"

说着话，南笳的手机响了起来。她腾出手拿出来看了一眼，是郑瀚拨来的。她把剥好的橙子掰成两半，递到解文山手里，扯了张面巾纸擦擦手："我出去接个电话。"

南笳拿上手机走到病房外，顺手掩上门。电话接通，郑瀚的声音里带了点儿宿醉未醒的含混："哪儿呢？我去接你，一块儿吃早餐去。"

南笳笑笑："医院里。我有个朋友病了。"

"搪塞我也不带拿你朋友开玩笑吧？"

"真的，要不郑少拨视频过来看？"

"那你自己说个时间——南笳我告诉你，欲擒故纵那也得适可而止，多了就没意思了啊。"

南笳在心里骂脏话，语气倒还是笑嘻嘻的："我哪儿敢对郑少欲擒故纵呀——下周？下周我朋友就出院了。"

一周后，解文山恢复得不错，如期出院。

这期间，南笳倒没再见过周濂月。

解文山出院之后就在店里将养，搬书理书这些笨重的活计，南笳有空就去帮他做了，解文山只用干些不费事的，倒也不影响书店的正常经营。

老实说，书店生意也就这样，卖的都是些佶屈聱牙的"老古董"，除了老主顾，根本没什么新客和散客。

南笳有别的事情烦心——郑瀚下了最后通牒，她敷衍不过去了。

周濂月在朋友的场子里，再次碰见南笳。

屈明城新开了一座庄园式度假酒店，吃喝玩乐一应俱全，只对会员开放。周濂月拗不过他的一再邀请，过去捧捧场。

他俩打小的交情，生意上关涉不大，反倒能成为关系较为纯粹的朋友。

屈明城亲自到门口去接上周濂月，一边带他往里走一边介绍，这里头的装修一水儿的日式风格，那是温泉，那是咖啡厅，那是娱乐中心……瞧见庭院里那棵槭树没有？花大价钱从日本移植过来的，等秋天一到，红得那叫一个漂亮。

他见周濂月不甚有兴趣，便问："老周，你有什么想法？我这地方还算地道吧？"

周濂月说："多折腾这些花架子，你赔得更快。"

屈明城笑说："这回我还真不信邪。"

他俩穿过走廊，屈明城一停，往一旁的一间房里瞥了一眼，里头有个他的熟人："老周你先去茶室坐会儿，我打声招呼再过去找你。"

走廊尽头便是茶室，很地道的日式风格。

周濂月走到窗户边上，松了松衬衫领口，点了支烟。抽了两口，忽听外头庭院里有说话声。

屈明城高价移植的那棵槭树下，有两个搂抱在一起的身影。

周濂月挺厌烦这些事，刚准备从窗户边离开，那其中说话的女声却叫他脚步一顿。

隔了一段距离，夜色又暗，面容看不清，但声音很耳熟。是熟悉的音色，却不是熟悉的语调，那黑暗中的轮廓，似乎是男人双手紧紧搂着那女人的腰，而女人带笑的声音甜腻、虚浮极了，像盛了一碗蜜，苍蝇下脚都嫌黏重。

男人明显喝了酒，说话大着舌头，语气更轻浮不过："今儿跟我走？你找借口的次数够多了，我够能忍你了。"

女人便以那甜腻的声音哄道："哪有故意找借口，真是因为朋友生病了。你看，今天不就来赴约了吗？"

男的笑了一声："那跟不跟我走？"

"我能提个条件吗？"

"能啊。我是那种小气的人？只管提！我们郑家你还不知道，什么门路没有？"

女的笑着附和两声："那郑少知道我是演员吧？"

"知道。你们那小剧场叫什么来着？下回给我两张票，我去瞅瞅。"

"有机会一定请郑少去捧场——这不是前阵子我接了个戏，我以前得罪过人，剧组怕事，就换了个人顶上去。郑少有办法帮我拿回来吗？”

“这还不容易？我不就做这行的吗？那我要是答应你了，你今晚……”男人向女人凑拢，一时压低了声音。

女人笑得花枝乱颤：“那当然。郑少想做什么，我都奉陪……”

男人的声音都哑了两分，两手在女人的腰间流连，问道：“那你说说，你得罪了谁？”

“邵家。”

男人的动作肉眼可见地一滞：“……哪个邵家？”

“北城有几个邵家？”

男人以极快的速度一把推开了女人：“南笳，你玩我是吧？”

“不是郑少自己说的吗？有什么难处都可以提，这就是我的难处呀。”女人的语气十分无辜。

“……你真得罪了邵家？”

“我敢开谁的玩笑，也不敢开邵家的呀！”

男人不说话了，顿了一会儿，退后一步，骂了几句脏话，转身气急败坏地走了。

黑暗里，剩下的那身影一动也不动。

片刻后，她蹲下身，一阵窸窣声响过后，黑暗里突然燃起一捧火光。

周濂月随手将烟按灭在了烟灰缸的碎米石子里，朝通往庭院的那扇门走去。

日式的庭院，步道由鹅卵石砌成，沿路地灯昏暗，唯独那树下的火光亮得很。空气里有烧焦的气味，十分明显，怕是过一会儿，就有人要过来灭火了。

周濂月加快了脚步。

许是听见了脚步声，南笳转头看了一眼。

火光将她照亮了——她穿着一条黑色紧身连衣裙，低胸，裙子长度只到膝盖以上，妆容比头一回见她时更浓，但似乎故意没好好化，显得十分艳俗，与她身上这条既露大腿又露胸的连衣裙一样。但她的目光却像清霜一样冷，和方才黑暗里曲意逢迎的样子判若两人。

她手里捏着一包烟和一只打火机，目光平静，说不上有什么情绪。而她只看了一眼，就转回头去。

周濂月站在她身后，看向被烧着的东西——那像是份文件，有彩色记号笔涂画的痕迹，细看内容格式，挺像剧本。

盛夏的夜里，空气依然溽热，燃烧的这一丛火，更加剧了这份热度。

他暴露在外的手腕和手背，能直观感受到这热浪，一息一息地扑上皮肤。

纸张卷边、燃烧、焦枯，渐次成为灰烬。

烧到最盛的时候，南笳细长的手指将烟盒一揭，拿出一支香烟，将烟头凑拢那火焰，而后点燃。

拿辞藻与句章点烟。一种毁灭感的浪漫，像诗人做的事。

周濂月这时沉缓出声："你找错了人做交易。"

南笳没什么表情。

"郑瀚家里经营邵家的下游配套产业，他招惹谁也不敢招惹得罪邵家的人，甚至骗都不敢骗你，怕惹一身腥。"

周濂月的语速不急不缓，完全是陈述客观事实的冷静声调。

南笳挺意外他有耐心同她解释这么多，可她并没有耐心同他解释，她根本也没想跟郑瀚做交易。

她笑了一声，就这么抬眼向上盯着周濂月，刻意拿那泛着甜腻的语气笑问："那周先生就是那个对的、能做交易的人？周先生就敢招惹邵家吗？"

周濂月顿了似乎都不到两秒，眼镜后清冷的目光扫她一眼："有何不可？"

南笳一愣。他的话，从措辞到语气，都有不容置喙的说服力。

南笳不喜他居高临下的审视，当即站起身，但身高差距在那儿，并没有使这被俯视的压迫感有所消减，于是又下意识地后退了半步。

周濂月看她："不想要？"

南笳缓缓地呼吸片刻，又笑了笑："代价是？你给得起我想要的，我不见得给得起你想要的。"

"没有给不给得起——"周濂月看她的目光十分安静，让她想到某一天剧场演出结束后回家的路上，在深夜的路口抬头看见的那一轮幽冷的月亮，"只有愿意不愿意。"

坦白说，南笳从来不信“美而不自知”这句鬼话。

她太知道自己长得还不赖了。出去吃饭，十回有九回都被要微信，而且她又是北城电影学院那一届的艺考和文化课的第一名，一贯不苟言笑的班主任都曾对她报以“星途坦荡”的期许。

她十九岁拍了自己的第一支广告——国民品牌的橘子汽水，在一些盘点古早广告的剪辑视频里，她露脸的画面瞬间被弹幕铺满，都在问这是谁，说要一分钟内得到她的全部资料。

——七年前算不算古早呢？但无论如何，那些风光已是七年前的事了。

这个圈子里，美貌稀缺吗？稀缺也不稀缺。稀缺是相对于大众层面而言，可当她身处的环境里个个都是俊男靓女，她不会觉得长得好看是一件多了不起的事。

南笳说不出周濂月的来历，但也知道他是金字塔顶端的人。美貌于他这样的人，是最最不稀缺的东西。

十九岁的她相信，一定会有男人对她一见钟情，为她赴汤蹈火。

可现在是二十六岁的她。

二十六岁的南笳，早就被蹉跎得没有一点儿所谓“美人”该有的自傲和骄矜。她照镜子时自己都能看出，程式化的笑容有多腻味。

可如果周濂月不是图她的外表，又图什么？

总不会是图她的灵魂？

她自己想想都要发笑。

南笳沉默的时候，那丛火渐渐地烧完了。

她刚要开口，周濂月却先一步截断她：“不用着急给我答复，你考虑清楚。”

他转头睨了一眼，因为茶室那头的屈明城在叫他。

他没应，又转过头来看眼前的人：“我叫人送你回去。”

南笳不想逞强了，今晚真叫她恶心透了，郑瀚恶心，自己也恶心，于是没有拒绝周濂月的好意。

周濂月给司机打个了电话，而后向停车场的方向一指：“我的车你应该认识。”

“谢谢。”南笳说完，又看了看地上那堆灰烬。

周濂月说：“不用管了。我叫人来打扫。”

车开到胡同口，南笳瞥见解文山的书店还亮着灯，她没过去打招呼，下车之后就直接回家了。

到家以后，南笳给陈田田发了条消息，告诉她郑瀚的事情已经解决了。

陈田田请她出去吃夜宵，她说再说吧。

南笳黄掉的那个演网剧的机会，是话剧团背后的大老板丁程东介绍的。

丁程东是做生意的，一个没什么文化的土老板。十年前娶了个演话剧的老婆，后来老婆难产，大人小孩儿都没保住。

年景不好，与文化相关的产业都挺难存活，丁程东亡妻待的那个话剧团也快解散了，攥在手里的几出剧目都要卖给别人。

丁程东跟他老婆谈恋爱那阵儿没少在话剧团里鬼混，为留住点儿两人的共同回忆，丁程东一咬牙就盘了这剧团，拉扯至今，后续又拉了些投资，聘了个专业的主理人。前些年一直在赔钱，如今勉勉强强收支相抵。

南笳是毕业两年后加入的，起初只演名字都没有的配角，慢慢地也混到了主角，还是 A 角。

丁程东老婆跟南笳老家是一个地方，都是南城人，因为这，他一直挺照顾南笳。

有一阵团里风言风语，传得很难听，丁程东揪出几个起头的，直接跟人干了一架。

他撂了话，这辈子不会有他老婆之外的女人，不然叫他出门就被车撞死。

大家被这毒誓震住，往后再没传过这种流言。

私底下，丁程东挺煞有介事地对南笳说：“南笳，我对你完全没想法，你这种小丫头片子我一点儿兴趣都没有。要是你对哥有兴趣，那哥只能提前对你说句抱歉了。”

南笳哭笑不得。

丁程东认识些做影视投资的人，也输送了团里不少演员去拍戏，这回这部网剧虽说是小成本，但主创团队都挺有诚意，他就给南笳争取到了一个演配角的机会。

他一直觉得南笳很有资质，应该往更大的平台去。不就是得罪个人嘛，那人还能时时刻刻盯着不成？这事不就是饿死胆小的撑死胆大的。

然而可惜，南笳得罪的人就是这样手眼通天，放话说要封杀她，就一定不会叫她在任何正儿八经成规模的影视剧里露头。

南笳请丁程东吃铁板烧赔罪，辜负他的一番安排。

丁程东嫌弃铁板烧不过瘾，到嘴的食物有一茬儿没一茬儿的，还不如在胡同里找家烧烤店，三十串羊肉下肚，什么都舒坦了。

南笳吐槽他不识货："这是新开的网红店，知道号多难排吗？我托了多少关系才订到的座。"

插科打诨过才进入正题。

丁程东说："南笳，你没对不起我，我就只干了点儿牵线搭桥的事。反倒我觉得挺对不起你的，要是哥混得再成功一些，指不定就不用叫你受这鸟气。"

南笳笑说："以我们凡人的资质，混得多成功都没用。人家不用我，仍然是一句话的事。"

丁程东不知道第几次问她："所以，你到底怎么得罪了邵家的人？"

南笳摇头："你不知道比较好。"

她拿起啤酒瓶跟丁程东碰杯，不想继续聊这事。她让丁程东讲点儿开心的，正准备听他分享他上次差点儿被人讹了一百万买一个紫砂壶的故事，忽听有人叫她。

南笳回头一看，是张很熟悉的脸，她本科时的同学庄安娜。

毕业后南笳就没见过她，庄安娜现在混得马马虎虎，前阵子演了个蛇蝎美人，小火了一把，南笳看见她给新戏打广告还点过赞。

庄安娜确认是南笳之后，流露出了强烈的斗志，摇曳生风地走过来，笑说："南笳？真是你啊！我都以为你已经回老家发展了。"她说话时目光在打量丁程东，可能以为这是南笳的男朋友。

南笳只能笑笑："好久不见。"

"是挺久的，毕业以后就没见过了吧？也没见你拍戏。你现在还在做这行吗？"

“不做了。”

“那做什么？”

“没工作，靠人养。”

庄安娜看向丁程东。南笳点头：“对。就他。我老公。山西开煤矿的。”

庄安娜拖长声音，意味深长地“噢”了一声：“也挺好。做家庭主妇多稳定啊，不像我们，演员说出去光鲜，吃苦全在人后。”

南笳说：“那要不你也嫁人？我老公有挺多兄弟，也都是开煤矿的。可以介绍给你，我们做妯娌啊。”

庄安娜的表情像咽下了一只苍蝇。

南笳乘胜追击：“你坐哪桌啊？要不过来我们一起坐，好好聊聊这事？”

庄安娜可是女明星，而女明星是不会输的：“不用。我跟李导约了要聊新戏，一会儿人就到了。你们慢慢吃，有空找我约饭啊。”

南笳笑说：“那你下周五有空吗？”

庄安娜慌了，好像生怕南笳像狗皮膏药一样贴上去。

她朝门口张望：“李导好像到了，我去接一接。先失陪了。”

溜得好快。

丁程东早就憋不住笑了：“这人谁啊，至于你杀敌一千自损八百？”

“东哥你看过我橘子汽水的广告吧？”

“看过啊，挺经典的。”

“那就是我当年最终打败她拿下的。”

“嗬，你还有这种英勇事迹？”

“可不是。”

这顿饭结束散场时，丁程东问南笳：“最近和叶冼见过吗？我听说他要离开北城回老家了，这事是真的？”

南笳心里一惊：“我不知道，他没对我说过。”

叶冼的工作室在近郊的一个工业区改建的文化园区里，那里租金低，也不怕扰民。

纯砖墙的建筑，工业风格，各种管线直接暴露在外，有种粗犷的美感。

夏天的时候，外墙上那一丛爬山虎生得郁郁葱葱，南笳每回过去都要在外面观赏好一会儿。

一楼的大厅里，堆放着各式各样的乐器，南笳进门的时候，叶洗正在擦拭吉他。

不是错觉，她真感觉出叶洗有要走的迹象，平常他的工作室乱得无处下脚，今天却收拾得一干二净。

她怀疑叶洗在清点工作室的资产。

南笳笑问："叶老师，做扫除呢？"

叶洗手里动作一停，抬头看了看，笑了，将吉他往旁边的皮沙发上一放，起身说："怎么有空过来？"

南笳玩笑："过来看看叶老师有没有好好吃饭。"

叶洗笑了："那你吃过晚饭了吗？"

"没呢。"

"我这儿有中午打包的剩菜，要不介意……"

"不介意，不介意。有酒吗？"

"有啤酒。"

南笳高兴地跟在叶洗身后，进了厨房。

所谓厨房，是以前车间的水房改造的，叶洗在里头支了一张桌子，放一台微波炉和一台电磁炉。电磁炉用到的机会都很少，平常多半只用微波炉热一热便当。

叶洗从冰箱里拿出打包盒，一一丢进微波炉里，设定时间，然后启动。

正值黄昏，浓郁的霞光照进来，使站在靠窗那一侧的叶洗变成了一道清瘦的剪影。

南笳背靠着那张桌子，手掌撑在桌沿上，轻声开口："我听说，你准备离开北城回老家了？"

"嗯。"

"发生什么事了？"

叶洗抬手揉了一把头发："……我爸生病了。癌症。"

叶洗在北城混了这么多年，却没存下什么积蓄。钱花在买乐器、天南地北地采集自然中的音色，以及贴补比他更惨淡的朋友上……

和不稀缺美貌一样，北城也不稀缺才华，叶洗用心，才华横溢，但始终欠缺一个机会，他能做那么好的音乐，却一直只能给他人做嫁衣裳，比明珠蒙尘更意难平。

南笳看着他："要多少钱？可以凑的，我们几个朋友虽然混得不算好，但……"

叶洗的脸上有着少见的几分疲惫："南笳，不纯粹是钱的事。我觉得我应该回老家了，你知道，过了今年我就三十了……"

南笳太明白了，所以来之前打的那些劝说的腹稿，完全没有用武之地。

南笳一直将叶洗视作精神上的灯塔，只要一想到追逐遥不可及的梦想的人中间，还有一个比她纯粹、比她淡泊、比她坚韧的存在，她就会深感慰藉。

可这对叶洗不公平。他应该发大财，应该扬名立万，不应该只清贫地做某一个人，或者某一些人精神世界的偶像，更不应该在北城做一粒无足轻重的尘埃。

他们沉默了好一会儿，直到微波炉"嘀"了一声。

叶洗回神，打开微波炉，将下一份打包盒放进去。

南笳情不自禁地伸出手。

夕阳将他的倒影折落在桌面上，她意识到她伸出手，是想要去触摸他的影子。

不管复盘多少次，南笳都会承认，她找解老师要周濂月的电话号码时，没有过多的心理挣扎。

电话接通的那一瞬间，也再平静不过。

她问："我是南笳，还记得我吗？"

周濂月说："嗯。"

她问："上回你说的话，还作数吗？"

周濂月说："当然。"

周五的演出结束，南笳喊上陈田田一道吃夜宵，顺便找她打听周濂月。

剧团新排的这出沉浸式话剧叫作《胭脂海潮》，试演成功之后就正式提上日程，变成往后每周五到周日的固定剧目。

每次演出结束之后，总有一些剧迷在剧院大门口蹲演员要签名。

南笳他们都很随和，让签什么就签什么。

反正拢共也就那么七八个剧迷。

有个学生模样的小姑娘拿着《胭脂海潮》的海报请南笳签字，全程拳头半遮着脸偷瞄着南笳，小声地说："姐姐你好漂亮。"

南笳笑说："谢谢。你也很漂亮。"

小姑娘拿到签名之后晕晕乎乎地走了。

陈田田走过来一把搂住南笳肩膀："真有你的，男女老少通吃。"

剧场外就有烧烤摊，大家常常过来撸串。

他们搞先锋话剧的，大部分穿着打扮都挺"亚文化"，在外人看来丧里丧气又不伦不类。他们好像自发地形成了一道屏障，与其他吃烧烤的人完全地区隔开来。

南笳跟陈田田单独坐了一张小桌。她开了罐啤酒，递给陈田田："跟你打听个人。"

"谁？"

"周濂月。"

南笳所在的剧院，说实话，很穷，但混在里面的，不全是她这样一事无成的北漂，也有真正家里不愁吃穿、只为投身艺术的人。

陈田田就是这样的人。

陈田田的父母经商，在北城是毋庸置疑的中产以上家庭。她家里还有个哥哥，是做金融的；有个姐姐，帮着家里做事。作为老幺，家族生意延续的压力远远落不到她头上，她就专心致志地做自己的先锋戏剧，当编剧，当演员。她还有个男朋友，青梅竹马，好了好多年了。

南笳在网上搜过周濂月——其实她之前一直以为周濂月的名字写法是"周连岳"，问解老师要电话号码时才知是这个"濂月"。

联系他的形象，觉得无比契合，甚至觉得世界上再也找不出来另外两个字能比这更衬他的气质。

网上关于他的资料实在太少，只出现在某投资基金会官网的合伙人名单里。

陈田田的交际网络比较广，兴许知道关于周濂月的信息。

陈田田的第一反应是吓一跳："怎么问起这个人？你认识他？"

"他是解老师的一个学生。"南笳选择隐瞒了一些内容。

陈田田笑说："我看解老先生才是真大佬，周濂月这样的人都能是他的学生。"

"那个周濂月什么来头？"

"他本人是做投资的，你现在能说得出来的市面上成功的科技公司，基本都有他那基金会的融资。更重要的是，他背后的靠山，跟咱们不是一个阶层，是真正的……你懂吧？"

南笳了然："那他本人呢？"

"本人什么？"

"私生活这些。"

陈田田喝着啤酒，看了南笳一眼："他人很低调，私生活这方面的传言不多，大体上应当不是那种放浪形骸的纨绔子弟，不然早就名声在外了。"

"他结婚了吗？"

陈田田盯住南笳，忽然意识到什么："笳笳，是不是瞒我什么事了？"

南笳将烟灰掸进盛了半杯茶水的一次性茶杯里："田田，你觉不觉得，世界其实就是一个大卖场。什么都能贩卖，价值、尊严、灵魂、自由……只看是不是找对了买家，是不是有人出得起价。"

陈田田打量南笳良久，一时欲言又止："我家不是做生意的吗？我爸告诉我，买卖的第一要义是可以吃亏，但不能亏本。"

南笳笑笑。亏不了本的，她相信那一定是个慷慨的买家。

南笳和周濂月约定见面的地方是周濂月定的，不对外开放。

周濂月派车去接她，被她婉拒了。

她自己打了辆车，遵照周濂月的吩咐，到地方以后给他发了条消息。

大门紧闭，越过白色围墙，只能看见黑瓦的屋顶。

没一会儿，大门"吱呀"一声被推开，一个穿正装的男人走了出来，探头问道："南小姐？"

南笳点头。

"我是周总的助理，我姓许，您可以叫我小许。"许助把门推得更开，"请进。"

一段石板路，两侧是清澈水池，倒映着天上即将西沉的落日。石板路尽头是一幢叠层的新中式建筑，白墙黑瓦，大面积的落地玻璃，整体风格素雅又低调。

进门以后，许助带着南笳穿过一段走廊，往东走，最后进了一间茶室。

深褐色茶桌形状不规则，像是剖开的整段老木头，只上了一层木蜡油。

许助叫南笳稍坐，周濂月片刻就来，说完就匆匆地走了。

不一会儿，有个穿着一身工作服的阿姨，步履缓慢地走过来，提着一小壶茶水，给南笳斟了一杯，紧跟着也走了。

许助所谓的"片刻"是将近四十分钟。

南笳无比耐心地等在这里，看着窗外天光一寸一寸地变暗。她坐的位置能看见山，圆而红的夕阳已经落下去一半，等它整个地坠到了山后面，茶室就陷入一种荒寂的昏朦。

又过了一会儿，灯光忽然齐齐地亮起来。

不单是茶室，是整幢建筑，所有的窗户，一瞬间亮起。

像一种叫人心绪不由得翻涌了一下的仪式。

周濂月是在灯亮后不久来的，脚步匆匆。

南笳站起身，他看了她一眼，在她对面坐下。

紧跟着又来了两个工作人员，其中就有方才的那个阿姨。她们一人给周濂月递热毛巾，一人撤换茶水。

周濂月拿热毛巾擦了擦手，又随意递了回去，又喝了一口茶，这才抬头看她，轻声解释："跟人谈事，才结束。"

南笳点点头。一鼓作气的心情在这四十分钟的等待里有点儿被稀释了，很难找到开口的切入点。她犹豫了一下，还是不知从哪一句说起，只好喝茶。

她能感觉到周濂月在打量她，但没有回望过去。

片刻后，周濂月站起身，用手指轻轻敲了敲桌面，示意她跟他走。

周濂月今日一身的浅色，衣服是休闲款式，但丝毫没有中和他身上的距离感。

南笳跟着周濂月进了二楼的一间房，那里头看布局应该是书房，有一扇朝南的窗，框着一窗远山。

周濂月走到窗边靠站着，点了支烟，把烟盒和打火机往旁边的茶桌上一扔。

他一条手臂搭在窗台上，抬起眼。

南笳随手带上了门，犹豫一霎后也走过去，站在他对面。她静默片刻，转头去看窗外。

他可以先开口的，但似乎有种故意让她先来的意思。

南笳只能说："周先生应该已经彻底了解过我的情况了。"

"嗯。"周濂月声音平淡，"但我想听你自己说说看。"

"上回跟郑瀚说的，基本就是全部。"

"你再复述一遍。"

他是故意的，南笳知道，但也只能说："……我是个演员，北城电影学院毕业。大二的时候，得罪了邵家的人，被封杀至今。"

"为了什么？"

"……跟邵从安谈恋爱，我提分手，他不肯，因爱生恨。"

周濂月轻笑了一声，这让南笳立即住了声，有点儿谎话被拆穿的难堪。

薄黄的灯光里，他低头看她。她今天穿的是短款的白色 T 恤和浅蓝色牛仔裤，化了很淡的妆，终于使他能看清她的面部轮廓。

"这都是你的调查资料上写的，我想听点儿不一样的。"

南笳抿住唇，又轻呼一口气："……原因不重要。"

"不重要，还是不想说？"

"……不想说。"

"你应该知道，交易的前提是彼此坦诚。"

南笳平静地说："我知道。但唯独这一点，我不想开诚布公。其他的我知无不言。"

话音落下，回应她的只有沉默。

南笳心想这桩生意多半没戏了的时候，周濂月忽地抬手。他拿烟的那只手，指节轻轻碰了碰她的脸颊。

她不由自主地打了一个冷战。

周濂月一霎便收回手，又低头看她："你可以提条件了。"

……让人摸不透的性格。

南笳吞咽了一下，后知后觉自己嗓子发干："什么都能提吗？"

"可以。"

"……我想红。"

"还有吗？"

"还有，借我一笔钱。"

"借？"

"……给也行。"

"要多少？"

南笳想了想："现在还说不好，我要回去算一下。"

周濂月也不问她要做什么："还有吗？"

"还有……"南笳犹豫了一下才开口，怕触犯他，"你是单身吗？"

周濂月扫了她一眼，那目光仿佛在问：你还在乎这个？

南笳没理会他的眼神。

周濂月说："还有什么问题？"

南笳缓缓呼出一口气："我没有了。你呢，有什么要求？"

"只有一条，要懂规矩。"

好像说了，又好像什么都没说。但是她懂，她肯定懂。

南笳点头："……成交？"

"成交。"

/ 第二章 /

沉默的灰

南笳暗舒一口气，心里平静，并无波澜，事先以为的“惨烈感”和“耻辱感”通通没有。

只在闻到周濂月那儿飘过来的烟味时，她才紧张了一下，以为他靠近了，转头一看，是他在抬腕看手表，风把烟雾送过来。

周濂月说：“我还有事。我先派人送你回去。”

南笳刚要开口，周濂月截住她：“反驳我的安排，只会额外耽误你我的时间。”

好的，规矩，她懂。

南笳随周濂月下楼，在楼梯口，她低声问：“后面我需要做什么？”

周濂月脚步不停：“会有人告诉你。”

回到茶室，周濂月叫她坐会儿，一会儿有人来接她。

南笳点点头，没多问什么。

周濂月离开没多久，许助过来了。不知道今天这里是不是有事，大家一个两个的似乎都很匆忙。

许助笑说：“车已经准备好了，请南小姐跟我来。”

南笳跟着许助穿过大半个庭院，到达后门外的停车场。

那里停了几辆豪车，其中一辆似是帕加尼的跑车，纯银色流线型车身过分惹眼。

可能是注意到她的视线，许助笑着解释说：“周总今天在这里招待几个商业伙伴，马上晚宴就要开始了，所以周总没法儿亲自送您。”

南笳问：“周濂月住在这儿？”

“不是。这里是个餐厅。”

“餐厅？”

“看着不像是吧。”

“不像。私家餐厅那种形式？”

“不是，不接待散客。这是周总私人的。”

“每天都有客？”

“招待重要的客户才会在这儿。”

“那没客的时候，这里的厨师、服务员……”

“闲着。”

南笳笑说：“早说呢，我来应聘个服务员。”

“那可能不行，有要求的。”

“要够漂亮的？”

许助打量南笳，笑了笑：“您很漂亮，但您太健康了。”

“我没听懂？”

许助解释说：“在这里工作的，从厨师到服务员到保洁人员，或多或少都有部分残障。”

南笳回忆方才替她倒茶的那个阿姨，似乎是某一条腿无法完全发力，以至于走路时重心有几分不稳。

“这是周濂月的……特殊要求？”南笳原本想说“癖好”。

许助笑说：“不是。这是周小姐提议的。”

“周小姐？”

“周总的妹妹。”

“周濂月还有妹妹？”

许助看她一眼：“我以为南小姐知道。”

“那你不是说漏嘴了？”

“还好。我只会说我被授权允许的内容。”

南笳笑：“那周濂月的妹妹叫什么？多大？是做什么的？”

许助愣了一下，神色为难。

“了解了。这部分你没被授权。”

许助笑了，明白她在故意开玩笑：“我可能要花点儿时间适应南小姐的说话风格。”他停在一辆车旁边，替南笳拉开了车门，“请。南小姐要去哪里，直接告诉司机。”

这是辆宾利，挂着一块平平无奇的车牌，不是周濂月上次坐的那一辆。

南笳上了车，许助朝她微微躬身，转身往回走。

南笳隔着车窗往外看，夜里亮灯的楼，漂亮得像是某种不可及的海市蜃楼。

两天后，剧团开会。

陈田田是《胭脂海潮》的总编剧，一直坚称这戏目前只是半成品，上线后演出了十多场，发现了一些节奏上的问题，她删减增添了几幕，重新润色了全剧台词。

剧团里大部分是烟鬼，会议室禁烟，大家只好酗咖啡。

南笳端着一纸杯的美式咖啡，手里翻着新发下来的剧本，不自觉地拿牙齿轻咬着纸杯边缘。

翻看到一半，手机振动了一声。

拿出手机来一看，是昨天晚上主动来加她微信的许助发来的，问她银行卡号。

南笳估摸是她跟周濂月提的要找他“借”一笔现金的事。

她从手机银行的 APP 里把账号复制过来发给许助，过了会儿，手机顶端弹出来一条转账信息。

南笳点进去看了一眼数目，比她给许助的“报价”翻了一倍不止。

许助此刻回复她：周总说，要是不够就再说。

南笳：帮我谢谢他。很够，绰绰有余。

陈田田正在给大家讲剧本修改思路，谁想到眼皮子底下就有个开小差的，直接卷起剧本敲过去。

南笳摸摸头，冲陈田田笑：“我错了。您继续。”

陈田田瞪她："我刚才说，这周五演出就要上新版本，主演任务比较重……"

南笳卖乖："别人我不保证，我一定不掉链子。"

开完会，南笳叫住陈田田，说找她说点儿事。

两个人出了会议室，走去消防楼梯那儿。

南笳点了支烟："田田，我想请你帮个忙。"

南笳将自己的计划和盘托出，陈田田非常惊讶："这事要的不是一笔小数目。"

"钱我有。"南笳比了个数，"这够吗？"

陈田田愣了一下："可这钱你从哪里来的？"

"这你就别管了。"

陈田田沉默着盯着南笳看了一会儿："笳笳，最好不要插手别人的人生。"

南笳笑笑："可是叶冼不是别人。"

陈田田有点儿烦躁地捋了一把头发，伸手问南笳要香烟和打火机，点燃以后，吸了两口："我不认识那人，但我知道，在他们那个位置的，不绝对都是坏人，但绝对不都是慈善家。"

她们都心知肚明"那人"是谁。

南笳说："我没把他想得太好。但是田田，你也别把我想得太好。"

南笳固定每周会给家里打两个语音电话。

她爸南仲理在老家南城经营一家海鲜大排档，每天早上六点钟就要起床，忙活到晚上十点半，店里打扫干净了才能休息。

南笳通常在晚上十一点把电话打过去，南仲理刚到家，洗过澡了，能放松一下抽支烟。

南仲理是个纯粹的粗人，听不出女儿话里潜在的情绪，基本上南笳怎么汇报他怎么相信，完了雷打不动地问她缺不缺钱花。

南仲理问她这几天怎么样。

南笳说："挺好的。我可能……之后要去正经拍戏了。"

"那你那话剧还演不演？"

“还不知道，再说吧。”

“要我说啊，演话剧确实没前途，你看你高中同学，去做那什么女主播，每天就跟人聊聊天，挣得都比你多。”

南笳笑说：“那您是嫌我赚得少呗。”

“我是怕你辛苦。”

“不辛苦呀。这不终于可以出师了吗？”

南仲理不知道她被邵家封杀的事，她从来没说过，只说娱乐圈不是那么好混的，没人提携就没机会。南仲理以为只是因为女儿不接受潜规则，所以没出路。他也劝过她回来，但她说还想留在北城试试，他就由着她了。

“笳笳，还是那句话，你进圈不进圈我不在乎，也管不着，老爸只希望你洁身自好，尤其你真进了这圈子，那诱惑就太多了。混不下去可以不混，你回老家了爸开餐厅照样养得起你。”

“……知道。您也太啰唆了。”

“还有事吗？没事我挂了啊，明天一早要进货去。”

“没事了。您早点儿休息吧，晚安。”

电话挂断，南笳抄了个枕头，蒙住脸，深呼吸。

这么过了好一会儿，才将枕头拿开。

她看见手机屏幕是亮的，拿起来一看，发现多出一条微信消息。

是许助发来的：南小姐，周总让我通知您，周四下午一点二十分，会有司机过来接您。记得带身份证。

南笳不问做什么，只回复：好。

周四，在胡同口，南笳坐上上回送她回家的那部宾利。

车往闹市开，最后驶入一栋中档的写字楼。

许助已经等在地下车库的电梯口，领她上楼去。到了二十八楼，往左拐，许助掏出一张卡刷开了门禁，磨砂的自动玻璃门打开，映入视野的是前台后方墙壁上精心设计过的Logo与一行大字——南笳工作室。

南笳笑笑：“进去是兔子洞吗？”

许助回头看她：“什么？”

“没。”

进门后，许助直接将她带去了走廊右手边的第一间会议室。

里面没有茶话会和疯帽子，只有六七个在等她开会的人。

南笳率先看到周濂月。他并没有坐在会议桌那儿，而是独自一人坐在靠窗的单人沙发上。

似乎是第一次在“光天化日”下跟他见面，南笳更觉得他的肤色显出一种没有血色的苍白。

他穿着一身休闲款式的灰色西装，跷着腿，坐得很懒散，膝盖上摊着一本杂志。

在南笳进门的瞬间，细框眼镜镜片微光一闪，他抬头看了看。

南笳坦然地对他说：“嘿。”

不出意外，周濂月没回应她。

主持会议的是个中年女人，穿一身香家的套装，化着很精致的妆容，但化妆品没能遮住她的年龄，因为她一看便是在社会上摸爬滚打过很久，有种过分圆滑的气质。

她这时候起身走过来，主动热情地打招呼：“南笳你好，我叫关秀丽，你可以叫我关姐，从今天开始我就是你的经纪人。”

“关姐你好。”南笳笑着同她握手。

“坐下说吧。”关姐指一指会议桌。

有人过来倒茶，趁此，关姐跟她介绍与会的工作人员，法务、人资、行政、市场、财务……很完善的组织架构。

南笳笑问：“那我是什么？法人吗？”

法务没忍住纠正她：“那个……其实法人是组织，法人代表才是个人。”

关姐说：“法人代表不重要，谁都行。你是工作室签约艺人。”

法务从文件包里拿出几份文件：“会议开始前，要麻烦您签几份合同。您带身份证了吗？我去帮您复印。”

南笳从包里掏出身份证递给法务，然后翻了翻那些文件，有什么独家签约合同、艺人经纪合同……

南笳逐字逐句细看条款，忽然想起一件挺要紧的事：“可我跟话剧团签了约的，三年一续，我今年才刚续了约。”

关姐说："你可能还不知道，我们已经投资了你们的话剧团，也已经跟你们老板丁程东打过招呼、签过合同了。你和我们订立合约关系的时候，和他那边的签约合同就正式作废。"

关姐从那堆合同里抽出一份给她，那是一份类似于隶属关系变更的合同文书，丁程东已经签了字，日期就在昨天。

南笳一下愣住，这事丁程东一个字都没告诉她。

关姐一直在打量她："如果不明白这些是做什么的，一会儿法务详细给你解答。"

"不用。"南笳笑了笑。

她突然完全失去了研究这些合同条文的兴趣，随意从法务的座位上抓了支笔，朝周濂月走去。她在周濂月的对面坐下，将文件往茶几上一扔，笑看对面的男人："周濂月。"

周濂月抬眼。

今天她穿的是黑色工字背心和束脚的藏青色工装长裤，蹬着黑色运动鞋。一头长发束作马尾，露出光洁而饱满的额头。她没化妆，明亮的日光下，脸颊上细小的浅白色绒毛清晰可见。

南笳往文件上瞥了一眼，径直问他："能签吗？合同里有坑吗？你会一声不吭就把我卖了吗？"

周濂月很清楚地看见，在她明媚的笑容之下，眼里却覆盖着薄薄的一层冰面。

"不会。"

南笳盯着他，而他不徐不疾地说："我会先跟你打声招呼。"

这句话像剑一样刺过去，让她眼里的冰层瞬间撕裂了一道口子，涌出其下更深更冷的湖水。

沉默好久，南笳终于拾回笑容，大拇指将圆珠笔按出笔芯，翻到合同签字页，开始哗哗哗签名。

甲方的签章都已盖好，空出来的乙方位置留给她。

要签的太多，重复罚抄名字一样，南笳什么条款也没看，只在扫过收益分成时多停顿了几秒。好慷慨，她七，工作室三。

签完，南笳扔了笔。

法务复印完身份证回来，对南笳说："南笳老师可以过来这边，我给您详细讲一讲具体的条款……"

南笳打断对方："我已经签完了。"

法务愣了一下："那个……那南笳老师对分成、权利和义务这块，以及违约条款有什么异议吗？"

南笳托腮撑在沙发扶手上，问："哪些行为算违约？"

"未经工作室允许，私自接戏、接商务活动，以及如果是南笳老师个人方面一些违反公序良俗的行为，造成了工作室的损失……"

南笳笑了，看向周濂月："这还不够违反公序良俗？"

法务有点儿慌，瞟了瞟周濂月，张张嘴不敢再出声。

那头的关姐笑说："演艺圈还能选出什么道德楷模？不被发现就行。发现了也能压，只要别闹得太过分。"

南笳也笑说："我已经开始找到做明星的感觉了。"

南笳拿着合同文件回到会议桌那儿。

后续，工作室这些分管各部门的管理层，向南笳介绍了各自的职责。

南笳一句也没听进去。

关姐看出她情绪不高，就让大家长话短说，随后跟她说了说后续的工作安排，又把给她安排的助理叫进来，叫她认一下脸。

会议结束，大家离开了会议室，很乖觉地关上了门。

房间里就剩下南笳和周濂月。

周濂月坐正身体，他合上杂志，往茶几上一扔，发出"啪"的声响，然后说："过来。"

南笳没有动。

周濂月平静地重复一遍："过来。"

南笳一边起身走过去，一边笑问："能打听一下吗？周总投了剧团多少钱？"

"你不需要知道。"

周濂月看了她一眼，她很难形容这种目光，似乎是猎人在俯视猎物的垂死挣扎。

竟有一种让她觉得荒谬的慈悲感。

南笳已走到周濂月跟前，刚准备去对面坐的时候，他伸出了手。

她犹豫了一下，走到他身边去，手被他捉住，顺势一带。

她膝盖一弯，在他的膝头上坐了下来。

明明落地窗外阳光灿烂，可是周濂月的指尖冰冷，他擎着她的下巴，声音没有丝毫温度或者起伏："别不开心。很扫兴。"

"我哪儿有。"南笳笑。

周濂月淡漠地看着她。

南笳微微垂下目光，近距离看，他鼻梁高挺，下颌清晰，轮廓堪称完美。

可她好像一直不喜欢太完美的东西，因为觉得欠缺真实感，且过分冰冷。

周濂月的手一抬，一把拆散她的马尾，顺势拊她的后颈，让她低下头。

一头长发如瀑垂落，挡住日光，制造出一小片阴影。

他们在阴影里，呼吸都很轻。

他身上有清寒的气息，让南笳觉得冷，手脚僵硬，视线的落点被迫停在他的嘴唇上。很淡的唇色，不知触碰时是否也是冰冷的。

周濂月微微仰起头。

南笳嗓子发紧。

就在即将相触时，周濂月却倏地松了手，身体往后一退。

南笳愣了一下。

周濂月一推她的手腕，她不由得站起身，后退一步。

他也起身，整了整衣袖，径直往外走，甚至都没再看她一眼，只说："但愿下回见你的时候，不是这副表情。"

南笳在沙发上坐了片刻，面无表情地起身。

关姐的办公室正对会议室，看见她出来，起身笑说："要带你参观一下办公室吗？"

南笳不想让外人看出自己脸色很不好看，立即露出一个笑容："我以后会常来吗？"

“不怎么会，有事基本我会直接跟你联系。”

“那就不用了。”

关姐点点头，又笑问：“你着急走吗？不着急的话，还有几件事我想单独跟你聊聊。”

两人在靠窗位置面对面坐下，关姐问她：“想喝点儿什么？要不要我让助理买两杯咖啡上来？”

“不用，我中午过后不喝咖啡，晚上容易睡不着。”

“那我叫人倒杯水。”

一会儿，助理拿了两瓶矿泉水进来。

南笳不渴，但她了解关姐是什么样的人，过分周到，过分滴水不漏。为了让她赶紧进入正题，南笳拧开瓶子喝了两口。

关姐这才说：“首先是第一件事，网剧《第十一个凶手》我们已经联系过了，给你拿到了女二号的角色。这剧不是说女主角我们拿不下来，而是大家开会讨论过了，觉得这剧的女二号人设比较好，隐藏的高智商连环杀手，演好了很容易出圈。”

《第十一个凶手》，就是之前南笳要去演配角但未果的那部网剧。

南笳笑说：“你们效率真高，这才……二十天不到吧？工作室开起来了，剧也接到了。”

关姐面色有几分淡淡的尴尬：“其实影视工作室这块我们早就在筹备了，这次正好……”

南笳笑说：“那是我自作多情了。”

“那也不是。”关姐像是生怕她不高兴，赶紧往回找补，“周总吩咐过的，目前工作室的主要资源还是用来打造你。周总还是很重视你的。”

南笳笑笑，不以为然，但还是点点头。

“这部剧马上就要开机了，行程上会有些赶，你话剧团那边，可能近期就不方便继续演出了。”

“好。我有个问题。”

“什么？”

“原定的女二号呢？”

“这我们就管不着了。”关姐看着她，笑说，“你不是有负罪感吧？”

南笳也笑：“我没有这种东西。”

关姐点点头，将手里端着的 iPad 解了锁，一边点开微博 APP，一边漫不经心地劝她一句：“这圈子就是这样的，谁有能力谁有资本谁就有话语权。别想太多，都是常事。你好好演戏就行。”

“嗯。”

“那我们说回正题，这第二件事……原谅我做背景调查的时候，把你的微博从头到尾翻了一遍。”

南笳笑说：“发现了什么不妥的吗？”

“没有，你的微博内容很克制。”

南笳发微博频率不高，只发话剧的宣传信息和一些花絮照片，都是很有氛围感的黑白照。关注的人也不多，基本是话剧团的人。

关姐看她：“你有微博小号吗？”

“有啊。这个也在背景调查范围内吗？”

“不是。小号有其他人知道吗？”

“没有。”

“那就行，藏好，别掉马。”

南笳笑了。

“以前的人人网……”

南笳听明白了：“是要清除以前的黑历史是吗？”

“也是为了避免以后被什么营销号翻出来做文章。”

南笳笑说：“没。我自己的账号很少发什么东西，但是别人有没有拍过我什么照片，我就……”

关姐一下紧张起来：“什么照片？”

“不是……不是你想的那种。那种不可能拍的。我是说，跟朋友去酒吧喝酒、蹦迪什么的。我朋友都比较爱玩，也喜欢一些亚文化，但照片看起来可能就不太像是正经人。”

关姐点头：“明白了。除此之外呢？”

“没了。”

关姐笑看着她："其实刚见你的时候，我以为会比较棘手。"

"我看起来不像是好人吗？"

"不是，是看起来太有性格。太有性格的艺人容易招黑，现在大家都喜欢工业流水线的牵线木偶，最好永远得体。"关姐耸耸肩，"但也很无聊。"

南笳倒有些意外："我以为关姐比较喜欢这种类型。"

"总带这样的人也没劲儿。真正能一飞冲天的人多少得有点儿叛逆。"

"可我并不叛逆。"南笳笑说。

"可以这么给你打造人设。"

"随意。反正关姐你是专业的。"

关姐放下 iPad 说："那差不多就这样了。小笳——我可以这么叫你吧？以后你遇到什么搞不定的情况，可以随时联系我。尤其涉及周总……你懂的，要谨慎些。"

"知道了关姐。"

关姐站起身："那我送你去电梯。"

离开工作室，南笳直接杀去剧场找丁程东。

丁程东的办公室在剧场三楼，因为周五要演出，只要没有特殊情况，他周四下午都要到剧场来看看，方便大家有什么问题需要找他解决。

办公室的门半关着，丁程东靠坐在皮椅上玩斗地主，听见脚步声，他抬头看了一眼，立马收起笑容，手机也直接锁屏，往桌面上一放，挠头局促道："那个，南笳……"

"你知道我要说什么？"

丁程东讪笑。

"他们投了多少钱？"

"也没多少……"

"没多少你就可以把我卖了不打一声招呼？"

丁程东急了："不是，南笳，话不是这么说的。你找着了好下家，哥替你高兴。你能去拍戏了，这还不好吗？我寻思你今后也很难定期在剧院里待着了……"

"这是两码事！"南笳无法控制自己的情绪，"我自己找你辞职，和你不跟我说一声就擅自跟别人签了合同，这是两码事。"

丁程东挺少见到这么疾言厉色的南笳，登时有点儿手足无措。

南笳深呼吸，说："东哥，能替剧团拉到投资，我求之不得。可你至少提前跟我打声招呼。"

"他们昨儿来找我，我是说先跟你商量商量。他们说着急走流程，得赶在你跟那网剧的剧组签合同之前把你的签约关系转过去。我想了想反正是迟早的事，就……我这不准备今天或者明天，就找时间跟你说这事的吗？"

南笳沉默片刻："……算了，就这样吧，是我矫情了。那今天就当我来找你辞职，明天的演出我就不上了。"

"南笳……"丁程东从椅子上站起来，"我不知道你是怎么跟他们搭上线的，这也不在我操心的范畴。但合同条款我一条一条替你审过了，很厚道。我甚至提出，要加上一条，要保证你每年至少接一部电影，他们也答应了。哥是有私心，眼红他们那笔投资。可哥也是真心想你好，想你去更大的舞台发挥天赋。"

南笳看着走廊里自己倒映在地面上的那一道淡灰色的影子，不悦的情绪都堵在心口："我知道了东哥。"

丁程东眼里有极其复杂的情绪，这么盯着她看了片刻，旋即换上平日那张油滑世故的笑脸，走过去将她肩膀一拍："走走走，哥请你吃晚饭赔礼道歉好不好？"

"我不去……"

"去！都去！把陈田田也叫上。"

南笳平常酒量不浅，但人一旦有情绪就很容易醉。陈田田倒只是微醺，饭后拦了辆车，将南笳送回家。

胡同狭窄，车很难进去，在路口处就得下车。

陈田田搀住南笳往里走，沿路的电线杆子下方立着路灯，飞蛾跟疯了似的一圈一圈往上撞。

一路进去，陈田田被蚊子咬得够呛，将南笳扔在床上，翻箱倒柜找花露水。

喷过花露水之后，她在床沿上坐下，伸手搡了搡南笳：“去冲个凉再睡。还能行吗？要姐帮你吗？”

南笳爬起来：“……你小我两岁，怎么好意思自称姐。”卧室里她放了一台复古小冰箱，专门放饮料。南笳脚步虚浮地走过去，蹲下身拿了两罐饮料，扔给陈田田。

她起身时头晕，差点儿栽倒，干脆放弃站起来，靠着冰箱，一屁股坐了下来。

沁凉从喉咙口一路延伸，口渴的感觉却并没有稍得消解，南笳的脑袋歪靠在冰箱上：“田田，我觉得我很不专业。”

陈田田看她。

都走到这一步了，还想走得有尊严，你说这不是有病是什么？

这句话南笳没说出口。

陈田田多少能够明白她的情绪：“你其实可以不必……”

“我咽不下这口气。不然我早放弃了。”

“……你希望我说点儿什么吗？”

南笳摇头：“不用。什么都不必说。”

陈田田盯着她看了会儿，掏出手机来。

第二天早上，南笳睡醒，看到手机里有陈田田传来的照片，是昨晚上拍的。

南笳赤脚坐在地上，手臂支在膝头，手里拿着听装饮料，视线落在房间的某处，迷离而无焦点。黑白影像最擅长营造颓唐和脆弱的氛围，简直像是意识流文艺片里的一帧截图。

照片后面是陈田田发的一段文字：我其实替你觉得不值。可是，看到这么美的一张脸不能成为被定格的艺术品，我更觉得不值。女明星，你会大红大紫的。

南笳的助理叫小覃，是个行事非常利索的姑娘，心思十分细腻，基本什么都能提前替她考虑到。

在剧组两个月，南笳真正能说上话的人也就小覃，因为其他演员都对她有一种带着隔膜的假客气。

剧组工作人员也对她毕恭毕敬，哪怕最初尚未进入状态时频繁 NG，导演也从没对她说过一句重话。

她懂，她是“资源咖”嘛。

拍戏的过程很顺利，这几年南笳原本一直就在演话剧，业务能力没落下，进组之后，对表演方式稍作调整即能适应，几乎没拖过后腿。

到后期，她能感受到导演对她有所改观，杀青时也很诚恳地邀请她，下次有机会再合作。

杀青第二天，南笳便马不停蹄地回了北城，小覃也被她原地放了假。

南笳下午睡了一觉，傍晚洗了个澡，换了身衣服，去了解文山的书店，解文山要亲自下厨给她接风。

书店的门开着，南笳就自己进去了。后面厨房里有油花滋滋的声响，但去年新装的那台抽油烟机风力很足，没有飘出一点儿油烟味。

南笳看见茶室的茶几上有洗净的苹果，拿了一个，边吃边走去厨房。

她倚在门口处，笑眯眯地看着解文山忙碌，也不出声。

解文山戴着老花镜，穿一件经典风格的灰色针织外套，十多年前的一件旧衣，洗多了表面有细细的绒毛，但很干净，一点儿陈污都没有。哪怕是下厨房，他也会把自己收拾得爽爽利利的。

南笳一直觉得他即便上了年纪，也是十足的英俊儒雅，这样的人，年轻时候怎么可能没女孩子追?

她也问过他，为什么不结婚。他只笑说，年轻时有过一段缘分，没抓住，后来就再也没碰到过那么动心的。

解文山将炒好的菜装盘，一回头，吓了一跳：“……你这孩子，怎么也不出声？”

南笳啃着苹果，笑说：“看入迷了，忘了。”

“这也能看入迷？”

“让我想到我爸了。”

解文山看她：“要不回家一趟？”

“过阵子吧。”

两菜一汤，都是南笳喜欢吃的。

一边吃，南笳一边跟解文山聊了些在剧组的事。

解文山说：“看你晒黑了。”

“好多外景戏，难免的。”

“戏什么时候能播？”

“最早也得明年年中了。”

“那到时候可得提醒我看。”

“好啊。到时候陪您一起看。”

闲聊了一会儿，南笳询问解文山的近况。

“挺好的，你不用操心。”解文山像是突然想到什么，“哦，你上回不是找我要了我那个学生周濂月的电话号码吗，后来怎么样，联系上了吗？”

冷不丁听见这名字，南笳吓得一激灵：“……啊。嗯，联系上了。”

“东西拿回来了？”

“嗯。”

那时南笳跟解文山扯谎，说有东西落在了周濂月的车上，所以要他的号码联系他拿东西。

南笳有种微妙的心虚，瞥了解文山一眼，问：“他最近有来拜访过您吗？”

“中秋的时候来过一次，送了点儿东西。他不定时来，来之前也从来不会提前给我打电话，都随缘。”

南笳自顾自地笑了一声，因为她莫名其妙地就想到前几年流行一个叫作《旅行青蛙》的游戏，出门游历的青蛙归期不定，随机给家里的“老母亲”（玩家）寄回明信片。

吃完饭，南笳去洗碗。

解文山走进厨房：“小笳，拜托你一件事。”

“您说。”

“下周我要离开北城两三天，有个朋友过生日。到时候麻烦你帮我看看店。”

“我要是没工作就帮您。”

下了雨，北城降温，正式进入秋季。

南笳把书店的窗户打开，风吹进来，将一股沉绵的檀香味送进她的呼吸里。一部老式录音机，正在播放古筝乐。

南笳趴在柜台上，夕阳透过窗棂的格栅，在她手臂上投下弯折的橙色光芒。

晚风惬意，让人昏沉欲睡。

门口悬挂的小铜铃忽然清脆一响。南笳瞬间清醒，抬眼看过去，有人推门进来。

还是白衣黑裤的装束，与前几回相差无几，只是好像换了一副眼镜，金色细框，显得人更有一种斯文败类感。

南笳坐直，问："来找解老师吗？他今天不在，去外地参加朋友的生日派对去了。"

周濂月看她一眼："那就找你。"

南笳露出一个标准的微笑："进来坐吧。"

她起身从柜台后方走出来，推开了书店外间和里间相隔的木质移门。

周濂月显然常来，对这儿的布局轻车熟路，径直走去门后的茶室，在侧旁的藤椅上坐了下来。动作之流畅，让南笳怀疑这藤椅是他的专座。

南笳提起电磁炉上的小水壶，拿到后面的小厨房里涮了涮，另接了一壶清水过来，搁在炉子上，然后打开电源。

旁边一个玻璃门的斗柜，放着解老师的那些名贵茶叶，南笳问他："你喝什么？"

"随意。"

南笳其实尝不大出来这些茶叶的区别，相对而言她更喜欢绿茶，就拿了一盒碧螺春。

洗净一只瓷杯，投入茶叶，等水烧开，再冲入开水。南笳将茶盏往周濂月跟前轻轻一放。

周濂月低头看了看："这是好茶，不能用这么沸的水泡，过熟会失去风味。"

话音一落，南笳便伸出手，预备倒了重泡。

周濂月将她手一挡："不用。就这样吧。"

南笳在他对面坐下。周濂月喝着茶，许久没出声。

南笳很难克制自己不去看他，因为他单单坐在那儿，就有种光耀其室的意思。

好半晌，周濂月才放下茶盏，语气平淡地问她："在剧组适应得如何？"

"还好。"

"下一部想演什么题材？"

南笳看着他笑。她豆青色的吊带外面套着一件宽松的白色针织衫，那质感很柔和，像茸茸堆积的雪花。

周濂月盯着她看了会儿："笑什么？"

"我感觉你好像是要把我培养成女明星。"

周濂月不置可否。

室内很安静，投在地上的夕阳光越拉越长，将要越过移门的位置，伸展到他们脚下。

南笳托腮看了会儿，回神时发觉周濂月在打量她。

她刚要开口，他说："关店。陪我去吃点儿东西。"

周濂月的车就停在附近。

等他们熄了明火、关了电源、锁了门后，司机也已经把车开到了书店门口。

南笳伸手掩了一下皮裙的下摆，弯腰钻进车里。

周濂月的车似乎是永远有一种干干净净的香味，像是崖柏，闻起来舒适熨帖。

这个时节，关窗有些浪费，等车起步之后，南笳将车窗打开了。

风把发丝吹乱，她伸手捋了一下，不由得感叹："真好。"

周濂月的目光转向她："嗯？"

"我说，秋天真好。"

"为什么？"

"因为每到这个时候，我才会觉得北城也不是完全一无是处。"

"不喜欢北城？"

"不喜欢。但秋天还不赖。天气比南方好，在南城不会经常见到这么瓦蓝的天。”她瞥了一眼周濂月，看不太出来他是不是对这话题感兴趣。她一直觉得很难跟他聊天，虽然并不怎么了解他，但人都有一种底色，这种底色是她跟人第一次见面时的一种直觉。

她觉得周濂月是沉默的灰。在沉默的时候，他可以比任何人都更沉默。

安静了好一会儿，倒是周濂月先出声：“晚饭想吃什么？”

“我都可以……”南笳顿了一下，“蟹的季节到了吗？想吃蟹酿橙。”

周濂月掏出手机，似乎是给谁发了一条微信。

车开到了上回那个地方，周濂月的私人餐厅。

天已经黑了，整栋楼灯火通明，或许是因为上回那极有仪式感的亮灯，使南笳对这里的灯火有一种异样的迷恋——好像人就是会迷恋一些注定不属于自己的东西。

南笳跟着周濂月进了屋，穿过走廊来到上回的茶室。

有个穿着工作制服的年轻女孩儿过来沏茶，不用南笳特意观察，她一眼就能看出，这女孩儿的一边袖管是空荡荡的。

等女孩儿走了，南笳浅啜一口茶，低声说：“许助告诉我，在这里工作的或多或少……”

周濂月平声说：“你是想问周浠的事？”

南笳意识到“周浠”是周濂月妹妹的名字。

他过分敏锐和洞彻，能轻易听出一句话背后的一些逻辑，但南笳没有这个意思：“……别误会，我没有想刺探你的隐私，只是恰好想到了这件事而已。”她自发地做了个给嘴巴拉上拉链的动作，“我不说话了，免得坏了你的规矩。”

哪知周濂月淡淡地扫她一眼，倒是主动提及：“她性格很内向，不喜欢跟外人相处。”

南笳笑笑，转过目光去喝茶，不知道怎么接这话题。

如果外向又怎样，她并没有想认识他的妹妹。

而且，好像也没有把自己的情人介绍给家人的道理吧。

南笳上次来的时候六神不宁，没怎么仔细观察过这间茶室，这回环视一圈，架子上一尊瓷器引起她的注意。

那是一座假山，拿黑色的玉石雕刻的，远看栩栩如生。

南笳撂下茶杯走过去。

近距离看，是一座陡峭山峰，山间有长条形的凹槽，山底也有个盆形的凹陷。

周濂月一直坐在原处喝茶，看着她研究了好一会儿也没研究出什么名堂、预备放弃的时候，才懒散地站起身。

南笳觉察到周濂月也走了过来，回头看了一眼。

刚要往旁边让，周濂月伸手轻轻地在她肩膀上搭了一下，她停住，周濂月则抬起手，打开了旁边搁板上的一只木匣子。

周濂月自匣子里取出一个子弹大小的东西，紧跟着从口袋里拿出一个银色打火机，将其点燃。

南笳这才知道“子弹”竟然是熏香。

周濂月将“子弹”宽的那头，放置在玉雕的山的顶端。

片刻后，一股白色烟雾顺着凹槽缓缓往下流动，并最终填满山底的盆形凹陷。

分明是气体的烟，却像是液体的水。一川“瀑布”飞流直下，并冲入一汪泉水之中。

精巧的小玩意儿，让南笳莫名地觉得开心：“这是什么香？还可以倒流。”

“就叫倒流香。”

南笳伸手，从木匣子里又取出来一颗看了看，宽的那端底下有个孔，烟雾就顺着孔朝外散溢。

有香味缓缓弥散，是沉静的木质调子。

周濂月注视着南笳。窗户没关，外头有风吹进来，让她身上这件白色针织外套上的绒毛，微微地起伏晃动。

她静静地看了一会儿，伸出手指，去拦截那些烟雾，似乎想确定那是不是真的气体。

烟雾绕开了她的手指，继续往下流淌，她飞快地晃动手指，直到一霎彻底打乱了烟雾的流向，这才笑了一声。

周濂月伸手要去搂她，有脚步声传来。他收回手，抄进口袋里，转头淡淡地睨了一眼。

来的是服务生，通知他们可以移步餐厅了。

餐厅在走廊的另一侧，没做任何吊顶，头顶的房梁直接露出来，显得高而开阔。

正中摆放着一张非常宽大的木质餐桌，和茶室的茶桌是一样的，整块老木剖开，形状不规则，很有野趣。

这样大的餐厅，却只坐两个人。

服务生布置好餐具之后便远远站着，一动不动，像是毫无存在感的仿生机器人。

一会儿，厨师亲自将一道蟹酿橙送了上来。

南笳留意到厨师的右手少了一根食指。

厨师放下餐盘，笑说："这道菜烦琐，周总要是再晚一会儿让许助跟我打招呼，今天就怕是吃不着了。蟹也是刚送到的，阳澄湖的鲜货。这蟹原本清蒸最适宜，做蟹酿橙倒有些浪费。"

厨师颔首："二位慢用。"

等人走后，南笳笑说："看来是我暴殄天物了。"

周濂月倒是不以为然："给人吃的东西，吃高兴了就行。"

南笳拿勺子舀了一小勺蟹肉送进嘴里，尝了尝，停顿会儿："还可以。"

周濂月看了她一眼："你这评价标准有些严苛，陈师傅以前做国宴的。"

"我爸是厨子，以前每到秋天就会给我做这道菜。是我对他的菜有滤镜，而且……"

"而且？"

"我能说实话吗？"

"嗯。"

南笳笑道："这餐厅太冷清了，吃什么都容易没食欲。"

周濂月不置可否。

一会儿，又上来一份薄荷牛肉和一份龙井虾仁，周濂月都没怎么动筷。

直到后来端上一碗莼菜汤，他才肯赏光喝两口。

这顿饭让南笳吃得要胃绞痛，心理层面，她宁愿跟陈田田吃二十元一份的麻辣烫，起码有热乎气。

吃完饭，他们又回到茶室。

南笳不知后面有什么安排，也不问。服务生送上新鲜西柚，她倚着茶桌一点点剥出果肉，送进嘴里。

片刻后，南笳注意到周濂月在看她，便回看过去："你要吃吗？"

她递过果肉，周濂月没接，却是一下捉住了她的手腕。

腕骨纤细，似乎能一把捏碎。

他的指腹恰好贴在了她的脉搏处，感觉到血管里，血液在很有力量地搏动。

屈明城听说了他花大力气捧一演员的事，很意外，说老周这不是你的做派，你这人不是最讲究投资回报比，以前来往过的那几个女人没见过你这么劳神费力的。

问他为什么，也没为什么，就觉得她挺有趣。

他的生活过分无聊了，死水一样。

有人选择玩车、玩表，买古董，养宠物。

然而宠物毕竟是畜生，再通人性也有上限，到底是豢养有搏杀劲儿的、一个活生生的人更有意思。

南笳的呼吸微不可觉地一滞。

周濂月的手指微凉，那一点儿触感好像将顺着皮肤延伸至她血管之中，叫她不由自主地手足发僵。

周濂月捉着她的手腕一带，她丢了拿在手里的西柚，一下撞进他怀里。

这感觉像是自高空跳入寒凉的海水中，冰冷的海水自四面八方包裹住了她。

南笳的气息很缓慢，她感觉有隐形的、细细的线在绞她的心脏。

周濂月搂着她的腰，半抱着她，动作其实并无叫人不适的狎昵，毋宁说是一种能让人眩晕的温存感。

她慢慢地调整呼吸，平静了一些，听见头顶传来他的声音："明天有没有工作？"

"没……休息。"

话音刚落，周濂月口袋里的手机振动起来，他松开她，拿出来看了一眼，微微侧身，背靠着桌沿，接通电话。

他没避着她，不知是谁打来的。

通话很简单，他只说了三句话，一句是“在餐厅”，另一句是“今晚有事，你早点儿休息吧”，第三句是“晚安”。

挂断电话，周濂月随意将手机一揣：“走吧。”

要去哪儿，南笳心里已经清楚。

南笳跟在周濂月身后，穿过两侧是水池的石板路，路好像是软的，踩起来往下陷。

车停在大门口，南笳上了车。

那舒缓的崖柏香味再也不能使她镇定，她觉得自己紧张得像是要吐了，迫切需要说点儿什么，来缓解这种情绪：“我觉得……”

“嗯？”周濂月转过头来看她。

南笳才察觉到自己声音很哑，清了清嗓子：“没……没什么。”

她觉得有时候夜晚像深海，所有的车都是灯笼鱼，闭上眼睛，就会有一种漂浮感。

此刻她真的有漂浮感，胃里隐约灼痛，这次不是心理层面，是真实的生理层面，一紧张就会胃痉挛是她的老毛病。

她的声音很轻：“……会经过药店吗？我有点儿胃疼。”

周濂月看她一眼，吩咐司机：“看见药店停一下。”

从近郊开回市里，走绕城高速，好长一段路沿途几乎没有任何房屋。直到下了高速，又开了十来分钟，才终于看见一家药店。

司机将车靠边停下，问南笳一般服用什么药。

“我自己去买。”

“南小姐你在车上坐着就行，我帮你……”

南笳打断他：“我自己去。我还要买点儿别的，不方便别人代劳。”

司机回头看周濂月，周濂月点了点头。

南笳预备拉左侧车门，被周濂月冷声阻止：“不要命了？”

他拉开了右边的车门，自己下了车，给她让行。

奔到药店，店员问她需要什么，她摇头没说话，自己在货架之间逡巡。

明亮且洁净的地方好像让她的神经松弛了些，店员又来问她，她才说有点儿胃痛。

药是咀嚼片，南笳掰开来当场吞服。

走出药店的瞬间，她觉得自己应当已经准备好，店外摆了一些促销的减肥茶产品，旁边立了一面穿衣镜，她往镜子里看，打量自己。

整理了一下头发，她冲镜子露出一个笑容，再转身折回。

周濂月等着她的时候并没有上车，而是点了一支烟。

他背靠着车门而立，那清冷孑然的身影有点儿像电影里的场景。

周濂月拉开了车门，南笳弯腰钻进去。

周濂月手里的烟没有灭，车厢里一时烟雾弥散。尼古丁一直是南笳的安慰剂，于是她转头看他，笑说："给我一支？"

"胃不痛了？"

"好很多了。"

周濂月无声地注视她片刻，将自己手里的递过去。

她接过，将烟衔在嘴里，火星亮起时，恰好车正经过一盏路灯。

那灯火照进来，她的脸被照亮，又即刻隐入昏暖。一闪而逝的亮光，让她眼里像是有什么水光闪了一下。

周濂月出声，平静地吩咐司机："找个地方停车，去帮忙买包烟。"

南笳听懂了，这是将人支开的话术。

司机似乎对整个北城的大街小巷都了如指掌，难怪他能在几分钟内拐到了一条几乎没人的巷子里。

车停在一棵高大的洋槐树下，司机下了车。

道路两侧是很具年代感的围墙，还有几盏昏黄的路灯，风一吹，南笳几乎能听见有叶子落下来，啪地砸在车窗玻璃上。

她的手被握住，有微凉的触感。周濂月夺了她手里的烟，然后摁灭。

他抬手，搂住她的腰，停顿一霎，俯身而来。

南笳瞬间觉得头发丝都绷紧了，心里一遍一遍地对自己说"放松"。

可当嘴唇相触的时候，她还是差点儿没忍住，脑海里响起警笛般刺耳的尖啸。

周濂月当然不会察觉不到，怀里的人比冰雕更僵硬。

上一回也是这样，神情沉肃得似乎要去就义。

他顿时觉得索然无味，轻笑了一声。

南笳屏了一下呼吸，相较于周濂月的面无表情，她可能更忌惮他笑，因为有种很难形容的轻蔑，抑或是嘲讽？

他的轻蔑与嘲讽都带有一种漫不经心。

周濂月松开她，身体后靠，看着她，依然是那样平淡的声调：“抖什么？”

他好像从来不会发怒，但永远不会发怒的人，岂非更让人害怕？

“没……”

“没有吗？”他伸手，一把捉住她的手。

她清楚地看见自己的指尖在颤抖。怎么解释？脑中一片空白。

周濂月脸上并没有什么多余的情绪，他打量她片刻，松开了手：“我没什么兴趣做慈善。”

南笳有无地自容之感，各种层面的。

周濂月又点了支烟，打开了车窗，手肘搭在车窗上，并不再看她：“走吧，送你回去。”

微凉的风灌入，那股烟味被送入她的鼻腔。

周濂月拿手机打了个电话，没一会儿，司机便回来了。

南笳感觉这夜真的变成了深海，超出阈值的压强在挤压她。

“周……”

周濂月淡淡地瞥来一眼。

她想说，她心理层面并不排斥他，是生理本能，但这话仔细一想好像更不对。

于是一时又沉默了。

周濂月收回目光：“你是在考验我的耐心。”

他其实语气并不重，南笳听了却感到手脚冰凉。

她好像彻底搞砸了。

一路沉默，车最后开到了胡同口。

双闪灯响了一会儿，南笳才去伸手拉车门。

停顿了一会儿，她忽然转身。

她盯住周濂月，笑问："下一次，我什么时候可以见你？"

周濂月微微挑了一下眉，因为瞧出她眼里的几分决然。

有意思，这倒出乎他的预料。

周濂月说："我会联系你。"

"不。我会主动联系你。"

周濂月无声地审视她，隔着镜片，他目光冰凉得叫人不舒适。

而南笳不等他回答，忽地凑近，纤细手指一把揪住他的衣领，仰头，低声笑说："可以吗？等我电话。"

她的呼吸几乎贴近他的鼻尖。

黑暗里红唇如油画，色彩浓郁，气息是她身上浓而不烈的白苔麝香。

周濂月敛下目光，来不及细看，南笳一霎便退远了。

她拉开了车门下去，走之前留给他一道明媚笑容："拜。"

/ 第三章 /

将她点燃

南笳在走进胡同口的瞬间卸下笑容。

三教九流混居的地方，免不了碰到几个素质低的，有个魁梧醉汉在墙根那儿撒尿，扭头对着南笳吹了声口哨。

南笳心里直犯恶心，但不想惹麻烦，加快了步伐。

进屋之后，南笳脱了外套扔在床上，翻抽屉找烟。找到之后吸了一口，她才总算觉得没那么烦躁。

抽屉里有本杂志，她拿出来摊在桌面上，一只手撑着桌沿，低头去看。

那是本人物类杂志，三年前的某一期，做了个杰出青年企业家的专题，封面人物是邵从安。

他穿一身奢侈品牌的西装，以后靠的姿势坐在一把椅子上，面前的桌子上摆着国际象棋的棋盘。他手里捏着一枚棋子，作运筹帷幄状。

不知道谁想的姿势，老套得叫人发噱。

南笳面无表情地捏着烟，在已然千疮百孔的封面上，烫下一个新鲜的洞。

洗过澡，南笳坐在床沿上吹头发，解老师来了个电话，告知她他已经回来了。

南笳随便抓了一身衣服套上，揣上手机和钥匙去书店找人。

解文山在后堂里收拾东西，茶桌上堆着些纪念品似的小玩意儿。

南笳想看，解文山一反常态地阻拦了一下，笑说："这些不能给你，我给你带了别的。"

解文山自行李箱里拿出了两包烟，递给南笳："你不是想家吗？给你带的你们那儿的地方烟——可不代表我赞成你抽烟啊，一个女孩子……"

"打住，再往后说就是性别刻板印象了。"南笳带着几分惊喜地接过，"敢情您去的就是南城？您那位老朋友是南城人？您早说呢，我让我爸招待您。"

解文山笑说："我就想单独跟人聚一聚，不想再叨扰别人。"

"说起来，您好像每年这时候都会去参加您这位朋友的生日派对，但您过生日他从来没来过。"

沉默了一会儿，解文山才出声道："她已经去世了。"

南笳愣住："那，那怎么聚……"

"去她生前我们待过的地方逛了逛。"

南笳从没见过这样惆怅的解文山，前后一串联，她陡然醒悟："你这位朋友，是女的？"

或许终身未婚也是因为她。

解文山没否认，但不欲多聊，只闷着头继续整理东西。

过了会儿，他换了别的话题，问她这几天看店怎么样。

"您的店您还不知道，一整天能有两个人上门就不错了。"

"没耽误你正事吧？"

"没有。我下部戏还在接洽，暂时不会进组——哦，正好，跟您说个事。我可能要搬家了。"

解文山看了她一眼："不住这儿了？"

"我经纪人让我搬，说现在虽然还不至于，但往后肯定免不了什么狗仔和私生粉。您也知道，胡同里不是封闭式管理，到时候我受打扰，邻居也受打扰。"

解文山笑说："还真要不习惯了。"

"您放心，我让我助理帮我找个离这儿近的小区，保证开车十几分钟就能到。肯定还会常来。"

"这都不重要，你事业要紧。得亏你遇到个愿意提携你的伯乐。"

跟周濂月的事，南笳没对解文山说过一个字，她只说遇到个经纪公司，愿意签她。那经纪公司背景比较硬，能跟邵家抗衡。

她纯粹是能瞒一天是一天的心态，瞒不下去了就再说吧。

解文山这时候开口："周濂月……"

南笳本在晃神，听见这个名字吓了一跳："您说什么？"

"我那个学生，你还记得吗？"

"哦，记得。"

"你看店这两天，他来过吗？"

"……下午他来过，我说您去外地了，他就走了。您要不给他打个电话？兴许他找您有什么事。"

解文山笑着摇摇头："还是不了。你不知道，他性格很古怪。他虽然有我的电话，但从来没打过，什么时候过来也是冷不丁的。"

"您跟我说过。"

"我怕打扰他。"

"您好像有点儿……怕他？"

解文山没作声。

南笳又问："你们一开始怎么认识的？"

她其实没指望解文山会回答，关于周濂月，他一向讳莫如深。

但解文山竟然说了："就是有一天，他直接上门来拜访，说想跟我学书法。"

"您就收了？"

"收了啊，我反正是闲得无聊。他悟性很高，学得也快，基本的东西我大半年就全教给他了，后来他就会送习作过来，让我点评。"

南笳得知解文山是书法家协会副会长那会儿也嚷着要跟他学，但基础的笔画都还没学完就放弃了。

"那他字写得如何？"

"那就是他的作品。"解文山扬了扬下巴。

南笳看过去，那是挂在茶室后方墙上的一幅字，写的是"先辈匣中三尺水，曾入吴潭斩龙子"。

南笳哑然失笑："挂这儿好几年了吧？我一直以为那是您的作品。"

她走近去看，才发现落款真是"濂月"，印了朱红色的指甲盖大小的一枚章，铁线文的“周濂月”三个字。

银钩铁画的十四个字，她以前当是解文山写的，司空见惯了，不觉得有什么。

知道是周濂月写的，再看就有种异样感。

这字磅礴不羁，又带几分戾气，与她认识的周濂月，差得可不是一星半点儿。

南笳承认自己在套话：“解老师，不都说字如其人吗？那您觉得周濂月是个什么样的人？”

“我只觉得他很苦闷。”

“可这字看着挺豪放。”

“你认真瞧，每一笔都要飞出来，跟要冲破藩篱一样，不是内心苦闷是什么。”

南笳耸耸肩：“像他这种有钱人都内心苦闷，那我们要不要活？”

“也不是这么说的，”解文山看向南笳，“富贵苦，贫穷苦；得志苦，失意苦。众生皆苦，各有各的苦法。”

南笳不再作声。

虽然说是众生皆苦，可谁又不想要富贵，不想要得志？

车在前方路口掉头，司机问周濂月去哪儿。

周濂月沉思片刻：“回家吧。”

对周濂月而言，所谓的“家”就是周浠住的地方。

周浠住在西山附近，房子是周母生前留下的，周濂月不喜欢那儿，基本不常住，只每周过去探望妹妹两次。

司机把车泊在别墅的停车坪，周濂月下车前往别墅里看了一眼，灯火通明的。

他进了屋，客厅里电视开着，却没有人，刚准备叫人，书房里传出声音：“哥？”

下一秒，脚步声“咚咚咚”地自书房传出来。

周濂月朝着脚步声走过去：“慢点儿，别绊着。”

“你不是说今天不过来了吗？”周浠走了出来，一脸的喜出望外。

“事情结束了，顺便过来看看。”

周浠穿着一身居家服，已经洗过澡了，头发半干。她留着一头长发，及腰那么长，黑而柔顺，像洗发水广告里的模特。

周濂月曾问她要不要剪短些，这么长打理起来未免太费时间。

周浠说，反正她的时间过得很慢，最适合做一些琐碎而无意义的事。

周浠左眼失明，小时候因为感染摘掉了左眼眼球，一直佩戴义眼。她的右眼视力极弱，如果以一到十的数字表明视力的程度，右眼应该只有“一”，只能感知到光的存在，几乎无法辨别物体的轮廓。

周浠自书房出来的脚步十分自如，只在快要靠近周濂月时，才伸手探了探，扶了一下客厅沙发的皮质靠背。

她的脑袋习惯性地要稍往左偏，因为要以聊胜于无的右眼视力来确定光影的强弱，譬如眼前的这一团相对于四周颜色较深，她因此确定这就是周濂月站立的地方。气味也可以作为辅助。

她伸手，触碰到了周濂月的手臂，于是有种安定感：“哥，你吃过晚饭了吗？”

“嗯。”

“那要吃点儿夜宵吗？甄姐准备拿鸡头米熬粥。”

周濂月抬腕看表：“也没到吃夜宵的时间。”

“那你坐一下，”周浠笑着去拉周濂月的手臂，“陪我说会儿话就到时间了。”

周濂月被她牵着走到沙发那儿坐下，茶几上有扣起来的相框，他无意识地拿起来，又在一瞬间反应过来那是什么。

相框里是周母年轻时的照片，照片中的人穿一条白色纯棉的连衣裙，头发半扎半披，头上戴了一根波点的发箍，是那个年代所谓“校园女神”的模样。

今天是周母的生辰。

每一年的生辰和忌辰，周浠都会把照片拿出来擦拭。

她也看不见，不知道这么做有什么意义。

周濂月盯着看了看，仍旧把相框扣了回去。

他问周浠："你昨天不是去听了音乐会，怎么样？"

"挺……挺好的……"

周浠几乎不会撒谎，一撒谎必然结结巴巴。

"遇到什么事了？"

"……认识了一个人。"周浠声若蚊蚋。

"什么人？"

"音乐学院的一个研究生，恰好坐在我旁边。当时我的包被迟到进场的人撞掉了，他帮我捡起来。后来休息的时候，就……聊了两句。他约我下次再一起去听爱乐乐团的演奏。"

"知道他的名字吗？"

"哥，你又要查人家户口？"

周浠左眼的义眼是专门订制的，她失明之前最喜欢的动画是《千与千寻》，喜欢那里面的小白龙，因此就叫人做了一对白龙那样的眼睛。

即便知道看不见，但被这样一只没有杂质的墨绿色眼睛盯住的时候，周濂月仍会觉得不自在，有一种微妙的负罪感。

身负万贯家产，却双目失明，不谙世事，对一些人而言，简直是绝佳猎物。

周濂月以保护的名义多次干涉过周浠的交友，他知道自己做这事不对，但所谓长兄如父，他很难避免陷入封建大家长的窠臼。

"查清楚对你没有坏处。"

"能一直学音乐的，怎么会是一般家庭？不是人人都要贪图我的钱财。"

周濂月不想让妹妹不高兴，便说："好。你自己判断。"

"我还不了解你，转头就会叫甄姐监视我。"

周濂月沉默。

周浠站起身，像没被影响到一样，轻快地说："我在听广播剧，你要跟我一起听吗？"

周濂月不甚感兴趣："我对那种谈恋爱的……"

"这次是《三体》！"

周濂月被周浠牵着，走进书房。

周浠唤醒蓝牙音响，让其继续播放。

周濂月找了张沙发椅坐下，很累，想抽支烟放松。但周浠讨厌烟味。

他没有说话，也不动弹，只是静静地坐着。

助理小覃帮南笳在附近三公里远的地方寻到一处中档小区，关姐看过了，觉得合适，就定了下来。

南笳搬完家，整理东西，全部落停了，请人来玩。

基本是剧院的朋友，加上叶洗，陈田田则叫上了她的未婚夫。

南笳打过招呼，跟人聊过一圈，没看见叶洗的身影，最后在阳台那里发现了他。

开放式阳台，业主在角落放了个很舒服的室外沙发椅，叶洗坐在那上面打瞌睡。

他穿着一件飞行员夹克，也不知是否御寒，北城的秋天，夜里风大。

南笳看了一会儿，还是叫醒他："叶洗，你在这里睡会感冒。"

叶洗睁眼，目光落在她的脸上，缓缓聚焦，不大好意思地笑了笑："这几天睡眠不足。"

南笳走过去，关上移门，室内的嘈杂声一下被隔绝。

"你要坐吗？"叶洗要起身。

"不用不用，你坐着。"南笳将手里拿着的听装嘉士伯搁在沙发对面的小桌上，自己背靠栏杆。

她偏头打量叶洗，如他所言，脸色确实有点儿睡眠不足的苍白憔悴："叶老师最近在忙什么？"

"你之前在剧组拍戏，就没打扰你，没跟你说。我在给一个独立电影做配乐。"

南笳露出感兴趣的神色："背景音乐吗？"

"不只背景乐，还有宣传曲和主题曲。跟导演聊了聊，电影的主题我很喜欢，到时候成片应该会送去国外参展。"

"那……你父亲那边……"南笳盯住他。

"上个月手术成功了——你在拍戏，所以没告诉你。我回去陪了他半个多月。医生说看五年存活率，不复发就还好。”

南笳由衷道：“太好了。”

叶洗笑意温和：“让你们也跟着操心。”

“我哪里有操什么心，都没帮上你什么忙。”南笳下意识地将自己撇得一干二净。

“如果不是因为舍不得你们这些朋友，我可能真就已经回去了。”

南笳笑了一声：“那是我的荣幸。”她拿起易拉罐喝了一口，“那应该……不会再想要离开北城了吧？”

“总得先把接的活儿做完。回去也跟我爸聊过，他不希望我回去。小地方更没机会，回去只能去小学当音乐老师了。”

南笳笑说：“可我怎么觉得还不赖，有假期又清闲。”

叶洗也笑：“我也是这么跟我爸说的。”

笑后，南笳又去打量叶洗，她不敢在他脸上停留得太久，目光落下一霎就掠过去，他有一双十分清澈的眼睛，活在自己的精神世界里、没有杂乱欲望的人才会这样。

“叶老师，你记不记得我们刚认识的时候，互相自我介绍……”

叶洗笑说：“记得。你说，你叫南笳，胡笳十八拍的‘笳’，不是茄子的茄。”

南笳：“你说，你叫叶洗，洗星海的‘洗’，不是洗衣粉的洗。”

两人都大笑起来。

南笳说：“你没拿酒吗？”

“有啊。”叶洗从小桌的下层拿出一瓶打开的1664。

“那碰个杯吧，祝叶老师——前程似锦！”

“那也祝你——星途坦荡。”

易拉罐与玻璃瓶相碰，发出的声音不同频。

南笳在心里想，她已尽力做到了自己能做到的，不会后悔。

那天周濂月在办公室，听战略部的负责人汇报是否参与某游戏公司B轮投资，一个电话打了进来。

知道他私人号码的人不多，现在大家有事基本会先在微信上招呼一声，直接打电话的人更不多。

他有预感是谁打来的，拿起一看，果真。

汇报人顿了一下，看向周濂月。

周濂月说："你继续说。"顺手滑动接听。

南笳问："有空吗？"

"做什么？"

"请你吃饭。"

"什么时候？"

"都可以，看你的时间。"

"那就今晚吧。"

南笳顿了一下："一定得今晚？"

"怎么，不方便？"

"我昨天早上洗的头，你让我现在是洗还是不洗？"

周濂月承认自己有时候不完全能预料到话题的走向。

她又说："好吧，就今晚吧。五点半，你来接我。"

这语气俨然是安排起了他。

周濂月轻笑一声："可以。"

雨是出门时开始下的。

北城的秋雨都是冷雨，尚不到五点，已然天色暗沉。

车窗外的世界是一片荒凉的灰。

车到南笳新住处附近的路口，周濂月抬眼一看，树下已站了个在踱步的人。

司机打双闪灯，南笳感知后转头看，下一瞬朝着这边跑了过来。

右侧车门打开，她进来时身上带着涩然的寒气。

她穿着一套山本耀司风格的深灰色西装，内搭是短款的白色 T 恤，露出分明的锁骨与细瘦的腰。

"怎么不打伞？"

“家里只有长柄伞了，麻烦。”她冻得微微发抖，手臂都抱在胸前。

周濂月看了她一眼，吩咐司机调高气温。然后脱了身上的黑色风衣，往她身上一罩。

南笳两手伸进袖管里，将风衣盖在身上。

硬质的料子，里衬有薄薄的温度。

车子启动，温度升高，南笳缓和一些，忽然说：“能不能让我来开车？”

周濂月看她。

她说：“我想就我们两个人。”

司机靠边停车，将钥匙交给南笳，自己下了车。

南笳脱下周濂月的风衣，放在座位上。

两人都转移到前排去。

南笳调整好座椅、方向盘高度和后视镜，打开手机导航。

周濂月懒散地靠坐着，偶尔瞥她一眼。她一系列操作干净利落，是个老手。

南笳将车子启动。

陈田田有辆车，但她懒，出去玩的时候，都是南笳在开。

南笳挺喜欢开车的掌控感，开得也很稳当，但从来没载过这么高身价的人，多少有点儿紧张。车也不是自己常开的品牌，上路好一会儿才渐渐适应。

得心应手后，南笳看向周濂月：“你有没有什么特别忌口的？”

“没有。”

“那就都听我安排。”

“随意。”

雨刮器自动启动，在前窗玻璃划出弧形的水迹。

南笳有一点儿受不了这样的沉默。

周濂月是一个存在感过分强烈的男人。

她在观察后视镜时，目光掠过他的脸，他其实并没有在关注她，但她仍然有好像考场上写作文被监考老师盯住了的不适感。

她轻轻呼吸，按方向盘的媒体控制键打开了电台广播。

周濂月却随即伸手，将其静音：“很吵。”

南笳：“……”

世界安静得只剩下白噪声。

周濂月扫了她一眼：“你遣散了我的司机，就为了当我的司机？”

南笳干巴巴地笑了一下：“这不是，还在想话题吗？”

“我以为特意把人支开，是有话要跟我说。”

南笳转头看他：“是。但是我好像还没有想好要怎么说。”

周濂月的目光在她脸上停驻片刻，没再出声。

眼神已然说明一切。

他可以有耐心，但不是永远有耐心。

雨声潇潇，昏暗车厢变成水的囚笼。

南笳又开了好一会儿，四周寂静得叫她恍然觉得身边的人是不是不存在。

她不由得转头去看。

周濂月微微歪着身体，两臂抱在胸前，似乎是睡着了。风衣脱掉以后里面是白色衬衫，两粒扣子解开，露出明显的喉结。

南笳不确定他是否真的睡着，轻声地喊：“周濂月？”

他顷刻睁开眼睛，微微转头，睨她一眼。

“……你睡着了吗？”

周濂月以目光询问她叫他做什么。

南笳说：“……没事，你要不继续睡吧。”

如果不是捕捉到他眉头轻轻一皱，南笳很难从他平淡的表情中觉察到他有些许的不悦。

南笳只好笑说了一声“sorry”。

周濂月倒睡不着了。

车离开主干道，经过了一些七弯八拐的小道，老城区的居民区，间杂一些商铺，路窄得不行。

车速慢下来，南笳张望着找车位。

这附近几乎都停满了车，好不容易找到一个，但空间极其狭窄。

周濂月看她踌躇不定，便说：“换位吧。我来。”

南笳很有好胜心：“不用。”

她松开刹车，送一点儿油，观察距离，看准时机，方向盘反打又回正，最后堪堪塞进车位里。车熄火，她拍了一下手，不免有两分得意。

周濂月在一旁不动声色地瞧着她。

南笳下了车，拉开后座门，将周濂月的风衣拿出来。

周濂月披上风衣，朝她伸手。

南笳不解。

“钥匙。”

“哦哦。”

周濂月接过钥匙，解锁了后备厢，自里面拿出一把黑伞。

按一下钮，伞“砰”的一声撑开。

周濂月站在伞下，风衣深沉的颜色，与雨伞和身后晦暗的雨夜，几乎要融为一体。

他说：“带路。”

南笳往前迈了一步。

周濂月一把拽住她的手臂，将她拉到伞下。

南笳不自在，伸手轻轻摩挲一下自己的手臂，她当然看得出来这伞有多大，三人撑都绰绰有余。

但觉得这行为太亲昵，有过分的温存感，不符合他们的身份。

心思电转，南笳笑着仰头看周濂月：“你搂着我呀。”

周濂月眼镜后的目光如水一般冷淡，不声不响地注视了她好几秒。

南笳也不觉难堪，只是笑吟吟地看着他。

“有点儿拙劣。”他不咸不淡地评价，下一瞬却伸手，将她的腰一把搂住。

周濂月个子非常高，半抱的动作足以让南笳感觉像是一种圈禁。

她放空情绪，听雨水在碰击布上敲出寂寥的声响。

吃饭的地方，由沿街的一道窄门进去。

周濂月收了伞，弯腰跟在南笳身后往里走。

逼仄的楼梯间一下变得更局促。

楼梯既窄又陡，头顶的空间也矮，像是在穿越什么未知迷宫。

而等上了楼，掀开左手边的布帘进去，却别有洞天。

店面不大，工业风的装修，水泥地面和红砖墙，头顶是盘错的通风管道。柜台后方钢架制的整面置物架，摆满了酒。

店里在播爵士乐，有寥寥几个食客，这是个餐酒吧，要晚一些才会更热闹。

南笳和女老板认识，进门便招手打招呼，甚至倚着吧台寒暄起来——

“帮我留座了吗？”

“留了啊，靠窗那个。”

“今儿店里生意不好啊？”

“这不下雨嘛。”

“那我风雨兼程地过来照顾你生意，你是不是到时候得给我打个折？”

“还没消费先砍价了——送你们个菜好吧？”

“送酒行不行？”

“你倒会宰人，酒比菜贵多了。”女老板笑了，像是招架不住她。

周濂月一直站在南笳的侧后方，冷冷淡淡地旁观。

女老板转头，看过去：“你男朋友啊？”

南笳故意露出个羞涩的表情：“帅吧？”

女老板比了个大拇指：“送你们一个小食拼盘。”

“什么啊，我的脸还没有他的好使吗？”

结束对话，南笳带着周濂月去窗边坐下。

方形钢管的窗框，最上面一道横杆挂着盏矿灯改造的壁灯，投落幽黄的光。

老板端上柠檬水，送来菜单和酒单。

南笳说：“我们先吃饭，等一下再喝酒。”

她将菜单递给周濂月。

周濂月不接：“你点就行。”

南笳报菜名似的点了一串自己爱吃的。

老板说：“怎么还吃这几道啊？不腻？新菜不尝尝吗？”

“下回吧。万一踩雷呢？我是不要紧，我对面这位很挑的。”

老板笑了，收了菜单，去通知后厨。

南笳一手托腮，一手端起水杯喝水，目光不经意地掠过周濂月。

他合衬的白色衬衫，衣袖挽起露出的小臂，嶙峋的腕骨，以及银色的机械手表。

过分清冷的男人，与任何有人气的地方都格格不入，除非是在他那素静得适合参禅的私人餐厅里。

菜上得很慢，先端上了餐前的无花果核桃面包。

南笳自小篮子里拿了一个，把面包撕成小片。

她喜欢这里的气氛，音乐让人舒缓，好像随意说点儿什么，也不会尴尬，于是她从自己之前的本行问起："你会不会看话剧？"

周濂月稍稍侧坐，一只手臂撑在桌面上，他正在喝水，玻璃杯放下时在桌面上碰出一点儿轻响："陪我妹妹看过。"

"她喜欢话剧？"

周濂月看了她一眼："你对她感兴趣？"

南笳忙说："我就随便问问的。"

她怎么会感知不到他以问作答的戒备。

她是他世界的边缘人，任何事关他的隐私都是禁忌。

那还能聊什么？

不过她无所谓，周濂月何尝不也在她世界的最边缘。

吃完饭，雨好像也停了。

南笳盯着窗外看了一会儿："我们去阳台吧。"

这里是住宅改建的，阳台面积不大，只支了几张桌椅。

南笳叫他稍微等会儿，她去拿点儿酒。

片刻后，她提着两瓶啤酒再回到阳台，周濂月已去栏杆那儿站着了，点了一支烟。

雨已经停了，可还有一种蛛网拂在脸上的湿润感。

南笳走过去，递了一瓶啤酒给周濂月。

他接过喝了一口，便随意放在了一旁的桌子上。

栏杆是湿的，南笳也没管，两臂撑上去，喝了两口酒，俯眺下方。

这里的视野不好，也无所谓风景。

但雨天是种独特滤镜，让乱糟糟的一切，都被洇润模糊出一种特殊美感。

忽略那些物体的实体，单单看倒映在湿漉漉地面上的灯火，她觉得漂亮极了。

“周濂月。”南笳转头看身边的人。

周濂月不应声，垂下目光看她。

南笳向着他靠近一步：“你冷不冷？”

他出来没穿着风衣。

周濂月仍然看她，还是不应声。

南笳再靠近一步。

风吹卷起一阵湿润的香味送入周濂月的鼻腔，而这香味来自她身上。

她突然一低头，将额头抵在了他肩膀上。

南笳的声音很轻：“跟你说个秘密。”

她的呼吸轻拂在肩头，隔着衣料依然感知到微热。

周濂月道：“你说。”

“你可以低一下头吗？”

周濂月依言低头，她一下抬起脸，凑近他，两人的距离只余咫尺。

他们在呼吸着对方的呼吸。

周濂月伸手，一把拊住她的后颈，却不是要使她彻底挨上自己，而是让她退远了寸许。

“先说秘密。”

这种时候，他依然可以这样冷静理智。

真的很可怕。

南笳笑了一声，抬眼看着他：“……我以前……那方面的体验很糟糕。所以前几次不是故意的，以后我会克服。”

周濂月注视着她：“邵从安？”

“嗯哼。”南笳耸耸肩。

“你上回对郑瀚倒很游刃有余。”

“你怎么会看不出来？那是演技，还是你最不屑最低劣的那种。”

“我看你现在也像是演技。”

南笳笑得肩膀微颤："那也得我敢。对你这种人，我还是说真话比较好。"

"现在说的是真话？"

"你觉得呢？"

她还是笑，眼底情绪却一眼看不穿。

周濂月不再出声，拊在她颈后的手掌微微一用力。

她再度凑近。

近到已然无法正常呼吸。

但他不再有下一步动作。

她抬眼，试图去看他的目光、分析他的意图，但好像被眼镜片过滤之后，任何目光都会变得冰冷而无意味。

她下意识地要去摘他的眼镜。

手被他一把攥住，拉下来放在他身侧，再往后一带。

他欺身往前，她后退，后背并没有抵住栏杆，在这之前，他已伸臂，一把抱住了她的腰。

闭眼好像是本能的反应。

她还是无法自控地发抖，但只是最初。

像是沉入旋涡，挣扎是无用的，放弃一切徒劳的尝试。当下陷的水流裹挟她，而她不得不认命时，她感觉到了一阵战栗——来自心灵的。

因为没有预料到，这样冰冷的一个人，接起吻来竟然这样热烈。

会将她也点燃。

周濂月退开，南笳不由自主地抓住他的手臂，怕自己跌下去，想借一点儿力。

这动作流露出一些依赖感，周濂月干脆将她搂得更紧。

她像芦苇一样被风吹得身体微往后仰，身体的重量一半都倚在他手臂上。

"还怕吗？"周濂月低头看着她，低声问。

怕什么？怕腿软会跌倒，还是……

南笳摇了摇头。

心里有种茫然和惶恐感，她不想深究，开始享受是否意味着堕落的开始。

外头太冷了，周濂月只穿着衬衫，手臂皮肤毫无温度。

但她不觉得这个拥抱冰冷，尤其当额头抵靠在他心口，感知到微薄的温暖时。

“进去吧，我怕你冻感冒。”南笳轻声说。

周濂月松了手，退后一步。

阳台角落立了根铁杆，上面缠着电线，挂了颗灯泡，当他回到被浅黄灯光照亮的地方时，南笳看清楚他的脸，还是一如既往的漠然。

回到室内，南笳叫人倒了两杯热水。

他俩都喝了酒，没法儿开车，得等周濂月的司机来。

约莫过了半小时，司机打来电话，通知周濂月他人已经到了。

周濂月挂了电话，瞥她一眼：“瞧瞧，你可真是会给别人工作添麻烦。”

南笳笑出声。

他们站起身，周濂月披上风衣，朝柜台走去。

“哎，”南笳一把抓住他的手腕，“说了我请的。”

老板给南笳免去了两瓶啤酒的钱，又抹掉零头，笑说：“下回再来。”

“行，下回来尝新菜。”南笳从一旁的铁桶里捡出周濂月的雨伞。

“哦，对了，差点儿忘了。”老板叫停南笳，“你朋友，做音乐的那个……”

南笳怔了一下：“叶洗？”

“对。他前几天带朋友来这儿谈事情，落了张卡，你问他下次什么时候有空过来，或者我给他发个同城闪送。”

“什么卡？”

老板从柜台后面拿出来给她看。

南笳认识，是他工作室的门禁卡。

“给我吧。我过几天可能要去他们文化园那儿拍写真，我给他带过去。”

“行，麻烦你。”

南笳将门禁卡放进包里，掀开布帘走出门，轻轻地呼了口气，心里有点儿堵，希望能借此排遣掉。

她一边下楼梯，一边将伞页捋顺，机械动作最适合缓解情绪。

窄而陡峭的楼梯她下得很稳当，将出门时却差点儿被门口一个小槛给绊一下。

周濂月一把提住她的手臂："走路都不看路。想什么呢？"

南笳笑着，转头看他，当然不能说实话，她因为其他男人而心不在焉："想你今天是不是要带我走。"

声音轻得如耳语。

周濂月盯着她的眼睛："你是想还是不想？"

"不知道。"

迎面拂来带水汽的寒风，周濂月身上风衣的料子被刮得细微作响。

他收回目光，只平淡地说："走吧。"

"……去哪里？"

"送你回家。"

南笳已领会到，周濂月这人骄傲得不屑玩"强取豪夺"的游戏，他要她心甘情愿地履行义务，或者至少也得是"半推半就"。

她的犹豫、不确定会让他扫兴。

回程的路上，雨又下起来。

或许因为已有初步的亲密接触，南笳觉得气氛不再那样僵滞。

他点燃一支烟，她很自然地靠过去，脑袋枕在他的肩膀上："我也要。"

周濂月将香烟递给她。

她发出一个转调，表示否定的"嗯"，要他递到她嘴边。

周濂月低头看了她一眼，照做。

她连手都不曾抬一下，只就着他的手，吸一口，再吐出薄薄的烟，她的动作与神情，有一种难以言喻的妩媚与慵懒。

周濂月一直瞧着她。

他不喜欢女人如白纸一张，也不喜欢她们太过长袖善舞。

南笳有种恰到好处的神秘、狡黠与识时务。

坦白说，上一回她"烈女"似的反应几乎已让他耐心耗尽。

但她聪明就聪明在知道如何逆转局面。

周濂月出声："最开始怎么想通的？"

南笳反应了一下，明白了他是说最开始她主动打过去的那通电话，她笑：

“你也不意外啊，好像笃定我一定会找你。”

周濂月不确认也不否认。

南笳自他手中将烟拿过来：“怎么说呢，我们剧团穷归穷，倒是没拖欠过工资。我还能接些广告、模特的散活儿，所以基本没缺过钱。反正不是钱的问题。现在不是动不动就讲什么马斯洛需求，温饱只是最底层的，其上还有情感，还有自我实现。我觉得，我像是一粒尘埃。”她抬头，看着他，“在北城这种地方，一粒尘埃和不存在又有什么区别呢？我不想要自己不存在，所以……”

周濂月说：“混了这么多年，现在才想明白？”

南笳笑了一声：“才不是。我想得很明白，不是一直没碰到周总这样的好买家？”

周濂月说：“我不喜欢听人说话阴阳怪气。”

“没有。真的……”

周濂月低头看她，南笳眼神不闪躲地与他对视，她说：“如果之前有人愿意为了我与邵家抗衡，我早就已经……不，可能没有那么干脆，我会先装模作样地多考虑几天。”

她笑：“你现在是不是觉得，我好市侩。”

周濂月说：“相对于诚实的野心，粉饰野心更丑陋。你懂得权衡利弊，这没什么不好。”

“因为懂得权衡利弊的人，很懂规矩。是不是？”南笳笑说。

他扫她一眼，目光已为这话题作了结论：是。

没有，他们之间没有温情脉脉。

南笳陡然放下心来。

这样很好。

车开到了南笳所住小区附近的一个路口，司机找到个临停车位，将车泊停。

下车前，南笳笑问：“下一次，是你联系我，还是我联系你？”

周濂月看她：“再像今天这样，我倒觉得谁都不必要再联系谁。”

“什么啊，今天的安排你不满意吗？”南笳听出他的语气其实并没有真正不快。

或许外人比当局者更能感知气氛的微妙变化，前方司机这时候笑着出声：“周总，我去外面买瓶水，您稍坐着等一等。”

司机下了车，轻轻地甩上门。

中断的话题继续，周濂月说：“你自己很满意？”

南笳笑着，探身，向他凑近。

他们在昏暗中轻易捕捉到对方的视线。

南笳低低出声：“周……”

“嘘。”

这种时候不需要语言。

如果说，恐惧来源于未知，那么此刻她应当不再有恐惧才对，因为至少，她已开始了解周濂月的另一面。

但她还是有恐惧感，不是这件事勾连的过往的糟糕回忆，而是周濂月施加给她的。

这个吻比方才在阳台的更具摧毁性，因为摧毁的似乎不单单是理智。

她好像情不自禁地攀住他的肩膀，偶尔她的眼睛会触碰到他的镜片，觉得碍事，伸手再次尝试要将其拿开。

周濂月还是毫不留情地一把攥住了她的手。

她挣脱不开，就索性放弃，另一只手受蛊惑似的，自他的肩膀移动至锁骨，最后再去触碰他的喉结。

换气或者吞咽时，有明显的起伏。

她感觉到微凉的触觉，之后意识到是周濂月的手指触碰到她腰间的皮肤。

似乎是一瞬间，她有些回神。

她睁眼，看见车窗被雨水变成毛玻璃，水滴缓缓下落，拖出将灯火扭曲的尾迹。

而那微凉的触觉遵循与之相反的轨迹，是向上的。

她提前深深地吸了一口气。

以为不会紧张了，但在被覆住时还是一瞬间如石化般地凝滞了一下。

像是渐进激昂的交响曲被按下暂停，周濂月自然不会觉察不到，一霎便松了手。

他神情淡淡的，像是从来就没投入过一样。

南笳即刻用两只手攥住他的衣襟，将脸埋在他胸口，轻声地笑说："怎么办，显得我好没有敬业精神。"

这种时候可不能道歉，越道歉越丢失立场。

周濂月反常地没有表现出不悦，虽然确实过分扫兴："你说实话，你是不是还是……"

南笳笑说："怎么可能。大学时候就不是了。"

气氛缓缓降温，车内再度被沉闷的雨声占领。

南笳轻声笑说："谢谢你。你真的是很善解人意的好老板。"

"我说过我不喜欢听人说话阴阳怪气。"

"我说的是真心的呀。"

周濂月也不妨展露他的宽容。所谓延迟满足，他觉得这游戏比他起初预料的更有趣："行了。你回去吧。"

南笳笑着抬起头，分明承担不起后果，但还是要在危险边缘试探，她用舌尖轻扫了一下他的唇："如果你不联系我，我会联系你的。"

外头雨没停，周濂月让南笳拿走了后备厢里的雨伞。

她没立即撑起来，而是绕到了他这边，敲窗。

周濂月落下窗户。

南笳说："我要加你微信。"

周濂月看着她。

而她，仿佛没达到目的就不会走，神情很坚持。

周濂月只得说："我手机号。"

她笑起来，按了一下钮，雨伞撑开，她隔着车窗冲他摆摆手："拜拜！"

/ 第四章 /

解冻

拍写真那天，天气很不好，一整个下午都是阴天。

但在日落时分，乌云突然被拨开寸许，漏下金色的光。

摄影师激动得嗓子都喊劈了，忙让南笳赶紧站到楼梯上去，再拍一组。

南笳穿黑色机车夹克和质地垂坠的雪纺短裙，靠在栏杆上睥睨镜头，微卷的一头黑发，妆容冷艳，像废墟里的玫瑰。

等到天光暗下去，摄影师意犹未尽地收工。

南笳从楼梯上下来，旋即换上笑脸，同摄影师和其他协助拍摄的工作人员道谢。

南笳问摄影师："现在要选片吗？"

助理小覃说："我们会先筛选一遍再给笳姐你来选。"

南笳比了个"OK"的手势："那我可以收工啦？"

小覃说："可以的，笳姐可以去先去换衣服。"

小覃将南笳送到保姆车上，关上了门，自己守在门口。化妆师在车里，帮忙拉起了两侧的遮光窗帘。

南笳脱了衣服，递给化妆师，换上自己的。

"有镜子吗？"

"有。"化妆师从工具箱里拿出一面方镜。

南笳对着镜子看了看，又问化妆师要了几片湿纸巾，将叠了好几层的暗红色口红擦掉，自己只补涂了一点点润唇膏。然后拿一根发圈，将头发随意一绑，下车去了。

不待小覃开口，南笳说：“我去附近见个朋友，说两句话。”

小覃提醒道：“笳姐，你跟关姐约了晚上吃饭的。”

南笳笑说：“记得。我去一下就来，你在车上等我吧。”

步行五分钟，南笳抵达叶洗的工作室。

门没关，里头传来打架子鼓的声音。

南笳推门往里看了一眼，有个一头红发的年轻男人正在打架子鼓，叶洗则穿着一件普普通通的黑色 T 恤，蹲在地上，投入地捣鼓电脑和收音设备。

两人好像是在研究鼓点的节奏，南笳没打扰，等了一会儿，他们似乎已经达成了共识，她才走进去打招呼。

叶洗回头，笑了，起身走过去：“今天没在忙工作？”

“忙呀，刚收工。”南笳笑说，“我来给叶老师送东西的。”

叶洗疑惑。

南笳从包里拿出那张卡递过去，叶洗倒有些蒙，南笳笑说：“你落在酒吧了，我前几天去吃饭，老板让我帮你带过来。”

“我一直以为丢在路上了。”叶洗笑说，“谢了，麻烦你跑一趟。”

“没有。我今天就在园区拍照，顺便的事。”

“进来坐会儿吧。”

“不了。跟经纪人约了吃晚饭，车还在等我。”

叶洗笑说：“等我忙过这阵，请你吃饭。”

“好呀。叶老师加油。”

叶洗将南笳送到门口，南笳回头又往里面看了一眼，各种东西堆放得乱糟糟的，只有叶洗自己知道它们的秩序。

是她熟悉的样子，她感到安心。

北城某资本大鳄千金十八岁生日，办酒会，周濂月应邀出席。

当日盛况远非“衣香鬓影”四个字可以概括，各种八卦也在推杯换盏之间不胫而走。

譬如有人说，谈家三公子跟个做时尚小报编辑的平民灰姑娘订了婚，也算是有始有终地贯彻了他放浪不羁的人设了。

有人说，懂什么？哪里是灰姑娘，那是孟家的私生女……

孟家算老几？

譬如也有人说，周濂月跟一个名不见经传的小明星好了，还直接给人开了一工作室。

还有这事？这不像周公子的行事风格。

便有人出来透露更多内幕："根本不是这么回事，以为资本家都是情圣呢？最近刚美股上市的某视频网站，C 轮就是周濂月的基金会投的。视频网站今后要在自制 IP 这个赛道发力，那剧得有人演是不是？以后，自家的演员、自家的 IP、自家的平台，剧要是火了，股价跟着水涨船高，整一个肥水不流外人田的操作。捧女人，那只是顺带。"

"能搭上这风口，顺带的不也血赚！那小明星叫什么？"

"不知道。作品一部都没有，名字记不住。"

周濂月坐在宴会厅角落的沙发上，面前桌上放着没喝几口的香槟。

这种场合尤其叫他觉得疲惫，更何况对面坐了个打搅兴致的人。

邵从瑾，邵从安的姐姐。

邵从安这人草包一个，基本圈内人都知道，邵家的商业帝国全由长女邵从瑾一人支撑。

邵从瑾今年四十五岁，至今未婚，行事做派比一般男人还要老辣。

邵从瑾从来不穿裙装，这也是她的标签之一，今日来参加酒会，一身高定西装，一头利落短发，显得十分干练。

她笑说："刚刚听来一则八卦，想跟周总确认真伪。"

当然不是她刚刚听来的，周濂月刚有动作，投了那部网剧，硬生生把女二号换掉，她就得到了消息。

两人基本不是一个领域的，平常也遇不着，况且，邵从瑾也不觉得小小一个演员，值得自己专程去找周濂月。

所以，今天恰巧碰到了就顺便问问。

圈里都知道周濂月这人性格很有些冷僻，但他投资能做得这么大，除了搭上了强力的后台，自然也少不了他本人的素质。他眼光毒辣，行事杀伐决断，从不喜虚与委蛇那一套，对待值得信赖的合作伙伴，则诚信厚道。

总之，是个人人畏惧又人人想要攀附的财神爷。

邵家做地产起家的，又涉足娱乐产业，后来惹了些事，相较以往没落了许多，但所谓瘦死的骆驼比马大，在北城仍有不可小觑的影响力。

周濂月微微抬眼，语气倒是客气的："一个演员，怎么劳烦邵总亲自过问？"

邵从瑾笑说："不瞒周总，我弟弟邵从安曾经跟她有点儿过节儿。"

周濂月瞥了她一眼："那邵总的意思是？"

"我就想问问，周总你是单单看中了这人呢，还是……"

还是有跟邵家作对的意思。

周濂月语气平淡："我记性不好，邵总帮忙回忆下，周、邵两家以前有过渊源？"

邵从瑾赶紧笑说："从前跟周总不是一个领域的，来往也不多。不过我听说周总有意涉足娱乐行业，这算是邵家的老本行，以后合作的机会多着呢。"她顿了顿，有些斟酌言辞的意思，"至于南小姐，只是我那个不成器的弟弟，跟她有过一点儿私人恩怨。周总也知道，我弟弟行事荒唐，家里溺爱着长大的，凡事以自我为中心，所以免不了有些事做得过激了些。这些年，他倒也不是有意为难南小姐，不过是希望南小姐能服个软、道个歉，这事也就过去了。"

周濂月似笑非笑："邵总是希望我帮着升堂断案？那不妨说说看，我的人当年是怎么得罪了令弟？"

邵从瑾揣摩着周濂月话中的深意与态度，笑说："就希望周总帮忙带一句道歉，请转告南小姐，都已经是过去的事了，今儿说透了也就一笔勾销。今后若有需要帮衬的地方，邵家义不容辞。"

周濂月压根儿不吃她这套，只淡淡说道："那位南小姐脾性跟我一样，有点儿古怪，未见得会接受我在这中间做传声筒。这话，我只能尽力帮邵总带到。"

邵从瑾举杯，要敬周濂月一杯酒。

周濂月说："感冒了。这次不喝了，见谅。我自己待会儿，邵总请自便。"

待邵从瑾走了，周濂月起身，去外头阳台上透气。

正抽着烟，屈明城过来了。这种场合于屈明城而言可谓是如鱼得水，他社交一圈下来，整个人容光焕发，不知谈成了几单生意。

屈明城笑说："行啊老周，今晚上八卦全是关于你的。你怎么不干脆把当事人带过来，让我也瞧瞧，长成什么模样能叫你这么神魂颠倒。"

周濂月神情淡漠，只差将"无聊"两个字写在脸上。

"……跟你开玩笑真没意思。"屈明城也点了支烟，转而问道，"你四叔怎么没来？"

"在家养病。"

"又病了？还是老毛病？"

周濂月点头。

"那是得叫他好好养着，上回病一下，股价下跌五百点，这谁受得了。"

周濂月沉默片刻，忽然说："我记得你有几个影视圈里的朋友。"

"怎么？"

"帮我个忙，查个事。"

酒会十点半结束，周濂月九点不到便自行离开了。

家里来了个电话，说周浠在发脾气。

车开到西山的别墅。

周濂月推门进去，看见甄姐站在书房门口，那门紧闭着，周浠应当在里面。

周濂月问甄姐："什么情况？"

甄姐惶恐极了："我……我不小心说漏嘴了，浠浠知道了您在调查她朋友的事。"

甄姐以为周濂月会责怪他，但他没说什么，叫她先去忙自己的事，他来安抚周浠。

周濂月敲门："浠浠。"

里头没有一点儿声响。

周濂月平声说："我说了，查清楚对你没坏处。"

周浠还是不出声。

顿了一会儿，周濂月才又说道："知道你会怪我，但我还是得这么做。我比谁都希望能有个人一直陪你，可这人得真正值得你托付。"

"……你反正看谁都是坏人。"周浠的声音委屈极了。

"你把门打开。"

"不要，我不想看到你。"

周濂月不再出声了。

过了好一会儿，周浠在里头小声地问："……哥？"

"嗯。"

"你怎么还不走？"

"你开门，看见你没事我就走。"

"我今天不想见你。"

"那我就一直等着。"

不到半分钟，周濂月听见脚步声缓缓朝着这边来了。

"咔嗒"一声，门被解了锁。

他旋动门把手，将门打开。周浠朝着左边微微侧头："……你有时候真的很讨厌。"

"嗯。"

"那怎么样，苏星予通过你的'政审'了吗？"

"你想请他到家里来玩吗？"

周浠愣了一下："可……可以吗？"

"可以。"

周浠的心情一秒转晴，然而觉得自己太好拿捏，又故意垮下脸："反正这样做就很不对。"

周濂月难得语气温和："我陪你出去玩，当作赔礼道歉。你想做点儿什么？看话剧？"

"可以吗？"

"想看什么？"

"我哪里知道？"周浠已经忍不住笑了，却还要端起架子，"你跟我道歉，可不可以有点儿诚意？你自己去做功课，要让我满意为止。"

将周浠哄好，周濂月又留下陪着她吃了点儿夜宵。

周浠吃东西很慢，周濂月哪怕先放了筷，也一贯会耐心地陪着她，直到她吃完。

周濂月方才脱口而出的“看话剧”，很难说不是受了上回跟南笳聊天时的影响。

周浠的眼睛看不见，更多的得通过声音媒介来获取信息，有声书、广播剧、演奏会是最优选择，次一等就是话剧、歌剧与音乐剧。

周濂月拿出手机，从微信列表里将南笳找了出来。

那人言之凿凿地说要加他微信，加上以后却一句话也没说过。

南笳刚洗过澡。

她的新住处客厅宽敞，还有台很大的电视机。每晚洗澡之后，她会习惯性地倒一杯酒，开一部电影。所有灯都关掉，一个人坐在地毯上，孤独且满足。

手机响了一声。南笳拿起来一看，很意外，是周濂月发来的消息，内容也让人很意外。

他问她：最近有什么不错的话剧？

南笳将电影暂停，秒回：《胭脂海潮》。

然后从陈田田的朋友圈里，转发了一张话剧海报。

她明晃晃地夹带私货，但周濂月没说什么，只回复：好。

南笳：你要看吗？现在票基本都卖光了。

南笳：不过我可以帮你拿到票。

她在发出去的一瞬间，骤然反应过来，周濂月本身就是话剧团的股东，他要想看，丁程东还不得巴巴地上供门票。

而周濂月的回复是：弄两张吧。

南笳揣摩了一下这是什么意思，斟酌片刻，选了个不易自讨难堪的问法：谁要看？

周濂月：我妹妹。

南笳笑了一声。

就说呢。

周濂月和周浠去看话剧那天，南笳也去了剧院一趟，跟人打了招呼，要带他们从侧门进。

南笳提前等在那儿，看到熟悉的车开过来。

门打开，周濂月自后座下来，穿了件薄款的黑色羊绒大衣，整个人显得清肃孤孑。

他一手撑着车门，又探身进去，片刻后，牵着个年轻女人下了车。

那应该就是周濂月的妹妹周浠。

她穿着一条白色羊绒连衣裙，罩着一件披肩式的深灰色短款外套。和周濂月如出一辙的苍白皮肤，齐腰的一头黑色长发，齐刘海，像是精致的娃娃。

奇特的是，她的两只眼睛瞳仁完全不同。

南笳打量了片刻，意识到她的左眼不是真的。

副驾驶座的车门也打开了，下来了一个中年女人，将手里拿着的一支黑色手杖递到了周浠手里。

南笳一下就明白了。她走上前去，笑说："周总，现在可以进场了，我带你们进去。"

周浠微微向左边侧着脸，声音有种脆弱的玻璃质感："……你好，你是？"

南笳笑说："剧场工作人员。"

周濂月瞥了她一眼。

南笳在前面带路："请跟我来。"

进侧门有一道门槛，周濂月牵着周浠，提醒她要迈步。

周浠的手杖先碰到门槛，而后抬脚跨了过去。

那个中年女人，则一直无声无息地跟在他们后面。

剧场里还没有人，要过十来分钟，观众才会正式入场。

南笳提前告知注意事项："话剧是沉浸式的，没有固定的座位。会有三个场景同时上演，到时候可以选择任意一个场景进行观看。演出过程中，该场景的演员有可能移动到另外的场景去，不过移动速度很慢，不用担心。一般而言，跟紧一个演员基本就可以看完整场的故事线。"

周浠一下攥紧了周濂月的手："哥，你要全程抓紧我。"

周濂月"嗯"了一声。

南笳觉得怪异。没有想到，这人其实也有温柔的时刻。

南笳笑说：“注意事项就这些，话剧半小时后开演。你们可以先坐着休息一下。”她看向周濂月，“周总，我先撤了。”

“等等。”周濂月叫住她。

南笳顿步，转头看他。

周濂月说：“你知道演员的行动路线？”

“知道。我也演过呀。”南笳明白他的意思，“周总想让我带你们看？”

“嗯。”

南笳笑了一声，以口型告诉他：不要。

说完转身就走了。

周濂月叫周浠稍等，然后迈步朝门口走去。

南笳在门外，还没走远，他往前一步，一把抓住她手腕：“别撂挑子。”

南笳笑看着他：“我都知道剧情，我带你们会干扰你们的选择。”

“你没提前告诉我这不是常规话剧。”他的声音很低，“周浠情况特殊。”

“很安全，不会发生意外的，你牵紧她就好了呀。”

周濂月盯着她：“南笳。”

简单的两个字，平淡的语气，却有种叫人不得不畏惧的警告意味。

南笳还是笑着：“吓唬谁。”却转身拉开了门，回到剧场里。

周浠在场地中作为道具的长椅上坐了下来，周濂月站在一旁陪她。

过了会儿，周濂月接到一个电话。他叫周浠稍坐，自己出去接。

南笳一直站在门口，不远不近地看着。

周濂月从身边出去时，南笳当没看见，目光一霎都没曾转过去。

片刻后，南笳注意到周浠在冲着门这边招手，便说：“周总在外面接电话。”

周浠说：“知道。我在叫你呀。”

南笳走过去，在她面前蹲下，笑问：“有什么需要我帮忙吗？”

周浠低头“看”着她。

“看”这个说法不准确，周浠是看不见的，可南笳被这样的眼睛对上，又有确实的被注视感。

周浠的声音很轻："你不是工作人员吧？"

南笳笑问："如果我说谎，你是不是能听得出来？"

周浠说："可能是的。"

南笳就说："我不是工作人员。"

周浠一下沉默下来。

南笳也明白周浠明白了，轻笑说："对不起。"

周浠偏一下头："为什么道歉？"

"我本来只想带你们进场，没想到打扰到你。你会觉得尴尬是不是？"

周浠笑笑："是我直觉一向比较敏锐。没事的……我没有觉得尴尬。也不是第一次了。"

南笳反倒不知道该说什么了。

周浠伸手："我可以握一下你的手吗？"

南笳不明就里，但还是握住了周浠的手。

周浠的手指也是微凉的，兄妹俩一致的体温偏低。

周浠说："你的手好暖和。你叫什么？"

"南笳。南方的'南'，胡笳的'笳'，竹字头——你冷吗？是不是衣服穿少了？等下观众都进场以后室内应该会暖和一些。"

"没有。不冷的，我是血液循环比较弱。"

南笳点头，又想到她看不见，就说："还有什么需要我帮忙的吗？"

"没有。麻烦你啦。"

"不麻烦。"

南笳起身，站到一旁去。

一会儿，周濂月打完电话回来了。

他蹲在周浠跟前，握住她的手："浠浠，抱歉，工作上有点儿事……"

周浠的脸色一下便暗下去："是四叔吗，还是朱家……"

朱家便是周家所倚仗的后台，真正的权贵。

"朱家。"

"哦，那你去吧。"周浠很明白，一般的工作安排，优先级不可能高于她，除非是四叔或者是朱家那边的人有事找周濂月。

这种情况，即便她不乐意也于事无补。

周濂月觉得过意不去："改期成明天？"

周浠轻声说："算了吧。你去忙吧，我让甄姐陪我看。"

"不行。人太多，我不放心。"

南笳眼见周浠情绪如此低落，忍不住说："我可以带着周小姐，也可以跟我朋友打声招呼，叫他们演出的时候多关照一点儿……"

周濂月扫了她一眼，语气更加斩钉截铁："不行。"

南笳呼吸一滞。她怎么会听不出来，周濂月前后两句"不行"，语气截然不同。

第一句是单纯担忧周浠的安危；第二个"不行"，却是对她的防备。

"你刚刚不是要南小姐带我一起吗？反正你也不喜欢看话剧，你走了我们单独看，反而更好。"周浠向着南笳发出声音的方向转过脸，微笑着问，"可以陪我看吗？"

南笳说不出话来，她是真怕了周濂月。前几次不过是话题无意间涉及周浠，周濂月就已是态度戒备，这也是为什么她原本就打算把人带到了就撤。

他怎么可能会让她俩单独在一起，他防的就是他不在场的情况，她会打周浠的主意——不管这主意是什么。

她决定还是明哲保身，不要蹚这趟浑水，就笑说："这不是我可以做决定的。"

周浠看向周濂月，态度坚决："我不管，我今天一定要她陪我看。"

"浠浠……"

"你已经够扫我的兴了。"

周濂月斟酌片刻，还是妥协了。他起身朝南笳走去。

南笳早已知道他会说什么，条件反射地笑了一声，低声说："不必再警告我什么了吧？周总想要收拾我比捏死一只蚂蚁还容易，你担心的事情，你觉得我敢做吗？"

周濂月审视她片刻，倒也没说什么重话："好好看吧。我工作结束了过来接你们。"

"嗯。"南笳只觉得心里冷极了。

周濂月又嘱咐了那一直跟着他们的中年女人几句，便离开了剧场。

南笳刚要迈开脚步朝周浠走过去，那被称为“甄姐”的中年女人便一脸防备地望过来。

南笳遂放弃。

陆续有观众开始进场，周遭变得嘈杂起来。周浠仿佛有些不安，握紧了手杖。

南笳想了想，还是走过去，伸手搭在周浠的肩膀上：“没事。”

甄姐紧盯着南笳的每一个动作，比质检仪的扫描还要严格，仿佛但凡有什么言行“违规”，她就会立刻上前制止。

南笳觉得啼笑皆非。这位周小姐，恐怕是没什么朋友吧。

没多久，剧目开演。

南笳扶着周浠站起身，凑近她耳朵低声描述三个场景，让她任选其一。

没想到，周浠一下子便选到了她之前主演的那条线。她离开剧团之后，就是之前的B角在演，听陈田田说，剧团最近又招了一批新人，都还在培养中。

全程南笳都挽着周浠的手臂，每到需要选择的地方，都会向她描述，并遵循她的意愿进行选择。

话剧统共两个小时，结束时周浠仍觉得意犹未尽。也许是因为热的，也许是因为沉浸之后的兴奋，她苍白的脸上难得地染上一抹红晕，攥着南笳的手，激动地说：“好有趣！有点儿像在玩游戏一样。”

“你玩游戏吗？”

“玩过那种文字类的游戏，听配音然后选择剧情分支。需要别人帮忙，比较麻烦。不过我很喜欢。”

退场时观众都走大门，为减少发生意外，南笳带着周浠走后台自侧门退场。

沿路碰到了剧团的演员，南笳跟他们挨个儿打招呼，有人问起南笳牵着的人是谁，南笳只笑说一个朋友。

后来碰到陈田田，她刚演完，满头大汗，正准备去卸妆。

她也问南笳：“你朋友？”

“周总妹妹。”

陈田田打量周浠：“你好。”

“你好！”周浠很兴奋，“我听出来你的声音了，你是演果女的演员是不是？”

陈田田笑了：“是啊。你听觉好敏锐。剧喜欢吗？”

“喜欢——可以给我签名吗？”周浠将手杖递给了甄姐，从自己的斜挎包里摸出来一本巴掌大小的记事本，里面夹着笔，她一并递过去，“麻烦你自己随意翻一页空白的。”

陈田田翻记事本的时候，南笳也瞥了一眼，这一整本几乎都是别人的留言或者签名。

是一个很有趣、很努力在留住生活的女孩子。

陈田田签完名，周浠又跟她聊了几句，南笳才带着她走出了剧场大楼。

周家的车停在侧门附近，司机对周浠说：“周总让您稍等，他一会儿就到了，送您一起回家。”

南笳今晚的使命也算是完成了，她问周浠：“你去车上等吧？外面挺冷的。”

“你要走了？”

“我去找我朋友，跟他们吃夜宵。”

“那能再陪我十分钟吗？”

南笳给陈田田发了条消息，叫她等一会儿。

周浠不愿上车，说车里闷，她仰头，做深呼吸：“今天空气污染好像不严重。”

南笳笑了一声。

周浠向她所在的方向转头：“你喜欢我的眼睛吗？”

“喜欢。很漂亮。”

“左眼还是右眼？”

“不一样的漂亮。”

周浠笑起来，就更像洋娃娃：“左边这只眼睛，是一个动画人物的同款，你认得出来吗？”

“划一下范围？”南笳认真观察。

在灯下，那只义眼有种异样的漂亮。

“宫崎骏。”

“哦。白龙是吗？”

周浠点头：“你也喜欢？”

“我更喜欢哈尔。”

两人聊的话题都很简单，南笳感觉像回到高中，跟同学聊哪个明星更帅，诸如此类的。

周浠实在是个过分单纯的人，也无怪乎周濂月会对她过度紧张。

陈田田发了条微信过来催促，南笳看了一眼时间，说：“我可能得走了。”

“不等我哥吗？”

今天南笳跟周濂月之间的气氛这么不好，她还是不要自讨没趣了，就笑说：“你们不是要回家吗？”

“好吧。”周浠明显不舍。

南笳说：“拜拜。”

周浠说：“下次，你们剧团上新话剧，可以再喊我看吗？”

“好啊。”没什么强制性的约定，南笳答应得很快，反正是哄人开心。

南笳走后，周浠等了一会儿，周濂月办完事回来了。

他环视四周：“就你一个人？”

“南笳跟她朋友吃夜宵去了。”

周濂月没说什么，拉开了车门，将手杖递给甄姐，扶周浠上车。

路上，周濂月问她：“看得开心吗？”

“开心啊，南笳姐姐很专业。我就说了，有你没你是一样的。”

周濂月笑了一声：“还赌气呢？”

周浠转过头来“看”着他：“你为什么对她这么凶？”

“……谁？”

“南笳。她是你选的人，你却不信任她。”

“浠浠，她不重要。”

“可我觉得她很好。比你以前的那些……好。她没有讨好我，她并不想从我这里获得什么。”

周濂月不置可否。

“我还能跟她见面吗？”

“你不觉得尴尬？”

“我为什么要尴尬？你都不尴尬。”周浠又问，“我还能跟她见面吗？”

“我觉得没这个必要。跟着我的人，不见得都是坏人，但一定不是单纯的人。”

“我没有什么朋友。”

“可以去交。我帮你安排聚会？”

“哥，我是二十四岁，不是四岁。你反正最懂怎么让我不开心。”

沉默了一会儿，周濂月说：“你如果非要跟她交朋友，我不会反对。”

“真的？那我要约她陪我逛街。”

“下次我安排。”

周濂月不习惯在西山的老别墅里留宿，将周浠送到，陪她坐了会儿就走了。

路上，他给南笳拨去电话，问她在哪儿。

车开回到剧场附近，周濂月叫司机放慢车速，他转头扫视路边，还真看见了一个支着雨棚的烧烤摊。这样冷的天气，那逼仄空间里却坐满了一群穿奇装异服的人。

棚下牵了一颗白炽灯泡，灯光幽黄，摊子上飘出阵阵烟雾。

南笳挨着一个年轻女人坐着，手里捏着瓶啤酒，不知在聊什么，神采飞扬。

那笑容没有一点点掺假，真实得完全不顾表情管理，和跟他相处时截然不同。

周濂月漠然地瞧了一会儿，给她打了一个电话。

她接通之后，转头搜寻，当看见停在路边的车时，那笑容几乎一瞬间就消失了，似乎比潮水抹去沙滩上的字迹还快。

周濂月淡淡地吩咐：“过来。”

片刻后，她放了啤酒瓶，跟朋友道了别，裹着羊绒大衣，朝着这边走了过来。

她两手都抄在大衣的口袋里，整个人有种不堪寒风的清瘦。头发被风吹得乱七八糟，拂在了脸颊上，她随手捋了一把。

走到车边，她一把拉开车门，对上他的目光，即刻换上那副他很熟悉的笑容。

她爬上车，带着一身烟熏火燎的气息，夹杂着寒气。南笳直接将脑袋往他肩膀上一靠，带酒气的呼吸萦绕在他颈间："走吧。"

"去哪儿？"周濂月垂目，冷眼看她。

"随便，哪儿都行。找个你喜欢的地方。"她笑了一声。

周濂月盯着她看了数秒，忽然伸手，将车窗打开，紧跟着便去扒她的大衣。

风灌进来，冷得像刀锋拂面，南笳被吹得屏住呼吸，有点儿发蒙。

这人怎么回事，接个吻都要遣退司机的，怎么突然一下变得这么狂野？

然而，周濂月不过是将她的大衣往旁边一扔，并无下一步动作。

南笳才领会到他是嫌她身上有一股烧烤味。她笑了，伸出手臂攀着周濂月的肩膀："可是这样我冷啊。"

"正好让你醒醒酒。"

南笳仰头看他，笑说："我没说醉话。"

周濂月伸手，稍用力掐住她的下巴："醉话是免责声明，我最后给你一次机会。"

南笳还是笑着："不用。"

没有意义。

她之前很天真，以为可以循序渐进。但今天回过神来，后知后觉地心有余悸。

这种男人，她之前怎么敢一次一次去挑战他的耐心，还每每为自己的侥幸过关而窃喜。

一时的侥幸，最终都是要偿还的。

她差一点儿，差一点儿就因为自己的天真而陷入"周濂月这人也没这么可怕"的幻觉。

今天周濂月因为周浠而对她采取的态度，算是彻底将她打醒。

车启动，刮进来的风更冷。南笳背过身去打了个喷嚏，而周濂月终于将车窗关上了。

他伸手将她往自己怀里一揽，掀开身上的大衣将她一裹。

南笳身上只穿着一件薄薄的针织毛衣，领口宽松，大片皮肤已被吹得失温。

他的大衣里衬有一股浅淡的香味，体温隔着衬衫渡过来。人类渴求温暖的天性，让她还是忍不住伸手去抱住他。

车驶入一家顶级酒店的地下车库，踏入电梯之后，便是光明与温暖的国度。

南笳用手臂抱着自己的大衣，背靠着电梯厢轿，抬眼去打量周濂月。

他觉察到她的视线，转头来看她，她却别过了目光。

穿过铺地毯的走廊，走进一间面积宽敞的套房。那里面布局齐全得不像是酒店，更像是独身公寓。

南笳将大衣搭在沙发靠背上："我好冷，我要先去洗个澡。"

周濂月瞥她一眼，什么也没说。

南笳换上拖鞋，去找浴袍。拉开衣柜的瞬间，她愣了下，因为没想到里头挂着好几身衣服，看样式与材质，明显都是周濂月的。

该不会这个人在酒店长住？

浴室很宽敞，有个很大的浴缸，临靠着落地窗，外头灯火璀璨。

南笳先打开了浴缸的进水阀，等洗过头、冲过澡之后，浴缸里水已经蓄满一半。

她跨进去，躺入浴缸。

没敢泡得太久，当整个人都彻底暖和起来，她就爬了出来，擦干身体，再吹头发。

周濂月今晚去朱家聊了些生意上的事，临时改了行程，明天中午就得出差。

原本就没什么特别的兴致，不过因为南笳那句话，叫他想看看她今晚上又会玩出什么花样。可等待她洗澡的漫长时间，让他最后那点儿兴趣也彻底消失了。

他坐在沙发上抽了支烟，正准备走，来了个电话，是屈明城打来的。

屈明城说："你不是叫我帮你查南笳跟邵从安那档子事？我帮你问了。"

周濂月问："结果？"

"没啥结果。那都是七年前的事了，一个从来没出过名的小演员，谁还记得住？反正问了几个人，跟邵从安走得近的也都问了，都说只记得当年邵从安是追过她，但后来两人具体发生过什么就不知道了。"屈明城笑说，"你直接问当事人不就得了，费这劲儿。"

周濂月没理会他，问他还有没有别的事，没事就挂了。

"哦，差点儿忘了。考古到了两段她的视频，你可以瞅瞅。"屈明城懂周濂月的界限，一般不会浑开他的玩笑，这回倒是憋不住评价了一句，"就单看这两段视频，这姑娘被耽误了这么多年，确实可惜。以现在娱乐圈里这些明星的资质来看，她光靠脸就妥妥是顶流了——视频发你微信了，自己看吧。"

挂断电话，周濂月打开微信。

两段视频，第一段是南笳当年考电影学院的面试片段。

叫她唱首歌，她清清嗓就直接开唱，听得出来声乐基本功一般，但架不住音色好，是老天赏饭吃的那种，人又毫不怯场。

唱到一半停下来，笑着问评委，老师我好像节奏错了，您能给个拍子吗，我再试一次？那评委也配合，真就打起了拍子，她又唱了一遍，第二遍稳得多，声情并茂。

一首粤语老歌，带动评委都跟着打起了拍子：在你身边路虽远未疲倦，伴你漫行一段接一段，越过高峰另一峰却又见……

结束了，评委问她："你这嗓子怎么不去考声乐？"

她骄矜得一点儿也不叫人讨厌，说："因为我觉得我这张脸更不能被浪费。"

评委都哈哈大笑。

第二段视频是个广告，就十五秒。

一个橘子汽水的品牌，场景是大学校园，剧情很简单，全靠她一人撑起来。最后一幕，她趴在窗台上，举着橘子汽水对宿舍楼下的大男孩儿笑说"明天见”！

夏日，微风，斑驳树影，还有比橘子汽水更清新的女孩儿。

看完只有一个感受：灵气。

有开门声，周濂月抬眼。

南笳已洗完澡了，穿着酒店的白色浴袍，头发披散，一张脸素净得几乎能与广告里的那个女孩儿百分之百重叠。

除了眼神——这已不是一双看着从没被任何人欺负过的眼睛。

周濂月锁上手机，往茶几上一丢，向她伸出手：“过来。”

南笳走到他跟前，露出笑容，尚未开口，他伸手将她手臂一拽，她一下子在他腿上坐下。

他伸手，擒住了她的下巴，大拇指抹向她微微扬起的嘴角，说：“别笑。我瞧瞧。”

南笳的表情僵硬，莫名地心里发怵。

周濂月的手指用力，她不由得低下头来。

他盯着她的眼睛，凝视数秒，微仰头，咬住她的唇。

片刻后，他退开，捉住她微微颤抖的手，笑问：“这就是你的决心？”

“……可以关灯吗？”她的呼吸已经乱了。

周濂月轻易地就将她一把抱起来，好像抱起了一根芦苇。

他将她放倒在床上，抬手，按掉了总控开关。

电动窗帘也一并全部拉上，室内只剩下绝对的黑暗。

南笳觉得这是个错误决定，黑暗并不能缓解她的恐惧与焦虑，反而因为无法预判下一步的动作，而放大了紧张。

但她已经不想再退了，伸头缩头都是一刀。

她便伸手主动地抱住周濂月，低声说：“不用管我，你继续吧。”

看不见周濂月的表情，但听见他轻笑一声：“怎么继续？”

与她手掌相贴的，是周濂月身上衬衫的布料，微微粗粝的质感。她睁大眼睛，即便努力控制，也无法让自己不要去深呼吸。

周濂月的下一句话是贴着她耳朵说的：“可这怎么继续？你太紧张了。”

南笳只好说：“……对不起。”

周濂月又笑了一声："你跟我说实话我就原谅你。"

"……什么？"

"你跟姓邵的。"

南笳像是瞬间夺回了一点儿理智，很勉强地笑了一下："……要听什么实话？细节吗？"

周濂月说："好主意。"

南笳觉得无法呼吸，更无法开口——因为周濂月接下来的动作。

室内很温暖，她好像一条从冷藏室里拿出来的鱼，正在逐渐解冻。

最后，她像是从憋了很久的水下一下子潜出水面。

周濂月抬手揿亮了灯，轻轻拍了拍她的脸颊，说："还行，不是完全无可救药。"

南笳抬眼去看衣服穿戴整齐的周濂月，嘴唇微动。

周濂月没听清，俯身过来："嗯？"

"我说，我很怕你。"

"怕什么？迄今为止你不是做得挺好吗。"

南笳看他："……那你不继续吗？我说了，不用管我。"

周濂月手指轻轻碰一下她的脸："这么跟你说吧，南笳，我要只是单纯想找个人解决生理需求，不会找你，明白吗？"

她不明白。而周濂月不再说什么，起身便走了。

南笳拉被子盖住自己，转头看着周濂月直接走出了房间："周濂月。"

周濂月脚步顿了下，转头看她，她还没开口，而他显然知道她要问什么："明早联系许助，他派车送你回去。"

"你……"

"我去睡觉。"

"这里……"这里不能睡？

周濂月平淡地说道："我习惯一个人睡。"

/ 第五章 /

壁炉火光

南笳失眠到大半夜，第二天天一亮就醒了。

她没联系许助，自己打了个车回去，也没打听周濂月的下落。

她后面有工作，关姐让她去试一个戏。

南笳的工作室，单看股权结构很难溯源到周濂月头上，只有圈里人知晓这些门道。

工作室除了关姐，还有一个股东，但只是代持者，是周濂月放在台前的一个幌子，身份干净得扒不出任何东西。

周濂月投资影视行业并不直接经由他的基金会，而是专门成立了一家文化公司，那公司依然是找人代持股份的，也与工作室没有任何可在明面上查到的交叉的股权关系。

南笳当然不会觉得这是在保护她，这是周濂月在保护自己。

文化公司投了著名导演何讷的新戏《灰雀》，给南笳争取到了一个面试女主角的机会。

周濂月并非最大的投资方——倒不是投不起，而是性价比不高，因为何讷有自己固定合作的制片人，演员也有他用惯了的一套班底。

关姐让南笳去试试，成功了长见识，不成功也不亏。反正保底是女三号，合同里写了的。

这一阵，南笳就在研读剧本。

但本子看下来，她最感兴趣的倒不是女主角，而是女二号。

试戏当天，南笳跟导演何讷见过以后，就觉得机会不大。

明显何讷更倾向于他一手培养出来的影后。影后姓梁，叫梁司月，也是最大的投资方，即这部片子制片人的妻子。

要拼关系，她这头逊了不止一星半点儿。

梁司月演女主角南笳是服气的，人家是偶像出身，起点比别人低，但凭借成绩一步一步打破非议，二十七岁就得了影后。

反观自己，二十六岁了才算真正入了行。

试戏完，南笳没立即离开，她站在会议室外，等所有面试女主角的都结束之后，再度走进会议室。

何讷翻着简历，抬头打量她一眼，说："你不是刚刚面试女主角的？"

"是的，何导，但我觉得女二号才非我莫属。"

可能大家已经很久没见过这么老套的自荐套路了，都愣了一下。

南笳无所谓，只有自己才能替自己争取。

何讷倒是个很惜才的人，笑问："那要不先演一段？"他翻了翻台本，随意点了一场。

南笳台词早就背熟了，让演就演，几乎没犹豫，一秒钟投入角色。

她其实演完了也难说自己演得好不好，脑子有点儿空。

何讷又问了问她对角色的理解，她一一答了。

何讷点点头："了解了。"他又翻了翻她的简历，"南笳是吧？我会考虑你的意愿。回去等消息吧。"

南笳以前跑过太多太多的面试了，在她这里，这句话基本等同于没戏。

倒也没觉得失望，反正已经尽力了。

她拿起扔在地上的包，笑着冲何讷和其他工作人员鞠了个躬就走了。

天气已然冷得呵气成冰。

南笳第一部戏还没上，第二部戏又还在等角色通知，这个空档期，很难有什么成体系的工作安排。

闲的时候，南笳仍会去剧场给陈田田做做外援，丁程东不管她这个"外人"，也管不着。

快到平安夜，南笳终于接到周濂月的消息。

他行事风格一贯如此，不会提前告诉她要做什么，当天上午，直接把车开到了她小区门口去接她。

今日的车却不是周濂月常用的那一辆，而是一辆宽敞的商务车。

南笳一身 Y2K 风格——她穿了一件黑色皮草上衣和不规则剪裁的黑色长款皮裙，蹬着一双厚底皮靴，腰间束金属链条，卷发高马尾，戴一副浅红色宽大眼镜，又另类又酷，像个仿生机器人女杀手。

她开门时，车厢内卷入一股香水味，很烈很野性的小豆蔻、胡椒混合野姜花的气息。

周濂月瞥了她一眼，诚然他看不懂她千奇百怪、回回不同的穿衣风格，但不能否认她很会穿，每一回都莫名地贴合她的某一部分气质。

她上车之后脱下皮草的外套，里面是一件高领的黑色毛衣，肩部镂空的设计。

她转头看他，笑说："你很久没联系我了，我都以为我已经被开除了。"

周濂月语气平淡："你那天加我微信，是为了做什么用的？"

"可以随便给你发消息？"

周濂月无可无不可地说："你愿发就发。"

"你会回吗？"

"看心情。"

南笳笑了笑，她看车子已经启动了，便问："去哪里？你好像第一次上午找我。"

"委托你今天陪周浠逛街。"

车不是往商圈去的，拐了弯去往西山的方向，最后开进一片别墅区，停在一幢白色的别墅楼前。

周濂月叫她在车里等着，自己下了车。

南笳不想惹麻烦，一眼都没往那楼里面瞥过。

没一会儿，周濂月牵着周浠走了出来，后面还跟着周家的保姆甄姐。

甄姐坐去了前排，后方空间容纳三人绰绰有余。

周浠和南笳见了面很是兴奋，直接抓住她的手，笑说："好久不见了。"

“好久不见。”

“我早就想让你陪我一起逛街啦，但我哥前阵子一直在忙，没有时间安排。”

南笳只是笑了笑。逛个街还要经过周濂月的安排，她其实多少有些同情周浠。

周浠问她：“你今天穿的是什么样子的衣服？”

南笳形容了一遍：“能想象吗？”

“能。我买衣服都要靠别人描述。但是，我怀疑柜姐会为了销量骗我。”

南笳笑说：“你长得这么漂亮，穿什么都好看的。”

周浠偏了一下头：“那你觉得，我适合什么风格？”

南笳认真打量她：“你穿 Miu Miu 吗？我觉得适合你。类似的风格都可以。你很可爱。”

周浠转向周濂月：“听到了吗？”

周濂月轻笑一声，转而吩咐司机。

周浠又说：“不过其实我不是很喜欢逛这种品牌，柜姐有时候太热情。那种很虚伪的热情会让我很不舒服。”

南笳说：“我认识几个朋友，做独立品牌的，自己也开了线下店，如果你愿意的话，我可以带你去看看。”

她说这话的时候没有去看周濂月，怕对上他审视的目光。

“可以呀！反正今天有一整天的时间。”

周濂月只送她们去了第一家，还有公事就先走了。

到下午四点半，他忙得差不多了，便联系司机询问周浠去向，谁知她们半天已然去过了两个商圈，现今在南笳朋友的店里。

女人购物时可怖的战斗力。

周濂月直接过去找人。

那店没开在商圈的最内围，四周游客和车辆都比较少。

推门进店，里头人不算多，有个导购模样的人上来询问，周濂月说了句“找人”，抬头一看，便在试衣间附近发现了南笳和周浠的踪影。

他走过去，也没作声，在一旁的沙发上坐了下来。

南笳正蹲在地上，一边给周浠系袖子上的纽扣，一边跟她描述她身上这条裙子的模样，详细到褶皱的样式。

束好了扣子，南笳站起身，问道："你觉得怎么样？穿起来舒服吗？有没有哪里很勒，或者面料不亲肤的地方？"

周浠摇头，问她："好看吗？"

"好看，像梦游仙境的爱丽丝。你很适合这种童话风格的小裙子。"

"那你把手给我。"

南笳将手递过去。

周浠握住，笑说："你应该没有骗我。"

南笳也笑说："握一下手就可以测谎？"

"人说谎的时候和平常不一样，动作和呼吸都会泄露的。"

"如果我说，我不会骗你的，我骗任何人都不会骗你，你会相信吗？"

周浠笑："因为我看不见吗？"

"是的。这样说希望你不会不高兴。我觉得如果骗你，对你不公平。我不会这么做。"

"我不会不高兴。反而大家很避讳很遮掩我才会不高兴，这是客观事实，没有什么好避讳的。可惜很多人不懂这个道理。"

周濂月在一旁坐着，一直没出声打扰。

他很少见周浠这么高兴，且这高兴不掺杂任何刻意的、想要他放心因而不得不懂事的成分。

南笳掏出手机，正打算给周浠拍张照片，往镜子里瞥了一眼，顿了一下。

这微妙的沉默周浠并没有漏过，问："怎么啦？"

南笳笑说："周总过来了。"

"哦，那正好，让他埋单。"

带她们看衣服的是店主，也是南笳的朋友，走过来问她们想要哪几件。

大小姐财大气粗，反正也不是花自己的钱，就笑说："我试过的，南笳说好看的都要。"

她抬高声音，是刻意要周濂月听见。

周濂月笑着掏出钱夹，拿了张卡递给店主。

店主将衣服都打包好，将卡和小票递给周濂月，周濂月没接，向着南笳的方向扬了扬下巴，示意店主给她。

南笳没说什么，看了周濂月一眼，直接接了。

包好衣服的袋子，周濂月提着了。

等上了车，才发现座位上已然堆积了大包小包，衣服、箱包、鞋子、首饰……应有尽有，甚至还有几瓶无火香薰。

周濂月问周浠："都是你的？"

"对呀。"

"真能买。"

"不然你赚钱做什么？"

周濂月笑了一声。

车往餐厅的方向开，路上，周浠一直挽着南笳的手跟她聊天，都是些极幼稚、极琐碎的话题。

到了餐厅，周浠要去洗手间，也是南笳牵着她去的。真跟高中小女生一样，上个厕所都不肯分开。

点餐的时候，周浠告诉南笳："这家店我很喜欢，小时候，还看得见的时候就来过。这么多年，他们的菜品味道一直很稳定。"

南笳将菜单一合，笑说："那你帮我点。"

"你相信我的口味？"

"当然。"

最后菜端上来，每一道南笳都喜欢极了。

周浠比自己吃到了美食还高兴。她朋友很少，更是很少和朋友像普通人一样逛街，更别说给朋友"安利"成功。

吃完饭，南笳又带着周浠去买奶茶。这事周濂月自然懒得陪同，先去车上等她们去了。

南笳挽着周浠，一直在注意周遭环境。

忽听周浠说了什么。她没听清，转头凑近："嗯？你说什么？我刚刚没注意听。"

周浠说："我说，我十二岁的时候，差点儿被绑架。有人买通了家里的厨师，如果不是甄姐发现及时，可能就……所以从那以后，我哥就对接近我的人非常戒备。我看不见，自保能力为零，身边二十四小时都得有人。如果我被绑架，会很麻烦，对我哥，还有其他的……一些人。”

南笳说：“可以理解。”

周浠说：“希望你不要怪他。”

南笳没说好与不好，她答应过周浠不对她说谎。

回程路上，周浠渐渐安静下来。

到家的时候，她一整天的兴奋劲儿基本已消散殆尽。

南笳明白那种心情，高兴过后的落寞感。

甄姐将车里的东西都拎了下去，而周濂月扶着周浠下了车。

周浠握着手杖，面朝着南笳所在的方向，笑说：“谢谢你，我今天真的很快乐。”

南笳说：“差点儿忘了。”

“嗯？”

南笳从自己的包里掏出个小礼品盒，拉过周浠的手，将其放上去：“不是什么贵重的东西，就当圣诞节礼物了。”

“啊……”周浠“看”她，“我没给你准备。”

南笳笑说：“我也不是专门买的。上次去逛街随手拿的，一直放在包里。刚想起来。”

周浠捏住盒子：“……谢谢。”

“没事。”没说下次再叫她，因为这不由她来决定。

周濂月将周浠送到大门口，说：“进去早点儿洗漱，早点儿休息。”

“你不再进去坐一下吗？”

“南笳还在车上。我送她回去。”

周浠笑：“真的吗？送她回去？”

周濂月敲了她脑袋一下。

周浠说：“哥，她真的很好。”

“知道了。”周濂月说，“进去吧。”

“你最好是真的知道了，不要让我再撞到你对她说难听的话。”周浠笑着，以手杖探路，走进屋里。

周濂月回到车上。

南笳双臂趴在打开的车窗上抽烟，她觉察到周濂月在观察她，于是转头。

他不作声，她只好笑问："怎么了？"

周濂月将她手腕一捉："下车。"

南笳被他牵着，走到了停车坪的另一侧，那里停了辆奔驰大 G。

他打了个电话，片刻后，甄姐从屋里出来，送来一把车钥匙。

周濂月将车解锁，拉开了副驾门，自己则绕去了驾驶座。

南笳上了车，见周濂月系安全带，真是要打算自己开车，笑说："你这样我有点儿受宠若惊。"

周濂月淡淡地瞥了她一眼。

车驶出去，周濂月点了一支烟，一手搭在方向盘上。他转头看她一眼，问："逛了一天，怎么没给自己买点儿东西？"

南笳笑说："都顺走了你一张卡，还不够？"

他们聊天总是有一搭没一搭的。

周濂月抽着烟，过了会儿，才又出声："对《灰雀》的女二号感兴趣？"

不作他想，肯定是关姐跟他汇报的。

南笳笑看着周濂月："我陪周浠真没想从你这里得到什么额外的好处。这就是我分内的事——这么说也不对，她是个很可爱的姑娘，我陪她一天也挺开心的。"

周濂月只问她："不想要？"

"想。我也知道你追加点儿投资是很容易的事，但是还是希望你不要多做干涉了，这角色我很喜欢，就更不想影响导演的判断。关姐说合同保底女三号，我觉得就够了。分量重的角色，还是留给导演一些自由抉择的空间吧。艺术创作本来就已经很不容易了。"

周濂月转头看她。他其实多少觉得这姑娘有点儿圆融，真话假话浑说，更别提见人说人话见鬼说鬼话。这种真诚的时刻就格外难得，就像她那晚在那儿烧剧本，拿火点烟。

就像洋葱。

他挺想看看，剥到最后一层，她到底会不会给他惊喜。

南笳觉察到车是往近郊开的，以为他大半夜的要去那毫无人气的餐厅，胃已经开始痛了。

然而不是，后来看见了沿路的路牌，才知要进山。

她也不问去做什么，现在多少有点儿兵来将挡水来土掩的意思。

进山的路到后来车流便越来越稀疏，偶尔有车对向驶来。

这一点南笳很佩服周濂月，有素质不高的人开远光灯，换她早就“三字经”问候了，他倒是毫无反应。

山里安静极了，南笳看着车窗外树影幢幢，早就分不清楚方向，就笑说：“你不会是要杀人越货吧？”

周濂月竟应承了她的玩笑话：“能卖几个钱？”

最后，车开到了一栋别墅前面。

南笳跳下车，一瞬间侵来的寒气叫她打了个冷战，山里比城市要冷得多。

周濂月走过来，将她的腰一揽，就这样半搂着她进屋去。

是密码锁，他按键的时候，她故意盯着看，他却什么也没说，就由着她了。

进屋后，周濂月按了一下总控开关，全屋的灯火一霎亮起。

南笳发现，不管多少次，这样的瞬间总会叫她心绪翻涌一下。

别墅里没人，但干干净净的没有一丝灰尘，可能是日常有人打扫。

南笳问：“可以参观吗？”

周濂月点头。

别墅的装修有点儿类似侘寂风，但比那更温暖些，一楼是客餐厅和厨房，没什么特别的。

上了二楼，有个十分开阔的书房，一整面的玻璃墙，下方便是一片林海，再向远处眺望，是比蜃楼更遥远的城市灯火。

更妙的是，玻璃墙对面的那面墙，砌了一个壁炉，是真烧柴的那种。

南笳走过去研究了一会儿，问：“壁炉可以烧起来吗？”

周濂月说：“你可以先去洗澡。我叫人来烧。”

这荒郊野岭，不知道哪里有人。

可当南笳洗完澡再来到书房，这壁炉真的已经烧了起来，火还不够旺，但靠近时，那真切的、可以灼热皮肤的温度，还是让南笳一霎便心情雀跃。

周濂月不知道去哪儿了，不在书房里。

南笳没管。沙发挨壁炉很近，她从沙发上捡了一只抱枕，在壁炉前的地毯上抱膝坐了下来。

过了会儿，她听见有脚步声，转头一看，周濂月走了进来，手里提着两瓶瓶装的橘子汽水。

仿佛是冰镇过的，瓶壁上有水珠。

周濂月递给她一瓶，她看了一眼，却愣了一下，因为是她十九岁时拍过广告的那个品牌。

她瞥了周濂月一眼，但他永远是那样淡漠的表情，她猜不出来这是不是故意的。

透过火光，橘子汽水的颜色更玄妙。

周濂月坐在身旁的沙发上，垂眸。

南笳呆望着汽水瓶，有点儿失神，火光在她眼睛里跳动，让人想到沉了冰块的玻璃被阳光照进去的模样。

周濂月伸手，将她手臂一拽。

她回过神来，望过去。

他捉住她的手，接过了她手里那瓶汽水。她不明就里地被拽了过去，跪坐在他腿边。

下一秒，周濂月扯开她浴袍的领口，将汽水缓缓地淋下去。

她整个人都愣住了。

周濂月的手指收拢，搂着她的肩膀，低声说："别动。"

南笳被冰得颤抖了一下，这过程没有持续多久，瓶子就空了。

而下一瞬，周濂月一把将她拉起来，将她带入怀里，低头，轻吻她锁骨上微凉的汽水。

荒诞的开始，却是温存到南笳觉得在做梦的展开。

周濂月仿佛有无穷尽的耐心，过程中不断地以言辞、缓慢而温柔的行动告诉她，放松，放松。

到最后，南笳已经彻底消解了紧张和恐惧，只剩下非常本能的、叫她自己也不可置信的渴。

南笳无端地就想到小时候学游泳的经历。

十岁左右，跟父母去海岛旅行，玩水上项目。她个子小，那船开出去拐弯时她没抓住扶手，一下被甩了出去。

穿着救生衣，其实淹不死人，可落海那一刻的恐惧，让她大脑一片空白，本能地手脚乱挥。

后来被救生员捞起来，她呛了一肚子海水，又苦又咸，嗓子眼儿撕裂一样地疼。

她一辈子都忘不了海水恶心的味道，也因此落下怕水的毛病。

后来上了初中，她暗恋班上一个男孩。

他是游泳队的，在水里像一条鱼一样灵活。

为了他，南笳去学游泳。

起初一下水就慌，但少女时期懵懂的爱恋就有这么强大的动力，促使她克服恐惧，一遍一遍尝试。后来，她学会了游泳，才知道那一点儿也不可怕。

在水里，她可以那样自由。

周濂月仿佛比她自己更了解她的每一个细微变化。

他看着她，摘了眼镜，往一旁一扔，伸手将她紧紧一搂。

满足感，以及劣根性的成就感。这一霎，周濂月觉得他的耐心值得。

壁炉里木柴燃烧发出毕剥的声响，还有一些更遥远的声音，来自那玻璃墙外，像是风拂过树林的声音，寂寥又不可捕捉。

南笳睁眼，借壁炉的火光去看周濂月的眼睛。

原来，他摘下眼镜是这样。

没有那样冰冷，只是幽静，但细看也会有微微起伏的波澜。

她几乎是出于本能，仰起头，触碰他的眼睛。

周濂月条件反射地闭眼，她嘴唇碰到的是他的眼皮。

脆弱的，柔软的。

下一瞬，他便伸出一只手攥住了她的手臂，压在她身侧，另一只手则一把蒙住了她的眼睛。

视线被限制，一切都变成未知，已知的只有他。

结束后，南笳做的第一件事，就是捞起了一旁还剩下的那瓶汽水，仰头一口气喝下去。

周濂月则戴上眼镜，去捞地上的长裤，摸出烟和打火机。

他点燃香烟衔在嘴里，她自然地要来分一杯羹。这次甚至都不曾打声招呼，她笑着，直接捏着滤嘴夺过去。

她吐出来一个薄薄的烟圈，整个人是湿漉漉的，头发、皮肤以及看向他的眼睛。

周濂月以为她要说点儿什么，但她看了他片刻，却一个字也没有说。

她只是将烟拿下来，塞回他嘴里，说："我去洗澡。"

周濂月伸脚一绊，她停下来。

他笑，咬着烟，伸手一把将她打横抱起："一起。"

南笳回到壁炉前，已经是四十分钟后了。

整个人清爽而疲倦，皮肤上没有黏稠的橘子汽水和汗液，只有被火焰的温度烤得微微紧绷的疼痛感。

她有点儿莫名地痴迷这种感觉，一直坐着没有动。

周濂月穿着浴袍，走到她身侧坐下。

片刻的静默后，南笳脑袋一歪，枕在他肩膀上，笑说："故意的是不是？"

"什么？"

"汽水。"

周濂月不否认。

"什么感觉？"

周濂月垂眸看她。

"十九岁的我，是什么感觉？"

周濂月顿了一下："你问我？"

南笳笑："哦，我搞错了。"她低下头，许久都没有再出声。

周濂月凝视她片刻，伸手，去捏她的下巴，然而手指先碰到湿润的触感。

他愣了一下。将她脑袋抬起来，低声笑问："是我把你弄哭了？"

"你看错了。"

他手指用力，不许她别过脸去："不开心？"

南笳笑着，反问："会让你扫兴是吗？"

他不置可否，目光只是定在她的脸上，一一扫过她的眼睛、鼻梁、鼻尖……最后低头吻住她。

这吻的意味有点儿过分温柔，让南笳不自在，呆了一下，没有回应。

而周濂月即刻便退开了，手掌轻轻拍一下她的脸颊，语气淡淡的："睡觉去。"

南笳站起身，而周濂月仍坐在地毯上。

她问："你不去吗？"

周濂月抬眼看她。

她想起他说的不习惯跟其他人一块儿睡，就不再管他了，说了声"晚安"便离开书房。

南笳喜欢在狭小的空间睡觉，再宽敞的床也要堆上一堆毛绒玩具，被包围的感觉让她有安全感。

现在这卧室和床都太宽敞，她睡上去翻来覆去的，很不踏实。

爬起来，去衣服堆里找到自己的包，翻出耳机塞上，听了很久的音乐才有睡意。

但睡到凌晨两点多就醒来，觉得渴，起床去找水喝。

她爬下楼，在一楼的西厨看见冰箱。

走过去拉开一看，里面有几瓶矿泉水，还有一整排的橘子汽水。

她晃神了一下，拿了瓶矿泉水，面无表情地轻摔上了冰箱门。

上楼，看见书房里还有隐约的火光。

放轻脚步走过去一看，周濂月平躺在壁炉前的沙发上，手里捏着眼镜，手臂搭在额头上。

南笳转身退出去。

没想到周濂月出声问："做什么？"

南笳一顿："我吵醒你了？"

周濂月目光扫过来："我醒着的。"

他抬手，朝她招了一下。

南笳走过去，待他伸手去拿她手里的瓶子，才知他是要喝水。

周濂月戴上眼镜坐了起来，拧开水瓶喝了一口。

南笳坐在沙发的边沿，转头看他："你还没睡吗，还是已经睡一觉醒了？"

"没睡。"

"在忙工作？"

一时沉默。

南笳接回水瓶，没再问什么。她坐了一会儿，见周濂月没再有什么吩咐，正准备起身回去，周濂月平淡地出声："我有失眠症。"

南笳顿了一下："没带着药？"

周濂月不作声，赤脚踩着地毯，走过去拿了烟和打火机，点了一支烟。

南笳这下也不知道该不该走了，坐在那儿有点儿进退两难的感觉。

周濂月转头看她一眼，伸手，递出香烟。她放了水瓶，起身去接。

壁炉里没继续添柴，火已经小了下去。

南笳凑近些，盘腿坐下。周濂月则坐在了一旁的单人沙发椅上，手臂撑在扶手上看着她。

南笳转头，和他对视片刻，往他那边挪了一下，递过烟。

他没接，她就站起来，直接往他膝头一坐，把烟送到他嘴边。

晃动间有火星跌下去，南笳低头一看，靠近心口的位置，那真丝的料子上，燎出了黑乎乎的一点。

不是自己的衣服，可也莫名地心疼。

周濂月衔着烟，也顺着她的目光去看。起先注意她抠着那黑点的细长手指，没一会儿视线就移动到了别处，顺着她呼吸而微微起伏的地方。

他盯了一会儿，直接伸手。

她吓了一跳，条件反射般猛地站起身，退后半步。

周濂月立即别过头，那燃烧的烟头堪堪避过，差一点儿燎到她。

他笑了一声："躲什么？还不够适应？"

他捏着烟按灭在一旁的烟灰缸里，站起身，伸手捉住她手臂，往自己跟前一带，半拥着她，推着她往后退。

南笳身不由己，退抵到另一侧的单人沙发，膝盖一弯，坐下去。

周濂月一手撑在沙发靠背上，另一只手掐着她下巴，低头，顿了一下，吻住她。

南笳还维持与他相持的动作，两手都撑在他胸口。

也因此，她直观地感觉到体温升高。

俯视时他极有侵略感，南笳本能地感觉不适，于是伸手一推。周濂月没松手，她自己也就被带了起来。

两人都跌坐在地毯上。

周濂月微微蹙眉，南笳不给他发难的机会，伸手拽住他浴袍的衣领，主动再吻上去。

南笳很快就没有了时间胡思乱想。周濂月是高手，各方面的。

她跪坐在他两膝间的地毯上，两臂都搂住他的肩膀。而他手掌按在她后背处，隔着浴袍，手指一节一节数过她明显的脊椎。

这个过程使南笳战栗，好似汗毛都竖起来，但不是因为害怕。

她的脸不自觉地向他凑拢，呼吸一时深一时浅，火光里他的眼睛像月亮沉入海底，幽深而不可测。

她屏住了呼吸。在她好似要缺氧时，他终于一把掐住她的腰，再度低头吻她。两人相拥如榫卯契合。

好久，周濂月才松开了手。

他一手撑在地毯上，身体往后仰，稍退远了去看她。

两人都不说话，只有眼中火光跳动。

南笳呼吸渐深，猛地伸手一推周濂月的肩膀。

周濂月仰倒在地毯上，微微挑了一下眉，任凭她俯视。

南笳伸手，去摘他的眼镜，他一偏头便躲过，一只手捉住她的手，另一只手将眼镜摘了下来。

“……你近视多少度？”

“看清你足够了。”周濂月伸手猛地一拽，她跌在他身上。

“这么主动？”周濂月贴着她耳朵问。

南笳不说话。

“进步很快。”他评价。

南笳伸手去捂他的嘴，他笑的气息喷在她掌心。

竖在南笳面前的是一堵铜墙铁壁，她曾经试图绕过它、忽略它……但最根本的还是要打破它。

而墙的对面无限开阔。是可以追逐本能而不必感到耻辱，是伊甸园的最初，是多少文艺作品的滥觞。

是费洛蒙、多巴胺、肾上腺素，是投入的时候觉得自己存在又不存在。

她终于似乎获得了某种自由。

南笳平躺在地毯上，平顺呼吸。

她抬头的视野是高高的天花板，横梁都暴露在外，悬挂着很有设计感的吊灯。

壁炉的火已经灭了，皮肤上的汗水蒸发后，很快就觉得冷。

身旁有窸窣声响，南笳转头看了一眼，周濂月已站起身，披上了浴袍。他也捡起她的，丢到她手边。

她笑了一声，朝他伸手：“拉我一把。”

周濂月直接将她抱了起来扔在沙发上，扯毛毯给她盖上，自己转身出去了。

南笳累得差一点儿睡着。合眼的前一秒醒了过来，爬起来穿上衣服。

回到卧室里，却见浴室里亮着灯。

另外一边也有客用的浴室，不过这主卧离得近，周濂月应该是图方便。

南笳进门没一会儿，浴室门就打开了，周濂月出现在流理台前。

她瞟了一眼，看见镜子里映照出的身影。之前就觉察到，他看起来这样清瘦，但其实有紧实而流畅的肌肉线条。

周濂月伸手去拿浴巾，往镜子里瞥了一眼，因为没有戴眼镜，他微微地眯了一下眼睛。

南笳问：“你平常玩什么运动项目？”

“壁球、赛艇……”周濂月略有些不明所以，又转头去看她。

南笳笑一笑：“蛮好的？”

“什么？”

“没什么。”

周濂月也懒得多问，披上浴袍走了出来。

“早点儿睡。”他从她身旁走过去。

“唉。”

周濂月停步，转头。

南笳凑拢，踮脚，在他唇上碰了一下，又倏然退开，笑说：“希望你睡得着了。晚安。”

周濂月停顿了一秒钟，方继续往外走。

/ 第六章 /

真的有星星

南笳第二天九点钟左右醒来，洗漱之后去书房看了一眼，周濂月已不在那儿，壁炉里是昨晚烧尽的炭。

她不确定周濂月是不是已经先走了。待走下楼，往餐厅里瞥了一眼，他已经换好了衣服，正坐在餐桌那儿吃早餐。

“早。”

周濂月抬头：“早。”

厨房里有人，穿着一身白色工作服，应当是厨师或者保姆之类的，微笑着问她想吃点儿什么。

南笳往周濂月的面前看了看，培根蛋和柳橙汁，就说要一样的。

她走到他对面，拉开椅子坐下，低头看手机，假装处理重要微信。

白天，且有第三人在场，她因为昨晚多少生出一些羞耻感。

周濂月吃完便要走，叫她自己慢吃，吃完了这边有人送她回去。

“等我，我跟你一起走。”

“我赶时间。”

“十分钟，OK？”南笳起身，问厨师，“可以打包吗？”

“可以的女士。”

“做好了帮我打包，谢谢！”她又转向周濂月，“我上去换衣服，你先去车上吧，我马上下来。”

南笳那身衣服麻烦得要命，好不容易才穿好，赶紧跑下楼。

厨师递过装早餐的纸袋和瓶装的鲜榨果汁。

南笳道了声谢，拿上东西飞快地跑去门前停车坪。

驾驶座上，周濂月用手指轻敲着方向盘，时而往腕上的表盘看一眼。

南笳几乎赶在他耐心耗尽的最后一秒拉开了车门，笑说："应该没到十分钟吧？"

周濂月看着秒针转过了第十二圈："嗯。"

车子启动，南笳打开纸袋吃早餐。

周濂月抬手摁按钮，将她那边的车窗落了下去。

南笳差点儿被灌进来的风呛住，转头看他："能不能等我吃完了再开窗通风？"她说着，自己伸手将车窗升了上来。

周濂月没说好，但也没再把她那边的车窗打开。

车开回到市里，周濂月将南笳送到了她家小区的门口。

南笳下车时自发地带走了早餐的垃圾，她说声"拜拜"，正要关上车门，听见周濂月出声，动作一停。

周濂月看着她，还是一贯平淡的目光："后天来接你。"

后天是平安夜，南笳想了想："我约了朋友吃饭。"

"取消。"不容商榷的语气。

"好吧。"南笳笑了笑，关上车门，转身走了。

周濂月的车在前方掉头。片刻后，许助打来电话，问周濂月是否已经到公司，会议还有五分钟开始。

周濂月看了眼手表，平声说："在路上了。会议推迟二十分钟。"

电话那边的许助明显地愣了一下，一般周濂月自己定下的会议鲜有推迟："好的周总。"

平安夜当天，南笳先去了解文山那里一趟。

解文山这人好像无所谓孤单不孤单，一人守着店，看书习字，自得其乐。

南笳送给他一根古法手工制作的墨条当节日礼物，解文山笑呵呵地说自己不过这洋节，却转头就从抽屉里拿出一早就给她准备好的回礼。

问她："晚上跟朋友过节去？"

南笳笑说：“是呀。”

她在架子上看见个敞开的木质匣子，看了一眼，那里面放着整块的玉石。

解文山顺着看了一眼：“周濂月叫人送过来的，刻章用的寿山田黄。”

南笳手都快碰到了，又收回来，笑说：“您要给他刻章？”

“不是。就送过来让我玩的。”解文山无奈，“他总是破费。”

“反正他有钱，随便造……”南笳蓦地收声。她的语气未免太熟稔了。

她心虚地抬眼看解文山，好在他似乎无所觉，只笑呵呵说：“有钱也不该铺张浪费，真正该用钱的地方还多着呢。”

南笳坐了会儿，解文山就赶她走了，叫她跟她的朋友们过节去，不必守着他这老头子。

傍晚五点半，周濂月的车开到了南笳小区附近的路口。

她人已经在那儿了，穿了件深灰色厚外套，内搭是一条黑色针织连衣裙，脚下是过膝长靴，脖子上应景地戴了条红绿配色的羊绒围巾，手里则捧着一大束花，开得正盛的粉色玫瑰。

她百无聊赖地站在那儿，与其说脸上毫无表情，毋宁说有点儿臭脸，但仍然挡不住路人经过时频频转头向她张望。

周濂月给她拨了个电话，她接通后抬眼扫视。

看见车在马路对面，她笑说：“不能掉头过来吗？”

周濂月吩咐司机：“掉头。”

南笳抱着那束花上了车，身上有甜而不腻的白桃和玫瑰的气息。

周濂月往她手里的花束瞥了一眼：“谁送的？”

“送给周浠的。”南笳心知肚明，自己的身份就是个“公主伴读”，而周濂月显然也是这么认为的，既然能讨得妹妹开心，叫她俩继续接触也无妨。

南笳觉得多用点儿心自己也没什么损失，且她对周浠确实抱有一种怜惜和同情。虽说人家是锦衣玉食的大小姐，哪里轮得到她来同情。

但干一行敬一行。敬业的敬。

对周浠是这样，对周濂月也是这样。

车直接开到周浠那儿去。

下了车，南笳跟在周濂月身后走进别墅。

客厅里摆了棵张灯结彩的圣诞树，墙上挂着红绿配色的三角旗和冬青花环，餐桌铺上了红绿白三色条纹的桌布，烛台上点着白色的蜡烛。

节日气氛浓郁。

周浠听见开门声，从沙发上站了起来："哥？"

南笳在门口换了鞋，笑着走过去打招呼："浠浠。"

周浠穿着上回她们一起去挑的那条爱丽丝主题的连衣裙，头发束了起来，在后方缀了一个很大的浅蓝色蝴蝶结。

南笳捉过她的手，将花递到她怀里："礼物上回已经给你了，这次又不好空手就过来，就给你买了一束花。"

周浠"哇"了一声，凑近了去闻："玫瑰吗？"

"嗯，粉色的。包装纸是白色，丝带是浅绿色。"

"一定很漂亮。"周浠笑逐颜开。

她们寒暄的时候，有个人跟着从沙发上站了起来。

南笳瞥了一眼，是个笑容清爽的年轻男人。

周浠感觉到他站了起来，便向南笳介绍，神情带着三分羞涩："他是我朋友，苏星予。"

南笳和苏星予互相礼貌地打了声招呼。

人到齐了，晚餐正式开始。

周浠和南笳挨在一起坐着，周濂月则和周浠的朋友苏星予坐在她们对面。

南笳原以为周濂月会主导晚餐的气氛，但意外地没有。

她看得出来苏星予应当是第一次来周家，以周濂月的性格，难免会有一番家长式的询问。但或许周浠的情绪在他那儿是高于一切的，所以他全程非常克制。

所有话题均由周浠主导。

苏星予聊到自己本科毕业时，曾在英国旅居过三个月，周浠兴奋道："我哥在英国念书的时候，我也去住过一段时间。"

苏星予说："哪个城市？我主要在伦敦和诺丁汉。"

"我在伦敦的乡下。"周浠笑说。

“乡下？”

“就是……剑桥镇。”周浠“看”向周濂月，像是有点儿担心他会不会阻止她继续说。

周濂月没什么反应。

南笳心想，周濂月原来是剑桥大学毕业的。

苏星予笑说：“我去参观过，还写过一首曲子。”

等吃完饭，苏星予用小提琴拉了那首自己写的叫作《康桥晨雾》的曲子。

周浠坐在沙发上，撑着沙发扶手，托腮聆听。

南笳看着这一幕略有几分晃神，觉得心里空荡荡的，人最痛苦的是在别人身上看见自己幸福的幻影。

苏星予拉完，转头一看，周浠好似还沉浸其中。

他笑了一声，喊她：“你觉得……怎么样？好听吗？”

“我……蛮好听的。”周浠的大脑好像短路了一样。

她耳根通红，伸手将南笳的手一抓：“南笳姐你是不是还没参观过我家？我带你去书房看看吧。”

苏星予看着她落荒而逃，一头雾水，拿着小提琴跟也不是，不跟也不是，只讷讷地提醒道：“小心……”

家里的摆设是固定的，周浠哪怕看不见，平日惯常活动的路线已是非常熟悉，如履平地。

进了书房，周浠将门掩上一半，深呼吸。

南笳忍不住逗她：“喜欢他？”

周浠两手捂住耳朵不想听。

“他蛮帅的。”

周浠又将手放下：“……真的吗？甄姐也这么说。但我怕她是在安慰我。”

“真的，很清爽。吃过香草冰激凌吗？就是那种感觉。”

周浠忍不住笑却又格外不好意思继续这话题，别扭地说：“……还是参观书房吧。”

这栋别墅的装修风格看得出来有些年头了，是十几年前流行的那种奢华的欧式风格，书房也是如此。

南笳抱着手臂环视一圈，周浠过来牵住她的手，摸索着走到书桌那儿，然后拉开了抽屉，从里面摸出一只礼品袋，递给她。

“圣诞礼物。是一条手链，我自己挑的挂饰，不知道你会不会喜欢。”

南笳打开看，黑色的皮绳，串着三个金色挂饰，分别是南瓜马车、小皇冠和草莓。

“谢谢。”南笳笑着戴上手腕，“很可爱，我喜欢。”

“我哥送你礼物了吗？”

“没。”他们之间不会有这些。

门口传来脚步声。南笳看了一眼，是正被提到的周濂月。

他站在门口，提醒周浠出去吃点心，别把客人晾太久。

周浠说：“就来。”

周濂月原是说完就要走了，朝着她们这边瞥了一眼，顿了一下，然后走了进来。

周浠问：“怎么啦？”

“拿本书。”

周濂月径直走到书桌这边，伸出手臂。

南笳顺着他的动作看过去，一时愣住——他不是要拿书，而是无声地将书桌上的一个相框倒扣了下来。

这里没有除了她之外的外人，这极具防备意味的动作是针对的谁，不言而喻了。

南笳甚至自始至终根本就没有注意到那相框。只在方才匆匆一瞥的时候看见那是张老照片，照片里是一个穿白色连衣裙的年轻女人，面容淑静。

周濂月拍了拍周浠的肩膀，平淡地说：“出去吧。”

周浠点头，牵着南笳往外走。

南笳转头看了周濂月一眼，她不知道自己有没有控制住表情，但她确实很难再笑得出来。

她不舒服倒不为别的，周濂月跟她认识也有半年了，她从来没有主动刺探过他的隐私。刚才这么一下简直像是在质疑她的人品。

他们回到客厅，吃了些点心和水果，又聊了会儿天。

周濂月基本没怎么出声，南笳则是一个应和的角色，以防话题落地时周浠和苏星予会尴尬，她强撑着才没有心不在焉。其实直到刚刚，她的心情都很不错。

半小时后，今晚的聚餐结束。

周濂月派了一部车，送苏星予回家。周浠强烈要求自己跟着一起送，周濂月答应下来，前提是甄姐陪同，且送到就必须折返，不能逗留。

南笳跟周濂月坐另外一台车离开。

她开了窗，点了一支烟，转头看着窗外，一直没回头。

直到周濂月伸手，将她的脸扳过来。她露出无懈可击的笑容："怎么了？"

周濂月瞧着她，目光淡漠极了。

车开到了上一回的酒店。

进门后，南笳脱下长靴，赤脚踩着地毯走到窗边。从高楼上看底下的灯火，又是另外一种感觉，距离过滤掉了那些节日的热闹嘈杂，会觉得那些远处的光，并不温暖。

周濂月走到了她身后，声音淡淡的："怎么又不高兴了？"

"我哪儿有？"她故意有点儿娇嗔的。

"是吗？"

周濂月伸手，自下方她身上这件长袖的黑色针织连衣裙的裙摆探入。

南笳吸了一口凉气，周濂月往前一步，抓过她的一只手按在玻璃窗上，另一只手则掐着她的下巴，掰过她的脑袋吻她。

结束后，周濂月洗了个澡，站在流理台前擦头发。

南笳走进去，看着镜子里的人，笑问："你要去其他地方睡觉吗？"

"怎么？"

"要不你就在这里睡吧。"

周濂月动作一顿。

"我想回去可以吗？朋友办派对，我想去打声招呼。"

周濂月看着镜子里的人，她口红已经花了，领口处皮肤上的汗水尚且没有完全蒸发，几缕发丝黏在上面。

真让人惊讶，方才那么热情投入的她和现在这么冷静的她，简直像是两个人。

周濂月的声音淡漠："你觉得呢？"

南笳笑了一下："我今天的任务不是已经完成了吗？"

周濂月轻笑一声，是叫她畏惧的那种有些冷意的笑："你从我这儿得到的还不够？"

南笳的脸色一下子变得煞白。

周濂月伸手轻拍一下她的脸："我什么时候叫你回去，你才能回去。"

空气好似结冰。然而不过就凝滞了几秒钟，南笳又笑出声来，好像他的话并不是一柄利刃，并没有谁因此有立场受伤。

她说："早说啊。"

周濂月眯了眯眼。

她这自我调节能力真是一流。

镜中人影一晃。

那浅白灯光照得南笳皮肤无血色，唯独边缘模糊的口红，妖冶得有些过分。

她朝着他走近一步，伸臂攀住他的肩膀，踮脚，与他目光相对："怎么不早说？"

"什么？"他故意问。

她的笑容像是封存在冰层里的玫瑰。

在嘴唇即将相触的时候，周濂月倏然伸手，一把将她抱了起来，扔进浴缸。

某个瞬间，周濂月将她的脑袋抬起来，看见她被水溅湿的脸上，露出复杂的表情。

那眼神像是溺水。

周濂月披上浴袍走回客厅里，手机上有三通未接来电，都是助理打来的。

他点了支烟，在扶手沙发上坐下，将电话拨过去。

许助说："抱歉周总，原则上不该这时候打扰你。但是 TG 科技的创始人李总，在公司前台大厅蹲了一天了，因为毕竟曾是合作关系，保安不敢动粗赶人，请示我是否报警。李总希望能再跟您见一面，他重新做了报表，想再聊聊追加投资的事。”

周濂月平声说：“转告他，不再追加投资是战略部的统一意见。还有什么其他诉求，走正常流程，闹得跟告御状一样很不体面。”

许助说：“我了解了。那如果李总还不肯走……”

周濂月说：“报警。”

南笳吹头发时，听见外头隐约有说话的声音，猜想周濂月可能是在跟谁打电话。

等吹干头发，走出浴室，看见他正坐在扶手椅上抽烟，那扶手椅斜放着，他面朝着落地窗，只留给她一个背影。

隐约有些孤孑的意味。

没待她开口，周濂月平淡地出声：“司机在地下车库等你。”

南笳愣了一下：“……我可以走了？”

周濂月不作声。

南笳默默地换好了衣服。临走前，她又看了看周濂月，他还是那样坐着，手臂搭在扶手上，仿佛静止，唯独夹在手指间的烟，有淡白的雾气缓慢弥散。

圣诞派对在叶洗那儿办的，因为宽敞，还不怕扰民。

去的基本都是叶洗做音乐的朋友，还有陈田田以及其他几个话剧团的。

这种聚会一般不到凌晨两三点不会散，南笳去的时候气氛已经彻底炒热。

都算是文艺工作者，派对格调不低俗，大家喝了酒，玩乐器的唱歌的，随时来一段即兴。

南笳进门的时候，叶洗恰好抱着吉他在唱歌，架子鼓和贝斯给他伴奏，大家围成一圈，或坐或站，跟小型演出一样。

南笳在人群中找到陈田田的身影，走到她身边去。

陈田田耳语：“你来啦。”

南笳点点头。

叶洗唱的是他最近写的一首新歌，介于摇滚和流行之间的曲风，十分明朗的曲调，那感觉像坐在车上穿过幽暗的隧道，出隧道的一瞬间，所有的光亮齐齐涌来。

唱完，大家鼓掌，起哄让他再来一首，叶冼笑说不来了，就这么几首新歌的存货，今晚全唱完了。

他将吉他交给一个朋友，走出来时看见了南笳，便笑着径直朝她走过去。

南笳笑着打招呼："叶老师。"

叶冼笑说："以为你来不了了。"

"我也以为。好歹工作忙完了——礼物田田转交给你了？"

一旁的陈田田笑说："忘了什么也不能忘了这个是吧？"

叶冼也笑："谢谢，我很喜欢。正好最近在研究手风琴。"

陈田田的男朋友在叫她，她拍了拍南笳的肩膀："你们聊，我过去一下。"

叶冼向着桌子那边扬了扬下巴，笑问："去拿点儿酒？"

他们一起走过去，南笳给自己倒了小半杯的威士忌。

"去那儿坐吧。"叶冼指一指通往二楼的铁质楼梯。

两人爬到楼梯的中段。

叶冼的朋友已开始唱歌，这视野正好。

南笳喝了口酒，静静听着，也不出声。

叶冼偏头看着她，笑了笑："你怎么好像心情不好？"

"有吗？"南笳笑，"可能只是有点儿累。"

"在忙什么？"

"瞎忙，等下一部戏开工。"南笳转头看他一眼，笑问，"你呢？配乐做完了？"

"在做一些收尾微调的事，然后又接了一个新的委托，也是独立电影，之前那个导演介绍的。"

"太好了……你终于可以步入正轨。"南笳一时觉得紧绷的神情都松弛了一下，像是从冷水的海里爬到了岸上，抬头看见遥远的星空。

"嗯。"叶冼笑着点头，再转头看她，目光里有隐约担忧的情绪，"……感觉你的状态不是很好。要是太累了，就别太勉强自己。"

南笳笑笑："还好，没有勉强自己，就是……可能还不适应。"

不适应跟周濂月在一起得彻底忘掉自尊、自我主张这些东西，只纯粹作为

"货"的存在。

或许值得庆幸的是，与他温存并不是一件痛苦的事，也是她唯一能感受到他温柔的时刻。

南笳很累，待了没多久就想回去休息。

叶洗将她带到一旁，拿出给她准备的圣诞礼物。

那是张唱片，叶洗说："给那部独立电影写的一支曲子的样片，导演没采用。我自己很喜欢，就灌了一版。拿去听吧。"

南笳接过，抬头看叶洗，在即将触及他目光的时候又飞快低下头去。

没办法形容，那种似乎无地自容的心情。

她笑着说："谢谢。"

叶洗将她送到了门口，一直陪着她等到出租车开过来。

他看着她上了车，挥手笑说："照顾好自己。"

南笳坐在昏暗的车厢里，看着叶洗最后又冲她摆了一下手，然后转身，回到了光明的来处。

关姐通知南笳，何讷导演选了她做女二号。

电话里关姐笑得极开心："何导还专门修改了女二号，他觉得现在这性格你演起来应该正好。"

"改成什么样了？"

"回头剧本会发过来。有点儿神经质，演好了很抓人。何导的戏捧人，梁司月就演他的戏得的最佳女配，你也未尝不可。"

南笳笑说："借你吉言——什么时候开机？"

"年后，二月底前后。你要是没别的安排，可以回家过年了。"

南笳是没什么安排，可不知道周濂月的安排。

她给周濂月发了条消息，直到三天后才收到回复：随意。

南笳就收拾东西回南城了。

年节前后，也是餐饮业最忙的时候。

南笳的父亲南仲理自己当老板，请了个厨师，加上三四个帮工，从早到晚忙得脚不沾地。

南笳白天没事，就守在店里帮忙，带带座、倒倒水什么的。

她漂亮得特别惹眼，有食客开玩笑叫她“鱿鱼西施”，不知谁拍了个视频发到短视频平台上，导致那阵子食客激增。

本来就已招待不过来，南仲理嫌她添乱，把她赶了回去。

南笳和高中的同学基本都不来往了，在南城没什么朋友。

她白天在家睡觉看书，等到晚上十一点，南仲理关店回来，两人一块儿喝酒、聊天。

父女俩也没什么聊头，翻来覆去的，无非是南仲理催她，二十六七也老大不小了，还是得考虑一下个人问题。

南笳就笑说，哪能还没红就“塌房”。

南仲理是个粗人，但是每天洗完澡，都会拿一块软布，将搁在餐边柜上的南笳妈妈的相框，细致而温柔地擦一遍，说了“晚安”才会去睡觉。

等南仲理睡了，南笳就会拿上钥匙出门去，离开小区，走到河边去一边抽烟一边散步。夜深人静的空旷与寂寥，可以让她深入揣摩角色。

转眼到了过年，南仲理的海鲜大排档也关了店，父女两人单独在家就更不尴不尬的。

年夜饭很不讲究，南仲理把从店里拿回来的鱼虾蟹，随便一蒸，就把南笳给打发了。

吃完饭，南仲理去找邻居打麻将，问南笳去不去。

南笳笑说：“懒得跟你们打，抠抠搜搜的，一晚上赢不了二十块钱。”

“那我自己打去了？”

“去呗。不用管我。”

南笳手机上一堆消息等着回复，无数个群都在发红包，抢都抢不过来。

等消息消停些，南笳给解文山打了个视频电话拜年。

解文山在邻居家里，跟人一块儿乐乐呵呵地包饺子，南笳看他不是孤家寡人，安心许多。

最后，所有消息都处理完了，南笳想到周濂月，毕竟是“衣食父母”，不搭理也说不过去，就发了条拜年的消息。

毫不意外，周濂月没回复她。

过了约莫十分钟，来了个电话，是未知号码。

接通才知是周浠。

周浠笑说："新年好啊。"

"新年好。"

"你猜我怎么给你打的电话？"

"……Siri[1]？"

"对的！你在做什么呀？"

"抢红包。你呢？"

"我在客厅听电视。我哥在书房跟人打电话。"

"……就你们两个人？"

"是啊。"

南笳觉得奇怪："我是说，就你们两个人一起过年吗？"

"去四叔那儿吃了晚饭回来的。"

南笳也不好多问，怕问多了又惹某人戒备。

她俩没主题地聊了一会儿，周浠忽然喊道："哥，我在跟南笳打电话，你要打声招呼吗？"

南笳听见周濂月在那头说"不用"。

周浠回到她们方才的话题："我明天要去寺里烧香，有什么想让我帮你求的吗？"

南笳笑："这还能代求？不用，我自己没什么心愿——就祝你身体健康吧。庙里人多，你注意安全。"

周浠笑说："还好。那寺不会对外开放。"

这已然超出南笳的认知，但她也没多问什么。

周浠问她："什么时候回北城？"

"经纪人没给我安排工作，说不准，可能过了元宵节再回去吧。"

"那么晚吗？"

"你如果需要我就早点儿回来。"

---

1 即苹果 ios 系统中的人工智能助理软件。

“不用不用，你回家一趟也不容易吧，跟家人一起好好玩。”

周浠聊到尽兴，挂断电话。

初三早上，南笳收到许助的微信消息，通知她，给她买了第二天中午飞北城的机票，接她去机场的车也已经远程安排好了，上午九点半准时在她家楼下等她。

南笳发了串省略号。

许助发了个哭笑不得的表情：我也只是遵吩咐行事，南小姐见谅。

南笳跟南仲理说工作上有事，要提前回北城。

初四早上出门，果然有一部专车已经等在那儿了。

落地北城，接她的车也已经安排好，直接将她载到了周濂月住的酒店。

但周濂月人不在酒店里。

她问了许助，对方说周濂月有事。许助叫人送来一份下午茶，南笳随意吃了点儿，洗了个澡，就上床睡觉去了。

她这阵子作息颠倒，都是半夜工作白天睡觉。

不知道睡了多久，迷迷糊糊感觉有人在摩挲她的头发。

南笳悚然惊醒，睁眼是一片黑暗，而后嗅到熟悉的雪松一样冷冽的气息。

黑暗里，冰凉的手指捧着她的脸，吻紧跟着落下。

南笳很快有了感觉，呼吸凌乱：“周濂月……”

他似乎是笑了一声，气息拂在她鼻尖，只停顿一霎，再度低头，吻更热烈。好像是在玩一个对抗的游戏，在黑暗的舞台上。

他是这个游戏的高手。

结束后南笳直接瘫倒，脸趴在枕头上，闻到汗津津的气息——她的或者是他的。

一阵窸窣的声响，是周濂月坐了起来。

他抬手打开了阅读灯，淡黄的光并不刺眼。

周濂月点了一支烟，抽了一口就递给她，他们好像已经形成了分享事后烟的习惯。

南笳平顺一下呼吸，爬起来，随手抓了一件衣服。

是周濂月的衬衫。

她也不管，随意披上了，跪在床面上，接过烟。

她一头黑色长发披散而下，被汗水浸得微微潮湿，几缕尚且黏在脸颊的皮肤上。

周濂月盯着她看了会儿，伸手，用手指捋了捋那几缕发丝。

她抬眼看他，眼睛里还余留着蒙蒙雾气。

南笳吸了几口烟，又递回给周濂月："周浠一个人在家？还在过年，你不陪她吗？"

周濂月淡淡地瞥了她一眼："她跟她朋友看电影去了。"

南笳点点头。

"你觉得那人怎么样？"

"谁？"南笳反应了一下，"苏星予？你问我吗？我跟他就见过一面。"

"说说第一印象。"

南笳想了想："看起来不是很世故的人。但说不好……我第一眼看人不太准，长期相处才敢下结论。你应该对他做过背景调查吧？"

"背景调查也不能完全了解一个人。"周濂月看她，"比如你跟邵从安。"

南笳笑了一下："……可以不要再提邵从安吗？"

周濂月以目光问她为什么。

"因为他不是我的往事。"南笳淡淡地说。

周濂月今天心情不错，不想搞糟气氛，他伸手，碰碰她的脸颊："起来吧。"

南笳问："还有安排？"

"吃晚饭。然后送你回去。"

南笳没多问什么，爬起来准备去洗澡。

周濂月套上长裤，顿了会儿，又问："你一会儿有什么安排？"

"没安排啊。过年朋友都有事，我能有什么安排。可能找解老师去吧。"

"他今晚不在书店，给朋友拜年去了。"

南笳耸耸肩："那我回去睡觉。"

南笳洗个澡，换了身衣服。为图方便，她穿了件宽松的灰色毛衣，搭牛仔裤和中筒靴，再随意套一件白色羽绒服。

周濂月自己开车。

开了挺久，那路线是要出城，南笳记得他的餐厅是在另一个方向，就问："去哪里吃饭？这么远。"

周濂月没回答她。

最后，车开到了近郊半山腰上的一座大型的度假庄园。

南笳进去之后才记得自己来过，上回是刚开张时被郑瀚邀请来的，因为装修都是日式风格，所以印象深刻。

周濂月带着她，穿过一段长长的走廊，七弯八拐地到了一间茶室。

推门，扑出来一阵茶和烟混合着蜡梅香味的暖气。

里面有七八个人，屋子正中做了下陷式的暖炉桌，有四人坐在那儿打麻将，另外几人坐在沙发那儿喝茶聊天。

开门的瞬间，一屋子人齐齐地转过头来，都像是愣了一下。

有个坐在暖炉桌那儿的男人起身，朝两人走过来。

他跟周濂月打了声招呼，转而看向南笳，笑说："老周，不介绍下？"

周濂月将南笳肩膀一揽，径直往里走，没搭理屈明城。

屈明城当然知道这是谁，故意这么问就为了打趣周濂月，没得逞，也就笑笑，转而问南笳："南小姐想玩点儿什么？打牌？咱们这儿有温泉，你也可以泡温泉去。"

周濂月看向南笳："饿吗？"

"有点儿。"

周濂月就让屈明城叫人送点儿吃的过来。

沙发那儿的人已自主地给周濂月让了位置，而屈明城也无心打牌了，叫了个朋友替他。他对南笳好奇得很，不单单因为这是周濂月斥巨资要捧的人，还因为周濂月一贯行事低调又极重隐私，鲜少把人往社交圈领。

屈明城在两人对面坐下，笑着自我介绍一番，又说："这地方我开的，南小姐以后有需要，带朋友过来照顾生意啊。"

周濂月嘲他："到哪儿都放不下你这生意经。"

南笳则笑说："报你名儿打折吗？"

屈明城笑说："人人都报我名儿，接待都分不清楚真假了。要不这样，我交代他们一句，你下回来报老周的名儿，给你七折再抹个零头。"

周濂月凉凉地睨他一眼。

一会儿，服务员送来食物，周濂月就牵着南笳的手单独坐到了茶桌那儿。

南笳饿得够呛，吃完一整盘的炒乌冬，又吃了些寿喜锅里的青菜和肥牛，吃得整个人都暖烘烘的。

东西吃完，周濂月过去打牌，南笳也就坐到他身边去。

打了没一会儿，周濂月来了个电话，他拿出手机看了一眼，问她："会打吗？"

"会。"

周濂月起身，叫她替一会儿。

周濂月四叔打来的电话，事关一些工作，聊了很久。

待他挂了电话回到茶室里，屈明城笑说："南小姐这手气绝了，上一局替的你的牌，杠上开花。怎么打出来的？"

南笳笑说："我一直偏运很好的，跟我拼这个你们肯定拼不过。"

屈明城问："什么叫偏运？"

南笳看周濂月走到了身旁，刚要站起来给他让位，他伸手按一按她肩膀，叫她继续。他在她身旁坐下，点了支烟，看她的牌。顿了顿，他看见她左手手指指背上有个细小的口子，将她的手拿起来，低声问："怎么弄的？"

"哦。"南笳瞥了一眼，"昨晚在家剥虾划到的。"

紧跟着回到话题，她跟屈明城解释说："事业运、学业运这些，我称之为正运。什么微博转发抽奖，买体彩、福彩中奖，我称之为偏运。"

"那不挺好吗？时时有惊喜。"桌对面的一位穿 Prada 的女士笑说。

南笳笑说："要是拿正运换来的，就不觉得好了。"

周濂月此时瞥了她一眼。

屈明城则说："这偏运用好了不也是开挂？叫老周带你去拉斯维加斯，赌把大的。"

南笳笑说："那要是把余生的运气，都搭进了这一把里怎么办？想想以后多惨，走在路上都得担心一脚踩进窨井里。"

大家都笑了。

南笳的手气确实好得邪乎，连赢四把。他们又玩得大，她四把下来少说赢了一只铂金包。

对面那位 Prada 女士不乐意了，笑说："周总，您这哪儿请来的财神爷啊？我打一晚上了净在输，到现在还没开张。"

周濂月笑说："你家老爷子不是看上我去年拍的一幅字画，改天我找人送过去。"

Prada 女士喜笑颜开："那这下我们不给南小姐喂牌都说不过去了。"

这下南笳就更不好意思再打了，推说累了，让周濂月自己来。

周濂月换回去，将桌子上那用来方便计数的筹码推给她。

南笳说不用，笑说："这点儿家产，看看周总打几圈输回原点。"

室内暖融融的，南笳坐了一会儿就犯困，打了数个呵欠，到底没撑住，趴在桌沿上睡着了。

周濂月抓牌时，右手手肘差点儿撞到她，屈明城提议要不把人叫醒送客房休息去。

周濂月说不用，将牌堆整个地往左边挪了挪。

他将烟换到左手上，右手碰了张牌，收手时，顺便摸了她脑袋一下。

这动作被屈明城瞧见了，屈明城哪能放过，揶揄道："摸你这小财神给手开光呢？"

周濂月懒得搭理他。

打牌过程中，周濂月时不时地瞧一眼南笳。

这样吵的环境，她竟然睡得着。

她的脸压在手臂上，呼吸时嘴唇微张，长睫毛筛落一圈扇形的阴影。动一下，有头发滑下来，他伸手又给她捋到肩膀后面去。

又打了几圈，大家都乏了。说要换换，喝茶歇息一会儿。

周濂月伸手，去揽南笳的肩膀。

她一下醒了，睁眼，视线缓缓聚焦。

周濂月问她："困了？"

南笳打呵欠，却还是趴在那儿没动："不困了。还要打吗？"

"不打了。走吧，休息去。"

南笳坐起身，因为热，皮肤整个微微泛红，脸颊上更是被手臂压出一道红痕。

她往牌桌上看了一眼，筹码比她睡的那会儿还多，周濂月又赢了不少。

周濂月问她："要不要？要就兑了。"

"不要。"她笑，"还是留给正运吧。"

周濂月跟屈明城打了声招呼，就带南笳走了。

回去还是他自己开车。深夜路上几乎没什么车，世界安静得好像就剩下他们两人。

周濂月出声："你以前过年怎么过的？"

"回家陪我爸，给亲戚拜拜年，打打牌……好像没什么特殊的。"

"陪你爸？就你们两个人？"

"嗯。我妈去世了。"

周濂月转头看她，顿了一下："什么时候的事？"

"我大二那年。"

"七八年了。"

"嗯。"南笳好像是被气氛促使着，下意识地就说道，"好像也没听周浠提到过你们的父母。"

她说出口即怔了一下："抱歉。我没那个意思。"

意外的是周濂月没说什么，只淡淡道："他们都不在了。"

一时无人说话。

过了一会儿，南笳才出声："车上有水吗？"

"后备厢有。"

周濂月将车靠边停下了，下车绕到后面去。

南笳往外看了一眼，路边一排白杨，树后便是农田和寥寥的几处房屋，灯火远成一个点。

她也就开门下了车，从包里拿出烟和打火机。

周濂月拿了瓶水过来，她接过后拧开盖喝了一口，对他说："等我抽支烟。"

周濂月没说话，靠车身站着。

南笳用手指夹着烟，仰头呼吸新鲜空气，顿了一下，问："那是星星吗？"

"哪儿？"

她走到他身边去，仰头，抬手指给他看。

周濂月没看天上，在看她。

她觉察到了，转头。

注视片刻，周濂月捉住她的手臂一把便将她推得后背抵在车身上，手指捧着她颈侧皮肤，顿一下，低头吻下。

好像是理所当然的发展，他们回到车上。

并不是完全的无人荒野，偶尔也有车经过，近光灯一闪而过。南笳下意识地将脸埋在他颈间，听见他轻声地笑。

直到窗户打开，新鲜空气重新涌入。

南笳趴在车窗上，听见身后周濂月滑打火机的声音。

她低声说："真的有星星。"

周濂月顺着瞥了一眼。

"看见了吗？"

周濂月缓缓地吐出一口烟，其实没有，但好像是在哄她："看见了。"

/ 第七章 /

灰雀的心脏

一

周濂月将南笳送回家，自己开车回酒店。路上接到屈明城的电话，说服务员打扫的时候在桌子底下发现一条手链，问他是不是南笳落下的。

屈明城往微信上发了张照片，周濂月看了一眼，黑色皮质的手绳，串着三个黄金的小挂饰。

周濂月说："是她的。帮忙收着吧。"

屈明城说："回头我找个人给你捎过去。"

他笑了一声，又忍不住要开周濂月的玩笑："老周，我觉得你今儿很不一样，脾气好得都不太像你。"

周濂月知道屈明城憋不出什么好屁，没搭理他。

挂了电话，车厢里陷入一片寂静。

脾气好吗？他倒没觉得。

不过是因为上回把话说得重了，伤了她的自尊，最后在浴缸里她那溺水一样的眼神叫他觉得，他是要她来解闷子的，把人搞得这么惨，其实也没必要。

况且他挺讨厌她那种强颜欢笑的表情，有点儿太自以为演技高超。

今晚原本打算就跟她吃个饭，听说她没安排，回去也就一个人待在出租屋里，就动念又把她带上了。

她的表现他很喜欢，没有刻意要跟谁套近乎，或是刻意要表现自己的落落大方、不卑不亢。

真正无所图、无所谓才会这样。

她是有傲气在的，不会真心逢迎权贵，做什么都有些劲儿劲儿的意思。

这也是她有趣的地方。

到了酒店，周濂月先把衣服换了，刚在车上被弄得有点儿脏。

手机提示来了条微信，是南笳发来的：我好像弄丢了浠浠送我的手链，可不可以帮我看下，是不是落你车上了？

周濂月回：没在我车上。

南笳：啊……直接道歉的话，浠浠会生气吗？

周濂月：会。

这条发过去之后，南笳好半晌没动静。

周濂月不逗她了，回了句：在我这儿。回头给你。

南笳终于又回复：谢了。

周濂月没再说什么，丢了手机去洗澡。

南笳赶早往解文山那儿去了一趟，拜年，顺便把南仲理给他准备的一点儿礼品送去。

店内，解文山穿着他那件常穿的开襟线衫，坐在柜台后面，手里拿着一柄放大镜，正在翻一本相簿。

现在年轻人都用手机相册，相簿这东西已然像是老古董。

南笳放下了东西，凑过去看："您在看谁的照片呢？"

"昨天去给老同学拜年，聊到念书时候的事，有点儿怀念，想把老照片找出来看看。"

他正在看的是一张大学的毕业照，很有年头的照片，泛黄磨损，带着几分模糊，集体照人都小小的一个，难怪要拿放大镜。

南笳扫一眼，从第三排里点出个人："这是不是您？"

解文山笑说："认得出来？"

"样子没大变啊。您年轻时候好帅啊——这么宝贝的东西，怎么以前不给我瞧瞧？"

"因为一旦开始追忆往事，就觉得自己开始老了。"

"您才六十多岁，正值壮年好吧。"

研究完这张毕业照，解文山往后翻了一页，却一下顿住。

南笳瞥一眼，脱口而出：“我在周濂月那儿见过这张照片……”

南笳陡然收声。

糟了。

解文山蓦地转头看她：“哪儿？他家里？”

“……嗯。”

“你怎么会去他家？”

解文山倒不是质问语气，只是单纯疑惑。

南笳只能硬着头皮编瞎话：“周濂月妹妹来我们话剧团看过演出，我跟她认识了，一来二去熟起来，圣诞的时候，她请我去家里吃饭。碰巧看见了。”

她不知道解文山会不会信。所幸解文山没针对这个问题再说什么，而是问：“他家那张，跟这张是一模一样的？”

“姿势稍微有点儿不同，但衣服是一样的。”长发，白裙子，波点发箍，虽然只看了一眼，但她记得很清，因为周濂月的五官和照片里的女人很像。

“那你知道这是谁了？”

“周濂月的妈妈？”

解文山点了点头。

“所以……”

“她是我的初恋。”

南笳愣了一下。

解文山伸手轻轻摩挲着那张照片：“后来她顶不住家里的压力，嫁给了周家。我那时候只是个穷教书的，也很懦弱，没做争取……后悔至今。”

南笳一时说不出话来：“……那周濂月知道吗？”

“我猜他是知道的。他上门来找我，见他的第一面，我就知道，哦，这是音华的孩子。他们母子长得太像了。”

“我有点儿想不通，他找您的用意是？”

解文山叹了口气：“我后来辗转打听到，她嫁到周家以后婚姻生活并不幸福，夫妻常常争吵。我不能置身事外地说，这没有我的缘故，因为我曾一度准备跟音华私奔。濂月或许好奇，或许对我有怨怼……”

"所以您好像有点儿怕他。"

解文山长叹一口气。

南笳突然领悟到，上次周濂月扣了那相框不让她看，或许并不是怕她刺探隐私，而是知道她跟解文山过从甚密，所以不想曝光还有这样一层渊源。

各自沉默了一会儿，南笳说："我听说他们的父母都已经不在了。"

解文山又是一声叹息："音华在濂月十四岁那年因病过世的，濂月的父亲应该是在他十七岁的时候出了车祸。周家高门大户的，濂月的父亲那辈一共四个兄弟，一直明争暗斗。实则他爷爷那一辈就已为了家产各房争得头破血流……他跟他妹妹两个小孩儿，这些年也不知道是怎么过来的。"

所以他成了现在这样。南笳心想。

解文山摘了老花镜，往事让他情绪翻涌，他用手指揉了揉眉心，叹气："小笳，我想自个儿待会儿。这事你不要跟周濂月……的妹妹提起。"

南笳说："我知道。"

南笳离开书店，走到门口处又转身看了一眼。

解文山用手掌撑着额头，伛偻着背。

他一向达观而淡泊，这是她第一次在他的身影里感觉到苍老与苍凉。

不知道每一次和周濂月碰面之后，他是不是都会独自一人伤神半天。可认识三四年了，她是第一次见到他的这一面。

是否人人心里都有一口深井。

元宵节那天，周浠再度邀请南笳去家里吃饭。

周濂月因为有事，没亲自来接，派了司机过去。

今天苏星予不在，家里暂且只有周浠一人。

南笳跟周浠在客厅里聊了会儿天，就转移到厨房去了，家里的厨师预备晚上煮元宵，周浠过去"监工"。

厨房比一些餐厅的后厨都要宽敞，明厨净灶的，火上煨着汤，汩汩作响。

周浠说："我很喜欢厨房，很有安全感，可惜我自己不能下厨——笳笳你会吗？"

南笳留意到了周浠对她称呼的变化，想了下还是没有表示什么。因为骤然想到了上回得知的关于兄妹两人背景的只言片语，周濂月十四岁的时候，周浠不过六七岁，这样小的年纪就失去母亲，没过两年又紧接着失去父亲。

诚然，这对她而言性质只是份工作，但好像也很难不对周浠心生怜惜。

“我不会。”南笳笑说，“我爸做餐饮的，小时候放学了直接去店里吃饭。后来自己住，租的房子没有厨房。倒是在朋友那里试过下厨，结果大家都不敢恭维。”

周浠笑说：“你有什么喜欢吃的菜吗？可以跟厨师说。甄姐也会下厨，她做得更家常味一点儿。”

“我都行，不怎么挑。”

她们说着话，外头传来脚步声。

南笳转头一看，是周濂月不知道什么时候回来了。

他径直朝着厨房走过来，而周浠已听出是谁：“哥你回来了。”

“嗯。”周濂月瞥了南笳一眼。

南笳声音平平地打招呼：“周总。”

周濂月口头上没应她，却走近一步，伸手随意地将她的腰揽了一下。

他外套应当是脱在外面了，身上穿着件黑色的薄毛衣，皮肤被衬托出一种羸弱感的苍白，靠近时，身上有股清寒的气息。

南笳僵了一下，不敢将他推开，怕动静太大被周浠听见，只得抬眼去瞪他。

他当没看到，只对周浠说话：“站在厨房里做什么？”

周浠说：“等着煮元宵啊。”

“离灶台远点儿，小心汤潽出来溅到你。”

“哪里有这么夸张。”周浠笑着，伸手去挽南笳，“我们还是出去吧，这个人啰唆得很。”

周濂月还搂着她呢，周浠手一碰到铁定发现。

南笳急得掐了周濂月手背一把，他总算松了手。

她耳旁飘过似有若无的一声笑。

南笳和周浠重回到沙发上坐下。

周濂月去洗手间洗了个手，出来时衣袖挽了起来。他径直走到沙发那儿，又径直往南笳身旁一坐。

甄姐端了杯茶过来，他喝了一口，搁了茶杯，问起周浠今儿白天在做什么，一派兄长口吻。

“听了本电子书……”周浠那头说着，这头，周濂月忽地一把抓住了南笳的手腕。

南笳惊了一下，转头看他。

他另一手抄进裤子口袋里，摸出一条手链，正是她丢的那条。他低着头，将手链在她腕上绕一圈，再给她扣上。

虽然周浠看不见，但南笳仍然不自在。

他这样，一次是心血来潮，两次明显是故意。

甄姐开始布菜，让大家移步餐厅。

吃饭时，大家随意聊了些家常。

周浠问南笳是不是要进组拍戏了。

南笳说：“再有十来天吧。”

“剧组好玩儿吗？”

南笳笑说：“这个可不敢带你去。一来是在外地，西南那边的边境小镇上，条件很艰苦，你去肯定吃不消；二来片场部门很多，人多手杂的。”

周浠吐吐舌头：“还想说去探你的班。”

“也就四个月到半年左右吧，很快的。”

“中途不放假？”

“还不知道。”

“会想你。”周浠托腮，脸朝向周濂月，“看”着他，似笑非笑。

“可以给我打电话。”

吃完饭，南笳用了一下洗手间。

洗手间极宽敞，三分离的，洗手池单独在外面，有一面很大的镜子。

南笳在洗手池那儿洗了个手，从小包里拿出口红补妆。

镜子里人影一晃，她抬眼看，是周濂月走了进来。

她说：“马上好。”

旋上口红，刚准备往外走，她的手腕被周濂月一把扣住了。

他声音淡淡的："手链给你找了回来，一晚上了，没等到你说句谢谢。"

"……谢谢。"

周濂月盯着她看了数秒，忽地一低头。

南笳吓得伸手去推他，低声提醒："周浠……"

周濂月一顿，她抬眼对上他的视线，他的目光平静极了，叫她怀疑自己是不是自作多情以为他要吻她。

周濂月抬手，修剪得平而干净的指甲，轻掐过她刚涂了口红的唇沿，将嘴唇掐出饱满的形状。

他凑到她耳边，低声说："一会儿好好谢我。"

听见门外有脚步声，南笳担心是周浠过来了，赶紧推了一下周濂月，小声说："我先出去了。"

回到沙发那儿坐下，保姆端上茶和点心。

南笳是那种很难吃得胖的人，倒不是天生的体质问题，而是可能因为心事比较重，影响肠胃吸收。

但马上要进组，为了上镜状态更好，多少也得注意饮食。点心她一点儿没碰，只喝了点儿茶。

南笳之前是演话剧的，一直跟语言打交道，因此相信言语具有暗示作用，就像此刻。

只是寻常的谈话，周濂月维持一贯作风很少开口，只是时不时地会将目光落在她身上。

因为他说的"好好谢我"这句话，使得他打量的目光都变得别具意味，像是成了一种心照不宣的调情。

大约又坐了半小时，周濂月提出要走了。

周浠的神色依依不舍，但并没有挽留，只笑对南笳说道："希望你早点儿杀青回来看我。"

南笳笑说："我中间要是有假就回来。"

"那你好好拍戏，祝你一切顺利。"

周浠将他们送到门口，直到周濂月让她赶紧进去，别站风口处吹着凉了，她才招招手转身回屋。

这次是司机开的车。南笳跟周濂月一块儿坐后座。

南笳说："你好像不怎么留宿在周浠这儿。"

她其实也不确定这问题能不能问，跟周濂月聊天就跟拆盲盒似的，不过这盲盒大部分都是空的，偶尔能拆到一个里面有东西的，那就是周濂月愿意回答她的话题。

今天毫不例外又拆到个空的。不过南笳已经习惯了。

过了会儿，南笳摩挲腕上的手链，问周濂月："是在哪里找到的？你车上吗？"

周濂月睨她："你觉得呢？"

南笳只能以为是在车上，因为那会儿玩得太疯，最有可能是那时候掉的。

周濂月看她一眼，似笑非笑的："回味什么？"

"……"

但南笳了解周濂月的性格，他很注重隐私，有司机在场，更过分的话他不会说的，肢体接触也就仅仅到拥抱的程度。

她便故意伸手，将他毛衣的领子一拽，凑到他耳边，带着笑，很露骨地向他描述她在回味什么。

她明显感觉到周濂月平缓的呼吸节奏被打断了一霎。

周濂月微微挑了一下眉，也不曾有更多动作，还是那样平淡的口吻："你自找的。"

从西山到周濂月住的那家酒店不算远，开车约莫二十分钟。

南笳的放肆来自黑暗的掩护，当走进光明的电梯里，她反倒变得不自在，双手抱住了手臂，不去看周濂月。

出了电梯，周濂月将她肩膀一搂，往走廊深处走去。

门锁打开，他撑着扶手推门进去，"嘀"的一声，全屋的灯光齐齐点亮。

南笳还在回味这一瞬，周濂月已一把将她带入怀里，看了她一眼，然后低头。

他抱着她，一边吻一边往浴室去，经过流理台时，顺手摘下了眼镜，搁在岩板的台面上。

拥着她进了淋浴间，他扬手打开了花洒。

最开始浇出来的水是凉的，南笳打了一个冷战。

随后热水浇下来，雾气渐渐弥散，直到目之所及的地方，都是白茫茫雾蒙蒙的，像在梦里。

南笳觉得很热，但不是因为温水的缘故。

思绪也变得黏稠而迟缓。

洗了个澡，将头发吹到半干，南笳去床上躺了下来。

她拥着被子，趴在床上抽烟，一面担心烟灰会落下去，一面又懒洋洋的不想动弹。管他的，反正烧出洞来也不用她赔。

她喜欢这件事，因为是唯一不必费心去揣摩周濂月心思的时刻。

虽然她觉察到这两次，周濂月在床下的态度也变得温和许多。

可这不重要。他温和与否，她都能够招架了，因为她找到了一种自洽的方式，并通过了自己的验证——

之前，她是以南笳的身份去扮演一个类似于随叫随到的人，所以总有左支右绌的时候。可当她设想是一个随叫随到的人在扮演“南笳”，一切都仿佛迎刃而解。

没有比周濂月更好的客户了。

相貌英俊，身材优越，没有怪癖，且具有一定的服务精神。

如果还要苛求他在这件事情之外也是个君子，那就未免得寸进尺了。

南笳正式忙起来。

年后电影拍摄的各个部门都陆陆续续开工，剧本围读会结束，就得准备出发进组。

助理小覃有经验，出发头一天特意到南笳家里帮忙收拾行李。

西南的气候跟北方完全不一样，潮湿多雨，且剧组待的地方又是在接近赤道的雨林地区，各种日用品和药品最好准备齐全。

最后，减了又减，还是收拾出满满当当的两个大行李箱。

南笳检查清单，确定真正该带的东西都带上了。

小覃将行李箱拉好立起来，然后跟她核对明天的行程安排：“早上八点钟我会和司机来楼下接你，九点钟到机场，九点半完成登机……”

汇报完，小覃问：“有什么问题吗，笳姐？”

“没有，按你的安排来吧。哦——周总知道我明天出发吗？”

“不知道……不不，我的意思是，我不知道他知不知道。”

“哦。”

小覃点点头：“那没别的问题我就先撤了，笳姐你早点儿休息。”

时间太早，南笳也睡不着，她开了一罐冰啤酒在客厅地毯上坐下，看见一旁的唱片机，又爬起来将其打开。

放的是叶洗之前给她的那张唱片，她晚上想一个人发会儿呆的时候，总会播来听。

南笳拿起手机，跟陈田田发了条消息说明天会离开北城去拍戏。

陈田田：加油加油。回头我去探班。

南笳：你有空的话，麻烦每隔两周帮我叫个保洁打扫一下家里。

她前几天将备用钥匙交给陈田田了。

陈田田：OK。

跟解文山也打过招呼之后，南笳犹豫了一下要不要跟周濂月也说一声。

但她的行程多半关姐会直接汇报给周濂月，似乎用不着她多此一举，想了想也就算了。

洗漱之后，南笳去床上躺下，从床头拿了本书翻看，没一会儿就有了睡意，便抬手按灭了灯。

南笳是被电话吵醒的。

她睡得迷迷糊糊的，以为是闹钟响了，霍地坐起来，等拿起手机一看，才知是周濂月打来的电话。

看一眼时间，凌晨零点二十。

南笳眯着被屏幕光亮刺得睁不开的眼睛，滑动接听电话。

周濂月用通知的口吻：“十分钟到你小区门口。”

南笳一下清醒了：“……好。我现在换衣服。”

周濂月说：“不用。我去你家。”

南笳愣了一下。

抗拒。很抗拒。几乎是一种本能。

“……家里今天收拾行李搞得乱糟糟的，要不还是去你那儿吧。”她委婉地尝试劝阻。

周濂月完全是不容置喙的语气：“别折腾。”

南笳没法儿了。

电话挂断后，她呆了几秒钟，然后赶紧从床上爬起来。

做的第一件事，就是将唱片从唱片机里取出来，装回到包装盒里，妥善地放回到书房的书架上。

没多久，就响起敲门声，南笳走过去将门打开。

周濂月穿了件长款的黑色风衣，深色衬得他气质极冷峻，脸色却有几分舟车劳顿的疲惫感。

南笳从柜子里找了双上回开派对时买的客用拖鞋递给周濂月，他换上之后走了进来，眼镜后的目光缓缓地扫视四周，打量她居住地的陈设。

南笳抱着手臂，站在一旁不作声。

她有种微妙的个人领地被入侵的不适感。

她不是排斥周濂月这个人，而是排斥把他们的关系带到了个人的空间。

周濂月在沙发上坐了下来，南笳去冰箱里给他拿了瓶纯净水。

他接过喝了一口，背靠着沙发，抬头看她。

南笳想早点儿结束，在她日常居住的空间，恐怕她那招把戏要失灵。

她在周濂月身旁坐下，凑近他，笑着在他耳边轻声说了句什么。

周濂月盯着她，灯光下，她皮肤是雪一般的白，嘴唇未敷口红，依然有蔷薇一样的淡红色。

他没动，瞧她的目光渐渐有审视的意味。

这是南笳最畏惧的那种目光，因此没再多想，主动地吻上去。

过了好一会儿，周濂月才伸手将她的腰一搂，有了回应。

可这回应却有点儿心不在焉的意思。

事后，南笳习惯性地点了支烟。周濂月看着她，她咬着烟，眼神失焦，神情有点儿游离。

他伸手，碰一碰她的脸，她倏然回神，然后冲他一笑：“什么？”

他修长的手指掐着她的下巴使她抬起头来，淡淡地问："想什么呢？"

南笳微微耸一下肩："好像没想什么。发呆。"

周濂月收了手，往沙发上靠，整个人有点儿疲惫："明天几点出发？"

"早上八点。"

"都收拾好了？"

"嗯。"

一时间沉默。

过了会儿，周濂月起身，穿好衣服。

他捞起风衣，没穿，只搭在手臂上，伸手摸了一把她的头发："早点儿睡。"

南笳也穿好衣服，起身将他送到门口。他走出门，下楼，没说再见，也没回一下头。

门关上了。

偌大的房间里，就剩下南笳一个人。

她仰躺在沙发上，将腿架起来搭在靠背上，盯着天花板。

很矛盾，她一方面不想叫周濂月进入自己的空间，一方面又不想否认，有时候有隐约的渴望，会想要在结束后跟周濂月拥抱着一块儿入睡。

就像那时在山间的别墅，当看到烧了一夜的壁炉熄灭的时候，会觉得那冰冷的余烬有一些寂寞。

次日清早，小覃过来接南笳出发去机场。

南笳没睡好，换成谁觉睡到一半被打断都很难再睡得好。

上了商务车，南笳拿了个抱枕抱在怀里，频频打呵欠。

小覃赶紧递过来一只纸袋和一杯热饮："笳姐，你要不先吃点儿早餐？路上再睡。"

"你吃了吗？"

"没。"

纸袋里装着切好的三明治，分量很足，南笳分给小覃："你也吃点儿吧，我一个人吃不完。"

小覃笑着接过去："谢谢笳姐。"

小覃觉得给南笳当助理特省心，她从不对工作人员发脾气，也没什么刁钻的怪癖，过年的时候给工作室的人发红包，那么大金额的眼都不眨一下。

吃完早餐，南笳戴上眼罩又睡了一觉。

到机场，小覃将行李送去托运。

值机之后，南笳去航空公司的 VIP 候机室休息，接到关姐的电话。

关姐祝她旅途顺利，顺道叮嘱了几句，让她在剧组的时候，和任何演员单独行动时最好都带上助理，尤其是跟异性。

南笳笑了："关姐别是在担心我要搞什么剧组夫妻？我也要有这个胆子呢。"

关姐也笑："想哪儿去了。主要是现在有些艺人的经纪团队喜欢搞一些歪门邪道，怕人家故意拍下一些模棱两可的画面。"

"您就点名说要我特意留意一下谁吧。"

关姐笑说："谁跟你搭戏比较多你就留意谁。他们团队是惯犯了，被贴上不是惹一身骚就是扒一层皮，完了他家粉丝还要反过来对女方进行荡妇羞辱，恶心得很。总之你去哪儿都带上小覃总没错的。"

这是关姐的行事风格，说任何话都不会点得那么透彻，不过南笳听明白了，是要她留意演男二号的演员。

南笳笑说："了解了。"

挂断电话前，关姐说："哦，你昨天不是问小覃周总的事？"

南笳想了下她问了吗，她好像只随口问了句周濂月知不知道她要进组的事。

南笳笑："嗯。怎么啦？"

"周总这两天不在北城。好像去津市出差了，去见一个什么创业团队，估计今天下午才能回来。"

南笳愣了一下。那她昨晚上见到的是什么，难不成是鬼？

难怪他看起来风尘仆仆，从津市赶回来的吗？

可要觉得他是专门为了跟她道别而赶回来的，这个设想又未免太自作多情。

南笳不想去深想，笑说："关姐跟我说这个做什么？"

关姐笑说："就随口一提——你要登机了吧？一路顺风啊，我先忙去了。"

挂断电话，南笳捏着手机，发呆。

也不知道是被什么原因驱使着，她手指滑动微信列表，去找周濂月的名字。和他的对话早沉到不知道哪里去了，滑了好一会儿才翻到。

南笳发了条消息过去：我马上登机了。

直到上了飞机，舱门关闭将要滑行，空乘提醒大家手机开飞行模式的前几分钟，她才收到周濂月的回复，冷淡极了的一个"嗯"字。

电影剧组的氛围和网剧大不一样，尤其还是何讷这样大导的作品。

大家几乎都随时绷着一根弦，不敢有所松懈。

何讷本人倒是很温和，讲戏也耐心，鲜少有真正黑脸的时候。

南笳一开始进去很不适应，倒不为别的，各个部门包括主演都跟何讷合作过，他们自发形成了一种熟人氛围。南笳这样的生面孔，且是大家心知肚明的"资源咖"，很难立即跟他们打成一片。

不过南笳修炼了这么多年，在人际交往这块也称得上如鱼得水。

除了男二号之外，她跟演她妹妹的影后梁司月对手戏是最多的。以梁司月为起始，渐渐就跟大家熟起来。

如她这样利落事不多的人，在复杂的剧组环境很吃得开，尤其她也会使一些小心机，给工作人员递点儿零食找根烟，吐吐槽扯扯淡什么的。伸手不打笑脸人，一来二去的，很容易留下一个好印象。

《灰雀》这部片子大部分都是实景，取景地在一个边陲小镇上，交通十分不便，娱乐活动也很匮乏。

剧组有个演员是川渝人，在他的带领下，大家下了戏就开始组局打麻将。

南笳跟身为女主角的梁司月熟起来，就是因为教她打麻将。

有天她在麻将桌上一连赢了三四把，结束了梁司月跑过来找她。

她以为什么要紧事呢，结果梁司月问她，能不能指点几招，说自己麻将打得贼菜，大家都当她是提款机，好气，不能再这么下去了。

南笳笑得要死，她一直以为梁司月是文文静静的淑女，结果在这种事情上居然这么有胜负欲。

后来梁司月的家属跑来探班，带些什么吃的喝的，梁司月都会捎带着分给南笳。

梁司月的家属，就是《灰雀》这片子的总制片人，姓柳，名叫柳逾白。两人结婚好几年了，依然感情深笃。

柳总过来探班总说自己是来监工的，大家就打趣，自己拍过这么多部电影了，没见过总制片来片场监工的，还来得这么勤，两周一次雷打不动。

市里的机场到这破镇上开车少说也得四个小时吧，柳总还拖着俩小孩儿，这什么精神？

大约是一丝不苟为作品负责的精神吧。

梁司月每每被说得很不好意思。

梁司月有两个小孩儿，粉雕玉琢的一对兄妹，每回两个小朋友来，剧组的气氛都像过年。兄妹俩上过亲子类节目，人气极高。如今见着“活人”，比节目里还要冰雪可爱，大家争着抢着要陪他们玩。

这天剧组通知，下周要给一些暂且没场次的演员放两天假。

不过南笳不在此列。

南笳下周有好几场戏，而这周周末与梁司月还有一场十分重要的对手戏。

梁司月演的妹妹，发现了南笳演的姐姐，一直在跟她的男朋友偷情。妹妹一直忍着没说，两人去给父亲扫墓，回来的路上遇到暴雨，车子又抛锚，妹妹终于发作，跟姐姐激烈争吵。

收工是在晚上六点钟，天已经黑透了。

在何讷喊“卡”后的一瞬间，两个情绪彻底透支的女演员，抱在一起痛哭。

助理赶紧过来撑伞、递毛巾，将两人扶进保姆车里。

南笳冻得浑身发抖，嘴唇都白了，差点儿拿不住小覃给她递来的保温瓶。

她哆哆嗦嗦地喝了口热水，汲取温度，等车里暖气升起来，过了好一会儿才缓过来。

片刻后，有人敲车门，是旁边车上过来的梁司月。

梁司月披着块大毛巾，一旁的助理给她撑着伞。

南笳忙说：“快上来坐吧，外面这么大雨。”

梁司月笑说：“不了不了，我回酒店洗个澡就走，所以过来跟你说一声。”

梁司月原本也没假放，但家里小孩儿生病了，导演给她协调了一下场次，挤出了两天时间。

南笳笑说："那你路上注意安全，走夜路又下雨的，让司机慢点儿开。"

梁司月点头，又问她："你想吃点儿什么零食吗？我下周回来的时候给你带一点儿。"

"不用不用，"南笳忙说，"你回去这几天肯定焦头烂额，不能再给你添麻烦了。"

听见雨又开始下大了，南笳让梁司月赶紧去车上，别小孩儿没好，大人又冻感冒。

梁司月笑说："那拜拜了，下周见。"

南笳说："下周见，代我向猜猜和想想问好。"

猜猜和想想是梁司月两个孩子的小名。

梁司月走后，南笳又去跟何导交流了一下，确认今天没什么事了，换了衣服，坐车回到酒店。

进屋冲了个热水澡，南笳直接就去床上躺下。

小覃去拿了晚餐，进门后看见南笳趴在床上，喊了一声，没听见回应，走过去才发现她头发都还没吹干，赶紧轻搡她肩膀："笳姐？"

南笳闷哼了一声。

"笳姐你这样不行，要感冒的。"

顿了一会儿，南笳撑着爬了起来，顶着煞白的一张脸。

小覃吓坏了："是不是刚才淋雨着凉了？"

"没事。"南笳伸脚去找拖鞋，"麻烦帮我烧壶水吧。止痛片有吗？"

小覃愣了一下，反应过来："是不是来大姨妈了啊？怎么没告诉我一声……是不是痛经？"

"一般不痛。可能今天淋了雨……没事，还好，就一点儿痛。"

小覃赶紧去找止痛药，拿了瓶纯净水一并递给南笳，让她先把药吃了，嘴上仍絮叨着："笳姐你得跟我说啊，特殊情况导演会体谅的，什么也不说就这么淋了半天的雨……"

南笳只能说真没事。吃了药，拿过吹风机，坐在床沿上吹头发。

她从来没这么烦过自己这一头长发。

好不容易吹干头发，热水也烧好了，小覃给她倒了杯水，问她要不要再冲一杯板蓝根。

“没事，不用。”

小覃指一指桌上的晚饭：“现在有胃口吗？”

“先放着吧，我等下吃。”

南笳捧着杯子，喝掉半杯热水，看小覃一脸紧张地注视着她，就说：“我想先睡会儿，小覃你自己休息去吧。”

小覃起身：“等下饭要是凉了就别吃了，我给你再弄一份热的来。”

“嗯，你去吧。不用管我了。”

南笳重新躺回床上，又将空调温度调得更高些。

所有灯都关掉，躺了半小时，那药效渐渐发作，她也睡了过去。

她是被电话的声音吵醒的。

她在枕头下摸了好几下才摸到手机，半睁着眼睛，也没细看，直接右滑接听。

那端的声音像这雨夜似的微凉，问她：“在做什么？”

南笳顿了一下才反应过来：“……在睡觉。”

“我在这边出差。叫司机送你过来一趟。”

“……在哪儿？市里吗？”

“嗯。”

南笳的脑袋疼得厉害，哑声说：“我生理期。来了你也做不了什么。”

那边安静了一下。

“下次吗？或者……”

周濂月平淡地说：“那你好好休息。”

电话挂了。

南笳听见那挂断的一声，思绪有点儿空茫。

片刻后，她把手机往枕头底下一塞，接着睡。

不知道睡了多久，因为喉咙干痛而醒过来。

空调嗡嗡运作的声响好像是盘桓在她脑子里，她睁眼，发现旁边的阅读灯是亮的，可能小覃进来过。

南笳伸手，摸出枕头底下的手机，看了看时间，已经过零点了。

她坐起身，有点儿头重脚轻的感觉。她抬手，将总控开关打开，眯了眯眼，又低头去找拖鞋。

趿上的一霎，她一抬头，吓得几乎心跳骤停。

靠窗那边的沙发上，周濂月正坐在那儿。

他身体斜靠着，似乎也刚被亮光吵醒，朝着这边看过来的目光，显得有几分困倦。

“……你怎么来了？”

周濂月不作声，站起身朝她走过来。

他在床沿上坐下，身上的黑色衬衫有一股微微潮湿的气息，像是雨水。

他低着头，顿了会儿，伸手，像一贯的那样抬起她的下巴。

周濂月的目光定在她脸上，凝视许久，轻声说：“拍个戏而已，这么拼命。”

他过来前跟小覃打了通电话，询问了情况，才知道她今儿一下午基本都在淋雨，三月半的南方，天气还远远未到开始暖和的时候。小覃说，笳姐就是太敬业了，也不肯提前告诉她，不然她肯定会叫导演换场次的。

南笳淡淡地说：“这是我的正运，这种时候还不拼命什么时候拼命。调度都提前安排好的，其他演员也各有安排，总不能全部门迁就我一个人……”

她话没说完，因为周濂月把手放下去，落在她后背上，一把将她搂进怀里。

她顿了一下，就住声了。

此刻才觉得好累。

从拍戏到人际，都有点儿强撑。可是没办法，她被耽误太久、出发太晚了。梦寐以求的机会，哪怕拼掉半条命也不想搞砸。

不能想。

以为不会，但其实还是会有一点儿委屈。

这委屈又不知道该冲谁发。

至少，不该是冲着眼前这个人吧。

可她的眼泪不知怎么还是涌出来了，是不是她太“饥不择食”？

他这么冰冷的一个人，这个拥抱却让她觉得温暖极了。

周濂月迟缓地感觉到渗入衬衫布料的湿意。他低头去看，而她先一秒伸手捂住自己的眼睛说：“我知道这很扫兴……抱歉。”

周濂月一时没作声。他是挺讨厌旁人哭哭啼啼，但不至于，真不至于。

周濂月的沉默叫南笳觉得，他可能是真不高兴了，手掌在床单上撑了一下，便要从他怀里脱离。

几乎是同时，周濂月伸手，在她后背猛地按了一下。

她一下又跌回去，额头撞上他的锁骨，磕出一点儿隐约的痛感。

他声音清冷，也没什么情绪：“行了。”

他既然坐了三四个小时的车过来，总不至于还欠缺这么一点儿耐心。

南笳听明白，“行了”不是说“行了别哭了”，而是“行了，想哭就哭”。

她在下午的戏里，榨干了作为戏里角色的所有情绪，又在此刻，通过眼泪的盐分排释掉了作为自我的情绪。

等她抬起脸，离开周濂月的怀抱，那一片布料已被浸得一片潮湿。

喉咙干涩而痛，南笳咳嗽了两声，说：“我可能还没有从下午戏中角色的情绪脱离。”

她意识到，这话比起解释给周濂月听，更像是解释给自己听。

周濂月看了她片刻，没发表什么评论，他抬手腕看一下表，说：“小覃说你没吃晚饭。”

“嗯。”

他从口袋里掏出手机，南笳知道他可能是要给小覃打电话叫她再送一份过来，伸手将他的手按住了：“这么晚了她能去哪里弄，这里也不是什么服务完善的五星级酒店。而且我明天还有场戏，现在吃，到时候化妆脸肯定会浮肿。”

周濂月不咸不淡地评价一句：“我看你是真打算把这条命搭进去。”

南笳从一旁床头柜上拿起睡前拆下来的发圈，将头发随意一绑，缠了个毫不规整的丸子头，笑了一声，说道：“那多好，变成我的遗作，这戏就口碑和票房都不愁了。”

周濂月睨她一眼，目光不无警告的意思，让她别乱说话。

南笳穿上拖鞋起身，走到书桌那边去了。

周濂月站起身，从床头柜上拿了瓶纯净水。

喝水的时候，他往南笳那儿瞥了一眼，她正在翻药箱。

他问："哪儿不舒服？"

"没……"南笳晃了晃手里的纸盒，"我喝支葡萄糖。"

喝完，喉间一股甜到泛苦的黏腻，南笳将空掉的小支玻璃瓶丢进垃圾桶里，转身去洗手间洗把脸。

她抽张洗脸巾，擦干净皮肤上的水，从浴室走出来。

周濂月站在窗边点了支烟，窗户开着，外头是泼墨般的夜色和淅沥的雨声。他穿一身黑色，像道孤孑的影子。

周濂月抬眼看向南笳，她穿的是件白色棉质的睡裙，没什么多余装饰，以舒服为主的宽松设计。见惯了她穿酒店风格的睡袍，原来她私底下的睡衣风格是这样的，意外地有种清纯感。

他瞧了一眼就转过头，仍旧看窗外，因半靠着窗台，那雨丝飘进来都淋在肩头，他也没在意。

南笳走过去站在他身旁，安静地听了会儿雨声。还是疑惑，没忍住轻声问道："为什么过来看我？"

周濂月用手指掸了一下香烟，烟灰落下去："你觉得呢？"

南笳没作声。

周濂月转头看她："问你，你觉得呢？"他俨然是向她真心求教的口吻。

"……我不知道。"南笳只能诚实相告。她只知道，他肯定不是来睡她的。

周濂月也不说话了。

过了会儿，他伸手，碰了碰她的手臂，皮肤触感微凉："去床上躺着吧，我……"

"你要走了？"她似乎是下意识地，轻握了一下他的手腕，却又立刻松开了。

她微微地抿住了唇。

不是，没别的意味。她一个人在剧组里待太久了，陈田田说要来探班，可没良心的一再放她鸽子。一个半月，她找不到真正可以说话的人。

太寂寞，而戏里角色的特质又加深了这种孤寂感，并不是几局麻将可以排解得掉的。

加之今日碰上病痛脆弱叠加，人极易有饮鸩止渴的自毁冲动，即便这一剂鸩毒是周濂月。

但南笳顷刻就后悔了，那一闪而逝的情绪过后，只有隐隐的难堪。

周濂月顿了一下，低头，往自己手腕那儿看了一眼，她的手离他只有寸许。

气氛有种微妙的沉默。

南笳刚想开口找补几句，突然响起的敲门声打破了寂静。

“谁呀？”南笳高声问。

外头是许助的声音，笑问道：“南小姐，周总还在您房间里吗？”

“在。”

南笳准备披件衣服去开门，周濂月伸手将她拦住了。

他灭掉了烟，自己走到门口去，只将门半开，拿身体挡住了房间里的一切。

许助低声问：“周总，现在出发吗，还是休息一晚明早再回市里？”

“你先开间房。”

许助点头，刚准备走，周濂月又叫住他，说道：“算了。明天中午那饭局推迟吧。”

“推迟到下午？”

他斟酌片刻：“改期到后天晚上。”

“好。”

许助走了，周濂月关上门，重回到房间里。

南笳坐回到了床沿上，门口两人的对话声音很轻，她没听清楚，就问周濂月：“准备走了吗？”

周濂月平声说：“明天顺道跟何导打声招呼再走。”

没一会儿，周濂月的微信来了条消息。

许助发来房号，汇报说房间已经开好了，就在同一层，不过虽然这已是镇上最好的酒店，但条件可能连四星的水平都不到。

周濂月回了句“好”，转头，看着南笳。

他似乎是有话要说，但并没有开口，最后站起身，一手抄进裤袋里，对她说：“早点儿睡吧。”

南笳说：“好。你也早睡——哦，我有带褪黑素，需要的话……”

“不用。”周濂月再瞥她一眼，转身走了。

南笳熄灭了灯，在黑暗里睁着眼睛。

从七点多睡到现在，已经睡饱了，很难再有睡意。

她又打开了阅读灯，爬起来，去书桌那儿拿过看了一半的一个小众作家的随笔集。

大约看了半小时，手机响起来。

是周濂月打来的，叫她给他送褪黑素。

南笳爬起来，披上一件针织开衫，从药箱里找出褪黑素，揣上手机和房卡出门。

这酒店不大，剧组考虑到安保问题直接就包下了，一般不会有外人入住，更不会有狗仔混进来偷拍，所以尚算安全。

深夜走廊里没人，有种沉睡般的静寂。

南笳走到周濂月的房门口去敲门，等了会儿，开门的是许助。

他手里抱着台笔记本电脑，冲南笳笑笑说：“抱歉，刚跟周总汇报完工作。”

南笳往里瞥了一眼，小声地问：“你们晚上什么时候到的？”

“十点半左右吧。”

十点半。可她醒的时候已经过零点了。

南笳笑笑，待许助出去后，进了房间。

周濂月靠坐在床头，穿着浴袍。他洗过澡了，人显得清爽。

周濂月住的是跟她格局一样的套间，房间正中放着一只黑色的行李箱。

南笳走过去，将那瓶褪黑素递给他。

周濂月往床头柜上瞥一眼，示意她放在那儿。

放下药瓶，南笳见他好像没别的什么吩咐，就说：“那我回去……”

“陪我躺会儿。”周濂月语气平缓地打断她，一伸手，掀开了被子。

他没戴着眼镜，那眼尾狭长的眼睛，让南笳有种微妙的陌生感。

她只在和他欢爱的时候看过他不戴眼镜的样子，而那时他的眼里多少是有热度的。

不像此刻，没了眼镜带来的压迫感，却有另外一种薄冰似的疏离。

南笳顿了一下，在他左手边的床沿上坐下，蹬掉了拖鞋，转个身爬上了床。

她很迟疑，而周濂月伸手，直接将她一拽，她倒下来，被笼罩在一片淡灰的阴影里。

他顿了一下，俯身。

她急忙伸手去推他的胸膛，声音有几分飘忽："我那个……"

"知道。"他一把攥住她的手，按在枕头上扣紧，低头，一下咬住她的唇。

周濂月很有分寸，没一会儿便坐起身，拿起一旁的水瓶喝水。

南笳平复了会儿，也坐起来："我该回去睡觉了。"

周濂月的声音再平静不过："就睡这儿吧。"

南笳愣了一下，立即转头去看他，他的表情与他的声音一样淡。

周濂月伸手按灭了大灯，仅留他那一侧灯光柔和的阅读灯。

南笳犹豫了片刻，还是将开衫脱掉，丢到一旁的沙发上，然后躺了下来。

她转头看了一眼，周濂月平躺着，一只手臂搭在了额头上。

他很久没有出声，她以为他睡了，撑起手臂去看，他一下便睁开眼。

视线相对，被他目光注视的时候，像是浴在清冷的月光中。

南笳别过眼："你不吃褪黑素？"

周濂月无可无不可地"嗯"了一声，却并没有动弹。

褪黑素对他没用，吃了之后半夜心悸，会有种身体控制权被剥夺的痛苦感。

南笳朝着他那边侧躺着，一时不说话。

当没人出声的时候，才觉察到房间里有多静，那窗外的雨近得几乎就下在耳边。

她闭上眼睛，想着找个什么话题，寂静中想了好一会儿，思绪却越转越慢。

正当意识涣散，即将坠入睡眠前一刻，周濂月抬手关掉了他那边的阅读灯，然后缓缓伸手，将她一搂。

她倏然惊醒，但没有动，也没有出声。

南笳陷进他怀里，呼吸间是干净的香味，他的体温渡过来，是一种叫人恍惚而不真实的温度。

睡不着了，却只能装睡。

能觉察到，黑暗中，他是一直醒着的，像是个孤独的守夜人。

南笳忘记自己是怎么睡过去的。

在她醒来的时候已经是早上八点半了。雨后的天光有种淡白的洁净，周濂月已经起床，穿戴整齐地坐在书桌前的椅子上，面前摆着 MacBook，一只手里夹着烟，另一只手间或滑动一下触控板。

觉察到动静，他转过头来。

南笳看了他一眼："……你昨晚睡着了吗？"

单看他的脸没有很明显的疲惫之色，或许因为他本身就脸色苍白。

周濂月吸着烟，淡淡地"嗯"了一声。

南笳起身拾起沙发上的外套，摸了摸口袋，里面只有房卡没有手机。

她纳罕，周濂月瞥了一眼，指了指沙发前的茶几。

走过去拿起手机，看了看。小覃一般会给她打电话叫早，通话记录里果然有一通八点钟打来的未接来电。

可能她睡得太熟，没接到。

南笳说："我得回房间了，洗漱过后还得去化妆——你下午走吗？"

周濂月没回答她，只让她先忙她自己的去，他一会儿还有个视频会议。

南笳回到自己的房间，拿房卡刷开门。小覃在屋里，桌上放着准备好的早餐和咖啡——咖啡用来消肿。

小覃说："笳姐你起来了。"

"嗯。睡得太熟没接到你的电话。"

"不是啊。"小覃笑说，"响了几声就被拒接了。"

南笳顿了一下：“周濂月拒接的？”

“应该是吧。周总拿他自己的手机给我打了个电话，问你今天的安排。你不是下午两点钟才开拍吗，周总就说让我晚点儿再打给你。”

南笳微微一愣。

说话间，小覃伸手去碰了碰装咖啡的纸杯：“好像已经不怎么热了，要换一杯吗？”

“没事，能喝就行。”

南笳洗漱过后，回到桌边吃早餐，她将牛角面包撕成小块喂进嘴里，边吃边问小覃：“昨晚周总什么时候到的？”

“十点半左右吧。”

“到了之后就一直待我房间里了？”

“我拿房卡帮周总开过门之后就回自己房间了。周总应该是没出过门，不然他肯定还要再找我拿房卡。”

南笳点了点头，没再说什么。

小覃也不多问，这是关姐特意叮嘱过的：做好分内的事，老板的私事一句都不要过问，南笳是个好说话的人，周濂月可不是。说错话犯他忌讳，只有卷铺盖走人这一条路，谁求情都没用。

吃完早餐，南笳又去洗了个澡。她换了身衣服，出发去做妆造。

结束之后，去片场待命。

她中午没吃东西。她需要一种饥饿带来的虚弱感来帮助自己投入角色。

《灰雀》的故事集中发生在一个月之内，小镇上发生了一场血腥的凶杀案，死的恰好是女主角已经多年不再来往、重组了家庭的前继父。女主角身为警察，和同伴携手侦查案件，在这个过程中，发现了姐姐和男友的奸情，而事关姐姐的往事也渐渐浮出水面，甚至间接地指向了凶杀案的嫌疑人。

今天是室内戏，时间线和空间是连续的，都发生于南笳饰演的姐姐的单身公寓里。

姐姐和妹妹的男友在浴室里的洗手台前偷情，结束之后姐姐接水洗脸，妹妹的男友从背后抱住她，说：“我要跟你妹妹分手，我要娶你。”

姐姐说：“那你知不知道就是我杀死了我的继父。”

妹妹的男友表情凝滞。

姐姐看着镜子里的自己笑说："我俩就到这儿了，请你马上跟我妹妹分手，否则我下一个杀的就是你。"

妹妹的男友被吓得夺门而出，姐姐掏出口红在镜子上写下一行字：我就是凶手。

这场戏台词很少，重点是表情与细节。

昏暗的浴室，幽黄的白炽灯泡，垢腻的洗手台，溅满干涸水渍与牙膏沫的镜面，穿黑色内衣的女人，苍白消瘦的脸，斑驳的指甲油……

只架了一个机位，从侧面拍摄，固定角度的长镜头，两位演员没有NG，一气呵成。

何讷喊"卡"，拍拍手说这条通过了。

小覃赶紧走上前去，拿件系带的浴袍给南笳披上。

摄影、灯光和收音设备都要重新调整和布置，南笳走到场外去补妆。

一走出浴室门，南笳顿了一下，有所感地抬头一看。

周濂月不知道什么时候来的。人群的外围，他靠着场地"客厅"的窗台站着，穿了件黑色的长风衣，戴着黑色的口罩。

南笳只瞥了一眼便收回目光，她还在角色的情绪里，没空分神。

大约过了二十分钟，场务通知南笳下一幕要开拍了。

南笳走到浴室门口，脱了浴袍，穿着内衣再走回到场景里。

何讷拉住她："这场咱们不急，我们机器一直是架在这儿的，你自己酝酿情绪，什么时候觉得情绪到位了，什么时候开始说台词。理解了吗？"

南笳点头。她走到浴室低矮的窗台上坐下，那窗框像个长方形刚刚好将她钉在里面。

她从烟盒里抖出一支烟，点燃，沉默地抽着。

片场没有人说话，只有机器在运转，沉默地记录。

十分钟过去了，南笳还未开口。

何讷不出声，也不催她。

又过去五分钟，她点燃了第三支烟，低头看了看，伸手，将身旁的手机拿了起来。

这动作设计没写在剧本里，不过何讷依然没阻止。

她解锁了手机，似乎要给谁打电话，然而苍白的手指在屏幕上停顿片刻，却没按下去。

她手一松，手机“啪”的一声掉了下去。

她转头，通过狭窄的窗看向窗外，外面有一棵正在发芽的树。

她终于开口，与其说是独白，不如说是在倾诉，跟一个不存在于房间里的人。

“我小时候救过一只灰雀的幼鸟。它从树上掉下来，摔伤了翅膀。我给它喂食、喂水，它每天在窗台上踱步，叽叽喳喳地叫，好像想回到树上，回到它的巢里。有一天，风来了，我打开了窗。灰雀在窗台上徘徊，很害怕，我把它捧起来，它像颗心脏一样暖和。我想送它回树上去，我松开了手……灰雀扑棱一下翅膀，没飞起来，掉下去了。那里是七楼。它就这样摔死了……我是凶手。”

说完，她停顿了几秒钟，身体忽然往外一侧，直接朝窗外倒下去。

蓝色玻璃上贴着泛白的塑料纸，哗啦一响，像是灰雀的翅膀那么短暂地扑腾了一下。

何讷喊“卡”。

布景是特意设计过的，窗外实则只有一米五那么高，下面垫了厚厚的海绵垫子。

但跳窗这幕太真实，叫人心脏直接跳到了嗓子眼儿。

周濂月飞快地拂开人群，走到了窗外。

绿色的海绵垫子上，南笳平躺着，眼睛直勾勾地看着天上。

小覃跪在她身旁，将浴袍盖到了她身上。那浴袍是白色的，和裹尸布一样的颜色。

这行为叫周濂月蹙了蹙眉。

小覃喊了好几声，南笳才有反应。片刻后，她伸出手，小覃抓住她，将她从垫子上扶了起来。

她穿上浴袍，低头沉默地系上了带子，经过工作人员，往屋里走。

周濂月瞧着她经过自己身边，她的眼睛仍是直勾勾的，像是没看见他，没看见任何人。

何讷自监视器后站起身，大步走过来，给了南笳一个扎扎实实的拥抱，拍拍她肩膀笑说："很棒。回去休息吧。"

南笳淡淡地笑了笑。

小覃将一双拖鞋递到南笳脚下，待她趿上，扶着她的手臂往外走。

迎面跟人撞上，小覃脚步一顿："周总。"

周濂月脱了身上的风衣，往南笳背上一披，她抬了抬眼，一双无情绪的眼睛和他对视了一秒。

周濂月一把揽住南笳的肩膀，对小覃说："带路。"

小覃愣了一下，赶紧走到前面去开路。

保姆车停得不远，司机不在车上，坐在不远的地方待命。

南笳上了车，坐了下来，整个人缩在宽大的风衣里，一言不发。

周濂月坐在旁边的位子上，看着她。

小覃不知该不该上去，踌躇地站在保姆车的门口。

过了好久，南笳终于出声，那声音似一缕轻烟一样缥缈："我的衣服……"

"在箱子里！我马上拿过来。"

小覃去后面提下了行李箱，拿到门口，周濂月弯腰帮忙提上了车。

小覃很乖觉地将车窗玻璃的遮光帘都拉了起来，然后下了车，将车门关上。

南笳脱下了周濂月的风衣、里头的浴袍，紧跟着又面无表情地脱掉了方才作为戏服的一身内衣和内裤。

她赤裎着蹲在地上，拉开了行李箱，从里面拿出一身干净的衣服，缓慢地、一件一件地穿上。

周濂月无声地看着她，好像见证一个人从生到死再到生的一个过程。

她套了件薄款的咖色套头毛衣，再套上牛仔长裤，起身拉上去，拉拉链，扣纽扣。

最后一个动作结束时，手臂被周濂月轻轻攥住。

他往后带了一下，她退后一步，在他腿上坐了下来。

只顿了一秒，她两臂绕过他腋下，头低下去，埋在他肩头。

始终是无声的，只有微微的呼吸。

周濂月摘下了口罩，手臂收拢，紧抱住她。

他觉得他抱着的是一缕烟、一丝灵魂，或者，也是一颗灰雀的心脏。

她生活中层层包裹的内心，都毫无保留地呈现在了戏里，这过程简直有种血淋淋的残酷。

外头光线渐暗，天要黑了。

南笳松开了手，抬头，周濂月抬眼与她对视。昏朦的空间里，他们相触的视线第一次没有捕猎与被捕猎、臣服与被臣服的意味。

那只是单纯的一个对视，像一个有月亮的雪夜那样干净。

南笳的眼泪瞬间就流了下来。

而周濂月仰头，吻住她的眼角。

沿着眼泪的痕迹一路向下，最后落在她微咸的唇上，亲一下即退开，再收紧手臂，按住她的后脑勺，让她伏在自己肩头。

她低低地出声，有种破碎感的沙哑："……周濂月，你见过死人，对吧？"

周濂月贴在她后背的手指收拢了一下。

"你觉得呢？活着，其实就是一次一次的死亡……还是不得解脱的那种，死亡的无限死循环……"

"既然这么痛苦，何必要做这行？"周濂月低声问。

南笳笑了一声："你猜我为什么要去考表演系？因为我那时候喜欢一个明星，我想如果我也去当明星，是不是就可以跟他一起拍戏。就因为这，这个幼稚的理由。我考上没多久就改追别的明星了，可天赋的诅咒才刚刚开始……他们都说我有天赋，有天赋的人注定得接受天赋的馈赠与诅咒。我起初不相信，后来我不得不信。我无法放弃，我无法躺平说去你的天赋，我要回去帮我爸开餐馆，我要当网红直播带货……"

她是为了从角色中脱离，所以喋喋不休。

为了塑造角色，她不得不将自己的意志驱逐，只留下好让角色降临的空壳。现在她要将这个空壳重新注满自己的情绪和意志，即便周濂月远远不是那个她最渴望倾诉的对象。

片刻稀薄的温暖也总是聊胜于无。

周濂月很有耐心地听完，平声说：“你不是已经蹚过那么多死路走到了今天？往后只要你乐意拍，我就能让你有戏可拍。”

南笳愣了一下，抬头去看他。

他也正看着她，脸上并没有过多的表情。

此刻，周濂月的手机响了起来。

他腾出一只手去掏出来接听，是许助打来的，说该出发去跟何导吃晚饭了。

周濂月说：“知道了。把车开过来吧。”

南笳从他腿上起来，拾起座位上的风衣递给他，坐了下来。

周濂月将风衣搭在手臂上，伸手去拉车门：“回酒店好好休息。要吃晚饭。”

南笳笑了一下：“最后这句话也送给你——你吃完了就直接回市里吗？”

“看情况。”周濂月看了她一眼，打开门，弯腰下去了。

车开回酒店，南笳洗头洗澡，换了身干净衣服，再坐到桌边去吃晚饭。

她觉得自己再不摄入高碳水可能真的会死，因此吃掉了一整块的炸猪排。

吃完饭，躺在沙发上刷了一会儿无意义的短视频，情绪渐渐缓和过来。

群里有人在组麻将局，三缺一，疯狂 @ 南笳。

南笳懒洋洋地发消息回绝掉了。

她穿上外套，没让小覃跟着，自己去周围散步呼吸新鲜空气。

等再回到房间，已是晚上八点多。

刚进屋没一会儿，许助给她打了个电话，问她在不在酒店里。

南笳说在。

许助笑说：“北城那边临时有点儿事，订了凌晨的机票，周总马上准备走了。”

南笳问：“你们在房间？”

“在。马上要下楼了。”

“等我一下，我过来打声招呼。”

周濂月的房间门开着，许助正从里面推出行李箱。

在门口处，他冲南笳笑了笑。

南笳走进去，合上了门。

房间里属于周濂月的东西都已经收拾干净了，他人正站在窗户边上打电话。

南笳朝他走过去，他顿了顿，对那端说了声“等会儿再回拨过去”，先把电话挂了。

南笳停在他身旁，将手里的一只小纸袋子递过去：“这里的特产花茶，我自己尝过，很好喝。麻烦帮忙带给周浠吧。”

周濂月低头看了一眼，接了过去。

南笳的手臂搭在窗台上，往外看。薄凉的风吹进来，她闻到周濂月身上有一股淡淡的酒味。

“这两天……谢谢你。”她轻声说。

她切实得到了某种短暂的安慰。虽然不知道周濂月昨晚和今天展露的温和与包容，动机是什么，但她不会自作多情想太多。

周濂月无声地看了她一会儿，什么也没说，倏然伸手，捉着她的手臂一推，她后背一下抵靠上窗棂。

他的手掌拊着她的后颈，两人对视一眼，她踮起脚尖，呼吸短促，几乎是不由自主地将自己的身体向他贴近。

“周……”

语句与呼吸都被他吞掉。

周濂月口袋里的手机在振动，大抵是许助打来催促的，他没管，振了几下那边就挂断了。过了一会儿，再次振动、挂断……反复如此，到第三次，他终于退开。

南笳目光迷离的神色，让他的呼吸又重了两分。

片刻后，他声音有几分喑哑：“走了。”

南笳点头。

两人一块儿走出房间，电话第四次打来，周濂月接起来，对那头说他正在下楼。

电梯与南笳的房间方向相反，他挂断电话后脚步停了一霎。

南笳两手抱住手臂，笑了笑：“旅途平安。”

他淡淡地瞥了她一眼，转身朝着电梯的方向走去。

进了电梯，合上门的瞬间，周濂月抬头瞥了一眼。

走廊里早已没了她的身影。

/ 第八章 /

灵魂割裂

六月中旬，南笳杀青，比她预想的早了一个月。

何讷对她大加赞扬，说到时候这片子一定送去评个最佳女配，得不得奖不好说，提名十拿九稳。

南笳身心俱疲地踏上返程路，从镇上到市里再到北城，几乎一路睡过去。

下午落地北城，小覃已安排好了车来接。

在停车场里找到那辆车子，南笳一推开门，一束火红的玫瑰直接凑到了面前。

花后面是一张灿烂的笑脸："Surprise！"

南笳欣喜地接过花："浠浠！你怎么来了？"

"来接你呀！祝你顺利杀青！"

南笳抱着花上车，下意识地往后面瞥了一眼。

车上只有周浠和甄姐。

周浠仿佛能洞察这一霎的微妙沉默，笑说："我哥不在北城，去加拿大了。"

小覃和司机已经装好了行李箱，关上了后备厢车门。

南笳双腿侧了侧，给上车的小覃让了个位置，待人坐定，车子出发后，她顺口问了句："去加拿大出差？"

周浠顿了一下，犹豫片刻才说："我哥跟你提过朱瑟琳这个人吗？"

南笳心下了然："没提过。但我知道她是谁。"

周浠面有为难之色地继续说道：“……朱瑟琳的二哥住在温哥华，上周意外去世了，我哥去参加他的葬礼。”

南笳一时沉默。

周浠赶紧说：“纯粹是走个形式！朱瑟琳初中就在温哥华生活了，后来也……也没回国，一直在国外。”

南笳笑笑，心想这和她也没关系啊：“你还是别告诉我这么多了，回头周总知道了一定不高兴。”

“那我就说是我强行告诉你的。”

周浠的神情有几分无措。

南笳微妙地觉得不忍，周浠不会觉得，她跟周濂月还能处出个什么结果吧？

她笑了笑，岔开话题：“你晚饭要回家去吃吗？”

“不回！我订了餐厅，我们一起吃晚饭吧。”

南笳笑说：“烛光晚餐？”

周浠也笑了。

路上，南笳跟周浠聊了聊拍戏的事，也了解了下她的近况。

她跟苏星予在一起了。

“真的吗？谁先表白的？”

“……他。你知道的，我眼睛看不见，对一般人而言多少是个累赘。苏星予说，爱他就像爱他的音乐，只需要耳朵。”

南笳笑说：“这什么艺术家的表白方式，也太浪漫了。”

周浠耳根都红了：“……我哥现在好像想开一些了，可能也意识到我不可能跟他单独过一辈子吧，所以我们目前没有遇到什么阻力。”

南笳说：“让周总买架专机，以后你就坐着专机跟着苏星予去全世界各地听音乐会去。”

周浠捂嘴笑了一下：“用不着我哥买。我……我有周家的股份的，可能……比我哥还多那么一点点吧。”

南笳笑了：“原来你才是真富豪。”

周浠配合她的玩笑：“没错，我要把你抢过来。”

南笳跟周浠吃过饭，将她送回家，就紧跟着赶下一摊去了——陈田田早约好了人，在朋友的俱乐部，要给她接风洗尘。

一推开包厢门，“砰”的两声，花炮喷出的纸屑和彩带撒了一头一脸，剧团的朋友吹口哨，大家齐呼：“大明星！大明星！”

南笳笑着拂掉头上的彩带：“玩尬的是吧？”

跟大家打过招呼之后，南笳拿了酒，跟陈田田单独躲到了一个角落里。

陈田田上个月去了剧组探班，现在觉得南笳好像又瘦了一圈：“美女你平常不会不吃饭吧？”

南笳笑：“再瘦也瘦不过你，排骨精。”

聊回正题，南笳说：“你不是在写新剧本吗，进展怎么样？”

“没啥进展，就写了一两场，零零散散的——哦对了，后天就是《胭脂海潮》演出一百场纪念日，结束后会有个小型的交流会，你要来啊。”

“我去做什么，我都已经不演了。”

“你来了我们蹭你热度啊。”

南笳笑了。

陈田田喝口酒，瞥她一眼：“你回来了那位爷不召见你？”

“人不在北城。”

“你俩在一起也快一年了吧？”

“聊他做什么，扫兴。”南笳淡淡地说。

陈田田往对面的人群里扫一眼：“正看你的那个人，看见了吗？”

南笳瞥一眼：“怎么了？”

“朋友的朋友，一个摄影师，自己还开了家独立书店。说想认识你。”

“没兴趣。”

陈田田看她：“……就一直这么下去吗？”

“不然怎么办？也要那位爷对我失去兴趣呢。”南笳笑笑，“其实还好……久了觉得他这个人，没想象中那么可怕。”

“你可别陷进去。”

“我傻吗？一码归一码。”

聊了会儿，陈田田起身去了趟洗手间，这时候，陈田田的竹马，也就是未婚夫彭泽走过来，笑说：“南笳，跟你说个事。”

“什么事？”

“可能得请你帮个忙。”

从俱乐部离开，南笳在回程的路上打开了车窗透气。

外头的风带着北城夏日特有的燥热，很快让她出了一额头的汗。

经陈田田提醒，她才意识到，哦，快一年了啊，去年夏天，她认识的周濂月。

近一年过去，他们是肉体的狼与狈，灵魂的陌生人。

南笳喝得有点儿多，头痛，拿出手机来给周濂月发了条消息汇报行程，告诉他自己已经回北城了。

那边有时差吧，她算不过来。

到家以后，南笳洗过澡躺在水洗棉的床单上，耳朵里塞着耳机，听着叶洗的歌，收到了周濂月的回复。

依然是毫无情绪的一个“嗯”字。

《胭脂海潮》一百场纪念见面会，南笳去了。

参加的人不多，统共就两百人，基本都是这剧的忠实观众，十刷起步的那种。

交流会相对比较随意，舞台没怎么布置，就摆了七八张椅子，大家穿自己的私服即可。

陈田田强烈要求南笳上台，被南笳拒绝，这剧后面的辉煌和她其实没什么关系，她只演了十场不到。

南笳跟几个幕后工作人员一起站在舞台旁边。

开始大约半小时，手机振动起来。她拿出来一看，是周濂月打来的。怕打扰到别人，她捏着手机悄悄走去后台。

周濂月显然没这个耐心，响了几声就挂了。

南笳把电话拨回去，周濂月问她在哪儿。

“剧场。今天有个演出一百场交流会，朋友叫我过来玩。”

“什么时候结束？”

“差不多还有半小时吧，结束了还有点儿其他安排……你回北城了？”

“嗯。”

这时候，南笳听见舞台那边的麦克风在喊她的名字，就对周濂月说：“他们好像在找我。等这边结束之后我去见你？”

场务跑过来喊南笳过去一趟，南笳听见周濂月说“好”，就将电话挂了。

南笳匆匆跑过去，被陈田田一把拽到了舞台中央，她握住递来的麦克风，才看清楚台下站着一个人，一个小姑娘。

她害羞地问：“姐姐还记得我吗？”

南笳笑了：“当然记得。”

那时候首演开始就场场来看，拿海报让她签名，羞涩地夸她好漂亮的小姑娘。

小姑娘说：“我刚高考结束了，对了答案，考得还可以。我报了编剧专业，听说姐姐当演员去了，好希望以后姐姐可以演我编剧的戏。”

空旷的大堂里，小姑娘的声音经麦克风放大，那颤抖的细节更加分明。

南笳的眼眶一下湿润了，笑说：“我一定等着那天。”

“我……我能跟姐姐合张影吗？”

南笳伸出手，小姑娘将自带的相机交给了身边的朋友，在掌声中跑上台。

小姑娘伸手抱了她一下，南笳听见她在哽咽，笑着拍了拍她的肩膀。

南笳揽着小姑娘的肩膀，台下小姑娘的朋友连按快门，片刻后比了个“OK”的手势。

小姑娘转身冲南笳鞠了一躬，说了声“谢谢”，就跑下了舞台。

南笳看见她一把抱住了朋友，朋友不停地安抚性地抚摸她后背，看口型似乎是笑着在对她说“好啦好啦”。

麦克风响起陈田田的声音，她笑说：“正好趁此机会替我们南笳做个宣传，她的第一部网剧《第十一个凶手》最近就要播了，到时候大家记得去支持一下。”

南笳笑说：“我可不会付广告费啊。”

观众都笑出声。

南笳递回话筒，还是执意地下了舞台，她依然走到旁边去，跟工作人员站在一起。

身后有人拍她肩膀，她转头一看，怔了一下："叶老师？"

叶冼穿一件宽松的黑色 T 恤，头发半长，脸上笑容温和："彭泽不是要搞事吗？我过来见证一下。"

南笳笑说："还以为你没接到通知。"

"我是差点儿没接到通知，本来定了今天要出发去云南采风的。"叶冼看着她，笑说，"哦，你回北城那天田田给我发了消息，我当天晚上在录音，结束得很晚，估计你们都散了，就没过去。"

南笳笑说："没事。正事要紧。"

他俩压低着声音，有一搭没一搭地聊着。

半小时很快过去，交流会结束。

陈田田做总结陈词，主创一起鞠躬，感谢所有粉丝的莅临。

就在这一瞬间，剧场所有的灯全都灭了。

人群骚动，话筒里传来陈田田小声问"怎么回事"的声音。

又过了大约十秒，身后的投影大屏突然亮起。

陈田田赶紧回头去看。

是段视频，画幅比例四比三，画质粗糙，十分有年代感。

视频里是两个在沙发上翻滚的小朋友，大人问小女孩儿："你除了彭彭，还有别的朋友吗？"

小女孩儿笑说："彭彭是我最好的朋友。"

"多好？"

"以后要嫁给彭彭那么好！"

画面熄灭，剧场再度黑暗。

一束追光亮起，照亮了观众席上的人，一身西装，一捧玫瑰。

一时所有人都发出"哇"的一声。

彭泽穿过观众席，朝陈田田走去，边走边说："今天是你事业上的一个重要节点，我希望同时也能成为我们感情上的重要节点。我知道你不喜欢束缚，爱自由，爱文学，爱艺术……你像抓不住的风，我很庆幸，还好在你还不懂事的时候，还没有这些文学、艺术与自由的时候，就爱上了我……"

一片笑声。

彭泽走上舞台，在陈田田面前站定，而后退后一步，单膝跪下：“陈田田，你该履行小时候的承诺，嫁给我了。”

全场欢呼。

陈田田早哭得顾不上表情丑不丑了，她一个从来自诩小众的亚文化爱好者，此刻被世俗的温柔狠狠击中。

她伸出手去。

彭泽给她戴上戒指，起身，一把将她抱住，拥吻。

欢呼声和掌声几乎要将屋顶掀飞。

南笳站在黑暗中，眼泪也跟开闸放水似的，不值钱地一直流。

她感觉到叶冼轻轻拍了拍她的肩膀，低头一看，叶冼递过来一包纸巾。

她笑了：“谢谢叶老师。”

她没敢去看叶冼，心里有种隐隐烧灼的刺痛感。

周濂月到的时候，剧场的观众正在退场。

车开进来被门岗给拦住了，他给丁程东打了个电话，丁程东亲自过来带路。

进了剧场大门，丁程东笑说：“我们一个演员，哦，就南笳的好闺密，今儿她男朋友跟她求婚，这不刚结束。”

周濂月站在观众席最后一排，往台上看，一堆人正在那儿跟一对男女合影，女的捧着一束玫瑰，大抵就是今天的主角。

他扫视一圈，在人群的最外围发现了南笳，她正在跟一个男人聊天，那男的穿件黑色 T 恤，一头半长的头发。

不知道两人在聊什么，她脸上带着轻盈的笑容。

他从没见过。

对话时，她频频去看站在侧对面的男人，那目光每次经过男人的脸，都只是蜻蜓点水。

仿佛是用目光，在空气里反复地去描摹一个名字，摹画的次数多了，还是留下痕迹。

周濂月微微蹙了蹙眉。

丁程东笑说："周总你就在这儿等着，我去把南笳提溜过来。"

周濂月没作声。

丁程东一溜小跑过去，到了台上，拍拍南笳的肩膀，凑到她耳边说了句什么。

她立即转过头来。

隔着空旷的大厅，她慌张的眼神，一下闯入他的视线。

她转过身去，那轻盈的表情消失不见了，她跟对面的男人说了句什么，男人点点头。

她走下舞台，朝着周濂月所在的方向看了一眼，却没有穿过观众席直接朝他走过来，而是转身去了舞台后方，似乎准备绕一个大圈。

周濂月冷笑一声。

南笳往后台走，丁程东跑过去一把将她拦住："喂，往哪儿走呢！没瞧见人？"

南笳抿住唇。

她瞬间反应过来了，不能这样，太像是掩耳盗铃了。

南笳推开丁程东，笑了一声："我去后台拿个包就过去，丁总急什么？怕财神爷不高兴撤资？"

丁程东噎了一下。

丁程东穿过观众席，走到周濂月跟前，赔笑说："南笳上后台拿东西去了。周总要不先去车上等着？"

周濂月恍若未闻，一手抄兜，等在原地。

他倒要看看。

没过一会儿，南笳的身影又出现了舞台的入口处，手上多了个提包。

她走上台，凑近那抱着玫瑰花的女人，耳语了两句，两人拥抱了一下。

转而跟那穿黑 T 恤的男人说了句什么，举手做了个"拜拜"的手势，她便转身下台，朝着门口方向走过来。

南笳停在最后一排，微笑着说："周总。"

周濂月不应声，只冷眼瞧她。

丁程东笑说："周总还有没有别的吩咐？没有我就撤了，今儿剧团也算是双喜临门，我这个做老板的得请客吃夜宵。"

他笑了两声，无人搭理，笑声一时显得尴尬极了。

丁程东表情稍僵，冲周濂月颔首示意，便转身往回走。

经过南笳身旁，他抬手在她肩膀上轻拍了一下。

南笳瞥见他脸上神情复杂，不单单有尴尬，还有别的什么，致使他不敢与她的目光对视。

南笳向着周濂月走近一步，笑问："走吗？"

周濂月转头看着她，那目光是她已许久未见的冰冷，好像去年平安夜那一晚的重演。

南笳不由得有几分忐忑。

周濂月没作声，转身往外走。

南笳跟上去，没回头看，怕身后的目光里有她不愿意看见的。

周濂月步子迈得很急，南笳几乎要一路小跑才能跟上。

他的车停在剧团大楼东边供员工使用的停车场上，是那辆奔驰大G。这车南笳只坐过一次，是那次进山的时候。

她不免猜测，周濂月是不是想带她去那山里的别墅。

周濂月将车驶出剧团大门，南笳最后转头往里看了一眼，剧场还亮着灯，脑海里仿佛还在回响着方才那如雷般的欢呼与掌声。

她转回头再看前面，车子驶入了一片茫茫的夜色中。

周濂月一直未曾出声。

压迫人的低气压使南笳也不敢作声。

她不知道周濂月这明显的不悦，是因为他今天原本心情就不好，还是特意冲着她的。

周濂月用眼角余光瞥了一眼南笳，她穿着吊带衫和阔腿裤，包搁在腿上，手指似乎无意识地攥紧了包链。

他冷声问："怎么不说话？"

南笳转头："……说什么？"

她听见周濂月轻笑了一声，是那种嘲讽、冷漠而傲慢的笑。

周濂月不出声，南笳也只好沉默。

这种时候去绞尽脑汁想话题，赌“盲盒”是不是空的，不但没有意义，还有可能进一步触犯周濂月。

沉默像是一部黑白默片，漫长得仿佛在故意拖延时间，叫人暴躁，耐心耗尽。

周濂月从没这么厌烦过这种沉默。

在前面路口，周濂月转了个弯，往酒店开。

车停在地下车库里，南笳从包里拿出口罩戴上，跟在周濂月身后进电梯，上楼。

进了门，周濂月脱了身上的外套，往床上一扔，又一把扯开了领带。

他拿着打火机和烟盒走到了窗边，点了支烟。

单单看他的表情，一如平常的淡漠，但南笳敏锐地觉察到他看似平静之下的烦躁。

踌躇片刻，她把包放在沙发上，走到他跟前。

南笳刚刚习惯性地露出一个笑容，还没开口，周濂月已伸手一把掐住了她的两颊，冷声说：“别笑。”

南笳愣住。

周濂月的手劲儿很大，掐得她两颊发疼，她摆头挣扎了一下，他松了手，可依然冷淡地注视着她，俯视地、研判地。

自尊和理智已不允许南笳再度试图讨好了，她只能沉默。

时间像在煎熬着挨过去。

周濂月再度出声：“不说话了？”

“说什么……”

“刚才在剧场的时候，不挺能说吗？”

南笳心里“咯噔”了一下，面失血色，潜意识地警觉到危险，不敢接这话。

她那时似乎只在跟叶冼说话，周濂月是意有所指吗，还是……

她不敢再揣测什么，抿住唇，一言不发。

周濂月盯着她，好像是在等她开口。

她茫然极了。

片刻后，周濂月的耐心好像彻底耗尽。他衔着烟，伸手，将她手腕紧紧一箍，冷笑了一声："你这报酬领得可真轻松。"

南笳觉得像是有人在耳朵旁边扎破了一个气球，炸得她脑中隐约地"嗡"了一声。

周濂月拽着她，将她带到了书桌前。

他走得很快，南笳差点儿绊了一下。

周濂月走到书桌后面，随意地从书架上抽了一本书，"啪"地扔在她面前。

他冷声说："读。"

不是不想出声吗。

南笳愣住。

"听不懂？"

南笳咬着唇，将书拿起来，随意地翻开一页。她抬头看了一眼，他在书桌对面的椅子上坐了下来。

即便是他坐的位置视线处于低处，可他的目光仍然能支配一切。

他冷声再次吩咐："读。"

南笳声音发哑，开口第一个字没发出声："……她对我的态度没有改变，遇见我的时候，还是那么一副漫不经心的神气，甚至还有点儿蔑视我、痛恨我。她一向并不掩饰她对我的厌恶，这一点我看得出来……我们两人之间存在着某种微妙的关系，就从她对待一切人的那种傲慢不可一世的德行来看，我很不理解这种关系……"[1]

南笳的脸上毫无血色，更无波澜，虽然心脏因为耻辱在剧烈灼烧，像把高度的酒精浇在血淋淋的创面上。

她不明白周濂月想做什么，自己又在做什么，但这一点儿不比把她剥光了扔在大街上展览来得更有尊严。

空间安静极了，读的每一个字落下，她都能听见自己的回音。

她没去看对面，不知道此刻周濂月是什么表情。

他坐在那里，哪怕什么都不做……就已经达成了羞辱自己的事实。

1 出自陀思妥耶夫斯基的《赌徒》。

她只能机械地继续往下读，嗓子发干，手指也微微颤抖。

后来，好像一切都开始变得麻木起来。

周濂月陷入长久的沉默，夹在手里的烟再没抽一口。

他也不知道自己在做什么，只觉得索然，无意义。

南笳的声音沙哑而机械，但始终平稳，没有太大起伏。

他抬头看了一眼，她脸上没有半点儿表情，好像属于她的灵魂已经抽离，留在这儿的只是一具躯壳。

他扬手，将打火机往桌面上一扔。

南笳闻声一顿，抬起头来。

她目光里有种溺水般的死寂。

周濂月闭了闭眼。

似乎是多年前的场景回放。

空旷的书房，无人的深夜，端坐于书桌后面无表情抽雪茄的大人，书桌前捧着信纸一字一句机械念读的少年……

“行了。”周濂月忽地出声。

他倏然站起身，一把将书从南笳的手里夺了回来，随意往桌上一扔。

南笳紧抿着唇，抬眼。

周濂月走到书桌前去，伸手一把掐住她的腰，低头停顿一霎，带几分戾气地径直咬住她的唇。

过了好一会儿，南笳才迟缓地回应。

南笳的力气被抽干，想瘫倒下去，却也只能瘫在他怀里。

她想到在镇上的那天，他们在保姆车里，他抱着她安静地听她说话，那样的温情像是做了一个短暂的晨梦。

周濂月将她抱起来，到床上去。

灭掉所有的灯，黑暗是他们熟悉的环境。

即便害怕这个人，但在这段畸形的关系里，他们依然有最本能的默契。

最后的瞬间，南笳感觉自己的灵魂正在被割裂成两半，痛苦和快乐从未如此泾渭分明过。

“啪”的一声轻响，是周濂月打开了床头灯。

南笳将脸埋在枕头里没有动弹，听见滑打火机的声音。

鼻腔里嗅到烟味。

紧跟着，周濂月微凉的手指探过来，轻梳她微微濡湿的头发。

她还是不动弹。

周濂月把手臂伸到她腋下去抱她，她不得不爬起来，双膝跪坐。

他将烟递到她嘴边，她衔住，很短地吸了一口。

南笳感觉到，周濂月的愤怒短暂地过去了，他似乎又变回了她已经熟悉的模样。

但她知道不是。她从来就没有真正熟悉过周濂月。

南笳咬着烟，呼吸里有各种浑浊的气息，像是沼泽上的雾气。

“周濂月……”

周濂月抬眼。

她下意识地准备笑一声，又想到他似乎不喜欢她这样，便忍住了，只轻声说：“……花钱不就是图个开心吗，如果我让你这么不高兴，你何必……”

周濂月淡淡地说：“你怎么知道我不高兴？”

“这是高兴吗……”她有几分哑然，“或者，至少你告诉我，你想让我怎么做。”

周濂月瞧了她片刻，却什么也没说，只抬手摸了摸她的头发，紧跟着下地，捞起长裤套上。

浴室传来哗哗的水声。

南笳仰躺下来，手臂搭在床沿上，烟静静地烧，幽黄的灯光下，一簇淡蓝色的烟雾缓缓上升。她偏着头，一动也不动地看着。

周濂月洗完澡，从浴室出来。

她也爬起来，把烟灭了，走去洗澡。

洗漱完，再吹干头发。

经过书桌的时候，南笳顿了一下，丢放在书桌上的那本书，已经不在了，被收了起来。

周濂月坐在沙发上，刚打完一个电话，放下手机，冲她招了招手。

南笳走过去，被他捉着手腕一牵，不由得在他腿上坐了下来。

周濂月半抱着她，一只手轻抚她的头发，用随意的口吻说：“今儿被求婚的是你朋友？”

“我闺密。”

“丁程东说请你们剧团吃夜宵。”

南笳不知道周濂月想说什么：“好像是吧。”

周濂月瞥了她一眼，指节碰了碰她的脸颊，淡淡地说：“陪我吃点儿东西。一会儿司机送你过去。”

“好。”南笳无所谓了，随他怎么安排。她警觉地想，这有点儿像是巴掌后的甜枣。

坐了会儿，周濂月来了个电话。

南笳准备要从他腿上起来，他伸手揽了一下，南笳便不动了。

电话像是许助打来的，不知道汇报了什么事情，周濂月听完后没做什么具体指示，只让许助过来一趟。

电话挂断，周濂月让南笳自己坐会儿，起身走到了书桌那儿，打开了笔记本电脑。

南笳则趴在沙发上，心不在焉地刷着手机，朋友圈刷下去好几条都是今晚见面会以及陈田田被求婚的动态，她挨个儿地点了赞。

没一会儿，响起敲门声。

南笳爬起来，周濂月也站起身往门口走去，瞥了她一眼，淡淡地说了句：“去把衣服换了。”

南笳意识到自己还穿着浴袍。

南笳换回自己的衣服，走出浴室。

周濂月点的餐送到了，摆放在了吧台上。他已坐回到了书桌后面，仍旧埋首于电脑前，也没抬头，只说：“你先吃吧。”

南笳吃过晚饭了，一点儿也不饿。但她也没说什么，走去吧台那儿坐了下来。两份西冷牛排，一瓶白葡萄酒。

南笳开了酒，给自己倒了小半杯。

没过多久，再度响起敲门声，这回来的是许助。

他进门后向南笳微笑颔首致意，便跟着周濂月一块儿去了书房那边。

吧台与客厅相连，客厅与书房之前有个隔断，半开放的，书房里的声音能清晰地传过来。

周濂月语气虽平淡，却能听出来很不悦："前台蹲点、拦车、闯酒会惊扰董事……下一回这位李总还想做什么？爬我们办公大楼跳楼示威？"

许助说："周总，我已经跟安保部门和各个董事的保镖、司机都打过招呼了，让他们尽量加强防范。朱总那边的话……"

"我会去说明——李喆现在人在哪儿？"

"派出所协调之后，通知了他的一个创业伙伴，就把人领回去了。"

周濂月顿了顿，又问："他公司现在什么情况？"

"李总是希望能拉到新投资或者找谁并购 TG，甚至可以完全让出公司控制权。"

周濂月轻嗤一声："套现跑路，他倒想得很好。"

"但活动了半年，没找着下家，现金流也全部用完了，现在网上都是他们员工发帖讨薪的。"

周濂月说："叫人盯紧点儿，别让 TG 的人走投无路了去网络上乱咬人。涉及我方的相关言论，不管是爆料还是造谣，都赶紧处理。"

许助说："明白了周总。"

聊完，许助离开了。

周濂月去吧台那儿坐下，他没先吃东西，而是点了支烟。

南笳拿过他面前的杯子，帮他倒了小半杯的酒。

周濂月掸了掸烟灰，端起酒杯喝了一口，往她面前瞥了一眼："不饿？"

"不怎么饿。我吃过晚饭了。"

周濂月没说什么。

他又抽了几口，把烟揿灭了，拿起刀叉，切了两口牛排，电话又响起来。

他瞥了一眼，没接，放下了刀叉，拿纸巾擦了擦手，对南笳说："我叫人送你去你朋友那儿。"

南笳点头。

虽然不知道具体发生了什么事，但也能感觉出周濂月有几分焦头烂额。

他的手机就放在两人中间，南笳撑着吧台桌下地的时候，无意间瞥见了来电人的名字。

似乎姓“朱”。

她隐约记得周浠曾提到过“朱家”，应当是和周家关涉很深的一层关系。

周濂月给司机打了个电话。

南笳去沙发上拿上自己的包，往门口走：“我走啦。”

周濂月看她一眼，目光隐约有些欲言又止的意思。

但他并没有说什么，只点了点头。

陈田田他们在酒吧喝酒庆祝，南笳并没有去，直接让司机将她送回家。

她累极了。

南笳想着今天该给家里打个电话了，更觉得累，就只给南仲理发了条消息，说今晚有事在外面不方便跟他语音。

南仲理发语音叫她早点儿休息，别老在外面跟朋友泡吧喝酒。

南笳洗了把脸，换上睡衣，从柜子里找出一根新的香薰蜡烛，点燃以后放在床头柜上。

关了灯，黑暗里只有一朵火苗。

这意象让她平静。

/ 第九章 /

敬海明威

网剧《第十一个凶手》播了，网络上的讨论度和评价都挺高，虽然是小成本网剧，但钱都花在了刀刃上，剧本扎实，氛围足够，演员演技全员过关。

南笳演一个心理医生，是女主角和男主角的大学学姐。

前期基本充当一个知心姐姐的智囊型角色，后期渐渐有蛛丝马迹显露，她可能就是主线故事里，一桩横跨五年的连环杀人案的凶手。

一时间她这角色人气飙升，剧迷拿放大镜逐帧抠细节和伏笔，她和女主角、和男主角以及前后期角色性格反转的水仙向剪辑也纷纷出炉。

剧的后半段，她拿着已故父亲的手术刀，冷静理智地杀死了下一个目标，血溅到她眼镜上，她摘下来拿手帕面无表情地擦拭的镜头，被截成动态图，获得过万的转发。

关姐当然不会放过这么好的机会，实时地配合风向，之前工作室微博发的一些日常物料也被再度“发掘”出来。

南笳有组“废墟玫瑰”感的写真最为出圈，评论里有粉丝高喊“姐姐给个机会”。

关姐给她定的人设是“美强惨”，尤其突出了她有四五年的话剧演出经历，说现在的风向就是偏爱独立自强的事业型女生。

南笳没发表什么意见，只觉得讽刺。

角色小爆之后，她的邀约不断，上采访、拍杂志、拍广告、拍写真。

关姐很有一套，拿尚未上映的《灰雀》做筹码，给南笳争取到了一个高端化妆品品牌的彩妆推广大使，其他广告也严格把关，保证“格调”。

工作虽然忙得要命，但是南笳与周濂月的见面也变得频繁。

起初仍然是南笳每次坐车去酒店。

后来关姐委婉跟周濂月反映，说酒店内保密性没什么可质疑的，可就怕有人拍到南笳频繁进入酒店停车场，引起揣测，影响声誉。

周濂月便拍板，购置了一套平层公寓。

公寓在市中心，交通便利，设施齐全，安保严格。

周濂月让南笳直接搬过去，南笳推说最近很忙没空，等过阵子再说，想着能拖一阵是一阵。

公寓准备好了两周，南笳都没接到周濂月的电话。

只听关姐提起说他在忙，他之前投资的一家科技公司在筹备上市。

南笳也没过问。

这天南笳去拍杂志内页，收到了周濂月的消息，说他晚上九点左右会过去。

收工之后，南笳直接去了公寓。

但周濂月不知道是不是被事情耽搁了，过了晚上十点钟都没到。

南笳也懒得发消息询问，自顾自地洗了澡，看会儿书就睡了。

半夜醒来，听见外面有动静。

南笳爬起来开了灯，打开卧室门。

客厅里灯开着，沙发上躺着周濂月，一条手臂搭在额头上。

西装外套搭在了靠背上，身上只穿着白色衬衫，扣子解开了三粒。拆下的领带，被他捏在另一只手里，手臂垂在了沙发边上。

南笳走过去：“周濂月？”

他没有动弹。

南笳在沙发边上蹲下，伸手，碰了碰他的手臂。

他这才睁眼，偏头看着她，眼里有浓重的倦色。

“洗个澡去床上睡吧。”

他“嗯”了一声，却没有动。

南笳有点儿进退两难，想着要不去给他拿条毛毯过来，也算是仁至义尽了。

刚准备转身，手臂被一把攥住。

周濂月一拽，她便后退一步倒在他身上。

周濂月伸臂，一把将她抱住，但除此之外也就没有别的动作了。

南笳一只手掌撑在沙发边缘上，侧脸靠着他的胸口，清晰地听见他有规律的心跳声。

她没出声，而周濂月也一直没再动。

久得她怀疑他是不是已经睡着了，便抬起头。

周濂月也在这时睁开了眼。

两人静静对视。

南笳别过眼去。

下一秒，周濂月便伸手轻捏着她的下巴，将她的脑袋抬了抬。他凑近，只在她唇上轻轻碰了下，便松开了手，轻推她。

南笳站起身，周濂月也紧跟着起来，径直往卧室走去。

他没进浴室，甚至衣服也没脱，就直接栽倒在床上。

南笳走过去坐在床沿上。

他好像累极了，拿出最后一丝力气一般，伸手轻触了一下她的手臂，哑声说："睡觉。"

南笳犹豫片刻，自另一侧爬上床。

她费力地将被他压在下面的被子扯出来，给他盖上，自己也躺了下来，关上了灯。

黑夜里，有细微的窸窣声。

是周濂月的衬衫与被单面料摩擦的声音。

他伸臂，自背后搂住她的腰，将她往他怀里揽了揽，然后终于没了任何动作。

片刻后，南笳听见身后的呼吸微沉而均匀，周濂月应该是睡着了。

他手指总是微凉的，体温却比她高，让她后背渐渐地濡了一层薄汗。

南笳很难睡得着，睁眼了半个多小时，动作轻缓地自他怀中挪开，翻了个身，再睁眼时，才有了睡意。

次日清晨八点钟，南笳醒了。

南笳睁眼，想了想今天好像没工作，应当再睡会儿才划算。但她睡不着了，躺了会儿还是直接起床。

她去厨房冰箱里拿了瓶水，喝过水，去洗漱。

南笳刷过牙，正在洗脸时，门外传来脚步声。

周濂月走过来了，身上衬衫经过一夜已压出许多折痕，他没戴眼镜，因此微微眯了下眼睛。

南笳转头看一眼，抽出洗脸巾擦拭脸上的水，动作加快，说："我马上好。"

周濂月直接走了进来。

南笳在镜子里看见他站到了自己身后，一张清俊的脸，没什么表情，因刚睡醒而显得几分颓靡，但从后面抱紧了她。

南笳没作声，呼吸一下就乱了。她看着周濂月伸手，关上了浴室门。

结束后，南笳力气耗尽，不得不将手肘撑在流理台上，以防自己会跌落下去。

周濂月用手臂搂着她，借给她一点儿力。

他往镜中看了片刻，伸手，手掌拊住她汗津津的额头，低声说："怎么没搬过来？"

这里除了两身换洗衣服、一些洗漱用品，几乎没她的个人用品，干净得还是刚购入时那拎包入住的样板房模样。

南笳轻声说："……最近有点儿忙。"

"找两个人帮忙，这几天就搬。"

南笳没吭声。

身后周濂月说："我也搬过来。"

南笳僵了一下，她知道这很有可能触犯到周濂月，但是没忍住问："……一定要吗？"

周濂月低头看她。

他甚至还没说什么，她就笑了笑，自发地说："好吧。"

他微微地蹙了蹙眉。

她伸手，推了推他。他没松手，直接将她腰肢一揽，带入淋浴间内。

他们洗过澡，各自换了身干净衣服，出门。

司机开车，周濂月将南笳送回她现在住的地方。

车在小区附近的路口处停下，打起双闪灯。

南笳预备拉车门，周濂月抓住她的手腕，她顿一顿，又坐回去。

周濂月说："我周五晚上过去，这几天你把东西都搬去。"

"好。"南笳平静地说。

照理说她已经都照着周濂月所说的去做了，他该满意了，可他却没松手，微微侧着身，看似懒散地靠坐着，落在她的脸上的目光却有几分锐利。

仍是审视的意味。

南笳在心里叹了口气，问："……还有什么吩咐吗？"

"没有。"

南笳低头往他手上看了一眼。

他松了手，她拉开车门，弯腰下去，对他说了句"拜拜"，便轻摔上门，转身走了。

周濂月无端地觉得烦躁，将窗户落下来，点了支烟。

是哪里不对。他回头梳理。

好像，她没了开始的那股劲儿。

她遣散了他的司机，说想就他们两个人，站在伞下对他说"你搂着我呀"；阳台上靠着他肩膀，说"跟你说个秘密"；站在车窗外，执意要他的微信号；他警告地叫她名字，她说"吓唬谁"；坐在车里，酒气熏天地说"找个你喜欢的地方"。

…………

没了那些时候的那股劲儿。

似乎，就是从他说了那句"你从我这儿得到的还不够"开始，她日渐地顺从下去。

而他并不喜欢她的顺从。

那态度像是在自暴自弃，像在被动地等待什么。

一支烟抽完，周濂月并没有捋出分毫头绪。

他反倒越想越有一种依稀的茫然和无力。

周濂月那头下了“最后通牒”，南笳只得开始准备搬家。

房子是租的，无所谓多有感情，但住久了仍能提供片刻的归属感。

小覃弄来搬家纸箱，帮忙一起打包整理，收拾了足足两天，才基本打包完成。

小覃帮忙约了个周五上午的搬家车。

赶在搬走之前，周四下午，南笳独自把一些跟叶洗有关的东西搬去了解文山那里，请他帮忙保管。

解文山瞧着堆在地上的三四只纸箱子，外面南笳都用记号笔写上了自己的名字：“这里头都是些什么？不是贵重物品吧？”

南笳笑说：“不是。就是一些唱片啊，书啊，杂志啊，礼物什么的。”

“怎么不一块儿搬走呢？”

南笳笑说：“因为估计过不了多久又得搬，这些东西都太重了，我懒得一直收来收去的。您先帮我保管着，我到时候相对稳定下来了就来拿。”

解文山指一指后面：“那你自个儿搬到储藏间去吧。”

南笳来回几趟搬完了，去洗了个手。

既然来了，就陪解文山说说话。

解文山泡了壶金骏眉，又拿了小盘子，盛出一些盐津橄榄。

养生风格的下午茶。

解文山问她：“这回准备搬哪儿去？”

“市中心。最近不是忙起来了嘛，住那块工作方便点儿。”南笳抿着茶，没看解文山。

解文山笑说：“忙一点儿是好事。你的那个剧，我看了。”

“您觉得怎么样？”

“云山雾罩的，看不懂。你演的就是最坏的那个凶手？”

南笳笑了。

“你擦眼镜上血的那个镜头，动作和表情都特像一个人。”

“谁……”南笳说出口就顿了顿。

解文山瞅着她，笑说：“我那姓周的学生。”

南笳心里突的一下，抬眼看解文山，他一贯的和眉善目，看不出来有什么。

她笑说：“您别说，我那时候演这场，还真借鉴了他。”

这是句实话。

她身边戴眼镜、气质又极像高智商变态的，就周濂月一个。

且演网剧那会儿她跟周濂月还不算熟，参考起来更没负担。

放到现在，她反倒是不敢了。

解文山笑了笑：“那你观察能力和模仿能力是真不错。”

“演员嘛，专业的。”南笳笑说。

南笳在解文山这儿吃了晚饭才走。

走之前解文山说：“我感觉你最近消瘦了，瞧着不如以前有精神。”

“就是工作太累了。”

解文山满目担忧，却也没多说什么，只叮嘱：“照顾好自己。别太强求凡事都能顺心如意。”

南笳笑说：“没。您也知道我其实追求的特别简单，有戏演，演技被人认可我就很满意了。现在这些是我想要的，也是我应该得到的。”

“我知道小笳你一直比同龄人清醒、坚定得多。凡事有得必有失，不后悔就行。”解文山笑说，“累了就过来坐会儿，你解老师这儿别的没有，茶和书管够。”

周五一早，搬家车将东西送到了市中心的高层公寓。

那里已有人在，许助指挥着几个类似收纳师之类的工作人员，正在往衣帽间的柜子里挂周濂月的衣物。

这架势让南笳意识到，周濂月的“搬过来”，比她以为的要隆重且正式。

那几个收纳师效率极高，南笳的几箱子东西，到吃晚饭的时候也规整得差不多了。

许助让所有人都撤了，并打电话订好了晚餐。

南笳在往餐边柜上放置自己常用的茶杯，问许助：“你还不下班吗？”

“我等周总到了就走。”

“周濂月很信任你。”

“主要是我跟周总很多年了，他用得顺手。”

南笳笑：“他给你开的工资一定很高吧？”

许助听明白了她话里的揶揄，笑了笑说：“其实周总不是个多难伺候的人，摸清他的脾性之后就知道他其实并不苛刻。他可能只是比较理性，公事公办。”

南笳笑笑，没和许助辩论。他话里的意思要她对周濂月顺毛捋，可她还不够顺从吗？

许助看她一眼，又说：“反正从我跟着周总工作起，他就一直住酒店里，这么大费周章地找个固定的住处，还是头一次。”

南笳笑说：“你想说什么？”

“我就想说，在我看来，南小姐您对周总而言是个特别的存在。”

“周濂月授权你说这些？”

许助笑说：“没授权，也没禁止，想来南小姐也不会去跟周总举报我吧？”

“那说不定哦。”南笳笑说，“我觉得你这助理当得挺好的，万一我想挖角？”

许助也笑：“南小姐抬举我了。”

南笳跟周濂月身边的人倒是都能处得挺不错。

所以不是她没天赋不努力，没认真揣摩周濂月。她已经尽力了。

半小时左右，许助帮忙订的餐送到了，周濂月也几乎在这之后就到家了。

许助开了门，就站在门口汇报情况：“周总，差不多收拾好了。”

周濂月往里瞥了一眼，南笳正蹲在沙发的地毯上，从一只纸箱里把一些书籍摞到茶几上。

她抬起头来，往他这边看了一眼。

周濂月对许助说：“可以了，你回去吧。”

关上门，周濂月一边解着衬衫袖子上的纽扣朝南笳走去，一边打量整个屋子。

空着的低矮书架填了三分之一，摆了些小物件，以及几幅马蒂斯画作的小型复制品，旁边靠墙放了把黑色的吉他；沙发上多出两个抱枕，那上面印着的图案类似于埃贡·席勒的风格；沙发旁边立着一盏落地灯，黑色的细而弯曲的支架，不规则的白色灯罩，像只单脚站立的白鹭鸶。

周濂月在沙发上坐下，往茶几上瞥一眼，《真实眼泪之可怖：基耶斯洛夫斯基的电影》《陆上行舟：赫尔佐格谈电影》以及种种。

周濂月说："先吃饭吧。"

"马上。我把这个箱子清空。"

她穿着一件十分宽松便于活动的灰色 T 恤，下摆随意地扎了一截在牛仔短裤的裤腰里，头发绑了起来，露出白皙的脖颈。

周濂月看了她片刻，起身，先往衣帽间去了。

南笳理完手头这些东西，起身去洗了个手，然后坐到餐桌边去，打开那些食盒。

听见脚步声，她眼角的余光瞥了一眼，顿了顿，又抬眼去看。

周濂月穿了件灰色套头的上衣，宽松的黑色长裤，都是居家风格，她第一次见。

多少中和了他这人身上的凌厉感。

晚餐是西式的，煎银鳕鱼、肉眼牛排、蓝鳍金枪鱼塔塔和一些小吃甜点，因为是外送的，有些影响口感，但整体味道不错。

他们喝掉半支白葡萄酒，聊得很浅显，周濂月问她最近工作的事，她就汇报似的说了几句。

"明年夏天有个独立电影展，关姐说有个拍艺术电影的女导演在跟我们接洽，希望我能去演一条十来分钟的短片，无偿的……"

南笳不知道周濂月是不是愿意听，抬头看了一眼。

周濂月也看她："你继续说。"

"我很感兴趣。"南笳补充完。

周濂月说："想演就去演。关秀丽是专业的，细节上你跟她商量就成。"

吃完饭，南笳收拾了桌子就继续去整理她的那些图集。

周濂月要再处理点儿工作上的事，便进了书房。

客厅有投影仪，南笳一直没用过。等东西整理得差不多了，她就找到遥控器捣鼓了一会儿，将投影幕布放了下来，拉上窗帘，关上灯，开了部电影。

纯粹抱着既来之则安之的心态，在既定的境况里努力维持自己一贯的生活节奏。

看了个开头，南笳又爬起来，去厨房冰箱里找喝的。那里面只有圣培露和依云水，家里唯一的酒，是餐桌上没喝完的那支白葡萄酒，但那只适合佐餐，不适合自酌。

换作以前，南笳已经揣上钥匙，下楼去附近的进口超市买酒去了。但前阵子关姐刚叮嘱过她，现在不能再像以前那么自由随意，出门得随时注意。

南笳将暂停的影片继续播放，看了十分钟还是觉得不够味。

再次暂停，起身，朝书房走去。

周濂月自 iMac 的屏幕后抬起头来，看向门口。

南笳屈着一只腿站在那儿："我想出去一趟。"

"做什么？"

"买酒。"

"想喝什么跟许助说，他会叫人送过来。"

南笳回到客厅里，给许助发了条消息。半小时不到，便有人过来敲门。穿着一身工作服的人，送来了南笳要的东西。

南笳走进厨房，拿出一只玻璃杯，给自己调了杯酒。她回到客厅，在地毯上坐下，将电影调回第一帧，从头开始看。

周濂月处理完手头的事情，暂且丢下鼠标，点了支烟。

他起身走出书房。外面从厨房到客厅的灯全都灭了，唯一的光源来自投影仪。

南笳抱膝坐在地毯上，转头看了一眼。

周濂月走过来，在她身旁的沙发上坐下："喝的什么？"

南笳端起酒杯递给他，他没接，而是用手指托着她的下巴将她脑袋一扳，使她后脑勺枕在他膝盖上，面朝着天花板。

他低下头来，直接尝她口中的味道。

顿了顿，他说："可乐？"

南笳微喘："……朗姆酒和可乐。"

“不错。”他轻笑一声，低头，再度吻她，“敬海明威。[1]”

好一会儿，周濂月才退开，手掌轻抚一下她的脸颊：“你继续。我再忙会儿。”

十点多，南笳看完了那部漫长的黑白电影。等播完片尾的所有工作人员列表，她关了电影。

她起身，将沙发旁的落地灯打开了。

这时候周濂月自书房走了出来。

“看完了？”

“嗯。”

周濂月走过来，在沙发上坐下，看茶几上的酒还剩三分之一，端起来喝了。

放下杯子，他瞥见放在一旁的遥控器，拿了起来，随口说：“看看你的剧。”

南笳立马说：“别当着我的面看！我好尴尬。”

周濂月点开搜索栏，刚输入一个“D”，南笳便扑上来抢夺遥控器。

她反应这么强烈，他便更想逗她。周濂月拦住她，换只手拿远了遥控器，叫她抢不着，再按下一个“S”和“Y”，自动联想已跳出来《第十一个凶手》，便直接点开了。

南笳眼看阻止不了，便起身准备先去躲会儿。

周濂月却伸臂一把将她拽了回来，说道：“别跑。”

哪知周濂月点开的那个搜索结果，只是剧的片段集锦，第一条，即热度最高的，就是南笳演的那个心理医生作案的场景。

南笳再度试图挣扎，周濂月将她搂得更紧。

她放弃了，鸵鸟心态地将脸埋到了他背后。

这视频开头没一会儿，就是南笳擦眼镜的那幕。

周濂月有种微妙感，按遥控器倒回去，又看了一遍。

他微微挑眉，笑了一声。

南笳即便不看画面，也知道周濂月为什么笑：“……求求了，你自己看

1 朗姆酒加可乐是鸡尾酒“自由古巴”的配方，据说是海明威最爱的酒之一。

吧，别拉着我了。”

周濂月偏将那帧暂停，伸手，将她脑袋扳过来，问：“这学的谁？”

“没谁。”南笳反正闭着眼不肯睁。他总不可能强行将她眼皮掰开。

“是吗？”

“……”

周濂月追问：“你自己觉得几成像？”

“一点儿都不像！”

即便闭着眼睛，也能感觉到，周濂月笑得胸膛微微震动。

他放下遥控器，伸手，将她一只手拿下来，手掌拊着她颈侧，叫她脸颊朝向自己，盯着她看了会儿，平声说：“现在这样不挺好吗？”

她那股劲儿好像回来了一点儿。

南笳没听懂，抬眼看他，却只看见镜片后他深不可测的目光：“……什么？”

周濂月没答，作势要再去拿遥控器继续播放。

南笳一把抓住他的手腕：“求你了，你想看就自己一个人看吧。”

“拿什么求我？”他故意问。

“……什么都行。”南笳趁机拿过遥控器，一下将电视关了。

“什么都行？”周濂月的目光一时更幽深几分，一手扯出了她塞在裤腰里的T恤下摆，另一只手按在她脑后，垂首凑近。呼吸与呼吸交换，似乎还有朗姆酒的气息。

酒精制造出一些眩晕感，让南笳觉得在水中潜浮，落地灯穿过观叶植物投在墙面的影子，像是随水流而轻轻招摆的藻荇。

一切都缓慢而温柔，就连呼吸也一样，似乎怕惊扰一个浅浅的梦。

直到南笳按捺不住地请求，然后潜流才变得湍急，搅乱宁静，掀起旋涡，思绪随之被卷入其中，梦也癫狂起来。

南笳洗完澡，吹干头发，走到门口跟周濂月说可以去洗澡了。

周濂月应了一声。

南笳去冰箱里拿了一瓶水，回到卧室，点燃一支无花果味的香薰蜡烛。

周濂月走了进来，原本是准备进主卧的浴室，忽然瞥见什么，脚步一顿，看向床上，欲言又止。

他先前只进了衣帽间，没细看——床上南笳睡的那边堆了好些毛绒玩具，此刻被她抱在怀里的，是一条半人高的毛绒鲨鱼。

周濂月说："不嫌挤？"

南笳顿了一下："……你要是觉得挤我就拿走。"

"你高兴放着就放着吧。"

周濂月洗完澡出来，将摘下的眼镜放在床边柜子上，在床沿上坐下，打开了柜子抽屉，从里面拿出了一只白色的小药瓶。

南笳看了一眼，猜测那应该是助眠的药物。

他旋开盖子拿出两粒，朝着她这边扬了扬下巴。

南笳会意，将自己这边的水瓶递过去。

周濂月就着水服了药，便躺下来。

南笳还在看书，就问："要关灯吗？"

"你不是还要看书？留着你那边的。"

南笳撑起上身，将顶灯揿灭。她趴下，手臂撑在床上，翻着摊在枕头上的一本书。

头发垂落下来，将她侧脸挡住。那灯光是浅黄的，比霜天里的月光要再柔和一些。屋里只有微沉的呼吸声，一切都无比静谧。

周濂月伸手，将她的头发捋过肩头："在看什么？"

南笳举起封面给他看，《毫无必要的热情》，封面图片是一片苍绿色的森林。

"机场候机的时候买的，冲着封面好看。"她说。

话音落下，她微微地抿住唇，转眼看向他，那神色瞧着有几分紧张。

周濂月瞬间领会到她为什么紧张。她是怕他又要强迫她读书。

周濂月不再说什么，手指轻轻地碰了碰她的脸颊。

南笳怔了一下，因为无端地觉得这动作有些安抚的意味。

周濂月平躺着，手臂轻搭在额头上。他闭着眼睛，听见一切都是寂静的，寂静里有书本合上的声音，窸窣的声响过后，紧接着细小的"啪"的一声，是灯关上了，最后她“呼”的一下，吹灭了蜡烛。

闭眼亦能感知到，空间陷入绝对的黑暗。

周濂月翻身侧躺，伸臂搂住她的腰，她颈间肌肤温热，带着阵甜柔的香。

兴许是他的呼吸拂进了耳朵里，她缩了一下。

周濂月的脸往旁边侧了侧，手臂收得更紧：“别动。”

南笳起初觉得不适应，想等着他睡着以后再挣脱开。

可闭着眼，思绪渐缓，倒是直接把自己给等睡着了。

南笳觉得，自己和周濂月的“同居”是非典型同居。

他们的作息过分不同步。

她每天起床、出门和到家的时间都不固定，随工作安排灵活调整。

而周濂月基本是早出晚归。

她此前想象不到，坐到周濂月这位置的人，居然还会这么忙。

有时候她跟周濂月一起吃早餐，听着他免提接听的电话里，许助汇报行程安排，每天都是满满当当，名目繁多。部门会议、董事会议、和意向投资团队的接洽会议、酒会、论坛、应酬、出国考察……还能挤得出时间去游泳、打壁球或陪某位老板打高尔夫，甚至于还能保证每周至少两次去探望周浠。

是以，南笳跟周濂月大块的相处时间并不多，一般只能一起吃个早餐，晚上他到家通常都很晚，要么南笳已经睡了，要么正准备睡。

周濂月偶尔一次回来得早一些，才能一起吃晚饭，很随意地聊一聊。

南笳算是理解了他之前为什么常住酒店，老实说，这样的作息反倒是住酒店更方便。

周濂月入睡很困难，如果不是累到极点的状态，就得需要借助药物入眠。

药物能够保证他深度睡眠的时间更久一些，如果是自然入睡，则会很容易被动静吵醒。

结合他那繁忙的日程表，南笳很难想象，人不会崩溃吗，还是说成功人士的身体素质和意志力就是要异于常人？

有一次，南笳忍不住提出了这样的疑问。

他的目光穿过眼镜扫过她的脸，轻笑一声，说：“我身体素质好不好你不知道？”

这非典型同居，没有南笳以为的那样难挨。

她隐约觉得这种朝夕相处确定了某种“稳定”，或者说某种平衡，就好像随意乱搭的积木塔，明明基础不稳摇摇晃晃，可因为各个受力点达成了某种微妙的平衡，致使它暂且没有坍塌。

南笳的生日在八月二十三日。

她生日前两天，周濂月就到东城出差去了。

南笳问过许助，得知周濂月在她生日当天应当是不会回来的，二十二日晚上，就放心大胆地叫上一众朋友去喝酒唱歌。那个包间包了通宵，剧团的那些新进来的年轻朋友不得了，连唱四五个小时一点儿都不累。

南笳等到凌晨，吹过蜡烛、吃过蛋糕之后就彻底嗨不动了，抱着陈田田躲在角落里睡觉。

听说人一过二十五岁，身体机能就会日渐衰退，她深以为然。

陈田田的未婚夫彭泽走过来搡搡她们，说不行就回去睡觉吧。

两人打着呵欠爬起来，南笳跟其他朋友们打了声招呼，就跟着陈田田撤了。

彭泽叫了部专车，南笳跟陈田田头靠着头坐在后排，继续睡觉。

车开到半路，南笳的手机响了。

她打着呵欠，将链条包拽过来，拿出手机一看，是周濂月拨过来的。

她身体坐直了些，点了接听。

周濂月问她：“聚会结束了吗？”

南笳一直觉得，倘若看不见周濂月的脸，他的声音会比他本人给人的感觉要温和两分，低沉而有玉的质感。

南笳说：“已经结束了，在回家的路上。”

“多久到？”

南笳沉吟，问前面的彭泽，彭泽说道：“十五分钟吧。”

南笳说：“十五分钟。”

周濂月说：“门口等你。”

没等南笳多问，那头已经挂断了。

陈田田抬头：“……那位？”

“嗯。”

“你不说他人不在北城吗？”

“……不知道，提前回来了吧。”

陈田田笑：“赶回来给你过生日的吧？”

“……您可闭嘴吧。”

陈田田笑得更大声。

十多分钟后，车开到了那公寓小区门口。

南笳远远就瞧见路边停了辆低调的黑色轿车，打着双闪。

南笳叫司机靠边停下，然后拿上了包，脚步虚浮地下了车。

黑色轿车的驾驶座车门打开，周濂月下了车，径直朝着这边走过来。

他穿了件黑色衬衫，路灯下极有一种清冷之感。

周濂月几步走过来，将南笳一揽，向开着的车门里平声地打了个招呼：“人我暂时接走了。谢谢陈小姐照顾。”

陈田田实则没跟周濂月直接地打过照面，她被求婚那天，也只远远地瞅过一眼，只觉得是个很不可接近的人。

如今面对面一看，比她以为的更英俊，也更有压迫感。

陈田田笑说：“她好像有点儿喝醉了，麻烦周总担待。”又对南笳说，“笳笳，我们先走了啊。”

南笳抬手懒洋洋地挥了一下：“拜拜。”

周濂月半抱着南笳，将她扶上了副驾驶座。

他绕到那边上了车，又探过身来拉出安全带给她系上。

车子发动，南笳见是往小区里面开的，就说：“……不想回去。”

周濂月瞥她：“想去哪儿？”

“不知道……都行。”

周濂月在将进大门时掉了个头，往另外的方向开。

南笳将车窗打开透气，手臂略撑在那上面。

周濂月问：“喝了多少？”

“还好，没醉。”

周濂月转头看她，她今天这身和他第一次见她时有点儿像，吊带衫、皮裙和马丁靴，但多套了件黑色的牛仔外套，妆发风格也完全不同。双丸子头，微微卷曲的碎发，脖子上戴黑色贴颈项链，口红颜色也深得近于黑色，眼妆却极其干净。

整个人是矛盾感的碰撞，甜辣酷兼具。

周濂月收回目光，淡淡地问：“聚会去了哪些朋友？”

南笳奇怪他为什么关心这个：“就是剧团的一些朋友，还有刚刚送我回来的，我闺密和她男朋友。”

“没别人？”

南笳顿了一下，她隐约有所感：“没有。”

周濂月知道那人没去。

那人叫叶洗，他叫人调查过。一个独立音乐人，和南笳认识多年了，但两人确实只是朋友——这一点超出他的预料，他以为两人至少有点儿别的什么实质性的关系。

这段时间，南笳也没跟姓叶的见过面，周濂月姑且就先没再管这件事了，料她也不敢不懂规矩。

车开了好一会儿，南笳问：“去哪儿？”

周濂月说：“杀人越货。”

南笳想到这是她开过的玩笑，笑了。

电话这时候打进来，南笳拿出手机看了一眼，竟然是周浠打来的。她直接按了免提。

周浠说：“笳笳你今天生日？！”

南笳笑说：“对啊。”

“你没告诉我！要不是先前给我哥打电话我都不知道。是二十二号还是二十三号呀？”

“二十三号，所以还有一整天呢，你现在打过来算早的。”

周浠笑说：“那白天笳笳你有空吗？我请你吃饭。”

“白天……”南笳看了一眼周濂月，“应该有空的。”

“那我先看具体安排再联系你——笳笳原来你是土象星座呀。”

南笳笑说：“你也信玄学？我是二十三号零点左右出生的，我朋友说处在两个星座交替的点，所以火象和土象都沾点儿。”

“好像是啊。”

南笳笑说：“不过我不怎么信，我觉得性格是可以改变的。你要是认识刚上大学那会儿的我，就知道我跟现在完全不一样。”

周濂月看了南笳一眼：“你那时候是什么样的？”

南笳没料到周濂月会插话，而那头的周浠就更没料到了，高声说：“哥你不是在东城吗？”

周濂月淡淡地说：“事办完了，提前回来了。”

周浠在那边笑。

周濂月说：“你睡得太晚了，别跟姓苏的打这么久电话。赶紧休息去。”

“明明是嫌我打扰，还说得这么冠冕堂皇。”周浠笑说，“笳笳，我先挂啦，白天再联系你。”

电话挂断，安静了片刻，南笳关上车窗，说：“头有点儿痛，我睡一下。”

南笳原本只想闭眼小憩一会儿，哪知道直接睡了过去。

醒来的时候车已经停了，停在了那一回来过的山间别墅前。

奇怪的是，周濂月不在车上。

南笳开窗探身往外看，发现周濂月站在后备厢那儿，正在指挥一个人往里面放什么东西。

一会儿，东西放完了，车身微微震了一下，后备厢门合上。

周濂月绕到前面来，拉开车门。

他坐上来，转头看一眼：“醒了？”

“嗯。”南笳疑惑，“不进去吗？”

“嗯。”

周濂月再度发动车子，却是继续往山上去。

沿路再没有其他的车，窗外的黑暗既寂静又空旷。

开了约莫十分钟，周濂月把车停了下来。是块空地，处在山路拐弯处，外面便是悬崖。

南笳下了车，微凉的风扑面而来，带着山间独有的新鲜水汽。

南笳踏着稀疏的草往边上走，远眺，视野开阔极了。

身后传来周濂月的声音："小心别掉下去。"

南笳转头看了一眼，周濂月点了支烟，绕去后方打开了后备厢，把里面的东西拿了出来。

一卷灰色的野餐布，一只篮子，一只冰桶，和几支玻璃装的蜡烛。

周濂月展开了野餐布，拿篮子与冰桶压住，篮子里装着面包、三明治和水果，还有两只高脚杯，冰桶里是一支葡萄酒。

周濂月淡淡地开口，像是解释为什么大半夜的来这儿："周浠七岁生日时，家长带她到山上野餐。她很喜欢，念叨了很多年。"

南笳想，他措辞好奇怪，"家长"。

周濂月将蜡烛放在地上，嘴里衔着烟，弯腰，拿长柄的打火机，将那些蜡烛一根一根点燃。

南笳在这一刻觉得情绪翻涌了一下。

它们像星星一样接连亮起。

"过来坐。"周濂月点完了蜡烛。

南笳走过去，侧身在野餐布的一角坐了下来。

她抬头看，周濂月走到了车子那里，拉开了后座车门，从里头拿出了他的西装外套。

他拿着衣服走过来，往她腿上一扔。

南笳愣了一下，展开外套将腿盖上。

周濂月单腿蹲下，从篮子里面找出开瓶器，打开酒瓶，拎出酒杯，倒了一杯递给南笳。

白葡萄冰酒，南笳举着杯子透过烛光去看，像一汪琥珀。

周濂月也坐下，手肘撑着膝盖，目眺远方，手指夹着那支没抽完的烟。

南笳将杯子举了过来。

周濂月转头看她，顿了顿，端起放在一旁的酒杯，跟她碰了一下，语气仍是淡淡的："生日快乐。"

一会儿还得开车下山，他只沾了一点儿便放下了。

南笳尝了一口，冰镇过后的酒液口感微甜，那香味像是吃下整颗的葡萄。

她一手端着酒，一手去翻那篮子，解开装三明治的保鲜袋："你吃吗？"

"嗯。"

南笳拿出一牙递过去，周濂月看着她却不接，她只得放了酒杯，稍稍跪坐，探过身去，将三明治递到他嘴边。

周濂月伸手，轻握住她的手腕，低头就着她的手指咬了一口，方才松手接了过去。

安静许久，无人出声。

山风微荡，烛火轻轻晃动，南笳一度以为它会灭掉，却在被风舔舐得倒伏、几乎消失的下一瞬，又颤悠悠地亮起来。

周濂月一直注视着南笳，她在这样的氛围里安静极了，但并不是叫人焦躁的那一种消极的沉默，而是与这寂静氛围所产生的一种情绪共振。

很长时间后，周濂月才出声："有什么生日愿望？"

南笳毫不犹豫："没有。许愿没用，到最后什么愿望不都还得靠自己去争取吗？"

周濂月看她的目光一时深了几分。

南笳一晚上基本只吃了些薯条、鸡块之类的小食，喝多了酒觉得燥热且口渴，篮子里有一盒洗净的新鲜草莓，她拿出来，连着吃了好几个。

周濂月瞥了她一眼，忽问："你读大学时候是什么样的？"

南笳顿了一下，没想到他还记得这个问题，笑了笑说："……傻乎乎的，别人说什么信什么。"

周濂月看着她，她已分辨得出，这目光说明他不怎么信她这话。

但他没说什么。

南笳又拿了个草莓，周濂月将酒杯拿远，伸手，揽她的肩膀。

她的身体向他那侧倒去，他低下头来，沉声说："我尝尝。"

仅仅一会儿南笳已被他吻得觉得头晕目眩，却不愿停下，仰头，再主动地吻他。

周濂月腾出一只手撑在身侧，但架不住眼前这微醺的人凶猛似野猫。

她伸手在他肩膀上推了一下，他便往后倒去，最后的动作是去解救那杯放在一旁的酒，但晚了一步，还是倒了，酒泼出来。

周濂月的手掌按着她后颈，笑了一声："我看你醉得不轻……"

"嘘。"南笳捂住他的嘴。

到底因为是在户外，没有更进一步。

南笳坐了起来，她唇上的口红已经全花掉了，微微喘着气说："……回去吗？"

"等不及了？"周濂月轻笑。

他拿灭烛器将所有蜡烛都熄了，而后搂住南笳的腰，一把将她扛了起来。

南笳提醒："东西不收吗？"

周濂月拉开了车门："不用管。我叫人来收。"

车开回到别墅，上了二楼，南笳将周濂月往书房推。他们一边接吻一边跌撞着往里走，差点儿被绊得一起跌倒在地毯上。

还没到烧壁炉的季节，是唯一的遗憾。

/ 第十章 /

棋子

宿醉加累到极点，南笳睡到第二天上午十点半才起，周濂月自然早就走了。

她到楼下去叫厨师给她煎了两个单面熟的蛋，一边吃一边给周浠打了个电话。

周浠约她下午逛街，再一起吃晚饭，餐厅她已定好，周濂月也会去。

南笳下山，顺道去解文山那儿拿了他给她准备的生日礼物，回家跟南仲理打了个电话，又休息了一会儿，就出门去跟周浠会合。

周浠送给她一对红宝石耳钉作为生日礼物，在周浠的坚持之下，她当场就戴上了。

两人没逛店，找了家清静的咖啡馆坐下聊天。

周浠笑问她："我哥送了你什么礼物？"

南笳笑说："没送。"

周浠傻眼："……一点儿表示都没有吗？"

"也不是吧。昨晚上去野餐了。"南笳说着自己先笑了，因为听起来跟小学生秋游一样幼稚。

哪知道周浠却顿了一下，略有几分严肃："去哪儿野餐？"

"山上。他说你七岁生日的时候也是跟家长野餐。"

周浠一时脸色复杂："……那是我妈妈还在世的时候，陪我过的最后一个生日。"

南笳一愣："抱歉……"

"不不……这没什么，已经是十几年前的事了。主要……那天其实，我哥没跟我们去。"

"为什么？"

周浠低着头，不安地折弄着手里的餐巾纸："……他被父亲罚了禁足。前一晚他们好像吵过架，吵得还很凶。但我那时候太小了，不记得他们为什么吵。我记忆中……父亲对我哥一直很严苛。"

南笳没有作声。她觉得这不是她应该听的。

周浠继续说："我真的好傻，野餐回来之后我还一直跟我哥念叨，说晚上蜡烛点起来，山上的风景好漂亮，只是可惜他没有去……我从来没想过，他是不是其实一直很介意这件事。"

南笳不知道该说什么："兴许他没想那么多。"

"不是的啊……"周浠的表情仿佛是要哭了，"从我记事起的每一次生日，只要是在外面过的，他从来都没有跟我们一起去过。"

所以……周濂月昨晚的这个行为，究竟是为了单纯复刻周浠描述的美好场景，还是于他而言，是在变相地弥补遗憾，抑或……意难平？

周濂月这样的人，会有意难平这种情绪吗？

南笳如坐针毡。

于她而言，周濂月从来都是封闭的，他没有对什么东西表现过明显的、强烈的好恶，没有软肋，没有脆弱，更没有普通人的情绪化。

以她和周濂月纯粹到不能更纯粹的关系，窥探这段隐私已经过分越界了。

南笳伸手，握住周浠的手："浠浠，和我说这个不合适。你了解周濂月的性格，我知道得太多他会不高兴，请不要让我为难。"

周浠冷静下来，抬眼"看"着她笑了一下："笳笳，你的性格真的是很典型的土象星座……你好理性。"

南笳当然听出这句话并不倾向于褒义。

可是……要她怎么感性？

她感性的下场一定是死无葬身之地。

周浠主动将话题转开，聊起她跟苏星予的事。

过阵子近郊的体育馆那边要办露天音乐会，她准备跟苏星予一起去，为这她求了周濂月好久才得首肯，前提是要带着四个保镖一起去。

周浠笑说："苏星予一定会笑我，像个大明星。"

南笳笑说："不，我们明星也不是人人都这么夸张。"

待到五点半左右，周濂月打来电话说他正在去往餐厅的路上，南笳就跟周浠一块儿赶过去了。

那家餐厅预约制的，氛围幽静，不容易被外人打扰。

南笳跟周浠坐了没多久，周濂月就到了。他穿着一身商务感的正装，显然是刚忙完工作。

他将外套挂在椅背上，坐下以后解开了衬衫袖口的扣子。

"点餐了吗？"他问。

"点了。给你点的牛排。"周浠说。

周濂月点点头，微微侧身看了看南笳。

她今天穿的是一条黑色吊带连衣裙，不规则的剪裁，很具文艺气质，和昨晚的感觉截然不同。

周濂月顿了一下，忽地伸手，轻轻捏住她的耳垂。

南笳不明所以，抬眼看见他做了一个"嘘"的手势，就没出声。

而周濂月也并没说什么，只是端详了一会儿她耳垂上的红宝石耳钉，就松开了手。

吃完饭，周濂月先将周浠送回了家，自己跟南笳再一块儿回公寓。

周濂月懒散地靠坐在后座上，点了支烟，伸手，再度轻轻地捏住南笳的耳垂："周浠送的？"

"嗯。"

"很称你。"

南笳没有作声，因为感觉周濂月似乎还有后话。

周濂月淡淡地说："周浠五六岁的时候，经常嚷嚷着长大了要继承母亲的首饰匣。这红宝石耳钉，就是那匣子中的一对。"

南笳愣住了，继而立即抬起手。

周濂月一把捉住她的手："做什么？"

“摘下来还给浠浠。”

“她送给你了你就戴着。”

“我受不起这么贵重的礼物。”

“她难得有个喜欢的朋友。”

南笳咬了咬唇，说出真心话：“可我不配。我没有拿出同等的真心对她。”

她跟周濂月迟早会掰，那时候怎么可能还自如地跟周浠继续做朋友。

她以为这么说周濂月肯定会生气，但周濂月睨了她一眼，语气还是平静的：“你以为你真心不真心，她会不知道？”

南笳一时怔住。

“她相人的直觉比谁都敏锐。继续留着吧，你还回去她肯定伤心。”

南笳的手无力地垂下来：“……好奇怪。”

周濂月不解地看着她。

“明知道是假的、虚伪的也没关系吗？”

周濂月并没有直接回答她的话：“我只能说，你有时候不必太高估你自己的演技。”

南笳说不出话了。

既然都能看穿她在演，那她还演得那么投入，岂不是成了唯一的傻子？

周濂月仿佛知道她在想些什么，伸手将她一揽，很清淡的语气：“别想太多了。现在这样不就很好？”

这样是哪样？好在哪里？

南笳只觉得茫然。

和周濂月的相处，依然保持微妙的平衡。

工作那边，在关姐的安排之下，南笳跟那个拍艺术片的女导演严岷君见了一面。

见面地点是在严岷君的家里，她家有一种文艺工作者常见的凌乱，到处散落着书、手稿和分镜稿。

严岷君的外表和精致无关，整个人显得随意极了，一把稀疏的马尾，不带一点儿妆容，穿一件灰色 T 恤，外面套一件款式简单的黑色长开衫，搭配宽松的休闲长裤。

但她身上有一种静定而自信的气质，和外表无关。

南笳和严岷君有一见如故之感，她们聊了一下午，喝掉了一整壶手冲咖啡。

严岷君说她对《第十一个凶手》这网剧没兴趣，是偶然点开微博看到了南笳那张出圈的动态图，陡然记起曾经看过南笳演的话剧。

那回她跟朋友就在剧场附近的一个老餐馆吃饭，完了散步到剧场附近，看见海报，就随意进去瞅了瞅。

她很喜欢那些小众的剧团做的剧，有时候能够提供一些别样的新鲜火花。

严岷君说："大家都夸你在这网剧里面演技好，我觉得也就是及格线吧。是现在观众要求太低了——市场烂成这样，六十分也能吹成九十分。"

南笳一点儿也没觉得被冒犯，笑说："因为这个角色是类型化的、标签化的，有一种漫画感的夸张，驾驭起来一点儿也不难，哪怕我已经努力根据角色自行做了拓展，但上限就这么高。真正难演的是生活化的角色，比如，家庭主妇，没有模板和套路，而且身边的家庭主妇随处可见，演得像不像、是否刻意，观众一眼就能看出来。"

严岷君很是认可，笑说："看到你没被资本宠坏，我很高兴。"

南笳一时讪然。

严岷君是圈内人，知道她和周濂月的关系不奇怪。

严岷君说："你的私事、你的来处我不在乎，能把戏演好就行。"

晚上严岷君还有别的会面，就暂且准备送客。

最后她说："我知道你拍过何讷的戏。我跟何讷是校友，也接触过，他是个很温和、很民主的人，而我不太一样，大家都说我是暴君。我丑话先说在前面，和我拍戏很痛苦，要是扛不住压力，我可能用了你这次就不会再用下次，所以你慎重考虑。我不会因为你有天赋就放松，反而极有可能会把你的天赋压榨到极限。"

南笳说："我已经考虑好了。"

严岷君看她。

南笳笑："您要是知道我经历过什么，就会知道，我不可能错过任何一个提升自己的机会。”

严岷君笑了笑，和她拥抱了一下：“好。期待早日在我的镜头里看到你。”

南笳下楼去，上车，回工作室。

关姐还有别的工作安排要和她聊，让她跟严岷君聊完之后，就顺便去工作室一趟。

南笳到的时候，工作室已经到了下班时间，但仍有些人留在工位上加班。南笳给小覃转了账，请她帮忙给这些人点奶茶。

推开关姐办公室的门，南笳走了进去。

关姐笑说：“就因为你每次来都请他们喝饮料，他们说，笳姐要是天天来就好了。”

南笳知道关姐肯定觉得这是她收买人心的小伎俩，她也没解释。

南仲理是开餐馆的，每回收工之后会亲自做员工餐。她这是跟父亲学的，大家都不容易。如果一点儿“小伎俩”就能换得大家开心，那为什么不做？反正没什么损失。

关姐跟南笳面对面地坐到了窗边的沙发椅上。

“你跟严岷君聊得怎么样？”关姐问。

“还不错。我决定出演。”

“那行。这块时间我们以严导的需求为准，灵活调整。等这个短片拍完了，明年会有个重头戏，是我们去年年末就在筹备的一个本子。”

“谁是导演？”

“薛鞅，一个新锐导演，算是牧永年导演培养出来的。”

“我知道他，看过他的片子。”

关姐点头：“这片子周总投资占大头，所以到时候多半是要定你去当女主角。”

“商业片？”

“商业故事片。本子磨了三年，我们评估过很多轮，一致认为很有潜质。”

南笳没什么异议，关姐虽然是个很圆滑、很商业的人，但挑片子的眼光一贯没的说。

而且既然是周濂月投资的戏，要她去挑大梁她总不至于还要推三阻四。

关姐说完了前面这些，看着她，欲言又止。

南笳笑说："难得见关姐你这么有顾虑。还有什么情况，直说吧。"

关姐说："我告诉你了你要是觉得不高兴的话，请一定别跟周总直接说什么，我会帮你传达和协调。"

南笳并不一口咬死："关姐你先说。"

周濂月到家很晚，原以为南笳已经睡了，哪知道打开门，客厅里还有光。

投影仪开着，在播一部黑白电影，南笳抱着膝盖坐在地毯上，茶几上摆着一杯酒。

周濂月松了领带走过去，在她面前单膝蹲下："还没睡？"

"嗯。"

周濂月顿了一下，因为觉察出来她情绪十分低沉，便问："怎么了？"

"关姐不让我直接跟你沟通。"

周濂月目光一敛，语气平淡："为这事？"

南笳的身体坐直两分，力图与他目光齐平。她忍不住，她憋了一晚上快要憋死："是真的吗，你要跟邵家合作？"

"关秀丽没告诉你？"

告诉了。

关姐告诉她，那"重头戏"的另一个大资方，是邵家，邵从瑾牵头。

周濂月在影视行业这块尚属于新兴资本，他有的是钱，但有的东西，单单有钱也没用，比如，院线和排片。

邵家在该领域深耕多年，在全国有五百多家电影院，六千多块银幕。和邵家合作，届时电影上映，邵家院线的排片便可获得最大保障。

一部电影再好，没有排片，也无济于事。

南笳总算明白，她第一次和关姐见面的时候，问起为什么工作室开起来这么快，关姐说因为这一块他们早就已经在筹备了。

这必然是深谋远虑的一步，周濂月想投资的是流媒体和线下联合的全平台布局，怎可能临时起意草草搭台。

所有人都很重要，包括资历深厚的关姐。

唯独她是不重要的，她只是恰好出现在了这个节点，换另一个女演员来签卖身契都是一样。

当然，这她也无所谓，做资本的棋子，总比无棋可下得好。

——可是为什么共同执棋的人是邵家？

南笳呼吸艰涩："……告诉我了。可是，为什么是邵家？你知道我和邵家……"

"邵家封杀你多年，这我知道。然后呢？"周濂月的声音冷静极了，"昔日排挤你的人，如今却不得不屈尊跟你合作。这有什么不好？"

"那我这些年在坚持什么？"南笳咬紧牙根，"你以为邵从安没承诺过要捧我吗？我没答应！不然我早就红了！"

"那你为什么不答应？"

南笳咬紧嘴唇不说话。

周濂月伸手，捏住她的下巴："我在问你话。"

"这跟你无关。"

"要跟邵从安分手，对方因爱生恨。就这理由，怎么说服我？"周濂月的目光和声音都无比平静，"南笳，这是生意。生意最忌掺入私人恩怨。如果你给不出足够充足的理由，我不可能因为某一个人的情绪，就中止这么大的一桩合作。"

南笳要别开脸，周濂月手指用力，不许她逃："你可以说真话，然后试着说服我。"

南笳凄然地笑了一声："我没兴趣说服你。随意……你是下棋的人，你想跟谁做生意我都无权置喙。但是你和邵家合作的电影，我不会出演。"

周濂月目光一沉："口口声声说想红，到头来就这点儿决心？"

"为了红就可以什么都去做吗？"

周濂月冷笑："你现在做得可不算少了。"

"这是两码事。"南笳扭头挣扎，"你放开我。我要去睡觉了。"

周濂月冷着脸，并不松手。

"我让你放开我。"

周濂月盯着她，被镜片滤过的目光比雪光还要冷。

南笳挣脱不得，只能被迫地与他对视。

他手指掐得太用力，她的下颌骨微微发疼，心理层面上觉得窒息，却只能直面他刀刃一样的目光。

她睁大了眼睛，声音轻缈，好像在求饶："……放开我。"

眼泪滚落下来，砸在周濂月的手背上。

他顿了一下，缓缓地松开了手。

南笳后退寸许，起身，快步朝主卧走去。

她以为周濂月会跟过来，以他惯用的态度和某种方式，逼她达成至少是形式上的妥协。

但意外地，这次没有——

她在打开水龙头洗脸的时候，听见外面公寓大门合上的声音，周濂月离开了。

南笳没办法在这个满是周濂月痕迹的空间继续待下去，她睡不着，躺下没一会儿就爬起来，换了身衣服，戴上帽子和口罩出门。

这么晚不可能打扰解文山，就给陈田田打了个电话。

南笳问："彭泽在家吗？"

"没。赶版本，估计他要通宵加班。"

"我想过去找你。"南笳从烟盒里抖出一支香烟。

"来啊，正好我卡剧情了，你过来帮我顺一顺。"

挂断电话，南笳在得到出租车司机同意之后，将车窗落下，点燃了烟。

她歪靠着后座靠背，有一下没一下地抽着。

陈田田和彭泽同居两年多，住在彭泽的房子里，她家里也给她准备了一套房，但那房子离剧场远，她一般不过去住。

两室一厅带一间书房，面积不大但格局紧凑，里面收纳了陈田田喜欢的文艺书籍、稀奇古怪的艺术品，以及彭泽收藏的各种手办。他们一起把这房子经营得有趣味、有情调。

南笳没嫉妒过陈田田，只是羡慕。

陈田田轻盈而自由的原因，是她身后有厚重的物质支撑和充沛的爱。

南笳一进门，陈田田就发现她情绪不对。

陈田田拥着她走到了西厨区的小吧台那儿，给她倒了杯威士忌兑柠檬水："怎么了？"

南笳抿了一口酒，平静地说："跟周濂月吵了一架。"

陈田田看她："为了什么事？"

"他要跟邵家合作。"

陈田田愣了一下。

南笳耸耸肩："我现在冷静下来想想，其实自己没这个立场生气。你养个小宠物，请重要客人来家里吃饭，还会在乎宠物对客人的态度吗？"

陈田田看着她，谨慎地说："但你明知道这不理智，还是跟他发生了争执。你认同站在他的立场，他这做法没有任何问题，可你还是会不高兴。"

南笳怔然："是。"

"笳笳，你自己分得清楚这是为什么吗？"

南笳思索片刻："……我不知道。他是一个阴晴不定的人，老实说跟他相处我累极了。可不知道为什么，我仍会有一种我其实可以跟他提条件的错觉。"

"我不了解他，所以你就当我在瞎说。如果你会这么觉得，是不是因为本质上他并不是一个完全只跟你讲利益的人？"

南笳只能说："……我不知道。"

"你觉得他应该顾及你的感受，可是他没有。你们两人之间必然有一个人对这段关系的认知是错位的。要么是他不自觉地给了你幻想，要么是你对他报有错误的幻想。"

南笳说："在我听来，这两者是一回事。都是我自己认知不清。"

陈田田摇头："不是的。行为、语言都可以掩饰，但是直觉是不会说谎的。笳笳，你从来不是一个自作多情的人。你那么仰慕叶洗都没有误判过他对你的感觉，又怎么会在和周濂月这么单纯的关系里误判形势。"

南笳笑出声："你好像想告诉我，周濂月爱我而不自知，然后以不自知的越界言行，误导了我对他的期待。田田你会不会觉得这个结论有点儿荒谬？"

陈田田品了一下，也笑了出来："这么说是挺荒谬的。"

南笳耸耸肩："所以是我自己过分情绪化了。"

陈田田问："他们合作是势在必行的？"

"当然。那部戏投资少说也有三亿，他得爱我爱到什么程度，才会为美人放弃江山啊？"南笳把自己给说笑了。

陈田田也笑："这戏是要你参演？"

"让我演女主。我没接受。"

陈田田看她片刻："其实我一直很好奇，你当年跟邵从安，究竟……"

南笳摇摇头。

陈田田遂放弃。她和南笳认识这么多年，要想说南笳早就说了。

聊过以后南笳轻松许多，紧跟着就帮陈田田梳理她正在创作的新剧本，一直到两三点钟才睡去。

如果痛苦来自对自身定位的错误认知，那么她应该做的是摆正位置。

之前，作为一枚棋子，她一直都是不合格的。

她有秘密，有思想，最要命的是还有可笑的自尊。

周濂月根本不欠她的，运筹帷幄的人为什么要在意一枚棋子愿不愿意冲锋陷阵?

当时她问他，会不会一声不吭地就把她给卖了，他说，卖之前会给她打声招呼。

至少，他说到做到了。

他冷酷都冷酷得明白而坦荡。

另一边，周濂月离开公寓之后，去了地下车库。

开着车在路上没目的地游荡了许久，他给屈明城打了个电话。

屈明城难得没在他那度假庄园里，而是在市里陪人吃夜宵。

周濂月喊他出来喝一杯。

屈明城笑说："不行啊老周，我这刚认识没多久的姑娘，能不能成就看今晚了。腾不出时间……"

周濂月没听他说完就把电话撂了。

过了会儿，屈明城倒自己屁颠屁颠地回拨了过来："去哪儿喝？"

最后定了个清吧，圈里一朋友开的，没什么乱七八糟的人。

屈明城跟周濂月认识这么多年了，很了解他，他这人工作之外的私人生活实则相当无趣。

按说像他这样挣的钱十辈子都花不完、祖上又有基业的主儿，少有不声色犬马、花天酒地的，可他对这种奢靡和不事生产简直有一种心理性的洁癖。

他做的很多事情，譬如说以前找过的几个女伴，譬如说大过年的跟一些朋友聚会打牌，譬如说召集一些派对……都跟喜欢、兴趣无关，纯粹出于需要——需要这么去做。

今晚周濂月找他喝酒，必然也是出于需要。

屈明城隐约觉得有八卦可听，是以才派车先将姑娘送了回去。

结果一碰头，周濂月只顾闷头喝酒，一句话都不说。

屈明城不乐意了："要是没你打搅，小爷我这时候好事已成。您要是不缺说话的人，那我现在去追人家姑娘兴许还赶得上……"

周濂月眼都没眨一下。

屈明城服气了，笑说："你不吱声，我就只能瞎猜了啊。我可听说了，邵家的邵从瑾马上要得她爹的首肯，踹开她那草包弟弟，先一步进董事局了。不然怎么现在人人都要巴结你呢老周？我看我也得钻研钻研，找个什么项目跟你合作，把我家那股价再往上抬一抬……"

他越说越远，却又冷不丁地将话题猛拽了回来："是不是你那小情人不高兴了啊？"

周濂月冷淡地睨他一眼。

屈明城笑说："亮爪子了？"

周濂月一时只觉得更加烦躁，他怕是昏了头才指望能跟屈明城这花花公子聊出点儿建设性的结论，他自己都不知道想往哪个方向聊。

屈明城笑："我算是服了你这德行。"

他一口闷掉杯子里的酒，准备走了，要叫姓周的呼之即来挥之即去自己岂不是很没有面子。

周濂月叫住他，用手指掸了掸烟，很平淡地问："你有什么想法？"

"我……我什么情况都不了解，我能有什么想法。就这么说吧，你为了女人找我喝酒是不是头一回？自己好好想想吧，老周。"

屈明城站起身，打了个电话，叫司机把车开到酒吧门口。

走之前，他对周濂月说："不过要我说，还是别想了。这事越想越魔怔……注定没结果的事，想通又能如何？你要是真在乎，就多哄着点儿呗，愿意哄一天是一天，不耐烦哄了就拉倒。那位南小姐跟你在一起，总不会这规矩都不懂吧？"

周濂月喝了口酒，相当冷淡地说："滚吧你。"

屈明城走后，周濂月自己又待了好一会儿。

屈明城说的也不是什么真知灼见，他自己怎么会不懂。

道理是一回事。

他否认不了，那眼泪在那一刻真真实实地烫着了他。

/ 第十一章 /

软肋

自争吵之后，周濂月就没再回过公寓。

对南笳而言也无所谓不适应，可能她那天过分不听话的态度，还是让周濂月不高兴了。人是为图一乐，谁乐意被龇牙咧嘴地对待？

但工作那边似乎没受到什么影响，还在按部就班地推进。

严岷君发了剧本过来，叫她先好好揣摩，开拍的时间是在下个月，地点定在中部的某个十八线小城市。

为了让她能静心揣摩角色，关姐没给她安排太多通告。

南笳又开始过着深居简出的日子，只偶尔会去剧团那边，帮助陈田田创排。

这么过了半个月，叶冼给她和陈田田等几个朋友发来消息，邀请他们去参加一个露天音乐会。

南笳一看，巧了，就是周浠上回跟她提到的那个。

她跟周浠打了个电话说了这事，约定到时候在现场碰头。

当天，南笳跟陈田田以及两个剧团的朋友一块儿出发去了音乐会。

她们走叶冼的关系，可以去后台参观。音乐会主题是流行和古典的融合碰撞，演出的有支乐队陈田田很喜欢，想借机去问人家要签名。

所有乐队和乐团候场的地方，都在体育场北面的室内场馆里，二楼的各个办公室用以休息和化妆，一楼的排球、羽毛球等场馆用以热身和练习。

南笳和陈田田几人在场馆的入口跟叶冼碰头，他穿了一套三宅一生，廓形宽松的上衣和长裤，竖条纹褶皱材质很有垂坠感，图案和颜色是溅上的墨迹，很具艺术感。

叶冼笑着跟他们打过招呼，将人领到二楼朝南的一间休息室。

休息室里还有跟叶冼一起做音乐的几个朋友，其中就包括南笳已见过好几次的那打架子鼓的红毛青年。

红毛青年也已经眼熟南笳了，用特跩、特嘻哈的方式跟南笳打了声招呼。

陈田田坐了会儿，就在叶冼一个朋友的带领下，去别的休息室找她喜欢的那支乐队去了。

南笳跟叶冼走去窗户边上站着聊天。

叶冼看她，笑说："我看了你演的剧。"

南笳笑："现在朋友跟我打招呼都是这句了——你觉得演得怎样？"

"很好。但是感觉没发挥出你的潜力，角色有点儿太简单了。"

南笳笑说："我也这么觉得。"

叶冼顿一下，叫她等等，转身走到他们放器材盒子的角落里，从一只黑色的行李箱里，拿了本书过来。

叶冼递给她："是我正在做配乐的那部独立电影的原著，作者、导演和编剧都签了名。故事我看过，我觉得你应该会喜欢。就当迟到的生日礼物。"

南笳笑着接过："你送我的每本书我都很喜欢。"

书只有百十来页，薄薄的一册。封面是一张照片，嶙峋的黑色山岩。

很有质感的一本书。

南笳翻到扉页看了看，三个签名，就笑说："那叶老师你的签名呢？"

"我签了不就破坏它的收藏价值了？"

"你签了才更有收藏价值。"南笳笑问那打架子鼓的红毛青年，"你们有没有笔？"

红毛青年从一堆杂物的桌子上找到一支签字笔扔给了南笳。

南笳稳稳接住，递给叶冼。

叶冼的手掌压着书页，笑着签了名。

他的字和他的人一样，有种清正的筋骨。

南笳看了一眼，合上书页，珍而重之地放进了自己的手提包里。

有人喊叶冼过去对一个乐谱的细节，叶冼让南笳先自便，就先忙去了。

差不多同时，南笳的手机响起来，周浠打来了电话。

南笳往窗外看，音乐会的听众早已开始入场，一眼望去密密麻麻的都是人。

周浠说："我跟苏星予已经进场了，笳笳你在哪里呀？"

"我在后台，跟我朋友一块儿……你从哪个门进来的？"

"好像是南门……哦我买了一个气球，苏星予说是红色的，你在后台的哪儿，能看得到我吗？"

南笳的目光在场地里逡巡一圈，挨个儿去找拿气球的，很快就在人群中找到了一个疑似的人，下意识地挥了挥手，才想起周浠看不见，就笑着对电话里说："我好像看到你了，穿牛仔外套的是你吗？"

"不是，我穿的黑色碎花短连衣裙。"

"那你挥一下手。"

南笳找了找，还是徒劳，就说："我在北边的场馆，你要不跟苏星予走过来……"她顿了一下，转头问红毛青年，"从观众席过来走哪个门比较近？"

红毛青年说："东一门。"

南笳转头："你们到场馆的东一门来，我下去接你们。"

电话那头没有声音。

"浠浠？"

南笳觉得奇怪，只听见"啪"的一声响，紧跟着电话那端便是各种嘈杂的声响。

南笳踮脚往外眺望，却看见有只红色气球飘飘忽忽地飞了起来。

她心里不由地"咯噔"了一下，顺着那气球飘起的方向看过去，却发现那里人群密集，一堆人正在互相推搡。

她隐约看见了穿黑色碎花裙的人，看不清楚脸，便赶紧拿手机相机对准，放大。

那似乎就是周浠，但苏星予不在她身旁，那四个保镖她也没找到在哪里，只看见周浠被人群推搡着，很徒然地伸着手臂呼救，但是被推挤着与她面朝的方向越来越远。

南笳隐隐觉得不对劲儿，那推搡她的几个人，似乎是有意地隔开了她与其他人，将她往另一个方向带。

南笳盯紧了那几个人，只见他们有条不紊地将周浠带离了人群最密集的区域。

一个人捂住了周浠的口鼻，将她紧紧箍在怀里，在另外几个人的掩护下，他们一起朝着西门方向去了；而剩下的人，则在人群里继续制造骚动。

南笳心里一凛，收起手机，一边朝门口飞奔而去，一边喊道："叶老师，帮忙报个警！"

南笳飞快地跑下楼，在场馆门口处逮到一个保安，将他一拽，说西门那儿出事了。保安也没多问，一边打开对讲机，一边跟南笳一块儿跑去……

周濂月在部门高管会议的中途被打断。

许助急匆匆走到他身边，低声说："周总，会议暂停一下，有个事跟您汇报。"

这会议级别很高，若非紧急事项，许助不会提出这样的要求。

周濂月暂时叫停了会议，走出会议室，朝办公室走去。

许助两步走到周濂月身后，低声说："周浠小姐被人绑架了……"

周濂月心里一个"咯噔"。

许助赶紧又说："不不，我表述有误。有人打算绑架周浠小姐，但未遂。周小姐没事，不过南小姐出事了……"

周濂月神色一凛："究竟什么情况——你思路捋顺了再开口。"

许助吸口气："音乐会现场，有一群人有预谋地制造骚动，然后趁机带走了周小姐。幸亏南小姐发现得及时，跟保安赶过去成功阻止了。但在这个过程中，南小姐受伤了……"

"不是有保安吗？她为什么受伤——她们人在哪儿？"

"都在医院——我已经叫司机在楼下等着了，周总您要现在过去看看吗？"

周濂月面色沉冷，大步往外走，给周浠拨了个电话，无人接听。再拨南笳的，同样无人接听。

周濂月乘坐直达电梯下了一楼，上了门口的车，又给南笳和她的助理小覃各拨了一个电话，依然无人接听。

他让许助讲讲南笳怎么会受伤，不是有保安吗？保安做什么的？

许助说："具体的我也还不清楚，是南小姐助理小覃打过来汇报的。她说南小姐特意让我转告周总，周浠没事，只有些微的擦伤，以及受了一点儿惊吓，让你别担心。"

许助瞥了周濂月一眼，顿觉得战战兢兢——对方目光森冷，似有隐隐的怒意。

果然，下一刻，周濂月冷声开口："你要是不会挑重点的说，马上辞职，换个人来。"

许助揣摩了片刻，说道："……南小姐伤得怎样还不知道，还需要进一步检查才能确定。小覃的电话没人接听，可能……在陪着南小姐做检查。"

周濂月不再说话了。

他落下了车窗，面朝窗外，伸手摸出烟和打火机，滑了两下才将打火机打燃。

周浠坐在影像科的候诊大厅里，听甄姐说周濂月来了，立即站起身。

她伸出手臂，循着周濂月脚步声传来的方向，迈了两步，委屈地唤了一声："哥……"

周濂月几步走过来，周浠一把将他抱住，身体犹有微微的颤抖。

他伸手轻拍周浠后背，低头看了看，她手臂上有一些浅表的擦伤，已经涂过碘酒了。

"做过检查吗？别的地方有没有受伤？"

周浠摇头："我没事……笳笳受伤比较严重。"

周浠感觉到周濂月按在她后背上的手瞬间收拢了一下，忙说："刚拍过一个片子，万幸没有骨折。不过笳笳说肚子有点儿疼，现在她朋友和民警陪她做超声去了……"

"究竟怎么受伤的？"

"……那时候他们急着要把我拖上车，笳笳及时赶到，就冲过来一把抱住我……他们很急，估计知道再不走就来不及了，就……就对笳笳拳打脚踢。"

“……保安呢？”

“一共四个人，一个保安对付不了。后来又来了几个保安，才……”

周濂月拍了拍周浠的后背，先松了手，转头睨向站在一旁的苏星予，冷声道：“这就是你说的保护好周浠？”

苏星予懊恼又无措：“对不起，是我一时疏忽……”

周浠一把拽住周濂月的手臂，忙说：“哥，这不能怪他，那时候他们是故意冲我们来的，猛地一下就把我们撞散了……”

“你别替他说话。”周濂月截断她，对苏星予道，“事情查清楚之前，周浠不会再跟你见面——你最好跟这事没关系。”

苏星予一句也没有争辩。

周浠哀求：“哥……”

“这事没商量。他要是清白的就经得起查。”

周浠咬了咬唇，不再说什么了。

周濂月抬腕，看了看手表，心里有一股按捺不住的焦躁：“还有多长时间出来？”

周浠说：“哥你别着急，应该很快的……”

周濂月坐不住，叫甄姐陪着周浠在长椅上坐下，自己走到了窗户旁边。

约莫过了十分钟，甄姐提醒：“周总……”

周濂月抬眼看去，南笳从走廊里走了出来，同行的还有陈田田、小覃和一位穿制服的民警。

南笳的侧脸上有一道擦痕，黑色衣服上面沾了些像是拍不掉的灰。露在袖子外的手臂上，青紫了一大片。

她被她朋友陈田田搀扶着，自己一只手捂住肚子，走得极其缓慢。

周濂月大步走过去。

南笳抬眼一看，脚步一顿。

两人面对面站着，周濂月看着她，她却别过了目光。

周濂月声音发哑：“……检查结果怎么样？”

一旁陪同做伤情鉴定的民警出声了：“你是？”

周濂月说：“家属。”

南笳说：“周浠的家属。”

“哦。”民警点头，“正好，一会儿麻烦你和周浠跟我去趟所里做个笔录。”

周濂月称会配合他们的工作，转而再度询问南笳：“检查结果怎么样？”

周浠也在甄姐的引导下走了过来，声音微颤地询问：“笳笳，你现在感觉怎么样？”

南笳笑了笑，虚弱地摇头：“没事，别担心。轻微的脾脏出血，不是大问题，留院治疗就行。”

周濂月问：“住院手续办了吗？”

小覃忙说：“我现在正要去办。”

民警让陈田田带着南笳去办住院，周濂月和周浠先跟他去趟派出所。

周濂月客气地说道：“耽误您一点儿时间，我送她去病房后就跟您过去。”

民警点头：“成。”

周濂月对陈田田说：“麻烦你搀着她去椅子上坐会儿，我打个电话。”说着，掏出手机走到一旁去。

陈田田看南笳，南笳摇摇头，轻声说：“不坐，坐着难受。”

站在对面的周浠似乎不敢再说话，露出泫然欲泣的表情。

南笳轻笑了一声：“你别哭，真没事。”

没一会儿，周濂月打完电话走过来，说病房已经安排好了。

他朝着南笳走近一步，陈田田顿了顿，转头看了南笳一眼，便松了手，自己让到了一边去。

周濂月伸臂，一手轻轻搂住南笳的后腰，一手托着她的手臂。

南笳没说什么，只是微微地抿住唇。

周濂月搀着南笳走往后面的住院部，一路脚步十分缓慢，但凡瞅见南笳微微地蹙一下眉，便停一停再继续走。

单人病房里，床铺刚收拾好，护士拿了一套干净的病号服过来，让南笳换上。

大家都走了出去，留下陈田田帮忙换衣服。

门口处，那民警耐心等着，他瞥了周濂月一眼，笑说：“女朋友？”

所有人都微妙地沉默了一霎，最后周濂月淡淡地“嗯”了一声。

片刻后，陈田田过来把门打开了，南笳已换好衣服躺在了床上。

周濂月对民警说："说两句话就出来，您担待。"

大家等在外面，周濂月独自一人走进病房。

门合上的一霎，南笳转头看了一眼。

周濂月径直走了过来，在床沿上坐下。

他低头一看，眼前的人惨白着一张脸，嘴唇也毫无血色，显得侧脸的擦伤格外明显。

他伸出手去，碰一碰她的脸，她顿了一下。

他轻轻将她的脸扳过来，端详她侧脸的擦伤，声音听似平静，但呼吸一深一浅的："……觉得怎么样？"

南笳淡淡地说："还好。"

他的手指轻轻地捋了一下她额前的头发，声音温和极了："我先跟周浠去趟所里，晚点儿再过来。"

南笳没说什么。

周濂月的手掌在床沿上撑了一下，想要起身，又坐了下来，将她的手拿起来，牵过去，用嘴唇碰了碰她的手指。

南笳指尖一缩。

周濂月起身朝门口走去。

门打开，那民警进来打了声招呼，让南笳好好休息，等稍微恢复了，回头可能也得作为证人去做个笔录。

周濂月他们走了之后，陈田田回到病房里。

南笳问："叶冼呢？还在派出所吗？"

"说在过来的路上了。虽然是他报的案，但他几乎什么都不知道，录了笔录就走了——你还疼吗？"

"有点儿。"

陈田田看她："所以说真不是你认知错误。在外人看来可太明显了，周濂月挺着急你的。"

"……可以不聊他吗？本来身体够疼的，你聊他我头也要疼了。"

陈田田笑了。

一会儿，护士拿着药过来了，因是轻微的出血，需要使用止血药物和抗生素，先常规治疗，后续CT和超声随诊即可。

输液袋挂上以后，没多久南笳就睡过去了。

也没睡多久，约莫二十分钟，她就被陈田田摇醒了。

睁眼一看，是叶洗过来了。

叶洗笑意温和："好些了吗？"

南笳微笑："没事，基本是皮外伤。"

"你今天可是把人吓得够呛。"

南笳笑问："音乐会是不是取消了？"

叶洗哑然失笑："都什么时候了你还关心音乐会？警方怕那伙人还有别的什么行动，调监控把明显参与制造骚乱的那十几个人带走之后，就叫主办方取消了音乐会。"

"有点儿可惜。"

叶洗笑说："没什么可惜的。下回再有，我再请你去。"

南笳突然想到什么："田田，我的包。"

陈田田说："在。小覃一直给你拿着的。我发现你这人真是分不清主次。"

南笳不好意思地笑了笑。

不知道是不是药水里有助眠的成分，南笳说了会儿话又觉得困。

叶洗便准备告辞："你好好休息，我明天要是有空就再来看你。"

"不用，估计住院都住不到三天。叶老师你工作重要。"

叶洗笑说："抽个空过来的时间还是有的。"

"那你过来之前跟我说一声，我怕万一……我在睡觉什么的。"

"行。"

南笳目送着叶洗走出了病房。

陈田田笑了一声："你是怕叶洗撞上周濂月吧？那就有好戏看了。"

"……您看热闹不嫌事大是吧。"南笳忧心忡忡，"我倒不怕叶洗知道周濂月的存在，反正……做都做了还怕人说吗？我是怕周濂月……"

"对付叶洗？"

"嗯。"

“那也得师出有名啊。他凭什么？哦，准他州官放火，不准你百姓点灯？”

“谁知道呢。我要知道他怎么想的，就不至于这么累了。”

“你不救了周浠吗？他多少欠你一个人情。”

“我没打算把这事当人情。”

“你就是看着精明，实则过分实诚。”

南笳笑笑。

南笳又睡了一觉，再醒过来，已经是两个多小时之后。

周濂月和周浠都已回来了，周浠说想单独跟南笳说两句话。

兴许是止血的药物起了效果，南笳觉得那疼痛的感觉已经消失了，精神也好了几分。

周浠摸索着，找到她的手轻轻握住：“笳笳，今天真的谢谢你。”

南笳看着她：“你如果知道我为什么救你，你就不会这么想了。”

“我知道。你觉得对我是逢场作戏，所以想弥补我？”

“嗯。”南笳心想，果然周濂月说得没错，周浠比谁都通透。

“反正我不觉得人可以控制自己的本能，明明是因为你很善良，你本能地想要照顾弱者。不过，你非要这么想，那我们现在就扯平了……我们现在是不是可以平等地做朋友了？”

南笳还没出声，周浠又说：“笳笳，你能不能答应我，假如未来你跟我哥不来往了，也不要跟我断交。”

南笳看着周浠，她的眼睛实在太清澈，让她不忍心对她撒谎：“……我可能做不到。”

周浠笑了一下：“……是我们配不上你的好。”

“不是。别这么说。”

周浠从床沿上站起来：“总之，今天谢谢你。我可以向你承诺，往后不管我哥怎么样，只要你有什么需要帮忙的，尽可以来找我，我义不容辞。”

周浠的手杖在之前的骚动中丢了，她此刻只能伸手摸索着往前走。

到门口，外面的周濂月听见动静将门打开。

周濂月让甄姐陪着周浠先回去，又看了看陈田田，说道：“多谢陈小姐帮忙，后面的事我来接手。”

陈田田回房间里拿上自己的包，走到床边轻拍了一下南笳的肩膀；“我走啦，明天再来。拜拜。”

“拜拜。”最后，房间里就只剩下周濂月和南笳。

周濂月在床沿上坐下，没作声，径直去掀南笳的病号服上衣下摆。

“……你做什么？”南笳伸手要阻止，被他攥住手腕拦住了。

他掀开以后，倒没别的动作，只盯着她的腹部瞧，腹腔左上方，有碗口大的一块青紫。

再扯了裤腰去看，后腰、背侧、大腿和臀部，均有不同程度的瘀痕。

“不疼？”周濂月瞥她一眼。

“你可别按啊，按了一定疼。”

周濂月将衣服给她拉起来，平声说：“绑架周浠的是我曾经投过天使轮和 A 轮的一家科技公司的创始人。评估过后，后面的轮次我没再继续追加投资。他没找着接盘的下家，现金流用完，破产了。”

南笳很意外周濂月会同她解释事情的来龙去脉：“所以他准备绑架浠浠，逼你追加投资？”

“这么破绽百出的手段，绑了人拿了钱还有机会花吗？”他顿了顿，“一开始就冲着撕票去的。”

他没让李喆好过，李喆也不想让他好过。

周浠出门一贯被保护得很严密，李喆一直没逮着机会，这次音乐会人多口杂，可能是唯一能下手的时机，所以即便漏洞百出，他还是强行出手了。他做好了跟周浠同归于尽的准备。

“他怎么会知道浠浠要去听音乐会？”

“他自己交代，在浠浠常坐的车里装了窃听器。”

南笳看他：“你是不是怀疑苏星予？”

周濂月没回答这个问题，只说：“如果那时候浠浠被成功带走了，多半……”他低头，摘了眼镜拿在手里，捏了捏眉心，一时没再说话。

南笳第一次见他这样，分明地心有余悸和疲惫，以及隐约的脆弱感。

她要修正，他不是没有软肋和弱点，周浠就是他唯一的软肋。

南笳出声："我不是说过，我对浠浠不是真心的，所以我才救她。这样就不欠她了。"

周濂月不以为然，那样紧急的关头，哪里还由得人理智思考"真心不真心""欠不欠"，全凭本能。

南笳看了他一眼："所以……希望你不要觉得，我救浠浠是有所图。"

周濂月倏然抬眼，微不可觉地愕然："你觉得我会这样想？"

南笳轻轻地耸耸肩："我不知道。也许吧。"

周濂月一时没出声，只看着她。

因为他摘了眼镜，她可以一眼就看进他的眼底，那眼神极静，又极幽深，让她觉得十分陌生。并不锐利的目光，她却觉得自己在被剖析。

周濂月的手伸过来，南笳本能地闭了一下眼。

他的手指轻触她的脸颊，开口，声音仍是平常的声调："跟邵从瑾合作的那个项目，牵涉众多，到这一步很难停下来。这戏你不用参与，我答应你，另外立一个项目，体量相当的，你去演新项目。"

南笳怔了一下。

不是听不出来，周濂月做了某种程度的妥协——既然家里的小宠物不喜欢，那这客人我就不带家里来了，去外头餐馆吃。

大抵，是这个意思吧？

南笳没什么情绪地笑了一下。

都说了救周浠无所图，他却还是为此做了让步。该怎么说呢，果真是生意人，最不能欠的就是人情。

周濂月都给了台阶，南笳觉得自己再不下就有点儿不识抬举了，笑说："我要女主角。"

"当然。"

周濂月坐了会儿，起身进洗手间洗了把脸，紧跟着给许助打了个电话，叫他送来换洗衣服和笔记本电脑。

南笳一愣："小覃可以照顾我的。"

周濂月说了句不知是不是玩笑的话："我看你跟周浠身边的人都不靠谱，都该换了。"

过了一会儿，护士过来给南笳拔了针。

南笳右手撑着床沿，打算起床，周濂月伸手垫在她背后，将她轻推了起来。

她坐在床沿上，两脚去找拖鞋，周濂月弯腰将拖鞋拿过来替她套上了，伸臂绕过她的腋下，缓慢地将她扶下地。

南笳不是一点儿半点儿的不自在。

即便她就算是救了周浠一命，他这细致入微、纡尊降贵的程度也有点儿过了。

南笳轻推了周濂月一下，他松了手。

"我没事，没到不能自理的程度。你要不还是回去吧，让小覃来就行。"

周濂月置若罔闻。

南笳去了趟洗手间，出来以后还是躺回到床上，护士嘱咐她要静卧休养。

后来小覃和许助陆续地来了，送来洗漱用品和换洗衣物。

在小覃的帮助下，南笳很潦草地洗了个澡，仍旧躺下。

周濂月端着笔记本，坐在沙发那儿处理工作。他抬头看她一眼，起身去将病房的顶灯关上了。

南笳点亮了床头的夜灯，侧着头看周濂月。他坐在昏暗中，笔记本屏幕上的光照在他脸上，淡白的，微冷的。

周濂月没抬眼："睡不着？"

"有一点儿。"南笳拿过手机，处理了一些微信消息，紧跟着打开看书软件。

房间里安静极了，只有周濂月偶尔敲击键盘的声音。

南笳看着书渐渐有了睡意，锁定手机，刚准备睡，忽听角落里的周濂月出声说："南笳。"

南笳把眼睛睁开一线，去看。

他不知什么时候将笔记本放到了一边，眼镜摘了，拿在手里，坐在那里凝望着她所在的方向。

南笳无由地心脏高悬，没有出声，只闭上了眼睛。

片刻后，她感觉到周濂月站起身，朝她走了过来。

他在床沿上坐下，伸手轻抚她的额头：“装睡？”

南笳反正是不睁眼。

他的手指轻抚她的头发，片刻后，南笳意识到，他是将她的头发都捋到了耳后，让她露出耳朵，像是由不得她听不见。

他俯身，沉声说：“除了那些不得已的，其余的我都能给你。”

南笳呼吸一滞。

周濂月一直没起身，好似在等着她对此做出回应。

南笳沉默良久，轻声开口：“我只会要我自己应得的。”

她始终没有睁开眼睛。

都说生病容易滋生脆弱，这句话真是不假。

这人过分冰冷，一旦展露出些许温柔，就会让人情不自禁地想要陷落。就好像在冰天雪地里跋涉太久，远远看见有火光的洞穴，即使那深处还有别的危险，也顾不得了。

所以宁愿闭上眼睛。

看不到火光，也就当它不存在。

过了好一会儿，周濂月方又出声，是听不出情绪的语气：“……睡觉吧。晚安。”

他收回了手，从床边离开了。

南笳藏在被子里的手轻轻揪紧了心口的衣服。那种说不上来的心情，似乎需要一点儿新鲜空气来缓解这份沉闷。

南笳失去了睡意，听着周濂月去浴室冲了个澡，随后走了过来，“啪”的一声轻响，按灭了床头的夜灯，走到沙发那儿躺了下来。

黑暗里能看见他暗淡的轮廓。听呼吸声，他也没睡。

可无人说话，只有恒久的寂静。

/ 第十二章 /

露水的世

南笳睁眼时周濂月早已穿戴整齐，准备走了。

不知道是几点钟，天光不算透亮，或许还早，也或许因为是个阴天。

周濂月说："中午我再过来。小覃在来的路上了，你有什么需求跟她说，她如果照顾不过来，我再派个人。"

南笳说好。

他走过来，伸手在她额头上拊了一把，便往门口走去。

南笳闻到他袖口处笼着的浅淡的香味。

上午，南笳做完常规的体温和血压的测量，便继续输液。

主治医生过来巡房查问，得知南笳已经没有疼痛感了，就让她后天再去做一个超声看看恢复情况。

上午十一点，南笳输完液，接到解文山的电话，说要来医院里探望她。

南笳疑惑："您怎么知道我住院了？"

解文山笑说："发生这么大事，你还指望瞒得住？你这孩子也不主动告诉我，真不让人省心。"

大约十一点半，解文山赶到了，没带什么营养品，独独给她带了一束紫色的重瓣洋桔梗。

南笳笑说："您真了解我。"

解文山将花束放在一旁的柜子上，拖了把凳子在床边坐下，询问她伤势如何，怎么受伤的云云。

南笳都回答了。

解文山问："跟你爸说过了吗？"

"……还没。"

"还是主动说一声啊，回头他从别的地方知道了不得更操心。"

南笳笑："好。"

又坐着闲聊了一会儿，解文山便准备告辞了。

南笳叫小覃将她的包拿过来，从包里拿出叶冼给她的那本书，交给解文山："麻烦您帮我把这本书带去您店里，随意放到我留在您那儿的那几个纸箱里吧。"

解文山接过书，正要走，病房门被推开了。

周濂月回来了。

解文山没有半点儿会在这里碰见周濂月的惊讶，只笑了笑，局促地打了声招呼。

周濂月说："您来瞧南笳？"

"瞧过了，正准备走了——濂月，麻烦你送我两步吧。"

周濂月看了靠坐在病床上的南笳一眼，点点头。

走出病房，沿着走廊走进了电梯。

周濂月估摸解文山有话要对他说，但他一直没开口，可能不觉得这是个说话的好地方。

注意到解文山拿在手里的书，周濂月说："您给南笳带的书？怎么没给她？"

"哦。南笳叫我带回去帮她保存的。"

周濂月伸手，解文山自然地递了过去。

周濂月翻开封面一看，扉页上四个签名，最底下是笔走龙蛇的一个名字——叶冼。

他顿了下，神情一敛，微微地眯了眯眼，但没说什么，将书还给了解文山。

走出电梯，离开住院部的大楼，穿过通往大门口的一段开放式长廊时，解文山终于开口。

“南笳大学毕业后没多久，就搬到我书店后头的胡同里了，有一回她阴错阳差地进了我店里，我们就这么认识了。她为人真诚又热情，给我解了不少的闷。我跟她的父亲也认识了，之后一直得南先生的委托，叫我多照顾照顾她，她一个外地小姑娘，在北城打拼不容易。我也就忝居长辈之列，替她说两句。濂月，你跟朱家已经是一条船上的人了……”

周濂月不意外解文山会知道，纸包不住火。

解文山叹声气：“你的身份地位，想要什么样的女人不能有，为什么非要是她……退一万步，既已到了这份儿上，又为什么没保护好她？”

周濂月平声说：“我要做什么，倒也犯不着向谁交代。但我敬您是老师，也是长辈。”

解文山看他：“你能跟她断吗？”

周濂月毫不犹豫：“不能。”

解文山一脸的痛色：“她才二十七岁，往后就一直跟你不清不楚下去？”

周濂月看向解文山：“您该知道，人活一生，里子与面子不可能全占。当年您选择了面子，后悔过吗？”

解文山愕然，继而神色迅速地灰败下去：“你知道……”

“当然。我母亲是谁，您见我的第一眼不就也知道了？”周濂月的声音平淡极了，“您当年想图一个名正言顺，结果什么也没图到。”周濂月顿了顿，看他一眼，“失败者的人生经验不值得听取。”

解文山一时狼狈又仓皇：“……我哪有资格对你指手画脚，我只是心疼南笳，希望你至少考虑考虑她的前程。”

周濂月淡淡地说：“她的前程也要由她自己选择。”

“她真有选择的权利？那倘若是她主动提出终结和你的关系，你的回答是？”

周濂月沉默。

解文山苦笑：“你说人不能面子里子都占全，可你何尝不是既占了朱家的面子，又占了小笳的里子……你虽然长得像音华，可在固执这一块，却跟你父亲像了十成十。”

周濂月一时蹙紧眉头。

解文山叹声气，结束了这番毫无用处的对话："罢了，谁能拯救谁的命运呢。"

南笳住了五天院，出院后去派出所做了个笔录，之后就在公寓里静养。

周濂月从周浠那儿调遣了一个保姆过来，照顾南笳的三餐。

李喆的那件事，警方还在继续侦查，进一步搜集证据，以便后续提请公诉。

跟着周浠的司机、保镖，周濂月进行了一次大换血，对周浠出行的防护也较之于以往更严格。

南笳又休养了二十来天，自感已经痊愈。

这天下午，周浠过来公寓这边拜访她。

周浠自带了茶点和餐具过来，松糕布丁、玛德莲和榴梿班戟被摆放在精致的瓷盘里，描金的骨瓷茶杯盛装伯爵红茶，都散发一股叫人昏昏欲睡的甜香。

南笳吃得很克制，她过一阵就要去拍严岷君的戏，那角色要求她尽可能地保持骨感。

周浠却不然，拿着小叉子，小心翼翼、持续不断地将一块又一块的糕点送入口中。

南笳和她也算认识了不短的时间了，但很少见她这样对甜食流露出有点儿病态的嗜好。

她打量周浠片刻，出声道："浠浠，是不是发生什么事了？"

周浠顿了顿，很平静地说："我跟苏星予分手了。"

南笳微讶："是不是他……"

"不是。他是清白的，我哥恨不得将他祖上三代都扒得一清二楚了。"

"那为什么……"

周浠笑了一声，低下头，放下叉子："往后，但凡我出一点点事情，我哥就会风声鹤唳，而首当其冲的一定是苏星予。可这对他多不公平……他要一辈子被怀疑吗？"

"既然已经查清楚，我想周总不至于继续……"

周浠摇摇头："不会的。你不了解，在某种程度上，我可能是我哥的心魔。”

南笳沉默着，没有问为什么。

周浠像是笼子里的鸟。

鸟都有可能透过玻璃窗看到一角的天空，而她什么也看不见。

“笳笳，你知道我名下有多少的股份吗？换算成钱，兴许十辈子也花不完吧。可是又有什么用……”

南笳不知道该说什么，这道题怎么想都是无解。

周浠笑了一下：“……抱歉，有点儿太扫兴了。”

“不。在我这儿你不必逞强的。”

“可我也不能哭……”周浠指一指自己的义眼，“哭的话会难受……”

南笳起身走到周浠跟前，伸手，捉住她的手臂。

周浠将脸靠在她身上，深深地呼吸着：“……我宁愿没认识过苏星予。”哽咽了一下，她又说，“宁愿生下来就看不见。”

南笳不作声，只轻轻抚摸她的头发。

如果说，人生是如此痛苦的荆棘路，她会后悔出发吗？

好像，不会。

还是想看一看，看一看能不能看见北极星。

周濂月到家的时候，厨房里正传来笑声。

他换了拖鞋走过去一瞧，南笳、周浠和甄姐三人正坐在厨房的岛台那儿包饺子。

甄姐擀面团，南笳和周浠包。

南笳动作稍快，每次包完一个，就往周浠手里递一张饺子皮，再舀一勺馅料放进去，周浠对折捏出花边，摩挲着放到手边的大瓷盘中。

她们沐浴在浅黄的灯光里，有说有笑。

周濂月晃了一下神，片刻后，转身进了衣帽间。

他换了身衣服，走进厨房。

周浠已听见脚步声，笑说：“哥你回来了。”

周濂月走过去，拍了拍她的肩膀，又往南笳身边凑拢一步，伸手撑着岛台的边沿，往南笳手边的盘子里看了一眼。

他轻笑一声，发表评价：“你怎么还没周浠包得好看？”

“……反正又不是给你吃的。”

“那给谁吃？”

周浠在一旁笑，周濂月伸手轻推了她脑袋一下。

饺子包完，南笳和周浠洗了手，回到客厅里。

甄姐又炒了几个菜，晚饭开始。

南笳夹了几个周浠自己包的饺子到她碗里：“尝尝你自己的劳动成果。”

转头一看，周濂月正在夹她包的丑饺子。

她盯着周濂月，周濂月也抬眼看她：“怎么？不给我吃？”

周浠在一旁小声地说：“……你们够啦。”

吃完饭，周浠又坐了一个多小时便准备回家，周濂月下楼将她送到了车上才折返回来。

南笳先洗了澡，出来后拿了本书坐到客厅去看。

周濂月洗完澡出来，往客厅里瞥了一眼，她穿着那条白色棉质的睡裙，赤脚踩在地毯上，懒散地撑着沙发扶手。

那单脚白鹭鸶一样的落地灯洒下月光似的淡白的光，她整个人也静谧得如某种悄然生长的植物。

南笳听见周濂月走过来了，但没抬头。

他在她身旁坐了下来，伸出手臂，南笳顿了一下，摊在扶手上的书被他拿了过去。他合上书，置于一旁，紧跟着伸手，轻轻扳过她的肩膀。

南笳的呼吸微微地滞了一下，心脏也收紧了。

在他落下的淡灰色的阴影里，触到他温热的唇。他的口腔里还有薄荷的气息。

和温柔的吻相对的，是血脉里横冲直撞的渴望。

周濂月打算退开，南笳伸手一把抓住他的手腕，微喘着气，轻声说：“应该可以了……你轻一点儿。”

周濂月看着她，目光幽深。

南笳顿了一下，伸手，去摘他的眼镜。

他的手指动了一下，却没阻止她。

她把眼镜摘了下来，放到茶几上，细长的手指揪住他的衣领，凑近了，却不再主动。这样近的距离看一个人，甚至可以清楚地看见淡褐色虹膜的纹路。

周濂月压抑着呼吸，极沉极缓地喘气。

胸腔里，心脏却在澎湃地鼓动，心跳声像在一个空旷的山谷里不断回荡。

他终于忍不住，伸手一把按住她的后脑勺儿，几分凶狠地吻下去。

周濂月将南笳抱去浴室做清洗，而后回到卧室躺下。

北城进入秋季，天气已开始转凉。

南笳裹着被子，枕在周濂月的手臂上。

周濂月靠坐在床头，点了一支烟，被南笳枕着的那条手臂，小臂屈起来，轻抚她长而柔顺的头发。

周濂月沉声问："想没想过以后的事？"

"没……只想多演几部片子，早点儿红。"

"红了以后呢？"

南笳脑海中一片空白："以后的事，以后再说吧。"

周濂月低头，看见她散乱的头发，和露在被子外面的光洁的肩膀，低声说："我这人很自私。"

南笳茫然："什么？"

周濂月没再作声。

或许这就是周家的基因，偏执狂妄的劣根性。她的未来抑或名声，他管不了那么多。

只要能把她留在身边。

十月中旬，南笳进组。

出发前一晚，周濂月将她折腾到半夜才许她去睡觉。

因为严岷君严令禁止任何人去探班，尤其两位主演的亲属朋友，主演必须一直保持在戏中的情绪。

周濂月多少听过这位女导演的脾气，知道她有过在片场和制片人吵架、最后逼得制片人妥协的壮举。

为了不使南笳为难，他也就不去破这个例了。

片子叫《苦芦苇》，拍摄地在导演严岷君的家乡，一个中部的十八线小城市。

虽然片子只有十来分钟，严岷君仍然要求他们至少留出一个月的档期。

和南笳共演的是影帝级的人物瞿子墨，他拿奖的那部电影就是严岷君导的，一个在国内院线未能上映的艺术片，在国外一路拿奖拿到手软。是以这短片虽然零片酬，瞿子墨依然主动请缨。

南笳看过那部片子，严岷君镜头里的情欲戏既美又肃杀，看完之后整个人从头冷到脚。

瞿子墨在电影里演一个边缘的诗人，性格癫狂，极具毁灭性。

瞿子墨本人的性格却是开朗又谦逊，南笳见他的第一面是去严岷君的房间里开会的时候，他正跟大家讲他接到了诈骗电话，反倒几句话把骗子忽悠得差点儿给他打钱的故事，逗得大家哈哈大笑。

南笳进门后瞿子墨主动给她让位子并自我介绍，一点儿也没有一线影星的架子。

后来瞿子墨得知南笳跟他一样都是北城电影学院毕业的，就不让南笳叫他“瞿老师”，开玩笑地非要让她叫他师哥。

电影没有立即开拍，南笳他们到的头两天，严岷君带着他们在城里四处转了转，尤其是河边的那一大片芦苇地。

河对岸就是工厂。规整的灰色厂房，直指天幕的巨大烟囱，喷出的灰白雾气，森然、冷峻。

严岷君说，她小姨当年就是在这儿投河自尽的，孩子刚满周岁，产后抑郁症像个黑洞吞噬了她。她死之后，家里人反而指责她——孩子还这么小就丢手不管了，太没责任心。

是的，《苦芦苇》这个故事，其灵感就从严岷君小姨的这一段经历里诞生：

一个被家庭和婚姻折磨得比一粒灰尘还要暗淡的女人，有一天发现楼下搬来了一个男人。

那男人是从外地来做调查采访的记者，英俊、沉默却有着潜藏的满腔热情。女人总在将孩子送去幼儿园之后，与男人私会。

男人调查结束，准备离开，女人半夜去敲男人的门，男人吓得差点儿报警，称两人从来不认识。

原来，一切都是已有精神分裂征兆的女人幻想出来的一场春梦。

男人走的那天，女人也走进了那片芦苇地。

拍摄的地方是剧组工作人员找人租的民居，楼间距极密集的老楼房，打开窗就能看见对面楼里有个男人在打女人。

锈蚀的防盗网，垢腻的灶台，层层堆叠的塑料置物架，阳台头顶散发着霉味的内衣裤、散乱一地的儿童玩具与图画书……

女主角就被困在这些里面，日复一日。

这样的生活离南笳很遥远，她家庭虽然算不得富裕，但从小吃穿不愁。

因此，她迟迟没找到状态。

严岷君展露了她“暴君”的那一面，在片场严厉批评南笳演得就像是纡尊降贵的大小姐来偶尔体验体验凡间生活的变形计。

南笳主动叫停了拍摄。接下来一周多的时间，她就待在那房子里，不要任何人陪同，也不与任何人交流。

每天早上六点钟起来做饭、洗衣服、拖地、买菜……听着电视里的连续剧，一遍一遍地重复这些枯燥的内容。

到后来，她感觉到自己人格和精神力的一部分被彻底摧毁了。

严岷君来看她，看到她毫无生气的眼神，这才重新开机。

进入角色之后，拍摄也没有变得容易太多。

严岷君会不断地要求南笳重来再重来，即便那一条已经足够好，她仍然觉得不够。

她要看到演员和角色面对外界压力，无力抗争，陷入一种相同的缄默的绝望，却无人拯救的境地。

南笳感觉每一天自己都在死去。

而比死更难受的是她并没有死，第二天，她依然要面对镜头，面对那些像无期徒刑一样的“再来一遍”。

也因此，当拍摄到她和瞿子墨的对手戏时，她展现出一种几乎出于本能的癫狂，每一场床戏，都极其酣畅淋漓。

投河的戏是最后一天拍的。

彼时已是十一月中旬，整日阴霾的天气冷极了。

女人穿着自己幻想中与男人私会的红色连衣裙，走入芦苇地，对面依然是那些无休止喷吐出烟雾的巨大烟囱。

随着拍摄推进，严岷君喊重来的次数也越来越少。最后这一条，摄影师手持摄像机跟在南笳身后，穿过芦苇地，蹚入河中，严岷君全程没有打断。

最后，当南笳穿红裙的身影在灰白一色的河流中只剩下一个点时，严岷君终于喊卡。

南笳仿佛没有听见，继续向河流更深处涉去。

小覃意识到出了问题，急忙喊："笳姐！严导喊卡了！"

南笳依然没听见。

几个工作人员赶紧纷纷下了水，蹚过去一把将人拽了回来。

河水冷得刺骨，南笳被工作人员扛上保姆车的时候嘴都冻紫了。

有人提过来接电的小型暖风机，小覃将暖风机拿进车里，催促南笳赶紧脱掉湿衣服。

南笳哆嗦着说："问……问严导这条过了没……"

"问过了！过了过了！快换衣服吧！"

脱了一身湿衣服，擦干净身上的水，再套上保暖内衣和羊毛衫，在电暖风的吹拂下，南笳终于活过来了。

车门打开，瞿子墨第一个过来，递了他助理准备的暖手袋给她，笑问："还好吧？"

南笳还有点儿未出戏的恍惚，眼前的人似乎不是瞿子墨本人，而是戏里最后点燃过她生命的记者。

南笳顿了一下，接过暖手袋："……还好。没事。"

"这是最后一场，你已经杀青了。"瞿子墨笑说，"我叫助理定了桌，晚上我们吃火锅去。"

南笳缓过来后，披上羽绒服下了车。

大家纷纷过来祝贺她顺利杀青，南笳捧着场务献上的花，环视一圈，没找到严岷君的身影，问："导演呢？"

有人朝河岸边指了指。

严岷君蹲在那儿，萧索的背影与环境融为一体。

南笳踩着鹅卵石的石滩走过去，在严岷君身旁站定，低头，发现她抽着烟，正凝望着河流的最中央。

南笳蹲了下来。

严岷君边抽烟边说："我小姨投河的那天晚上，我就在她家留宿。我听见外头有动静，醒了，爬起来一看，小姨正要出门。问她做什么，她笑了笑说，出去走走。我觉得不对劲儿，因为那时候是凌晨四点钟。但我没多问，也没跟家里人说……第二天下午，尸体就在河里发现了。这么多年我都在想啊，要是那晚我采取了行动，是不是……和解不了，跟我自己，跟他们那些人。但好在……我用我的电影记住了她。"

南笳没作声，一直陪着严岷君坐了许久。

晚上，大家一块儿去吃火锅。

彻底脱离了戏里那黑洞一样的压抑，南笳反倒觉得周遭一切轻飘飘的让人不适应。她跟瞿子墨坐一桌，两人几乎是全场最沉默寡言的。

南笳吃了少许，就起身走去店外面透气。

她倚着路肩上的绿化树，点了支烟。片刻后，瞿子墨也走了出来，他也从口袋里拿出烟盒，抖出一支叼在嘴里，双手摸打火机，没找着，就笑着问南笳借火。

南笳把烟递过去，他捏着对准烟头点燃了，再递还给他。

两人对视一眼，都笑了。

可能自身灵魂仿佛还未彻底归位的恍惚，只有共演的彼此能理解吧。

瞿子墨说："你知道我现在想做什么吗？"

"什么？"

"演个恋爱剧，越无脑越好的那种。"

南笳笑说："你经纪团队不会同意的。"

瞿子墨打量她："你演戏这么好，怎么现在才入行？"

"就……一些原因耽搁了。前些年在演话剧。"

“难怪。不然早该是一线了。”

南笳笑说：“听明白师哥夸我戏好了。”

瞿子墨又问：“你住哪儿？北城还是东城？”

“北城。”

“我现在长居东城，你以后有空可以过去玩。”

“好啊。看有没有什么去东城工作的机会。”南笳笑着把话题拉回到安全距离。

他们一支烟没抽完，小覃从店里跑了出来，神色有几分焦急。

南笳当她是担心她跟瞿子墨单独相处不好，刚想说马上就进去，小覃冲瞿子墨笑笑，跑过来将她拉到一边，低声说：“笳姐，你微博小号好像掉马了。”

南笳顿了一下：“怎么掉的？”

“好像是有粉丝从你关注的话剧团的朋友点赞的内容，顺藤摸瓜找到的。”

南笳哑然：“……也够会扒的。掉马就掉马吧，我小号也没发过什么见不得人的内容。”

“关姐说让你现在赶紧自己筛查一遍，如果有什么不妥的最好删除或者私人可见。”

“真没有。让关姐放心吧。”

小覃点点头。

抽完烟，回到热气腾腾的店里。

南笳就着清汤又涮了点儿蔬菜吃，仍旧胃口不盛，就打了声招呼，跟小覃先行回酒店了。

她此前已经洗过澡了，漱口之后躺去床上玩手机。

她估计这会儿自己的小号铁定多出来一堆的关注和信息提醒，就没登微博，刷了会儿无意义的短视频。

周濂月的电话打了进来。

南笳微微坐起身，接听。

基本上，拍戏的这二十多天，周濂月会每隔两天打来一通电话。

周濂月说：“杀青了？”

“嗯。比原定时间早了三天。”

“什么时候回来？”

“想再休息两天再回来，有点儿累。”

那边微妙地沉默了一霎，倒没说什么，只让她好好休息。

觉察到周濂月预备挂电话，南笳不由自主地出声：“周……”

“嗯？”

南笳并不知道该说什么。她只是觉得有点儿被掏空似的难受，而周濂月是见证过她这种状态的人。

但很多事，难以付诸言语。

南笳说：“没什么。”

那端的声音也平平的：“那挂了。”

电话挂断后，南笳仍旧机械地刷小视频。

手机顶端通知栏里弹出来一条微信通知，南笳点进去看，是陈田田发来的。

告诉她，叶冼住院了。

上午的会议结束后，周濂月回到自己的办公室。

咖啡里的冰块已经融化，他仍是端起来喝了一口，点了支烟，身体往后靠去。

许助这时候走了进来，笑说：“小覃刚告诉我，南小姐提前回来了，她们已经在机场了，马上就准备登机。”

周濂月拿起自己的手机看了一眼，意外地，并没有南笳的消息。她此前出发落地，总会报备一声。

许助又笑说：“南小姐多半是赶回来给您过生日的。”

周濂月瞥了他一眼，不咸不淡地说：“你多少管得有点儿多了。”

许助哪里看不出来，周濂月的神情并无一点儿不悦，不如说一早的阴霾都散了几分。

周濂月问：“接机的车安排了？”

许助说：“接送的事都是小覃在负责安排的。”

周濂月点头：“叫餐厅那边准备一下。”

“好的。”

周濂月整日都未得消停，午餐草草吃过，紧跟着就要跟一个创业公司的创始人团体会面，下午还有一场战略部的汇报会议。

一直到下午五点半，会议才结束。

人散了，周濂月仍旧坐在主席位上没动，叫来许助，问人是不是该到了。

许助吞吞吐吐：“……到是到了。”

周濂月眉头微拧：“有话赶紧说。”

许助只得说：“南小姐去医院了。”

“她怎么了？”周濂月忙问。

“小覃说南小姐去探病去了，一落地就自己在机场打了个车过去的，没坐公司安排的车。”

“探谁的病？”

“……还不知道。”

“查。”

周濂月点了支烟，将打火机往桌面上一扔，面无表情地吸了一口。

过了会儿，许助再度进来，看了看周濂月，说：“住院的是南小姐的朋友，叶洗。”

他心里直打鼓。前一阵他就奉周濂月的命令去查过这人，当时汇报，周濂月的脸色一直很不好。

果真，周濂月面沉如水，一言不发，只有一下没一下地抽着烟。

许助不敢作声，也不敢擅自行动。

好半晌，周濂月终于开口：“去查一件事。”

昨晚周濂月从关姐那儿得知，南笳的小号被人扒出来了。

公关部进入预备状态，好几个媒体组的员工加班挨个儿去筛查她小号的内容，生怕有什么不妥当的引发舆论讨论。

她小号一共四百条微博，都是随手记录的生活碎片，拍的街景、拿到手的新香水的使用感受、电影观后感等。

很琐碎，但基本不会对她的人设造成什么影响，不如说还丰富了她这个人的形象。

所有微博里面，他们对一段视频的内容指向性存疑，就由媒体组长发给了关姐判断。

周濂月在工作室核心管理的群里，就顺手点开那段视频看了看。

那段视频南笳没露脸，只有头部以下出境。背景是在家里，她穿了条灰色的吊带连衣裙，手里抱着一把吉他，也就是现在放在他们同居的公寓里的那把黑色吉他。

她边弹边唱，听得出来弹吉他的水平很生疏，但嗓音确实还是十八岁面试时，那个让评委疑惑她为什么不去考声乐系的优美嗓音。

她唱的是一首耳熟能详的歌，《夜空中最亮的星》。

我祈祷拥有一颗透明的心灵，和会流泪的眼睛。

给我再去相信的勇气，越过谎言去拥抱你。

每当我找不到存在的意义，每当我迷失在黑夜里。

夜空中最亮的星，请指引我靠近你。

唱完，她很小声地说了句“Happy birthday”，视频就黑屏结束了。

周濂月看完，问关姐这段视频是什么时候发的。

关姐说，三年前的五月十四日。

周濂月记性很好，况且五月十四日恰好跟解文山的生日只差了两天。

五月十四日，是他那时候瞅过一眼、叫人搜集而来的资料上显示的叶洗的生日。

上回周浠被绑架未遂的那件事，后来他回过神，找警方的人多问了一句，得知当日报警的就是叶洗。

显然南笳是为了叶洗才去的那场音乐会。

撇过这些，都可以不计较了，眼下，他有桩十分在意的事。

许助看着周濂月，等他指示。

周濂月淡淡地说：“最早你转给南笳的那笔现金，查查最后流向哪儿了。”

许助点头，又说：“您什么时候要结果？”

“就今天。”

“不能直接查南小姐的银行账户，兴许要费点儿工夫。”

周濂月将烟头碾灭在烟灰缸里：“那就从姓叶的那头着手去查。今天要是查不出来，你也可以走人了。”说罢起身，整了整衣襟，大步朝会议室门口走去。

周濂月的语气并不冷厉，却自有一种叫人畏惧的气势。

许助暗自叫苦。

六点钟，周濂月仍留在办公室里。

周浠来了一个电话，问周濂月今天过生日到底怎么安排。

周濂月说：“没什么安排。”

周浠说：“那你过来我这里呀？礼物还没给你呢。”

周濂月平声说：“明儿我再抽空过去。今晚没空。我得料理点儿事。”

叶冼住院是因为肠胃上的老毛病，这一回饮食极度不规律，直接折腾成了胃出血。

他人缘极好，住院的这么一整天，来探病的人快把病房变成了花市，逼得他不得不在朋友圈里建议大家不用来探病，非要来也别带花了，多得摆不下，最后都得扔。

叶冼自己觉得没大事，搞得那么多人兴师动众地跑过来探望他，他很过意不去。

南笳笑说：“上回我住院你也去探望我了。礼尚往来。”

陈田田在一旁说：“你俩快别在这种事上礼尚往来了，都好好照顾自己身体成不成？多大的人了。”

南笳没待多久，因为又有下一拨人来探望叶冼。

离开医院后，她跟陈田田去吃了晚饭，就打了车回去。

到家约莫八点，开门没想到屋里亮着灯，吓了她一跳。

客厅里有股很浓的烟味，周濂月一身正装坐在沙发上抽烟，脸上没有表情，瞥来一眼，语气也极其平淡：“回来了。”

南笳点头：“你今天下班好早。”

“你也不算晚。”

南笳微妙地觉得他的语气有些不对，但看他的神情，又好像跟平日里没什么两样。

南笳顿了一下，说："我先换身衣服。"

行李箱是拜托小覃送过来的，就摆在门厅里。南笳推着箱子，进了衣帽间。

她从箱子里拿出自己的睡衣，脱了身上的衣服，正要换上，落地镜中人影一晃。

南笳拿衣服一挡，在镜中瞧见周濂月径直走了过来。

周濂月拿了她手里的衣服，随意往旁边凳子上一扔，将她往镜面上一推。

南笳的脸颊贴上了冰凉的镜面，呼吸在上面蒙上一层淡白的雾气。她意识到了什么，忙说："我想先去洗个澡……"

周濂月仿佛没听见。

南笳不敢睁眼，因为周濂月的目光从未如此冰冷，像她昨天涉过的那条河。

周濂月声音也冷淡极了："今天什么日子？"

"今天……"南笳茫然。

却一瞬间想起来，一周前，好像小覃提醒过，周濂月的生日要到了。是今天吗？她上一周因为拍摄整个人都浑浑噩噩的，有时候饭都不记得吃，更别提其他外界的事。

南笳还没出声，就听见周濂月在她耳畔冷笑一声，继而用不容商榷的口吻命令："睁眼。"

南笳睫毛颤了颤。

片刻后，还是睁开了眼睛。她一只手撑在镜子上，额头也抵上去。周濂月仿佛由不得她有丁点儿的逃避，手指掐住她的下巴，让她抬起头来。

她不得不与他镜片后冷郁的目光对视，看见他低下头，凑到她耳边，缓缓地问："叶洗知道你为了他而被我……"

南笳脑中"嗡"地一响，顷刻间感觉那冰冷刺骨的河水正漫上来，淹过她，她好像发不出声："……你不要对他出手。"

周濂月的目光更沉："……这就是你的第一反应。"

南笳咬住唇。

周濂月冷声道："做得真隐蔽，倒手了三次，找了个名义上的投资人投了那电影，再叫导演找上叶洗，就生怕被他发现。为什么不告诉他？”

南笳不出声，只觉得全身血液都冻住了。

“想等着跟我结束了，再跟他双宿双飞？”周濂月注视着镜中的她，片刻后，再将她的脸往上一抬，冷声说，“我在问你话。”

“……我对他根本不是你想的这样，请你不要亵渎他也侮辱我。”

“侮辱？”周濂月故意地动一下，“这样的侮辱？”

南笳浑身不由自主地颤抖，嘴唇被咬得血色尽失。

周濂月退开，手指却未松开，依然禁锢着她的脑袋，使她不得不直视镜中的自己：“不是不让我对他下手吗？你自己来，让我满意了就答应你。”

他的声调一直称得上是平静，可平静之下有一种叫人窒息的、毁灭性的疯狂。

南笳冷得发抖，那是一种心理层面的寂灭。

但好像没有多余的情绪叫她哭出来，所有的都在昨天那场戏里掏空了。

她只有一种麻木的痛感，可能因为面对这样的周濂月，毕竟已不是第一回了。

好与坏反反复复，一时的好，总会在不久之后，就迎来下一次更糟糕的坏。

像是……无期徒刑？

局面僵持，周濂月的语气更冷：“不是要帮他吗，怎么不动？”

南笳只有气声：“……你不如让我去死。”

她仰着脸，那被头顶惨白灯光照着的眼里，只有彻底的死寂。

周濂月瞧着她的眼睛，过了好久，缓缓地松了手：“这就是你说的懂规矩。”

他退开，转身走了。

南笳的手臂用力地撑在镜面上，许久，像自冰河里浮上水面，大口大口地喘气。

她还没有死，然而……

外面静悄悄的，兴许周濂月已经离开了。

南笳蹲下，去捡落在地毯上的衣服，她浑身脱力，直接躺了下来。

她一瞬不瞬地盯着头顶的灯，那光淡白而微微刺眼，直到自己承受不了，她闭上了眼。

可能因为昨天在河水里冻着了，也可能因为之前积攒的压力一次性爆发，南笳感冒了。重感冒，到半夜里，发起高烧。

南笳蒙头睡到了第二天下午，烧倒是自己退了。

她整个人从心理到生理，虚脱得好似只剩下了一张皮囊。

南笳联系了一个中介，让对方帮忙找房子，这事没跟小覃说，因为预料到她一定会告诉周濂月。

南笳对房租价格没有太多的限制，因此中介只花了两天时间就帮她找好了。

她又联系了一个搬家公司，全程交由工作人员整理打包，一天就收拾出来，搬了过去。

南笳以刚拍完戏、精力不济为由，让小覃跟关姐推掉了近期一些不重要的通告，然后回了南城一趟。

南笳没提前通知南仲理，因此她直接出现在那海鲜大排档的门口时，吓了他一跳。

已过了午市的当口，店里就还剩两桌人。

那里头有个女大学生认出了南笳，激动地问能不能跟她合个影。

南笳松了行李箱的拉杆，女生走过来，打开了美颜相机，连拍了好几张。

拍完，南笳笑着嘱咐："麻烦别说是在这里遇到的我，怕有人会过来打搅店里的生意。"

女生连连点头，拍了合影之后就不再打扰她了，只一边吃东西一边偷偷看她。

南仲理因忙前忙后的，出了一身的汗，这时候拿纸巾擦了擦脑门，打量着南笳："怎么突然回来了？"

"刚一个戏杀青了，回来休息两天。"

南笳注意到，南仲理身上穿的那件棕色的毛衣，还是她妈妈当年手织的，洗了太多次已变得松松垮垮，腋下也冒出了两个线头。

南仲理虽然有个学者似的文雅名字，却是个实打实的粗人，南笳妈妈走后，就过得更糙了，生活上的事能马虎就马虎，能将就便将就。

南仲理问："要我陪你玩，还是……"

"不用不用。"南笳笑说，"我就过来打声招呼，一会儿就回去睡觉了。"

"晚上我给你带夜宵回去。"

南笳说好。

晚上，南仲理从店里带了条酸辣烤鱼回家，父女俩坐在桌边，边喝边聊。

南笳说："你少喝点儿啤酒，看你这肚子。"

"又大了？"

"你自己没感觉？"

南仲理摸摸自己理成板寸的脑袋，笑了一声："也别说我，你看你，瘦成竹竿儿了。平常多吃点儿饭。"

"您不知道上镜胖十斤啊。"

"那也瘦得太病态了。现在不是有那什么滤镜嘛，开了多胖都能瘦成锥子脸。"

南笳哑然失笑："……跟您说不通。哦对了，我的戏您看了吗？"

"你瞧着我像是有空看电视的吗？"南仲理不自然地别过目光，闷了口酒，"也就……店里服务员看的时候，我跟着瞅了两眼。"

"您坦诚点儿会难受死是吧。"

南仲理的表情就更别扭了。

南笳不知道世界上是不是还有别的父女跟他们一样，处得跟兄弟似的，多充沛的感情都在酒里了。

吃完夜宵，南笳洗了澡，去自己房间里套了床单和被套，躺了下来。

南仲理这人平时大大咧咧，但每一回她回家，放在衣柜里的床单和被套，都是洗干净的，带着股茉莉花洗衣液的香味。

南笳睡了个好觉，第二天醒来，南仲理已经去店里了。

她出门买了束白花，去了趟郊区的陵园扫墓。

南笳在戏的人生里，可以尽情释放情绪。但现实中，一次也没像一些戏里，会在亲人的墓前独白倾诉。

她每次来，从来都是默默的。

南笳蹲在墓前，一根一根地揪掉了附近冒出来的杂草，最后，看着那上面的照片，只轻声说了句："妈妈，对不起。"

南笳在家里待了三天就回北城了，走之前，特意去商场给南仲理买了几件新毛衣、几身秋衣、两件羽绒服。

飞机落地，北城刚好赶上降温，一场冷雨让机场高速路堵得水泄不通，直到夜里十点才到家。

南笳去洗了个澡，头发还没吹干，就听见电话打进来。

小覃火急火燎地问："笳姐你搬家了？！"

南笳反应过来，还没跟小覃同步这事。

小覃说："麻烦赶紧把新地址发给我……"

"周濂月要过来？"

"周总回去发现公寓都搬空了，差点儿报警好吗！"

"我搬的是我自己的东西，他报什么警。"南笳平静地说，"地址我发你微信上。"

约莫过了四十分钟，安保室拨通可视电话，询问南笳是不是有人过来拜访，南笳让他们放行。

又过了几分钟，响起敲门声。

南笳走过去将门打开。

周濂月尚且穿着上班的一套正装，脸色很难看。

南笳让他进来："没多的拖鞋，你直接进来吧。"

周濂月进屋瞥了一眼，语气冷淡："怎么不干脆再跑远一点儿，最好别让任何人找着你。"

南笳说："这样了，还要继续吗？"

周濂月一顿。

南笳的声音平静极了："你不是一直想知道我跟邵从安的事吗？我告诉你。"

周濂月没说话，只低头看着她。

南笳从茶几上拿上烟和打火机，往阳台走去。

周濂月跟在她身后。

开放式阳台，视野里一片璀璨灯火，南笳点了支烟，干冷的风吹卷着烟雾，差点儿迷住人的眼睛。

南笳的手臂撑在栏杆上，眼睛眺望远处："你不是问过我我大学时候是什么样的吗？我十八九岁那会儿，跟现在完全不一样，我从来不会讨好谁。有人追我，我让他最好拿了戛纳影帝再开口——你看过我那支橘子汽水的广告，对吧？"

南笳并没有停顿下来等他的回答，而是继续说道："邵从安也看过。邵从安找到我学校里，死缠烂打追了我三个月。那时候我对他的第一印象不算差，且一个男人为了泡到一个女人，多少会把自己粉饰得很漂亮，浪漫、深情又执着。所以，我就答应了跟他交往。但交往后没多久，他就提出要跟我发生关系，我觉得跟他还没有进展到这一步，就一直推辞。后来有次，好像是元旦前后吧……具体时间记不清了，他请我去他家参加派对。我去了，那聚会也很热闹，都是邵从安他们圈子里的人。后来……"

周濂月一手抄兜，侧身而立，注视着她。南笳的神色一直很平静，但说到这里，她低下了头，停顿了很久。

周濂月骤然间有所预感，想叫她不用说了，她已再次出声："后来，我醒了，是在邵从安的房间里。我的意识似乎是清醒的，但我的身体不听我的使唤，我清楚地知道，他在做什么，但我没法儿推开他。我只能口齿不清地请求他停下来……"

空气好似一下变得稀薄。

周濂月伸手，南笳说："……你先别碰我，听我说完。"

他的手垂下去，手指微微攥紧的动作几乎是不自觉的。

"他没有停，用我想象不到的、各种屈辱的方式……好像我不是活着的一个人，而是某种仿生的硅胶娃娃。"南笳缓缓地呼出一口气，她转头，看向他，轻笑一声，"你猜，药下在哪里？就下在我拍广告的橘子汽水里面。"

周濂月只觉寒风像是一只巨掌捂住了他的口鼻，让他一时无法呼吸。

他不用费力，就想到了那晚在山间别墅，南笳问他，十九岁的她，是什么感觉。

他以为那句话问错了对象。

她说，邵从安不是她的往事。

不是往事，是噩梦。

南笳吸了口烟，转头，仍旧看着远处："我觉得肮脏极了，后来恢复过来的第一件事就是去洗澡。这是我做得最愚蠢的一件事。我过了两天，才去报警。警方带我去取证，可药物已经代谢掉了，其他的……痕迹，也被我洗掉了。邵从安被传唤，他向警方出示了和我的聊天记录，给我买零食和礼物的转账记录，证明我跟他原本就是情侣关系……我没法儿证明我是非自愿的，除了叙述那天晚上的经历，一遍又一遍……那感觉，好像那些事情又在我身上一遍一遍地发生。但由于证据不足，邵从安没有被逮捕。邵从安向我许诺，只要我乖乖地不再闹了，他一定会保我前途无量。他说他是真的喜欢我才做出了那种事。我无法接受，我找了律师，我必须为自己讨一个公道……我思考之后同意跟邵从安谈判，想试着套他的话，但他过分无耻的嘴脸，让我没忍住，抄起桌上的花瓶把他的脑袋砸破了。他气得要把我送进局子，他姐姐，也就是邵从瑾，出来调停。他们这种上市公司，闹出官司影响不好，邵从瑾就没让他起诉我，但往后，我就没戏可拍了……"

周濂月自感行动是先于意识的，等反应过来，他已一把抓住了南笳的手臂，不由分说地将她搂进怀里。

她整个人都在颤抖。

然而，她顿了一下，继续说："而促使我放弃维权的最直接原因，是那时候，我接到家里的通知，我妈妈查出来癌症晚期……"

周濂月低声说："别说了。"

南笳却继续说："……我没办法想象，如果事情闹大，我妈妈知道我发生了这样的事，她怎么可以走得瞑目。所以……我放弃了。"

长久的沉默。

周濂月只能将她抱得更紧。

他觉得她好像比前一阵瘦了太多，嶙峋的骨骼硌出一种隐隐的痛感，可要是抱得轻一些，就觉得仿佛她要如一缕青烟散去。

南笳没有动，也不曾回抱他，垂在身侧的手里夹着烟，静静燃烧，快要烧到头了。

她声音微微发哑："后来，大四上学期，交过一个男朋友。因为这件事，我们的亲密接触一直停滞不前。我觉得不应该说谎，就把这件事告诉了他。他表现得夸张极了，在酒店里抱着我失声痛哭。但过了一周，他向我提出分手，他说他过不了心里的那道槛。"

至此，南笳动了动，伸手，将周濂月轻轻一推。

周濂月顿了顿，却还是松了手。

南笳退后一步，与他对视："接下来，该说说叶冼的事了。"

周濂月目光一沉，平声地打断她："这事就当过去了。"

南笳笑了笑："可是抱歉，我这里过不去。我说过，我对叶冼的感情根本不是你想象的那样。我跟他认识，是在我妈妈去世之后不久。那时候是在跟同学排一个音乐剧，他是我一个同学的朋友。后来汇报演出结束，我跟他也成了朋友。那时候我状态很不好，他租了一间地下室，跟朋友一起做音乐。我经常会过去，一坐就是一下午。他看得出来我很低落，但他不善安慰人，就给我推荐了一些音乐、书籍。可以说，如果没有他的无声陪伴，他送我的那些书和 CD，我或许……自杀了吧，说不定。那段时间特别浑浑噩噩，我都忘了是怎么过来的。叶冼是个很温暖的人，如果是另外一个朋友遇到同样的困境，他照样会伸出援手。后来，我回到正常的生活，也顺利毕了业。但因为邵从瑾，做什么都碰壁。有一次我问叶冼，是不是有一些人注定无法成功。叶冼沉默了一下说道，我们追逐星星，并不一定是为了成为星星。叶冼就是相当于星星的存在，然而他不是哪一个人的星星，他在那儿就可以激励所有的人。我对他没有占有欲，也不试图从他那里获得什么回报……叶冼是高于偶像的存在。周濂月，你可能一辈子也理解不了这种感情。"

周濂月伸手摸出烟和打火机，点了支烟，再沉沉地吸了一口，他胸口有许多情绪郁积，但一时没理出条理。

他看向南笳："……我说过，这事就当是过去了。"

南笳没什么意味地笑了一声："都这样了，还要继续吗？演戏的时候有无限的信念感，因为那毕竟是别人的人生。而这是我自己的人生，我做不到，演不下去了……”

周濂月打断她：“继续不继续这事，不由你决定。你已经足够不守规矩了。”

他声音少见地带着几分薄怒。

南笳一时哑然：“你的规矩是什么？是我不但身体要忠于你，精神上也不可以崇拜别人是吗……这公平吗？那时候我们说好的，我们的协议里从来不包括我必须精神上也得对你臣服。精神是那么容易被金钱操纵的吗？周濂月，你开公司的，你不如问问，你发工资的那些人，有多少精神上也是彻底忠于你的？退一万步说，可以，我可以身心都忠于你，那么你呢？你可以吗？”

周濂月伸手，一把将她拽到跟前：“我说过，除了那些不得已的，其余我都能给你。”

南笳的笑有种薄霜似的凉意，又带有分明的挑衅：“可我就要那些不得已的，你给得了吗？”

周濂月薄唇紧抿，一时未作声。

南笳主动搂住他的腰，踮脚，凑近，与他对视：“这么大的秘密，换一次决定权，不值吗？你一直这么好奇，我满足你了，也不欠你了。在我这儿，已经结束了。后续你再要强行继续，于我而言，也不过是跟邵从安一样的行径。可这次我不会再退让。我说的话，我会承担后果，你可以收回所有的资源，或者封杀我……我不在乎了。”

她说完，便仍旧这样微仰着头看着他，分寸不肯退让的清冽目光，像是在逼他立即、马上做出决定。

体面地结束，抑或闹到鸡飞狗跳，惨淡收场。

寒风刮过来，灯火遥远得像在彼岸。

周濂月终于又在南笳眼里看到那股撕咬的劲儿，不过，这次是冲着他而来的。

漫长的时间过去，终于，周濂月伸手，捉住了她搂在他腰上的手，轻轻一推。

她退后一步，他转身，大步朝外走去。

门“嘭”的一声合上了。

南笳瞬间顺着阳台围栏滑下去，瘫坐在地上。

像是打完了一场仗，胜利了，但并无半分的喜悦。

周濂月步履匆忙。

他走到小区门口，一把拉开车门。

车子启动，汇入那片冰冷的灯海。

经过了好几个路口后，他骤然地在路边踩了刹车——

因为瞥见了不远处有台灯光洁净的自动售货机。

好像还能清晰想起，跟南笳见面的第一天。

她冲着开超跑的人比中指，一身俗艳装扮，可神情冷傲，丝毫不容人侵近。

这阵子周浠在听一些诗词解析的音频，有一节是讲俳句的。

他那时经过书房，恰好听见一句。

这时候骤然想起来：露水的世，虽然是露水的世，虽然如此。

Best Time

白马时光

明开夜合
著

露水的夜

（全2册）

下

江苏凤凰文艺出版社
JIANGSU PHOENIX LITERATURE AND ART PUBLISHING

目录

contents

Contents

/ 第十三章 /

爱是痛觉

今年的平安夜，南笳是在陈田田家过的。她家面积不大，没请太多人。

叶洗没来，他自己那边也有聚会。如今叶洗身边已经聚集起了越来越多的志同道合的音乐人，而且有大的音乐发行公司正与他接洽，打算投资他的工作室。以后无论是打算往哪个方向发展，都有余地。

平安夜大餐基本是彭泽一手包办的，朋友们开玩笑说彭泽是男德学院的模范毕业生，上得厅堂下得厨房，全力支持未婚妻事业，还勤勤恳恳提供稳定情绪价值。陈田田让他们别夸了，万一未来哪天人出轨了，打的还是她的脸。

南笳进厨房去拿杯子，恰好撞见彭泽把陈田田堵在角落，说："我光满足你一个人就累够呛了，还出轨……"

陈田田一把捂住他的嘴，使眼色，彭泽回头。

南笳好尴尬，笑说："没……我什么都没看到，你们继续……"然后拿上杯子飞快地溜了。

吃完饭，陈田田将客厅的投影仪打开，随意开了部电影。南笳抱着抱枕，窝在沙发的角落里，陈田田过来在她身旁坐下，她顺势将脑袋枕在陈田田的肩膀上。

陈田田低头看她："还好吧？"

"早没事了。"

这一个月来，南笳始终处于有些恍惚的状态，有点儿像是一部戏拍完之后，一种无所事事的空虚感，对音乐、电影、游玩……什么都提不起兴趣。

好在前一阵严岷君打来电话，询问她状态怎么样，从戏里走出来没有。

南笳笑说严导你还负责售后吗?

严岷君说，她这人导戏的方法是有点儿极端，以前有人拍完她的戏，出过很严重的心理问题，从那以后，她就很注意对演员的“回访”。严岷君让南笳没事的话，就去她那儿一趟。有图书出版公司要给她出一本电影制作手记，她请南笳帮忙做点儿整理的工作。

南笳那两三周都在严岷君那儿，帮忙扫描胶片照片，核对图片的文字描述是否错位……相对机械的工作，不用怎么动脑，但让人放松。她渐渐地便恢复过来。

陈田田问：“你后面的工作会受影响吗？”

“关姐给我规划的是走长线，所以综艺、直播之类的，都帮我推了，只偶尔拍点儿杂志和广告。反正没戏拍的时候就是闲着的……最近就挺闲，我也不知道这是关姐的计划呢，还是工作都停了。”

“我倒觉得周濂月不是小气的人。”陈田田在提到这名字的时候瞥了南笳一眼，确认她没什么波澜才敢继续说。

南笳说：“这是两码事吧。他肯定不会封杀我的，这点我比谁都确信……但既然我俩都结束了，他也没必要继续在我身上投资了。”

陈田田看她：“你为什么确信？”

“我……”南笳都愣住了，这话完全是她下意识脱口而出的。

陈田田没追问：“那你后续有什么计划？”

“我经纪人肯定会找我聊这事的，我等她找我，最可能的情况就是跟我解约，我猜。后续我只要等到何讷的那部电影上了，机会自然会自己找上门的。”南笳玩笑道，“最不济，我再回剧团给你当女主角？”

“回剧团是最不济的选择？这话我可不爱听啊！你知不知道，北城大剧院在跟剧团接洽，邀请我们去演一个季度的《胭脂海潮》。”

“真的?！”

“八九不离十吧。”

南笳笑说：“那以后要抱陈老师你的大腿了。”

聊到这儿，南笳手机响了。她从茶几上拿起来一看，意外发现是周浠打过来的。她犹豫了一下，还是起身走去阳台方向，将电话接通。

周浠声音带笑：“笳笳，圣诞快乐。”

“圣诞快乐。”

周浠说：“犹豫了很久还是打给你……可能会打扰到你吧。”

她的语气极其小心翼翼，南笳觉得不忍，笑了笑说：“没打扰，反正也是在跟朋友聊天——有什么事吗，浠浠？”

“没事……你知道我用不了微信，不然发条消息就好了。打电话还是有点儿太郑重了。”

南笳说：“真的没关系。最近还好吗？”

“挺好的……没什么变化。笳笳你呢？”

“在休息，也还好。”

那边好像不知道还能再说什么，沉默了好一会儿，才笑说：“应该是最后一次给你打电话了吧。我觉得……还是正式地跟你说一声比较好，我喜欢任何事情都有始有终的。”

南笳说：“……嗯。都可以的。”

又一阵沉默之后，周浠说：“那拜拜啦。节日快乐。”

“节日快乐。”

“笳笳你挂电话吧。”

挂断电话，南笳的双臂撑在栏杆上，仰头向上看。

灰蓝色的天空，微冷的一弯霜月。

她缓缓地呼出一口气。

免提的电话挂断之后，周浠捏着手机，好半晌没有动静。

坐在她对面的人，比她更沉默，有一个瞬间，周浠几乎以为他已经不存在了。她忍下了自他指间传来的烟味，因为她能觉察到周濂月的情绪很消沉。

周浠开口：“蛮好的，这样，我们兄妹就一起孤家寡人地过一辈子好了。反正一切也不会更糟了……”

去年的这时候，南笳在，苏星予也在，有微微烤焦的火鸡、蓝莓布丁和《康桥晨雾》，还有笑声。

周濂月抬眼，没什么表情："浠浠……"

周浠站起身，缓慢地朝着书房方向走去，留下清冷冷的一句："你跟父亲一样，都擅长将身边的人弄得不开心。尤其是你们最在乎的女人。"

农历年的年末，关姐联系南笳，叫她去工作室一趟，聊聊后面的工作安排。南笳到时，大家仍在按部就班地工作着，不像有工作室要关停的迹象。

关姐已经提前点好了榛果拿铁，递给南笳一杯，打量着她，笑问："最近休息得怎么样？"

"还好。"

"还好的话，那后续的工作，我可就不客气了。"关姐将手边的一份文件递给南笳，"你先看看这个。"

南笳翻开一看，那是份股份转让协议之类的文件，她草草地翻了翻，说道："可以解释一下吗？"

关姐说："周总说，工作室后续的运营问题，他不便再做干涉，所以将工作室属于他的代持人的那部分股份，转移到你名下。"

南笳毫不犹豫："我不接受。"

关姐看了她一眼，笑了笑："周总料想你应该不会接受，所以准备了第二个方案。你可以按照工作室成立的注册资金，购买这部分股份。"关姐拿出第二份文件，递给她，"第三页有详细的数额。"

南笳直接翻到第三页，看了看那数字，算了一下自己出演网剧和电影《灰雀》的片酬，以及一些广告的代言费……加起来，还有不小的缺口。这些酬劳都是关姐帮忙谈的，她自然对南笳的财务状况再清楚不过："还缺是吧？"她递过第三份文件，"你可以预支这部电影的片酬。大概预支个百分之七十，差不多就够了。"

"新片？"南笳翻开一看，愣住了。正是薛鞅将要导演的《津港十三日》，那部与邵家合作的电影。

南笳淡淡地说："我好像说过我不会演这部片子。"

关姐看着她："邵家退出了也不演吗？"

南笳又是一愣。

关姐说："周总终止跟邵家的合作了，换了另外一家院线公司，前两天刚签的合同。"

南笳微微抿住唇。

关姐说："周总说这片子是欠你的，你拍完这一部，跟他商业上的隶属关系就彻底解除。你拿自己的片酬交换工作室百分之五十八的股份，往后你对工作室就有绝对的话语权，是存是留，你自己做决定。"

南笳垂下目光，思索许久，方轻声地开口："关姐你呢？还继续做我的经纪人吗？"

关姐笑说："那得你做决定啊。我都行，你觉得我做得好，我就继续做下去呗。"

南笳伸手，关姐赶紧递过笔。南笳翻到合同的签字页，落笔。签完，关姐叫法务进来做了个检查，又借了南笳的身份证去复印。

关姐端起榛果拿铁喝了一口，笑说："但愿《灰雀》和《津港十三日》都能大爆，往后我们自己闯荡江湖，就靠这两部的基础了。"

她抬头看了一眼，见南笳仿佛有几分心不在焉，笑问："怎么？担心？"

南笳回神："不担心。有关姐为我保驾护航，担心什么？"

关姐笑："你这客套话的风格像在学我。"

南笳也笑，转而表情又淡下去，淡淡地问："像他们这种级别的合同，违约了得付出什么代价？"

关姐意味深长地看着她："没那么严重，但总归是要出点儿血的。而且邵家的邵从瑾原本是指着这单合作，作为进董事局的投名状，这下铁定给耽搁了，所以让律师团队卖了命地抠违约条款。不过周总的压力倒不在此，而是董事会的质疑……两边的。"

"两边？"

关姐笑笑："这我不便多说了，毕竟合同生效，工作室和周总脱钩，关于他的一些事，我签了保密协议。"

片刻后，法务送还了南笳的身份证。关姐又跟她简单地聊了聊年后的工作安排，主要还是会围绕三月份开机的《津港十三日》的前期筹备展开，例如剧本围读会、定妆照拍摄等。

事情聊完，南笳离开了工作室。车窗外街景飞逝，那是独属于北城的一种灰暗萧索。她的头靠在玻璃窗上，很平静地想，周濂月是真的了解她，知道她会权衡利弊，知道她不会意气用事，知道她一定会签这合同……不，不是。这不是重点。

虽然她不想承认，周濂月是为了她才跟邵家终止了合作。

南笳只觉得时间过得很快，春节过后琐碎的事情一件一件推进，晃眼间就到了三月。

但《津港十三日》原定开机的时间推迟了一个月，听说是跟原定拍摄地相关部门的一些协调工作还未完全达成一致。

南笳多出来了一个月的档期，有人立即闻讯而来——丁程东给南笳打来电话，希望她抽空能去趟剧院，他有事跟她聊。

南笳找了个下午过去，丁程东跟她在剧场一楼的会客室碰面。

丁程东一贯的做派，见面先一套客气的寒暄，去饮水机那儿接了一杯热水，递到南笳跟前。南笳接过，随手放在面前的茶几上："有什么事，丁总你直接说吧。"

自那时丁程东没打招呼就接受周濂月的投资、转走了南笳的合同关系之后，南笳就再也没叫过他"东哥"了。

丁程东笑笑："田田应该跟你说过了，《胭脂海潮》三月中旬要正式登陆北城大剧院了，三月份到六月份，将近演出四个月。我就想说……"丁程东瞥了她一眼，"……能不能邀请你来友情出演第一场？"

南笳没觉得超出预料，只淡淡说道："虽然是四月份才进组，但前期总要排练吧，我一年多将近两年没演，台词早忘光了，腾不出那么多时间。"

丁程东在南笳对面椅子上坐下，笑说："我还不知道你，一本台词三天就能背得下来。十天，就耽误你十天时间。我让他们配合你的时间进行排练……"

"不是……"南笳有些无语，"这剧能被大剧院邀请，全是田田和其他演员一场一场演出来的口碑，跟我没关系啊，我去不是喧宾夺主吗？"

丁程东长叹一口气："南笳，如果不是不得已，我也不会打扰你。实话跟你说吧，话剧开了预售票，卖得很不理想。我们就是一名不见经传的小话剧团，也就在小圈子里火了一把，面向大众谁还认识我们？你不跟田田是好朋友吗，这也是田田的……”

身后突然传来一声断喝：“丁程东你有病吧！”

丁程东回头，面上讪讪：“田田……”

整个剧团丁程东最怕的就是陈田田，人家境优渥，做这行纯是为了爱好，如今团里最上座的剧都是她写的，要是伺候不周，姑奶奶拍拍屁股就走人了。

陈田田几步走过来拽南笳的手臂：“走，别听他在这儿道德绑架。”

南笳轻轻挣开了陈田田的手，平静地看向坐在对面的丁程东：“我不是知恩不报的人。丁总，这是最后一次，我帮你，然后我们彻底两讫。”

陈田田气疯了，指着丁程东：“你就会蹭她的热度！”

丁程东面无表情，一声不吭。

南笳起身，陈田田送她出去，边走边说：“你傻啊，你干吗答应他！预售不好，第一场演出之后口碑起来了，慢慢不就好了？”

南笳笑了笑：“当年我最落魄的时候，丁程东叫我来演话剧，实习期就给我开正式演员的工资，后面还一直给我介绍机会。撇开他不说，你就当我是为了你吧……”

“少来。而且你经纪人怎么可能答应？”

“现在我自己说了算。”南笳笑说，“就这样。你就说到底要不要我演吧？”

“……那热度都送到手里了，不蹭白不蹭。”

两人都笑起来。

将南笳送到门口以后，陈田田又返回会客室痛斥丁程东。

丁程东忍无可忍了，起身吼道：“你以为我想！”

他情绪之激烈，倒让陈田田愣了一下。

丁程东一肚子的怨气，一股脑儿地全发泄出来：“这年头搞这种纯艺术的东西全赔钱！你是有后路，衣食无忧，其他演员呢？你以为那时候我就那么甘愿把南笳的合同关系转出去？可不转我还能跟资本抗衡吗！那姓周的什么来头你不知道?！要不是老子发过毒誓，老子……”

丁程东神情一滞，声音戛然而止。他猛喘了口气，甩手走了。

发过什么毒誓？陈田田恍然想起来，那时候丁程东当着全团的面说，这辈子不会有除他老婆之外的其他女人，不然叫他出门就给车撞死……陈田田一时心里五味杂陈。南笳有所察觉吗？未必没有吧。

三月，虽还有些薄薄的寒意，但出了太阳，空气里有股草木和泥土的腥味。周浠一整个下午都坐在院子里，一边听有声书，一边晒太阳。

她觉察到好像有什么落在了裙子上，伸手一摘，是片叶子，是这时候才落下的枯叶吗？她拿起来凑到鼻尖闻了闻。

到太阳将落的时候，风开始大了。甄姐从屋里拿了块薄毯出来，披在周浠肩上，问她要不要进屋去。

“再坐一下。我想感受一下落日。”

没多久，周浠听见门外有车子驶来的声音，那车开了进来，有人拉开了车门。

周浠微微偏了一下脑袋：“哥。”

“不冷？”周濂月关上车门，朝着周浠走过去。

周浠站起身，周濂月捉住她的手，让她挽着自己的手臂，两人一道往屋里走，进门时，他提醒她注意台阶。进了屋，周浠带着周濂月进了书房，说要拜托他一件事。她站在书桌后面，伸手，摸到桌面上的一张海报，递给周濂月：“喏。”

周濂月展开，瞥了一眼，微怔。

“你陪我去看。”她拉开抽屉，从里面又摸出了两张票。

周濂月只问：“你从哪儿知道的？”

“你管我。只要我想，怎么都能知道——海报上有吗？”

当然有。南笳在中心位置，大标题写着“先锋沉浸式话剧《胭脂海潮》北城大剧院首演”，给南笳的定位是“首演助阵”——倒是挺会营销。

周浠仰头“看”着他：“我不管。那次你放了我鸽子，这次必须补上。”

周濂月瞥了她一眼：“你就这么想见她？”

“……谁想见了。三条故事线，不选笳笳的那条不就得了。”周浠不给他犹豫的机会，不由分说地将一张票塞到了他的外套口袋里，“就这么说定了啊。管你那天有什么工作，不准不去，不然我不会再理你了。”

周濂月没作声，将那海报折起来放回原处。

首演那天，周濂月的行程排得极其密集。周浠生怕他放她鸽子似的，一天打了三个电话。最后周濂月推掉了一两个应酬，在办公桌抽屉里拿出那张门票，赶在开演之前赶到了北城大剧院。他跟周浠约好了在停车场碰头，料想人已经到了，打了个电话过去，问她人在哪儿。

周浠说：“哦，我没来。”

周濂月：“……”

周浠笑嘻嘻说：“只许你放我鸽子，不许我放你鸽子吗？你既然去都去了，就进去看看呗——可千万别选笳笳那条线哦。”

周濂月平声说：“无聊。”

周浠“嘁”了一声，挂断了电话。

天将要完全黑了，只剩几缕灰紫色的霞光。周濂月披上外套，下了车，背靠着车门，点了支烟。直到一支抽完，他将烟灭了，伸手，摸了摸口袋，票还在里面。

顿了顿，他大步朝着检票处走去。

南笳排练了一周，虽说大部分台词都还有印象，但很久没演了，又是这样的大剧场，依然难免有些紧张。

她在自己微博上转了首演的宣传信息，没多久，票就卖光了。想到今天来看的人怕有一大半是自己的粉丝，南笳就更紧张。

《胭脂海潮》讲述了三位都市女性的爱情与生存故事，果女、茧女和海女，既是独立的三个人，亦是一个女人人生的三个不同阶段。南笳饰演茧女，一个在爱里处处碰壁，既封闭自己，又渴望真正被爱的女人。

她上场前习惯独自一个人，避免与任何人交谈。后台休息室里太吵闹，她自己去洗手间里抽了支烟，临近开演，方回到休息室。

三位主演于舞台中央同时亮相，而后走向各自的房间，观众可任选其一，进入开放式的房间，也可在中途随时离开，去往另外的房间。

茧女的故事开始，是躺在房间角落的浴缸里。

南笳闭着眼睛，屏住呼吸，憋气。直到完全憋不住，她睁开眼，大口呼吸，似从水底浮上来。她跨出浴缸，朝餐桌走去。

那所有围在浴缸边的观众，也一块儿随她移动。

她坐在餐桌边，垂着头，不再动了，像一尊完全静默的雕塑。

渐渐地，有观众失去耐心，离开去了别的房间。

五分钟过去，南笳抬头，然后她愣了一下——侧前方站着周濂月。

他穿着黑色的长款薄风衣，一手抄兜，昏暗的灯光里，轮廓暗淡，却存在感十足。

刚出浴缸的时候，她没有特别注意，周濂月是那时候就在了吗，还是刚刚进来的？职业素养使南笳没有多想，她立即回到了角色里。

她伸出手，按照设计的互动环节推进："谁有火吗？"

有人预备行动，周濂月却抢先了一步。他摸摸自己的口袋，才想起安检的时候明火都已收缴，便顿了一下。

南笳低头："你要给我打火机吗？我的烟已经打湿了，点不燃。我需要火，你有火吗？我想穿过黑暗，去找我的朋友。听说城市大面积停电，路上已经没有灯了。"她站起来，朝他伸出手，"你能陪我一起去吗？"

周濂月说不上是什么感觉。她递上来的手是冰凉的，带一点点的薄汗，有种水底藻荇的湿滑感。她穿了一件纯黑色的连衣裙，从头罩到了脚，一头长发披散，额前也盖着长长的刘海，整个人苍白得如一缕幽魂。

她牵着他走出了门，在昏暗的路上游荡。她遇到了许多男人，和他们发生关系，又和他们分手；遇到了果女和海女，与她们短暂交际，又各自分别。

故事发生时，她松开他的手；在前往下一段故事的路上，她再度牵住他。

最后，三位女主角在广场中央的一盏熄灭的路灯下相遇，三人背对背而坐，各朝向一个地方。南笳抬头，看向的是周濂月站立的位置。

周濂月知道，这必然是戏剧设计的一部分。然而，当剧场所有的灯光只落在广场中央，其余人都如灰尘一样隐匿了，他仍觉得，这世界只剩下她和他，她的话都是对他说的——没有给她想要的火，却陪她走了一路的人。

她开口："我需要火，你有火吗？我想穿过黑暗，去找我的朋友。听说城市大面积停电，路上已经没有灯了。这是我找到的最后一盏灯，可它也是暗的。你试过在三点三十七分的时候醒来吗？你坐在空旷的房间里，你想把鱼缸里的金鱼塞进喉咙，你想生吞所有的玻璃弹珠，你拿手触碰发烫的电灯泡，你把自己沉在浴缸想象那是海。你用完了他送给你的口红，你读他给你写的信，你拨打是空号的电话号码……他不会回来了。他不会回来了。你知道，爱是痛觉。”

后续是另外一位女主角的独白，周濂月已没再听进去。

当所有的声息都消失时，所有的灯光也灭了，寂静又黑暗。

没有人出声，也无人走动。大家好像都被困在了彻底的黑暗里，变成尘埃而渐渐消失。

周濂月伸手，从口袋里拿出手机。低头看了一眼，按亮了自带的手电功能。他没将手机举起来，但这作为唯一的光源，立即吸引了全场的目光。

有人发出轻轻的“哇”的一声。片刻后，其他的观众纷纷效仿。一颗、两颗、三颗……无数的手电，将空旷的广场点亮了。

这完全不在设计之中，南笳和陈田田以及另一名主演都愣了一下。

彼此对视一眼，她们三人站起来。陈田田指向出口的方向，临场发挥：“那边就是去远方的路，请你们带着火过去吧，我们会跟上来。”

南笳看见所有人都往外走，唯独周濂月站在原地没有动，有人经过他时，将他的胳膊撞了一下。他径直地看着她，目光如月光一样清冷而幽寂。南笳不知道，此刻站在他面前的，是萤女，还是她自己。那目光逼得她也不得不梦呓般地说道：“请你去远方等我，我们在有火的地方相见。”

周濂月收了手机，也收回目光，转身，朝着出口处走去了。

南笳抓住了陈田田的手，深一脚浅一脚地走向后台。穿过走廊，回到了休息室。所有演员都在感叹——

“演这么多场了，第一回有人开手电。”

“绝了，最后那一下简直是行为艺术。”

“不愧是田田，临场发挥那一句也没出戏。”

南笳坐在角落的沙发上，陈田田抱着她号啕大哭，她是编剧也是主演，陪着这话剧一场一场过来，最后点亮手电的这一下，对她的冲击不可谓不大。

原故事结尾就是个极度低沉的开放式结局，三个女人依然辗转一圈之后，依然要不停地挣扎求生、求爱。

但有人回应你，别怕，真的有火。

南笳安抚了陈田田好久，她才冷静下来，抽纸巾擤鼻涕："我说，周总不是你找来的托儿吧？"

南笳："……"

换掉戏服，摘掉假发，南笳去洗手间洗了把脸。

大家要去庆祝首演成功，一群人浩浩荡荡地自后门离开了剧场。

有观众在门口蹲点要签名和合影，大家一一满足了。

群里有人发了吃夜宵的地址，离得不远，大家准备步行过去。

南笳拐个弯，刚准备走，看见斜对面路边停了辆车，她顿了顿。

周濂月靠着车门站在那儿抽烟，那神情看着似乎并不是刻意在等谁，在南笳看过去的那一霎，他抬起头，与她目光相对。

陈田田也注意到了，跟着停步。她松开了南笳的手臂，轻声问："要去打个招呼吗？"

南笳说："你先去店里等我吧。"

她两手抄兜，左右看了看车，朝着路对面走去。周濂月一直看着她，直到她走到跟前。

她穿了件黑色的运动式夹克，黑色紧身牛仔裤与短靴，头发没扎，随意地披散下来，戴了个黑色的口罩，只露出眼睛。她轻声说："谢谢你过来捧场。"

周濂月垂眸看她，淡淡地说："周浠买的票。"

南笳往车里看："她人呢？"

"没来。"

南笳沉默了一下。

周濂月声音很低："最近怎么样？"

"……还好。等着进组。"

"快开机了。"

"嗯。关姐和我说过。"

又是沉默。

南笳问："浠浠呢？还好吗？"

"就那样。"

南笳觉得对话像在沼泽里跋涉，每一句都难以推进。又是一阵沉默之后，南笳说："今天结尾的互动，谢谢你。田田说她第一次遇到这样的回应，很受触动。"

"嗯。"周濂月的目光轻轻地自她眼睛上扫过。

南笳轻轻呼出一口气："……朋友在等我吃夜宵，我先走了。"

"去吧。"

南笳顿了一下，转身，仍旧两手抄兜，朝着对面走去了。

周濂月拉开车门，上了车。他手指夹着烟，手臂搭在方向盘上，很久没将车子启动。直到那身影去了对面，走向前方路口，越来越远，在灯光下暗淡得不可捕捉。最后拐个弯，彻底消失不见。周濂月的手指感觉到隐约的热度，烟要烧完了，火光暗下去。车厢里一片昏暗。

你坐在空旷的房间里，你想把鱼缸里的金鱼塞进喉咙，你想生吞所有的玻璃弹珠，你拿手触碰发烫的电灯泡，你把自己沉在浴缸想象那是海。你用完了他送给你的口红，你读他给你写的信，你拨打是空号的电话号码。

…………

她不会回来了。她不会回来了。

你知道，爱是痛觉。

/ 第十四章 /

午夜场电影

四月，电影在津城开机。

《津港十三日》是个商业故事片，警匪题材，其故事结构的作用性远大于角色。换言之，只要演员演技过关，大差不差的，谁都能演。

薛鞅是个很“稳妥”的导演，目前尚且欠缺一点儿个人风格，但胜在拍摄手法四平八稳，片场调度精准专业。

南笳在戏里演反派的青梅竹马，也是反派团队的智囊性角色，在最后关头被警方策反，背叛了反派，交出了关键性的证据，但随即拖着反派在爆炸中同归于尽了。虽说是女一号，然而在一个以男人为主的电影世界里，多少不免有调剂观众口味的花瓶之嫌。

不过这种电影自带基本盘，但凡质量过关，票房就有了保障，极有利于提升演员的商业价值。角色供南笳发挥的余地不大，比起她之前的两部片子，拍这一部，心理上的轻松程度简直如同在度假。

这天下午突降暴雨，原定有南笳参与的一场大夜戏改期了。时间骤然空出来，正好剧组有个演员明天过生日，大家就提议要不今天提前给他过。

南笳在房间里休息到五点半左右，去了酒店的餐厅。

晚餐是自助餐，大家拿了食物各找位置坐下。今晚的寿星端着餐盘与人交流了一圈，在对面坐下，随口问了句：“怎么没看见薛导啊？”

有人说：“薛导在包间，跟老板吃饭呢。”

“哪个老板？”

南笳抬眼，看见那人的口型说了一个“周”字。

包间里，除了薛鞅，制片主任、副导演等几个职能部门的主要负责人也在。

周濂月跟着制片人一块过来的，核查和调控影片的拍摄进度。他作为出品方，只负责出资，具体的统筹工作，都交由合作的院线公司那边的制片人负责。

听过大家的汇报过后，制片人单独对周濂月说：“虽说耽误了一个月才开机，但目前进度还行，应该能按期拍摄完成。”

周濂月点点头。

制片人说：“也是得亏没叫邵家坏了事。”

此前开机时间之所以推迟，正是因为邵从瑾在背后使绊子。好在周濂月亲自出面，解决及时。

制片主任则笑说：“邵从瑾暂时怕有点儿自顾不暇了。”

周濂月瞥了他一眼，平声问道：“怎么说？”

制片主任站起身，走到周濂月身边。挨着周濂月坐着的副导演适时地起身跟他换了位置，制片主任笑说过会儿就换回去，便在周濂月身旁坐了下来。他给周濂月找了支烟，方低声说：“邵家老二飞了叶子跟人姑娘玩……那姑娘有男朋友，不从，从别墅的三楼跳下去，摔残了。邵从瑾正帮老二擦屁股呢，给了一大笔钱，要跟那姑娘私了。而且，据说还拍了那姑娘的照片，恩威并施，不怕人不从。”

周濂月心里一凛，语气倒是平淡的，笑问：“消息保真？”

制片主任笑说：“周总您刚进我们这行可能不了解，那邵老二什么德行，我们这些跟邵家打惯交道的，一清二楚。”

周濂月笑说：“改日回北城，我请您单独吃饭。”

制片主任忙说：“周总您这就太客气了，需要帮什么忙，一句话的事。”

一顿饭，吃了两小时方结束。大家散了，一块儿往外走，正好听见餐厅大堂里有人唱生日歌。

薛鞅笑说：“今儿有个演员过生日，我过去打声招呼。周总，暂时失陪了。”

周濂月的脚步顿了顿，往那群人里瞧，不费力地便找见了南笳。

白 T 恤衫加牛仔裤的休闲装束，头发随意地扎了一把，没化妆，素净漂亮的一张脸。她明明正跟着大家一起拍掌唱生日歌，此刻却不期然地转过头来，与他的目光直直地对上。

周濂月瞧见她的笑容凝滞了一下，又倏忽地转了回去。什么痕迹也没留下，只除了对视之后，那似乎无端焦灼起来的空气。

周濂月同样不着痕迹地呼了一口气。

回到自己的房间，周濂月脱了外套，松解开衬衫领口的扣子，一条手臂搭在沙发靠背上，坐在沙发上抽烟。

过了会儿，他拿过手机，给小覃打了一个电话，叫她别惊动别人，请南笳上来一趟，有正事要说。

等了十分钟，有人敲门。

周濂月几下摁灭了烟，起身快步朝门口走去，心里略有几分急切。

打开门，南笳就站在门口，戴上了口罩和棒球帽。

周濂月往旁让了让，请她进来。

南笳进门，却只站在玄关里，不再往里走：“周总找我什么事？”

周濂月低头看她，她低着头，帽子和口罩几乎将他打量的视线挡得严严实实。顿了顿，周濂月出声：“找你确认个事。”

“你说。”

“邵从安，有没有……”

南笳一顿，继而抬起头来：“有没有什么？”

周濂月盯着她明澈的眼睛，薄唇微抿。

有没有拍过照片——他骤然间问不出口，便摇了摇头：“没什么。”他伸手，握着把手将门打开了，“没事了。你回去吧。”

南笳莫名，却没多问。她点了点头，再看了他一眼，顿了一下，确定他不再说什么，便转身出去了。

锁舌扣上，门“嗒”的一声关上了。空气里仿佛还残余一股淡淡的香味，像是雨洗过的橙花，清新而微苦。

五月，解文山过生日，周濂月请他到近郊的餐厅吃晚饭。

那厨师的手艺很合解文山的脾性，两人还就厨艺进行了一番交流。

吃完饭，周濂月请解文山到茶室去，将早就准备好的一方砚台送给他当礼物。

解文山是识货的人，掂一掂便知这砚台价格不菲，一时局促得很。

周濂月只说："上回说的话有所冒犯，您就当是我赔罪。"

自那回在医院碰面之后，这大半年的时间，周濂月再没去主动找过解文山，只逢年过节遣人将礼物送到。

解文山说："你说的也都是实话，何来冒犯。"

解文山知道周濂月跟南笳已经断了，虽然不知道是什么契机，但是他一个外人，也不便多问。

两人喝着茶，气氛很沉默。

解文山说："你现在好像不习字了。"

周濂月淡淡地说："静不下心。"

解文山踌躇片刻，问道："还是为了……"

周濂月不作声。片刻后，他放下茶杯，起身走去置物架前。他打开架子上的木匣，从里面取出一颗子弹头形状的香，放入那黑玉雕刻的香炉顶端，摸出打火机，点燃。

烟雾缓缓向下流淌，变作瀑布，注入山底的泉中。

周濂月的手指伸出去拦截那段烟雾，它绕过他的手指，继续往下淌。空气里一股沉静的木质调子的香味。

他有几分恍惚。想着上回南笳站在这同样的位置，做同样的动作。

似乎，已经是很久很久以前的事了。

周濂月在那儿站了好一会儿，直到电话响起。他走回到茶桌边，拿起手机接听。

许助打来的，告诉他，人"请"到了。

周濂月平声吩咐："送到我这儿来。"挂断电话，周濂月转而对解文山说道，"要处理点儿事，我派人先送您回去。"

约莫半小时，人到了，几个安保人员一路将人押到了后院里。

周濂月跷腿坐在露天沙发上，手里夹着一支烟，他抬头瞥了一眼，点了点头，几人松了手，退后一步。

邵从安神形狼狈。他晚上刚到酒吧，车一停下，便有三四个人走近，毕恭毕敬地说周濂月想请他去聊聊。

邵从安问聊什么。他们说，你自己清楚。

邵从安心里打鼓，就跟着上了车。哪知道车一路往荒郊野岭开，等他下了车，那几人全然是另外一副态度，押解犯人似的，一路将他拖了进来。

邵从安骂骂咧咧："有你这么劫人的吗？姓周的我告诉你，你这是犯法的！"

"犯法？"周濂月冷笑一声，揿灭了烟，站起身，"我问你个事，你最好老实回答。"

"回答你……"

话音刚落，一人走过来将他两臂一钳，朝膝盖弯一踢，邵从安"扑通"一声跪了下去。

周濂月走到他跟前，居高临下地俯视："给她拍过照片吗？"

"给谁，什么照片……"

钳着他的那人，猛地一脚踹在他腰窝处，痛得他骂出一句。

周濂月冷声道："好好想。"

"我……我得罪你了吗？不能因为你的女人曾经跟过老子，你就……"

邵从安话没说完，周濂月蹲下，猛地一把拽住了他衣服的后领，直接往旁边的景观池里一按。邵从安挣扎，然而手臂被人箍住了，按在他脑后的手掌更带了一股纹丝不动的狠劲儿。

邵从安起初还在憋气，憋了二十秒不到，便憋不住了，一声咳嗽，水登时从耳朵、鼻腔和口腔齐齐地往里灌，肺和脑袋疼得几近炸开。

过了片刻，许助在旁，不得不上前提醒："周总，要出人命了……"

周濂月松了手，将邵从安的脑袋从水里提出来，冷声问："想清楚了？"

邵从安猛地喘气，几乎将肺叶都咳出来，耷拉在额前的头发往下流水，迷住了眼睛，他眯着眼去瞧，只觉得眼前的男人浑然一股戾气，眼里是嗜血的冷鸷。仿佛，哪怕今晚上真要搞死他，周濂月也在所不惜。

邵从安一个激灵，然而还没开口，又被一把按进了水中。这一回更漫长，他几近窒息之时，才再度被提了出来。

头顶上周濂月的声音沉冷："能说了？"

"能……能……"邵从安的声音哑得几乎发不出。

他跪在地上，拍着胸口，拼命咳嗽，将呛着的水都咳得呕出来，方断断续续地说："没拍……从来没拍过……拍了不给自己留了个把柄？人家反诉敲诈勒索，一告一个准儿。那都是我姐，我姐跟人谈判的话术……"邵从安抬头，一边咳嗽，一边观察周濂月的神情，又急急忙忙地补充，"我真没说谎！周总能请我第一次，就一定能请我第二次不是……我总不至于连命都不要了……"

周濂月嫌恶地皱了皱眉。许助叫人把邵从安架起来，押了出去。

周濂月走过去，拿起沙发上的外套，擦了擦手，淡淡地问："那边都准备好了？"

许助说："准备好了。要叫他们行动吗？"

周濂月扔了外套，抽出衬衫下摆的一角，摘下眼镜，擦拭方才溅上眼镜的水："行动吧。"

消息传来的时候，南笳正在卸妆。

陈田田打来的电话，激动地问她："看新闻了吗？"

"什么新闻？"南笳将手机开了免提，对着镜子，拿化妆棉轻轻擦去嘴唇上的口红。

"邵从安！"陈田田几乎语无伦次，"邵从安被抓了！他可能是听到了什么风声，准备逃往国外，结果出发之前就在家里被逮捕了……"

南笳愣住。她赶紧拿起手机，打开微博，热搜第一便是这个消息。点进去是警方蓝底白字的通报，邵某安涉嫌强奸、故意伤害、吸毒及容留他人吸毒等被警方依法批捕。

南笳怔然地问道："……田田，你信天降正义吗？"

陈田田问："……什么？"

"我不信。"这正义必然不是天降，否则怎会迟到了八年？

南笳草草卸过妆，无心洗澡，拿着手机去沙发上坐了下来，在全网搜索关于邵从安被捕的相关消息。

邵从安之所以能上热搜，是因为有个圈里的上升期“小花”曾与他传过绯闻。通报发出来不到一个小时，那“小花”的工作室就出来声明，称与邵从安只是朋友关系，网传的“私下约会”均有第三人在场，与邵从安的接触，也仅仅是基于合作关系的正常来往。

除此之外，邵从安毕竟算不上是公众人物，相关消息很少。

除了警方通报是唯一可靠的信源，其余都是营销号蹭热度的无效内容，譬如梳理了邵家的发展史、邵从安的历任绯闻女友等。关于他被捕的细节，全部都是“据说”“据爆料”。

南笳终究没忍住，给周濂月拨了一个电话。

铃声响了很久，是在南笳即将挂断的前一秒接通的。

南笳坐直了身体，听见那端周濂月的声音微微有些沙哑：“在应酬，没注意手机。”

“……是你吗？”南笳开门见山，“邵从安的事……”

“嗯。”他还是那般听似平淡的语气。

“……邵从安行事一向谨慎，你是怎么……”

“凡有行动必有痕迹——一两句话说不清楚。反正他这回肯定进去了。”

南笳缓缓呼吸：“我下周要回北城拍一个杂志……到时候想跟你见面聊一聊这件事，可以吗？”

那端微不可觉地顿了一下：“可以。”

南笳整夜都没睡好，诚然有大仇得报的痛快，但更有一种连绵不绝的痛感。她的青春，最好的时光……以及艰难挣扎的、被热爱、被天赋捆绑的这么多年。

不能细想，仍会觉得意难平。

《灰雀》定档在七月，已提前开始宣传和预热。而北城青年艺术电影节也将在七月中揭开帷幕，严岷君的《苦芦苇》届时将在短片单元展演。

经过三个月的拍摄，南笳在《津港十三日》剧组的戏份也差不多接近尾声，后续将更多投入《灰雀》和《苦芦苇》的宣传工作。

六月下旬，南笳回了趟北城，拍摄某杂志的电影艺术节的主题大片，受邀请的还有瞿子墨。严岷君亦有一个人物专访，不过跟他们的拍摄不在同一天。

瞿子墨这半年多都在休息。到他这个级别的演员，找上来的本子很多，但接戏需要相当慎重。

两人在化妆间里，一边化妆一边闲聊。南笳问他，休息的时候一般都做些什么。

“种田。”

“真的假的？”南笳笑问。

“真的。我承包了一片草莓田，正在收获第一茬，你要的话……”

南笳打断他：“为什么我记得草莓都是冬天上市的？”

“冬天的那都是大棚里种出来的。”

“……有一点儿颠覆认知。”

瞿子墨长了一张俊脸，私底下却很不顾表情管理，眉飞色舞的，被化妆师按住了，方收敛几分：“你要的话，回头我寄一点儿给你尝尝。第一年有收成，味道比较一般，我还在钻研怎么改良。”

南笳笑说：“我第一回见到明星有这样的副业。”

“你是说大家都流行投资餐饮？我也有几家火锅店，不过都在东城。哦，店里的牛羊肉，是我在西北承包的草原自产的，有机会你去尝尝。”

南笳笑了：“瞿老师还没接到邀请吗？”

“什么邀请？”

“致富经。”

瞿子墨也笑出声，他往南笳面前的镜子里看一眼，又说：“我马上要上个综艺。”

“你这样咖位的还需要上综艺吗？”

“没办法，他们给的太多了。”

这下，两个化妆师都憋不住笑了，被瞿子墨提醒说别手抖，他本来就怕画眼线，戳出个好歹可不得了。

瞿子墨继续说："一个吃吃喝喝的休闲类综艺，每期常驻嘉宾会请一个朋友过去。你愿意去吗？客串两期。"

南笳笑说："去你的草莓园录制吗？去那儿录我就去。"

瞿子墨微微挑了一下眉："你说的啊。"

南笳忙说："……可能还得跟我经纪人商量一下。而且后续《灰雀》要路演，不确定档期合不合适。"

瞿子墨懒洋洋地笑："反正我已经正式发出邀请了。"

南笳笑说："那我一定正式考虑。"

拍摄工作半天搞定，他俩的硬照表现都很绝，不用刻意拗奇形怪状的造型，单靠眼神就感染力十足。

结束后，瞿子墨邀请南笳一块儿去吃晚饭。南笳说："抱歉，今天可能不行，我约了人。师哥什么时候回东城？要不着急的话，明天中午我做东请你吃饭。"

瞿子墨笑说："不巧了，今晚上就得回去，明天上午跟一个导演约好了见面。下次吧，总有机会。"

南笳回家一趟，卸了妆，换了身衣服，便出发去见周濂月。

地点是周濂月定的，约在了屈明城那儿。

为了规避一些误会，南笳叫小覃陪她一块儿去的。她没吃晚饭，也没什么胃口，只让小覃帮忙买了一杯冰饮。

商务车开进了那庄园的地下车库，南笳戴上帽子和口罩下了车，叫小覃等她一会儿。

许助已等在那儿，带南笳乘内部电梯上去。

电梯里，许助见南笳在打量他，笑问："南小姐有什么吩咐？"

"没。"南笳笑了笑，"我就是好奇，这都两年了，怎么还是你？你们这种助理是终身制的吗？"

许助："……"他每次都被南笳的三言两语说得哭笑不得。

出了电梯，再穿过一段曲折的回廊，到一间茶室门口，许助停下脚步，敲了敲门。

里头传出周濂月的声音："进。"

许助推开了门，向南笳做了一个“请”的手势，便转身走了。

南笳往里看去，周濂月一贯白衣黑裤的装束，正站在窗户边上抽烟。

房间里冷气很足，是以南笳没有第一时间反应过来，这茶室她来过的，只不过那一回是在冬天，屋里烧足了暖气。

周濂月目视着她走进来，平淡地问：“吃过晚饭了吗？”

南笳摇头。

“我叫人送点儿吃的过来。”

“不用……我不太有胃口。”

南笳走到他身边，摘了帽子拿在手里，又摘下了口罩，暂时挂在一边的耳朵上。

外头空气濡热，混合着烟味冲入鼻腔。她沉默了片刻，出声：“谢谢你。”

周濂月垂眸看她，她穿了件黑色的短袖 T 恤和高腰宽松牛仔裤，脚上一双黑色帆布鞋。扎着马尾，露出白皙的耳朵与脖颈。似乎做明星越久，她私底下的穿着就越轻松随意。

周濂月淡淡地说：“没什么好谢的。顺手的事。”

南笳摇头：“你要在这一行长久发展，树敌对你没好处，我知道，这肯定不是顺手的事。能不能告诉我，你在这里面做了什么？”

周濂月看她一眼，方平静地陈述。邵从安把那个有男朋友的年轻姑娘逼得跳楼，摔伤了脊柱，邵家提出私了，因为即便上法庭打官司，最后那姑娘能拿到的钱也有限，肯定不及私了的多。那姑娘往后需要一辈子坐轮椅，自然就成了父母眼中的累赘。她父母倾向于私了，残都已经残了，官司打赢了又有什么用？不如多拿点儿钱。她父亲说：“你男朋友跑了，往后还得我们伺候你一辈子，你得替我们考虑考虑。”

周濂月叫人直接找到那姑娘，提出的金额比邵家的高了一倍不止，且这钱将会直接进入她本人的户头，没她的允许，谁也挪用不了。后续如有需要，还能帮忙在市场寻觅最专业的护工，照料她的余生。

唯一的条件是，要姑娘站出来报警。

姑娘几乎没有犹豫就答应了。实则她压根儿不想就这么不明不白地咽下这口气，只不过当全世界都在劝说她妥协的时候，她也不免会怀疑自己，是不是权势压人，才是这个世界的真理？这种时候，但凡有一人站出来支持她，她一定不至于轻言放弃，何况周濂月提供的金钱和法律上的帮助，完全免除了她的后顾之忧。

权势不是真理，以牙还牙才是最朴素的真理。

南笳很清楚，周濂月这几句轻描淡写的总结里，他付出的远超他应该付出的。那姑娘跟他非亲非故，邵从安也跟他无冤无仇。

“……为什么？”南笳抬眼看着周濂月。

周濂月与她目光相触的一霎，却避开了，淡淡地说：“你就当我是为了那天说过的话，跟你道歉。”

“我并没有什么立场觉得你那时候说的话不中听。原本就是你情我愿的关系，非要苛求同等的尊重未免矫情。你不欠我什么道歉……即便是，口头上的也足够了，这么做太隆重，我……”南笳思绪很乱。

“你不高兴？”

“我当然高兴！……每次回家给我妈妈扫墓，我一句话都不敢说。我好愧疚，我瞒了她这么大一个秘密。过去的每一天，我都恨不得邵从安去死。我的诅咒从来没有应验过……”

不会有天降的正义。南笳深深呼吸，片刻后，抬头看他：“我又欠你一个人情了。”

周濂月看她，她眼里一时有隐约的水雾，他的手指攥紧了一下，又不动声色地松开：“我这么做不是为了借你人情。”

“那为什么……”

周濂月再度别过了目光，抬手，抽了口烟，压制心里隐隐的焦躁：“……我只是为了让自己好受点儿。”

南笳一时怔然。

周濂月的手臂搭在窗台上，朝外看去。不远处有一株槭树，青绿细弱的叶子在晚风里簌簌轻摇，树下有个石灯笼，发出荧荧的橙黄色的光。

那时候，南笳就是站在那树下烧剧本，拿火点烟。

一种毁灭感的浪漫，促使他对她产生兴趣，想从心理层面上剥光她。此刻，已然一览无余的人就站在他身旁，他却不敢再与她对视。

她并不复杂，不如说，她正是用虚与委蛇和左右逢源的这一套世故，构筑了一层壁垒。这层壁垒保护了她即便受到伤害、依然未曾丢失的真诚与热情。

沉默中他们各自梳理心事。

南笳承认自己不敢再追问了。问出来结果又能怎样，这件事注定是没有结果的。

她转移了话题：“人证够吗？虽然我现在牵涉了很多人的利益，但是如果不够的话……我愿意出来做证。”

“足够了。”周濂月看了她一眼。

不意外她会这样提议，她就是这样的性格。但现实是，这社会舆论对女性，尤其对身为公众人物的女性更为苛刻。倘若她站出来，往后必然少不了“一个愿打一个愿挨”的批判。

舆论会彻底杀死她作为一个女演员的商业价值。

南笳长长地呼出一口气：“……总之，谢谢你。以后，如果有需要我帮忙的地方……虽然多半……”她意识到自己很是语无伦次，顿了顿，“我不知道能为你做什么。”

“不用做什么。”周濂月淡淡地说，“你以后放心拍戏就行。”

周濂月的手机振动了一声，他拿出来看了看。

南笳忙问：“你是不是还有事？那我就不继续打扰了……”

其实是无关紧要的运营商的消息，但周濂月没说什么。

周濂月看着她戴上了口罩，再将帽子扣上，正了正帽檐。

她看了他一眼：“那我走了。”

周濂月没作声。

她将帽檐往下压了压，转身，朝门口走去。

他几乎是下意识地开口：“南笳。”

她停了脚步，转身，以疑惑的目光看着他。

周濂月薄唇紧抿，心口有隐约的痛觉灼烧。他意识到，或许真正的道别不在那一晚，而是在此刻。他暂且已经做了所有能为她做的，再进一步，势必就要触碰到那些“不得已”。

室内安静极了，周濂月看着南笳，只觉越发焦躁。

几经克制，他还是胡乱地几下摁灭了烟头，大步朝她走去。

他看见她往后退了一步，随即后背抵上了门板。

他暂且丢掉了理智的思考，只凭本能行事，伸手，一把便搂住她的腰，往自己怀里一抱。

像在真空中窒息的人久违地触及氧气，他沉沉地呼了一口气。

南笳没有挣扎，也没有任何回应。周濂月力道太大，撞歪了她的帽子。

她第一时间脑子是蒙的，等回过神，只有手足无措。

熟悉的体温、气息，以及拥抱的力度。她从来没有讨厌过这些，哪怕是过去的那段日子，他虽然没有给过她“火”，但毕竟陪她走了一路。而现在，他甚至也为她送来了“火”。

只是，他们不能再同行了。

周濂月扣在她腰间的手指收得很紧，她因此觉出复杂的意味，但抗拒去深入思考。

这和曾经单纯的关系截然不同，这是不对的。

终于，南笳伸手轻轻地推了一下，恍惚地说：“周濂月……这不对。”

周濂月即刻便松开了手，顿了一下，手臂绕过去，抓住门把手，打开了门。

南笳看了他一眼，他依然是那种清冷幽深的目光。在走廊的灯照进来的那一瞬间，他眼底平静无澜，仿佛方才这个拥抱并没有发生过。

南笳不再多想，也就当它没有发生过，轻声说：“我走了。”

周濂月神情淡漠，瞥了她一眼，什么也没说。

南笳将帽檐又往下压了压，再不去看他。转身，径直朝着电梯的方向走去。

一路下电梯，回到车上。南笳叫车子往她的住处开，随即摘下帽子，头往后仰去，拿帽子盖住了脸。

小覃出声，跟她汇报明天的行程。

南笳轻声说：“……小覃，等下再跟我说话。我想静一下。”

周濂月点了支烟，随即给屈明城打电话，让他叫人送点儿吃的过来。

没一会儿，屈明城跟服务员一块儿过来了。

服务员端上三文鱼刺身、和牛寿司、盐烤青花鱼和清酒，随即拿上食盒出去，关上了门。

屈明城提起酒壶，给自己也斟了一杯，笑说："好像没聊多久啊，这就走了？"

周濂月没搭理他。

屈明城打量他："那和好了吗？"

"什么和好？"周濂月语气淡淡。

"不是，你犯了这么大忌讳，兴师动众地把邵二送进去，不就图千金买一笑吗？不为和好，为啥？"

屈明城半晌没等到回答，这就是周濂月的风格，他也习惯了，端着酒壶，自斟自酌。

没想到，周濂月平静地出声："已经结束了。"

"结束了就再开始呗。"

周濂月不再作声。屈明城打量着他，看他眉目间一层郁色，一时笑出声："老周，跟你打个赌，赌你半年内，硬刚朱家。赢了你就给我投笔钱，叫我也沾沾你财神爷的光。要是输了……输了那你够惨，我就不趁火打劫了。"

周濂月只评价了两个字："无聊。"

屈明城笑了笑，继而沉默下去，一时怃然："……也就还没到那份儿上，到了那份儿上，你就知道……"

"知道什么？"

"知道，可以什么都不要，什么都不求。所有的事都能成为身外物，除了那个人。"

周濂月瞥了他一眼："你今天改当情圣了？"

屈明城笑说："等着吧。报应不爽，你也快了。这赌我必赢。"

周濂月没在屈明城那儿待太久，因为接到一通电话，四叔周季璠要见他。

周季璠住在近郊，一栋专为了疗养而设计的现代别墅里。他患有较为严重的呼吸道疾病，近几年是医院常客，不少人劝过他不妨暂且退居二线，去新西兰这种空气清新的地方好好将养。周季璠从来不听，北城雾霾最严重的那阵他都依然坚守岗位。

周濂月就没劝过，从不触这霉头。他太了解周季璠，一个醉心权术、钻营制衡的老狐狸，即便死，怕也是要攥着合同章，死在大班桌上。

周濂月到的时候，周季璠刚从恒温泳池里钻出来。

游了没到一圈，就气喘吁吁的，吓得他的贴身助理赶紧跑过来给他递大浴巾和雾化喷雾。周季璠横了助理一眼，助理慌里慌张地将喷雾收了起来。

这又是周季璠的另一个怪癖，不乐意在外人面前展现他的虚弱，尤其是不乐意在周濂月面前。

周季璠裹上浴袍，在户外沙发上坐了下来，没一会儿，家里用人又端上生津润肺的燕窝雪梨。

周濂月每一回过来，都被周季璠这矫情兮兮的一套搞得忍不住发噱。他坐在周季璠对面，整个人意兴阑珊的，平声问道："四叔找我什么事？"

周季璠说："前阵子忙，这稍不留神，你又生出这么多事端。做生意讲究一个和气生财，你前一阵还跟邵家是合作关系，转头就毁约不说，还把人唯一的儿子送进局子里去了。怎么，你是来做纪检的？往后谁还敢放心大胆跟你合作？"

周濂月轻笑一声："这事朱家尚没说什么，四叔倒是为我操碎了心。"

周季璠脸色陡变。他怎么听不出来，周濂月就是故意拿朱家来刺挠他。

周濂月十七岁那年，周父周叔琮去世，彼时周浠不过九岁，且不久之后便失明了。

事故身亡，又是英年早逝，大家都以为不可能会留下遗嘱，没承想整理周叔琮的文件，却意外发现一份半年前公证过的遗嘱。出人意料的是，遗嘱里，周父将他名下的所有股份全部留给女儿周浠，只留了一处不动产，即西山的那套别墅给长子周濂月。

此举虽叫人百思不得其解，但正中各位的下怀，两个未成年人，小的是个黄毛丫头，大的那个还没股份，这还不好拿捏？群狼环伺之下，四叔周季璠却向周濂月施以援手，他承诺会替周濂月铺路，叫他继续进行学业，之后保他进家族企业工作，并且保全该属于周浠的那一份资产。

在周濂月大学毕业之后，他更是替周濂月张罗，与朱家小姐朱瑟琳搭上关系。

而周濂月也没让周季璠失望，步步为营、各个击破，将周家老大和老二这两支，以及连带的其他股东收拾得服服帖帖，让周季璠一跃而成了周家的独裁者。

谁承想，这几年周家内部倒是太平了，可借了朱家之势的周濂月，却已隐隐地开始架空他的权力，明里暗里地压了他一头。周季璠每每有机会便会敲打周濂月两句，试图将手里的缰绳牵得更紧些。

可周濂月从来不是走狗，周季璠这些年，分明是在养虎为患。

周季璠丢手一掷，那汤匙一下砸进瓷碗里，甜汤溅出来，他冷笑一声："抬出朱家压我？往后朱家要是犯了事，第一个要除的就是你！"

周濂月神情懒懒的，语气平淡，只说："四叔还有别的什么教诲？"

周季璠睨他一眼，冷声道："朱瑟琳是不会跟你计较，你逾矩太过，以为朱家的其他人不会出手？周濂月，你可真长出息了，就为了一个女人……"

周濂月笑了一声："我当年既然能为了周浠答应替四叔做牛做马，现在又为什么不能为了另一个女人？"

没给周季璠再度开口的机会，周濂月抬腕看了看手表，站起身："四叔还是好好养病，否则我劳心替你们挣的，还不够你生病这一下股价跌的。往后对我的决策有什么质疑，建议走董事会的流程。至于私事，恕我不必对任何人交代——四叔早些休息，赶明儿我再叫人给您送点儿燕窝过来。"

他转身，听见身后周季璠有几分气急败坏的声音："有你登高跌重的时候！"

他懒得回应，外强中干的人才需要这么虚张声势。

南笳在《津港十三日》的戏份杀青，紧跟着便开始马不停蹄地投入《灰雀》的路演。

《灰雀》首周票房即破五亿，业内分析最终票房落点能在十五亿到十八亿之间。《灰雀》投资不到一个亿，又是悬疑故事片，这成绩已然超额完成任务。

下午，周濂月在办公室里看文件，许助敲门进来，说公司包了场，准备支持一下自家投资的电影，问周濂月去不去。

周濂月头也没抬："你是不是觉得我很闲？"

许助笑笑："那我顺便跟您请示个事。我今天能提前下班吗？我女朋友还没看过包场电影，我想带她一块儿去。"

周濂月抬头，盯着他。这人二十四小时待命，还能有时间找女朋友?

许助笑说："您今晚没应酬，也用不着我。"

"……"周濂月终究允了，摆摆手，叫他赶紧滚吧。

公司只在大项目前后需要加班，平日里倒一直是正常下班的。今儿周五，又有电影包场，下班时间一到，不到一刻钟，整层写字楼的人走得干干净净。

周濂月点了支烟，站起身，走到窗边去。离公司不远处就有一个购物广场，位于第七层的影院占了楼体一块巨幅的广告牌，那上面的地面广告，正是《灰雀》的海报，隔了一段距离，人物的面容已不大能看得清了。

周濂月给行政拨了一个内线电话，所幸人还没走。

他委托行政帮忙再订一场，午夜的。

离开公司后，周濂月去了周浠那儿。两人一块儿吃了晚饭，再一起到书房里，周浠听广播剧，周濂月拿笔记本看邮件。

桌面忽地一震，周濂月推了推眼镜，抬眼一看，是周浠的手机进来了电话。

周浠条件反射地拿起了手机，按侧旁的电源键拒接了。

周濂月问："谁打的？怎么不接？"

"不知道……不用管……"

没一会儿，手机又振动了一声，周浠又快速拒接了。

周濂月站起身，走到她身边去："我看看。"

"真的没谁……"周浠将手机往身后藏。

"是不是骚扰电话？"周濂月的语气陡然严肃了几分。

周浠太了解在涉及她安全的问题上，周濂月有多强势，最终，还是将手机递给了周濂月。

周濂月翻开，往下一滑，一排的未接来电，全是苏星予的。

周濂月严肃问道："他在骚扰你？"

“没有！不是的……”周浠垂下头，“是我……两周前，有天晚上没忍住给他打了一个电话，接通之后我也不知道说什么，持续了十秒不到就挂断了。他可能是担心我，所以……但我一直没接。”

周濂月一时没作声。

周浠轻声说：“哥，对不起……”

周濂月摇头：“我以为你早放下他了。”

“你做不到的事，我当然也做不到。不然我们怎么是一个妈生的呢？”她倒把自己给说笑了。

周濂月拍拍她的手背：“走吧，换衣服出门。”

“去哪儿？”

“出去逛逛。看午夜场电影。”

“好呀！”周浠的情绪转换比谁都快，一下便从椅子上弹起来，朝外喊，“甄姐！甄姐！帮我换衣服！”

周浠在购物广场的地下一楼逛了一圈，一路没停过嘴，不是章鱼丸子就是芝士奶盖。

周濂月跟着她，只管埋单，毕生的耐心都耗在这上面了。

周浠对周围人的视线很敏感，但凡觉察到有人在打量她的义眼，她就会偏一下头，冲人家笑一笑。

在一家彩妆店门口，有个女生观察了周浠好久，鼓足勇气上来问她，眼睛是假的吗，还是戴的美瞳?

周浠笑说：“假的。好看吗？”

“好看，像那种BJD娃娃的眼睛。”

…………

周濂月也不打断，耐心地站在周浠身后，任她们进行一些他完全听不懂的交谈。

那女生的好奇心在得到满足之后，终于走了。

周濂月带着周浠乘电梯上七楼，坐等电影开场。

在影院大厅里，周浠又要了一桶爆米花。周濂月很疑惑：“还能吃得下？”

“爆米花是另外的胃。”没听见周濂月有回应，周浠笑说，“看来你已经老了，跟我有代沟了。”

进了影院，坐下好一会儿，周浠都没听见有人进来，便问：“包场？”

“嗯。”

“哦，”周浠笑眯眯的，“是早就包好了呗，我才是你临时起意带出来的。”

周濂月拍了她脑袋一下。

很快，银幕上开始播放正片前面的贴片广告，几分钟后，灯灭了，闪出龙标。

电影和电视剧不大一样，经由对话交代的信息没那么满，周浠单凭声音，很难完全听懂。

但她没出声问，因为觉察到，自南笳出场开始，周濂月就变得很沉默。

电影里的南笳，声音和平常不大一样，为了贴和角色，更低沉沙哑和萎靡，有种沙砾的质感。周浠甚至没有第一耳就听出来，是感觉到身边周濂月的情绪氛围陡然变了，她才反应过来。

周濂月跷着腿，身体微微斜靠，一条手臂撑在座椅的扶手上。

他第一次完整了解了这个故事。

电影里，那个热带的边陲小城，处处都是肥阔高大的植物，沉沉的墨绿色，遮天蔽日。似乎能透过屏幕，闻到一股潮湿的、高度腐烂的气息。

南笳演的姐姐，一出场便在跟妹妹的男友偷情，直到电视里传来新闻，警方在林中发现了一具尸体……

警方随即展开调查，所有线索一度汇聚到了姐姐身上。姐姐却知道真凶就是一直暗恋自己且帮助过自己的小学同学。小学同学的老婆马上就要生了，而姐姐早已对生活失去了热情，就自杀顶了罪。

也就是周濂月那时候去探班，看见的那一幕。

南笳坐在窗台上，独自陈词，最后一侧身从打开的窗户倒了下去。这一幕没有音乐，寂静得可怕，只有那窗户上贴着的塑料纸，哗哗作响。

电影镜头中的画面，比起现场所见，更有一种叫人血液冰冷的肃杀感。

周濂月不由自主地摘下眼镜，微微闭了闭眼，揉了揉眉心。

几乎难以自控。想到那时候他坐在车里，而她坐在他怀里流泪。

过了好一会儿，周濂月才戴上眼镜，继续看。

妹妹不相信姐姐是凶手，极力主张继续调查，最后查到了真凶身上，也得知了更不为人知的往事：读初中时，继父曾对姐姐进行了长达两年的性侵。

真凶，也即姐姐的小学同学是唯一隐约知道这件事的人，他曾在当年拿一块砖头，将继父砸得头破血流。

前一阵，真凶怀孕的老婆在夜宵摊上被人性骚扰，骚扰者正是继父。真凶被新仇旧恨促使，顺走了水果摊上的水果刀，尾随撒尿的继父进了树林，趁其不备，将其捅死，后藏匿了凶器，抹除了痕迹……

而妹妹也终于明白，为什么姐姐始终与她关系疏离，甚至下手抢走她的男朋友，因为，继父最初想要下手的目标，实际是妹妹。

是姐姐，顶替了她噩梦般的人生。

最后，真凶伏法。

妹妹去给父亲和姐姐扫墓，回去的时候，她一路穿过似乎没有终点的热带丛林。

镜头闪回到小时候，两个天真烂漫的小女孩儿，穿着碎花裙在丛林里飞奔，大点儿的那个小女孩儿停了下来，拉着小的蹲下，往草地上瞧。

"这儿有只鸟！"

"它好像受伤了……"

"我们把它带回去吧。"

"它是什么鸟？"

"不知道……它翅膀是灰色的，就叫它灰雀吧……"

银幕一黑。片刻后，奏起片尾的音乐，曲调沉郁而忧伤。

周濂月没有说话，也没有动弹。想到那时候关姐跟他说，南笳去面试女二号，称这角色非她莫属。得知真相后的此刻，他终于理解了为什么。

只有南笳，才能明白这角色黑暗晦涩的一生。

所以她说，活着就是一次一次的死亡，不得解脱，死亡的无限循环。而他，甚至也做了一回，逼得她再"死"一次的人。

手背上传来温热的触感，周濂月回神，意识到是周浠的手。

"……怎么？"周濂月哑声问。

周浠侧着头，"看"他："哥，我们可能永远只做对的事吗？就像，我知道不该打给苏星予，却还是会打给他。人有时候就是会脆弱、会孤单，会觉得，活着无非也就是这样，没什么意思。”

“……你想说什么？”

周浠笑笑：“我想告诉你，我知道你为周家这么卖命，都是你觉得亏欠我。但是，没有必要。就像，救不活那只灰雀，不是姐姐的错……我眼睛失明，也不是你的错。”

周濂月不作声。周浠握住他的手：“这句话，我一直想告诉你。我们两个，你才是那个不能坦然面对我失明这件事的人。他们都误解你，但我知道你其实是一个很温柔的人。但是……但是我不想这样了，我不需要你继续把我当作你的责任。因为你的责任，你过度的担心，也在反过来束缚我。我一直都很不开心，我宁愿自由地走在街上，哪怕突遭横祸，那也是我的命运。我爱上谁，被谁伤害，那也是我的命运。不要试图拯救我了……”

周濂月缓缓地呼出一口气：“……抱歉。我不是一个好兄长。”

周浠摇头：“你很好。你只是不自由。而你的不自由，是我带给你的……”

“别这么说。”

影院灯亮了起来，周濂月眯了眯眼睛。兄妹两人仍旧坐在原处，银幕上的演职员名单尚在滚动。沉默许久，周浠问：“哥，你在想什么？”

周濂月看着她，片刻后，认真地问：“你考虑过吗？很有可能，你会失去现在的生活。”

“什么生活？饭来张口衣来伸手的这种？”周浠笑，“不至于的吧，再不济，你也去出道好不好啊，你这张脸就能值一个亿。”

周濂月：“……”

周浠耸耸肩：“没所谓的。大不了，我求南笳姐姐包养好了。你要不要也去？”

周濂月彻底无语。周浠笑出声，站起身，将周濂月的手腕一牵：“走吧走吧。我不会管你了，我要给苏星予打电话了。”

/ 第十五章 /

温柔的网

南笳和瞿子墨再次相见，是在北城青年艺术电影节的开幕式上。

瞿子墨真给她带了草莓，拿个隔热盒装好了，里面放了几个冰袋保鲜，在休息室里，亲手交给了她。他跟她说，这是那草莓园里最后收获的一批了，这电影节再晚一周办，恐怕就彻底过季了。

南笳完全受宠若惊。

打开隔热盒，冰袋只化了一半，那么娇弱的草莓，一路坐飞机颠簸过来，一颗也没破。

南笳笑说："等我换身衣服就来尝尝。"

她刚才跟瞿子墨一块儿走了红毯。

借《灰雀》刚刚上映的东风，她演的女二号好评如潮，有个本土的设计师品牌主动联系工作室借出高定礼服。那么挑人的明黄色，南笳完全撑住了。

红毯之后就是影片展演，有个主创的座谈会议。南笳一身礼服裙不便行动，另换了一身烟灰色的宽松西装，内搭白色 T 恤，唯一的首饰是单边佩戴的流线型耳饰。

她换好衣服再进了瞿子墨的休息室，他也另换了一套西装，不同于走红毯那一身的精致考究，这一身就显得休闲许多。

瞿子墨瞧了南笳一眼就笑了，因为很巧，两人的第二套都是灰色。

南笳在椅子上坐下，问瞿子墨："草莓洗过了吗？"

"刚才没有，但现在洗过了。"

南笳打开那隔热盒一看，里面的冰袋都扔掉了，草莓单独装在了一只干净的保鲜袋里，沾着水，梗和叶子都已摘掉。

南笳笑说："你还蛮会使唤助理的。"

"不是。"瞿子墨的手臂往她座椅的椅背上撑了一下，笑说，"我自己洗的。"

南笳的动作顿了一下，笑了笑说："谢谢师哥，真是有点儿受宠若惊了。"

瞿子墨不回应她的客套话，只伸手从保鲜袋里拿了个草莓，自己尝了尝："去做飞行嘉宾的事，考虑好了吗？"

南笳说："问过我经纪人了，她说可以。"

关姐的原话是，瞿子墨这人业内风评一贯不错，为人比较低调，对电影艺术这块的追求也很纯粹，和她的发展方向是一致的。因此不管是工作上还是私底下，和他多接触也没什么坏处。

南笳笑问她，不怕有人带风向炒恋情?

关姐说，真炒恋情，一定是女方受益更多，瞿子墨的经纪团队不会坐视不管的。

眼下，瞿子墨笑说："那我就回复我经纪人，叫节目组跟你联系敲定合同的事。可不能变卦啊，再有三周就开始录了，再要临时换人就来不及了。"

南笳笑说："不会的。"

周濂月在北城青年艺术电影节主办方的官方嘉宾邀请之列。

请业内投资人、制片人过去观影，是因为主办方希望参展的电影和电影人，能够被主流看到，以获得更多资金方面的扶持。

周濂月的行程很满，只排出了半天不到的时间。

他去的时候红毯已经结束了，正要开始为期两天的短片单元的展演。

展演的每一天，都有数十场的主创座谈会。

周濂月恰好赶上了南笳他们那一场。他被主办方的工作人员带入放映厅时，《苦芦苇》已经播放了两分钟了。

女主角刚跟楼下的记者认识，银幕里，女人的一张脸憔悴又死气沉沉，但在和记者对视的一霎，眼里情欲暗涌。

十几分钟的篇幅，不够故事充分展开，两幕过后，女人就和记者上床了。分明没有任何过分裸露的镜头，一场床戏却叫人面红耳赤，像是沉于水底的两个人，互相过渡氧气，又掠夺氧气，直至共赴死亡。

南笳在这戏里没有任何的偶像包袱，溺于情爱时微微的面目扭曲，以及其他发自本能的反应，原始而不加任何修饰。

周濂月跷腿斜坐在放映厅的最后一排，一条手臂抵在扶手上，撑住了脑袋，另一只手里，颠倒着把玩一只银色打火机。

全程面无表情。

为一个虚构的故事里，虚构的人物发生的虚构的情节而过分觉得如鲠在喉，实在不是理性人的做法。可他仍不免想到在这之前，只有他见过她的这一面。

短片十五分钟左右，女人被家庭和婚姻所束缚时的行尸走肉和与记者偷情时的活色生香不断地交替、对比。

谁都对这不道德语境下的女人，产生了怜惜之感。这就是文艺作品的魔力，以最低限度的杀伤力，探讨最复杂的人性。

而后，到了结尾处，揭露那所谓的活色生香不过是女人的一场幻觉时，在场的几乎所有人都倒吸一口凉气。

结局，记者走了。女人趴在锈蚀的防盗网上，抬头看着灰暗的天空，镜头定格于一双虽然活的，但已经死亡的眼睛。

然后画面渐黑。简短的片尾字幕之后，灯亮起来，主持人请上了《苦芦苇》的主创团队。

周濂月稍稍坐正了些。

南笳和片中饰演记者的瞿子墨坐在一起，两人都穿一身灰色。

主持人明显也留意到了这一点，专门问南笳，是不是商量好了的。

南笳接过麦克风笑说："不是。纯属巧合。"

主持人笑说："那也可见你们两位的默契了——"

到观众提问环节，有人问南笳拍摄的时候哪一场戏让她最难忘。

南笳拿起话筒笑说："我最难忘的那场戏严导删了，成片没有。按照原剧本，最后有一场投河的戏……太冷了，你们想象一下，十一月下旬的天气——

还是南方。”

观众都笑出来。

有人顺势问严导：“为什么删掉了投河的戏？”

严导说：“从艺术和主题两方面来看，这个桥段都太浪漫、太轻佻，经不起审视。”

“严导认为死亡很浪漫？”

严导笑说：“这位观众看得出来还很年轻，是大学生吧？觉得死亡不浪漫，很沉重，也是一件好事。”

有人提问瞿子墨：“还会考虑跟南笳老师再合作吗？”

瞿子墨笑说：“那肯定的。”

“想要合作什么题材呢？”

瞿子墨作沉吟状：“爱情片。民国的那种，硝烟烽火，家国天下，儿女情长……你们懂吧？”

大家纷纷笑了。

如上这些，周濂月都似听非听。直到座谈会将结束，主持人让主创的各位互相评价，周濂月才稍稍提起精神。

看见南笳转头看向了瞿子墨，笑说：“瞿老师是个很表里如一的人，和他合作我很放松。我有些时候比较执拗和要强，尤其是专业领域，所以我在片场很少会有被照顾的感觉，但瞿老师会给我这种感觉。”

瞿子墨插话：“毕竟是同门师兄妹，照顾应该的……”

周濂月起身，转身从一旁的退场出口走了。

穿过走廊，他去洗手间里点了支烟，也没抽两口，就草草地摁灭了。

八月上旬，南笳留出两天的档期，去录瞿子墨的那档综艺。

录制地点当然不在瞿子墨的草莓园，而是距离东城一百多公里的一座海岛上。碧海蓝天，花木扶疏，安静避世，物产丰富又民风淳朴。

唯一的缺点就是晒。

主打休闲的慢综艺，每期的飞行嘉宾都需要跟邀请他的常驻嘉宾一起，负责当天晚上大家的晚餐，要求必须有一样食材是自己劳动所得。

南笳是个只会泡泡面的人，于是提议瞿子墨负责做饭和搞定其他食材，她来负责“劳动所得”的这样食材。

三小时后，南笳拎着一条大鱼回到录制小屋，瞿子墨都惊呆了，笑问她：“你从集装箱里出来的，怎么一股鱼腥味？”

南笳闻了闻肩膀处，笑说：“我去换身衣服。”

南笳回房间洗了个澡，换了一身衣服，回到厨房里帮忙干活儿。

瞿子墨问她：“鱼怎么来的？自己钓的吗？”

南笳笑说：“节目组故意想引导我去叉鱼，或者掰石头捡螃蟹。我钻了一下规则的漏洞，去码头帮一个大婶搬鱼送货，挣了三十块钱。鱼是拿钱买的。也算是劳动所得吧？”

瞿子墨看她一眼，笑说：“你就真的没有一点儿偶像包袱吗？”

南笳耸耸肩。

一会儿，有个节目组的工作人员过来说，由于南笳买的鱼不算是直接的劳动所得，所以晚餐必须亲手完成至少一个菜。

南笳说：“……你们针对我。”

工作人员笑嘻嘻的：“没有，我们一视同仁的。”

瞿子墨问她：“一点儿都不会做饭？”

“一点儿都不会，只包过饺子……”南笳骤然顿了一下，晃了晃神，又赶紧去翻装食材的袋子，“我看看我能不能现学一个。”

瞿子墨笑说：“韭菜炒鸡蛋吧，我教你，翻车概率很小。”

在瞿大厨的手把手指点之下，南笳亲自动手做的第一道菜勉强没翻车。

晚餐的主菜是酸菜鱼，还有四五道小菜、一个甜汤，都是瞿子墨做的，手艺叫人赞不绝口。

吃完饭，是自由活动时间，南笳则去帮着瞿子墨洗碗。

瞿子墨笑说：“说是休闲综艺，结果你今天来光干活儿了。”

“明天还跟今天一样？那我可要提前跑路了。”

瞿子墨笑出声。

收拾完厨房，瞿子墨邀请南笳去海边逛逛。

夜里凉快下来，空气里有一股咸潮的海水气息。

他们在小屋后方的船坞附近发现一架秋千，两人坐上去，瞿子墨蹬着地，慢慢地使秋千荡起来。他转头看着南笳，收敛了平日有些过分打趣的态度，问她："你会觉得，现在的生活是你想要的吗？"

"工作吗，还是……"

"都有。"

南笳沉默一霎："是我想要的。但偶尔会觉得没有真实感。"

瞿子墨笑问："因为还没适应公众人物的身份？"

"不……不是。"南笳一时怔怔的，"我说不好……可能有时候太过于习惯从一些痛苦中汲取养分，而当远离了某种痛苦之后，会觉得不够真实。就像严导说的，她会觉得死亡有时候过于浪漫而轻佻。其实过分沉溺痛苦，也是一种轻佻。我现在在避免这种轻佻，但没有找到另外一种落地的路径……就有种，不上不下的感觉。"

瞿子墨看着她："生活的主基调，不该是痛苦的吧？"

"……嗯。是的。"南笳笑了一下，从一时的恍惚中回神，"确实。以痛苦为主基调的人生，是有些病态。"

"倒不是病态的问题，而是……"瞿子墨也词穷了。他只觉得南笳或许是个很复杂的人，但没想过，或许她远比他以为的更复杂。

南笳别过头去，朝着远处看了会儿，忽说："你闻到烧烤的烟味了吗？他们是不是准备吃烧烤？！"

南笳从秋千上下来："走吧，去看看。"

瞿子墨跟在南笳身后。他有一种隐约的直觉，最可能靠近她内心的那一瞬间，已经在他刚刚未经思考而随意做出的回应中，悄悄溜走了。

第二天的活动，是乘船出海，玩一些水上项目。南笳照旧活跃，不管玩什么都有两把刷子。

瞿子墨跟她玩了会儿浮潜，两人上来后趴在栈桥上呼吸新鲜空气。

瞿子墨问她："你不会从小就生活在海边吧？"

"不是。"南笳笑说，"初中那会儿暗恋过学校游泳队的一个男生，为了他学的游泳，后来跟家长去旅游，就会尝试玩各种水上项目。"

瞿子墨笑着说："你这段截出来要上热搜了。热搜词条我都替你想好了，# 南笳 初恋 #，怎么样？"

南笳哈哈大笑："你负责买哦？"

两天的录制结束，大家乘船回到东城。

瞿子墨邀请南笳去吃火锅，说来都来了。南笳就让小覃将下午的机票往后改签了三个小时。

等吃完火锅，瞿子墨亲自安排商务车，送南笳去机场。

天已经黑了。

瞿子墨转头看着南笳，她抱着手臂，看着窗外，路灯的光一时明一时暗，照在她脸上。那灯光好像她这个人，当她在明媚笑着的时候，去窥探她的眼底，总能捕捉到幽暗的情绪。

到了机场，小覃先下去帮忙拿行李箱。南笳要起身，瞿子墨伸手，按了她手臂一下。

南笳便还是坐着，转头看他。

瞿子墨笑问："这两天玩得还算开心？"

"开心。就是晒黑了，回去怕得被我经纪人骂。"

瞿子墨笑了一声，又倏然地沉默下去，看着南笳："还能再见面吗？"

"有机会合作……"

"不是。不是说工作。南笳你这么聪明，你知道我说什么。"

南笳一时沉默。

瞿子墨看她的目光很深。这是一个真诚的人，南笳也就真诚地回答："我们有时候很渴望去了解一个人，但也许足够了解的时候，就是幻灭的开始。"

瞿子墨微微挑了挑眉，轻笑说："我觉得我还不至于是这种狭隘的人。或者，你愿意给我了解你的机会？"

南笳轻声说："我在试图过很正常的生活……有些事应该怎么做，实话说我也不知道。"

"正常的生活……是什么意思？"

南笳轻笑一声，摇了摇头："……随口一说。"

瞿子墨问："如果下次我去北城，约你出来吃饭，你会答应吗？"

“我会考虑。”

瞿子墨笑：“那就够了。”

南笳整个夏天的行程，安排得几乎没有什么间隙。录完综艺，又拍广告……紧跟着是《灰雀》的庆功酒会。

《灰雀》虽未下档，但最终票房已然定型，增量有限。

在酒会上，南笳再度见着周濂月。去之前她就问过关姐，知道周濂月也会去。

灯火煌煌的大厅里，周濂月与制片人柳总、何导他们站在一块儿，只在谈话的间隙里看了她一眼，微微颔了颔首。

南笳也回以同样的招呼。

南笳与共演的梁司月等几个演员一块儿喝酒聊天，大约晚上八点半的时候，她接到了瞿子墨打来的电话。

瞿子墨来北城了，邀请她出去吃夜宵去。南笳看着这边的社交其实差不多了，于是打了声招呼，去了趟洗手间，然后直接乘电梯去了地下车库。

她给小覃打电话，询问车停在哪儿，沿路找过去，却在前面不远处看见了周濂月的车。

他正拉开车门，准备上车。他也看见她了，顿了一下，先将后座车门摔上了。

南笳走过去，嗅到了淡淡的烟味和酒味。

周濂月白色衬衫领口的扣子解开了，有两分凌乱的禁欲感，在车库冷白的灯光下，他整个人苍白而清癯。他瞧着她，目光幽深，似乎无甚意味。

南笳无端地呼吸放轻了一霎。

周濂月语气很淡：“这就走了？”

“嗯……有点儿事。”

“去哪儿？送你一程。”

南笳指了指后方：“小覃在车上等我。”

周濂月便不再说什么。

南笳笑说：“那我走了。”

他只是淡淡地点了点头，然后伸手，拉开了车门。

周濂月在车里抽完了一支烟，才让司机出发。

在停车场的出口，恰又跟南笳的车碰上。她坐的那辆车正好就在他前面，驶出出口之后，拐了个弯，去往跟他不同的方向。

凌晨，周濂月闭眼躺在公寓沙发上，关了灯，只开着电视，拿随便一部电影当作背景音，试图酝酿一些睡意。

微信响了一声。他顿了一会儿才拿起来看，是屈明城发给他的。明显看热闹不嫌事大的心理——是条微博。

有狗仔放出偷拍。模糊的画面里，南笳没穿着在酒会上的那身衣服，换成了自己日常的装束，黑色 T 恤黑色长裤，戴一顶黑色的渔夫帽。身旁的瞿子墨从衣服到帽子，几乎也是同样的款式和同样的颜色。

瞿子墨和南笳同乘一辆商务车，一起进了某小区。

足足三个小时之后，两人才又一起从小区大门出来，乘同一辆车离开了，之后去了哪里，不得而知。

周濂月入睡极其困难，但医生劝诫他，最好不要过度依赖药物。运动、热水澡或者白噪声，都可帮助入睡。他在做这些无聊又无效的尝试，但结果往往是直到凌晨两三点依然保持清醒。

周濂月从沙发上爬起来，起身去往卧室，从床边柜子的抽屉里，拿出药瓶，倒了两粒在手心里。他动作一顿，片刻后，将两粒药又倒回去，旋紧了瓶盖，“啪”的一声丢了回去。

他转身，进衣帽间，换了身衣服，拿上车钥匙，出门。

开出地下车库，又过了好一会儿，周濂月才意识到，自己正在往南笳的住处开。

他单手掌着方向盘，另一只手去拿烟盒，面无表情地抖出一支，在点烟器里点燃了。

窗户半开，盛夏的风携带着一股燥热的温度。烟灰被吹卷着落在衬衫上，他也懒得去掸。

约莫半小时，他到了南笳住的小区门口。将车靠边停下，他的手臂撑在车窗上，转头去看窗外，自楼间的缝隙越过去，能看见南笳所住的那栋楼。

凌晨两点，那一栋尚有几扇窗户亮着灯，可隔得太远，具体的楼层，已分辨不清了。

心中只觉得极其荒谬，可他仍然遥遥地看着那栋楼，直到接连不断地抽完了两支烟，方才熄灭了烟，关窗，折返。

南笳还没睡。

作为东道主，将瞿子墨送到酒店楼下之后，她就回自己的住处了。

南笳给陈田田打了个电话。陈田田也没睡，又逢彭泽通宵夜班，就打了车，来南笳这儿留宿。

一进门，陈田田就笑说："稀奇。跟野男人这么早就结束了？"

南笳已经知道了狗仔偷拍的事，正在跟关姐沟通解释："根本不是这么回事。就跟人一块儿去严导那儿吃了个夜宵。即便是，三小时，掐头去尾的，够做什么？"

"三小时还不够……不是，你以前跟别人都是几小时起步的？"

南笳笑着抄起抱枕砸了陈田田一下。

陈田田见茶几上有酒，自己给自己倒了一杯，兑了点儿软饮，从冰桶里夹了两块冰，丢入杯中："喊我过来想聊点儿什么？"

南笳端着酒杯，看她："问你个问题。"

"问。"

"你觉得，正常的爱情是什么？"

"你先定义一下正常的爱情。"

"就……你为什么愿意嫁给彭泽？他对你很好，你跟他在一块儿很放松，还是你俩有同样的发展目标？"

"这些都有吧。"陈田田沉吟片刻，"我还真没细想过。非要说的话，最让我觉得没法儿离开他的原因，可能是因为，我可以肆无忌惮地在他面前哭。"

"你也可以在我面前哭啊。"

"那不一样。有些事，其实还是没法儿跟你说的……你认同吗？友情和亲情，多少还是有界限的，可能在界限内，我能跟你说。超过这个界限，我能倾诉的对象就只剩下彭泽了。而且有时候哭的原因莫名其妙，比如我在那儿写稿，外接键盘卡了，我能因为这点儿小事突然爆发。要当时你在那儿，我可能就忍下来了。但彭泽在的时候，我就会跟疯了一样，突然爆哭……”

南笳陷入沉思。

陈田田打量着她：“跟你传绯闻的这男的，是你的新情况？”

“算是吧。”

“进展怎么样了？”

南笳耸耸肩：“如果是用西方文化去定义的话，可能处在约会这个阶段。我比较难判断，我对他有没有那种超越友情的感觉。但我觉得，他应该可以将我带入一段正常的感情。”

陈田田笑了一声：“如果说，你的正常是相对于之前跟周濂月的那种……那谁都可以。但如果你指的是我跟彭泽……不是，我俩根本不是什么模范范本。世界上哪有绝对正常的爱情？比如说开放关系，你觉得正常吗？但假如关系中的两人都觉得 OK，那也没问题。”

南笳点了点头，但没作声。

陈田田看着她：“我怎么觉得你似乎有点儿迷茫？”

南笳的身体往下溜，她躺了下来，枕在陈田田的腿上：“我觉得现在的一切都有点儿轻飘飘的。像是气球，不知道会飞到哪儿去。”

“是不是一夜爆红综合征？”陈田田笑说。

“可能吧。我其实只享受在电影院里完整看到自己成片的那一瞬间，对我而言，出现在片尾演职员名单里，已经是最高荣誉了。后续附带的名气、财富这些，我觉得很虚，没什么感觉。”

“您这是真正艺术家的心态，属于是脱离低级趣味了。”

南笳笑出声。她承认田田说得对，友情是有边界的。

比如她从来没告诉过陈田田邵从安的事，此刻也自然无法告诉她，对邵从安的恨可以说是支撑她这些年非要争一口气的执念，现在周濂月把人送进去了，她却有一种无端的空虚感。

而这空虚甚至没法儿对其他人说，除了……除了周濂月——

周濂月用帮她报仇雪恨的这个行为，把这件事，变成了只有他们两人共享回忆的闭环。周濂月对她的影响太深了，她意识到，即便那是坏的。

就像喝下高浓度的烈酒，需要一个周期，酒精才会彻底代谢掉。而在此期间，醉酒后的断片、宿醉后的头痛和空虚、对酗酒行为的自厌……都要一一经历过，才会痊愈。

周濂月是在清早去往公司的车上，再度收到了屈明城发来的消息。

还是条微博，南笳转发的严岷君发布的内容。

一张照片，严岷君、南笳和瞿子墨三人的合影。

严岷君的配文是：昨晚和我的男、女主角小酌，聊剧本。

而南笳用开玩笑的口吻转发：差点儿喝光严导珍藏的八二年的拉菲。

屈明城发短信说：这回是虚惊一场，下回就不一定了。

周濂月面无表情地点进了右上角的操作菜单。

片刻后，屈明城直接发来了手机短信：你拉黑我？

周濂月直接将手机锁屏。片刻后，他又拿出手机，给解文山拨了个电话，约定过两天要去他那儿一趟。

这天晚上，周濂月下班后去了周浠那儿。

果不其然，苏星予也在。

他俩坐在客厅里，似乎是在讨论莫扎特和肖邦的区别，苏星予正在拉琴给周浠做讲解。周浠先听见了脚步声，苏星予顺着她转过头，跟周濂月打了声招呼。

周濂月应了声，先去洗手间洗手。

——那天，苏星予半夜接到了周浠的电话，第二天早上天不亮就跑来了。当天更是直接给周濂月打了个电话，请他晚上过来一趟，要跟他当面“谈判”。

见了面，苏星予便说，周濂月怀疑他，没关系，派人二十四小时盯着他，也没关系，只要同意他跟周浠在一起。

苏星予这近一年的时间，在国外进修、演出……看着倒是比之前沉稳多了。

他带了个皮箱子过来，一打开，往地上一倒，跟赌气似的。

一箱子全是乐谱的手稿。

他说，都是半夜睡不着觉，想着周浠时写的。

年轻人抒发感情的方式，总是肉麻又直接。周濂月看着站在身边的周浠，她那表情就像是要哭了，搞得他跟拆散罗密欧和朱丽叶的暴君似的。他哭笑不得，原本有几句走过场的叮嘱，也就算了。

随她吧。

自那以后，苏星予只要没有演出和课程，都会往这儿跑，有时候也会带着周浠一块儿出去听剧。

周濂月都睁一只眼闭一只眼了。

吃过饭，周濂月回楼上自己的房间，整理了一些陈年的文件——他不在这儿住，但时不时会将一些略显敏感的文件带回来保存。

下楼时，他准备找苏星予说件事。

没看见客厅里有人，周濂月往书房方向走了几步，朝半开的门里瞥了一眼，又顿下了脚步——两人在窗户那儿，苏星予背向而立，几乎将周浠的身影整个都挡住了，周浠的两只手则紧紧攥着他的衣袖。

周濂月眉头一跳，心情复杂极了。

周叔琮去世那会儿，周浠才九岁。可以说，他这个做兄长的，基本也就等同于半个父亲。

没哪个“父亲”亲眼撞见这幕不觉得五味杂陈。

周濂月转身，脚步轻缓地离开了。

算了。

过了两天，周濂月去了解文山那儿一趟。

傍晚时分，夕阳晚照橙红的光扑了一地，空气热度不减，半刻即能使人闷出一身的薄汗。

周濂月推开门，冷气扑面而来，夹杂一股沉绵的檀香味。

解文山笑着迎上来打了招呼，叫周濂月去茶室坐着，自己则走到门口去，将“正在营业”的牌子翻了过来，变成“暂停营业”。

周濂月早注意到了，每回他过来，但凡要留得久一些，解文山都会这么做。这也是为什么，在解文山生病那次之前，南笳从没在书店里碰见过周濂月。她碰见的只有不明原因的“暂停营业”。

解文山烧了水，习惯性地要为周濂月泡一杯龙井。周濂月却指了指那小柜子里的一盒碧螺春，叫他泡那个。

解文山觉得疑惑，但也没多问什么。

沸热的茶水，尚不能入口。

周濂月一进门就留意到，书店里跟平日不一样，很乱，地上、架子上，全都堆放着书籍。

他透过缭绕的茶烟瞥了一眼，问解文山：“清理库存？”

解文山说：“我重新分了类，打算全部整理整理，书太多了，有时候我自个儿都找不着。”

“这么多书，也不找个人帮您。”

解文山笑了说：“我反正也没事，自己慢慢来就成，整理也是种乐趣。”

“别累着。注意身体。”

周濂月端起茶杯喝了一口，往斜前方堆叠得满满当当的储藏室里看了一眼，顿了顿，又眯眼细看了片刻。他冲着里面微扬了一下下巴：“那几个纸箱子，是南笳的？”

“哦，是她寄存在我这儿的——我都快忘了，昨儿也没细看，以为是自己进货的书，开了一个，才想起来。”

“什么东西？”

“说是书、CD 什么的。”

周濂月顿了顿：“我能瞧瞧吗？”

解文山神色为难。

周濂月起身：“她要是怪罪，您就说是我执意要看的。”

走进储藏室，周濂月将解文山误开的那只纸箱搬了出来，将一旁的展示桌拂开了一角，把纸箱子搡上去。他挽起衣袖，打开箱子，随意拿了两本书出来。

果不其然，都是和上回在医院里，南笳交由解文山带回来的那本书一样的调性，很文艺、很小众。随意翻开，发现书里面夹了一张纸，他顿了顿，才拿起来看。不算是书信，而是类似这本书的推荐语。

他瞟到最后面看了一眼，落款处是一个“叶”字。

纸上的内容很简短：南笳，这本书适合雨天的时候看，我建议你坐到窗户边上，最好是能看见高楼和天空的地方。是个有点儿沉闷的故事，但看完倒不觉得沉重。不开心没关系，不开心不是原罪。

周濂月换了一本，翻开，里面同样也有一张纸，边缘有不规则的锯齿，像是随意从某个本子上扯下来的：南笳，这本书适合星期一看。体验书里上班族于琐碎中崩溃的生活，然后去花店看看，给自己买束花吧。

再拿起一本，翻开，文字写在一张购物小票的背后：南笳，这本书，当你深夜睡不着的时候，拿出来看吧。有时候距离入睡只需要一场大哭。

一整个箱子，几乎每一本书、每一张 CD，叶洗都写了这样或长或短的留言，有时候是正经的信纸，有时候是背面写满了音符的稿纸，有时候干脆是一张 KFC 的面巾纸。

晴天、阴天、落日的时候，坐地铁的时候，在便利店吃关东煮的时候，在学校天台吹风的时候……它们无声地存在在那儿，像是一位兄长琐碎而周全的唠叨，涵盖了一个人几乎所能经历的任何场合、任何时段，好像生怕在留言没有提及的某个时刻，她就会不告而别。

像是织起一张网，温柔地包裹住了彼时那个女孩儿破碎的灵魂。

周濂月沉默良久。他合上最后一本书，放回到纸箱子里去，搬起纸箱，仍旧放进储藏室里。他推了推眼镜，起身走去小厨房的洗手台那儿，拧开水龙头，洗了洗手，片刻后，又将眼镜摘下，洗了一把脸。

坐回到茶室的藤椅上，周濂月已然恢复平静。他端起茶杯喝了一口，茶汤只剩下温热的温度。

“拜托您一件事。”周濂月开口。

“你说。”

“我知道您人脉广，想请您帮我打听一个人的下落。”

“还能有你都找不到的人？”

周濂月点点头，片刻，问解文山有没有笔。

解文山找来一支钢笔和一个记事本，递给周濂月。

周濂月揭开笔帽，写了个名字。

解文山看了一眼："你指个方向，这人我最好从哪个方面去打听？"

周濂月又在纸上写下一个名字："这人您认识吧？他多半知道。"

解文山点头。

周濂月低声说："这事，还请您替我保密。"

"放心。我一定尽力替你办到。"

"谢谢。"

解文山看了他一眼："这人对你很重要？"

"对我不重要，对朱家很重要。抓张底牌，以防万一。"

"……是准备，制衡朱家？"

周濂月摇了摇头，平声说："您说得对，面子里子，总不能两样都想要。"

解文山一震："你是为了……"

周濂月点点头。

解文山一时诧异得哑口无言，片刻才说："我没想到……"

周濂月淡淡地说："我确实跟周叔琮一脉相承，您这话也不假。"

一脉相承的偏执。

两人一时沉默。

解文山想到了周濂月第一次来找他的时候。那时候周濂月直接推门进来，解文山在柜台后算账，随意地招呼了一声，叫他自己慢慢瞧。可抬头看了一眼，却登时愣住。

周濂月的目光也扫过来，无波无澜的，却意味极深。问他："您收徒吗？"

解文山几乎想也没想就答应了。

那之后，周濂月就常来跟他习字，聊的话题都似很浅，每一句却都似乎在试探，比如问他怎么单独一人看店，妻儿何在，等等。

两人都晓得对方是什么人，但都不点破。

解文山一直不明白，周濂月为何要来找他。现在，他终于忍不住问出口。

周濂月说："我想瞧瞧，当年放弃我母亲，让她痛苦一辈子的人，是什么样的。"

语气只是平静的陈述，倒也无所谓轻蔑。

解文山却只觉像是挨了一闷棍，脑中嗡嗡作响。

周濂月瞥了解文山一眼，不再说话。

这也是个警醒，让他不要重蹈解文山的覆辙。

他或多或少理解了南笳对叶洗的感情，通过那一箱子的书。

可他注定成为不了同样的人。不求回报，不想独占。什么屁话？

只不过说明那并不是爱。

爱怎么可能不伴有丑陋的嫉妒心和肮脏的独占欲。

/ 第十六章 /

野兔

十一月的温哥华，连续的阴雨绵绵，总让人想到同属于温带海洋性气候的伦敦。周濂月在伦敦生活过很久，来温哥华的次数却不多，每一次基本都与朱家的婚丧嫁娶有关。

抵达位于肖内西的朱家宅邸，已过了下午两点，而朱瑟琳还未起床。菲佣告知周濂月，昨晚家里办派对，大家凌晨三四点才散，朱瑟琳天亮时才睡。

菲佣的言语间有想要周濂月规劝朱瑟琳的意思，仿佛他这个一年到头都不曾出面一次的人，才是具有实质话语权的人。

周濂月请菲佣煎了一份牛排，就着黑咖啡草草地解决了午餐问题。

他坐在客厅沙发上，拿起茶几上的英文报纸，随意翻了会儿。

听见下楼的脚步声，他转头去瞥了一眼。朱瑟琳穿着长款睡袍，一头乱发，神形萎靡，宿醉后的脸比死尸还要苍白。

朱瑟琳打了个呵欠，注意到坐在沙发上的人，脚步不停：“早。”

周濂月语气平平：“下午好。”

朱瑟琳往客厅的座钟瞥了一眼，走到了周濂月对面的沙发上坐下，双腿往茶几上一搭，叫菲佣帮她冲一杯咖啡。

她拉紧了睡袍的领子，歪靠在沙发上，那颓靡的神情，仿佛是挨不住宿醉的后遗症。她又打了个呵欠：“你怎么过来了？难道我睡着的时候，我们家里又死了谁？”

周濂月点了支烟，紧接着自一旁的公文包里掏出几份文件，往朱瑟琳面前一扔：“看看。条件不满意可以商量。”

朱瑟琳瞥了瞥文件的标题，无甚意味地笑了一声，弯腰拿起文件，仍旧歪靠着，打着呵欠翻看，那上面周濂月已经都签过字了：“……蛮慷慨的。我没什么意见啊，只要你能说服我大哥。”

周濂月平声说：“当然。这是我下一步要做的事。”

菲佣端上咖啡，朱瑟琳的双腿从茶几上放了下来，端起咖啡啜饮一口，抬眼打量着周濂月：“我听说你为了一个女人违约，还把合作伙伴送进了看守所——我还以为是人家开玩笑。”

周濂月掀了掀眼皮，没做回应。

“是什么样的女人？”朱瑟琳笑问。

周濂月的语气很淡：“我以为不过问私事是我们心照不宣的规矩。”

朱瑟琳夸张地耸耸肩：“仅仅只是好奇，OK？你不要反应过度。”

此时又传来脚步声。二楼中庭平台那儿，出现一个金发蓝眼的年轻男人，只穿了一条内裤，有一身结实的腱子肉。他双臂靠在栏杆上，轻佻地吹了声口哨：“瑟琳，come up here（过来）！”

朱瑟琳冲他一个飞吻，说随后就到。

她将杯中咖啡饮尽，又打量了周濂月片刻。

两人是纯粹的利益联结。当时只在温哥华举办了一场宴会，邀请了圈内的故旧亲朋。而在宴会举办之前，两人甚至都没见过面。

即便如此，朱家仍然用一系列苛刻的合约，将周濂月切实地绑在了朱家这条船上。周濂月要想“弃船”基本不可能，除了断尾求生。

当晚，酒会一结束，朱瑟琳就离开了。她当然不是有意“羞辱”，但这行为无疑直接踩了周濂月的尊严：面子上总得敷衍一下吧？

后来，朱瑟琳跟周濂月接触过后，渐渐了解他并非攀附朱家的草包凤凰男。他年纪轻轻却极有城府，行事老辣又兼有怀柔之策，朱家这些年在商业领域蒸蒸日上，他是绝对的肱股之臣。

朱瑟琳是肉食系，一贯的口味是美貌无脑的肌肉男，但吃多了，偶尔也会觉得腻，想换换口味。

那时是还未去世的二哥举办婚礼，周濂月来参加了。

朱瑟琳夜里进了周濂月的房间。

周濂月显然知道她要做什么，不作声，不阻止，半靠在床头，嘴里衔着烟，目光幽深地瞧着她。她走到床边，伸手去碰他的脸，却被他一把攥住，随即被他掼倒在床上。她仰视着他，笑了一声，心道这人的表现和平常一贯斯文冷淡的派头全然不同，很是新鲜，让人惊喜。

她瞧着周濂月伸臂过来，闭了闭眼。

然而她预期中的事情并没有发生。他不过是伸臂，将烟摁灭在了烟灰缸里，而后便站起身，淡淡地说："你身上有股烂苹果味。"

语气无所谓轻蔑，可居高临下的目光里，讥讽和不屑格外昭彰。

她只觉得热血往上涌，整张脸烧得通红。

彻彻底底的羞辱——那是对她那时当面给他难堪的"礼尚往来"。

后来，朱瑟琳就不再招惹周濂月了，只与他维持最低限度的表面关系。

她承认自己一开始小瞧了他，或许，整个朱家的人都小瞧了他。

朱瑟琳将桌面上的几份协议书抄起来，站起身，平静地说："我大哥一同意，我就签字。"

周濂月无可无不可地"嗯"了一声。

朱瑟琳走到他身边，顿了顿，俯身，将他衣领一揪，凑近，似玩笑又似认真地提醒："我大哥可不是那么好说话的人，小心他杀了你哦。"

她松了手，直起身，朝楼梯走去。

周濂月面无表情地伸手，掸了掸领口。

朱瑟琳有两个哥哥，二哥游手好闲，去年夏天因滥用药物而去世，对外宣称是发生了车祸。大哥朱凯文，在上一辈退居二线之后，就成了朱家商业帝国的实际掌舵者，一个看似和善，实则老谋深算的笑面虎。和他相比，四叔周季璠的那点儿伎俩都不值一提。

朱凯文人不在国内，也不在加拿大，此时正在欧洲某国自己租赁的旧庄园里。每年这时候，朱凯文都会陪同妻子和孩子度假，骑马、猎鹿和滑雪，直到圣诞节过完了才会回去。

朱凯文的两个孩子，一男一女，大的是男孩儿，十三四岁，小的是女孩儿，八九岁。

在教练的陪同下，他们正要出门去骑马。两人都穿着马术服，女孩儿手里提着一篮苹果，预备到时候去喂马。

周濂月乘坐一部黑色宾利，抵达庄园门口，将下车时，许助却出声："周总！"

周濂月顿了顿，瞧着他。

许助鲜少置喙周濂月的决定，今天是例外，他难掩担忧，劝道："您真打算跟朱总交涉？这是朱家地盘，您一旦进去……"说是龙潭虎穴不为过。

周濂月只说："后面该怎么样，你只管照我说的去做。"

许助说："我们的退路您都安排好了，可……"

周濂月的语气淡淡的："你的职责就是听命令。别废话了。"说罢，他拉开了车门。

两个孩子看到了周濂月，都顿了顿，大的那个先打招呼："周叔叔。"小的紧跟着同样地喊了一声。

周濂月也同他们打了招呼。

小孩儿的行为最能反映家长的意志，前些年，朱凯文的长子见着周濂月，直接将人当空气似的，连个正眼也无。这两年，已然会恭恭敬敬地称呼一声"周叔叔"。

周濂月和朱凯文会面之后，后者知道他的来意，却并不着急进入正题。这晚他邀请周濂月留宿庄园，晚餐是户外烧烤，重头戏是一头新猎的野鹿。

朱凯文的女儿头戴一顶带鹿角的可爱毛线帽，然而分食撒了粗盐的鹿肉，却不亦乐乎。

第二天，朱凯文邀请周濂月去湖上钓鱼。

一条白色的船，泊在木头栈道的尽头，管家过来帮忙解了绳，朱凯文和周濂月一人执一桨，拨动碧蓝清澈的湖水，缓缓地朝湖中心荡去。

天空一碧如洗，风虽有些寒凉，却也叫人觉得有几分惬意。湖面倒映水色，近处虽有微微的涟漪荡开，远处却显得平静极了。

朱凯文笑说："我记得你大学时候是学校赛艇队的？"

"是。"

“成绩如何？”

“起起伏伏，什么名次都得过。”

“几人协作，想必齐心协力不简单。”

周濂月瞥了朱凯文一眼，笑说：“目标一致就简单了。”

朱凯文笑了一声，将这话题不着痕迹地揭过去：“再往中间去点儿，难得今儿天气好得很。”

周濂月朝着朱凯文所指示的方向运桨，等靠近了，他瞧见那里的水面上漂了个网球大小的红球，那球由一根鱼线牵着，另一头应该是牵了重物，沉在水底，使得球虽然随水流摆动，但总归只在一定区域内浮动，不会漂得太远。

做什么用的？定位？周濂月心里一凛，面上倒仍是平静得很。

朱凯文笑说：“就停这儿吧，这位置鱼容易上钩。”

他们将船上的铅球推入水底，使船保持在相对静止的状态，然后开始用手竿打窝。

两人各坐于小船的一端，给钓竿上了饵，扔出去，静等鱼上钩。

钓鱼和聊天都是一样，比谁更能沉得住气。显然，这方面周濂月并不逊于朱凯文。

朱凯文先开口，笑说：“那时候父亲不同意你和瑟琳的事，我却极力促成，相信你这人非池中物。结果证明，我没看错人。”

周濂月平声说：“朱总谬赞了。”

“太把女人当回事，就成不了事，对瑟琳是这样，对其他女人也是这样。”

周濂月笑说：“朱总婚姻美满，儿女双全，这话可不算有说服力。”

朱凯文也笑：“到你这年纪，也是该开始考虑子嗣的问题了。周家的继承人由谁所出，这事全由你自己做主。不管谁所出，只要是你的孩子，也就是我们朱家的小辈。”

意思再浅显不过：随他在外头有谁，这根本不是个事。唯独，和朱家的这一层联结关系不可破。

周濂月笑说：“朱总也是有孩子的人，自然明白，为父母的，就想给孩子一个名正言顺的前程。”

朱凯文眯了眯眼，打量他，恰逢湖上来了一阵风，吹得小船晃了起来。

朱凯文笑了一声："老周，你可坐稳当了，别叫这船翻了。"

周濂月说："稳当得紧。"两人沉默少顷，周濂月出声道，"朱家现在全由朱总一力支撑，不管我与瑟琳关系如何，朱总但有需要，我一样鞠躬尽瘁。"

朱凯文明显不以为然："你说，为什么历史上的封建王朝笼络番邦，要送公主和亲？中国人，骨子里便讲究名正言顺的一家人。一家人，关上门好说话，平日里出了什么事，排起序来，也得讲究个亲疏远近。"

朱凯文一顿，扬了扬下巴："老周，你鱼漂动了。"

周濂月摇动滑轮收线，正当此刻，"砰"的一声！

自湖边的那密林深处传来，声音震响，惊得树林上空扑簌簌地飞出来一群慌不择路的鸟。

是枪响。

钓竿一轻，鱼也跑了。

朱凯文笑了一声："怕是哪个员工在林子里猎兔子。要过冬了，这一阵老有些不怕死的野兔子，到这附近来吃草。我闺女养的家兔都还不够吃的。"

他说着话，打量着周濂月。

哪知对方神色半点儿未改，仍是那副叫人捉摸不透的平静模样。

周濂月松了鱼竿，也不急着再去放饵，只搁在一旁，笑了一声："可惜这鱼。"他推了推眼镜，笑说，"还是叫人谨慎些。急了别说兔子，谁都敢咬人，无差别攻击，误伤就不好了。"

朱凯文笑了一声，没接这话。他有点儿瞧不出此刻周濂月是真的不慌神，还是虚张声势。

周濂月说："先不说这些扫兴的了，有桩喜事，同朱总汇报。"

"什么喜事？"

"我知道，朱总一直在暗地里找一个人。那人我替朱总找着了。"

朱凯文目光一凛。

周濂月自防风外套的口袋里摸出张照片，递给朱凯文："您瞧瞧，是这人吗？"

朱凯文接过照片，瞅了一眼，手指暗暗地攥紧了照片的一角："这人在哪儿？”

“我想，朱总花了这么大力气大海捞针，这人必然很重要，若是叫对朱家别有用心的人截和就不好了，所以我叫人把人保护了起来，绝对安全。没我的指点，谁也找不着，朱总大可以放心。”

朱凯文一时间心里转了千百个念头，最后仍是笑出声：“老周你有心了。”

这人以前是朱凯文的秘书，后来犯了事。他求朱凯文保下自己，朱凯文却没有答应。

他明白自己成了弃子。一个知道了太多秘密的弃子，是没有好下场的。好在他一直留了心眼，在朱凯文没有第一时间给他肯定回答的时候，就立即启动了 B 计划，拿着伪造的护照，连夜去了东南亚，紧跟着周转了好几个国家，彻底在这世界上蒸发了。

周濂月也并没有把握一定能找到朱凯文的秘书，这事花了他足足三个月的时间。他委托解文山联系到了秘书离境之前最后联系的人——跟朱家有所嫌隙的孙家，方才得知，秘书在国外还联系过孙家的人一次，显然是想靠出卖朱凯文的秘密获得庇佑。

但孙家并不敢。他们只是朱家生意上的竞争对手，且只是单一领域的。论体量论背景，要跟朱家抗衡，无异于蚍蜉撼树。且巨人倒下的时候，怕是要顺带压死一群小鬼。所以，要真拿着这把柄去要挟朱家，最后死的还不一定是谁。

因此，周濂月联系他们的时候，他们索性顺水推舟地将这烫手山芋丢了出去，周濂月是要彻底解决这人，还是要拿他去狗咬狗，那都不关他们孙家的事了。

朱凯文收了鱼竿，笑说：“既然天气正好，我们不如回去，开一瓶酒，好好聊聊这事？”

周濂月笑说：“朱总是主人。客随主便——走吧，我帮朱总把这船一起划回去。”

船回到栈桥，管家过来，牵绳拴在了木桩上。

周濂月和朱凯文有说有笑地提着渔具进了库房，放了东西，各自回房，换衣服。

在自己的房间里，周濂月脱衣服时才觉察到自己一背的冷汗。

在湖上，朱凯文的话里每一句都暗藏杀机，方才他真的是动念要铲除异己吗？

不知道。是与不是，都只在朱凯文的一念之间。

周濂月换了衣服，到花园去。

朱凯文开了瓶香槟，给两人各倒了一杯。他在藤椅上坐下，两腿交叠着搭在藤编的圆桌上，笑说："合同拿来瞧瞧吧——我想，你应该是有备而来的。"

周濂月将合同文件丢过去。

朱凯文咬着雪茄，翻了翻："哟，很有诚意。"

周濂月平静地说："倒也无妨跟朱总推心置腹，虽然朱总多半不信。我这么做真的就只为了跟瑟琳解除关系。"

朱凯文挑了挑眉："倒是我把简单的问题想复杂了？"

"非要这么说的话，是。"

朱凯文这人有一个优点，面对能叫他心悦诚服的人，他不会再使什么阴招，会很乐意跟人坐在棋盘两端一较高下。周濂月也算是他看着一路成长过来的，这人一开始做事就颇有大将之风，那时他尚且受到朱家老爷子的掣肘，老二吃喝嫖赌不成气候，老三瑟琳女流之辈又只顾情情爱爱的，更扶不上墙。

有了周濂月，他仿佛得了左膀右臂，花了不到三年的时间，就把老爷子逼退二线，自己成了掌舵之人。这样的人，是自己人还好说，倘若成了敌人……但周濂月能神不知鬼不觉地抓住朱家软肋，扳回一局，这是他的本事，朱凯文心服口服——也不得不服。

朱凯文笑说："赶明儿，我一定要会一会那位把你逼到这份儿上的女士。"

周濂月笑说："但愿有这个机会。"

周濂月在朱凯文的庄园里又停留了一宿，次日早上离开。

当天晚上，朱瑟琳那头便签了协议。

许助和周濂月碰头，当下长舒一口气。他说："周总，昨天我好像隐约听见了枪声。"

周濂月语气淡淡的："什么枪声？开香槟的声音。"

许助将信将疑，却也不多问，只报告正事："周季璠董事已经知道了您要跟朱家对抗的事，希望您赶紧回国，跟他汇报。”

周濂月语气不善：“告诉他，我的私事犯不着跟他汇报。”

许助点头，又说：“对了，还有件事，我擅自做主了。”

周濂月瞥他一眼：“你先说说。”

许助说：“我没订今晚的机票。”

“你最好给我一个合理的解释。”

许助笑说：“我帮您买了明天上午去巴黎的机票。”

周濂月一顿，许助知道他已经明白了，笑说：“南小姐明天早上抵达巴黎，参加时装周的活动。”

周濂月说：“奖金照扣。”

许助：“……”

南笳第一次参加时尚活动，关姐很重视，怕小覃一个人照顾不过来，又安排了第二个助理。南笳开玩笑说，这样发展下去，很快吃饭都不用自己拿筷子了。

颠簸了十几个小时抵达巴黎，那儿的气候让南笳久违地感觉到像是一猛子扎进了南方的冬天，湿冷，黏糊。都说巴黎是浪漫之都，南笳只感觉到冷，丝毫没有浪漫。

他们下榻于丽兹酒店，抵达后第一天的工作，就是拍照。

拍完室外拍室内，工作室从几百张里面挑出来九张精修，发在微博，收获一堆赞美和营销号发布的比美帖。

瞿子墨是次日抵达的。他没有接受品牌方或者杂志的邀请，过来这趟也不是为了看秀，纯粹的私人行程——换言之，陪南笳。

瞿子墨录完那综艺之后，趁着热度又接了两个广告，自称整年的 KPI（关键绩效指标）已经完成，经纪人再逼他他就要彻底罢工了。

这两三个月的时间，南笳和瞿子墨的互动没有特别避嫌。瞿子墨的经纪团队有点儿不高兴，毕竟南笳人气再火也是个新人，多少有点儿蹭影帝热度的嫌疑。但瞿子墨的态度是千金难买我乐意，他俩又不是走粉丝经济那一挂的，别老把饭圈术语挂在嘴上。

两人屡次被拍到一起吃火锅，在日本逛展，或者同游迪士尼乐园。大家都在问是不是在一起了，两人的微博维持一贯低调的风格，从未针对此事发表过任何回应。

几天的活动结束，南笳没有立即让小覃帮忙订回国的机票，而是打算先跟瞿子墨一道去一趟威尼斯。

瞿子墨是在威尼斯电影节上获得了自己的影帝奖杯，威尼斯对他而言是福地，他因此想带南笳去看看。

瞿子墨自费，和南笳住在同一家酒店。

在巴黎的最后一天，南笳和瞿子墨去酒店的酒吧小酌。整体棕黄色色调的小酒馆，里面有灰绿色的古董皮椅、小小的一个吧台和展示柜，墙上挂着多幅黑白照片。

两人在吧台前坐下，南笳打量着那些照片，瞿子墨问她想喝点儿什么。

南笳犹豫。

瞿子墨笑说："不知道点什么那就点血腥玛丽吧。"

"有什么说法吗？"

"你进门时没注意？有个牌子的，这里叫海明威酒吧。"

南笳愣了一下，难怪墙上挂着海明威的照片。

瞿子墨说："当时，为了不让海明威的妻子玛丽闻出来他喝了酒，酒保用番茄汁和伏特加专门调制了一款鸡尾酒，也就是血腥玛丽。"

南笳笑说："我以为跟那个英国女王有关。"

瞿子墨笑说："尝尝这儿原汁原味的？"

南笳摇头："……不太喜欢酒里有番茄汁。"

她顿了顿，第一时间想到的是自由古巴——朗姆酒加可乐。然而，她最终说："……那就尝尝吧。"

瞿子墨则点了马蒂尼，据说是二战时期海明威带火的酒，南笳笑称海明威真是鸡尾酒届的带货王。

两人碰杯，南笳的脑中无端有个声音：敬海明威。

喝着酒，两人闲聊。瞿子墨问南笳，有没有什么地方，相对她而言是福地，就像威尼斯之于他。

南笳笑说："这个问题，得等我得了影后才能回答你。"

"那你下次进组什么时候？"

"还不知道。最近在跟我经纪人一起挑本子，目前没看到特别好的。实在不行可能先去演个配角，主角人设好的好本子实在太少了，可遇不可求。"

瞿子墨笑说："你心态真的很稳重。我当年在你这个阶段，比你浮躁多了，天天就想着赶紧证明自己。而且我这人天赋不大行，瓶颈过好长一段时间。"

南笳说："因为你家庭环境好，成长也很顺利，有退路，就会有心理缓冲区，天然会缺少一种真实的求生欲和挣扎感。"

瞿子墨愣了一下："……这个道理，我是花了四五年时间才想通的。"

南笳笑说："旁观者清吧？我看过你早期的电影，蛮明显的，你驾驭不了那种天生缺乏安全感的角色。在严导的戏里你突破很大，完全是打碎了重塑的状态，得奖实至名归。"

瞿子墨看着南笳，一时没说话。

每次稍微涉及深入的话题，南笳总能两句话就能点透他的内心。

他时常觉得自己在南笳眼里就是一盒敞开的糖果，什么颜色对应什么味道，一清二楚。但相应地，他却似乎怎么也看不透她，好像他们之间，始终是隔了一层雾蒙蒙的毛玻璃。

这时候，南笳的手机振动了一下。她拿出来看了一眼，是国内北城的一个座机号码。

很意外，接通后，那头是周浠的声音："……是笳笳吗？"

南笳愣了一下："是我。有什么事吗浠浠？"

"想拜托你一件事……跟我哥有关。"

南笳瞥了瞿子墨一眼，对周浠说："稍等，我去安静点儿的地方跟你说。"她从吧台凳上下来，跟瞿子墨打了声招呼，便转身走出了酒吧。

到走廊里，南笳再度出声："浠浠？还在吗？"

"在的……笳笳，你现在是在欧洲吗？"

"在巴黎。"

"太好了。能不能拜托你去 S 国一趟，我哥在那儿……他受伤了。"

南笳一怔："……他怎么了？"

"前……不对，大前天早上，我哥他们开车去机场的路上发生了车祸……"周浠有些咬牙切齿的意思，"我猜肯定是人为的，说不定是四叔，也说不定是朱家的人干的。"

南笳心脏微悬："那他……现在怎么样了？"

"我不知道。我哥说没什么大碍，他的助理伤得比较严重。但我不知道是不是我哥为了不让我担心，故意轻描淡写……"

"你自己……不方便去吗？"

"我现在跟苏星予和他的父母待在一起，我哥嘱咐过，没他的吩咐，我最好不要擅自去任何地方。笳笳，你是除了我哥、苏星予，我唯一可以信任的人了……我让苏星予把地址发给你，求你去看看情况好不好？"

周浠的声音里带着哭腔。南笳知道，周浠万万不会拿周濂月的安危开玩笑。

她略微思索，便说："我知道了……后面是打这个电话，还是打你的手机？"

"打这个吧，这是苏星予家的座机，二十四小时都有人接的。"

"好。浠浠你先别着急，保重好自己。"

挂断电话后，南笳没立即回酒吧，而是先给小覃打了个微信语音，询问她S国是不是申根国。

小覃告诉她是的。

万幸万幸。

没一会儿，微信上苏星予发来好友申请。南笳通过后，苏星予发来一个地址，南笳复制之后在谷歌地图里搜了搜，地点在S国R城偏远郊区的一个庄园。

她把地址转发给了小覃，请她帮忙看看，怎么去这里最快最方便。

等做完这些，她缓缓地呼了口气。而后点开通讯录，滑到最后，在"周"那一行上停留了片刻，拨出去。机械的女声提示对方手机已关机，南笳切断通话，锁了手机，回到酒吧。

瞿子墨觉察到南笳的情绪有几分凝重，忙问："怎么了？"

“抱歉，师哥，我有个朋友出车祸受伤了，他妹妹在国内不放心，委托我去看看情况，我可能没法儿陪你去威尼斯了。”

“去几天？”

“还说不定，不知道那边是什么情况。”

“那这样，我先去威尼斯，我估计会在那儿待上一周左右。你那边忙完了，如果还有时间就过去。”

南笳点头：“谢谢师哥理解。”

瞿子墨笑说：“这么点儿小事，什么理解不理解的。”

南笳无心再喝酒了，她和瞿子墨离开酒吧，各自回到房间。

小覃过来，跟南笳汇报，那庄园离 R 城不算远，城里有机场。但坐飞机要过安检、托运行李，耽误很多时间，反倒是乘高铁比较方便，只要三个小时。到了火车站，再包一辆车过去即可。

这些她来安排。

南笳去收拾行李箱。她收拾到一半，停了下来，又拨了一次电话，依然提示对方关机。过去每一次，只要给周濂月打电话，总能第一时间接通。现在才意识到，他也会有失联的时刻。

她有种惶惶的不安定感。

第二天早上，南笳将暂时用不着的那一箱子行李交由第二个助理小玉先帮忙带回国，她则带着小覃，乘最早一班高铁去 S 国的 R 城。

在火车上，南笳又打了一次电话，这回是通了，但无人接听。

抵达 R 城，去往那庄园的路上，南笳试着给许助打了个电话。

电话倒是终于接通了。许助讲话的声音很虚弱：“……南小姐？”

“你跟周濂月还在 R 城吗？”

“在。”许助像是反应过来，“南小姐你准备过来？”

“我已经过来了，还有……二十公里就到。”

许助仿佛是愣了一下：“我马上告诉周总，然后通知安保放行。南小姐你们车子的车牌号是？”

南笳报了车牌号，许助让他们照着导航开进来，到时候门岗的人查验一下护照就会放行。

周濂月一上午都在做红外理疗，结束后他戴上了颈托，回到自己房间，换下了微微出汗的衬衫。正对着镜子扣扣子，屋内响起一阵很轻的敲门声。

“进来。”

门吱呀轻响。

周濂月问：“这么快就能下地了？”

没听见回答，周濂月疑惑，自半步入式衣帽间走出来，往门口一眺，一下愣住。

不是许助。

/ 第十七章 /

可惜没下雪

来人穿一件浅咖色的羊绒上衣，驼色的大衣挽在手臂间，头发披散着，没有化妆，但仿佛因为赶路赶得急，脸颊上有几分热气蒸出的薄红。

周濂月一时哑然："南……"

南笳看着他："我能进来吗？"

周濂月盯着她，片刻后才点了点头。

南笳走进来，将大衣随手搭在了一旁的沙发椅上："周浠拜托我过来的，她说，不知道你有没有对她瞒报伤情，你……情况还好吗？"

周濂月垂下眼，继续扣扣子："还好。过几天就回国了。"

他戴着颈托，不便低头，意识到有一粒扣岔了，解开，重新去扣。

南笳又往里走了两步，在窗户边上停下。这是一栋都铎复兴风格的建筑，窗户很大，木质的窗棂，将玻璃分割成五横两纵的长方形，透过玻璃，能看见不远处的湖，伸出去的木头栈桥那儿，系了一条白色的小船。

方才进门后，南笳没有看见许助，迎接她的是庄园的女佣，英文很蹩脚，她半天都没听明白。好在下楼来的家庭医生会讲简单的中文，告诉南笳说，许助锁骨骨折，还在卧床；周濂月刚刚做完理疗，应当在自己房间里。

问明白周濂月的房间所在之后，南笳就直接上来了。此刻，南笳的手掌无意识地按在窗台上，看向周濂月："……昨晚给你打过电话，你电话关机了。"

周濂月平淡极了："睡得很早。医生给了安眠药和镇痛剂。"

"所以……"南笳伸手碰了碰自己的脖子。

“颈椎轻微骨裂。”

南笳打量周濂月片刻，她能觉察到，他的情绪似乎有些许的不耐烦。可能她贸然过来，确实唐突了，便说：“你不方便的话，我一会儿就走……”

周濂月烦躁地放弃了跟最后一颗扣子较劲儿，朝着南笳走了过去。他停在她面前，单手抄兜，垂眼看她。

她身上有一股淡淡的热气，混杂清冽的香味，使他不由自主地屏了一下呼吸：“……我知道你在巴黎，没联系你。我不知道周浠会找你。”

南笳微微抿住唇：“抱歉……只是周浠很担心你。”

周濂月迅速问：“那你呢？”

南笳张了张口，但没有出声。

周濂月的声音里似乎带着某种没能克制住的情绪，使他的语气听起来很是冷硬：“我没想到你会来。”

“我说了我确认过你的情况之后马上就可以走……”

“你不明白吗？”周濂月打断她。

南笳怔了一下：“我应该明白什么？”

周濂月有一种自暴自弃感的烦躁：“……我没想让你看见我这样。”

南笳明白了。

周濂月穿着白衬衫和黑色长裤，那衬衫不像平日整齐地扎在皮带里。他脸色苍白，细边镜框后的眼窝微微下陷，整个人显得消瘦极了。或许因为不方便，下巴上冒出一些青色的胡楂儿，没有刮得很干净。相较于她熟悉的那个永远冷静、永远运筹帷幄的周濂月，眼前的人显得很是狼狈。好像，她的突然出现，让他变得更加狼狈。

她没有见过这样的周濂月。

南笳轻缓地呼吸，自踏入这房间的一瞬间起，就有一种不由自己左右的奇怪情绪——微微的失控感。

“这有什么呢……”她轻声说。

周濂月的目光落在她的脸上。这感觉很难形容——在湖上听见枪声的那一刻，那天早上去往机场的路上，大卡车逆向驶来的那一刻，他都不觉得有什么。此刻看着南笳的脸，却有一种很清晰的痛楚。

"南笳。"

南笳轻轻地"嗯"了一声。

周濂月闭了闭眼，像是索性就着这狼狈破罐破摔了，语气说不出的平静："……我已经自由了。"

南笳心中有轻微轰然之声："你受伤就是因为……"

"算是。"

"算是？"

周濂月没有回答她的话。一时间，两人都陷入一种微妙的沉默。

南笳往窗外看。湖边的密林边缘，忽然出现了四个人，像是一对夫妻，带着两个孩子，身上都穿着便于在室外活动的防风衣和长靴。两个孩子手里拿着铲子和银灰色的桶，像是从林中挖了野菜回来。

周濂月退后一步，背靠着窗台，垂眼，再度凝视着眼前的人。

南笳能清晰感知，落在她脸上的目光仿佛有实质之感。

"南笳。"

"……嗯。"

"我没打算在这种情况下跟你说这句话，但现在既然已经见到你了，我想问你。"他顿了一下。

南笳的呼吸像是不由自主地放轻，思绪也骤然一空。

他音色微冷，像今日出门迎面碰上的起雾的清晨："……回到我身边。"

已预感到他会说什么，然而真听见时，南笳依然有一霎恍惚。

是"狼狈"，让周濂月变得跟她认识的他很不一样，好像他甘愿放弃了某种从长计议后的胸有成竹，只遵从自己此刻最真实的心声。以至于，这番话听起来有种微微的急促感。

南笳微微攥紧了手指，没有抬头与他对视，她很害怕看到他的目光是有热度的。

周濂月也不作声，等着她。这十几秒的时间里，有种荒诞的天长地久之感。

南笳轻轻地呼出一口气："抱歉。虽然我是说过，我就要那些不得已……"

"我知道。你笃定我做不到。"

南笳点点头。是，那就是她当时的心态，她太知道自己有多微不足道。

然而，南笳说："但是……"

周濂月的声音听起来平静极了："你直说无妨。"

"……我没法儿答应你。你知道，我们甚至都没有……正常地交流过。"

周濂月轻声地重复："……正常。"他顿了顿，忽低声问，"瞿子墨跟你一块儿来的巴黎？"

"……嗯。"

周濂月的语气，听起来有一种不大自然的平淡之感："你们在一起了？"

"还没有，但是……"

"但是？"周濂月的目光转过来，再度落在她脸上。

她觉得这目光很轻，像一缕薄雾自她的面颊上轻轻拂过。自己的呼吸似乎也变轻了："我也许会想跟他试试。"

"是吗？"周濂月轻声说。

她的手就按在窗台上，离他不过寸许，只要他伸手，轻易就能握住。

然而，他的手抄在裤袋里，极其克制地攥紧了。但他已然很难再去斟酌自己的语气是不是还足够淡定："你真觉得瞿子墨是你当下最好的选择？

南笳没说话。

他再追问一次："你觉得他是吗？是你最好的选择？"

南笳依然不说话。不知道，或者说，她不能肯定。

周濂月的手拿出来，这回连一秒钟都没再犹豫，一把攥住了她搭在窗台上的手。

南笳一下顿住。他的手指微凉，相触的一霎像是往水里通了电。

林中走出来的四人，此时已经走到了一楼的中庭花园。四人中的那个中年男人抬头，似乎注意到了站在窗边的人，抬手，挥了一把。

窗外隐约传来这人带笑的声音："老周，我听说你有客人！"

南笳在此刻飞快地挣开了周濂月的手，后退半步。

周濂月转头看了南笳一眼，目光自她稍稍攥住的手指上掠过。他没再继续方才的话题，向南笳介绍，那是朱凯文一家，庄园的主人。

南笳说："那我下去打声招呼。"

“我换了衣服跟你一起去。”

南笳点头，拿上搭在沙发椅上的外套：“我去门口等你。你自己一个人可以吗？”

周濂月看她：“你要帮我？”

“……”

南笳转身，将出门时，又抬手指了一下，提醒道：“那个，最下面一颗扣子……”

“嗯。”

南笳关上门，背靠着一旁贴了复古花草图案墙布的墙壁，微微仰头，长而缓慢地呼出一口气。

没一会儿，周濂月换好了衣服，打开了门。他在衬衫外套了一件深灰色的毛衣外套，粗针的织法，玳瑁牛角扣，显得很居家休闲。

他下楼梯的动作很慢，被颈托固定的脑袋限制了周濂月的视野。南笳则频频回头探看，生怕他一脚踩空。

他们走到起居室的时候，朱凯文一家也正从工具库房里放了东西过来，四人身上的防风外套沾了林间的雾气，脚上的靴子也带着黛青色苔藓的泥。

周濂月向朱凯文介绍：“朱总，这是南笳。”

朱凯文向南笳伸手，笑说：“久仰久仰，幸会幸会。”

过分夸张的场面话，让南笳有两分尴尬，她与他握手，笑了笑说：“幸会。”

南笳同朱凯文的妻子和孩子，又笼统地打了一声招呼。朱凯文笑着招呼南笳和周濂月坐，吩咐两个孩子将刚采摘来的野菜和松茸送到厨房去，再唤来用人倒茶。

朱凯文几人回房换过衣服之后，再回到起居室，坐下和他们闲聊。

周濂月虽然没有详细介绍朱凯文的身份，但南笳也大致猜到了应当是朱瑟琳那边的人。大约这就是资本家的格局吧，私人关系解除了，照样能以商业伙伴的关系谈笑风生。

南笳瞧得出来朱凯文对自己很感兴趣，这兴趣不带有什么恶意，只是一种单纯的打趣意味。她以前跟类似笑面虎性格的人打过交道，很知道跟他们不必深入交流，不管说什么，顺着他们的意思，三分真七分假，再加两分幽默，话题就很容易推进得下去。

周濂月原本时刻打算救场圆场的，但南笳的表现压根儿用不着他出面，他乐意做个旁观者。

一个有趣的发现：在说场面话这块儿，演技精湛的南笳，和长袖善舞的朱凯文，甚至能打个平手。但他决定，这是第一次，也是最后一次了。她的演技应该留给艺术，不能浪费在这种无聊的地方。

吃饭时，周濂月的盘子放得较远，他捏着餐刀，动作缓慢地切牛排。

虽然是视野不便导致的，但他慢条斯理的动作很容易给人以“优雅、有教养”的感觉。

南笳跟周濂月吃饭的时候多了，知道他平日没这么“拿腔拿调”。

她还是没忍住笑出了声。身体一偏，朝他那边侧了一下，南笳低声问：“我帮你切？”

周濂月转过目光瞥了她一眼，手指一松，放了刀叉。

南笳将他面前的盘子端到了自己面前。

对面的朱凯文不免要打趣两句：“瑟琳要有这份心意，不至于走到今天了。”

南笳问：“瑟琳是？”

“哦，老周没跟你说过？”

“那我知道是谁了。”南笳笑。

周濂月垂下目光去打量南笳，他看不大出来南笳说这句话时的情绪。

南笳切完牛排，递回到周濂月面前。

周濂月说：“谢谢。”

“不用。”她拿餐巾擦了擦手，低头拿起叉子，继续吃东西。

吃完饭，用人将一份提早准备好的病号饭端过来，询问周濂月。

南笳听出来用人讲的是德语，而周濂月也用简短的德语回复。

用人点点头，将餐盘递给了周濂月。

南笳问：“送给许助的？”

“嗯。”

“给我吧。”

周濂月看着她。

“我去探望一下他。”

“……探望他？”

“不可以？”

“……”

南笳从周濂月手里接过盘子，问他：“他住哪儿？”

周濂月无奈地指了指一楼东边：“走廊走到底，右手边。”

到许助房间门口，南笳腾出手敲了敲门。

“请进。”

南笳推门进去，躺在病床上的许助有几分惊讶，笑说：“南小姐？怎么是你来了？”

南笳笑说：“探望一下曾经同病相怜的打工人。”

“……这话就是在嘲讽了。”

“哪有。”

南笳将餐盘放在一旁的桌子上，再去研究许助躺着的床：“能摇起来吗？”

“能，电动的，旁边有个钮，蓝色的，你看看。”

“找到了。”南笳按了一下，上半面床缓缓升起。她又将一旁的小桌板抽出来，调整到合适位置，再端来餐盘。

南笳笑问道：“自己能吃？要不要喂你？”

许助吓坏了，赶紧自己拿起勺子：“能能能！就是慢点儿。”

南笳走过去，将门掩上剩一条缝，走到了床边的沙发椅上坐下，看着许助说：“我有个严肃的问题想问你。”

“南小姐你说。”

“你叫许什么？”

许助愣了一下，这就是严肃的问题？他回道：“许一鸣。”

“哦。好大众，记不住，还是叫你许助吧。”

许助：“……”他严重怀疑这位姐是不是专门来克自己的。

南笳笑了一声：“对了，你先前电话里不是说，会通报周濂月说我过来了吗？我跟他见面时，他的反应可一点儿不像是接到了通报的。”

“是吗？”许助“呵呵”地笑，“我打了电话的，周总没接。真的。”

“不是故意的？”

“哪儿敢啊！”

“你最好不是想搞事。”南笳笑说，“说回正经的，我想问你个事。”

“车祸的事？”

“嗯。”

“周总没告诉你？”

“你还不了解你这位领导的风格。我懒得问他，你跟我说吧——被授权了吗？”

许助笑说：“反正没禁止。”

“那说说吧。”

许助便从头开始叙述。那天早上，他跟周濂月乘车去往R城机场的路上，突逢一辆大卡车逆行。

清晨有雾，能见度低，看见的时候要变道避让已经来不及了。好在司机求生本能激发条件反射，猛朝路边打方向盘，撞倒了围栏，开进了旁边民居的花园里。

许助说：“侥幸没出什么大事。我坐副驾驶，受伤重一点儿。”

“那卡车……”

“开到前方也失控了，撞进了民居的花园。本地交警过来调查，卡车司机醉驾，受伤严重，也先送医院了。别的还在取证。”

“……人为的？”

许助点头，压低了声音：“基本肯定就是周季璠董事——周总的四叔派人干的。因为周总跟朱瑟琳女士成功解除关系，意味着跟朱家也达成了一致。周董用朱家牵制周总的这一步棋基本是废了，后续他的处境可能更加艰难，还不如趁着周总在国外的时候，先下手为强，要回了国内，再想这么安排就不容易了。”许助顿了顿，又补充道，周季璠一开始可能是想先挟制周浠，毕竟人人都知道周浠是周濂月的软肋。

那天晚上许助接到电话，西山别墅那边的安保人员告诉他，有一批可疑的人接近过别墅。

但周濂月早就料到了，提前把周浠送到了苏家。苏星予的父母都是高知，有头有脸的人物，周季璠想要下手，没那么容易。

南笳几乎吸了一口凉气："……我不知道会这么凶险。"

许助脱口而出："还有更凶险的。"

"什么？"

许助犹豫了，似乎不知道该不该说。

南笳笑说："拜托不要吊我胃口，如果这件事真的跟我有关，至少我应该拥有知情权吧。"

许助叹了声气："好吧。"

他朝着南笳勾了一下手，南笳走到床边，他方低声说："前几天周总跟朱总——你应该已经见过他了——去湖上钓鱼，我听到了林子里……有枪声。"

南笳一震，脸色都白了两分："……是法治国家吗？"

"S 国持枪合法，猎枪管制更松。"

"……只是为了跟朱家脱离关系？"

许助说："周总跟朱女士并不具备严格意义的法律上的婚姻关系，不过……周总当年签了不少的协议，利益是跟朱家牢固捆绑的，所以才会这么困难。"

"那代价是？"

"能靠让渡经济利益而获得的妥协，都不算真正的代价——周总说的，钱总能再赚。"

南笳一时间陷入沉默。她直观感觉到自己仍然在抗拒去深层思考，但当事实太过昭彰的时候，她的思考已经不重要了。

许久，南笳方才开口："还有吗？能告诉我的事。"

许助打量她片刻："是还有一件事……"

"什么？"

许助吞吞吐吐的。

南笳开玩笑道："你要不说，我今天就跟你耗在这儿了。"

"……周总立好了遗嘱才来的。"许助眼一闭心一横。

自和许助交谈开始，南笳似乎始终处于诧异而哑然的状态：“……遗嘱内容是？”

“他名下所有的财产，包括不动产投资、基金会的股份、股票、债券和现金等，百分之六十给周浠小姐，剩下的百分之四十……”许助看她。

南笳轻轻咬了一下唇，然而仍觉得不可置信：“……给我？”

许助点头，破除了她的“侥幸”心理：“遗嘱公证过的，只要这趟周总……我就会按照周总的吩咐，回国联系律师，按照遗嘱的内容执行。”

“为什么？”南笳轻声说，像疑问也像感叹。

许助说：“这就要南小姐去问周总了。”他拿勺子舀了一勺鸡肉粥，刚准备送进嘴里，顿了顿，又告诉她，周濂月车祸昏迷后，醒来的第一时间，也是找人确认她在巴黎的安危。

不过现在基本不用担心了，周濂月已经安排了人监视周季璠的行踪。朱凯文还嘲笑周濂月，说他应对朱家那么缜密周全，却能在周季璠这小小的阴沟里翻了船。

南笳自始至终有些恍惚，像在听故事，有种极不真实的感觉。好像是和她无关的事，却又分明因她而起。她以为，她跟周濂月的交集，早在今年夏天就已经彻底结束了。

许助又说：“还有件事，我听来的，但不保真。”

“……你说。”

许助的声音更低：“当年……周总父亲在东南亚出差，自驾回酒店的路上，也是被一辆逆向行驶的卡车给撞下了山崖。”

南笳有种血液逆流、脊背发凉的悚然，她暗暗呼了口气，方才笑说：“……该告诉我的你支支吾吾，不该告诉我的你倒干脆。”

“反正已经这样了，难道南小姐你还想全身而退？”许助笑了一声，像是对她逼他讲了这么多的小小报复，“知道太多秘密，要么被灭口，要么就只能媾和。”

南笳：“……”

他最后这句话扳回一城，神清气爽：“好了，我要先吃饭了，南小姐要不先坐会儿？”

没给南笳再小坐的机会，周濂月过来敲门了。因看见门没关，他直接推开，往房间里瞥了一眼，语气淡淡的：“探个病要这么久？”

南笳别过脸，飞快地收拾好情绪，微微挑了挑眉，轻松地说：“叙旧不行？”但她暂且没去看周濂月。

“你们有什么旧可叙？”

许助赶忙：“没有没有！没有叙旧。南小姐在找我打听这附近有没有商场。”

周濂月用命令的语气道：“好好养病。”

“……好的。”

周濂月的手掌着门把手，看向南笳：“还不走？”

南笳起身，冲许助笑说：“咱们晚点儿再叙旧啊许一鸣。”

许助：“……”你不如直接杀了我吧姐姐。

南笳走出房门，周濂月带上了门。

南笳闻到了烟味，低头看，他手指间夹了一支烟。

她伸手，要去缴他的烟：“病号还是自觉点儿吧。”

周濂月的手臂一抬，躲过了。

南笳顾及他颈椎的伤，不敢去抢。周濂月走近一步，她就不自觉地退后一步，后背抵上了走廊的墙壁。紧跟着他抬手，将香烟的滤嘴递到她嘴边，低声说：“那你替我抽。”

南笳的心脏紧了一下，他微沉的声音像是有种蛊惑的魔力，让她差一点儿就真要张嘴去衔住。

……好险。她伸手轻轻地推了他一下，他轻笑一声，手收回去了。

周濂月也不往前走，就这样站着，她好像被他身上清寒的气息给笼罩住了，有种被逼在墙角无处可逃的错觉。

他低声问：“你们聊了什么？”

“该聊的不该聊的都聊了。”

周濂月瞥了她一眼。

“为什么……”南笳很想笑一声，但没能成功。

周濂月一眼看透她在想什么。他目光幽深，语气却很是平静：“你不必有什么负担。说白了这是我的事，我在挣一个资格，与你无关。”

“什么资格？”

周濂月默了一瞬，垂眸看她：“你觉得呢？”

“追你的资格。”他轻声说。

南笳只觉得心口发胀，片刻后，才叹息似的说：“……代价也太大了。我不觉得自己值得你这么做。”

周濂月没直接回应她的话，沉默了片刻，忽问：“还怕我吗？”

“……怕。另一种性质。”

“什么性质？”

南笳说不出来，她自己都捋不清。她虽然理智，但是不冷血——一个人，为了她放弃两个亿的合作；力排众议把合作伙伴送进监狱；立下遗嘱九死一生，只为换得一个“资格”。

所以她说，周濂月是高浓度的酒精。

半晌，南笳轻声说：“我现在还能再拒绝你吗？是不是拒绝了显得我这人很不识抬举？”

“我说不能，你就不会？”周濂月垂眼看她。

南笳不说话，答案显而易见。

周濂月淡淡地说：“我这人很自私，自认确实一辈子理解不了你所谓的不求回报，不求独占……但如果你觉得瞿子墨好，就去找他。你找谁都无所谓。我这人没道德，你比谁都了解。”

“你……有点儿无耻。”

“是吗？谢谢夸奖。”

南笳叹了声气，伸手，去捉周濂月的手腕，这一回，他没有再躲。

那烟已经烧完了三分之二，她拿过来，抬手，送进自己嘴里。

周濂月没见过比南笳抽烟更性感的女人。没有任何刻意多余的动作，但苍白细长的手指，轻咬着滤嘴微微湿润的浅红色嘴唇，眼底一闪而过的幽寂，都使得她这人看起来那么的厌世而不可得。

南笳轻轻地吐出一个不成形的烟圈，平静地说：“抱歉……我过两天得去威尼斯。瞿子墨在那儿。”

周濂月的声音冷静极了："随意。"

南笳暂且准备在庄园里待上两天，等周濂月的情况稍微好些了，她再出发去威尼斯。

她给周浠打了电话，汇报情况，也让周浠在北城多加小心，非常时期尽量不要出门，一切等周濂月回国了再说。

南笳不喜欢跟朱凯文打交道，但好在他们一家四口不常留在庄园里。

太阳出来的时候，南笳会陪着周濂月去中庭花园里散散步，医生说适量的紫外线有利于骨伤的愈合。

周濂月的计划是，等许助能下地了，就会包一架私人飞机回国，因此他每天都在命令许助好好休息。这搞得许助只想让周濂月抛下他先走得了，让大老板天天等着他，他压力大得要爆炸。

这天早上，周濂月起床，没有看见南笳和小覃。问庄园的女佣，说是两人一块儿出门了；问拿了行李没有，女佣说没注意。

周濂月知道这不是南笳的风格，她要走至少会说一声。但整整一上午，人没回来，打电话也是关机。周濂月烦躁地去找门岗调监控，只拍到她跟小覃坐车离开的画面。

他坐不住了，怕她们出什么意外，准备派人去找的时候，门岗打来内线电话，告诉他人回来了。

周濂月走到大门口，车已经开进了中庭。

车门打开，南笳自后座上下来，一只手里提着两只礼品袋，另一只手里抱着一大束紫色鸢尾花。南笳摔上门，朝他走过来。她穿了条连衣裙，外面罩着黑色的长款羊毛大衣。

周濂月单手抄兜，也朝她走过去："你电话打不通。"

"昨晚插头没插好，没充上电，自动关机了。"

南笳在他面前停下，带着两分气喘吁吁："哦，这个。"

她伸手，将花一把塞进他怀里。周濂月怔了一下。

"你不会自己忘了吧？"南笳笑，"生日快乐。"

周濂月还真忘了。这阵子焦头烂额，唯一能提醒他这件事的许助还躺在病床上。

南笳往屋里看了一眼："他们人不在？"

"去爬山了。"

"晚上会回来吗？"

"不知道。说是可能露营。"

南笳"唉"了一声。

周濂月看她，不解她遗憾什么，他看得出来她一直挺不喜欢朱凯文一家。

南笳朝车那儿扬了扬下巴，小覃也从车上下来了，手里抱着个很大的蛋糕盒子。南笳说："买的是八人份的。不然买小号的早回来了，一上午就在等这个蛋糕。"

"……"

"要不蛋糕晚上吃？万一他们回来呢。"

"随意。"

进了屋，南笳将蛋糕送进厨房，厨师从冰箱里腾出来好些食材，才有空间放下这蛋糕。

她顺道问了一下今天中午的菜谱，南笳揣摩了一下厨师拉丁口音极浓重的英文，猜出来又是什么羊排、牛排没跑了。

她看见桌上放着方才从冰箱里清理出来的新鲜蓝莓，问厨师可不可以吃，得到肯定回答后，自己找了个小号的沙拉碗，清洗之后，把蓝莓端了出去。

周濂月坐在沙发上，南笳走过去，挨着扶手，将沙拉碗递过去："吃吗？"

周濂月瞥了一眼，伸手抓了几个。

"你今天上午做理疗了吗？"

"没有。"

"不用再做了？"

"下午做。"

"那你上午在干吗？"南笳笑说，"我专门趁着你要做理疗的时间出门的。"

周濂月只得语气淡淡地说："……上午在找人。"

"找谁？"片刻后，南笳反应过来，"找我啊？"

她笑了一声："是该跟你打声招呼的。"

"没出意外就行。"

南笳将沙拉碗往他手边又递了一下，确定他不要之后，转身到沙发对面坐下了。

"这里的厨师会做中餐吗？一辈子不想碰牛排了。"

"好像不会。想吃只能自己做。"

南笳像是得到了提示："我会做一道菜，我去问问他们……"

"韭菜炒蛋？"

南笳一下顿住，看着周濂月："不是吧，你还看综艺？"

周濂月的语气平淡极了："可别在我生日时做这么晦气的一道菜。"

"……"

吃过饭，下午时间，周濂月要做理疗，南笳跑去跟许助"叙旧"了一会儿，紧跟着就跑到庭院里晒太阳去了。到傍晚，南笳找到那个女佣，用英语配合翻译软件机翻发音的德语，倒也沟通成功。

女佣带她去了储物间，打开一扇壁橱门，那里面收纳着各种节日风格的装饰品。南笳找到自己想要的东西，紧跟着去了厨房一趟。

周濂月做完理疗出来，没看见南笳。

小覃朝外面指了指："笳姐在栈道那儿，周总你直接过去吧。"

天已经完全黑了。庄园远离城市灯火，到晚上天空黑得很清透，没有光污染造成的雾蒙蒙，星星也低，明亮得触手可及一般。

将走到栈道那儿，周濂月已经看见隐约的烛火。南笳坐在栈道的尽头，背上披了一块披肩，头发被夜风吹乱。许是听见了脚步声，她转头看了一眼。

走到跟前，周濂月才看清楚。木头栈道的地面上铺了一块白色桌布，玻璃罩里圆胖的白色蜡烛在燃烧着，幽幽的火光，在黑夜里显得温暖极了。

桌布上还有两三个竹篮，拿餐布盖住了，里头应该放着食物。另有一只篮子里铺了锡纸，放了冰块，一瓶低度的气泡酒镇在里面。

周濂月的手掌在地上撑了一下，屈腿坐下去。

南笳将竹篮上盖着的餐布一一揭开，拿出餐盘和刀叉。

威灵顿牛排还散发着热气，南笳切了一些，盛装在盘子里，递给周濂月。紧跟着她打开气泡酒，给他这个医生吩咐过暂且禁烟禁酒的病号，倒了很浅的一杯。

南笳自己也倒了一杯，举起来，笑说："生日快乐。"

周濂月看着她，跟她碰了一下杯。

湖上的风吹过来，四下安静极了。

他们吃着东西，随便聊一些很浅的话题。直到吃得差不多了，酒也喝掉半瓶，南笳放了盘子和刀叉："对了。"她转身，将放在角落的两只礼品袋提过来，递给周濂月，"给你的生日礼物。"

"两份？"

"还有去年的。"

周濂月顿了一下，看向她，一时却没有去接。

南笳的语气很平静："去年小覃提醒过你的生日，我那时候在拍戏，整个人都在戏的情绪里，很多外界的事情都没大留心。所以……当是补给你的吧。"

周濂月淡淡地说："我也只给你过了一次生日。"

"可我今年生日，你送了礼物的，对吧？"南笳看着他。

——今年八月二十三日，南笳的生日是跟几个朋友一块儿过的，瞿子墨也在。

生日前后她收到堆积如山的包裹，之后，南笳趁着休息的时候，专门腾出了半天的时间清点。除了朋友们送的，还有很多公关礼包。到最后，剩下一份礼物，是一个法国某小众导演的剧本手稿复印件，附有导演的签名。

这导演是南笳最喜爱的新锐导演之一，出了名的低调，连权威媒体都很难采访到的一个人。

南笳问了一圈，都无人认领。后来她心里浮现一个名字，但出于各种原因，没有去主动确认。

眼下，周濂月点了点头："嗯。"

南笳不由自主地叹了声气。

周濂月看她："怎么了？"

南笳摇摇头："今天你过生日，扫兴的话还是另找个时间再说吧。"

"有什么就直说。"

南笳转头，看向周濂月，除了前天刚碰面时，她猝不及防地出现，使他流露出一些狼狈，大多数时候，他还是像眼前这样，神色平静而目光幽邃。似乎，她想说什么，其实他早就已经知道了。

南笳终究问出来："你是不是，猜到我要说什么了？"

"差不多。再强调一遍你要去威尼斯？"周濂月淡淡地说。

南笳只得说："如果你想听听我的理由……"

"你说。"周濂月微垂着目光，伸手，去口袋里拿出烟和打火机，点燃了一支。

风扑过来，吹得烟灰散落。南笳看着他，没说什么多余的话，仍然很平静："我想说，这不是一道选 A 或者选 B 的单项选择题。我不习惯一场考试没有考完就提前离开考场，所以我会去见瞿子墨，想看看我跟他最后到底能打多少分。但这不意味，不选他，就会……"

"知道。"周濂月亦平静地打断她，"还有吗？"

"还有，你用心地记得我的生日，给我准备独一无二的生日礼物——但我做的，只是对你十分拙劣地模仿。"

周濂月瞥她一眼，不以为然的目光。

南笳继续说："你说不必有压力，但事实很难做到。你做的这些事情，我不知道应该怎样回报。我很感动，你帮我了结了邵从安这件事，那时候我就已经很感动……因为我意识到，我是真的可以重新开始了。可如果仅仅出于感动而答应，首先不是我的性格，其次，好像……出发点跟以前那样的关系，也没有两样。"

周濂月没有作声。

"我想……那也不是你想要的。"南笳裹紧了披肩，"……对不起我脑子很乱。你知道我其实是吃软不吃硬的人，我现在说这些话，都觉得自己确实有些不识抬举了。可是……"

南笳转头，周濂月正看着她，两人一下子视线相对。她也没避开，很真诚地与他对视："可是，一个男人可以为了我连命都不顾，我怎么能只回报以廉价的感动。"

周濂月倒是愣了一下。能猜到她要说什么，但能将拒绝的话说得这么叫人受用，出乎他的意料。

南笳沉默一霎，转头，看向远处沉沉的湖面，再开口时，她的声音已有一种破碎之感：“……然后，就是问题的症结所在。我不是记吃不记打的人，我当然记得你带我去见你的朋友，你去探班，你帮我过生日……但是我也没办法忘记，你对我做的……另外的一些事。我没办法自洽，这与我的价值观和经验相悖，我没办法爱上……给过我伤害感和屈辱感的人……”

话没有说完，周濂月倏然伸手，一把揽住了她的肩膀，使她身体一侧，额头抵在了他的肩头。

南笳听见头顶响起他极沉的声音，带着一种克制的隐痛之感：“……对不起。”

南笳的呼吸起伏不定，心脏被勾连出清晰的钝痛。她嗅到风吹来的烟草的味道，以及他身上熟悉的清冷气息。这种熟悉让她有片刻为自己感到羞愧，因为她更清楚地知道，自己是不排斥的，甚至有一种落定的安全感。

该怎么解释？她总不能说，我这个人莫非真的有斯德哥尔摩综合征倾向？

沉默了好久，她感觉到揽着她肩膀的手微微收紧。周濂月低声说：“你不用急着给出回答，顺其自然就行。做不了的决定就交给时间。”

“那你能接受吗？假如到最后，我还是没办法同等地回应你？”

周濂月静默了一霎：“能。”

南笳闷闷地笑了一声：“你看，这不就是不求回报，不求独占吗？”

真正爱一个人，不会不求回报，不求独占。可也不会只求回报，只求独占。

“……谢谢。”南笳轻声地说。

此外，他们都没再出声。南笳抵靠着周濂月的肩膀，听着湖面上刮起寒凉的风穿过了树林，发出隐隐的啸声。意外地，心里有一种久违的平静。

风渐渐大了起来，南笳背过身去打了一个喷嚏。

周濂月说：“进屋去吧，别感冒了。”

“好。”

南笳将两只礼品袋递到他手里，紧跟着自己蹲下去收拾那些东西。

“放着吧，叫人来收。”

“毕竟是来做客的，给人家添麻烦了不好。”

周濂月顿了顿：“我帮你。”

“不不，你照顾好自己别碰着伤就是帮忙了。”

南笳动作迅速地灭掉了蜡烛，将散落的餐盘、刀叉和杯子一一装进篮子里，再将桌布折叠起来。这么多东西，她一个人拿不下，转头看了看，将两个篮子递给周濂月：“帮我提一下。”

周濂月伸出手，她像往圣诞树上挂东西似的将篮子的提手递到了他手里。南笳自己抱着桌布，提着剩下的东西，跟周濂月一块儿往屋里走去。

朱凯文他们还没回来，那慕斯蛋糕放久了怕是要变得不新鲜，会丧失口感。南笳就提议，不如拿出来跟庄园里的工作人员分了得了。

周濂月没什么意见。

南笳去厨房里将蛋糕拿出来，放在木头的餐桌上，然后去拆开蜡烛的包装。忽地一只手从她肩膀上方伸过来，将蜡烛夺走了。周濂月将蜡烛随意地往桌上一扔，说：“不来这套。”

“不许愿？”

“是谁说的，许的愿最终还是靠自己实现？”

南笳笑了一声。

周濂月、南笳、小覃和许助一人一份蛋糕，剩余的给用人和厨师们分了。

周濂月吃得很勉强，拿叉子象征性地划拉了一下，送进嘴里就算是吃过了。

南笳假装不高兴：“等这么久给你买的。而且我还是明星，需要控制糖分的。”

周濂月看了她一眼，再切下拇指大小的一小牙，以示妥协。

南笳笑出声。

吃完蛋糕，他们坐在起居室的沙发里，泡了一壶红茶。屋子里暖烘烘的，让人昏昏欲睡。

周濂月出声：“明天去威尼斯？”

“嗯。”

“之后呢？”

“之后就直接回国了。后面排了一个广告。你们呢，什么时候回国？”

“过几天。”

南笳没再说什么，点了点头。

又坐了一会儿，周濂月来了个电话，是周浠打来的，周濂月接通后直接按了免提。

周浠道：“哥！生日快乐！”

周濂月说：“你早上就打过一次了——那边几点，你起这么早？”

周浠说：“嘿嘿。想问问你今天生日怎么过的嘛，笳笳在你旁边吗？”

南笳出声：“浠浠。”

周浠笑说：“谢谢你呀笳笳，我哥这人好别扭，特别不爱过生日。”

南笳转头看了看周濂月，他神情淡淡的。

南笳笑了一声：“还行，今天很配合。”

她看见周濂月似乎有一个微微挑眉的动作。

闲聊了一会儿，周浠准备挂了，说等南笳回国之后，请她吃饭。

时间不算早了，南笳准备回屋去收拾行李，这时候屋外传来说话声，是朱凯文一家回来了。他们穿着厚重的防寒服，背着帐篷和鼓鼓囊囊的背包，朱凯文的儿子手里甚至还提了一把军工铲。

周濂月问朱凯文怎么提前回来了，不是说露营吗？

朱凯文笑说：“天气预报说明天可能下雪，怕到时候困在山里头——老周，今儿生日过得可开心？”

周濂月瞥了他一眼，但还是随口应了他的揶揄：“还好。”

寒暄了一阵，散了，各自去收拾。

南笳回到自己房间，将挂在衣柜里的衣服取下来，一一放在床上。

南笳正在叠衣服，响起敲门声。南笳说：“请进。”

门打开，是周濂月。他也不进来，就抱着手臂倚靠着门框，看着她。

南笳转头瞥了一眼：“有什么事吗？”

周濂月没作声，南笳就没再问，只低下头去，继续叠衣服。

静悄悄的，只能听见楼下隐约的说话的声音。

南笳一度怀疑周濂月是不是已经走了，转头看了一眼，他还站在门口。

她心里有种很难形容的微妙的感觉。

南笳将叠好的衣服放进行李箱里，再去收拾零零散散的小物件。

这时候周濂月出声了："走了。好好休息。"

"嗯。"

门合上了，紧跟着是渐渐远去的脚步声。

次日，南笳早早就醒了。

周濂月给她们安排了车，会送她们到 R 城的机场。

在餐厅吃早饭的时候，周濂月自楼上下来了。他穿着居家服，只在外面套了件针织外套。他尚有些困倦的模样，坐下以后，摘下眼镜揉了揉眉心。

南笳问他："没睡好？"

"有点儿。"周濂月没吃东西，只喝了一杯热茶。

南笳吃完早餐，用人也将她房间里的行李箱提了下来。

周濂月将她送到大门口，拉开了车门。

南笳手里拿着围巾和手套，坐上去之后，对他说："挺冷的，你赶紧回屋去。"

周濂月点点头，关上门的最后一瞬，他抬眼看了看天上，淡淡地说："可惜没下雪。"

南笳没听懂。

"一路顺风。"门合上了，周濂月退后一步，单手抄兜，只看了她一眼，紧跟着便转身走了——兴许自尊心不允许他站在这里目送她去找另一个男人。

去往机场的路上，南笳陡然间明白了周濂月最后那句话的意思。

可惜没下雪——不然你就去不了威尼斯了。

瞿子墨在自己下榻的酒店里帮南笳也订好了房间。

第二天一早，两人出发，坐贡多拉，穿行在古老的黄金水道。

天气不大好，南笳笑说："有点儿可惜。"

瞿子墨摇头："你不知道吗，海明威说，只有在冬天才见得到真正的威尼斯。"

南笳一时哑然失笑——又是海明威。

一路坐船，瞿子墨告诉她，自己当年领奖前后的种种。南笳静静地听，也不打断，她微笑地看着瞿子墨，能直观地感觉到，谈起热爱的事业，这个男人身上是有光的。

傍晚，瞿子墨带南笳去了里亚托桥附近的一家小酒馆。

他们进门的时候，云层竟恰好裂开一条缝，漏出一线浅金色的夕阳。

瞿子墨拿出手机拍了张照，笑说今天的微博有的发了。他们在酒馆门口站了一会儿，听风里遥遥的手风琴的声音，待那抹夕阳完全消失，方推门进去。

坐下以后，瞿子墨笑说："当年得奖了，我们就是在这间小酒馆里庆祝的。严导喝醉了，我们还拍了她耍酒疯的照片。"

"是吗？给我看看。"

瞿子墨拿出手机，翻到当时的照片，递给南笳："前后都是，你自己翻。"

南笳翻看着，不禁笑出声，照片里不只严岷君发酒疯，大家都"丑态百出"。

"那年我们都被折磨得够呛，片子又不能上映，要是奖都拿不到，真就是颗粒无收了。"

"幸好幸好。"

他们点了黑麦啤酒、意面和烤肠，一边吃一边聊，话题都很轻松，关于电影，关于未来的工作安排，关于圈子里的趣事。

吃完饭，瞿子墨埋了单。

推开酒馆门出去，外面灯都亮了起来，一条河流被照亮，让南笳想到凡·高的油画。

瞿子墨笑问："走走吧？"

"好呀。"南笳戴上围巾和帽子，两手都抄在羊毛大衣的口袋里，跟瞿子墨肩并肩，无目的地沿着河道往前走。

瞿子墨意外地很沉默。走了很久，他骤然停了下来，停在一盏路灯下："南笳……"

南笳也跟着停下，看他。

瞿子墨呼了一口气："威尼斯是我的福地，我选择这里，也是希望能带给我一些运气。南笳……跟我在一起好不好？"

南笳在瞿子墨停下的一瞬间就已经知道，他会说什么。甚至连"福地"的这个说法，她也已经料想到。

南笳没说话，往前走了一步，双手搭在栏杆上。她往河里看去，上面是一片潋滟摇晃的灯火，漂亮极了："师哥，有些话，我想告诉你……"

"你说。"

南笳张了张口。

邵从安的事，周濂月的事。如果要跟瞿子墨确定关系，绕不开这些，隐瞒对瞿子墨不公平，也不是她的行事准则。

他应当在有充足知情权的情况下，再决定她是不是真的值得他喜欢的那个人。

然而……南笳只觉得有一种很索然的感觉，提不起兴致告诉他。

不是不愿意，而是没有兴致。

那时候告诉给周濂月，诚然是他们的关系已经到了崩裂的边缘。还因为，她跟周濂月之间已经很不堪了，也无妨将更不堪的告诉他。

但瞿子墨不一样。他像是清晨带着水汽的阳光，耀眼而洁净。以他的修养和学识，知道了也必然会理解她、怜惜她、包容她。

可是，可是。

有哪个人会选择将秘密诉说给清白的太阳呢？

她的索然来自邵从安的事，在周濂月那里已经形成了一个闭环。它已然了结，戳破了脓血的伤口正在结痂。没有那样强的动力，要使她再去剖开一次。

南笳抬眼，笑了笑，没说什么，只忽然凑近一步，伸手，揪住了瞿子墨衬衫的衣领。

瞿子墨的喉结滚动了一下，呼吸瞬间乱了："南……"

"嘘。"南笳踮脚，瞿子墨迟疑地伸手，搂住南笳的腰。

她的嘴唇是温热的，然而，他的心脏一路往最冷的河水里下沉。

他知道完了——他们的吻，甚至没有在戏里十分之一的激情。

片刻后，南笳退开了，她捋了一下头发，转过身去，笑了一声："师哥，我感觉我们还是做朋友比较好。"

如果无法与瞿子墨达成心灵的共振，那至少也得有身体层面的某种吸引。

她听瞿子墨讲过他的家庭，没有人不会羡慕那样平等、宽容和相亲相爱的氛围。她相信未来瞿子墨组建了自己的家庭，同样会如此幸福。但好像，她不能仅仅为了所谓的“稳定和正常”而做出不负责任的决定。

瞿子墨转身，也朝向河面，他的手臂撑在栏杆上，脑袋垂下去，声音很沉：“……我还能做什么吗？”

南笳摇摇头：“你是一个很耀眼的人，你不用为了任何人刻意去做什么。只是我们不适合……抱歉。好像有点儿耽误你的时间了，也破坏了你对威尼斯的美好印象。”

瞿子墨笑了一声：“说这话就没必要了，跟你相处也很开心，否则我不必……”

他叹声气，说不下去了。

南笳也不再说话，只陪他静静地站着。

许久，瞿子墨直起身：“抱一下吧。”他轻声说。然后伸臂，捉着南笳的手臂轻轻一拽，一把将她拥入怀中。

他声音沉沉的，和平日清朗的声线不同，有点儿哑：“……能感觉到你有很多秘密，很遗憾我没能成为那个能让你敞开心扉的人。”

南笳摇头：“不是。这不是你的问题。你太好了……我会觉得自惭形秽。”

“怎么会。”

“是真的。”

有些人已经习惯了在夜里行走，反而没办法去拥抱太阳。

/ 第十八章 /

你是他的自由

南笳回国之后就是紧锣密鼓的工作安排。将近年末，各家要开始“冲业绩”，时尚杂志的活动一场接一场，南笳戏言像是过年走亲戚，雨露均沾。

关姐叫她忍一忍，谁让她就是吃这碗饭的呢。而且明年上半年只有两部配角戏，手头的存货也就剩个《津港十三日》。虽说她不是靠曝光流量而立足的，但也不能一点儿曝光都没有。

有人建议要不看看电视剧的本子，都被关姐以短视为由打回去了。除非电视剧剧本、班底都靠谱，不然宁缺毋滥。

一直忙到十二月中，总算稍稍闲下来。关姐还算仁慈，说等过了元旦再给她排通告，这阵子姑且就几个拍拍照的小工作。

现在南笳是工作室的老板，与关姐的关系对等，时不时地，关姐会跟她开开玩笑。

这天聊完工作，关姐笑问她：“圣诞节有什么安排？跟瞿子墨有约会吗？要叫公关提前待命吗？”

“哦。”南笳淡淡地说，“我跟他现在是朋友。”

“知道。你俩不是一直是朋友吗。”关姐揶揄。

“不是……我的意思是说，我俩以后也只会是朋友。”

关姐笑了：“哦，我懂了，你俩吹了？”

“……”

“什么时候的事？”

"去威尼斯那回。"

"可别说，那时候我都做好你俩要官宣的心理准备了。预案都做好了，还想着跟瞿子墨的团队聊聊后续捆绑代言怎么操作的问题。"

南笳笑了："……是不是我捅出什么娄子来你都能替我兜住？"

"兜不住还能删帖呢。"

每次关姐面不改色地说出圈里这些约定俗成的做法时，南笳都有一种说不出的心惊之感。

可能，她也曾是这套规矩下的受害者。

南笳回国后不久，就跟周浠恢复了联系。周浠有分寸，并不怎么主动打搅她，只打过一两次电话，为了兑现那时候说要请她吃饭的承诺。

南笳一直在忙工作，总没能约成。

跟周浠闲聊得知，在她回国后不久，周濂月也回国了。

许助在国内医院做了手术，被放了三个月的带薪假；周濂月则一边将养着颈椎的伤，一边跟周季璠斗智斗勇。

这阵忙完了，南笳便给周浠打了个电话，约一起吃个饭。

南笳先到，坐下以后先点了热饮，翻开菜单。

没一会儿，周浠也到了。

苏星予亲自送她过来的，餐厅离他家不远。两人都穿着浅灰色羽绒服，站在一起登对又养眼。

南笳不记得上一回见到苏星予是什么时候了，感觉他跟自己记忆里有点儿不大一样。以前像是个大男孩儿，现在隐隐开始有男人的沉稳和淡定。

苏星予替周浠拉开了餐椅，将她脱下的外套和围巾都挂在椅背上，而后对南笳笑说："笳姐，麻烦你照顾浠浠，你们吃完了我过来接她。"

南笳托腮而笑，比了个"OK"的手势。

苏星予走之后，南笳打量着周浠："你剪头发啦？"

周浠以前是黑长直，现在是复古风格的齐耳短发。那么刁钻的发型，南笳都不敢尝试，但十分贴和周浠的气质，像是《天使爱美丽》的主角，有点儿不可捉摸的古灵精怪。

南笳想，他们兄妹的基因真的是绝了。

周浠摸摸自己的发尾，笑说："这阵子住在苏星予家里，头发太长了打理起来费时间，我怕给人添麻烦。"

"要这么拘谨吗？"

"不是不是，他父母真的太好了，跟我说话一直是温声细语的……反而这样我觉得自己应该更懂事一点儿，与人方便与己方便。"

"要一直住在苏家？"

"至少要等我哥把四叔那边的事情料理完——快了，四叔前一阵又病了，在医院里躺着呢，也做不了更多的事了。"

南笳托腮打量着周浠："一年多不见，感觉你变化好大。"

"虽然我看不见，但我感觉笳笳你变化也很大。"

"是吗？"

"嗯。你现在好从容。"

"不如说是懒吧。"

周浠笑，微微偏了一下头："……有在谈恋爱吗？"

"你自己问的，还是替谁问的？"

周浠吐舌："我们都想知道——你说过不会骗我的。"

南笳笑说："嗯，我不能骗你。所以我选择不说。"

"……"

点的餐端上来，一边吃，南笳一边问："你哥最近怎么样——我是说伤。"

周浠抿嘴一笑："伤还好啦。只是人好像不大好。"

"……怎么了？"

周浠敏锐极了："你好像并不是完全不紧张嘛。"

南笳笑了一下，正色道："浠浠，不要总是试探我。"

周浠忙说："抱歉抱歉……我……"

"不不，你不用道歉。"南笳也被她搞得紧张起来，"我是觉得，这是我跟周濂月两个人的事，浠浠你理解吗？我跟他……不是谁当说客说几句就可以撮合那么简单的。"

周浠点头："抱歉。我明白了。"

吃完饭，南笳挽着周浠，到店门口去等苏星予。

外头风很冷，刀子似的割过面颊。周浠在系围巾，南笳看围巾两端没有对齐，便走到她面前去："我帮你。"

南笳解了围巾，捋顺了，一圈一圈帮她缠上。

周浠突然轻声开口："笳笳，告诉你一件事。"

"什么？"

周浠说话时呼出大团的白雾："我九岁那年，父亲去世后不久，有一次我在院子里摔倒了，眉骨那块恰好撞到了桌角上。晚上我就开始觉得看东西很模糊，到半夜不知道什么原因，又开始发烧。第二天早上，我听见我哥回来了，下楼告诉他，我好像在发高烧。他让我找保姆送医院，就走了，没有管我。父母都不在了，我一个小孩子也使唤不动用人，那时候情况也很混乱，很多用人都准备另找出路了。我后面因为高烧，一时睡一时醒的，到医院已经是三四天之后……"

南笳动作一顿。

"左眼因为重度感染，不得不做手术摘除，右眼虽然是保住了，但也……因为这件事，我哥至今背负着心理枷锁。他觉得是他的错，如果那时候，他及时送我去医院的话，就不会……"

南笳一时说不出话来。

周浠说："坦白说，其实我有一阵子也怪过他。因为如果非要找一个人来负责的话，似乎好像只有他最像是那个该负责的人。我哥原本打算读大学的时候就彻底离开周家的，但父亲去世后，我就变成了他推卸不掉的责任。"灯光下，周浠的那只义眼看起来纯净极了，声音也有种空灵感，"……假如我哥曾经说过什么伤害你的话，那一定不是出于他的本心。他是一个活得十分压抑的人，一辈子被责任、负罪感捆绑。小时候父亲对他也很苛刻，为了获得父亲的认可，他必须违背自己的意志，放弃自己的喜好。可以说……他这辈子没有一天是为自己而活的，除了……除了这次去找朱家交涉，换得自由。"

围巾已经系好，南笳的手垂下来，一时愣怔。

周浠歪了一下头："苏星予好像来了。"

南笳转头看去，不远处出现了苏星予的身影。

周浠笑着，说了最后一句话："你对我哥的意义，不单单是喜欢。你是他的自由。”说完，她朝着苏星予挥了挥手。

苏星予走过来，挽住了周浠的手，冲南笳笑了笑说：“谢谢笳姐——你怎么回去，要不要帮你叫车？”

“哦……”南笳回神，“不用，我自己打车就行。”

周浠说：“那我们走啦，到家报个平安。”

“嗯。拜拜。”

“拜拜！”

苏星予拥着周浠的肩膀，走往灯火明亮的地方，讨论着苏妈妈刚刚在家做了红豆汤，问她还有没有胃口，吃不吃得下夜宵……

南笳往路边走，从大衣口袋里摸出烟和打火机，点燃一支，轻轻地咬在唇间。她拉紧了大衣的领子，倒不是觉得冷，而是一种无法形容的心悸感——

你对他的意义，不单单是喜欢。

你是他的自由。

相较于传统节日，年轻人更喜欢圣诞节，早早地便有人开始攒局。

从今年开始，除了陈田田，南笳跟原来话剧团的朋友们来往越来越少，生活和工作的圈子重合得少，关系自然也就淡了。

陈田田和彭泽两人去东京迪士尼过圣诞了，南笳就接受了严岷君的邀请，去她家里小聚。

南笳猜测有一定概率会碰见瞿子墨，好在没有。刷朋友圈，知道瞿子墨在东城。他俩原本的生活圈子就不在一个地方。

严岷君的局，都是些业内大佬，编剧、摄影、美术……大家聊得起劲儿了，开始“画饼”，讨论下一部戏如何如何。编剧跟严岷君聊某个桥段，聊得唾沫横飞，搬出笔记本电脑，现场写台词。严岷君一激动，就将南笳推出来，说这里有个专业演员，叫她试着念念这段台词。

笔记本连接着打印机，哗哗地吐出一张纸，递到手里，纸张还是热的。

南笳也不怯场，低头看了会儿，没几分钟，就背了下来。将纸张扣在桌面上，她开始脱稿念白。

等她念完，这“饼”也有了她的一份，严导当场拍板，说这部戏但凡能写出来、拉到投资，主角就是她的了。

南笳笑说：“那我就等着得影后了。”

倒也没当真。

中途，南笳去了趟洗手间。出来时，编辑指着桌上的一部手机，问南笳是不是她的，方才好像有人给她打了电话。

南笳解锁手机，点开通话记录一看，未接来电上，赫然一个“周”字。

大家在聊天，也没人注意到她这边。她站起身，走到窗户边去，回了个电话。

接通后，南笳“喂”了一声，倒不知道该说什么。

周濂月问她，是不是在朋友那儿。

“在严导家里——你跟浠浠在一起？”

“没。她在苏家。”

“那你呢？跟你那个朋友，屈……屈明城？跟他们在一块儿吗？”

周濂月沉默了一瞬：“我在公司。”

南笳一时没出声。外面堆积了厚厚的雪，有小孩儿在楼底下堆雪人，路上被车轮压出很深的车辙，路灯光昏朦而暗淡。外面的世界，显得安静极了。

两人似乎是同时开口，话撞上了——

“吃过晚饭了吗？”

“吃夜宵吗？”

话音落下，又是一阵微妙的沉默。

周濂月在那头说：“请你吃夜宵。”

南笳挂了电话，坐回到桌边。

周濂月说半小时到，她有些心不在焉，不自觉地去看手机上的时间。

大约过了二十五分钟，南笳跟严导他们打招呼，说自己有点儿事，要先走。她拿上外套、围巾和帽子，出了大门，进电梯里将它们穿戴上。

下了楼，南笳“咯吱咯吱”地踩着雪花，朝大门口走去。

走到小区外，她一边去摸包里的口罩，一边朝路边走去。

一脚踩上路牙上的砖，她顿住了——

那种老式的四角镂空的花砖，极易空鼓，雨雪天气，踩下去直接溅人一腿的水。她穿的是双皮质的短靴，雪水从靴筒边缘溅了进去，只感觉到一股渗透的寒意。

南笳戴好了口罩，挪到一边去，从包里拿出一包纸巾，擦了擦靴子表面上的泥水。

太冷了，她感觉到被打湿的袜子，像块薄冰似的黏在了她的皮肤上。

前方车灯一闪。南笳直起身，看了一眼，一辆奔驰大 G。虽没看见车牌，但已猜到是周濂月的车。

果真，那辆车在她面前稳稳地停下。

南笳将几张用过的面巾纸扔进了垃圾桶里，而后拉开车门，上车。

周濂月转头看她："怎么了？"

"踩到空砖了。"

"鞋打湿了？"

"袜子湿了。"

周濂月抬手，将空调温度调高："鞋脱了吧，穿着不舒服。"

"不用。一会儿就干了。"

周濂月顿了顿，用不大容人置喙的语气说："先送你回去换。"

这儿离南笳住的地方也不算近，开车少说也要四十分钟。南笳便说："吃了夜宵再回去吧。你是不是还没吃晚饭？"

周濂月的语气听似淡淡的："也不是缺这一顿夜宵。"

南笳无缘由地勾了勾嘴角。

车里安安静静的，但南笳坐车总要听音乐。她习惯性地伸手，又想到周濂月没这个习惯，就顿了顿，收回去了。

周濂月瞥了她一眼，按了一下方向盘上的媒体键。

音量很低，是电台的节目，一道低沉的男声，在唱一首英文歌曲。

And though I tried to reach through, tried to see what makes you.

You closed all windows and doors, saw me for only my flaws.

南笳听着音乐，微微侧着头，打量周濂月："那个，取了？"她碰一碰自己的脖子示意。

"嗯。"

他穿了一件藏青色的毛衣，人有一种静默的清寂。

灰色的底色——南笳有种感觉，一回到北城，他又变回原来的周濂月。

南笳似笑非笑地看着他，也不说话。可能周濂月也意识到了她为什么这样盯着他，顿了顿，便主动说："恢复得还行。"

"许一鸣呢？"

周濂月飞速地转头看了她一眼，她笑出声来。

其实她纯粹是故意的，没想到周濂月竟还是回答了："还在休养。临时调了个新的，用得不顺手。"

"所以加班到这时候？"

周濂月无可无不可地"嗯"了一声，抬手去探了探空调风口吹出的热风，又问她："冷不冷？"

"还好。"

周濂月问她，跟严导他们聚会玩了些什么。

南笳随意地聊了聊。话题都很浅，像是故意的。

南笳感觉到周濂月在很克制地去试探那个尺度，什么可以说，什么不可以说，什么是越界的，什么还不到那个时候。但即便是这样浅显的、汇报工作似的话题，南笳亦觉得时间过得很快。

车开到了她住的小区门口，在对面路边停下。

她将挂在耳朵上的口罩戴上了，伸手拉车门，叫周濂月稍等，她上去换个鞋就下来。

周濂月点了点头，紧跟着，他拿上搁在储物格里的烟和打火机，也拉开车门下了车。

他没穿外套，就倚着车门，点了支烟。

南笳拉上羽绒服的拉链，已经闷头走到了路对面，又转头看了一眼。

周濂月单手抄兜，微垂着头，香烟拿在指间，那火星被寒风吹卷得一明一暗，像是呼吸。

他的身影有一种孤寒之感。

南笳闭了闭眼，她承认自己也不知道是怎么了。周浠对她下了蛊，或许。

她转身，趁着此刻没车，几步又走了回去。

周濂月觉察到声音，抬眼。

南笳去拉车门，周濂月不解，伸手将她手腕一捉，低头看着她。

手腕处皮肤相触，他的手指有微微的凉意。

南笳让他拿外套："去楼上坐一下，正好我有礼物给你。"

南笳一只手按着要被风吹翻的帽子，另一只手揪住羽绒服的领口，脚步飞快。

周濂月的脚步声跟在她身后。

不是没有请过其他人去家里——这个其他人里面包括瞿子墨，但她第一回有做贼的心虚感。期望娱记们也好好过节，无人偷拍。

一直进入小区里面，南笳才放松神经。她从背包里找出楼下的门禁卡，靠上去"嘀"的一声刷开。

这小区是香港开发商做的楼盘，南笳跟朋友吐槽过，一楼大堂装修得太富丽堂皇，像是酒店大厅。进了电梯，南笳按楼层，往镜面的轿厢四壁看了一眼，那里面映衬出周濂月穿着黑色外套的孤直身影，在他眼镜后的视线即将与镜面中的她相汇的一瞬间，她不动声色地移开了目光。

穿过走廊，走到门口，南笳按指纹解锁。兴许是手指太冷，没感应上，没有第一时间解开，系统发出两声刺耳的警报。

南笳急忙改换输入密码，这一回成功解锁。她推开门，一手去按门边按钮，暖白灯光泻落，扑面而来的还有一股掺杂海盐香味的暖气。南笳一脚蹬了靴子，摘下口罩，往玄关桌上一扔。

那上面有只黄铜的盘子，放了钥匙、打火机等零碎物件。旁边一瓶插了藤条的无火香薰，海盐的气息就来自此处。

南笳摘下帽子，顺便打开了玄关壁橱的门："要帮你把外套挂起来吗？"

周濂月脱了外套，递给她。

她抖一抖，自壁橱里取出一只木质衣架，撑起大衣，挂进去，而后弯腰，从下方一只藤编储物篮中，拿出一双未拆的一次性布拖鞋，递给他。紧跟着，她才脱下自己身上的羽绒服，也挂进了壁橱里。

周濂月在她关上壁橱门之前看了一眼，两件衣服挨在一起，有部分的交叠。

最后，她才在穿鞋凳上坐下，一把扯掉了脚上的袜子，表情有种解脱感。

周濂月垂眼看她踩在木地板上的脚，脚背苍白，青蓝色的血管亦清晰可见。

南笳趿上棉拖往里走，叫他去沙发上坐。

她自己走进厨房，接了一壶水烧上，而后叫他稍等，她去换一双袜子。

周濂月跷腿坐在沙发上，打量四周。上一回来，是在一年多以前，他还记得那个阳台。

那时候南笳刚搬过来不久，四下堆着许多还未拆封的纸箱，整个屋子里空荡荡的没有人气。但经过一年多，这个空间满是她的痕迹，鹿头形状的台灯，地毯上散乱堆放的书籍，放在茶几上玻璃托盘里没吃完的黑巧克力……

家里没有圣诞树，但茶几上有一颗圣诞树形状的水晶球。周濂月拿起来瞧了一眼，将其倒转再放正，水晶球里开始下雪。

南笳进去了好一会儿，方才出来。

她脚上换了一双红绿配色的毛线袜，手里拿着两份包装过的礼物盒。她走过来，把礼物递给周濂月："薄的这个是给你的，厚的这个麻烦你带给周浠。"

周濂月接了："能拆吗？"

"能——你先拆，我去倒一下水。"

南笳去了趟厨房，紧跟着端出两杯热腾腾的冷萃红茶，递了一杯到他手边。

周濂月已拆开礼物包装，那里面是一片 DVD，拿透明壳子装着，正面空白，没有印刷任何内容，只有几个签名。

南笳解释说："是《胭脂海潮》在北城大剧院演出的官摄视频，蓝光高清的。陈田田，还有其他几个主演都签了名。没对外发售，就内部压制了一些做纪念。我找田田多要了一片……"

"很有纪念意义。"周濂月顿了顿，"你也签个名？"

"这不是我首演的那场。"

"我知道。"

南笳笑着起身去书房找了支签字笔。她蹲在茶几旁，将碟片拿过来，找一处空白的地方，签上自己的名字。最后那下笔尖挨上了手指，她签完之后，抽了张纸巾擦了擦。

她转头，盯着周濂月将DVD装回盒中的动作："其实，那天我没想到你会去看演出。"

周濂月缓声说："我也没想到。"

他将透明塑料的盒子拿在手里，捏住了一角，随意地说："你想把鱼缸里的金鱼塞进喉咙……"

南笳一震，睫毛微颤。她缓缓抬眼，他也正看着她，目光幽深。

他问："后面是？"

南笳像是身不由己，喃喃地说："……你想生吞所有的玻璃弹珠，你拿手触碰发烫的电灯泡，你把自己沉在浴缸想象那是海。你用完了他送给你的口红，你读他给你写的信，你拨打空号的电话号码……他不会回来了……"

周濂月的声音平静而低沉："我是这么过来的。"

"什么……"南笳出声即顿住。

我是这么过来的。在这些细碎、微末而不绝的痛觉之中。

南笳无由地产生了几分焦虑，和几分手足无措。

周濂月瞥了她一眼，只沉默一霎，便抬腕看了看手表："还出去吃东西吗？"

南笳回神，去看墙上的挂钟："……好像时间已经不早了。"

周濂月端起茶杯喝了口红茶，便准备起身："那我走了。你早点儿休息。"

"哎……"

周濂月动作一顿，看她。

南笳微笑："外面太冷了，实在没有再出去的动力。你要吃馄饨吗？速冻的那种。"

他盯着她的目光一时意味极深："都可以。"

南笳回避去探究他的视线，起身朝着厨房走去。

她一个纯粹的厨艺白痴，只有速冻水饺与馄饨百分之百不会翻车。拿锅接上凉水，把馄饨丢下去，等水烧开转小火，一会儿就可以出锅。汤是拿料包调的，沸水冲开即可。

就这么简单几步，南笳都有些手忙脚乱。

周濂月端着茶杯倚在门口，也不作声，就看着她。

南笳捋了一把头发，将燃气灶火力调小，随口问道：“你不是在国外读的大学，那你读书那会儿，吃饭一般怎么解决的？”

周濂月淡淡地说：“自己做。”

南笳惊讶地转头看他：“你？”这比周濂月为了她跟朱家闹掰更难以想象。

周濂月说：“有这么吃惊？”

“那你会做什么？”

“你这辈子不想再吃的。”

“……牛排？”

周濂月轻笑一声。

“你早说啊。”南笳也不由得笑了，“上回朋友送我一块澳大利亚进口的谷饲牛排，在冷冻室里搁好久了，我自己也不会做，怕再放就要变质。”

“得拿出来提前解冻。”周濂月平静地说，“下回吧。”

南笳的呼吸紧了一下，没接他这句话。

没一会儿，馄饨煮好了。南笳拿出一只大号的面碗，将其全部盛出来，端到餐桌那儿。

“帮忙拿一下。”南笳冲着一旁的藤编隔热垫扬了一下下巴。

周濂月把隔热垫拿过来，她将面碗放上去，再返回厨房，拿出两只小碗。

她往小碗里盛了些，递给坐在对面的周濂月。南笳在严岷君那里吃过晚饭，此刻并不饿，但也象征性地给自己盛了几个。她捏着勺子，一手托腮，看着对面。

周濂月觉察到她的目光，从镜片后抬起眼皮看她：“怎么？”

“料包冲的汤头，不是很好吃。”

周濂月没什么所谓：“还行。”

“我爸做的虾肉馄饨才叫绝，一只一头整虾，汤是拿各种鲜货熬出来的高汤。”

周濂月顿了顿：“怎么，是想邀请我去吃？”

南笳忙说：“……我是想说，北城是美食荒漠。”

“我的那个餐厅也不行？”

南笳笑了一声：“要听实话吗？”

“说。”

“太冷清了啊，吃饭吃的是烟火气。”

明明一句普通的话，周濂月却仿佛陷入沉思。

他半晌没开口，南笳不知道他在想什么，只得轻声说：“……如果是我说错了什么，抱歉。”

周濂月立即抬头看她。她一闪而过的小心翼翼，让他心脏一紧。

一直到吃完东西，他们都没再交谈。

南笳收了碗，回厨房去洗碗。周濂月跟过去，站在门口，平声说：“我下去一趟。给你带了礼物，落车上了。”

“帮我带包烟。”

“好。”

南笳开了热水，将几个碗洗掉，收拾干净了厨房。

没一会儿，响起敲门声。南笳走过去将门打开，看见周濂月的发梢被打湿了，肩头尚有没融化的雪花：“又下雪了？”

“嗯。”周濂月将手里的东西递给她，一只黑色的纸袋和一包烟。

南笳将东西放到茶几上，拆开烟盒，拿出一支点燃，通过阳台玻璃门，看见外头雪花纷扬，便推开门，走去阳台。

周濂月也跟了出来，他背靠着阳台的围栏，低头，手掌拢着打火机的火，将烟点燃了。

那微弱的火光照亮了他的脸，一霎又暗了下去。

刚从室内出来，一时倒不觉得特别冷。只在风刮过来的时候，南笳不由自主地缩了缩脖子。

周濂月转头看着她：“冷不冷？”

“还好。”

雪天有一种辽远的寂静，极易听清内心的回声。

周濂月凝视着她，许久后缓声说：“周浠总说我这人性格很差劲儿。有时候哪怕是无意识的，也会伤害到身边的人。”

南笳顿了一下，转头看他。

“抱歉。”周濂月正视她的目光，声音沉沉的，“过去的事，我不知道怎么弥补。我也怕重提对你又是另一种伤害。”

南笳顿时觉得心脏空了一下，却又瞬间被更多情绪填满。

围栏的上方堆着薄薄的一层雪，她没管，两臂搭上去，缓慢地抽了一口烟，方出声道：“我能问吗……那些时候，你在对待我的时候，心里在想什么？”

周濂月没有立即回答，似在认真思索。片刻后，他才开口道：“希望你不觉得这解释像在推脱——那些时候好像是被另外一种人格接管，我控制不了。”

南笳咬了一下唇：“你会觉得快乐吗？看着我痛苦。”

“不会。觉得空虚。”

南笳没再说话。她承认自己释然了几分，他不是在拿她的痛苦取乐。

南笳手指夹着烟，下巴抵在抱起的手臂上。她身上穿的是一件乳白色的毛衣，雪光下像一片月光那样洁白。

起风了，她的头发被拂上面颊，带着干冷寒意的风一时捂住了口鼻，她不由得打了个冷战。“好冷，进去吧……”她捏着烟，在围栏的积雪上轻轻地按灭了，捋了一把头发，转身朝进屋方向走。

周濂月伸臂，将她拦住。

她抬眼，下一瞬便被捉住了手腕往前一拽，被周濂月一把拥入怀中。

南笳的呼吸一滞。她分辨不出来，这清寒而微苦的气息，是不是来自他的身上。

她像是被冬天本身拥抱，那是叫她牙关打战的一种冷。

“……对不起。”周濂月的声音低沉，落入风中，立即消散。

南笳没有出声，但也没有推开他。

有薄薄的暖意，来自他颈间的肌肤，还有心口处。

他背对着栏杆，替她挡住了迎面而来的风。

/ 第十九章 /

宁为她跌进红尘

南笳一觉睡到近中午。

暖气常开，加湿器几乎不顶用，每天早上起来喉咙发干，鼻腔里也总有血丝。

南笳兑了一杯温水，站在流理台前，边喝边查看一晚上积累的微信消息。

列表里有无数红点提醒，按照优先级，南笳先点开了关姐的。看了一眼，差点儿一口水喷出来。

关姐甩了五张照片，附文：周总那边找人拦截了。别说，拍得还挺好。

拍的就是周濂月跟她一块儿进小区那会儿的场景。

南笳回了个哭笑不得的表情包。

关姐立即回复：起了？方便语音？

南笳主动将语音电话打了过去。八卦是人之常情，而关姐就是有本事能将八卦也合理化："倒不是说要过问你的私生活，就多少跟我报备一下，我好有个心理准备。"

南笳笑说："关姐你是不是没在周濂月那儿得到确切回答，就跑来探我的口风。"

关姐被拆穿也毫不尴尬，"呵呵"笑说："主要是离瞿子墨那事还没过去多久，我怕有心人会拿来做文章，说些什么不好听的。"

南笳只说："关姐，这事我建议你这边就搁置吧。"

关姐笑了一声，不再穷根究底："行。说正事。有个综艺紧急联系我们救场，他们原定的某个嘉宾有事不能录了。演员跨界唱歌的一个节目，录两期，你看你想不想去。我的建议是可以去，你上回上综艺的效果，我们评估了一下还行。”

“我也没受过专业声乐训练。”

“没事，选歌、练歌都有老师指导。”

南笳说：“关姐你决定吧，只要不跟进组的时间冲突就行。”

语音电话挂断，南笳切出和关姐的对话之前，没缘由地再度点开那几张照片看了看。

夜里，又是远距离抓拍，画质堪忧。但雪天里路灯下，自带一种“风雪夜归人”的氛围。

年前最后一周，南笳去录了那个唱歌的综艺。

《灰雀》上映那一阵，她以前出镜过的物料就已经被扒得一干二净了。不管是大学拍的汽水广告，还是后来给一些名不见经传的小产品拍的广告，甚至给某个服装店当模特的卖家秀……当年艺考的视频自然也不例外。

所以第一期的选曲，南笳就干脆定了当年艺考的时候唱的那首《漫步人生路》，还特意找了个粤语老师，突击练习了一周的发音。

录制前一天，进行彩排。

彩排跟现场录制顺序不一样，是根据嘉宾的时间调整的。南笳比预定早到二十分钟，场子里上一组还在磨合，音响里正传出吉他的声音。

南笳穿过走廊前往候场的地方，低头拉开羽绒服的拉链，忽听麦克风里传出一道清越的男声：“从这个小节开始，再合一遍。”

南笳愣了一下，赶忙几步走到舞台边。

灯光还没调好，金色的光照在舞台上，一阵晃动，叶冼在光里，正抱着吉他拨弦。

南笳问旁边一个工作人员：“叶冼老师不是歌手吗？他怎么也来参加这个节目了？”

工作人员笑说：“叶老师是给方译臣老师做伴唱的。”

这样一说，南笳知道了。南笳没跟方译臣打过交道，只知对方是童星出道、三十多岁即三金影帝“大满贯”的天赋型演员。

年后方译臣有部电影要上，是歌舞片。国内歌舞片这个类型发展得很滞后，这片子据说从立项到拍摄整整筹备了七八年，到最后资金不够，差点儿流产。方译臣自己带资进组，才把这项目给盘活了。叶冼参与了片子部分歌曲的创编，基本也是义务劳动。

上这节目，自然是为了给电影造势。

南笳没打扰他，走到了观众席的第一排，坐下静静地听他们彩排。

叶冼带了整支乐队给方译臣助阵，现场演奏磨合起来自然没那么容易。

早就过了该南笳上场的时间，工作人员打算前去催一催，被南笳拦住了：“没事没事，我后面没通告了，让方老师他们继续吧，节目效果最重要。”

又过了半小时，叶冼他们总算全部合完。一行人下了舞台，跟舞美、灯光、音响等工作人员挨个儿致歉，说耽误了他们的时间。

监控现场流程的工作人员笑说：“我们还好，南笳老师快等了你们一个小时了。”

叶冼顿了一下：“南笳？”

观众席的南笳这时候才站起身，冲着叶冼挥挥手，笑说：“嗨！”

叶冼笑了，提着吉他走过去：“没想到在这里碰见。”

“我也没想到叶老师来这节目‘打歌’。”

叶冼笑着指一指舞台：“下一个是你吧？耽误你这么久，也不提醒我们。”

“没事，我就一半吊子，瞎唱唱的。你们这歌是电影主题曲？真好听。”

“对。我写的。”

南笳笑说：“到时候我包场请我工作室的人去看电影。”

工作人员在催，没空闲聊了，南笳笑说：“我彩排去了，明天正式录制再见。”

“好。祝你顺利。”

“借叶老师吉言。”

南笳抬手，叶冼笑着跟她击了一下掌。

南笳的这个歌难度不大，彩排过程只遇到一点儿小问题，很快解决了。

第二天正式录制，南笳虽然紧张，但所幸还是顺利过关。

录完，在后台碰见叶冼。

叶冼的乐队正在跟方译臣商量着等下去吃火锅。南笳打了声招呼，叶冼便问她要不要一起去。

南笳笑说："晚点儿还有事，叶老师你们自己去吧。"

叶冼看了她片刻，笑说："借一步说话？"

两人走到一旁去，叶冼说："四月下旬，我要办一场演出，想请你到时候去做嘉宾，不知道你愿不愿意，档期合不合适。"

南笳有种与有荣焉的兴奋："你们专场的？"

"嗯。已经在开预售票了，情况还行。"

南笳笑问："为什么会想要邀请我？方译臣老师不是比我大牌多了？"

叶冼看着她，目光一如既往地温和，笑说："识于微时的朋友，还在坚持的也不多了。"

南笳怔了一下。

叶冼笑说："之前不是很流行一句话……"

南笳笑说："各自出发，顶峰相见？"

"对——我想邀请你见证我的首场演出。"

南笳有片刻的心绪翻涌："我一定去。我会让我经纪人协调一下档期——到时候得唱歌？"

"合唱独唱都行，随你高兴，我们也都会配合你。"

南笳笑说："那我想想选什么歌。"

队员在叫叶冼，叶冼便说："我得走了，具体的微信上联系？"

"OK."

南笳去化妆间换下了演出的服装，没一会儿，负责她录制工作的节目组制作人过来，问她下次录制想选什么歌。

制作人说："南笳老师我们看过你之前小号上发布的一个弹唱视频，就《夜空中最亮的星》那个。我们觉得这首歌也比较合适，很能突出老师你的音色。"

南笳几乎没犹豫，笑说："不，换别的吧。下一期录制不是在年后吗，我再想想。"

录完这综艺，南笳总算能收工回家过年了。

她和南仲理过年的内容，年复一年的乏善可陈。初一早上，南笳跟南仲理一块儿去扫墓。

墓园里人多，却极其肃静。父女两人蹲在墓碑前，沉默着扒拉那些野草。

南笳忽说："爸，您觉得我妈会不会在那头骂我们？"

"骂什么？"

"每回过来，屁都不放一个。"

南仲理笑出声："说啥啊，不觉得肉麻啊？"

南笳也笑："我不信您自己单独来的时候，什么也不跟我妈说。"

"说那肯定是说了。"

"说什么了？"

南仲理也不看她："说我也不知道，我们这闺女在这大染缸里混着，能不能保护好自己。反正我手没那么长，管不着。就只能嘱咐天上的人，多盯着你点儿，别行差踏错。"

南笳微微愣怔，片刻才笑说："是够肉麻的……"

回去路上，南笳好哥们儿似的将南仲理肩膀一勾："爸，我想吃您做的虾仁馄饨。"

"吃屁，那高汤都得吊一天一夜。我就过年这阵能跟人打会儿牌，哪有这闲工夫。"

"……"

初四晚上，南仲理照旧出去跟人打牌去了，南笳一人待在家里，开着电视，音量调低，坐在沙发上，一边剥瓜子，一边选歌。她反反复复地听自己的歌单，都快听腻了，才挑出了几首备选。

南笳正准备发给制作人，手机来了一个电话——来自"周"。

南笳的手指在屏幕上悬空一秒，然后滑动接听。

周濂月那端的环境听起来很安静，他的声音倒显得有几分疲惫："在做什么？"

"在家待着。"

"跟你爸一起？"

“没。他出去打牌去了——周浠呢？在你旁边吗？我跟她打声招呼。”

“她在苏家。”

南笳顿了一下：“那你呢？”

那端静默了好一会儿，忽没头没尾地问：“南城有个菀柳居？”

“是啊，老字号，南城数一数二的好餐馆……”南笳说着说着声音渐息，好像意识到什么。

周濂月的声音听似平静极了：“离你那儿多远？”

南笳匆匆洗了个头发，吹到七八分干，换了件白色毛衣，外面罩一件咖啡色羊绒大衣，她随意拿了个链条包就出门了。

她几乎一路小跑，南城连续晴了好几天，夜里气温也不如北城那般料峭，等跑到小区门口，额头上已经浮了一层薄汗。

车已经停在对面，打着双闪灯。

南笳穿过马路，绕到副驾驶座，拉开门：“抱歉抱歉，让你久等了。”

周濂月看着她，轻笑说：“别急。没等多久。”

南笳脱了外套，转身丢在后座上，而后拉安全带系上。

周濂月不动声色地打量着她，自车门合上的一瞬间，空气里便弥散着一股浅淡、潮湿的甜橙味的气息，像是洗发水的味道。

车子启动，南笳呼吸稍定，转头看了一眼周濂月，他身上穿了一件烟灰色的薄毛衣，脸色稍显几分疲惫。

南笳问：“你过来这边出差？走亲戚？”她笑了一下，因为觉得“走亲戚”这说法跟周濂月联系起来特别违和。

周濂月的手指在方向盘上轻敲了一下，神色不甚分明，最后只问：“……你觉得呢？”

南笳从来一点就透。她顿觉几分局促，过了片刻，方说：“过年不是还挺多安排……”

周濂月说：“跟朱家解绑以后，人情往来少了很多。都是些琐碎的事……反正也不差这一天。”

“明天就得走？”南笳听出弦外之意。

“明天下午。”

南笳有一霎的沉默。

周濂月看她一眼：“抱歉。有点儿冒昧。”

南笳摇头：“没有。我反正闲着的。”

她心里有种海浪啄吻沙滩的不安定感。

安静片刻，是周濂月先开的口：“过年跟苏家一块儿过的。”

南笳笑说：“浠浠就一直住在苏家了？”

“她在那儿自在些。除夕去吃了顿饭，我在的时候，苏家的人倒是都不大自在。”周濂月的声音听起来没多大的情绪。

“……他们只是没怎么跟你打过交道。”

周濂月即刻转头看她：“你在帮我说话？”他笑了一声，匿于昏暗的神情看不大分明，“你跟我在一块儿不也是不自在？”

南笳立即说：“我还好。”

“是吗？”

南笳笑说：“你也不是我的老板了，哄你做什么？”

周濂月又看了她一眼，似是笑了笑。

夜色静如河水缓缓地淌过，他们一时间没再交谈。

过了一会儿，南笳问：“去哪儿？”

“吃点儿东西。”

周濂月开车去了菀柳居。南笳小时候吃过一次，后来这餐馆越来越火，一号难求，就再没去排过。

包间里，雕花五斗柜上放了一只宝蓝色的花瓶，插了一枝腊梅花，香气清幽。服务员现场沏茶，南笳起身，走到五斗柜前，近距离嗅闻那枝花。

片刻后，她觉察到周濂月走了过来，就停在她身后。他身上有一股木质调子的香味，清冽又让人觉得熨帖。南笳无端想到很久之前，在周濂月的那餐厅里，她看那一炷倒流香，他也是这样站在她身后。

她屏了一下呼吸，手指轻轻拂过蜡梅的花瓣。

身后的人开口，闲谈的口吻：“我在想一件事。”

“……什么？”

“周浠老住在苏家也不是个事，是不是得让他们先订婚？”

南笳哑然失笑：“你问我吗？”

“嗯。你怎么觉得？”

南笳甚至不敢回头，她能轻易感知到空气里暗暗涌动的微妙情绪，可他们的对话，离题万里。

“……要问浠浠的意见。”

“她巴不得。”

“你对苏星予还不够放心吗？”

“还行。”

南笳笑了一声，又去拨了一下那片花瓣：“你是不是舍不得？浠浠是你看着长大的。”

周濂月没有作声。

圆桌旁，服务员出声说：“茶已经沏好了，二位请慢用。”

南笳应了一声：“好。”

服务员开门往外走，南笳转身。她以为周濂月会顺势退开，但没想到他没有动。两人一下面对面，且距离咫尺。

南笳立即退后了半步，后背抵在了那五斗柜台面的边缘。

没有任何人说话，呼吸都仿佛不存在。

周濂月抬起一只手臂，撑在了她身侧，她退后半步的距离，由于他又前进了半步而缩短。

南笳心跳过速，呼吸却消失了。他的呼吸轻轻地拂落在她面颊上，像是带着潮气的雾。

南笳的手朝后，捉住了五斗橱一只抽屉上的拉环，紧紧攥住了。

她轻声地开口，耳膜鼓胀，有点儿听不见自己的声音：“……你为什么来南城？”

“你觉得呢？”

“……我不知道。”

声音还能更轻，轻得比雾更缥缈。

“我想见你。”

最后一个字音消失，落下的呼吸更近。

南笳将铜质的拉环攥得掌心皮肤微微发痛，人不由自主地闭上了眼睛。

微热气息近得只差分毫。

“笃笃”的叩门声响起，紧接着是女服务员礼貌悦耳的声音：“你好，打扰了，给二位上菜……”

南笳条件反射地伸手一推，清清嗓：“……请进。”

周濂月退后一步。她转身从侧旁绕过他，往圆桌那儿走去。

门打开，服务员瞥了一眼，微微愣怔，声音倒还是如常：“二位点的桂花酒酿元宵……”

南笳在座位上坐下，端起刚沏好的茶，很是平静地喝了一口，心脏却似持续缺氧，剧烈地跳动。

她眼角的余光里瞥见周濂月在旁边坐了下来，同样的喝茶动作，同样的神色平静。

而与她不同的是，在觉察到她的视线之后，周濂月忽地抬眼。镜片之后清明锐利的目光，径直地朝她望了过来。

她睫毛微颤，视线垂落回避。片刻后，捕捉到空气里很轻的一声笑。

陶瓷汤匙在白底蓝花的小瓷碗上，碰出清脆的声响。

南笳认真地尝了尝桂花酒酿汤圆，说：“好像不是记忆里的味道了。”

周濂月看她：“记忆里是什么味道？”

南笳认真思索：“我小时候来这里，这店只有一层，也不叫这个名字……”

没有包间和卡座，都是堂食。

那种小方木桌，挨得很近。冬天寒冷的晚上，掀开帘子一进来，热气腾腾的，空气里一股甜香。现在改了名，装修升级，变成了普通人轻易吃不到的高级酒楼。

周濂月替她归纳：“没那个烟火气了。”

南笳笑说：“对。可惜过年歇业，不然我就带你去我爸的大排档吃夜宵了。”

周濂月说：“下次。”

南笳执汤勺的手顿了一下，垂下目光去看碗里，很刻意地转换了话题。

夜宵吃完，到了楼下。

车子启动，周濂月打方向盘转弯，驶入主干道。

安静片刻，南笳忽没头没脑地问道："你有喜欢的歌吗？"

周濂月不明所以："我不怎么听流行音乐。"

"我参加了一个唱歌的综艺节目，第二期的歌还没选好。"

周濂月顿了顿："是想让我帮你选？"

"我有几首备选的，没确定。"南笳拿出手机，"我播一下，你看看有没有喜欢的。"

她打开音乐 APP，点进自己的歌单，点开一首，按了播放键。

周濂月说："你直接连蓝牙。"

"这车是你的吗？"南笳记得这车是南城本地的牌照。

"算是。"

"算是？"

周濂月没多说什么，伸手调出操作界面，打开了蓝牙配对。

他扫了一眼蓝牙列表："笳笳不是茄子？"

"……求你别念出来。"

周濂月轻笑一声。

连上以后，接通车载系统，南笳再度打开歌单。

他们没说话，一首一首地听。外头的噪声被隔绝，车子像是行驶在无人的海上，路灯变作航标灯，钟楼是远处灯塔，岸还在很远很远的彼方。

播到一首，周濂月出声："歌词不错。"

"你能听懂粤语？"

"嗯。"

"会说吗？"

"勉强。"

"你还会德语。"

"只会基础对话。"

南笳觉得，自己似乎是从最近才开始真正了解周濂月这个人。

这一首听完，南笳说："你喜欢吗？你喜欢我就选这首。"

周濂月看着她，一时将呼吸放轻："……可以。"

南笳作了决定，一边将歌名发给制作人，一边苦笑说："又得上粤语课了。"

似乎没开多久，就到了南笳所住的小区楼下。

音乐还在播，合着双闪灯的节奏。过了片刻，南笳才后知后觉地伸手，切掉了音乐软件。

骤然的寂静。

南笳笑说："那我走了……"

在她准备伸手去拉开车门的一瞬，周濂月开口，声音有些哑："明天早上一起吃早餐？"

南笳笑："好啊。我尽量早起……你下午走？"

"嗯。"

"上午想去哪里逛逛吗？南城有个寺，或者……"

"可以。"他甚至没有等她说完。

沉默一霎，南笳轻缓地出声："……那我走了。"

"嗯。早点儿休息。"

南笳点头，伸手拉开了车门。下了车，合上门的瞬间，她往车里看了一眼。

周濂月的手臂搭在方向盘上，也正在看她，那目光幽邃而安静。

"拜拜。"她轻声说，"……明天见。"

"明天见。"

周濂月落下车窗玻璃，注视着南笳的身影消失于小区门口。他拿过手机，拨了个电话。他让现在的临时助理，去把此刻他正在开的这辆车买下来，过户到他的名下。

南笳洗过澡，躺在床上。耳朵里塞着耳机听歌，很久不能成眠。

她爬起来，打开行李箱，从里面拿出一瓶香水，喷了一点儿在手腕上。

——周濂月送给她的圣诞礼物，梅森马吉拉的香水，"壁炉火光"。

前调是胡椒、橙花和丁香；中调是栗子、愈创木和杜松油；后调是香草、秘鲁香膏和开司米酮。

他太有心机，轻易知道怎样用一瓶香水就能唤起她的记忆。

那味道像在烧木头，有香甜的板栗和暖和的羊毛的气息。

闭上眼睛，脑海中的场景是在树海之上的山间别墅，燃起的壁炉前。

次日清晨，南笳坐在餐厅里，清理了餐桌，铺了一堆的化妆品，立起眼影盘的镜子化妆。

打了一宿麻将的南仲理起床上厕所，被吓了一跳："……起这么早啊？"

"嗯。"

"干什么去？"

"吃早餐。"

"吃个早餐还化妆？"

"我可是女明星，被人拍到丑素颜照怎么办？"

"我倒觉得你不化妆好看。"

"您还觉得我大光明好看呢。"

南仲理上完厕所，打着呵欠回卧室："我可接着睡了啊。你中饭自己解决。"

"知道，也没指望您管饭。"

南笳化好妆，换了身衣服，下楼。

提早了五分钟等在路边，没那么匆忙。她看着车驶过来，摘下了墨镜。

车在跟前停下，南笳先打开后座车门，脱了大衣，连同手提包一起放上去，而后才上了副驾。

周濂月不动声色地打量南笳。她化了淡妆，白皙的肤色，鸦羽似的一段睫毛，菱形的唇，是衔着石榴籽一样的红色。而这些都不及她的眼睛，生动，又流光溢彩。

周濂月收回目光，声音微哑："南城我不熟，去哪儿吃合适？"

"我昨天在高中的群里问到了一个店……"她转头看了看屏幕，这车子已经自动连上了她的车载系统，"我来导航吧。"

南城的老城区不大，车开过去十来分钟就到了。

小街里的一个铺面，估摸着没有停车的地方，就在路口处找了个地方停下来，步行过去。

南笳说："太高调了，一路过去多少人偷拍？我看到公关费在蒸发。"

周濂月笑了一声："这用不着你负责。"

所幸南笳还不至于红到家喻户晓的程度，进这小店没被认出来。店以面食出名，他们点了两碗招牌的阳春面。

外头有"铃铃"的自行车的声音，太阳出来了，淡金色的光里，薄薄的雾气缓慢升腾。

店里面热腾腾的，混杂着食物的香气。

周濂月似乎理解了南笳所谓的"烟火气"。他吃着面，时不时抬头看一眼对面。

南笳吃东西一贯很是心无旁骛，吃到特别合心意的更是如此，也不太端着所谓明星的架子。

周濂月出声："你说你爸是开餐馆的？"

"对。以前开苍蝇馆，现在做海鲜大排档。"

"读书的时候在自己家里吃早饭？"

"餐馆只做午市和晚市。我早餐都在外面吃的，家或者学校附近，跟朋友一起。有时候起晚了，来不及了就外带，到教室里等下了早读课再吃。一到冬天，整个教室里都是包子和粉面的味道。"南笳笑说。

"你读书的时候是什么样的？"

南笳顿了一下，听出周濂月话语里斟酌的意思，即便他的语气听起来平静极了。

"我告诉你的话，你同样也会告诉我吗？"南笳笑问。

周濂月一时间却沉默了。南笳预料到了周濂月的反应，笑了笑，没说什么。

失望吗？倒也说不上。她可以，或者说她愿意对周濂月敞开心扉，如果他想了解她的话。

但显然周濂月做不到对她同等程度的敞开心扉。

吃完早餐，他们步行回到了车上。

不知道去哪儿，南笳姑且导航去了南城最有名的那座寺庙。途中经过了一条路，两侧都是民国建筑，挂着文保单位的牌子。干净的柏油路面，沿路两排是望不到尽头的高大悬铃木。

这附近离大学不算远，经常有学生过来拍照，但因为是在过年，倒没几个人。

南笳叫周濂月停一下，她要拍两张照，过年期间的发博KPI还没完成呢。

路边就有停车位，周濂月找了个位置停下来。

南笳拉开车门，拿着手机下去，走到那青砖的围墙前，开自拍模式试了试，不大满意。她这样骨相漂亮的脸，自拍的畸变反倒容易把人照得小家子气。

南笳拿着手机，又回到车旁，敲了敲窗。

周濂月按了驾驶座那一侧的按钮，车窗玻璃落下来。

她的手臂撑在车窗上，笑问："帮我拍，可以吗？"

无法拒绝。不如说，甘愿效劳。

周濂月将车熄火，解开安全带，下车，从前方绕到副驾那一侧。

南笳将手机递给他，自己走到了围墙下。

尚未来得及打开相机，手机息屏了。周濂月问："解锁密码？"

"我生日。"

解锁，打开相机。

她穿着一件白色上衣，棋盘格的半身裙，压低了鸭舌帽，露一个侧脸。

成打的写真照让南笳知道自己哪个角度最好看，摆姿势亦举重若轻，毫不费力。哪怕是路人来拍，她亦可以保证基本不会出现废片。

她摆完几个姿势，觉得差不多了，就走到周濂月身边去。拿回手机，点开相册，她愣了一下："……你拍的？"

"不然？这里有其他人？"

摄影是一门很玄学的艺术。同样的景，同样的构图，不同的人来拍，都能拍出不一样的味道。

那时树叶间落下一束光，她觉得刺眼，闭眼躲了一下。周濂月恰好抓拍下这一瞬南笳仿佛介于厌世与冷艳之间的表情。

都说相机是摄影师心灵的眼睛。这是自己在周濂月内心中的形象吗？高级得像一种礼赞。

南笳打开微博，点开发布按钮，一面将这张照片选中，一面说："我有个问题。"

"你说。"

"那时候，就最早的时候，你为什么想要帮我？你见过不少女人吧，比我漂亮的多了去……为什么是我？"她的语气很轻松，力图使这话听起来不过是随口一问。

周濂月背靠着车窗，转头看她。她也转过头来，与他对视，认真且恳切的神色。

南城的春天，似乎要比北城来得早一些，此刻他穿着一件薄薄的黑色毛衣，能感觉到阳光落在身上的温度。空气里有尚未散去的清新的水汽，还有她身上的浅淡的几乎不易捕捉的……

周濂月出声："你在发微博？"

"是啊。"

"选的哪几张？"

"嗯……"南笳的手指一顿，似乎意识到了什么，"……你不要转移话题。回答我。"

周濂月单手抄兜，垂首凝视着她，思考了好一会儿，才说："我只能说，很长一段时间里，我的生活都很沉闷。我猜测你是一个很有趣的人。"

"那是什么时候，你发现……"

周濂月很平静地说："抱歉，我不怎么喜欢剖析自己。如果你觉得这很重要，我可以告诉你，是在得知你为了救周浠受伤，去医院的路上。"

南笳的手指在屏幕键盘上停顿了一霎："……我不是想勉强你。我只是觉得自己其实一直不怎么了解你。"

周濂月看着她："我不觉得勉强。"

微博已编辑完，南笳点击发送。她将手机锁屏，将要去拉车门，周濂月却忽然伸手，一把握住她的手腕。

她转头，对上他的视线。镜片后的目光十分平静，和清晨的风一样，拂过面颊，但并不觉得有凉意。

周濂月平静地说："南笳，我的感觉是，你似乎执着于在过去畸形且错误的关系上，寻找某种正确性。"

南笳顿住。周濂月目光不移地注视着她："如果你想，我愿意为了你从头剖析自己。但我认为这种尝试没有意义，因为过去的那一段，我们早就已经结束了。"

南笳呼吸一滞。她这一阵子一直觉得自己有一种茫然的执妄，但又想不通是什么——周濂月点醒了她。

她尚在恍惚，周濂月忽轻声问："你喜欢吗？"

"……什么？"

他没说话，却将她的手腕抬起来，凑到他的鼻尖。

"壁炉火光"，还残余了一点儿栗子和开司米酮的香味。

周濂月垂眸嗅闻的模样，让南笳的脑海里一瞬间闪过无数个画面。他们放纵且投入地……

手腕皮肤上，他呼吸落下的地方，像烙铁烫上去一样，迅速地烧起来，并随着血液蔓延至她耳后。南笳无法呼吸，猛地抽回自己的手腕，背到身后去拉车门，手指微微颤抖。

她不敢去看周濂月，或许他在笑，但她无从得知了。

门拉开，周濂月往后退了一步，她顺利打开车门，低头钻进去。

周濂月自车前方绕回到驾驶座，南笳转头看着车窗外，依然不去看他。

过了好一会儿，车子也没有启动。

她觉得疑惑，转过头去，却正看见周濂月锁上手机的动作。

南笳似乎意识到了什么："……你是不是在看我的微博？"

周濂月没作声，轻笑一声，启动车子。

南笳 V：阳光从不偏颇。

Photograph by 知名不具

初六，南笳回到北城。

留给她到下次彩排的时间，只有五天。

关姐听说她又选了一首粤语歌，打电话来委婉劝说，告诉她其实没有必要，这样不容易给观众以新鲜感。

南笳问："是节目组那边有意见？"

"那倒是没有，你本来就是救场的。他们肯定一切以你的要求为准。"

"那就唱这首。"

关姐很少见她在不很重要的事情上如此坚持，便问："这首歌对你有特殊意义？"

"没。就单纯喜欢。"

关姐暂且不再纠结这件事，转而说道："然后就是你那条微博……"

南笳抢先认错，笑说："我错了关姐……以后不这么发了。"

因为那句"知名不具"，有粉丝在评论区一直 @ 瞿子墨，更有甚者将其解读为了官宣：拍照地点在南城，那一定是姐姐带人回家见家长了！

等团队注意到评论区的风向时，想要处理已经来不及，也不能删微博，不然更不知道评论会如何发散。

南笳赶紧联系瞿子墨向他道歉。她怎么也没想到自己一时脑热轻飘飘发的一条微博，会牵连到他头上。

瞿子墨告诉她没事，并随后发了一张和父母的全家福，定位是阿根廷的首都布宜诺斯艾利斯。一个南半球一个北半球，间隔一个太平洋。他变相地替自己澄清，也替南笳解了围。

南笳在微信上发跪地痛哭的表情包：我欠师哥一个大人情。

瞿子墨：那师哥能不能用这个大人情换你一个小秘密，这"知名不具"是谁？

南笳：时机成熟了一定第一时间告诉你。

现下，关姐笑说："你知道就行，以后发微博要三思。当关注你的人多了，你的一个标点符号都有可能引发联想。"

五天时间，又要纠正发音，又要练习唱法，时间很赶。

好在最后彩排和录制一切顺利。

之后，南笳便得准备进组拍戏。今年上半年就两部配角戏，题材各不相同，一部谍战片，一部武侠片。都是大导的好本子，但因为不是带资进组，凭目前南笳自己的人气和演技，只争取到了女三号、女四号的戏份。

南笳一贯认为没有小角色，只有小演员，好剧本里一个让人记忆深刻的配角，比差剧本里扁平的主角更有意义。况且，她还没演过年代戏和古装戏，多有新鲜感。

进组前，南笳除了揣摩角色，就是在做仪态和礼仪方面的特训。

这天，南笳上完课，坐在保姆车里，一边喝水，一边查看手机。

微信里有很多未读消息，大多不是很重要，懒得马上就回。她往下翻，看见列表里浮上来一个“许助”，很有些意外。

点开看，许助问她：南小姐要去拍戏了？几号进组？

南笳笑了，拧上水瓶放到一旁，打字回复：许一鸣，你带薪假休完啦？

许助：……

南笳：怎么样啊，伤好了吗？

许助：差不多了。反正还有个助理，有什么我俩分摊着做。

南笳故意逗他：别说，你不在的这阵子我都不习惯了。

许助：……南小姐饶了我吧，我还不想被开除。

许助又问了南笳一遍，什么时候进组。

南笳：你让你老板自己来问我。

许助：……好吧。

没一会儿，手机就来了一个电话。

她发现周濂月这人似乎很不喜欢用微信，她与他微信沟通的次数，大抵一只手就能数得过来。

接通后，南笳稍稍坐直了身体。

周濂月的声音听起来略有两分鼻音：“……要进组了？”

“嗯。再过几天。”

“吃饭了吗？”

南笳往车窗外看了一眼，此刻车流密集，不耐烦的鸣笛声时起时伏，正是北城最叫人耐心尽失的晚高峰。

南笳笑说：“你要请我吃晚饭？”

“今天恐怕不行。我……”他像是克制不住，沉闷地咳嗽了一声。

南笳顿了顿：“你是不是感冒了？”

“还好。”

南笳转头看了一眼小覃，捂了一下手机听筒，轻声跟她确认，今天是不是没有别的安排了。

小覃点点头。

南笳对电话那头说道：“要我过去看看吗？”紧跟着补充了一句，“……如果你方便的话。”

那端静默了一霎：“好。”

“你现在在哪儿？西山那边？酒店里？”

“不是。”周濂月报出地名。

南笳愣了一下：“……好。我知道了。”

电话挂断之后，周濂月便将手机丢到一旁，直接睡了过去。

再度醒来，是因为手机在响。他接通时顺便看了一眼时间，没想到已经过去了一个多小时。

电话里，南笳说道：“你在家吗？我按了门铃，但是好像没有人……”

“楼下？”

“不是，门口。”

“指纹没换。你直接开锁进来吧。”

“……好。”

周濂月坐起身，摸过一旁的眼镜戴上，站起身时有些头重脚轻。他穿上拖鞋，朝外头走去。

南笳正开门进来，梳着很是复古的鬟燕尾式发型，身上罩着一件直筒式的藏青色风衣，手里则提着两只纸袋。

她仿佛出于本能地伸手去拉鞋柜的门，又在触及拉手的一瞬停了下来：“那个……有没有拖鞋？”

“有。你自己找找。”

南笳拉开鞋柜门，看见有一次性的，拿了一双穿上。

她提着纸袋，穿过玄关，进屋。

公寓里和她上次搬走时，几乎没有任何变化。她拿走东西之后，空出来的地方还空着；嫌笨重没有带走的那个仿佛单腿站立的白鹭鸶的落地灯，也还在原处站着。

南笳没空整理一时有几分纷乱的思绪，她举起纸袋笑一笑说："给你打包了晚餐。路上太堵了，餐厅这个时间也特别忙，所以过来耽误了一点儿时间。"

"没事。你先坐着，我去洗个澡。"

周濂月穿的是白衬衫和黑色西裤，衬衫的下摆没扎起来，领口的扣子也散乱地解开了。他皮肤原本就很是苍白，这下更是毫无血色。

南笳凑近一步，看见他额头上浮着一层汗，便握住他的手："你在发烧？"

"已经退了。"

"家里有没有体温计……"

"没事。你先坐。"周濂月轻轻挣开她的手腕，态度隐约有些回避的意思。

南笳走到餐厅，将外带的食物拿了出来。塑料食盒让人没食欲，她犹豫了一下，转身去了厨房，拿了些干净的餐盘盛装。

趁着周濂月洗澡，南笳打量着四周。她自进门起就发现许多生活的痕迹，譬如玄关柜上的车钥匙，茶几上的水杯，搭在沙发扶手上的西装外套……再如此刻她目光所及的，餐边柜的架子上，摆放了好几瓶酒，都是开过的。

周濂月住在这儿，至少最近住在这儿。

约莫十分钟后，周濂月从主卧走了出来。他换了身居家穿的衣服，质地舒适透气。头发半干，人看起来清爽许多，靠近时，能闻到他身上有一股微微潮湿的香味。

他走过来，拉开椅子坐下。

南笳托腮看着他高挺的鼻梁和收紧的下颌线。清俊，又有几分厌世感。

南笳开口："你好矛盾。"

周濂月不解地看她。

"既然不想让我看到你生病的样子，又为什么同意我过来看你？"

周濂月一顿。

"真的退烧了？"南笳轻声地问。她伸臂抬手，手掌碰上他的额头。

周濂月敛下目光，看着她。

她的妆容与那个民国样式的复古发型配套，细细的眉，微挑的眼尾，赤红的唇……南笳的袖子里笼着一股味道，是有些浓郁的玫瑰花香。她托腮的那只手，细长的指甲上，也涂了色泽饱满的石榴红的指甲油。

周濂月没作声，伸手，一把攥住她搭在自己额头上的那只手。

她立刻轻轻挣扎，却没有挣开。

周濂月将她的手拿下，握在手里，垂眸去看："你觉得为什么？"

南笳也就迎着他的目光，轻笑一声："……我哪里知道。"

"不知道吗？"

"……不知道。"南笳伸过托腮的那只手，轻轻打了他手背一下，"吃东西啦。"

感冒的人通常都没有胃口，南笳点的餐食都很清淡，主食是加了虾仁的粥，淡淡的咸味，很适口。

南笳身上穿的这件直筒式的风衣袖口过分宽大，活动起来很不方便。周濂月几次看见她捏着袖子去夹菜，便问："怎么不把大衣脱了？"

"这个……我没卸妆直接过来的。衣服有点儿夸张。"

"戏服？"

"也不是，我自己找人定做的。上课时候穿，方便代入角色。"

"什么课？"

"今天是舞蹈。"

这样一说，周濂月更好奇，盯着她看了片刻："旗袍？"

"……嗯。"

周濂月笑了一声，只说："穿着大衣也不觉得热？"

要再扭捏，气氛反而要变得微妙。南笳放下筷子，站起身，解开扣子，脱下大衣搭在一旁的椅背上。

一条墨蓝色的刺绣旗袍，中袖，为了符合角色人设，衩开得并不高，偏于保守的款式。

南笳给自己定的规则，以角色的衣服示人时，就得将言行举止的腔调拿起来。

因此，周濂月顿觉得她气质一变，靡丽的、颓废的、慵懒的。

他的目光自她的眼角，扫到她的鼻梁，再到唇珠，始终不动声色，只是喉结微微滚动。声音倒还是平静的：“还好，不算夸张。”

吃完东西，南笳要去收拾碗筷，被周濂月拦住了，说她穿着这身，做这种事可不合适。就几个碗碟，他拿到水槽里冲过一遍，然后丢进洗碗机里。

南笳站在一旁，看着他笑。

周濂月拧开水龙头洗手，也不抬头：“笑什么？”

“觉得这不像你。”

“怎样才像我？”

南笳想了想，回答不上来。她以前认识的周濂月，也只是片面的周濂月。

周濂月关掉水龙头，甩了甩手指上的水，转头看了一眼。

她倚靠着流理台，那旗袍将她腰肢的线条分明地勾勒出来。

南笳顺着他的视线低头，意识到他在注视什么，立即准备站直。而周濂月已一步靠近，两臂倏地一伸，撑在她身旁。她被桎梏在他两臂的范围里，后背抵住了台沿，无处可退了。

他气息沉沉，声音却轻：“这样呢？”

南笳喉咙发紧，没有作声。

他凝视着她的眼睛，依然轻声地说：“可你不是怕我这样吗？”

头顶灯光清亮，像是被过滤的澄澈月光。他沐浴在这灯光下，有一种清冷孑然的禁欲感。

然而……南笳吞咽了一下，她不由自主地伸手，手指握住他眼镜的鼻托处。

他顿了一下，闭眼。她摘下了他的眼镜，放在一旁岩板的台面上，镜框接触，发出轻响。随即几分犹豫地伸手，触碰到他分明的喉结。

她的指腹感觉到一种缓缓的滚动。

周濂月目光幽深，已经是这种时候了，他却比任何时候都要理智：“……你想好了吗？”

南笳愣住：“我……”

周濂月的呼吸沉而粗重，他凝视她片刻，忽低下头，将下巴重重地抵在她肩膀上。他沉沉地吐出一口气，声音喑哑极了：“……迟早被你逼疯。”

南笳伸手，环住他的后背，只觉得心口微胀：“我不放心你。”

周濂月不说话，只是伸手，一把将她紧紧抱住，仍是埋头在她颈间。

他长长地呼吸，想使自己缓过来。但这尝试有些徒劳，她身上复古的玫瑰花的香调，幽沉沉的，像一丈华丽的绸子，在夜色里兜头罩下来，头脑都是昏的。

周濂月只得直起身，退开了，伸手，抓起了一旁台面上的眼镜。

他不再看她，转身往外走，听见脚步声后转头，用警告的口吻道：“你别跟过来。”

南笳笑出声来。

周濂月回到了客厅里，从茶几上拿起烟和打火机。

南笳走过去：“生病了还抽烟。”

周濂月瞥了她一眼，没理她。

南笳在沙发扶手上坐下，偏头打量他。他跷腿坐在那儿，歪靠着沙发，有一搭没一搭地抽着烟，整个人都有点儿恹恹的。

她忽问：“跳舞吗？”

周濂月睨她：“什么？”

“我今天刚学的。”南笳起身，拿过自己的手机，连接上了客厅里的蓝牙音箱，一首二十世纪二三十年代的歌曲，缓缓地淌出来。

她走到周濂月身前，骄矜地伸出手。

周濂月盯着她，片刻后，终于还是伸手，捉住了她的手指，站起身。

南笳蹬掉了拖鞋，就赤脚踩在地板上，一手与周濂月相持，一手搭在他的肩膀上。周濂月衔着烟，手掌按在她的后背处。

出乎南笳的意料，周濂月不像新手，比她这个今天刚学的人跳得更有模有样。他告诉她，在大学毕业舞会时，他跳过华尔兹。

南笳笑问：“你看没看过一部宫斗剧？”

“你觉得呢？”他自然不可能看过，也无法理解这个梗。

南笳的额头靠在他肩膀上，自顾自地笑。她好想说：你还有多少惊喜是朕不知道的？

周濂月的肩膀耸了一下，碰她的额头："你笑什么？"

"你别管……"她笑得停不下来。

周濂月完全莫名其妙，却也不知为何跟着笑了一声，继而说道："……无聊。"

他将烟拿在手里，带着她慢悠悠地绕了一圈，绕到茶几前，趁机揿灭了烟，而后改成搂她的腰。

两个人更靠近了。无所谓舞步了，只是你进我退，和着音乐的调子慢慢摇晃。灯影随着他们在动。

周濂月问她，这回演的是一部什么片子。

"谍战片。"

南笳演一个女特务，是冷血无情的杀人机器，却在关键时候对分属于不同阵营的昔日同窗手下留情，最终自己被上司处决。

她心软的那场戏，就是在舞会上。她和同窗跳了最后一支舞，唯一一次展露出自己"女人"的那一面，也一并展露了自己的柔软。就是这柔软，害死了她。

南笳说："所以说，不可以同情男人，会变得不幸。"

周濂月笑说："那你还来找我？"

话音刚落，南笳鼻子发痒，立即别过脸，捂嘴打了一个喷嚏。

周濂月愣了一下。南笳松了手，几步退远，"唰唰"自纸巾盒里抽出几张纸巾："看看，被你传染了！已经开始不幸了！"

周濂月笑出声来。他转身去卧室拿了块毛毯，丢给南笳："裹着，别着凉了。"

南笳披着毛毯，在沙发上坐了下来。她瞥了一眼周濂月，发现他正在看墙上的挂钟。

南笳问："怎么了？有事？"

周濂月俯身，捞起茶几上的遥控器："是今天吗？"

"什么？"

"你唱歌的那档综艺。"

南笳当机立断地扑过去抢遥控器。她顿时觉着这一幕熟悉极了，愣了一下。

周濂月趁机将电视打开了。

南笳捡了个抱枕抱在怀里，大大方方地说：“你看好了，反正我唱得不赖。”

节目已经开始了。南笳往电视屏幕上看了一眼，按照录制顺序，再有一个人就该轮到自己。

她放了抱枕站起身。周濂月轻笑。

她若无其事地说：“我只是想去倒杯酒。”

南笳走到餐边柜那儿，一整排的酒，挨个儿看过去，有伏特加、威士忌、金酒……她的手指轻扫过酒瓶，忽地一停。

朗姆酒。这瓶剩得最少，只余下了不到四分之一。

南笳的手指轻触着微凉的瓶身，停了好久。片刻才回过神，拿起瓶子，放到小吧台上。

她拿了个杯子，在吧台的小水槽那儿涮了涮。转身，打开开放格下方的柜门，毫不意外地在那里面发现了整齐码放的听装可乐。

南笳端着兑好的酒回到沙发那儿，节目已经播到了下一位选手。

她在他身旁坐下，放下酒杯。周濂月往酒杯里瞥了一眼。

他们暂且没交谈，南笳时不时地喝一口酒。

没一会儿，就轮到她上场了。

南笳转头看他，单纯想缓解尴尬：“上一期你看了吗？”

“看了。”

“觉得怎么样？”

周濂月语气平淡地说：“……还行。”

南笳笑了：“才‘还行’吗？”

周濂月瞥了她一眼，没作声。

不。岂止是“还行”。

上期她唱《漫步人生路》，做港式复古装扮——卷发红唇与交叉领的红色连衣裙。艳而不俗，如枯叶玫瑰。

关姐趁热打铁，南笳演唱的四分钟剪辑成功出圈。也正是如此，关姐才不想让南笳再唱粤语歌，不然会有找到“流量密码”反复薅羊毛的嫌疑。

这期，南笳唱《人非草木》。妆发规避了上一期“港风美人”的概念，白T加一身山本耀司风西服的简单装扮，中性风格，妆化得极淡。

拿上麦克风，南笳就斜坐在高脚凳上，垂眸，全程无表情，只偶尔抬眼，与摄像机一个交汇。

南笳问：“粤语唱得还算标准？”

哪知周濂月说：“嘘。”

南笳笑出声来，她还是觉得尴尬极了，下意识地想逃离。

周濂月觉察到了，也不看她，只伸手将她手掌一扣，说：“好好听。”

……救命了。南笳如坐针毡，时不时地转头看周濂月一眼。

他觉察到她的目光，微微挑了挑眉。

南笳笑：“……你说歌词不错，是指哪句？”

“你觉得呢？”

南笳意识到，周濂月很喜欢这样反问——当他不想正面回答的时候。南笳大概知道是哪一句，但故意不顺着他的话，笑说：“我哪里知道。”

周濂月瞥了她一眼，片刻后，仿佛无奈，语气却平淡地说：“他换成她，就很贴切。”

南笳一时怔然。

“宁为她跌进红尘，做个有痛觉的人。”

南笳轻轻一挣，周濂月松了手。

她坐正了，伸手去端茶几上的酒，若无其事地说：“你是不是一直住在这公寓里？”

“嗯。”

猜想得到验证，南笳反倒不知道该说什么。她想起上回周濂月状似平淡的一句话：我是这么过来的。

守着她走之后的废墟，那些细碎、微末和不绝的痛觉，是这么过来的。

坦白说，那时候许助向她提及的命悬一线、遗嘱分割……南笳觉得震撼，但毫无实感。

她是渺小而平庸的人，击中她的同样是渺小的事。

“你是他的自由。”

“我是这么过来的。”

“你喜欢吗？”

“指纹没改。”

壁炉火光、空了的置物架、只剩最少的朗姆酒。

他其实可以吻她，但他很克制。她没有谈过“正常”的恋爱，但她觉得，自己在这些琐碎与渺小中逐渐痊愈。

“周……”

电视里，南笳的歌唱完了。

南笳正要出声，画面一闪，切到了后台候场的方译臣，以及给他助阵的叶洗的乐队。

南笳瞥了一眼周濂月，他似有几分倦怠地斜靠在沙发上，神情淡淡的，看不出来有什么。

南笳暂且没作声。

片刻后，方译臣和叶洗他们上场了。他们同样是录了两期，第一期唱主题曲，第二期唱片尾曲。

南笳只听过第一首。第二期彩排的时候没碰见他们，正式录制两组挨着，她下了舞台就去了洗手间，也没听到现场。

第二期的歌，她也是第一次听。

非常忧郁的曲调，主歌方译臣独唱，到副歌部分，才有叶洗的和声进来，给整首歌曲平添几分苍凉。歌曲唱的是失意之人，像凌晨醉倒在路边的诗人，愤怒的呓语与长叹。结尾处一段陡起的高昂节奏，以为是破局，但没有。停顿一霎，仍然朝着低落处行进，最后消失于无声。

南笳此时才开口：“你不问吗？”

周濂月转头看她：“问什么？”

“我跟叶洗一起录综艺。”

周濂月一时沉默。他伸手，要去端茶几上的酒，南笳比他更快地伸手，打了他手背一下，说：“你不能喝。”

他只好作罢。最后，周濂月的头微微往后一仰，长而缓地呼出一口气：

“跟你说个事，希望你别生气。”

南笳看向他。周濂月淡淡地说：“我看了你放在解老师那儿的东西……看了部分。”

南笳一顿。

周濂月说：“抱歉。”

“没事……也没什么不可以给人看的。”

周濂月转头，目光自她脸上轻轻扫过，一瞬后便又收回：“看了那些，我觉得没必要问了。我能理解……抱歉。”

南笳轻易地听懂了，第二个“抱歉”是为曾经在这里，衣帽间里发生的那件事情道歉——他利用叶冼羞辱她。

南笳摇了一下头，声音很轻地开口：“……刚刚这首歌，你觉得好听吗？”

“不错。”

南笳两手撑在沙发边缘，她垂下目光：“他唱的就是他，或者说，他们……我们这群人，曾经的一个状态。那时候跟他一起住地下室的朋友，坚持到现在的，已经没有几个了，有的转行，有的回老家，有的失去联系……那个时候叶冼父亲生病，患癌，你知道我妈妈也是……”

周濂月点点头。

南笳顿了一下，继续说：“他因为这，也一度准备放弃了，打算回老家当个音乐老师。他是我们这么多人的精神领袖，而且某种层面上，他算是救了我一命，所以，我想帮帮他，成与不成的，至少，我可以心安了。”

周濂月说：“我理解。”

沉默一霎后，南笳很诚恳地说：“我不能说，对他完全没有男女之情的仰慕。有时候，一个人在精神上太靠近另一个人，会很难分得清。”

周濂月平声说：“即便你爱上他，那也很正常。”

南笳听见这句话，立即转头去看周濂月，他的神情还是如此平静，可南笳却有一种心脏骤然悬空的感觉。

她的目光落下去，落在他自然放在身侧的手上。她伸手，一下握住他的手腕，周濂月一顿，垂眸看她。

“其实可以不用……”南笳低声说，“不用这样大度。你甚至都不问，我跟瞿子墨的后续。”

周濂月淡淡地说：“之前是不想问。现在是觉得没必要了。”

他凝视着南笳，只觉得她眼里渐渐地蒙上了一层薄雾。他没多想，手腕一绕，反将她的手一把抓住，不轻不重地拽了一把。

她挪动位置，挨近他坐下，他立即伸手，将她后背一搂，让她低头伏在肩头。微热、潮湿的呼吸。

周濂月侧过头，垂眸看她，平静地说：“我说真的。我很感谢叶冼。那时候他没拯救你，我也不会有机会遇见你……”

“你不要再说……”

周濂月听见细微的抽气的声音，住了口。

南笳声音低哑：“那些书和 CD，对那个时候的我真的很重要。我真的有一次，浑浑噩噩地爬上过学校的天台。而就那么巧，我翻自己的包，想给我爸留一封信，就翻到了他送我的书。书里夹着的纸条上写着，这本书适合在天台吹风的时候看。我读完了那本书，正好碰上落日。我感觉自己似乎有一年多的时间，没好好留心过周围的环境。我那段时间很害怕晚上的到来，各种情绪袭来，人会觉得生不如死……但那天目睹了夕阳落下去，迎来天黑，我突然就没那么害怕了。”

周濂月的双臂都搂住她，手掌贴在她的肩胛骨上，用力收紧。“我明白。”他低声说。南笳不再出声，周濂月也不再说话，伸手，摘下自己的眼镜，放到一旁。

他低头，然后顿了一下。南笳的身体微微一颤——那是一种温热柔软的触感。一个吻，落在她湿润的眼角。

只是一瞬。他更紧地拥抱她，南笳感觉到手臂皮肤与他挨近的温度。她无端想到，还是在很久之前，她坐上他的车，他扔自己的风衣给她盖，那风衣是硬质的料子，但里衬有薄薄的温暖。

她的手指攥紧他腰间的布料，纵容自己溺在这温暖里。

/ 第二十章 /

我命令你吻我

他们在客厅里坐了会儿，看电视，闲聊，没多久，周濂月便有些精神不济。

南笳觉察到了，摸他的额头，感觉他似乎又开始发烧。家里有体温枪，她找出来，坚持给他量了一下，是低烧。她将周濂月拽去主卧，让他躺下来，又倒了杯水，拿来退烧药。

周濂月有点儿抗拒："不用大惊小怪的。"

南笳端着水杯，也不说话，就僵持在那儿。

最终周濂月无奈地笑了一声，接过药和水杯，一口吞服了。他摘了眼镜躺下，南笳就坐在床沿上，转头看他。

他闭着眼睛，手臂搭在额头上，神情淡漠而恹然。片刻后，他轻声说："你联系许助给你派个车，送你回去。"

"你睡着了我就回去。"

"我很难睡着。"

"没事。"

周濂月不再说话。过了会儿，他忽然伸手，轻轻握住了她放在身侧的手。

南笳转头看，他仍是闭着眼睛的。周濂月的声音很低："陪我躺一会儿。"

南笳身上这身旗袍容易皱，但她没有拒绝，她蹬掉鞋，侧身躺了下去。

周濂月翻个身，紧跟着伸手，轻轻将她抱住，一只手搭在她腰间。他的体温有些高，皮肤挨近的地方，捂出了薄薄的一层汗。或许是因为没精神，他没有出声，始终闭着眼睛，只有呼吸带着几分沉重。

南笳没有动弹，只睁眼看着他。不知道过去多久，她感觉他似乎睡着了，轻轻地拿起他搭在自己腰上的手臂，翻个身，蹑手蹑脚地从床上下去。

她拉起被子，给他盖上、掖好，走到客厅，从架子上随意拿了一本书，再回到卧室。她背靠着床沿，在地板上坐下，翻着书，时不时地转头去看一眼。

夜已经深了，整个空间里静悄悄的。

南笳拿来体温枪，再度给周濂月量了量，发现烧已经退了。

她这才起身，把他的手机静音，关上了卧室门，回到餐厅里。

南笳穿上大衣，带走了打包盒的垃圾，轻手轻脚地出门。她暂且没办法留下，明天五点半就得起床，得回去卸妆洗澡。

在回程的出租车上，南笳给周濂月发了微信留言：我先走啦，明天还有一整天的行程，所以不能陪你了。好好休息，如果再有发烧的症状，必须去看医生。

想了想，她又强调了一句：我会让许一鸣监督你的。

第二天早上八点半，在上课的间隙，南笳收到了周濂月的回复。

一张照片，拍的体温枪显示的温度，三十六点五摄氏度。

第二条消息是：迟早得开了他。

南笳在特训课程结束后，就马不停蹄地进组了。

她的戏基本都是内景。场地是租用了南城的一些民国建筑，保护性地进行了搭建。由于得十分注意对老建筑的保护，现场拍摄和调度时大家都小心翼翼，进展自然很缓慢。

南笳的戏份不多，却也花了整整三周才杀青。

拍戏期间，间或跟周濂月通电话，聊一聊近况。然而他们都不是善于在电话里深入沟通的人，常常说不到两句就会沉默。

这期间，南笳借了近水楼台的便利，问南仲理要不要来剧组探班。

南仲理一再推说不要，店里忙死了，哪有这闲工夫。但在南笳预定杀青的当天，南仲理买了束百合花，亲自送了过去。

待人热情、三两句话就能跟食客打成一片的南仲理，到了片场却极其腼腆。拍杀青纪念照，南笳搂着他肩膀，他局促地比了个“V”。

拍完照，南笳在戏服外披了件外套，抱着花，拉着南仲理走到一旁去。

她免不了要揶揄两句：“不是说不来吗？”

南仲理的表情不怎么好看：“真不如不来，我说怎么现在戏这么难看，你们这些演员，成天不琢磨怎么好好演戏，只知道嚼舌根。”

南笳一愣：“谁嚼舌根？嚼谁的舌根？”

“没谁。”南仲理不大耐烦。

南笳打量着南仲理，笑了一声：“爸，你是不是听见有谁说我什么坏话了？”

“你有什么坏话可说的？我的闺女我还不了解？”他摆了一下手，表示不想再聊这个了，“什么时候走？”

“再待两天，要没什么需要补拍的就走了。”

“晚上去店里吃饭？”

“好呀。”

南仲理瞥她：“可给我低调点儿，别让人发现我俩的父女关系，不然到时候你影迷人来人往地跑去店里，我生意还要不要做了？”

南笳笑出声来。

杀青之后，南笳就无缝对接到了某时尚杂志的活动。

这类活动无非红毯、拍照和晚宴，没什么实质性内容，但又是明星们争奇斗艳不可缺少的大舞台。

南笳的红毯礼服，依然是跟上回参加电影节的那个国内的高定品牌借的。黑色礼服裙，绸缎面料，缀满细钻的项链与耳饰，“珠光宝气”的最佳诠释。

走完红毯，南笳去往化妆间，在造型师的帮助下，换了另一套适合内场活动的裙子。这条香槟色的直筒裙以美国二十世纪二十年代的服饰为灵感，艺术装饰风格的图案，缀以蕾丝和流苏，南笳又在头上束了金线刺绣的发带。

晚宴的场地里，南笳碰见了瞿子墨。

但瞿子墨的团队那边，之前专门找南笳这边的工作人员协商过，说既然二位只是朋友关系，以后明面上的场合，会引人误会的互动还是能省则省吧，不然粉丝老起哄，大家也难办。

就前一阵，南笳拍谍战片的定妆照一发布，就立即有情侣粉抠糖吃。他们翻出了去年瞿子墨在北城青年艺术电影节上，《苦芦苇》的主创接受采访时说的自己想演民国戏，硝烟烽火、儿女情长云云的那一番回答。

关姐私底下告诉南笳，说瞿子墨的经纪团队现在对她已经是颇有微词了。

南笳也无可奈何。

当下，两人的目光对上之后，不过稍稍颔首示意。

瞿子墨微微耸肩，一个苦笑。南笳心领神会，也回以苦笑。

无论旁人如何，瞿子墨始终是光风霁月的一个人。

此外，也碰见了梁司月。《灰雀》的宣传期过了之后，南笳只在类似的时尚活动的场合碰见过她，每次基本只能潦草地打声招呼。

南笳与梁司月“咖位”不同，晚宴的座次也不会排到一起。

说是晚宴，实则根本不可能好好吃喝，一个明星身后会站一两个助理。不大的一个圆桌，坐着的只有五六人，后面围拢站着的倒有一二十人，食物再美味也没了食欲，比婚丧嫁娶的吃席还叫人难受。

时尚杂志的资方和主编过来，一一敬酒，再走一些拍照的流程，这叫人活受罪的时尚晚宴总算结束。

南笳回到化妆间，听小覃说，外面下雨了，大暴雨，比天气预报的早下了两个小时。

“商务车、安保车，明星、助理、媒体、拍照的粉丝……外面好恐怖，堵得一塌糊涂的。”

“那怎么办？我们能走吗？”南笳问。

“先去车上等着吧，等主办方协商怎么分流。”

另一个助理小玉撑着伞，南笳披了件外套，去往停车场，又上了商务车。

坐在车里，南笳垫了点儿小覃给她准备的食物，三明治和燕麦奶。

外头近光灯、示廓灯闪成一片，路被堵得几乎寸步难行。

快过去二十分钟，南笳坐的车子才动起来，慢吞吞地嵌入车流之中，以龟速向前行驶。

小覃扒着窗户往外看，小玉刷着主办方工作交接群的消息，说道：“前面路口好像都淹了。”

南笳笑说：“我也没参加几次时尚活动，怎么次次不是下雨就是下雪？上回在巴黎也是，连下了好几天的雨，听说我一走就放晴了。”

小覃笑说：“我会交代主办方，以后邀请你参加的活动，都提前做好预案。”

车走走停停，十几分钟没开到一公里。

开到了那个淹水的路口，南笳看见车轮压出的一股泥水，直接扑上了玻璃窗。

刚穿过了这积水的路口，车子突然熄火了。

司机重新点火，没点着。再点，还是没点着。

小覃都无语了：“不会吧？”

司机尴尬极了：“可能是排气管进水了……”

“那怎么办？你再试试，真点不起来了？”

“可不敢再试，要是水进了进气管，顶坏气门，发动机都得报废。”

小覃很老练，赶紧联系工作室行政部再派一辆车过来。

司机也下了车，冒着雨，去车尾后面放置三角警示牌，然后叫人来拖车。

他们这辆车抛锚，导致路上更堵了。此起彼伏的鸣笛声，叫人心烦意乱。

南笳也没别的什么法子，只能等。点开微信，有几个工作群都在聊这事。这时候跳出来了一条新的微信——很稀奇，是周濂月发来的。

周濂月问她：回北城了吗？

南笳回复：回了。今天参加活动，刚结束。堵路上了。

周濂月：堵哪儿了？

南笳报了地名，周濂月却没再回复。

南笳发了个问号，周濂月这才回复：等等。

南笳当他手头有事，就先没管了。她把微信切出去，刷了会儿微博，首页出现的全是比美帖，谁的红毯照片大失水准，谁又艳压了谁。

南笳切到小号，看了会儿猫猫狗狗、花花草草，终于神清气爽。

没一会儿，响起敲车门的声音。小覃将门推开，一阵雨雾立即扑了进来。

南笳惊讶。周濂月就站在车门外，撑着一柄黑伞。

南笳转头看小覃，小覃笑嘻嘻的：“巧吧，周总也堵路上了。”

“……”

小覃说：“笳姐你去坐周总的车吧，这么堵，工作室派的车一时半会儿也到不了。”

“衣服……”

“衣服不弄坏就没事，脏了送洗就行。你先回去，我一会儿跟小玉去你那里拿衣服。”

南笳没再犹豫，穿着外套下了车。

落地的一瞬间，周濂月便一把提住了她的手腕，将伞朝她这边倾斜。雨是斜泼过来的，伞面虽大，却也只是聊胜于无。

周濂月当机立断，将伞递给她。

南笳不明所以地接过，见他两下解开了西装的纽扣，把衣服脱了下来。她还没出声，那西装已往她脑袋上一罩，柞绸的里衬，还有温度和淡淡一股木质调子的香味。

周濂月接回了伞，一把搂住她：“走吧。”

雨势太大，哗哗的像是捅破了天，南笳大声说：“你知道这附近多少家媒体吗？”

“管他的。”

南笳笑起来。

顶着瓢泼的雨，南笳被周濂月半搂着，自己拿着手包，两手举着他的西装外套，深一脚浅一脚地经过了一辆辆被堵在路上的机动车。

她心里有一种放肆的、喝醉似的快乐。

终于，走到了一辆商务车旁。

那车门自动打开了，南笳撑住了门框，周濂月轻轻一托她的腰，她顺势爬了上去。一抬眼，瞧见了前排正拉开车门的许助。

许助整个人都惶恐极了：“我说我去接，周总非要自己去……”

南笳笑出声来。

许助下了车，从周濂月手里接了雨伞。周濂月上车，在南笳旁边的座位上坐了下来。

这车是临时的商务用车，没备着毛巾，周濂月只得让司机将空调温度调高。

南笳穿了一件、顶了一件，其实还好，只有裙子下端湿得比较严重。

反观周濂月，他身上的衬衫湿了一大半。

周濂月接了许助递来的纸巾盒，抽出纸巾擦眼镜。他发梢滴着水，有几缕落在额头上，墨黑的头发与苍白的皮肤映衬，显出一种病弱感的禁欲；而半湿的衬衫，又隐约可见其肌肉与骨骼的线条，矛盾极了。

南笳收回目光，克制自己不要再看。

车厢里一股潮湿的雨水气息，等空调温度升起来，又闷又热。

周濂月问她："什么时候回来的？"

"昨天半夜。睡了没到三个小时，就起床去做造型了。"

南笳的脑袋靠在皮质的座椅靠背上，转头看他："你感冒好了吗？"

"这都过去多久了？"

有外人在场，也没法儿聊什么。

南笳知道了周濂月在这附近参加一个酒会，离他们办晚宴的场子仅隔了五百米不到。

车慢慢吞吞地开着，又过了半小时，才终于驶离了拥堵路段。

周濂月吩咐司机，先送南笳回家。

她身上这条裙子造价六位数，得赶紧换下来。

又开了二三十分钟，车开到了南笳小区门前。她跟安保打了声招呼，车子直接开了进去，驶入地下车库。

南笳推开车门，准备下车，看一眼尚坐在昏暗里的周濂月，没作多想，伸手将他的西装外套一拿："你也上去擦一下头发，别又感冒了。"

南笳抱着他的外套，进了电梯。那潮湿的气息，也随之充斥在轿厢里狭小的空间。

她隐约有无法呼吸之感，抬眼拿眼角的余光瞄了一眼周濂月，他脸上的神情显得平静极了。

出了电梯，南笳走在前面带路，穿过走廊。周濂月的脚步声跟在她身后，不紧不慢的。

她无端地心脏发紧，在门口停下，低头，微抿住唇，去按指纹解锁大门。

“嘀”的一声，大门打开了。南笳推门，按门口的开关，海盐的香扑鼻而来。

进去的一瞬间，玄关里也顿时充满了闷而重的雨水的气息。

南笳将周濂月的西装丢在换鞋凳上，蹬掉了脚上金色的细跟高跟鞋。她赤脚踩在地板上，拉开壁橱门，找一次性拖鞋。

周濂月将换鞋凳上的衣服往旁边推了推，坐了下来，脱掉了湿透的皮鞋和袜子。

南笳走进浴室里，拿了一方干净的浴巾，出来时，周濂月正走了过来。

两人在浴室门口撞上，她将浴巾递给周濂月。周濂月没接，然后进了浴室的门，拧开了水龙头，先洗了个手。

南笳往镜子里看，周濂月觉察到了，抬眼，与她目光相对。

南笳呼吸骤缓。

没有人出声。

周濂月盯了片刻，忽地一转身，背靠着流理台，伸手，一把攥住她的手腕，猛地一拽。潮湿的雨水气息，靡艳辛辣的香水气息，连同这个空间里残留的沐浴乳的气息，一并向他袭来。

周濂月手指收紧，哑声问：“……什么时候回来的？”

“这句你问过了。”

“……是吗？”

“嗯。”

南笳只觉得心脏已停止跳动：“……我有问题问你。”

“问。”

“……想我吗？”

周濂月看着她，没有作声。

南笳上前一步。周濂月的手肘后撤，手掌用力地撑住了流理台的边缘，小臂上的青筋清晰可见。

南笳踮脚，伸手去摘他的眼镜。他没有躲，只是微微眯了一下眼。

太近了，他轻易地看清她眼尾松石绿的眼影，分明而带着几分夸张的下睫毛，还有弓形的上唇沿。颓废、轻佻又叛逆的美丽女郎。

四目相对，只有轻若不存在的呼吸声。

周濂月张口："你……"

南笳知道他要问什么，伸手将手指轻按在他唇上："嘘。"她仰头，声音低不可闻，"我很想你。"

周濂月的目光幽深而不见底。

南笳再度靠拢，无法更近了。温热的气息，只差分毫。

可周濂月仍然没有动弹，就这样目不转睛地盯着她，像是一种隐约的挑战，抑或是挑衅。

再这样下去，她恐怕要窒息。她伸出手，手指顺着他的心口，一路蜿蜒而上，最后，一把揪住他衬衫的领子，一字一句地说："周濂月，我命令你吻我……"

话没有说完，最后一个字，被他重重地吞没。

南笳的呼吸一滞，过了好一会儿，她才沉重地通过鼻腔呼出了一口气。

她不自觉地伸手，绕过他的后颈。他伸手，紧紧地搂住她的腰，转了个身，而后一把将她抱了起来，放在流理台上。

他的手掌用力按住她的后脑勺，使她低下头来。他凶狠地、无章法地吻她，她亦无章法地追逐、回应。

胸腔里，心脏和肺叶都在隐隐发疼，像在燃烧，无法抑制。

吊带直筒长裙裙摆上的流苏，自耳后垂下的刺绣发带，线性长条的金色耳饰。一切都在轻轻摇晃，连同他们的心脏。

南笳肩头的皮肤微凉，赶紧伸手搂住裙子："……衣服弄脏了要赔的。"

"那就赔。"

"不是……"她用手掌去推周濂月的肩头，"一会儿我助理就要过来了。"

"打电话叫她们不用来了。"

"还有关姐，晚点儿她要打电话聊一个工作的事……"

"……"灯光下，周濂月的呼吸粗而重，一贯清冷的眼里幽邃而滚烫，唇边一抹深红，是她的口红染上去的。

南笳抱着他的后颈，大拇指指腹抹过那一抹红，微喘的呼吸贴近他的鼻尖，低声说："而且，我这里没有那个……"

她话音刚落下，周濂月口袋里的手机便振动起来。

多半是许助打的，提醒他一会儿跟洛杉矶那边的客户还有个电话会议。周濂月不耐烦地掏出手机，挂断后往台面上一扔。

南笳伏在他肩头笑："我没有不想，只是太仓促了……"

周濂月伸手，轻轻地掐住了她的下巴，他以前常这样做，可当下的意味已截然不同："……知道仓促，你还非把我叫上楼？"

他声音极哑，鼻尖浮着一层薄汗。

南笳笑："我知道，但是，我刚刚在车上的时候就想，如果今天吻不到你，我会死。"

周濂月微微挑了挑眉。

本能地不想跌下去，她只能伸手紧紧扣住流理台的边缘，或者两臂都攀在他肩头。这过程很快，像是已然临近沸点的水，只需再添一把火，便会整个沸腾起来。

南笳力气耗尽，思绪空白，眼前雾蒙蒙的，整个人都倚靠在周濂月的怀里。她两臂都搂抱住他，脑袋抵在他肩头，好一会儿都没缓过来。

周濂月再靠近一步，挨着她，又拉过她的手，去触碰一种昭彰的存在感。

南笳已很难去分辨，这狭小的空间里，混杂着多少种气息。雨水、沐浴乳、香水、放置于角落处的无火香薰、微咸的汗水，以及最无法忽略的、某种浑浊的气息。

周濂月扳过她的脑袋吻她，她也热烈地回应。

裙子彻底脏了，她在换气的间隙控诉："你是不是故意的？"

周濂月笑得很无所谓："反正都得买下来。"做个纪念。

"……疯了。"

"你下次再这么折腾我，就真疯了。"

南笳不再说话，只是笑，被周濂月搂抱在怀里，静静地平复情绪。过了好一会儿，他们才松开。

南笳问："你要不去冲个澡？"

"我一会儿就走了，回去换衣服。"

他整理好了衣服，洗了个手，又洗了一把脸，接过南笳递给他的洗脸巾擦了擦，而后戴上眼镜，再问："后面什么安排？"

"拍杂志，拍物料——《津港十三日》不是快上了吗？"

"嗯。"

"还有，下旬叶洗要办演出，邀请我做嘉宾，我得选歌练歌。"

周濂月顿了一下。南笳看他，笑说："会不会吃醋？"

周濂月看她："你觉得呢？"

南笳笑说："你要我怎么回答？说会，显得你不够大度；说不会，又显得你好像太大度。"

"……"

周濂月的手机又响起，他伸臂捞过来，接通了电话。还不待许助出声，他直接不咸不淡地说了句："知道了，十分钟下来。"

两人总算从浴室出去了。

南笳回到主卧，把裙子脱了下来，换上了 T 恤和卫裤。裙子上的脏污，拿湿纸巾擦过了，不怎么明显，但显然不可能再好意思还给品牌方了。

南笳换好衣服出来，周濂月正坐在沙发上打电话。

简短的一个电话，他讲完了便转头看她："你赶紧去洗澡。"

"你不是马上就得走了，我等你走了我再去洗。"

"你再这样我直接把你也带走。"

南笳笑着，走到沙发后面去，从背后抱住他："我从昨天到今天只睡了三个小时，先饶了我……"

周濂月转头看她，无可无不可的神色。

凝视她片刻，周濂月伸手，捏住她的耳垂，轻轻摩挲。

刚刚冷却的空气，像未燃尽的火种，遇风即燃。

周濂月的手掌捧着她的脸，轻咬她的唇，而她两手都环过去，搂住他的后颈。

这样太别扭，周濂月松了手，南笳绕到前面来。他捉着她的手腕，使她在他膝头坐下。周濂月的手臂紧紧搂住她的腰和背，再度低头吻她，肆意且热烈。

彼此的氧气都被夺尽，最后，周濂月终于不舍地放开她。

他抱着她，抬腕看了看手表："我得走了。"

南笳点点头，撑着周濂月的肩膀站了起来。

经过这么长时间，他先前淋湿的衬衫，早就干得七七八八了。周濂月站起身，整了整衣领，拿上手机，往门口走去。

"等一下。"

周濂月看她。

"我找找，好像家里有干净袜子。"

周濂月走到玄关，在换鞋凳上坐下。等了片刻，南笳从卧室里走了出来，手里拿着双深灰色的棉袜。她一把扯掉袜子上的标签，拆了线，递给他。

周濂月瞥了一眼："男式的？"

"不然呢？"南笳登时反应过来，笑说，"是一个运动品牌寄的公关礼盒。他们一开始发错了性别，后来给我补发了。错发的我原本准备给我爸寄回去的。"

周濂月不再说什么，接了她手中的袜子。

南笳看着他笑。周濂月知道她笑什么，也不理，他穿好了鞋袜，站起身，看了她一眼。

她抱臂站在那儿，原本已经不笑了，撞见他的目光，又憋不住。

周濂月捞起了换鞋凳上的西装，再次瞥了她一眼。

忍不了了，他伸手抓着她的手臂一把拽过来，转个身，将她往壁橱门上一抵："还笑？"

南笳正要出声，外面忽地响起敲门声。

应该是小覃和小玉，她们有楼下的门禁卡，可以直接上楼。

南笳轻推了周濂月一把，要去开门。但她没能推开，周濂月搂得极紧。

他低头，凑到她耳边，沉沉地说："嘘。"

那温热的气流拂过耳郭，南笳情不自禁地打了个寒战。

周濂月将她两臂都按在壁柜门上，膝盖分开了她的双膝，看了她一眼，低头便吻下去，无声且热烈。

南笳不敢发出丁点儿声响。

小覃敲门不成，改按门铃。玄关里回荡起“铃铃”的声响，平添一阵叫人越发紧张的焦躁感。

南笳只觉得情绪割裂，可又分外不舍得松开周濂月。

不如说，甘愿沉溺于这种隐秘的刺激。两个坏种，她愉快地想。

南笳听见客厅里自己的手机响了起来，终于不得不伸手推了推周濂月，无声说：“差不多得了。”周濂月这才松开她，抬手，大拇指缓慢擦过她湿润的唇角。

南笳轻咳一声，故意地朝门口大声地喊了一句：“来了！”

周濂月再度整了一下衣服，推了推眼镜。脸上无波无澜，什么也看不出。

南笳对着门边的穿衣镜整理了一下表情，走过去，将门打开了。

门口的小覃和小玉往里瞥了一眼，打招呼道：“周总。”

周濂月点了点头，转头对南笳说了句“早点儿休息”，便拿着半湿的西装外套，走出了门。

小覃和小玉走进玄关，说道：“笳姐，那个礼服……”

周濂月在门关上的最后一瞬，听见屋里南笳再平静不过地说：“脱衣服的时候发现勾丝了，可能上车下车没注意在哪儿刮了。你们联系品牌方照价赔偿吧……”

周濂月笑了一声。

周濂月可能是自己的尼古丁、咖啡因、酒精……或者其他任何，可以提振精神的东西。

南笳歪靠在沙发上，恹恹地想，不然怎么他一走，自己就突然完全没了精神。舟车劳顿加睡眠不足的困倦，像温暖的潮水一样漫过。

她撑着脑袋，频频打哈欠，听小覃同她汇报明天的行程安排，七点出发，七点半化妆，八点半拍摄……她没有异议，通通点头。

小覃笑说：“笳姐那我们先走了，明天早上过来接你。”

南笳又打一个哈欠：“你俩还没吃晚饭吧？”

“没有。”

“那赶紧回去洗个澡点个夜宵，别感冒了。”

南笳将两个助理送到门口，叮嘱她们回去路上一定注意安全。回屋拿手机又各给她俩发了一个大红包，然后强济精神，卸妆、洗头、洗澡、护肤……

所有一切都搞定的时候，已困到半死不活。关了灯进了卧室，南笳几乎倒头就睡。

关姐的电话打过来，将她吵醒。电话接通，南笳还处在半迷糊的状态，听关姐说，某轻奢品牌向工作室递来橄榄枝，有意向签她做新的代言人，有半年的考察期。

“但是……”关姐话锋一转。

南笳一下便清醒了：“是不是我跟周濂月又被拍到了？”

“你也知道。”关姐哭笑不得，“本身你谈恋爱没什么，但怕有人顺着这条线索深挖，那就……”

“周濂月知道了吗？”

“通知过了，不过倒也没那么严重。”关姐转而又安慰她两句，“负面爆料我们肯定会一直盯着的。后头品牌签不签你，他们主要还是准备观望《津港十三日》的票房情况。”

“我知道了，我问问周濂月吧。”

关姐踌躇：“你跟他……”

“嗯。”

关姐没多说什么，叫她早些休息。

南笳接完这通电话，倒是一下子没了睡意，她拿了个毛绒玩具抱在怀里，趴在床上，给周濂月打了一个电话。

那边很快接通了，南笳问：“你公事忙完了吗？”

“差不多。”

“又被拍到了……”

“没事。”

“以后的话，是不是也一直这样？”

“你想公开也行。”

“不不，我不是这个意思。我只是在想，我们一开始确实不光彩，一直捂着不叫人讨论，好像有点儿两头便宜都要占的意思。”

周濂月似乎觉得匪夷所思：“你给我打电话来，就为了讨论这个？”

“不然？”南笳也笑，“告诉你我想你吗？”

周濂月静了一瞬。

南笳的呼吸都放轻了：“你呢……会想我吗？我知道我们刚刚才见过……”

“嗯。”

南笳笑说：“如果当面你也能这么坦诚。”

周濂月轻笑一声，继而回到正题，平静地说：“你想那个问题，要这么去考虑。你说出真相，公众也不可能毫无偏颇地评价你，尤其涉及了道德这个议题。即便你觉得自己承受得住骂名，我也不想把你置于这种境地——你明白吗？这不犯法，我们没伤害过谁。这是我们两个人的事。自始至终这都是我们两个人的事。”

南笳呼出一口气。她承认阅历的差距，她轻易地被他说服了。

她笑说：“这事就交给你裁夺了，总之，我想要跟你正常地约会，正常地生活。”

周濂月说：“当然。”安静片刻，他问，“你还没睡？”

“刚跟关姐打了电话。马上就睡了——你呢？”

“准备睡了。”

“睡得着吗？”

“试试看吧。”

南笳在这边笑：“反正你也不容易睡着，不如我再告诉你一件事。”

“什么？”

南笳将脸埋下去，轻声说：“我有想过你……”

“想过我什么？没听清。”

外头雨还在下，疏疏的雨点打在窗户上。

南笳重复了一遍，而后清楚地听见，周濂月的呼吸一霎就乱了。

她笑：“你也可以，‘礼尚往来’——我睡觉啦，拜拜！”

“……这账我记着了。”周濂月用警告的口吻说。

/ 第二十一章 /

无条件偏爱

南笳第二天一整天的拍摄工作。

她早上吃了两片黑麦面包，喝了杯咖啡消水肿，再赶到拍杂志的地方，开始化妆。

意外地来了个电话，是周浠打过来的。

为了不打扰化妆师的节奏，南笳拿出无线耳机塞进耳朵，连接蓝牙接听。接通的一瞬，周浠甜甜地喊她："嫂子！"

南笳失笑："你消息好灵通。周濂月亲自告诉你的？"

"他早上回来拿了个文件，我们一起吃早餐，顺便就聊到了。"

"你回西山那边了？"

"对，苏星予跟我一块儿搬过来了，他最近有演出，一天要练习很久，苏叔叔最近有点儿神经衰弱，怕吵到他。"

"周濂月已经去公司了，还是……"

"正准备出门呢，我让他跟你打声招呼——哥！"

片刻后，电话里传来周濂月清冷的声线："早。"

南笳笑说："早。"

"在工作了？"

"在化妆。"

"晚上一起吃饭。"

"我今天收工可能比较晚，得到八点左右。"

“没事。我开车过去接你。”

没多聊，周濂月将电话递还给周浠。

南笳在化妆，反正无聊，便跟周浠闲聊起来。

周浠仿佛比他们两个当事人还要高兴：“我以前一直以为，我肯定会跟我哥两个人孤家寡人相依为命。”

南笳笑说：“你想得过分悲观了。”

“真的……我的情况你知道，然后是我哥的性格，你也知道。你们分开的那段时间，我感觉我哥真的有点儿过得人不像人鬼不像鬼的……”

南笳沉默了一霎。

周浠笑说：“不过现在好了。笳笳等你有空了我们一起吃饭。我太高兴了，一定要当面见见你。”

“好。”南笳笑说。

闲聊了好久，电话才挂断。

底妆已做好，化妆师开始给南笳上彩妆。

小覃和小玉在一旁坐着刷手机，看到什么好玩的新闻，都会告诉给南笳。

小覃看到了一条微博，忽说：“邵家的那个今天一审开庭了……”

南笳微震：“邵从安？”

小覃可能将这新闻当作不重要的刷过去了，听南笳感兴趣，又往回刷：“对，邵从安。之前好像是涉嫌强奸和吸毒被抓了吧。”

南笳努力使自己的声音显得平静：“多久出判决结果，说了吗？”

“具体没说，一般到下午应该就有结果了吧？”

拍摄的一整天，南笳都悬着一颗心。

可能小覃以为她对这“瓜”感兴趣，下午五六点钟，南笳换衣服准备拍夜景的时候，小覃第一时间就把结果告诉她了。

一审判决结果出来了，数罪并罚，有期徒刑十二年，邵家已发声说准备上诉。

南笳拍完夜景，回化妆间换回自己的衣服。

化妆师过来帮她拆去头上用作固定的皮筋和一字夹，南笳无意识地拿了个一字夹在手里，反复拨弄。拆完东西，一头直发变成了自然蓬松的卷发。

化妆师笑说："笳姐，可以啦，头发抹了发胶的，建议晚上赶紧洗掉，不然伤头发。"

南笳回神，笑说："好。今天辛苦你。"

"不辛苦。下回再跟笳姐合作。"

另一边，小覃她们已经帮忙收拾好了东西，随时可以走了。

南笳拿过自己的提包，小覃凑近轻声说："周总的车已经到了。"

南笳点点头。

走到停车场时，周濂月拉开车门，从驾驶座上下来。

小覃和小玉跟他打了声招呼，就去坐工作室的保姆车了。

周濂月绕到了副驾这边，刚准备拉开门，他瞥了南笳一眼，又停下动作。南笳穿着一件黑色的工字背心，套着同样的黑色宽松长裤，一头蓬松头发，脸上还带着妆。她眼睛下方的卧蚕处贴了几点亮闪闪的水钻似的东西，停车场的灯光折射在上面，闪了一下。

周濂月伸手，将她手臂一攥："看新闻了？"

南笳点头。周濂月不作声，拉她过来，一把拥入怀中。她的下巴抵在他的肩膀上，他转头，亲了一下她耳根处的头发。

"走吧。回家。"他轻声说。

到了车上，周濂月没有立即将车启动。

南笳坐在昏朦的夜色里，神情显得空茫。周濂月搭在方向盘上的手一时又放了下来，伸过去，一把握住南笳平放在腿上的手，指腹微凉。

周濂月问："想聊聊吗？"

"哦……"南笳回神，"饿。想吃东西。"

"想吃什么？"

"嗯……"南笳认真地思索，"番茄面。我知道一家，现在点外卖的话，到家刚好可以吃到。"她从包里拿出手机。

"去哪边？"

"你那边吧。"南笳说道。

南笳不单单点了外卖，还在某商超的 APP 上下单了一些水果和洗漱用品。她的脑袋靠在座椅靠背上，快快地不大想作声，南笳转头看了一眼周濂月，说："我想听歌。"

周濂月干脆利落地给她调出来了蓝牙配对的界面。

她看见他勾了勾嘴角，知道一定是因为他又看见了自己设置的蓝牙名称，也跟着笑了一下，很认真地解释："真的有很多人叫错，不强调不行。"

连接上了蓝牙，南笳打开自己的歌单。这些歌单她都用心筛选过，工作的、做家务的、开车的，各不一样，现在点开的这个，就很适合忧郁的时候听。

路上不堵车，很快就到了，外卖几乎跟他们前后脚，到得很快。

南笳拿了在便利店下单的卸妆水、卸妆棉和洗面奶，先去卸了妆，然后拿一根黑色皮筋将一头蓬松的头发随意一绑，走到餐厅去。

周濂月换了身深灰色的居家服，正背靠着吧台桌打电话。

餐桌上的两碗面已经打开了，灯光下番茄汤红澄澄的，热气袅袅。

周濂月向着她无声说了句：你先吃。

南笳见水果还没洗，便先拆开了，拿到厨房。洗净后，拿一只透明的碗装上，端出来。

周濂月的电话仍没打完，南笳自己先开动了。她不是特别有胃口，喝了点儿汤，略吃了两筷子面条就不大想吃了。

她转头看了一眼周濂月，他的手机放在一旁，耳朵里塞着蓝牙耳机，一手插兜地站着，神情极为严肃。

看着有点儿是她印象中的那个周濂月了，她想，转而乐了一声。

南笳端着水果，走到周濂月面前。

他分神，低头看了她一眼。她抬手，送了两粒蓝莓到他嘴边。仿佛是无意识地，他张口接过，片刻后才反应过来。

南笳笑，无声说：面都要冷了。

电话那头正在汇报报价相关的细节，周濂月无暇分心，便只伸手捏了捏她的脸。

南笳踮脚，在他唇上碰了一下，便退回去，不再打扰他了。

又过了几分钟，周濂月终于打完电话。他拉开餐椅坐下，往对面看了一眼，面条还剩了很多，可见她胃口不盛："你吃完了？"

"嗯。"

周濂月没说什么。没一会儿，他吃完了东西，南笳帮着收拾了餐桌。

她进厨房去洗了个手，走出来时，周濂月站在吧台那儿，手里拿了一支烟。

周濂月瞥了她一眼，问她：“喝点儿酒？”

“好啊。”南笳走过去，在高脚凳上坐下。

“喝什么？”

“随便。”

南笳的手肘撑在灰色岩板的吧台台面上，托腮看着周濂月。他转身从后方的架子上拿了瓶威士忌，衔着烟，将一只厚壁的玻璃杯涮干净，又拿威士忌兑了苏打水，放在她跟前。

南笳端上杯子喝了一口，紧跟着再度陷入沉默。

周濂月自己倒了杯不加冰的纯饮威士忌，走到吧台外，背靠着站在南笳身旁。

南笳转身看他，片刻后，她放了酒杯，低头说道：“……我都不知道十二年算多还是算少。都数罪并罚了，才十二年吗？如果他表现好，能减刑，是不是七年八年就能放出来……我的痛苦都不只七年八年。”

周濂月没作声，朝她靠近了一步。

她立时低下头来，额头抵在他的肩膀上，长长地叹了口气。

周濂月揿灭了烟，伸手搂住她，语气听起来似乎冷静极了：“如果可能，我比任何人都希望亲手了结这杂碎……”

南笳微震，她好像从来没有听过周濂月这样冷厉、如刀锋淬霜的声音。而这或许已经是他尽力克制之后的结果了。

周濂月顿了顿，平声说：“当然还有别的办法对付他，让他生不如死。但我没这么做，知道为什么吗？”

南笳摇摇头。

“对他动用任何私刑，都是用一种强权欺压另一种强权。我不希望你觉得这是资本的狗咬狗，所以我把他交给法律，每一条罪状列数清楚，该怎么判，交给公权力定夺。”

南笳的眼眶一下便发热了：“……虽然你说，你只是为了让自己好受点儿。”

周濂月缓缓地吐出一口气：“我真是为了能让自己好受点儿……”

为了消解自己的痛苦、愤怒、无能为力、悔恨……诸如此类。

“我明白，我明白……”南笳的声音微颤，“还是要谢谢你……”

“你不恨我就行。”

“为什么要恨你……”

“你说呢？”周濂月低头，伸出手，手指按住她的下巴，轻轻托起她的脸。当她不着铅华、素净着一张脸的时候，总显得有种昂贵的脆弱感，轻易激发人的破坏欲。

他一度也是纵容这份破坏欲的其中一人。

南笳摇头，眼泪落下来：“即便你觉得这不是你的本意，你依然拯救了我……”

和叶冼不同的拯救性质。

周濂月低头，碰到她的唇，也一并尝到她的眼泪，他低声说：“是你先救了你自己。”

如果她没有强烈的求生意志，早就溺死在了这长夜里。

南笳双手搂住他的脖颈，放声大哭。

周濂月不再说话，搂着她的腰，一把将她从高脚凳上抱了下来，抱着她走到沙发那儿，让她坐在自己腿上，这样方可使他整个将她圈在自己怀里。

他颈侧的皮肤感觉到刺痛般的潮湿与温热。周濂月无端地想到两人决裂的那一晚。

他以为这段关系终将如露水一般短暂，只存在于他生命中的一夜。

但原来不是“一夜”，而是“一页”。以痛觉为锚点，始终翻不过去的一页。

南笳的情绪平复下来。

周濂月告诉她，咨询过专业的从业人员了，如果没有新的证据或者证人，邵从安即便上诉，改判的可能性也不大。也就是说，邵从安这事，可以在她这里彻底画上句点了。

南笳的脸颊紧绷而微微刺痛，她推了推周濂月，说要再去洗把脸。

周濂月亲了她一下，松了手。

南笳洗过脸刷过牙，准备去洗澡："你这里有没有睡衣？"

周濂月瞥了她一眼："女式的没有。"

南笳想到他昨晚为一双男式袜子吃醋，笑说："是过不去了是吗？"

周濂月叫她自己去翻衣帽间，看看有什么能当睡衣的，不行他就找人送一套过来。

南笳对这里轻车熟路了，去衣柜里翻到了一件纯色的黑色棉质 T 恤，洗完澡换上了。

在浴室吹头发的时候，周濂月也进来洗漱了，他摘了眼镜放在隔板上，接一捧水洗脸。

吹风机嗡嗡地送出暖风，南笳一边跟自己的湿头发较劲儿，一边看着镜中的周濂月。

她十九岁之后的人生里从来没有"满足"这一种感觉，只有长期的精神性的饥渴，渴望温暖，渴望功成名就，渴望伤痛愈合。

但习惯了饥渴的状态，也不觉得这有什么。她甚至习惯了在痛苦中汲取营养，并时时自嘲，搞艺术的，谁没有点儿悲惨的往事。但在当下的此时此刻，她体会到了精神性的满足，从这个初识觉得如冷涧深雪一样冰冷的男人身上。

周濂月直起身的一霎，顿了顿——南笳自背后抱住了他。

"周濂月。"

"怎么了？"

南笳的脸颊靠在他后背上，摇了摇头，她只是单纯地想喊一喊他的名字。

南笳早上八点钟醒来时，身边已经没有人了。她爬起来在屋子里转了一圈，也没看到周濂月的身影。

她去厨房接水喝，顺便给周濂月打了个电话。

周濂月说："起来了？"

"嗯——你这么早就出门了？"

"有些急事要处理。"

"我一会儿要去工作室拍个宣传视频。你今天晚上要跟我一起吃饭吗？"

“暂时说不好。晚点儿打电话告诉你。”

南笳洗漱过后，回了趟自己家里，换了衣服，而后联系小覃，询问今天的安排有没有什么变化。

小覃说：“笳姐，今天工作室可能挺忙的，你先不用过来吧，就先休息好了……还有，虽然可能忍不住，但最好还是先不要反复刷微博、论坛什么的。”

南笳顿了一下：“什么意思？”

“笳姐你还不知道？不知道那就更好……”

“你不告诉我，我不就只能自己去看？”

小覃只得说：“就……昨天半夜，有水军下了黑帖，现在基本已经删得差不多了，但可能还有没删干净的……”

南笳倒是很平静：“什么黑帖？”

“你跟周总的，还有一些之前在话剧团的胡编乱造捕风捉影的事……真真假假的混在一起。”

“我话剧团还有什么事？”

小覃仿佛难以启齿：“说你跟……你之前话剧团的老板，那啥……”

“好荒谬。”

“就是，所以笳姐你不要在意。然后还有，可能有个别网友看到了八卦，去冲了你微博评论区……关姐说要不把账号交给工作室管理，免得你自己看到那些评论不舒服。”

“没关系，我不会登的。你们想删评的话我就把账号交出来。”

“还是给一下比较方便。”

“好。”

电话挂断，南笳又给周濂月发了一条微信：你是处理黑帖的事情去了？

过了会儿，周濂月回复她：不全是。

南笳：是不是跟邵家有关？

周濂月：晚上见面细说。

南笳单独在家待着，无端地惶惶不定。收拾了一下，她还是打算去一趟工作室看看。

哪知道，刚走到小区大门，便看见对面停了几辆车，车里面的人也不避嫌，直接架着长炮一通按快门。南笳拉低了帽檐，折回去，又给周濂月发了条消息：我出不了门，有娱记在小区门口。你今天最好也别过来。

很快，周濂月给她回了个电话："还好吗？被他们缠上没有？"

"没事，我没出去，还在小区里面。"

"你收拾东西，我派个车过去接你。你先去周浠那儿。"

半个小时左右，周濂月派的商务车开到了小区门口，车上还带了两个保镖。

有保镖拦着那些人，南笳顺利地上了车。

抵达周浠那儿，南笳给周濂月发了条消息报平安。

周浠在家，陪着苏星予练琴。

南笳没怎么细说，只说住址暴露了有娱记过去偷拍。

哪知周浠忧心忡忡："不是四叔在捣鬼吧？他前一阵一直在住院，难得消停，现在一出院，就出幺蛾子。说不定就是他又开始给我哥使绊子。"

"从我身上使绊子？"

"他不敢跟我哥硬碰硬的，最擅长搞一些下三烂的事。"

南笳想到之前许助告诉她的，周濂月和周濂月父亲出车祸的事，也不免多了两分担忧。

中午，南笳跟周浠还有苏星予一起吃了饭。

下午，南笳跟关姐通了个电话，了解了一下情况。关姐告诉她，一直有人源源不断地投水军，不过情况还能控制得住。

"我能做些什么吗？"南笳问。

"你暂且低调些就行。没事，这种事常有，我们都有经验了。"

到了晚上六点钟，周濂月形色匆匆地回来了。

吃过饭，周濂月将南笳拉到院子里去，两人单独说话。

南笳问："是邵家吗？一般的娱记和对手，应该不敢这么做。"

周濂月点头："但主要不是针对你，是针对《津港》，片子不马上要上了。"

"会很受影响吗？"

"我会妥善解决。"周濂月看她一眼，而后抬腕，看了看手表，"你先休息。我准备走了。"

“加班？”

“出趟差。”

“……现在就走吗？”

“嗯。收拾东西就走。”

“多久回来？”

“可能得一周多。你正好趁这段时间练歌，不是得给人当嘉宾？”

“这种时候你还……”南笳哭笑不得，“说好不吃醋呢？”

周濂月不作声，只是往屋里看。南笳以为有谁出来了，也准备跟着转头，结果周濂月一步走近，抬手按在她脑后，低头便吻了下去。

南笳用两臂搂住他，热烈地回应。

片刻后，周濂月不舍地松手，手指轻轻地擦了一下她的唇角，声音低哑道：“等我回来。”

南笳点头。

“近期其他工作就先停了，详细的你跟关秀丽对接。”

“我感觉我给你们添了麻烦……”

“什么话。”周濂月又抱了她一下，“走了。照顾好自己。”

“好。要给我打电话。”

周濂月点头，拿车钥匙解锁车门，紧跟着便上车走了。

车开回到公寓，周濂月跟帮忙收拾好了行李的许助碰头。他们又换乘了一部商务车，往机场赶去。车上，许助向周濂月汇报，跟纽约那边已经确定好了面谈的时间。

周濂月点头。

许助说：“然后是周季璠董事那边……目前虽然还没找着他和邵从瑾实质接触的证据，但确实查到了一些蛛丝马迹。至少，周董和邵从瑾的目标是一致的。”

周濂月点了支烟，缓慢地抽着，陷入思索。邵从安一审出结果，《津港十三日》上映在即，对邵家而言可谓是新仇旧恨的节点，不出来闹点儿事，都不符合邵从瑾的性格。现在这些都还是小打小闹，邵从瑾必然还有什么后招。和周季璠联手，是他设想的一种可能。

其实这些他都不担忧，两人都是秋后的蚂蚱，即便捆绑到一起，也蹦跶不到几时。他怕的是邵从瑾出阴招。譬如，捅出南笳曾经和邵从安的关系，届时再引导舆论，彻底毁掉南笳作为一个演员、一个公众人物的职业前途。

唯有釜底抽薪，让邵家俯身乞食，不敢不噤声。

南笳的这一周漫长而混乱。一方面，她的个人微博，大号和小号的评论和私信都暂且关闭了，污言秽语之严重程度已经不堪入目。

虽说那些黑帖的传播度并不算广，但架不住有人刻意引导：有将她视作“对家”（南笳一直觉得对家这个说法特别好笑）的某小花的粉丝群有组织地给她起黑称、造黄谣；还有一部分瞿子墨的粉丝，之前便不满她蹭瞿子墨的热度“吸血”，现在自然迫不及待地要坐实她“心机女”“靠男人上位”的罪名。

这些南笳都不是特别在意，她早就做好了会有这么一天的心理准备。实实在在地得了利，实实在在地不光彩，被骂两句又能怎样。

另一方面，之前要考察她的那个轻奢代言，自然是黄了；预定下个月底开机的武侠片《雁门关》也在跟工作室沟通，询问事态发展，如果控制不住，不排除换掉她的可能性。

这些也都尚且在南笳的预料之中，她唯独担心的是周濂月。

十三个小时的时差，他的白天是她的晚上。

周濂月每天会跟她通一个电话，告知她一切都在照计划进行，但详细的在电话里也很难展开说。她只能感觉到他很忙，跟她打个电话的工夫，就有人不停催促。

南笳问得最多的是，我可以做什么吗？

周濂月的回答永远是，照顾好你自己。

“那你可以向我保证，毫发无损地回来吗？”

“我向你保证。”

在这些混乱中，南笳努力维持一种有秩序的生活：按捺自己的担忧，早出晚归，在叶洗那儿练歌。来去都有周濂月安排好的车接送，全程有保镖跟从，没怎么受到骚扰。

为了不耽误叶洗他们正常的流程，南笳选择独唱，曲目是叶洗早年写的一首歌，一首冷门佳作。

男性和女性音域不同，这首歌倘若只简单地升一个音调，南笳唱起来不在自己最舒服的声部，因此叶洗又抽出了一点儿时间，将编曲做了简单改编。

南笳白天基本就待在叶洗的工作室里，练咬字，练音准，等乐队有空了，就和他们合练。

南笳一度开玩笑地提出，要不不做这个嘉宾了，她现在风评不大好。

一贯温和的叶洗头一次严肃驳斥："真正的朋友之间不适用趋利避害这套价值观。"

南笳就说："回头有人往舞台上扔臭鸡蛋可怎么办啊？"

叶洗说："多好啊，直接把一场演出升华到了行为艺术的高度。"

一周后，南笳收到关姐发来的一张截图，某财经杂志在自家新媒体账号上发布的简短报道。

她看完后，总算大致窥得周濂月此行的端倪：邵家被周濂月终止合作以后，又碰上邵从安惹上刑事案件，股价一路狂跌。邵从瑾为挽颓势，铤而走险，跟某资方签了对赌协议，结果投的两部十亿级别的大制作全扑了，没能完成对赌协议中规定的承诺净利润数。此举使邵家处境雪上加霜，年度负债高达一百六十亿，资产负债率也高至百分之六十二点四六。

邵从瑾不得不将所有希望押注在了一个大招上——退出或减持对欧洲几大院线的占股，缓解债务危机，并将减持所得现金流，用以并购北美某老牌的发行公司，今后业务的重心将只聚焦于国内和北美市场。

此举若能成功，便可一举三得：提振股价；获得新融资；更能为明年的重点投资项目，在北美的院线发行铺平道路。

然而，上午杂志方刚刚获悉消息，就在北京时间七点（纽约时间十八点），那北美的发行公司对外发出公告，称已寻得新东家，并即将进入正式的审核与收购流程，该流程预计耗费半年时间。

该发行公司的负责人称，新东家给了他一个"无法拒绝的条件"。

新一天股市开盘，已经是风雨飘摇的邵家，股价一泻千里。目前，邵家的高层尚无人对此事做出回应。

南笳看到消息之后，第一时间给周濂月打了个电话，没人接听。

她又将电话打给许助。电话接通，许助说："周总睡着了。"

南笳算了一下时差："好像还不到睡觉时间？"

"是的。不过我们这一周每天基本只睡四个小时，周总刚跟人吃了个晚饭，回酒店倒头就睡了。"

南笳笑说："那你呢？怎么还不去休息？"

"我给我女朋友打个视频电话就睡。"

南笳失笑："……好了我挂了！不打扰你谈恋爱。"

南笳给周濂月微信留言，让他醒了以后给自己回个电话。

下午三点左右，南笳接到了电话。

他那边应当是凌晨两点。带着浓浓倦意的声音，周濂月唤她的名字，第一个字哑得没发出声，使得他像是在喊她："……笳。"

南笳跟声乐老师打了声招呼，走到门外去接听。

"那边事情处理完了吗？是不是可以回国了？"

"可能还要两天，还有些收尾的工作。"周濂月顿了顿，"那谁的演唱会，什么时候？"

"大后天，晚上七点半。"

"你出场在几点？"

"九点左右。"

"我争取在这之前赶回来。"

"什么嘛……"南笳失笑，"我就上场五分钟，不用特意。你按你的计划来……好好休息。"

"我就看这五分钟。"

南笳笑出声，继而说道："你那边不是才两点多？再睡一下吧。"

"好。"周濂月却没有立即挂断电话，顿了顿，忽地喊她，"……南笳。"

"嗯？"

周濂月却没说什么，像是只为单纯地叫一叫她。"没事。"他轻笑了一声，"挂了。"

"好好休息。"

这天，南笳练完歌，从叶冼的工作室回到西山这边。

厨房里保姆在烧饭，苏星予在书房里练琴，南笳和周浠则站在厨房门口聊天。

甄姐笑她们跟小孩儿催饭似的，怎么老喜欢站在厨房门口。

周浠笑问："笳笳你小时候会这样吗？"

"会啊。我一般放学了就去我爸的餐馆，洗个苹果一边吃一边站在门口，等我妈给我做蛋炒饭。"

"笳笳你爸妈感情一定很好吧？"

"蛮恩爱的。我妈性格很软，我爸虽然是个粗人但是比较会疼人。他们基本没红过脸。"

周浠笑了一下："真好。"

南笳没作声，看得出来周浠的神色有几分失落。

周浠淡淡地说："从我记事起，我父母就没住在一起。妈妈带着我和我哥住在这儿，父亲会一周过来两到三次不等。"

南笳记起解文山曾向她提起过，周濂月的父母感情不和。

周浠说："我那时候还小，很多事情都不大记得清楚细节了，只记得每回父亲过来，都阴晴不定的。"

南笳委婉地问道："你知道他们感情不和的原因吗？"

周浠摇头。

果然。南笳料想那时候周浠还小，应该不知道周母心里还有个放不下的初恋。

周浠说："父亲心情好的时候，会抱着我给我读童话书；坏的时候，就冷着一张脸，我们一家人都跟着大气都不敢出；更坏的时候，他会把我哥叫到一旁责骂。"

"……周濂月做了什么惹他不顺意的事？"

"没有。我哥从小成绩就好，脑子聪明，学什么一点就通，也很循规蹈矩的。别的公子哥儿，在他的年纪早就不学无术、五毒俱全了吧。"

南笳笑了一声。

周浠撇撇嘴："他就是单纯对我哥很苛刻。他说我哥是长子，严厉点儿是应该的。”

南笳想了想：“……也不是完全说不过去？”

周浠摇头：“我觉得不是。有件事，我一直很在意。”

那时候周浠五岁左右。有天晚上，周父周叔琮半夜突然过来了，跟周母纪音华大吵一架，然后就将周濂月叫进了书房。

周浠被吵醒，就蹲在二楼中庭的平台那儿偷听，听见妈妈在一楼客厅里哭，但书房里没有周叔琮大声呵斥的声音，一反常态地特别安静——当然也有可能是她离得远，听不清。

“后来，我爸走了，我哥上楼回了自己房间。”周浠说，“我那时候已经自己一个人睡觉了。我担心我妈妈哭过，睡不着，就想去她的房间安慰一下她。打开门的时候，我看见走廊尽头的我哥的房间里，有火光。”

南笳一震：“火光？”

“嗯。”周浠点头，“我害怕又担心，就跑过去查看。门没完全关上，开了一条缝，我看见我哥蹲在地上烧东西。”

“什么东西？”

“纸张之类的？我没看清楚，因为我哥发现了我，冷冰冰地叫我滚。我吓坏了，赶紧跑了。”

周浠那时毕竟太小了，理解不了大人之间微妙的情绪，只是隐约觉得，这件事情很不寻常。

南笳听完，一时没有作声，她不知道该说什么。周濂月的过去，她并不比任何人知道得多。只言片语的一些，还都是从解文山、周浠这些第三者口中获知的。

她在这里住的这几天，都睡的一楼的客房。周浠告诉她说，周濂月的房间在二楼，但平常一直都是锁着的，只有他自己才有钥匙。

片刻后，甄姐出来告诉她们，晚饭要好了，去洗个手准备吃饭。

南笳去了趟洗手间，周浠则去书房叫苏星予。

饭桌上，南笳告诉周浠，周濂月中午给她打过电话，他那时候已经去机场了，顺利的话，半夜就能抵达北城。

“要去接机吗？”

“我想去，周濂月不让。我最近出门也确实不方便，很兴师动众。”

“问题都解决了吗？”

“我猜差不多了。”

南笳所知道的，都是公开的财经新闻——就在这两三天内，邵家又起风波。

据知情人士透露，邵家涉嫌未按规定披露与控股股东及其关联方的非经营性资金往来；更有部分股东，涉嫌内幕交易罪。如经查实，邵家极有可能获得证监会的大额罚款。

邵家董事长回应此消息，称将会主动配合调查，澄清嫌疑，并将会立即召开董事会和股东大会，解释与澄清近期的舆论风波。

据业内人士分析，邵家现任 CEO 邵从瑾，极有可能会在股东大会召开之前，引咎辞职。

南笳对具体的情况不了解，但看这新闻字面上的意思，估计邵家已经火烧眉毛自顾不暇了。

周濂月选择这时候回来，大抵事态已经得到控制了。

吃过饭，消磨了一阵时间，然后各自去洗漱。

明天叶冼办演出，南笳上午估计就得过去，现场彩排和化妆，以及看看有没有别的什么需要她帮忙的地方。

睡前，南笳给周濂月微信留言，让他落地之后先在机场附近找个酒店休息。

睡到半夜，南笳蓦地惊醒——这客房挨近停车坪的那一侧，她仿佛隐约听见窗外有汽车的声音。她有所感觉，赶紧爬起来，打开灯往外一看，停车坪上多出了一辆黑色的商务旅行车。

南笳立马找了件开衫披在睡裙外，开门走出房间。

大门口处，一道颀长的身影逆着门廊的光走了进来，手里提着一只行李箱。

他抬手，按亮了玄关处的灯，抬头看了一眼，然后顿了一下。

南笳跑过去，一把将他抱住，撞得他退后一步。他脱手松了拉杆箱，两手都腾出来，回抱住她。

“周濂月……”

“嗯。”周濂月手臂收紧。

南笳深深吸气，嗅到他身上舟车劳顿风尘仆仆的气息：“饿吗？”

“不饿。累。”

“快进来睡觉。”

“我先洗把脸。”

抱了好一会儿，南笳才松手，帮他把行李箱推进房间里。

南笳睡的客卧在一楼，是个套间，自带小型的独立卫浴。周濂月把外套扔在一旁的凳子上，随即走进浴室洗漱。

敲门声响起。周濂月伸手，将浴室门打开。

南笳挤进来，靠在一旁打量他。他的眼镜已经摘了下来，倦容憔悴，满眼的红血丝。他皮肤白，黑眼圈就更明显，刷牙时神情迟滞，好似脑子已经完全转不动了。

等周濂月洗完脸刷完牙，南笳走近，将他拦在门口：“耽误你十秒。”

“嗯？”

“我要检查一下，你是不是毫发无损。”

周濂月笑了一声：“从哪里开始？”

“……”

周濂月被撩拨得心痒，但属实已经有心无力了。他一个平常入睡困难的人，倒下沾枕头没到半分钟，便沉沉睡去。

第二天早上八点半，南笳醒过来。身旁周濂月睡得很沉，她没忍心叫醒他，就先起床了。

吃过早餐，收拾过后，小覃和司机也到了。南笳跟周浠打了声招呼，告诉她自己现在要先出发去演出现场。

“给你、苏星予和周濂月都留了票，你们想去的话，晚上可以一起过去。”

周浠点头。

“还有，不用叫醒周濂月，让他多睡会儿。”

周浠笑出声来，一脸“嫂子好知道疼人”的笑容，南笳被她笑得很不好意思。

南笳带着助理赶到演出现场时，叶冼他们都已经在那儿了。

这场子规模不小，能容纳三千人，声场设计十分科学，舞台、灯光和音响都由专业团队把控。

南笳也不当自己是嘉宾，叶冼他们有需要人手的地方，她毫不犹豫地就顶上去。

十点半左右，南笳接到周濂月的电话。

“起床啦？”

“嗯。怎么没叫我？”

“想让你多睡会儿。”南笳笑了一下，低声地，故意一字一句说道，“养、精、蓄、锐。”

周濂月轻咳了一声：“我下午去趟公司，还有点儿事没处理。结束了就过去找你。”

“好。不用着急。”

南笳在后台跟大家一块儿吃过盒饭，等到下午两点钟，开始彩排与调音。下午三点半，南笳候场的时候，小覃跑过来告诉她，方才有人往她手机上打了很多个电话。南笳拿起手机一看，四五个未接来电，都是许助打来的。

回拨过去，许助问她：“南小姐，周总在你那儿吗？”

“不在。他不是说去趟公司？”

“是来了，跟几个董事开了个会，紧跟着就失联了。”

“……失联？”

许助忙说：“我的意思是，从下午一点半到现在，周总的手机一直处于关机状态。以前从没这样过……”

“你不是一直跟着他的吗？”

“周总离开会议室就直接走了，没跟我知会去向，我也是问了前台才知道的。”

“联系他司机了吗？”

“相信我的专业能力，司机、餐厅那儿、别墅……能联系的我都联系过了。”

南笳沉吟："他会不会有危险？我是说邵……"

"在别的地方说不好，在北城基本不可能的。而且现在邵家自保都难，真敢对付周总，是嫌自己死得不够快。"

"周季璠呢……"

"会没开完，周董就犯病又送医院去了。"

南笳知道周濂月的脾性，一声不吭地走了，且电话关机，确实不像他平时的处事风格。

她思索片刻："会上发生什么了吗？"

"我没参会，参会的就周家几个本家的股东，一个外人都没有。"

"联系过周浠了吗？"

"只问了问周总在不在她那儿，没敢多说，怕周浠小姐担心。"

南笳点了点头："好的我知道了，我再试着联系一下。有什么消息随时跟我同步。"

挂断电话，南笳先试着给周濂月打了个电话，果不其然是关机状态。

她记得当时拿到名片之后，存过屈明城的号码。去翻通讯录，果真让她翻出来了。

打过去一问，屈明城说人不在他那儿，不过会帮她再找其他朋友打听打听。

紧跟着，南笳又给关姐和解文山打了个电话，人也不在他们那儿。

南笳陷入茫然的焦虑。周浠、屈明城、解文山……她认识的跟周濂月有关的人，也就这几个了。

小覃过来通知，说轮到她彩排了。

"好，知道了。"南笳给许助发了条消息通知情况，暂将手机交给小覃，请她不要漏接任何电话。

半小时后，南笳彩排完毕。

许助那里没有新消息，周濂月的电话依旧关机。小覃又过来通知，南笳得去化妆间了。

一边化妆，南笳一边不停地拨周濂月的电话。关机、关机、关机……

化完妆，已然是一小时之后。周浠打来电话，说到了约定一起出发的时间了，但联系不上周濂月。南笳只好将情况告知给周浠。周浠也跟着去联系了一圈，周家亲戚里问了个遍，都没结果。

南笳打电话给许助，问能不能报警。

许助说："我现在在调写字楼附近的监控，再观望……一个小时吧，再联系不上我们就报警。"

南笳说好。

没一会儿，陈田田和彭泽赶到了。他们给叶冼准备了礼物，直接来了后台。

陈田田见南笳一整个人惶惶无定的，走过来拉住她："怎么了？不就唱个歌嘛，这么紧张？"

南笳摇头："联系不上周濂月了。"

听南笳简单说完情况，陈田田安慰道："一个有自主行为能力的成年人，应该不至于会出事。是不是临时去做什么事了，然后手机又没电了……"

南笳摇了摇头，不再说话，她让陈田田先去叶冼那儿，她想自己一个人待会儿。

她单独坐到一边去，捏着手机，低垂着头。理性上，她知道陈田田说的话很有道理。但是，她可能已经习惯了随时都能联系得上周濂月。现在这满世界都找不到他的情况，让她感觉很不好。

好像，他们所有人，都是周濂月人生里的外人。

已经六点多了，演出七点半就要开始。

周浠打来电话说可能不过来了，她很担心周濂月，现在没心情。

休息室里、走廊里以及走廊尽头的舞台现场，全是嘈杂的人声。

南笳坐在角落里，徒然地、一遍一遍地拨打周濂月的号码。机械地重拨到不知道第几十遍的时候，电话突然接通了。

南笳愣了一下。

"喂……"是周濂月的声音，听似如惯常一样的平淡，没什么情绪。

"你在哪儿？"

周濂月沉默。

"我问你在哪儿？你知不知道我给你打了一下午的电话……"

周濂月笑了一声："怎么？电话关机一会儿就受不了……"

"周濂月。"南笳平静地打断他，"我过去找你。"

"不用。"

"……可以。那你也不用再来找我了。"

周濂月顿了一霎："我在墓园。"

"哪里的？"

周濂月说了地址。

"那你还过来吗？"

周濂月沉默。

"那我过去找你。"

"你不是要……"

"我知道。我说了，我过去找你。你等我。"

电话挂断，南笳一边起身往外走，一边给周浠打了个电话，告诉她人找到了，自己现在过去找人。

周浠问："在哪里？"

南笳说了地址。

周浠语气怔怔的："……我妈妈葬在那儿。"

南笳一时也怔然。

"需要我跟你一起去吗？"

"不用。"

"那先拜托你了笳笳……我想，我哥可能是遇到了什么情况，所以想单独待会儿。"

紧跟着，南笳又给许助发了条消息同步情况。

走到隔壁休息室，南笳往里看了一眼，房间里只有叶洗一个人，他抱着吉他，无意识地扫弦，好似在放空情绪。

南笳敲敲门。叶洗抬头，笑说："进来。"

南笳在他对面的凳子上坐下："叶老师，跟你说个事。很抱歉，我可能……"

"去吧。"

南笳一愣："我还没说什么事呢。"

"我听田田他们说谁失联了，是找到了是吗？"

南笳点头："……是我很重要的人。我不知道他发生了什么事，但我感觉他此刻可能需要我。"

叶洗放下了吉他，抬头看她，笑意温和："没事的，就去掉一个环节的事，不影响整体流程，我跟他们打声招呼就行。"

"还是给你添麻烦了。"

"多大点儿事。"叶洗微笑，"去吧。相信你的直觉，有时候可能某个瞬间，错过了就会永远错过了……"

南笳心下怔然，点了点头。

"看你现在这样，我就放心了。"叶洗看着她，目光无限地温和，仿佛是无端的感慨，可也没有比此刻更恰如其分的时刻，"我知道你肯定会继续在这条路上走下去，爱情、事业……都会有的。一切都已经过去了，一切都会来的。"

南笳鼻子发酸："叶洗，谢谢你。"

她知道，她知道叶洗一定清楚，她曾经徘徊在生死边缘。

他用自己的方式照亮她，就像星星。

叶洗伸手："握个手吧，祝我演出顺利。"

南笳伸出手，紧紧握住他的："叶老师，祝你一切顺利。你会……一直发光的。"

叶洗笑："这就有点儿肉麻了。"

南笳也笑出声。

没空换衣服，南笳只拿了手机和包，离开演出现场，她直接打了个车，往墓园去。

一直待在室内，不知道外面原来下过雨，车窗外，空气里一股雨水混杂尘埃的潮腥味。

半小时后，南笳抵达了那个墓园附近。四下暗沉沉的，看指示牌，早过了闭园的时间了。

南笳去门岗问了一下，里面是不是还有人。

门岗的眼神奇奇怪怪的，上下打量她：“没看见闭园时间？人肯定是没有的……”

南笳被这话的潜台词给吓得激灵了一下。她走到一旁去，拿出手机，给周濂月发了条消息，问：你还在吗？

周濂月：在。不等着你吗？

没办法了。南笳从大门往旁边绕，试图看看是不是还有什么侧门。

绕了两百米，也没找着第二个门。但她看了看，铁铸的围栏不算高，兴许翻得过去。

她找了个看起来比较好下脚的地方，将包先挂在栏杆上，紧跟着脱了鞋。一把抓住栏杆，正准备踏上最低的一根横栏时，身后传来一声笑。

南笳悚然回头。树影下，站着白衣黑裤、身影孤孑的周濂月，他手里拿了一支烟，那猩红的一点火星一明一灭。他踩着湿漉漉的草地走了过来，到了她跟前。

他身上有一股露水和尘埃混杂的微冷的、寒苦的气息。周濂月将烟衔在嘴里，而后蹲下身，提起她的鞋子放到脚边，再一把握住了她的脚踝：“女明星，鞋好好穿上。”

南笳眼前霎时蒙上一层雾气：“周濂月……”

“嗯？”他抬眼。

她气不过，拿下挂在栏杆上的包，轻掼向他肩膀：“幼稚！”

周濂月给她穿好了鞋，方直起身：“说谁幼稚？”

“你！”

“翻围栏不幼稚？”

南笳瞪着他，不说话。然而只是片刻，她捉着他的衣领，凑过去，哽咽着一把将他紧紧抱住。周濂月拿烟的那只手，在南笳靠过来时拿远了，片刻即收回，虚虚地拥住她的肩膀。

嗅到他的气息、触及他的体温，折磨她一下午的惊惶才找到出口。片刻后，南笳闷声问道：“……你是不是一路跟着我？”

“我就在大门口站着，是你自己没发现。”

“那你为什么不叫我？”

“我倒想看看，你究竟要做什么。”

“……幼稚。”

话音落下，一时寂静。树影婆娑，只有疏疏的风声。

南笳不由地打了一个寒噤：“……我们要不先换个地方说话？”

周濂月笑出声来：“刚准备翻围栏的胆量呢？”

周濂月一手拿了她的包，一手牵住她的手，带着她往大门附近停车场方向走去。

偌大的停车场，停着寥寥几辆车。周濂月的车，玻璃窗上遍是雨滴溅在浮尘上蒸发之后留下的痕迹。南笳猜测，至少在雨停之前，周濂月就已经在这儿了。

上了车，周濂月将车子驶离墓园的范围。

南笳转头看着昏暗车厢里的人，如果不是他无故地失联一下午，她或许会相信，他可以真如此刻所见，永远情绪冷静。

南笳开口：“浠浠告诉我，你们的妈妈葬在这里。”

周濂月平淡地“嗯”了一声。

“你一下午都在这儿吗？……扫墓？”

“自己待了会儿。”

南笳轻易地看出来，周濂月仍然倾向于三缄其口。她没再开口。

这附近已到郊区，车流稀疏，远近都是农田和寥落的民居，道路两旁有挺直的杨树。

没有路灯，天色灰蒙蒙的，只有一盏近光灯，寂寥地照亮前路。

“停一下车。”南笳出声。

周濂月看了她一眼，在前方寻到一个宽敞的地方，将车开到路边，在树影下停了下来。

南笳拉开车门下去，高跟鞋踩上路边松软的草地，沾着雨水的草叶将她纱裙的裙摆浸湿。她提了一下裙子，从前方绕到驾驶座那边。

周濂月落了车窗。

南笳伸手：“有烟吗？”

周濂月拿了支烟，在点烟器里点燃了，递给她。

南笳接过，抽了两口，吐出薄薄的烟雾，继而伸手，将烟递给他。

周濂月看了她一眼，伸手接过，垂眸，衔住有两分湿漉的滤嘴。

南笳转了个身，背靠着车门。夜里有风，她的声音很轻："周濂月。"

周濂月抬眼，只看见她的背影。

她说："我最不堪的回忆，都已经告诉给你了。在你面前，我已经是一览无余的一个人。可以说，我已经没有什么可以再跟你做交换了。似乎这段关系主动的是我，但其实是你。你的冲动也是谋定而后动，你甚至都无法允许自己在我面前表现得狼狈不堪。"她缓缓地呼了一口气，"如果这是你的选择，我不会置喙什么。我也不会强迫你，一定要对我做到同等程度的一览无余。我只想告诉你，我说过我很珍惜自己的正运，这次给叶冼做演唱会的嘉宾，是见证他，也是见证我自己走到了今天。我们很多个工作人员，这十来天一直都在认真筹备……然后，我临时撂挑子不干了。我从来没有这么冲动，这么不敬业过……我对叶冼说，我觉得你可能需要我。是我傲慢，这不对。可能不是你需要我，是我需要你。"

她始终没回头，一鼓作气地继续说道："先爱上的人就是输吗？我觉得先失去理智、交付所有的人才是输。但好像，输也没有什么。我只想知道……"说到这儿，南笳终于转身，径直看向周濂月的双眼，"我只想知道，我需要你，你呢？你需要我吗？"

寂寥的、空旷的风声。

下一瞬，周濂月伸出手臂，按在她后颈处，使她低下头来。他抬眼，与她对视，呼吸停顿了一霎。周濂月的手掌用力一按，仰头深深地吻住她。

带有寒苦气息的一个吻，让她产生了一种错觉，与她缠绵的，是更深露重的、夜的本身。

南笳两条手臂绕过他后颈，热切地回应。

停顿的一瞬，她听见周濂月低声说："我需要你。"

南笳松了手，看着他，缓缓喘息。

片刻后，他抬手来拉车门。南笳往旁边让了让，周濂月自车上下来。

他背靠着车门，一手抄兜，低着头，却久久没有出声。烟衔在嘴里，他许久都没有抽一下，那火星渐渐地暗下去，好像熄灭了一样，只有淡淡的烟味，被风吹着，落入呼吸之间。

仿佛等待了有一个世纪那么漫长，南笳终于听见周濂月淡淡地开口："周叔琮——我父亲，一直怀疑我不是他亲生的。"

南笳的呼吸一顿，她看了周濂月一眼，努力没有使自己表现出惊讶。

又沉默许久，周濂月再度出声，依然是淡淡的声调，但声音沉涩。

周叔琮对纪音华是一见钟情。

一次聚会上，大家都吵闹聒噪，唯独纪音华坐在角落里，像朵静静开放的幽昙。

周叔琮请她吃饭、看电影，花大力气替她弄来她喜欢的小说原版的初版书，竭尽全力讨她欢心。

豪门公子与大家闺秀，两家父母都默许了，在外人看来，也是门当户对的一对璧人。

但纪音华早就心有所属。

有一年生日，她回南城的外婆家散心，碰见一个不名一文但满腹才华的穷教书匠。青年穿着洗得干干净净的白衬衫，中指指节有长期拿笔留下的茧，和洗不掉的墨水印。

他摊开胶皮的笔记本，写自己的名字给她看，解文山，苍劲有力的笔迹，淡蓝色的墨水，像那日水洗过的天空的颜色。

纪音华回北城以后，和解文山书信来往不断。

解文山攒了三个月的工资，攒齐车票与食宿费，上北城与她见面。但只字不说过界的话，只陪她走过初春下霜的街道。他们一块儿去寺里求签，纪音华求到一张"大凶"，解文山将自己的"小吉"换给她。那小半年纪音华过得极顺遂，后来才听说，解文山骑车摔伤了腿。

两人就这样暗地里来往了三年。

周家与纪家父母商议，定下婚期。

婚期将近，纪音华连夜跑去南城找解文山，央求他上门去纪家提亲。那样的高门让一个一穷二白的青年却步。纪音华让步，说，那就私奔吧，私奔总可以吧？然而解文山的母亲常年卧病在床，且周家早已出面，暗中威胁。

纪音华心死，在父母的安排之下，跟周叔琮结婚。

这并不是悲剧的结束，只是悲剧的开始。

周濂月平静地说："我出生比预产期早了二十天。照足月往前推算，正是两人协商私奔的日子……"

南笳觉得匪夷所思："可是，二十天的出入不也很正常吗？早产一个多月的也有……"

然而，对周叔琮这个因爱生妒的人而言，这不正常。

即便纪音华再三澄清，她甚至都没有跟解文山发生过关系，可周叔琮不信："你们来往三年，没有发生关系？是他有问题，还是你有问题？你说没有，那你第一次跟的谁？肯定不是我吧？不然我俩结婚当晚，我怎么都没看见你出血……"

纪音华扇了周叔琮一巴掌。

这是周濂月偷听到的，最龌龊、最叫人作呕的一次争吵。

那时他十五岁。此前，他只知道周叔琮对他过度严苛，那严苛里更带了一些叫人无法理解的刻毒。他始终不明白为什么，直到那天，他才得知真相。

而就在这场争吵后不久，纪音华就病倒了。病程发展极快，没多久便撒手人寰。

那早产的二十天，是周叔琮心里的一根刺，他折磨自己，折磨纪音华，也折磨周濂月。

那还是周濂月十三岁的时候。有一次，周叔琮帮着纪父纪母搬家，在纪音华娘家的书房里，意外翻到了几封没被销毁的、纪音华写给解文山但没寄出的书信。

他看了那些信，大半夜跑到西山那边去，和纪音华一通争吵。即便如此，他还觉得意难平，将周濂月叫进书房，将书信扔给他，叫他自己读读看："你这冷若冰霜的母亲，对别的男人是什么嘴脸？"

周濂月不肯，周叔琮便说："你不读，我就把你妈叫进来，让她亲自读。"

周叔琮剪了一支雪茄，面无表情地坐在书桌后方。周濂月站在书桌前，机械地念读。那些热情、纯真又忐忑的少女心事，每读一个字，就像是往他脸上扇一记重重的耳光。最后，他受不了了，扔了那些书信，冲过去要跟周叔琮干架。

他才十三岁，抽条得再怎么快，也抵不过一个身强体壮的大人。

周叔琮揪着他的衣领，一把将他的侧脸恶狠狠地按在书桌上，叫他动弹不得，周叔琮冷声说："你妈真是个贱人，我供她锦衣玉食，我把她捧到天上，而她就是这么对待我的。"

那些信，过后周濂月都烧了。

听到这里，南笳只觉得全身的血液都已凝固。

周濂月手里的烟已经烧完了，他扔了烟头，抬脚踢灭了，转头，再平静不过地看她一眼，忽地伸手。

南笳的双眼都被他的手掌蒙住，他平声说："你别看我。"

南笳说不出一个字，她只能凑近一步，伸手，一把将他抱住。

周濂月的手臂缓缓收拢，另一只手按在她脑后，使她垂下头去。他不想要她看着他。

南笳的声音微颤："……我不明白。为什么不做亲子鉴定？"

"你觉得为什么？"周濂月的声音听起来冷静极了，"他怕。怕我是，也怕我不是。"

所谓心魔。

如果周濂月是他亲生的，那周叔琮无法原谅自己对妻儿长达十几年的折磨；如果周濂月不是他亲生的，那就坐实了他这一生挥之不去的屈辱。

沉默了好久，周濂月再度出声："十七岁的时候，我自己找人做了 DNA 鉴定。"

"……结果是？"南笳竟也觉得不敢问。

"符合遗传规律，亲权概率大于百分之九十九点九九。"

"那你父亲……"

"没看到。"

周濂月准备等周叔琮出差回来，就将鉴定结果告知给他。

周濂月想象的场景，是把报告书扔在周叔琮脸上，像他当年逼迫自己的那样，叫他把鉴定结果一字一句地读出来。

但周叔琮没能回来。在东南亚的某个海岛上，他被一辆逆行卡车撞下悬崖，当场死亡。

那份基因鉴定报告，周濂月在周叔琮的墓前烧掉了。

这出悲剧延续十七年，谁也没能幸存。

南笳觉得冷。周濂月会觉得冷吗？她不知道，她只能紧紧地抱住他。

这就是一览无余的他。灰色为底色，却比最黑的黑色更加沉默，哑口无言的、纯粹的悲剧。

周濂月仰头，却是舒了一口气。这些话，他此前从来没有对任何人说过。倒也没想象中那样冷，可能因为有人正抱着他，渡给了他一些温暖。

片刻后，周濂月再度出声，解释今天的事情："今儿周家几个本家的董事开会，周季璠提到了这件事。"

他收集了周季璠之前派人在S国制造车祸意图谋害他的性命，以及与邵从瑾勾结、损害周家利益的证据，打算一举把这醉恋权术的老东西送去安安心心地养老。

周家的老大、老二两支，之前早就被他收拾得服服帖帖，再加上现如今周家日进斗金的生意，也全都倚仗他一手操盘，会上没谁敢不跟他同边站队。

周季璠狗急跳墙："周濂月压根儿不是周家的种，凭什么掌管周家的生意！"

有人问证据，周季璠说："证据就是周叔琮的遗嘱，股份只留给了周浠，一分没给周濂月，这还不足以说明问题？"

一时哗然。

周濂月冷笑。他早料到了事情的进展，直接甩出从当日做鉴定的那个机构的数据库里，调取打印的报告副本。

非议止息，周季璠气得又被送到医院了。对周濂月而言，为了自证"清白"，却得把从前的耻辱摊晾出来给周家所有人看，这过程并不好受。他对纪音华的感情很复杂，他同情她的遭遇，又痛恨她的软弱。但今天，第一个想到的去处，却是她的墓前。

虽然什么也没说，就坐在那儿待了一下午。

雨落下，雨又停了。然后天便黑了。再然后，南笳来到身边，问他："你需要我吗？"

南笳的手指攥住了他的衣襟，她轻声问："我可以看你了吗？"

周濂月没有作声，她抬起头来。

对视只有一瞬间，然后她伸手，来摘他的眼镜。他闭上眼睛。片刻后，他低下头，紧紧地抱住她，躬着身将脑袋靠在她的肩膀上，长长地出了一口气。

"周濂月。"

"嗯？"

"或许不重要，但是我想告诉你。我很爱你。"

她无条件地偏爱他，抛下理智，来到他身边。

"不。这很重要。"他说。

旷远的风吹过他们。

她是温暖的、跳动的一颗心脏，而有人，将黑夜里跳动的心脏，称作月亮。[1]

1 化用海子的诗：我们把黑暗中跳舞的心脏称作月亮。

/ 第二十二章 /

一起毁灭也浪漫

微凉潮湿的夜风，将他们所有的情绪都温柔地抚平。

周濂月抬腕，看了一眼手表，紧接着自南笳手里拿回自己的眼镜戴上："走吧。"

南笳点点头。她绕回到副驾驶座那边，拉开了车门上去。她转头看了一眼，周濂月还站在车门外，没立即上车，好似是在给谁打电话。

等了片刻，周濂月拉开车门上了车。

他将自己的手机往旁边一扔，系了安全带，点火："你导航。"

"去哪儿？"

"叶洗那儿。"

南笳惊讶地看他："你刚才是在跟他打电话？"

"他助理。"周濂月再度催促她导航，"开快点儿还赶得上。"

南笳一边点开地图 APP，一边瞅着他笑。

周濂月语气淡淡地表达自己的不爽："就这一回，下不为例。"

所幸早过了晚高峰，一路过去只在高架上小堵了片刻。抵达演出现场后方停车场，距离南笳预定上台的时间，还有二十分钟。

小覃已在停车场等着了，南笳一下车，她便帮忙拿了包和手机，催促道："笳姐，快快！化妆师专门在等你了，补个妆我们就得候场！"

紧跟着，小覃向坐在驾驶座的周濂月颔了颔首："周总，我们先去后台了。给你留了位，前排中心区，我已经打过招呼了，你直接走后台从舞台旁边进去就行。”

南笳只来得及转头跟周濂月说了句：“我先去了，等会儿见！”

周濂月点头：“去吧。”

南笳踩着高跟鞋，提着纱裙，一路小跑至后台化妆间，此时，离上场只差十五分钟。

两个化妆师将她按在椅子上，一人替她整理头发，将松散的辫子拆了重新缠好；一人拿气垫粉底和散粉给她补底妆，重新打了亮片液体眼影、腮红和口红。

最后，她们甚至还专门留出了两分钟时间，拿挂烫机给她熨了熨几分褶皱的裙摆。

这一套操作让南笳陡然紧张得呼吸困难：“完了……”

大家齐齐地看着她。

“我忘词了……”

小覃说：“有提词器！”

离上场还剩三分钟，南笳站到了候场处。

舞台侧面有 LED 大屏幕，那上面正在播放叶洗以及他的朋友们，一路走过来留下的影像和照片。叶洗身边，去了老朋友，又来了新朋友……人去，人来，人世如潮水，他们曾经做过同一片浪花，又各自流向了不同的江河湖海。

视频播放完，黑暗里响起叶洗沉静的声音：“这一路走过来，很多朋友都给了我莫大的支持。无论此时此刻，他们在世界上的哪个角落，我们都曾经看过同一片星空。愿被星星照到的角落，所有人都有美好的前程。”

叶洗深深鞠躬。

掌声如雷。

麦克风里叶洗的声音再次响起：“接下来我想邀请我的一位演员朋友登场。她和我识于微时，和我一起做过学生作品的音乐剧，她当过网店模特，拍过广告，跑过只有三秒镜头、面目模糊的龙套，做过话剧演员。现在，她终于走到了今天，成为一名真正的电影演员。她是她自己，也是我们每个人，欢迎我的朋友——南笳！”

周濂月坐在一排中区，看着舞台边缘亮起一束光，南笳挥手走了上来。

她上身穿了件黑色吊带，叠搭无袖的黑色皮衣，下身是黑色至灰色渐变的不规则裁剪的纱裙，一头脏辫，酷柔兼具，像她本身一样。

她走到舞台正中，一边调整麦架，一边转头和叶冼、和观众对话，她笑说："我对叶老师说，他会一直发光的，叶老师说我肉麻。我刚刚候场听叶老师说的这番话，怎么比我还要肉麻。"

现场响起笑声。

叶冼也拿起麦笑说："留点儿面子。"

南笳麦已调好："叶老师早期的一首歌，《须臾》，献给追梦的人。"

灯光暗下去，南笳缓缓闭眼。

片刻后，她冲着乐队老师比了一个"OK"的手势。

木吉他、键盘、贝斯与架子鼓编织的前奏渐次响起，南笳的声音在半分钟后进入。

起初嗓音发紧，渐渐地、渐渐地进入状态。

四周有人挥着手跟着合唱。

周濂月只静静地看着。

光落在她的脸上，她的目光有种近于虔诚的笃定。

每一个草芥之人，都是一颗星。

每一条蝼蚁生命，都有永恒须臾。

歌唱完，叶冼走过去，与她拥抱。

她的神情既喜悦又感慨，二者交织，仿佛语言系统失灵，不知如何表达，只有泪光闪烁。似乎无意识地，她朝台下望了一眼，周濂月正好捕捉到她的视线。

她立即露出一个失去了表情管理，但格外由衷的笑。

周濂月也不由地跟着笑了一声。

他无端地想到很久之前，有一回他送了周浠之后，返回去接南笳。那时她跟朋友们在一个烟熏火燎的烧烤摊子上吃东西，塑料雨棚下牵了一颗白炽灯泡，散发着幽黄的灯光。她和朋友喝啤酒、大笑，肆无忌惮。

此刻，他清晰地感知到，自己已在她同频的感情共振里。

叶冼说了感谢的话，南笳鞠躬之后，下台。

周濂月也准备起身去后台，忽觉身后有人碰了碰他的肩膀。转头一看，是南笳的朋友陈田田和她的未婚夫。

陈田田笑着打了声招呼："周总。"

周濂月平声说："叫我名字就行。"

陈田田点点头，没再多说什么，她也只是为了单纯地打个招呼。

哪知周濂月瞥了她一眼，忽说："方便加个微信？以后说不准有事跟陈小姐讨教。"

陈田田掏出手机，点开名片的二维码。

周濂月扫了一下，点击申请好友之后，便说："二位自便，我去后台看看。"

南笳正坐在休息室里喝水，并拜托化妆师小姐姐帮忙拆了她的一头脏辫，她怕自己回去搞不定。

门口人影一晃，南笳扭头去看，是周濂月过来了。

化妆师的动作犹疑了一下，南笳说没事。

周濂月走近，背靠着化妆台，抱臂看着南笳。

南笳也看着他，笑问："唱得还可以？"

"还行。"

"听你由衷地夸一句可真难。"

几分钟后，辫子拆完了，化妆师将南笳一头茂密的头发梳了梳，扎了一把蓬松的马尾，便离开了休息室。

一旁，小覃也收拾好了东西。小覃问："笳姐，你是坐保姆车还是……"

"我跟周总一块走，你把我的包给我就行，其他的东西你帮忙保管一下或者送工作室吧。"

"好，那我就先走啦。"

休息室里，就剩下南笳和周濂月。

周濂月问："不等全部结束？"

"不等了。"南笳笑说，"到时候他们乐团和工作人员肯定要一块儿去庆祝，我单独去无聊，带你去，你肯定也不乐意。而且……还有更重要的事。"

周濂月只似笑非笑地看着她。

南笳站起身，用两手往他身旁的台沿上一撑。

周濂月垂眸看她。眼皮上淡紫色的眼影，点缀细碎的、星星点点的亮片，为适应舞台而特意加重的眼线，延伸至眼尾，再微微上挑。

她仰头，凑近。他闻到一股熟悉的香味，小豆蔻、胡椒混合野姜花的气息，又烈又野性。

她温热的气息落在他的唇上："……走吧。"

"去哪儿？"

"随便，哪儿都行。"她狡黠地笑。

停车场里，车门刚落锁，南笳便转身凑近。

周濂月一把掐住她的腰，使她的身体贴近自己，掠夺般地吻她。

停车场不是合适的场合，周濂月不舍地松开，叫南笳系安全带，等回去了再说。南笳歪靠着，偏着脑袋看他笑，故意将手探过去。

他一把攥住她的手，板住脸："坐好。"

车驶离停车场，一路朝周濂月住的公寓开去。

停了车，走进电梯时，南笳伸手，去握他垂在身侧的手。

他抓住了她的手指，用力地攥紧了。

这一点点痛意使南笳感知到，他与她一样的，按捺的、急切的心情。

他们甚至都不敢对视，空气仿佛燥热到一触即燃，一点儿火星即能燎原。

到了门口，周濂月抬手按指纹解锁开门，他们走进去，蹬了鞋，甚至都来不及打开灯，周濂月直接一把将她扛了起来，往卧室走去。

南笳被扔在床上，力量大得使得床垫回弹了一次。

黑暗里，周濂月在床沿上坐下，用主宰一切的架势，俯身掰过她的脸，一下咬住她的唇。

南笳对这个空间极其熟悉。台灯的位置，天花板的高度，手臂与床边柜子的距离……

虽然只住了不算长的一段时间，但在这里发生的一切，关涉的情绪都极其浓烈。

在昏朦的光线里，她以手指触碰周濂月的脸颊，自眉骨到鼻梁，再到嘴唇。

“周濂月……”

“嗯。”

她渴望他好久，她想他也是。以至于真的到了那个瞬间，会觉得来得太迟，好像一场雨，落了几千年，终于抵达了干涸的河床。

南笳伸手去触摸周濂月的脸。他抬起头来，呼吸尚未平顺，只低下头来，在黑暗里找到她的唇，温柔而缠绵地吻她。

过了许久，当情绪平复以后，南笳起身，去按台灯的按钮，柔和的浅黄色灯光洒下来。

身后有滑动打火机的声音。

南笳脱掉了乱七八糟、皱皱巴巴、不能细看的纱裙，躺了回去。

周濂月看她一眼，将抽了几口的烟递到她嘴边。

她咬住，翻身趴在床单上，一手托腮，笑看着眉目清俊的周濂月：“你知道我为什么没有答应瞿子墨吗？”

周濂月的神情仿佛在说：这时候还提其他男人？但他还是配合地问：“为什么？”

“因为，低浓度的药，治不好高浓度的病。”

周濂月微微挑眉：“我是药，还是病？”

“都是。”南笳笑，“我们两个病上加病，病入膏肓，以毒攻毒。”

她唇上还残留着完全花掉了的口红，南笳目光迷离地咬着烟，额上汗津津的，几缕发丝黏在上面。周濂月不说话，歪了一下身体，扳过她的脑袋，凑近再去亲吻她。

呼吸间还有他们身上尚未蒸发的微咸的汗水味。

片刻后，南笳便伸臂将烟灭掉了。她爬起来，揪住他的衣领，延续这个吻。

漫长的第二次结束，他们才一起去洗了个澡。

南笳没吃晚饭，而周濂月甚至没吃午饭，饥肠辘辘的两人，决定先吃个夜宵再说。

外卖送到，两人去餐桌边吃。

南笳晃到吧台那边去，调了一杯“自由古巴”，端到沙发那儿坐了下来。

她躺在沙发上，头枕着扶手，拿着手机，回复一些重要消息。

周濂月坐了过来，她便抬起腿，将双脚都搭在他的腿上。

周濂月也拿过手机，打了数个电话，首要是打给周浠的，汇报了自己的下落，再跟许助沟通了一下明天的安排。

南笳听见他把明天上午的行程都取消了，不由得抬眼去看。

周濂月衔着烟，挂了电话，瞥了她一眼。那盏单脚站立的白鹭鸶似的落地灯，投落了一层清幽的光照在她的脸上，皮肤显出一种薄霜似的白。

她外面罩着的衣服，是上回她找出来、当睡衣穿的他的黑色 T 恤，那长度算不得多长，刚刚盖过她大腿的根部。周濂月无声地看了片刻，垂眸，抬手去将烟灭了，顺势一把握住她苍白而似有几分脆弱的脚踝。

南笳挣了一下，没挣脱。

周濂月的脸上看似毫无表情，但他微凉的手指，蜿蜒至她的膝盖。

她的呼吸停了一下，两脚去蹬他，总算蹬脱。

他笑了一声。

南笳承认自己受不了这样的笑，她锁了手机，坐起身，端起酒杯，喝了一口。再看周濂月，他懒散地歪靠着，也正看着她。她的酒没有咽下去，就这样凑过去，在他的膝头坐下，用细长手指一把揪住他浴袍的领子。

对视的那一瞬，呼吸时起时落。是周濂月先没忍住，伸手便将她的脑袋按住，再去吻她。

朗姆酒和可乐，独属于他们的记忆和信号。

南笳的手指轻抚他滚动的喉结，轻声地喊：“周濂月……”

她初始时喊他周濂月，然后变成濂月，濂月……如同恳求的梦呓。仿佛酗酒的人，戒了很久，熬过了漫长的戒断期，但再次接触酒精的一瞬间，所有意志都被瓦解得一干二净。

到凌晨三四点，不知谁先投降，他们终于休战。

南笳窝在周濂月的怀中，整个人再也提不起丁点儿力气。

她喃喃地说：“我好像有点儿害怕睡着。”

“为什么？”

“怕醒过来看不见你。”

“……我上午的安排不都已经推了？”

南笳笑了一声：“拜托你可不可以浪漫点儿？”

她用双手去搂他的肩膀，困倦让她合上了眼睛。像是被黑暗围剿，思维搁浅在温暖的沙滩上：“周濂月……”

周濂月的下颌蹭着她的额头，他转头亲了亲她的头发，仿佛知道她要说什么，他截断她的话。

那声音沉沉的，在她耳畔。“我也爱你。”他说。

南笳把手机静音了，一觉睡到上午十点半。

她听到浴室里有水声，想着应当是周濂月先起床了在洗澡。

南笳撑着脑袋爬起来，只觉得有几分头痛，她已经很长时间没这么晚睡过，加上彻底的纵欲，整个人似乎被掏空。到底不比二十岁刚出头那会儿了，彻夜蹦迪之后第二天早上还能接着去上课。

穿上拖鞋，往浴室走的时候，水声停了。

南笳抓住门把手打开门，浅白的灯光下，周濂月手里拿了块白色浴巾，身上的水基本已经擦干了，他正站在镜子前面，扭着肩膀往镜中看自己的后背。

南笳也看过去，一时语塞。靠近肩胛骨那块，他白皙的皮肤上有四道十分明显且泛红的指甲划出来的印子。

周濂月与镜中的她对视，哼笑了一声。

南笳毫无诚意地笑着说了一声“sorry”，紧跟着走到镜子前面去，挤牙膏开始刷牙。

周濂月拿浴巾擦了擦头发，又把浴巾扔进一旁的脏衣篓，而后捞了睡袍披上。

南笳在镜中捕捉到一闪而过的某个画面，静了一下。

下一瞬，周濂月便自她背后挨近，伸出一臂撑在流理台的台沿上，低声问：“看什么？”

"哪有……"

"没有？"

周濂月低下头来，呼吸落在她的耳郭处，有细微的痒。他一只手绕到前方，去掀她 T 恤的下摆。

"……我在刷牙。"

"你刷你的。"

周濂月身上有一股刚刚洗沐过的、洁净清爽的香气。他低下头来，带着几分湿润的发梢就拂在她的颊畔。

南笳拱起背，一只手撑了一下，快速地刷完牙，吐尽泡沫，用清水漱口。

"你还不累吗……"她转过脸去，一句控诉还没说完，周濂月已经轻捏住她的脸颊吻住她，挨近。

南笳用两臂搂住周濂月的肩膀，声音破碎地说："我有点儿头晕……好像有点儿低血糖。"

"……"周濂月退开，拿了一旁的眼镜戴上，一把将她抱了起来。

走到客厅，将她放在沙发上。转身进了厨房，片刻后，拿了盒巧克力过来。他在她旁边坐下，用手掌托着巧克力的盒子，递到她面前。

南笳赤脚踩在地板上，脑袋挨着他的手臂，摇摇头，发出一个转调以示不满的"嗯"："喂我。"

"……"周濂月还是照做，拿了一片巧克力，撕开包装，送到她嘴边。

她张口咬住。

周濂月趁此"教训"她，她太瘦了，而且是饿瘦的，不顶用。以后少接点儿综艺，抽出时间来健身。

南笳笑说："再顶用的人也顶不住你这么用。"

"……"

"而且，我哪有接很多综艺？"

"数量是不多。"周濂月的语气淡淡的。

南笳忍俊不禁。她听出来他的弦外之意：数量是不多，也就两个。但一个跟瞿子墨，一个跟叶冼。

南笳吃了两片巧克力，又歇了歇，头晕之感渐轻。

她知道周濂月这人不怎么喜食甜食，于是促狭地衔了半块巧克力，然后凑到他唇边去。

周濂月不接，看着她，神情冷静极了："你做事不先想想后果？"

"……"

"可别中途再晕过去。"

南笳两下吃掉了巧克力，赶紧起身："我去洗澡了。"

周濂月笑了一声。就是这笑，让南笳不由得一停，手掌在扶手上一撑，低下头。

等她离开时，周濂月的唇上已沾上了巧克力。她敏捷地躲开了他来拽她的手，转身朝着浴室去了。

南笳洗完澡出来，午餐已经送到了。

吃过之后，周濂月换了身衣服，便去公司了。

他们约定好了晚上一块儿去周浠那儿吃晚饭。

南笳拜托小覃帮她送了套干净的衣服过来，收拾好之后，便跟小覃一起去工作室。

在路上，南笳处理了一些微信消息。

叶冼的助理给她发来了昨晚的官摄照片，都已经处理好了。

叶冼给她留言：知道你最近深陷舆论风波，所以方便不方便发博你自己斟酌。昨晚谢谢你。有你们这场演出才算完整。

南笳笑着回复：叶老师怎么现在讲话也这么客套了。

叶冼过了会儿才回复给她一个哭笑不得的表情包。

南笳将照片下载下来，挑了六张发微博，配文：敬抵达的人，也敬出发的人。

没艾特叶冼，担心有人顺着过去骚扰他。评论权限反正已经关闭，转发会如何南笳也管不着，发完以后便关掉了微博。

到工作室后，她跟关姐碰面，聊后续的安排。

关姐说："邵家那边，周总基本已经从源头上解决问题了，以后应该不会再有这种大规模黑帖的情况。至于已经扩散出去的，也没什么确凿证据，只要我们不承认不否认，时间一长基本上也就过去了。这段时间商务肯定是要受一些影响的，这个没办法……”

她见南笳似听非听的，便问：“南笳，你自己有什么意见？”

“啊……”南笳回神，“我有个想法。”

“你说。”

“关姐，你如果看到有条件好、资质好的新人，就试着签一签吧。”

关姐打量她：“这话的意思是？”

“我是这样想的。现在还是就按暂定的规划发展，但未来我可能还是更想往偏艺术领域的方向试一试。接那种一看就叫好不叫座的片子啊，自己出钱扶持一些新的导演、编剧什么的……都说不准。纯商业价值这块，可能真不是我首要考虑的问题。”

关姐笑说：“你以为像你这样有资质又勤奋的女演员，是随时都能有的？”

南笳笑说：“留意着呗，未雨绸缪。”

关姐说：“那这样，现在该怎么样就还是先怎么样，毕竟得你自己有这个本钱了，才能去扶持别人。另一方面呢，新人我先留意着。”

南笳笑说：“谢谢关姐。这一阵也是给你添麻烦了。”

“这话就见外了。”关姐笑了笑，忽地沉默下去。

南笳很少见关姐这样，她一直是个很官方做派、很八面玲珑的人。

“关姐？”

关姐回神：“知道我那时候为什么答应周总的邀约，来做你的经纪人？我以前签过一个艺人，跟你一样的好苗子。我操之过急，就想赶紧将她捧红，结果揠苗助长……她没扛住骤然大红大紫而随之带来的压力，患了抑郁症，这几年基本都在休息，事业也耽搁了。”

南笳说：“难怪你对我这么宽容。”

关姐笑了笑。

“她还愿意演戏吗？要没退圈，你可以再签她。”

“我回头去找她问问吧……”关姐叹气，“也不知道她愿不愿意见我。”

南笳托腮，打量着关姐，笑了笑说：“跟关姐你偶尔交心的感觉，还蛮叫人不适应的。”

关姐笑：“我知道，你见我第一面的时候，觉得我市侩极了。”

“哪有……”

“没有？”

“是有一点儿吧。”南笳笑说，“但人都有另外一面，而且人也是会变的。”

关姐一副了然的神色：“这话，听起来不是在说我吧？”

南笳笑：“别拆穿嘛。”

傍晚，周濂月离开公司，去了西山那边。

进门便是热热闹闹的场景，南笳和周浠坐在沙发上，听一个韩国的说唱节目。说是听，是因为她们还在边吃东西边聊天，两人频频咬耳朵嘀咕，不知在聊什么。

周浠听见了脚步声，南笳随之转头，跟他打了声招呼。然后两人不作声地看着他，好像他的到来，打断了她们一样。

周濂月：“……”

周濂月去洗了个手，到南笳身旁的沙发扶手上坐下。

他伸手，轻轻捏了捏她的后颈，问周浠：“苏星予呢？”

“去他爸妈那边有点儿事，今天应该不过来了。”

“你们在聊什么？”

周浠说：“女孩子的话题，跟你无关。”

南笳这时候瞥了他一眼，那神情要笑不笑的，带着几分微妙。

周濂月见此低头，凑到南笳耳畔低声问：“是不是说我坏话了？”

周浠笑说：“我听得到。没说你坏话，都说了啦，跟你无关。”

过了一会儿，甄姐过来招呼他们去餐厅吃晚饭。

饭桌上，周濂月说：“正好趁着苏星予不在，聊聊正事吧。”

周浠吓了一跳：“……你要棒打鸳鸯啊？”

南笳笑说：“他可能是想让你们订婚。”

“啊……”

周濂月问：“不愿意？”

周浠笑说：“你跟嫂子一和好，就迫不及待要将我扫地出门？”

周濂月平平地说：“早看姓苏的不顺眼。你俩打包一块儿出门。”

“这是我家！”

“哦。遗嘱上留给我的。”

周浠微怔。从前，周濂月对遗嘱、对父母辈相关的事情，一概是讳莫如深，现在却可以坦然地拿来开玩笑。她的脸转向南笳，遗憾自己看不到，不然或许可与她视线交流，表达自己的谢意。

吃过饭，又待了一会儿，周濂月便说准备撤了。

周浠笑对南笳说道：“我看出来了，我哥现在就嫌我是拖油瓶。”

周濂月叫南笳稍坐会儿，他去楼上找份文件。他已走到楼梯那儿，又顿了顿，朝南笳招了招手。

南笳小声地跟周浠说了句：“我也去一下。”

周浠点点头，伸手，轻轻地握了一下她的手指，其意不言而喻。

南笳走过去，周濂月一把将她的手牵住了。

那房间在走廊的尽头，周濂月拿钥匙打开门，抬手按下了门边开关。淡白的光洒下来，空气里有一股灰尘的气息。

房间是个套间，面积很大。软装都清理干净了，就剩床架子、书柜、书桌，和摆在书桌下方的一只黑色保险箱。

整个空间显得空空荡荡。

南笳踏进去，注意到目之所及的地方都盖了一层灰。而后她看见房间正中，靠近书桌的地方，那几片木地板上有火燎过的痕迹。

周濂月注意到她的目光了，但没说什么，走到窗户边上，开了闩锁，将窗户推开。

这窗户久未开过，推开时有些滞涩。

而后，周濂月点了支烟，倚靠着窗台，也不管那上面是不是积了灰。

南笳走了过来，背着手站在他身旁，转头看着他：“你就是在这个房间里长大的吗？”

周濂月的目光淡淡地自她脸上扫过，没有出声。

南笳也沉默，抬头去看天花板，看那上面缀着的灯。

少年的周濂月是怎样的？

她想象他会头枕着手臂躺在那张床上，秋日的清晨，床头的窗户打开时，会有树叶的光斑落在他脸上；想象他在郁闷的时候，会盘腿坐在床尾，将一只网球丢到对面的墙壁上，弹回来再接住，再丢出去，再接住；想象他会在失眠的夜里，亮着灯读海明威。会去念剑桥大学的人，不可能生下来就是一个冷冰冰的商人。

青春期的时候，他也会躲在这里，偷偷尝试一些于那个年纪而言禁忌的事吗？比如一些晦涩的情色电影，偷藏的酒精和香烟，而更多的时候，他是不是被困在大人制造的、日复一日的冷暴力中，愤懑、苦闷、无奈，又找不到出口？

周濂月转头看了一眼。

南笳微垂着目光，那鸦羽似的睫毛也落了下来，投下淡灰色的影子。

"在想什么？"周濂月淡淡地问。

"在想你。"

"我不就在你旁边？"他轻笑一声。

"想象以前的你。"南笳转头看他，眼睛里有笑意，"在想，以前的我，会不会想要给以前的你写情书。"

"会吗？"

"会。"南笳歪了一下头，"如果我们同岁，或者，你稍微大我一点点，是同个学校的学长。你是那种很吸引我，但我不敢靠近的类型。因为我们似乎完全是两个世界的人。我会偷偷给你写情书，不署名的那种。然后暗中观察你会不会有什么反应。我猜多半是不会有反应。"

周濂月笑了一声："但是你会跟篮球队队长那样的男生交往。"

"……你怎么知道？"

"猜的。准吗？"

"……不是篮球队，是游泳队。"南笳小声说。

"差不多。"

"那你呢？你那个年纪，喜欢什么类型的？"南笳看他。

周濂月的手指掸了掸烟灰，瞥了她一眼："这问题有点儿幼稚。"

南笳笑笑，也不强迫他。

周濂月又看了她一眼，没拿着烟的那只手，抬起来去摸她的后颈，平声说："你这样的。"

南笳迅速地转头看他："……真的假的？"

"真的。"

南笳笑出声来："不用哄我玩。真的假的啊？"

周濂月不作声了。南笳抓住他的手臂轻搡："喂。"

周濂月垂眸，看她的眼睛，顿了一瞬，这才说："真的。"

年级最漂亮、最开朗，骄矜又自信的女生，怎么会有人不喜欢？

就像怎么会有人不喜欢光？

南笳怔了一下，幼稚的虚荣心，她承认。

她抬起手臂，搭在他的肩膀上，踮脚，轻声问："我可以在这里吻你吗？"

周濂月只是注视着她，不说话，目光如月光似的安静。

他们都做过最疯狂最露骨的事情，可此刻，南笳竟会无端地觉得忐忑。好像真是回到她的十六岁，在表白以后，等一个结果。

南笳有一点儿受不了周濂月这样安静而幽深的注视。

脚跟落下去，手臂收回。刚准备后退，周濂月倏然伸手，一把搂住她的腰，让她转身，往窗户边一抵。

他没有在十六七岁的时候吻过谁。可假如是她……周濂月的手指轻轻捏着她的下巴，看见她仰面看着他。一张漂亮而有故事的脸，此刻却单单因为等待一个将至的吻，而紧张得瞳孔微缩。

周濂月只觉得心口微痒，几乎是不由自主地低下头去。

不是少年不得章法的吻。

因为不是所有的故事，发生得早就是最好的。好的结局，一定带着些天时地利与人和的巧合和偶然，那些幽微的、一闪而逝的，却被他们抓住的每个瞬间，才能凑成此刻。

南笳轻易地感知到，吻她的是她所爱的那个，兼具月的光明面与暗面的周濂月。他掌控一切，却又有叫她迷醉的温柔。

片刻后，周濂月退开，手指轻按过她的嘴唇，笑了一声："你该庆幸不是碰见那时候的我。"

"怎么？"南笳的目光尚且迷离。

"那时候的我会拖着你一块儿下地狱。"

南笳的两臂都绕过他的肩膀，踮脚主动献吻。她笑说：“一起毁灭也很浪漫。”

重塑与毁灭，原本就是爱一体两面的同义词。

周濂月的目光一时更加深黯。

四月的晚风吹来，空气里有花木扶疏的香味。房间里那经年日久的尘埃的气息，早已被冲淡得不可闻。

周濂月去开保险柜拿文件。

南笳背靠书桌而立，偏头去看，他正旋动着转盘输入密码，也不避着她。

南笳笑问：“里面有金条吗？”

“你自己看。”

“我可不敢。万一看见什么不该看的东西，要被杀人灭口。”她煞有介事。

周濂月笑了一声。保险柜打开了，他从里面翻找出一份文件，放在了书桌上，紧接着却是动作一停。

南笳觉得疑惑，望过去。

周濂月蹲在那儿，片刻后，从保险柜的最底下，拿出了一个档案袋大小的牛皮纸袋。纸袋鼓鼓囊囊的，一角有烧焦的痕迹。

南笳犹疑地出声：“这是……”

周濂月的声音平静：“信。”

南笳一下子明白了：“解老师写的？”

“嗯。”

这个纸袋纪音华一直藏在她外婆家的老宅，一口上了锁的樟木箱子里。弥留之际，纪音华委托周濂月，回那老宅一趟，把装信的纸袋子找出来，替她烧了。但不要烧在她的墓前。

她说：濂月，我是个失职的母亲，我知道你恨我。但现在我也只有你一个人可以信任和托付。

在纪音华去世大半年后，听说那一直空置的老宅要划归文保单位管辖，并将翻新修缮，周濂月方回去一趟，避开周叔琮的耳目，拿到了纸袋。

那时候是打算烧了的，就在老宅那石板缝里生了暗绿青苔的天井里。打火机点着，火舌燎起来，他却不知被什么促使，又抬脚将那火扑灭了。

他将东西带回北城，一直藏在自己的房间里。后来出国读书，经周季璠安排进入周家的企业工作，逐渐把这事给忘了。

直到六七年前，他给朱家的一个长辈祝寿，想送一方钤印，找人打听北城可有什么篆印的大师，懂行的业内人士纷纷举荐同一个人——解文山。

周濂月调查才知，解文山在解母去世之后，便只身前往北城发展，并终身未婚，膝下无子。

报以复杂的情绪，周濂月上门拜访。

那时候，周濂月对纪音华那种哀其不幸怒其不争的浓烈情绪，已经相对淡漠了。在了解了解文山也不过就是个普通人之后，周濂月产生了要把那些书信交还给他的想法。但出于种种原因，没有踏出这一步。

“要去吗？”南笳看着周濂月。

周濂月没作声。

“我可以陪你去。”

周濂月瞥了她一眼：“现在？”

“现在。解老师这时候应该还没睡。”南笳打量着周濂月，他的神情始终是淡淡的，瞧不出有太多的情绪。

于是南笳替他作了决定：“走吧。”

这晚，他们不单单拿走了纸袋，还有保险柜里剩余的所有文件。

两人一人抱了一摞下楼，放到了汽车后座上，准备全部都搬运到他们现在住的地方。

那保险柜暂且废弃，走的时候，周濂月没将房间上锁。他叮嘱甄姐，上楼去把那房间打扫了。

车一路开往解文山的书店。

时间尚早，书店的玻璃门内还透着亮光，雕花窗棂镶嵌的玻璃窗户里，隐约可见解文山正坐在柜台后方伏案读书。

车在前方掉了个头，停在书店门口。

南笳抱着那个纸袋下了车。推门，门口铃铛一响，店里的人扶了扶老花镜，抬起头来，惊喜道：“小笳？可有一阵没来了——快进来坐。”

南笳撑着门，笑说："等一下。"

她回头看了一眼，周濂月已下了车，落了锁。

待周濂月踏上路牙，南笳将门推得更开，周濂月走到她身后，抬臂撑住了玻璃门，南笳方才松手。

解文山更是惊讶："……濂月，你也来了。"他急忙从柜台后面走了出来，推开茶室的移门，有几分局促地站在那儿。

南笳轻车熟路地走了过去，推着解文山的肩膀往茶室里去，笑说："来找您讨茶喝来了。"

解文山去涮了烧水的小壶，接了净水，放在电磁炉上。

抬眼一看，周濂月没坐他常坐的那单人的藤编椅，而是跟南笳一块儿坐在了对面的双人木沙发上。两人的膝盖轻轻挨着，虽无亲昵的动作，但自有一种难言的、排他的气氛。

解文山打开小柜子的门拿茶叶，打趣一句："喝什么？都喝碧螺春？"

南笳不好意思地笑了。

拿了茶叶，投入茶杯，解文山问道："你们怎么有空一块儿过来了？"

南笳听出这句话的重音是在"一块儿"上，笑了笑，有点儿微妙地难为情。因为那时候是骗了解文山，才拿到了周濂月的电话号码。

周濂月倒是神情平静："手头事情正好都处理完了，带她过来瞧瞧。"话里意思一点即明，要解文山放心，"面子里子"的问题，早已妥善解决。

水烧到九十度左右，那控温的电磁炉自己断电了。

解文山提起水壶往杯中冲入热水。泡好茶，他在藤椅上坐下，瞧着南笳和周濂月，目光里不无欣慰的意思。

这目光让南笳有点儿退却了，低头去瞅了瞅放在桌角的纸袋。

周濂月倒是坚决，拿了那个纸袋，递给解文山："一直准备给您，没找着机会。"

"这是……"解文山伸手去接。

"我妈的遗物。您跟她来往三年，写给她的信。"

解文山的手一抖。

周濂月不动声色地瞧着解文山："她叫我烧了，阴错阳差地没烧成。就物归原主吧，您拿着留个纪念。”

那个纸袋似有千钧重，解文山托着它，手指颤抖。片刻后，他别过脸去，摘了老花镜。

“解老师……”

解文山咳嗽了一声，然后说：“……小笳，恕我今天不继续招待了，你们先请自便吧。”

周濂月站起身，牵住了南笳的手，将她也从座位上拉起来。

周濂月往书店的储物间那儿看了一眼，又说：“南笳存在您这儿的东西，今天我们顺便就拿走了。”

解文山抬手轻挥了一下，叫他们随意。

统共三个纸箱，南笳抱了一个，周濂月抱了两个。

临出门前，南笳又转头往茶室里看了一眼，解文山垂头坐在浅黄的灯光下，潸然泪下。

周濂月在她身后轻声说：“让他一个人待会儿。”

走到店门口的路边，周濂月开了后备厢门，将三只纸箱码放进去。

南笳转头再往店里看了一眼：“我觉得不忍心。交给解老师真的好吗？会不会烧掉……”

周濂月低头看她一眼，淡淡地说：“交给他是最好的选择。相信我。”

“为什么……”

“因为我也是男人。”

南笳失笑：“什么嘛。有没有更能说服人一点儿的论据？”

周濂月抬手，拊着她的额头往副驾驶座的方向带去，语调仍然平淡：“他这些年的心情，我也体会过。”

“什么心情？”南笳明知故问。

果然周濂月不配合了，替她拉开了副驾门，便要转身。

南笳一把抓住他的手臂，轻笑问道：“什么心情？”

周濂月想抽出手臂，然而她死死抱住，完全不顾及“女明星”的身份，在大街上就和他拉拉扯扯的。她踮脚仰头，凑近他的脸：“告诉我嘛。”

周濂月简直无奈。他怎么不知道，她这么会撒娇。他只得抬手，手掌将她的眼睛一盖，平静地说："有一回，你跟瞿子墨去严岷君家里，被人偷拍了。"

南笳愣了一下："去年夏天的事？"

"我去过你家小区门口。"

南笳揣摩他的心理："……你以为他后来去了我家？"

周濂月没作声。

南笳伸手，去掰他盖在自己眼前的手掌，她的眼睛露出来，正对上他的目光，幽静的、苍凉的。

"你觉得，那是什么心情？"他轻声说。

永失所爱的心情。

南笳无言，伸手抱住他。

载着纸箱和文件，他们回到了周濂月目前所住的公寓。

等打开门，周濂月看见客厅正中还放了一只二十八寸的行李箱。

南笳下午去过工作室之后，回自己住的地方收拾了一些常用的衣物和洗漱用品带过来的。于是，接下来的一小时，他们都只在收拾东西。

那三只纸箱拆开了，叶冼送的书与CD，南笳将其摆在了空置的置物架上。

周濂月经过的时候，很是不高兴地哼了一声。南笳笑："拜托，是你主动要求搬回来的。"

等全部收拾停当，南笳拿了自己的睡衣去卸妆和洗澡。

洗完出来，她拿上自己带过来的《雁门关》的原著，走到客厅去，靠坐在沙发上翻看。

这是她看的第三遍。虽说这个女四号不见得能演得成，但她习惯将一切准备到不遗余力。那样即便事情不成，也只会遗憾，而不会后悔。

翻了会儿书，周濂月也洗完澡出来了。他穿着身浅灰色的居家服，去冰箱里拿了瓶纯净水，走到她身旁坐下。

南笳拿腰封做书签，夹在书页间，暂且将书本合上。她说："《津港十三日》下周就要上映了。"

"嗯。"

"路演我要去吗？最近这波非议还没过去。"

周濂月背靠着沙发，手臂搭在靠背上："去。"

"但是……"

"我投的电影，我让谁去就谁去。"

南笳笑出声，偏头看着他，忽说："今天我跟关姐见面，她跟我说，你现在跟她刚认识你那会儿确实不大一样了。她说至少她能让人看出来她很市侩，但你呢，城府和算计都在心里，行事和做派完完全全是真正的资本家那一套。所以那时候你说要跟邵家终止合作，她很惊讶，因为怎么看都没有任何收益，完全是意气用事。"

周濂月的表情没什么变化，垂眸看了她一眼："你想说什么？"

"我也很惊讶。所以我要去烧香，求一求玄学。"

周濂月不解。

"保佑《津港十三日》大卖，叫你这个资本家大赚特赚。"

周濂月笑出声来。

南笳抬手，指了指茶几上的水瓶，周濂月把水瓶拿起来，揭了盖子递给她。

她喝水的时候，周濂月忽问："那时候你到底在跟周浠聊什么？"

"浠浠说了不可以告诉你。"

"跟苏星予有关？"

"嗯。"

"他欺负她了？"

"他怎么敢——你不要问了，女生之间的话题。"

"你笼统说说。"周濂月很坚持。

南笳只得笑说："那你不能出卖我。"

"当然。"

南笳将水瓶递还给周濂月："就聊了一些……生理卫生方面的问题。"

"什么意思？"

"你自己意会！"

"那我直接问周浠去。"

"你才答应了不会出卖我……"南笳瞪他。

周濂月的手臂伸过来，自然地将她肩膀一搂："你知道我很担心周浠。"

"好吧。"南笳受不了周濂月服软，只得说，"你想啊，你们妈妈去世的时候，她才七岁，后来又……没谁对她进行性教育。她跟苏星予，恋爱谈了挺长时间了，也是正常的成年人，总得……"

周濂月倒是惊讶："他们还没？"

南笳点头："她看不见嘛，当然害怕，苏星予很尊重她。我就对她进行了一些恰如其分的指点。你还要知道细节吗？"

"……"

"浠浠告诉我，那时候她初潮，什么也不知道。好像是你某天回来看见她裙子脏了，一声不吭地找来了甄姐，把她推进洗手间去。"南笳憋不住笑了，"……周总，你也蛮不容易的。"

周濂月明白了那时候南笳似笑非笑的表情。他有些尴尬，但仍是面无表情，他收回了手，准备起身。

南笳当然不准他逃，伸手一把抱住了他的手臂，他只得仍旧坐着。

南笳纯是为了揶揄，信口说道："既然周总对养育女孩儿这么'有经验'，我觉得我们以后可以生一个女孩儿。"

周濂月倏然转头看她。南笳倒是微怔，因为觉得他的目光带着几分奇怪，有种说不上来的意味。

她无端地心慌，抓着他衣袖的手指瞬间卸了力道，手掌在沙发边沿一撑，便要起身。

周濂月一拽，她又跌了下去。他伸臂将她一搂，低头看她："跑什么？"

"……没有。"

"来吧。"

"什么？"

他笑了，用手指碰碰她的脸："你刚刚说了什么？"

"……我开玩笑的。"

"那就先预习。"

"……"

周濂月的手臂撑在皮质的沙发上，低头看那盏"白鹭鸶"的灯。折页的灯罩下，幽淡的白光像月色结霜，洒落在起伏的山陵、低落的浅滩和深谷。他摘了眼镜放在茶几上，伏落于她的膝头，全然臣服。

南笳的手臂挥出去，无意间扫落了沙发上的书，那书本跌落在柔软的地毯上，没有声息。

惊雷的爆裂之后，南笳的心跳久久不能平息。她的脑袋伏在周濂月的肩头，嗅闻到他耳后皮肤上凉津津的、微咸的汗水的气息。

周濂月将她抱起来，去浴室清洗。

浴缸的进水阀打开了，即便开了换气扇，整个空间里依然很快就充满了腾腾的热气。

而他们甚至还来不及等到浴缸的水放满，两人就已跌落在水里，头发都打湿了。

周濂月捧着她的脸，低头吻她。热气让她缺氧，于是只能去抢夺他的呼吸。

结束之后，周濂月起身去拿了烟和打火机过来。

南笳将百叶窗卷起一半，开了窗，四月微凉的风吹进来。

周濂月重新跨进浴缸里躺了下来，水位上升寸许，漫过她的肩头。

她伸腿，用脚掌去蹬他。他闷笑一声，将烟递了过来。

南笳衔着烟，坐起身，手臂趴在陶瓷浴缸的边缘，往窗外看去。身处高层公寓，视线所及是高楼之间星点的灯火。

她手臂一撑，托腮转头看向周濂月。他正闭着眼，整个人显出一种满足之后的微微倦怠。

似乎是觉察到她在打量，周濂月睁开眼睛。

他微微眯着眼睛看她。当他不说话的时候，神情总显出三分深雪似的冷。只有她知道，他可以有多炽烈。

“南笳。”

“嗯？”南笳咬着烟，爬过去。

浴缸空间很大，她可以跪在他的两膝之间。因为怕跌倒，她用一条手臂抓住了浴缸边缘。

他仰面看着她，因为灯光和水雾，他瞳孔的颜色显得比平常要淡上几分。

他沉声问：“想跟我结婚吗？”

“……”这是什么问题。

“生小孩儿？”

南笳咬着烟，不作声。是方才她那信口一提的后续，她知道。

周濂月从水中抬起一条手臂，被水浸泡太久的缘故，皮肤比平日还要苍白。

他手指修长，骨节分明，指腹有潮湿的温热。他的手指捧着她的侧脸，他注视着她，声音沉沉的：“你想做的事，我都会陪你去做。我只是怕自己做不好，你知道……”

南笳的心脏高高悬起。她抬手将烟头按灭在窗台上，俯身便去吻他。

不会再这样爱一个人，她想。好像可以把心脏都剖出来送给他。

“我也做不好。我们一起尝试。”南笳顿了顿，“周濂月……”

“嗯。”

“我爱你。”

/ 第二十三章 /

私奔

之前邵家雇水军下黑帖那档子事，让南笳的商务问询暂时中断了。

南笳乐得清闲。趁着《津港十三日》上映之前的空档时间，她将自己公寓里的东西，搬到了周濂月那儿，然后分门别类地开始整理。

周濂月每回回去，都能觉察到空间一分一分地被填满。渐渐地，整间屋子里都有南笳的痕迹——变成一个能称之为“家”的地方。

这天自公司回来，周濂月见南笳终于没再收拾东西。她给自己倒了一杯酒，坐在客厅的地毯上看书。

周濂月问她：“东西都搬过来了？”

“没，还留了一些杂物，一时半会儿也用不着。”

“那房子没退？”

“暂时还没。”

周濂月一顿，问她为什么。南笳的目光仍旧落在书页间，也不抬眼，只笑说：“万一哪天我们又吵架了，我还能有个临时的去处。”

周濂月看了她片刻，倒没再说什么。

吃过饭后，周濂月去了趟书房。南笳听见里面有打印机运作的声响，一会儿，周濂月拿了两份文件出来，叫她签了。

刚吐出来的纸张还有热度，南笳接过来看了一眼。一份是房屋赠予合同，另一份是代办过户手续的授权委托书。第一份合同上赠予人的位置，周濂月已经签字和盖章了。

南笳愣了一下："这是什么意思？"

"这间公寓过户给你，真吵架了也是我走。"

南笳笑说："拜托，我们是正经的男女朋友关系。"

周濂月无可无不可地说："女朋友收礼物，有什么不正当的？"

南笳说："我可不图你这个。你知道我只是单纯地爱你这个人，你这样会让我觉得……"

周濂月伸臂去搂她，露出似笑非笑的神色："我还不了解你？之前朱家的事、遗嘱的事，也就够在你这儿拿个入场券。"

"……我听出来了，你讽刺我。"南笳笑了一声，抬眼看他，"反正，你不给我个充足的理由，我是不会签的。"

周濂月沉默了好一会儿，方才平静地开口："南笳，假如以后我们真因为什么而不得不分开，这房子我自己留着，不可能住得下去，我更不能把它卖了。所以我送给你。"

南笳愣住了。片刻后，她恍然笑道："我好像听明白了。你没安全感。"

周濂月不作声，脑袋往后仰，靠在了沙发靠背上，一时间只维持这个姿势，一动也不动。

当他陷入沉默时，总有一种清冷寂寥的落寞感。

他后仰的脖颈修长而白皙，喉结分明。南笳凑过去，顿了一下，然后张口轻咬在他喉结上。

他闷哼一声，终于低下头来，看着她。

南笳两手搭在他肩膀上，轻声说："只要我还爱你，我就不会离开你。管不到以后的事，但目前，我想不到理由不爱你。"

周濂月依然没作声，但伸手将手掌按在了她的背后。

南笳低下头来，长发也随之滑落，挡住了一侧落地灯的光。

他抬眼看着她，呼吸起落之间，仰头来够她的唇："那你签了。"

南笳几乎差一点儿就动摇了，直到看见他嘴角微扬。

她才反应过来："……你使苦肉计。"

"有吗？"

"太明显了！"南笳笑起来。

周濂月也跟着笑了一声，这事暂且不了了之。

《津港十三日》在周五零点正式上映，预售原本已经很理想，首日和首周的票房更是超出预期。有谋略、有动作、有热血、有特效的警匪片，原本就有老少咸宜的基本盘。

会进电影院的观众不是人人都会上微博，上微博的人也不是人人都看过南笳的黑帖，因此此前的舆论风波基本没对电影的热卖造成实质性影响。

借着电影，南笳倒是实现了口碑“翻盘”。

处处匪夷所思的演艺圈里，观众对业务能力强的从业人员本来就天然多了几分宽容。

《津港十三日》这部戏的高光部分基本都给了男性角色，有勇有谋的正派警察，有血有肉的反派凶手，女性角色在这部戏里难免统统沦为“配菜”。在发挥余地有限的情况之下，南笳依然将她的角色做到了极致。她拖着青梅竹马的反派，隐忍痛苦地按下炸弹起爆按钮，与之同归于尽的那一幕，每每出现在影评的高光盘点中。

南笳对自己演得如何，内心有自己的一个判断，倒是不怎么关心影评怎么说。况且她也没空，她忙着跟主创团队路演，预定要跑完六座城市，行程又赶又紧凑。

晚上回到酒店休息，南笳跟周濂月打电话。她累到不行，忍不住吐槽说：“真的感觉是在给你这个资本家打工。”

周濂月就在那头笑：“那你还不赶紧回来，把字给签了。”

“不要！”南笳的手掌不小心碰到了挂断键，疑惑怎么没了声音。

周濂月已回拨过来。接通后，周濂月说：“敢挂我电话。”

南笳笑说：“你再提这事，我还敢挂。”

路演的最后一站回到了北城，在导演薛鞅的母校举行。有母校政教处的配合，薛鞅借到了学校最大的礼堂，免费放映这部电影。

放映结束后的问答环节，也是空前地热烈。

到晚上十点，放映会结束，主创一行人在安保的掩护下离开礼堂。

他们从大楼的侧门离开，而那儿也已经围了一堆的学生。大家礼貌地招了招手，便往停车场方向走去。

南笳从沸腾喧嚣的人声里，分辨出有人在扯着嗓子叫她。转头一看，是一个女生。

她觉得有些眼熟，顿步打量了几秒钟，想起来了，那个在《胭脂海潮》时期就是她粉丝的小姑娘，说是高考填报了编剧专业，想未来写戏给她拍。

小姑娘的情绪十分激动，保安很警惕地将她往外推。

南笳转身往回走，小姑娘更激动了。

保安使劲儿一搡，她后退一步，一个踉跄跌在地上。

南笳蹙眉，让保安别推了。走到小姑娘跟前，南笳朝她伸出手，想拉她起来。

然而，小姑娘咬着唇，没牵她的手，自己爬了起来。

她看着南笳，神情复杂。南笳一眼看出，这不是见到“偶像”的又惊又喜。

南笳平静地问：“你有什么想对我说的吗？”

小姑娘抱紧了自己手里的书本：“……网上的爆料是真的吗？你……”

小覃和剧组的其他工作人员，听到这个问题脸色都变了。

小覃走过来笑说：“抱歉这位朋友，我们不回答与电影无关的问题……”

南笳伸手，轻轻碰了碰小覃的手背，示意她没关系。

她看向小姑娘：“电影你喜欢吗？”

“……嗯。”

“我演得怎么样？”

“……很好。”

南笳平静地说：“这么说可能很傲慢。我觉得我只用对我的作品负责，大家也只用喜欢我的作品。甚至不喜欢也无所谓，只要在你的客观评价体系里，你愿意承认那是好的。”

小姑娘低垂着头，看似将要哭出来。

“这个圈子很糟，劣币驱逐良币，好的东西，要耗费无数的努力才能被人看见。所以我不重要，我的私人生活尤其不重要。你很重要，你们观众的选择很重要——你以后也将成为电影工业的从业者之一，你来改变吧。如果你看不惯，从你开始，来把它变得更好。”

说完，南笳便敛起目光，转身走了。

回到保姆车上坐下，小覃递来水瓶。南笳拿在手里，一时没有拧开，她的手臂撑在车窗上，看着窗外。

放在腿上的手机振动了一下，南笳点开一看，是陈田田发来的消息。一张照片，有她，有彭泽，有叶洗，还有另外几个剧团的朋友，冲向镜头，比着很不一致的“V”。

陈田田发的语音：“你回北城没？我们包了场，准备去看你的电影，然后再一起去撸串。要出来一起吗？”

南笳笑着回复：这不是公开处刑？

南笳下午落地北城，到了之后就直接来这边路演了，还没来得及回家跟周濂月见面。

考虑过后，她给周濂月打了个电话。

周濂月问：“结束了？”

“结束了——你想我吗？”

“……”似乎是无法应对她的直接，周濂月选择沉默。

南笳笑说：“既然你不想我，那我就先去跟朋友‘嗨皮’了。”

“哪个朋友？”

“田田。他们包了一个场子看电影，看完去夜宵。哦，叶洗也在。”

“……”

“你帮我决定，我是过去，还是回去陪你？”

静默片刻，周濂月说：“你去吧。”

“……确定？我可没在跟你客套。”

“我也没跟你客套。”

南笳便说：“那我去一下就回来。我应该不吃夜宵，看完电影就走。”

挂断电话，南笳叫车往陈田田他们碰头的地方开。

到那儿是二十分钟后，他们已抱着爆米花桶和可乐等在影院大厅里了。

南笳露面的瞬间，大家很浮夸地围过来要求合影和签名。闹腾了一阵，电影将开场，他们才进去。

穿过走廊，到了那个放映厅的门口，南笳看见“DOLBY”的标识，有几分疑惑："小厅还是大厅？"

"大厅。警匪片在小厅看怎么能过瘾？"

"那不是很贵？谁包的？"

陈田田耸耸肩："反正不是我。"

南笳要转头去问叶洗，而陈田田已拥着她的肩膀将她往里推。

影厅的灯还亮着，偌大的一个杜比厅。她抬眼望去，发现正中间已有人坐在那儿。

白衣黑裤的装束，戴着金丝细边的眼镜，沐浴在白色灯光下，人显出一种清冷感的清隽。他的手臂撑在扶手上，略显懒散地歪靠着，神情百无聊赖，像是已经等了她很长时间了。

南笳一下明白过来。

她端着爆米花桶和可乐走过去，在周濂月身旁坐下。

大家陆续进来，周濂月的身体稍稍坐正些，简单地同他们打了招呼。

或许是有意的，陈田田他们不约而同地选择坐到他俩前面一排。

南笳今天穿的这一身方便活动，吊带背心和宽松的运动长裤，外面罩一件轻薄的运动式外套。

将爆米花和可乐放置在扶手的圆形储物格里，坐下以后，南笳摘下头上的棒球帽，放到一旁。她转头，凑到周濂月耳旁，笑说："我要是选择直接回家，你要怎么办？"

周濂月微微挑眉："骗你过来有一百种方法。"

"周总花样好多。"南笳顿了顿，心脏有种突跳一下的感觉，"是不是还有后招？"

周濂月看她："什么后招？"

"没……"南笳笑了一声，坐正，又问，"浠浠他们没来吗？"

"跟苏星予在家。这电影偏视效，她不喜欢。"

南笳点点头。

"不过她看过你的上一部。"

南笳闻言转头："她喜欢吗？"

"嗯。"周濂月捏捏她的手指。

影厅灯灭，开始播放贴片广告。

周濂月觉察到有手指悄无声息地攀上自己的腿，顿了顿，一把攥住，低声问："做什么？你知不知道放映室里什么都看得见？"

"……你在想什么？"南笳难得脸热，"别动。"她说着话，手指摸到西裤口袋的边缘探进去。

她的动作显然是在找什么东西，周濂月却不由得放缓呼吸。

左侧口袋摸过了，她再以极别扭的姿势，歪着身体，将手臂探过去再摸右侧的口袋。

周濂月箍住她的手腕："到底找什么？"

"……别管。"

她挣一下，他松了手。她的手指探进口袋的时候，周濂月的头往后仰，缓慢而无声地呼了一口气。

片刻后，南笳收回了手。什么也没找着，她却好似松了一口气。

电影已闪过龙标，切入第一幕。

周濂月偏头，借着暗淡的光线去看，盯着她瞧了片刻，一霎，他反应过来了她在找什么。

南笳听见周濂月轻笑了一声，她偏头凑近，低声问："你笑什么？"

"你以为会找到什么？"

"……"

"嗯？"周濂月的呼吸沉沉的。

"……没想找到什么。"

"这才几天，这么着急？"周濂月的声音里含着几分戏谑的笑意。

"谁着急……"南笳控制住音量，她往前面看，大家都在认真看电影，"拜托，你搞这种阵仗谁不误会？"

"求婚请情敌？"周濂月仿佛觉得她这想法匪夷所思。

"谁知道。说不准你故意想炫耀。"

周濂月笑不可遏："万一真是，你上来直接刨了包袱？"

"因为太俗。好尴尬，我才不要。而且我也不信你会喜欢这种大庭广众的场合。"

“不信你还找什么？”

“就怕万一。”

他们嘀咕间，电影已进入第一个场景。

南笳抓了一粒爆米花递到周濂月嘴边，他嫌弃地偏头躲过。

南笳轻笑，手指揪他的衣领，拽他低下头来，轻声问：“想我吗？”

略过爆米花带着蜂蜜味的甜香，周濂月轻易捕捉到她身上的气息。呼吸拂过鼻尖，南笳没有等到回答，只有他按着她的后脑勺落下的吻。

总算可以正常地看电影。

过去一周多南笳在跑路演，今天自己也是第一次完整而不受打扰地看到成片。视效与故事皆属上乘，激发肾上腺素的商业片，称不上有什么内涵，但足够过瘾。

南笳偶尔吃上几粒爆米花，多数时候在认真观影。

电影开场二十分钟，忽觉肩膀一沉。转头看，周濂月的身体已往下滑了几分，合着眼睛睡着了。

南笳的身体坐高一些，让他枕得舒服。

最近，周濂月的失眠症已经缓解许多。医生说是心因性的，心事沉重会影响睡眠，心理无负担睡眠也容易变好。

但凡周濂月睡得着的任何时候，南笳都不想打搅。他的前半生太缺乏真正的休息。

到第四十分钟的时候，南笳出场了。几乎同时，坐在前面的陈田田他们转过头来发出起哄声。

南笳哭笑不得：“……你们好无聊！”

这下，周濂月也醒了，缓缓抬起头。

南笳转头看，难得见他这种茫然的神情，轻声说：“还没结束……”

“嗯。”周濂月抱着手臂坐正，往银幕上瞥了一眼，笑了笑说，“醒得很及时。”

影院大银幕的魔力，在于它能营造一种轻易让人入戏的临场感。

起初南笳看见自己也觉得有少许的尴尬，但这种情绪转瞬即逝，好似抽离和升空，自己是以上帝视角客观审视的。这是去年拍的。今年的经验和心境又有不同，那时自觉可圈可点的演法，如今再看，又有进步空间。

电影进入后半程，节奏越发快，画面令人目不暇接，解密、动作、巅峰对决……直至终幕归于沉寂，一气呵成。

陈田田带头鼓掌。

南笳只想拿棒球帽盖住脸，笑说："……求你们了别这样。"

片尾演职人员出现的一霎，南笳拿出手机，拍下了自己名字出现的那一瞬。

大家暂且都没离席。或许因为片尾曲足够好听，或许因为他们都是影视界的从业者或者半个从业者，大家都静坐着等待片尾演职人员等列表缓慢滚动。

等片尾歌曲播完，大家起身，陈田田笑说："周总，跟笳笳吃夜宵去吗？"

周濂月说："随意。"

一行人离开放映厅，南笳挽着陈田田先去了趟洗手间。出来回到大厅，却见周濂月跟叶洗面对面地站着。

南笳吓了一跳。走过去时，叶洗转头笑说："南笳，我暂时得先走了。明天上午有个录音，我回去做点儿准备工作。"

"没关系，叶老师你忙你的去，工作要紧。"

叶洗又跟陈田田他们打了声招呼，便先走了。

往电梯走去时，南笳特意拉着周濂月落后了两步："你刚跟叶洗说了什么？"

周濂月瞥了她一眼："打个招呼而已。这么紧张？"

"……"

周濂月语气凉凉的："我记着了。"

"我错了。"

"晚了。"

到了楼下，陈田田带路，去了附近一家夜啤。

店里很是热闹，有种市井气。南笳在店门口望了一眼，伸手将周濂月的手臂一握，继而对陈田田笑说："你们先进去，我们等下就来。"

待他们进去了，南笳牵着周濂月到了一旁："你真要吃吗？"

"看你。"

"我不吃，我想回去休息了。"她伸手抱了他一下，"你去车上等我，我去跟田田打声招呼。"

南笳走进店里。

这店陈田田常来，她轻车熟路的，点单很快。

南笳拿了菜单到前台去，直接埋了单。返回到那一桌，她俯身对坐在凳子上的陈田田笑说："单我已经埋了，要不够就再添，回头我转账。"

陈田田心里门儿清，重色轻友的女人，舍不得高岭之花的男朋友下凡尘。却偏偏故意笑说："不是说周总请客？"

"他的就是我的，我的就是他的。"

陈田田拖长声地"噫"了一声。

"走啦，你吃得开心。"南笳拍拍她的肩膀。

"这么着急走？"

"那可不是。"南笳笑，轻声说，"谁过二人世界不积极？"

陈田田拿起那夹着菜单的板子掼她一下，笑说："快滚吧，祝你幸福。"

走到店外，周濂月已将车从停车的地方开了过来，打着临停的双闪灯。

南笳上了车，系好安全带。

周遭一下子安静下来。嗅到车里熟悉的崖柏气息，她放松地打了个哈欠。

"行李呢？"

"叫小覃帮忙先送回去了。"

"困了就先睡会儿。"

"嗯。"

开了三四十分钟，南笳真的忍不住打起了瞌睡。等她睁眼的时候，车已经开到了地下车库。

南笳解开安全带，拿上帽子下了车。

周濂月停好车，下车之前，打开了后备厢，对南笳说："帮忙把东西拿出来。"

南笳一下子警觉起来："……什么东西？"

"一袋资料。"

南笳将信将疑地走到后面去一看，果真有只黑色的纸袋。

她拿出来，合上了后备厢的门。此时，周濂月已从车上下来了，抱臂看着她，面上是全然洞察的神色："你又以为是什么后招？"

"……"南笳提着纸袋便往电梯方向走。

周濂月跟了上来，也进了电梯。他低头看她，镜片后的目光不免有三分戏谑。

南笳暂时不想搭理他。

进了屋，南笳蹬掉鞋子换上拖鞋，把装资料的袋子递给周濂月，自己去衣帽间换衣服。

正脱着运动裤，周濂月进来了。

他走近，手臂撑着墙壁，带着体温围拢她，低声说："早知道你这么期待，我就准备准备了。但真没有，抱歉。"

南笳笑出声来："拜托，真的没有期待。"

"没有？"周濂月轻笑。

他声音低沉，头也低下来，她只感觉微热的呼吸落下来，片刻后，他吻在她颈后的皮肤上，带起一阵痒。

"周……"

周濂月捉她的手指，再去探入他西裤的口袋，让她去感知他。

南笳一下子发不出声来。他们躺倒在镜前一小片长绒的白色地毯上，被重重的衣物缠绕。互相缠绕的，还有他们本身。

关键的时候，周濂月哄她："把字签了。"

那赠予合同的受赠人。

"不要……"

南笳不肯屈服于卑劣的美人计，周濂月就吊着她，不肯给个干脆的。她行将崩溃，周濂月还要同她算起，今天她紧张叶洗的那笔账。

南笳气得张口咬在他肩头。他闷哼一声，好像是被激发出了暴戾的一面，但也许更是故意的顺势而为。

镜子不知被谁的后背推了一下，差点儿倒下。一时灯影和人影齐齐晃动。

《津港十三日》仅两周便到了当日划定的二十亿票房目标，后续基本可稳妥步入三十亿，具体落点尚不好说，因为有可能酌情申请延长密钥。

导演、主演一夕之间身价暴涨，包括南笳。

虽然戏份不多，但南笳仍是这片子的女主角。资本最务实，一时间那些中断的商务问询又如雪片纷至沓来，而《雁门关》的剧组也通知南笳下个月正常进组拍摄。

小覃私下吐槽：真会跟红顶白。

南笳倒不这么想，电影是群体共同创作的艺术，个人的言行很容易导致集体的成果受损，片方谨慎一些也是应该的。

进组之前，南笳还有个重要行程——五月于港城举办的颁奖仪式，华语电影最具分量的奖项之一。这奖项是二月份颁布的入围名单，南笳凭借《灰雀》获得了最佳新演员和最佳女配角的双重提名。

也正因如此，此前那个轻奢品牌才有意要考察她。

关姐说："这回要能拿个奖，说不准这代言就又回来了。"

工作室纷纷让关姐别"毒奶"。

五月。

时隔近一年，《灰雀》剧组重逢于尖沙咀的半岛酒店。这酒店在梳士巴利道上，离颁奖礼的举办地仅一街之隔。

南笳带着精挑细选的伴手礼，前去给主创们挨个儿分发。

敲开梁司月的门，房间里完全是一幅和乐融融的家庭景象：梁司月的丈夫柳逾白柳总，正跟一对儿女拿行李箱里的东西。小女孩儿淘气，将衣物摆了满沙发，大她两岁半的哥哥，跟在她身后收拾烂摊子。

房间里太吵，梁司月掩上门，接了南笳送的小礼品道谢，笑问："周总没来？"

"没。他出差，要签一个合同。而且我不想他来。"

"为什么？"

"拿了奖还好说，要是没拿奖……"

梁司月笑说："和我当年的心态一模一样。"

南笳知道，这在圈里是段佳话，也是至今叫人津津乐道的一个八卦：当年同样是在港城，同样是何讷的电影，梁司月得了最佳新人奖，柳逾白直接发微博求婚，差一点儿搞崩微博服务器。

南笳问："你得奖之前，有什么预感吗？"

"没有。只预感自己没戏。"

南笳笑出声来。

梁司月笑说："同样是何导的戏，同样也是你的处女作，和我当年一样。我借你好运。"

"不用，好运你留着自己今晚当影后。"

"我已经得过了。"

"这种东西，当然是多多益善。"

两人都笑了起来。

片刻后，门打开了，柳总走出来，向梁司月求助，他找不着给女儿准备的防过敏手环了。

"不就在行李箱的隔层里？"

柳总无辜极了："真找不到。"

梁司月对南笳无奈笑道："我先进去了。"

南笳笑说："去吧去吧。"

她休息了一晚。次日，化妆、拍照、走红毯……南笳已然熟稔于心的那一套。

红毯礼服，还是老朋友，向那个国内独立设计师的高定品牌借的，虽然南笳"弄坏"了他们十几万的裙子，但他们很大度，没将她拉入黑名单。

颁奖的场地坐落于天星码头附近，远眺即维多利亚港。

风平浪静的一天，夕阳下，那片湛蓝的海面上闪着粼粼的波光。

南笳望着海面，心绪翻涌。她隐隐有一种预感。

这晚，预感成真。最佳新演员和最佳女配角，双双收入囊中。

梁司月最佳女主角折戟，因《灰雀》这部戏，女主角的人设确实趋于保守。

除此之外，何讷获得最佳导演，《灰雀》获得最佳影片、最佳原创剧本……以及好几项技术大奖。

名副其实的大获全胜。

颁奖礼结束，南笳匆忙地去了趟洗手间。

出来时，帮她抱着两座奖杯的小覃急得不行："笳姐，媒体采访……"

"别急嘛，他们会等我们的。"

南笳接回奖杯，回到后场去，一时间摄像机和话筒都对准过来，要她发表一下感想。

南笳笑说："刚才颁奖都已经说过了。"

有记者问："南笳老师此刻最想做什么？会发微博吗？微博评论区会解禁吗？"

"微博……"南笳哑然失笑，"我忘了。等会儿回去解禁吧，但不许骂我，骂我的话我继续关权限。"

大家都笑起来。

该记者追问道："南笳老师现在最想做什么？"

南笳冲着镜头一笑，毫不忸怩或者避讳："最想跟恋人一起吃夜宵。"

"恋人是指……"

南笳不再回答了，抱着奖杯，挥挥手往前走去，跟剧组会合。

后续，剧组整体又接受了访问，总算散场。

在这之后还有媒体筹办的派对，南笳不是特别感兴趣，跟何导和梁司月他们打了声招呼，没去。

借用化妆间，南笳换下了昂贵的礼服裙，换回了自己的衣服。那套礼服拿袋子装了起来，由助理拿回酒店交还给品牌方那边的人。

南笳穿过两个红绿灯，步行回半岛酒店。

路上有记者拍照或者影迷上来求签名，南笳都一一满足。

酒店外，蒂芙尼的橱窗还亮着灯，迎面吹来的风里，带着海水咸潮的气息。

南笳的心里有一种很本质的快乐，像是小学的时候考了双百分一样。

进了酒店大堂，南笳忍不住要把这份快乐分享出去。她从手包里拿出自己的手机，给周濂月拨了一个电话，无人接听，估计他在忙，她就微信留了个言。

进电梯里，南笳问小覃和小玉："等下去吃夜宵吗？"

小覃笑说："好啊。笳姐你先回房间，我们放了礼服就去找你。"

南笳回到自己房间，拿卡刷开房门。

谁知，房间里亮着灯。

靠窗的沙发上，有人跷腿坐在那儿，歪靠着沙发扶手，手里拿着一只银色打火机，正漫不经心地颠倒把玩。

门开的一瞬，他抬起头来。他人瞧着有些倦色，但目光里带着两分笑意。

南笳手里抱着两座奖杯，整个人还在轻飘飘的喜悦中，未曾想被更大的喜悦击中，她笑了一声："搞什么，你又串通我身边的人。"

周濂月扬扬眉。

南笳松了手，门在她身后合上。她走过去，看见他立在一旁还没拆开的行李箱，笑问："什么时候到的？"

"刚到。"

"合同……"

"一签完就过来了。"

南笳走过去，在他面前站定，将两座女神奖杯都递过去给他："你看。"

跟考试满分求表扬的小孩儿一样。周濂月轻笑一声，抬手捏捏她的脸。

南笳把奖杯放在一旁，在他膝头坐下。

他们轻易想到两年前的那个傍晚，在车里，他拥抱她如拥抱一颗灰雀的心脏，而她伏在他怀里掉眼泪，对他讲起天赋的诅咒。

"周濂月。"

"嗯？"

"我才发现，好的坏的，我现在经历的每件事，都和你有关。"

一件一件，都在他这里形成闭环，这是顶格的褒奖。

周濂月的手臂搂着她的后背，笑了笑。

"你饿吗？"南笳用两手撑着他的肩膀。

"还好。"

"你有没有看我刚刚的采访？"

"还没来得及。你说什么了？"

"不重要。"南笳笑，"我们去吃夜宵吧。"

"去哪儿吃？"

"……兰桂坊？庙街？我不知道，没怎么来玩过。"

周濂月捉她的手腕，托着她起身："走吧。"

酒店安排的商用车，穿过红磡海底隧道，开至东区走廊，抵达太安楼。

街道和大楼都稍显破败，一眼望去尽是叠立的招牌和霓虹灯，扑面而来的市井气息。

南笳的脑海中闪过一百部港片中的场景。她挽着周濂月，笑问他："怎么会知道这种地方？"

周濂月说："之前被周季璠'发配'来港城待过大半年，做些业务重组的工作，多多少少听人提及。那时候分公司有个财务，每天下班不管多晚，都要乘车过来吃一碗林记车仔面。"

所以他能听懂粤语，只要不太深奥。

那个车仔面的档位很好找，绿字的灯箱招牌，局促的一个店面，但坐满了人，还有人排队等候，可见生意兴隆。

周濂月往里打量了一眼，平声说："……打包吧。"

"……"她就知道。

他们打包两份，回到停车的地方。

刚要拉开车门，南笳一瞬觉察到，路对面有人偷拍。周濂月跟着一顿，顺着望过去。南笳笑着，主动冲那边挥了挥手。

回酒店不过十来公里，十五分钟即到。

进了房间，南笳才揭开了打包回来的车仔面。周濂月一贯对这些重口味的食物敬谢不敏，但今天也随着她多吃了两口。

这套房布置典雅，却因为两碗车仔面，充满几分辛辣的香味，很居家，很生活，这种体验对周濂月而言也是第一次。

吃完了面，南笳先去洗漱。

周濂月接了几个电话，顺便瞧了瞧今日的新闻。简短的一条视频采访，南笳穿着一条暗蓝色亮片的礼服裙，抱着两座奖杯，对镜头笑说："最想跟恋人一起吃夜宵。"

周濂月笑了一声。

南笳洗完澡出来，微信上关姐已发来消息，催促她赶紧发个微博。

她登上微博，手一滑，点开了右边栏的推荐消息。

一眼便看见不久之前的偷拍照片，她穿着吊带长裙，戴着帽子和口罩，一手提着打包的塑料袋，一手挽着同样戴着黑色口罩的周濂月。

关联的内容，便是她那时所说的，和恋人一起吃夜宵的采访。

她截图给关姐，问道：不用管吗？

关姐：你都主动跟人打招呼了，管什么？周总也看到了，说不用管。

南笳去《灰雀》的官博扒拉了几张官方拍摄的自己的获奖照，发到自己微博，配文：Lucky day，两个愿望都实现了。

发出去没一会儿，关姐又敲她：开评论权限！

南笳开了评论权限，并自己留评一句：今天很开心，拜托至少今天不要骂我。

怕沉下去，她还给自己点了个赞。

听见水声停了，南笳退出微博。

周濂月开门走了出来，下半身裹了条浴巾，他没戴眼镜，发梢微湿的墨色头发，将皮肤衬出一种玉质的白。南笳倚着沙发扶手，要笑不笑地看着他。

周濂月走了过来，瞥了她一眼，径直地将她浴袍的带子一扯。

她来不及出声，周濂月已将她一把扛起来："看够了？"

南笳的腿蹬了一下。他轻笑："接下来轮到我了。"

还不到开冷气的时候。织物、沙发、体温、呼吸……一切的一切都是热的，南笳像是淋了一场炎夏的雨，那种湿漉漉又蒸腾的高温。

她想吸烟，但客房禁烟。她又说："想喝水。"

周濂月将她抱了起来，放到桌上。紧跟着去小冰箱里拿了一瓶纯净水，拧开边喝边走过来，递到她手边，她不接。

她身上穿着他的衬衫，被过长的衣袖笼住的手撑在桌面上，南笳懒洋洋地对他说："喂我。"

周濂月将瓶口递到她的嘴边，她仍然摇头。南笳的手撑起来，她整个人凑近他的唇，笑意和呼吸都很勾人："要这样。"

她对自己的欲望很坦荡，也知道如何索求，更知道如何让他丢失理智。

台灯投下晃晃荡荡的光，落在他们的皮肤上，让南笳想到，黄昏时看见的海面上粼粼的光斑。她两手搂着周濂月的背，借以支撑自己。她被托住，介于将坠落而未坠落的边缘，有种失控的失重感。

周濂月的呼吸温热，像是水蒸气拂过皮肤，有种燎燃之感。

南笳无法出声。感知是混沌的，紧跟着彻底丢失。

清洗过后，南笳躺在干净的被窝里。呼吸里有一种干爽洁净的香气，或许来自被单的布料，也或许来自周濂月的皮肤。

她枕在周濂月的手臂上，闭眼轻声问："我困了……你呢？今天睡得着吗？"

"嗯。"周濂月微微合眼。浅浅的困倦感像海浪漫过沙滩。

"晚安。"南笳闭眼亲吻他。

"晚安。"

他们一起入眠。

从港城回来后，南笳拍了一本杂志。大刊，封面待遇，最好的妆造和摄影师，成片美得不可方物。

最佳女配即能有如此待遇，回头拿个影后，岂不就是"尚方宝剑""免死金牌"？关姐泼她冷水："哪里有好本子捧得出一个影后，即便有，也有那么多一线女星虎视眈眈。"

南笳若有所悟："看来还得求周总砸资源呢。"

话虽这样说，她转头就扎进了《雁门关》的剧组。生活制片有次偷偷地跟她说："我们以为你拿了奖就会辞演呢，毕竟才一个女四号，成片剪出来有没有三分钟戏份都不好说。"

南笳开玩笑说："说不定导演和剪辑会蹭我热度偷偷给我加戏。"

拍摄地在西北，在戈壁滩上搭的景。

五月下旬天气变热，正午过后阳光直晒，日落之后气温却骤降。

昼夜温差大，食宿条件差。但现在"努力"是演员的标配，谁不趁此机会发一堆"辛苦"通稿？南笳在严岷君那里已经吃过精神上的苦了，相对而言，她觉得外部条件的苦都算不上苦。

而且《雁门关》的导演，是国内唯一还愿意潜心拍武侠电影的大导了，与他合作的机会人人求之不得，能跑个龙套也是心甘情愿的。哪个年轻人小时候没做过一两个武侠梦？

南笳在《雁门关》里演一个女掮客，倒手情报，甚至人命。一个美艳的女寡妇，穿一身红，使一手蹩脚的暗器，靠头脑过活。有时候也靠男人，名门正派或者邪魔外道，只要能为她所用，来者不拒。

就这样一个原本给钱就给情报的小人物，却因为拒绝道出女主角及其孩子逃出雁门关外后的下落，而被正道人士一掌击毙。尸体绑在马队必经之路的一棵胡杨树上，挂了三天三夜，才被一个少年帮忙收了尸。

导演的拍摄风格写实，无论什么江湖第一美女，或是天下第一侠客，无一例外地灰头土脸。

武侠好看就在一个打戏，设计精妙、拳拳到肉的招式，拍起来总是慢工出细活。

南笳要配合与她对戏的几个主演的场次安排，因此虽然戏份不多，拍了两周却尚没能拍完。

周濂月要来探班。南笳一再劝说，这里偏远，条件又差，还是没能将人劝退。

这天下了戏，回到车上，小覃告诉南笳，周濂月已经到了，就在镇上的酒店休息。

离拍摄基地最近的一个镇子，来去二十公里，镇上稍好的酒店和宾馆，都已被剧组包圆。

南笳有幸分得一间带窗户、条件尚算不错的大床房。

南笳问："我们住的酒店里还有空房？"

"没了。周总是打算定在别的宾馆，但看了一圈，将就不了那个条件，我认为还是安排周总住在笳姐你的房间里合适。"

南笳笑着打量小覃，也不说话。

小覃被盯得发毛："……怎么了？"

"你知道我叮嘱了关姐以后碰到合适的新人就签下来？"

"知道，怎么啦？"

“以后你去给新人做执行经纪吧，我觉得一直叫你围着我打转，有些屈才。”

小覃笑说：“笳姐你是真想让我升职，还是不满意我跟周总老是里应外合？”

“是你里应外合得好，我才想给你升职。”

“是吗？怎么听起来好像在嘲讽我。”

两人都笑起来。

片刻后，小覃正色说：“也有那种给人做助理一做上十年的，其实无所谓，这个还是分人。至少笳姐你是我跟过的，最好打交道的艺人。”

“那也得给你升一升头衔，这样说出去你也有面子。”

“那我更想调薪呢。”

“都升，好吧。”南笳笑说。

闲谈间，车已开到酒店楼下。南笳走到自己房间门口，从包里拿出房卡刷开。

进了屋，先看见周濂月的行李箱。视线越过去，周濂月正合衣躺在床上，手臂搭在了额头上。

“周濂月？”南笳轻唤了一声。

没听见回答，估计他已经睡着了。

此刻天已经快要黑了，室内一片昏朦，南笳怕灯光会将他晃醒，便没有开灯。她轻手轻脚地走进去放东西，而后走进浴室。门合上以后，才打开了浴室的灯，卸妆洗脸。

自浴室出来之后，南笳在床边的一张椅子上坐下，拿出了手机，随意地刷一刷微博，时不时转头看看躺在床上的人。

周濂月睁眼时，室内一片黑蒙蒙的，一霎恍惚之后，意识到自己在哪儿。他转头，朝着室内唯一的光源看去，手机屏幕透出暗淡的白光，照在她脸上。

一切都是静的，恍惚如某个落雪的清晨，天未破晓时的光景。

周濂月无声地看了她片刻，方才出声。

她偏头看过来，脸上霎时浮现笑意：“你醒啦。”

“嗯。”他朝她伸出手，“过来。”

她锁了手机，唯一的光源也消失了。昏暗中，她的脚步声逐渐靠近。

床沿微微下沉。周濂月伸手一揽，南笳便不由自主地倒了下去。

南笳的头枕在他的手臂上，她嗅闻到他身上熟悉的气息，感觉他屈腕来触碰自己的脸。他问：“怎么不叫醒我？”

“想让你多睡会儿。”

“我睡多久了？”

“一个多小时吧。”

他的大拇指停在了她嘴唇上，轻轻地摩挲她的唇珠。

她的呼吸放缓，顷刻后，他已低下头来吻她……

直到接连不断的两个电话，将他们的情绪打断。

许助和小覃打来的，可能是想询问晚饭的安排——过去的一个多小时，一通电话也无，或许他们已经“贴心”地留足了他们以为的时间。

南笳说：“……还是等会儿吧。”

她抬手揿亮了灯，看了一眼周濂月。他没戴眼镜，微微合着眼，脸上有几分明显的不爽。

南笳只是伏在他的肩头笑。

两人起来，周濂月去洗了一把脸，南笳给小覃回了一个电话。

商量之后，南笳和周濂月决定去外面找个餐厅吃饭，将助理都叫上了。

南笳和周濂月到的时候，许助、小覃和小玉都已经先到了。

南笳招手，说：“嗨！许一鸣！”

许助觑着周濂月，露出了一个比哭还难看的笑。

等吃完饭，回酒店途经一家超市，南笳看了一眼，但没说什么。周濂月觉察到了她的目光，但也没说什么。

直到回到酒店，摆脱了助理刚出电梯的南笳，便要折返回去：“我去趟超市。”

周濂月似笑非笑。

“……再笑你自己去！”

周濂月搂住她的腰，将她往电梯外面推：“当然得我去。”

“那你顺便帮我带瓶饮料。”

“喝什么？”

“乌龙茶。”

“这种小地方也有？”

“有。别小看小地方。”

南笳回了房间，先去洗澡，洗到一半，隐约听见了敲门声，赶紧潦草地冲了水，披上浴巾去开门。

周濂月提着一只塑料袋，袋子里面装着他要的东西，他手里则拿着她要的茶饮。

“谢谢。”南笳笑说。

周濂月进来，合上了门。

南笳的头发还在滴水，滴在了脚背上。她抬起另一只脚的脚趾去挠了挠，还觉得有微微地痒——不是因为别的，是因为眼前的男人。

“你洗过澡了吗？”南笳凑近，仰头看他。

“没。”周濂月垂下眼。

“一起。”南笳笑着去勾他的手。

酒店条件差，几乎不存在隔音一说，有时候南笳半夜醒来，会听见隔壁有打《王者荣耀》的声音。所以此刻，将花洒的水放到最大，借以制造一些噪声做掩护。

南笳尽量控制音量，虽然这很为难她——因为某人刻意想让她失控。

陶瓷的洗手台砌得很低，南笳的后背抵在冰凉的镜面上。

南笳气声问：“在这种地方，你是第一次吗？”

“嗯。”周濂月没有说，这里让他想到那时去观摩她拍摄《灰雀》的场景，那个显得垢腻却藏满情欲的浴室。

他有一种劣根性，想替换掉那些回忆。

南笳还没笑出声，就不得不因为他的恶意一下咬住他的肩膀，阻止自己发出声音。待缓过来，她方说：“那我喜欢。”

“……喜欢什么？”

“喜欢你。”

次日上午，周濂月在酒店开了一场漫长的视频会议；中午，他发挥投资人兼某女四号家属的双重身份，请剧组的一些幕后工作人员吃了顿饭；下午，又开去他们那个拍摄基地，探一探现场。

车是在市里租的一部吉普，由许助开着，还载上了搭便车的生活制片。周濂月中午陪他们喝了些酒，此时坐在后座上，打开了窗户透气，有一搭没一搭地跟这剧组的生活制片聊天。

过去走的是省道和县道，路况很差，沿路是无垠的戈壁滩，视线的尽头，矗立着高压输电线与信号塔，空旷而荒芜。

车开到了那拍摄地，远远地便看见了一抹红色，在一片荒凉的灰黄中，极其显眼。

生活制片瞅了一眼，笑着同周濂月解释："今天应该是拍南笳老师的重头戏。"

由生活制片带着，周濂月跟着去了片场，远远地站在了摄制团队的后方。

往前看去，穿着一身红衣的南笳，被捆在了一棵树上。两臂抬着，被绳索各绑在了两根树杈上，使得她呈现出一个"丫"字的形状。

这姿势一看便难受得很。

下午两三点，正是最热的时候，光秃的戈壁滩上没有一丝风。南笳蓬头垢面的，脸庞浮肿而苍白，头发成绺地黏在了她的额头和脸颊皮肤上。

周濂月一时分不清，这是化妆效果，还是她本人的生理反应。

似乎这一幕取景已足够，场记通知拍下一幕。

一个衣衫褴褛的少年，冲进了场景里。

来回几次，各个景别都完成之后，少年掏出了口袋里的匕首，割断了绑在树杈上的麻绳。南笳如一具尸体似的栽倒下来，倒在少年的肩头。

导演喊卡。少年立时嚷道："笳姐好像真晕倒了！"

场面一时混乱起来。第一个冲过去的是小覃，她搂着南笳的腰，试图将人扶起来。

身后传来一道冰冷的声音："让开。"

小覃一愣，转头看了一眼，急急忙忙地往旁边一让。

周濂月俯身，搂住南笳的腰，一把将人扛起，到了树荫底下。

随组的医生已经过来了，叫人在地上铺好了毛巾，周濂月小心翼翼地将南笳放了下来。

不过片刻后，南笳就睁开了眼睛，视线一时没对上焦：“……我晕倒了？”

“你说呢？”周濂月冷声道。

“低血糖……”南笳虚弱地笑了笑，“刚就觉得眼前黑了一下。”

医生赶紧拿了两支葡萄糖，拆开递过去。

周濂月扶着南笳坐了起来。她缓慢地喝掉了两支葡萄糖，嘴唇逐渐恢复了一些血色。

小覃冲泡了一壶红糖水递过来，南笳抱着喝了大半，整个人基本无碍。

导演过来道歉，称没注意到她的状况：“下次不舒服要说啊，入戏是好事，但健康和安全更重要。”

南笳不好意思地笑了笑：“抱歉，给大家添麻烦了。”

“没有的事。今儿基本都拍完了，效果也不错，先回去休息吧。”他问场记明天有没有南笳的戏，场记说没有，导演便说，“明天也好好休息。”

一切消停后，周濂月带着南笳去了保姆车上。车门刚一合上，周濂月便冷下脸，质问小覃：“你这助理怎么当的？”

南笳手里一块士力架还没拆开，愣了一下。她知道周濂月从来不是苛责下属的人，从许助跟了他这么多年就能看得出。

她忙对周濂月说：“你冲她干吗，她都是照我的吩咐行事……”

“好。”周濂月推开了门，叫小覃先下去。

小覃下了车，周濂月一把将门合上，只听“哐”的一声，力气之大，车身都跟着摇晃。

周濂月面沉如霜：“我不冲她，我就冲你——一个龙套，值得你这么拼命？”

“我……”

周濂月看着她，重重地吐出一口气：“你考虑过我吗？”

南笳怔然。一句“只是低血糖，不必小题大做”的辩驳，说不出口。

她没见过这样反应激烈的周濂月，如冻湖冰封的目光与神情，其下却有浪潮在剧烈翻涌。

他的情绪冰冷而沸腾。

她靠过去，伸手拥抱他："对不起。"

过了好一会儿，周濂月才伸手，挟着沉郁的气息，回抱住她。

周濂月的身上有一股淡淡的酒味，她因此觉得他的情绪有种落地感。听一百遍旁人讲他为跟朱家脱钩九死一生，或者将他庞大的财富帝国在遗嘱里六四分成，都不如此刻来得直观。

丧失冷静、体面、周全的社交辞令，大惊小怪、患得患失、迁怒旁人。

失控不是狼狈，爱情里不分高下，众生平等。

南笳知道自己此刻蓬头垢面，化妆师给她打了几斤重的粉底液，又在太阳底下闷出了一脸汗，戏服上满是尘土。但她还是忍不住低头，将脸埋在他的胸口，白色衬衫瞬间被蹭出粉底液混杂汗液的污迹。

"……对不起。"南笳再度说，"你知道我们演戏的，多多少少都有点儿自虐倾向。所谓不疯魔不成活，到了那种情境里经常会戏我不分，有时候很难理智地退回安全区。刚才我是觉得头晕，但想着马上就拍完了，忍忍就好，尤其跟我对戏的那个小演员，他情绪在那儿了，我喊停可能也会破坏他的呈现。"

周濂月低头瞥了她一眼："中午呢？吃饭了吗？"

"……"

"好好吃饭这时候能晕？"

"……我错了。"

她的坏习惯，喜欢以饥饿唤起其他负面情绪的通感。

周濂月轻哼了一声，倒也没再继续说什么。片刻后，他似乎情绪平复了，拿了她攥在手里的士力架，沿着锯齿撕开包装，一下塞到她嘴边。

动作带了点儿不由得她废话的暴躁。南笳不敢再多说什么，张口乖乖咬住。

周濂月的声音恢复平静："你以后接点儿别的。现在你的角色都太雷同。"

"……雷同？"

"结局都是死亡。你对这模式形成依赖了。"周濂月淡淡地说。

南笳一愣。

"你自己说的，死亡和沉溺痛苦都很轻佻。"

南笳的第一反应是笑："那期综艺你也看得太仔细……"

周濂月垂眸，目光如薄刃似的轻轻掠过。

南笳不敢继续开玩笑了："……你说得对，当局者迷。"

她早觉察到，周濂月虽说是个商人，不，资本家，对文学和艺术，却有一种敏锐的直觉。

她小口地咀嚼巧克力条，而周濂月则以手指无意识地梳理她因为喷了水和发胶打绺的头发："后天什么时候拍戏？"

南笳想了想："下午。"

"带你出去玩。"

"去哪里？"

"开车随便兜一兜。"

"好呀。"

南笳去化妆间里换掉了戏服，拿卸妆油在卫生间里草草地卸了个妆。头发暂且没办法，梳不动，只能先随意扎了一把。

她穿着 T 恤和牛仔裤回到车上，在周濂月的"逼迫"之下，又吃下了相当分量的糖和巧克力。

回去时，南笳跟周濂月坐同一部车。

她的脑袋靠在他的肩膀上，手放在他腿上，被他紧紧攥在手中。

戈壁滩上毫无遮挡、倾泻而下的阳光让南笳闭起眼睛，有种微微的眩晕感。她知道不是因为阳光，更不是因为低血糖。

车开回到酒店，南笳吃了点儿东西，再去洗头洗澡。

周濂月也冲了个凉，换了身衣服。

他自浴室出来时，南笳正趴在床上，研究一份地图。

酒店赠送的旅游地图，详细标注了各处景点、城市和露营地，摊开来快占了床铺四分之一的面积。

"想去哪儿？"

南笳点着一处地方给他看："我们好像离昆仑山口不远。"

"海拔多少？"周濂月在床沿上坐下。

"四千七百米。"

“高原反应你扛不住。”

“拜托，我只是偶尔低血糖而已。”

“厚衣服带了吗？”

“有防风衣。”

周濂月有片刻的无语：“普通防风衣不够，这海拔在雪线以上。而且不知道会不会下雪，防滑链得备着。还有氧气瓶、常用药……”

南笳“啪”的一下扑倒在地图上：“好的我放弃了。”

周濂月笑了一声，伸手捋了捋她的头发：“以后吧。时间还长。”

南笳偏头，用脸颊去蹭他微凉的手指。她虽然常有把轰轰烈烈的事情一口气都做完的冲动，但无比喜欢“时间还长”这个说法。

磨磨蹭蹭地收拾东西，出发的时候，已经是下午四点多了。

周濂月开车，没带着助理，就和南笳单独两个人。

没有定下确切目的地，初步确定是往西南走，一百多公里的地方有个大的县级市，以防万一，他们可以在那儿吃饭和下榻。

路况限制车速，全程几乎只能保持六十公里的时速。他们出发后没多久，太阳便一分一分地西沉，一个深红色的圆盘缀在戈壁滩的上方。

远方起了雾气，那抹红有点儿模糊湿润的质感，长河落日圆的景象非常具体，壮阔而寥远。

车连上了南笳的蓝牙，歌单里播放着轻快的摇滚乐。

窗户大开，南笳的手臂撑着车窗，凉风灌入，她惬意地眯起眼睛。

周濂月时不时地转头看她，不自觉地笑出一声。

天黑了，所有的天光收敛，天幕笼罩下来，寂静仿佛是一瞬间降临的事。

整条路上，一时间好像只剩下他们这一辆车。

“周濂月。”

“嗯。”

“像不像私奔？”她笑。

周濂月没有回答，只是转头看她。

月亮升起来了。南笳抬眼，入迷地看了片刻：“可以停一下车？”

周濂月在前方找到一处空地，将车从路面上开了过去，缓缓踩下刹车。

车停稳，南笳下了车。

夜里风大了起来，而且四下空旷无遮挡，那风直接横扫而过，猛地将车门掼上，“乓”的一声。

南笳拉起了防风衣的拉链，仍然觉得风大，又戴上了防风帽。从车头绕至驾驶座，周濂月也披着件黑色的防风外套下来了，硬质的料子被风吹出“哗哗”的声响。

周濂月问她：“这附近有什么好看的？”

南笳仰头，抬一抬下巴：“你看。”

天上只有月亮。

周濂月不解。

南笳说：“我只是觉得这个场景，很像古诗里的。”

周濂月低头看她。她两手都抄在外套里，因为风大而微微瑟缩，眼睛倒是更亮，像疏朗的寒星。

她笑说：“我不是之前在读《雁门关》的原著吗？主角登场的时候念了一首诗，我查了一下，好像是李益写的。”

“哪首？”

“几处吹笳……”

周濂月说：“几处吹笳明月夜，何人倚剑白云天。”

南笳顿了一下。

他的声音清清朗朗，有种玉的质地。念这诗比她还流畅，让她怀疑，他是不是就在等她开口？

“……你是不是也看了书？”

周濂月不置可否，笑说：“我可没这空闲时间。”

明明是她提起的，周濂月接了以后，她却微妙地觉得不好意思——好幼稚，小学生玩的藏头把戏一样。

周濂月好像洞明她的一切情绪，伸手将她一搂。她摇摇晃晃地投进他的怀里，也不抽手，仍旧那样揣着，脸埋在他的颈间，汲取一些温度。

墨蓝天空里挂着一钩孤月，清辉像是结了霜。

天地太寂寥，单独余下他和她。就像她所说的，像是私奔。

片刻后，周濂月听见南笳出声：“我以前一直觉得，大部分人的人生，其实可以分为两种模式。”

“哪两种？”

“摩天轮和旋转木马。摩天轮式是渐渐升高，到一个顶峰，再慢慢下落，遵循人的正常生理周期。旋转木马式呢，就在不停地原地转圈，伴随一些小幅度的上下波动。”她顿了一下，“但是，我后来发现，还有第三种，跳楼机式。我之前的人生，就是跳楼机，以极快的速度冲上顶，然后，‘啪’的一下摔下来……但现在，我好像在过第四种人生，过山车式，心情永远起起伏伏，失重与超重，绚烂得目不暇接。”

周濂月沉默一霎：“不喜欢？”

“喜欢。但是好像也害怕……你知道，我之前只谈过一些过家家的恋爱，或者根本无法称之为恋爱。后来……然后就遇到你。这是正常的吗？我在想，好像是在发一场持续的高烧。都说荷尔蒙只够热恋期持续三个月，三个月过后，我们会变成什么样？”

周濂月低头，感知到她微微湿润的呼吸。

她说：“明明很幸福，但患得患失，是正常的吗？”

周濂月的手掌收紧。

她一直热烈、坦荡，像是从没受过伤似的全身心投入。

南笳的双手从外套口袋里抽出来，伸过去搂住周濂月的腰。他掀开了防风衣，将她裹住。

体温互相熨帖。

周濂月低下头，那声音沉沉的，混着空旷的风声：“笳笳。”

南笳恍惚了一下，因为周濂月第一次这样叫她。

她“嗯”了一声。

“等你杀青了，带我去见一见你父亲。”

/ 第二十四章 /

滚烫的月亮

六月中，南笳杀青返回北城。

休息几天，又被关姐哄得去赶了几个通告，终于闲了下来，准备践行带周濂月回去见家长一事。她没想瞒着南仲理，只是在和父亲“吃了吗”“早点儿睡别熬夜”“背疼就去做个按摩”诸如此等过分日常又接地气的微信对话中，找不到那个要告诉他自己恋爱了的时机。

但眼下是要打招呼了。

她没有太斟酌用词，在闲下来的那天早上，就跟南仲理发了条微信：爸，我想带对象回去吃饭可以吗？

发出去她自己先乐了一下，怎么会想到用“对象”这么老派又具有年代感的措辞？

一直到中午，南笳才收到南仲理的回复：那个姓周的有钱老板？

南笳愣了一下，回：您知道？

南仲理没多解释什么：哪天？

跟周濂月确认行程之后，南笳把回去的时间告知给南仲理。

他们回去那天，周濂月的架势很正式。倒也不是说他平时不正式，一个成天文山会海的商人，很难有不正式的时候。

周濂月的一切准备，都非常的老派、合乎规矩——他备了人参、茶叶等非常传统的礼品，因为南仲理是厨子，又特意准备了一套上好的刀具，意大利手工打造的。南笳去查了一下价格，贵得离谱，抵得上一个奢侈品的包了。

落地南城以后，南笳给南仲理打了个电话，说先带周濂月去家里坐会儿。南仲理说："家里也没收拾，也没啥好参观的。先去吃饭吧。"

"去哪儿吃？"

南仲理已订好座，叫他们直接过去。

南笳当下有了不好的预感：既不去家里吃，也不去自家的大排档吃。南仲理一个直肠子，这态度不言而喻了。

她没把这担忧表现出来，陪周濂月先去酒店放了东西，坐车直接去了那家酒楼。

一家国营的老字号，装修有种过时的富丽堂皇。很大的一个堂食的大厅，摆着传统的圆桌，地上铺着暗红色织花地毯。

这酒楼以古法手艺出名，同样出名的还有其昂贵的价格。南笳知道，南仲理是最看不惯这一类国营酒店的，味道一般，服务更一般。

南仲理人已到了，在包间里。

他们推门的一瞬间，南仲理从座位上站了起来，神情淡淡的。

南笳笑着介绍："爸，这是周濂月。"

周濂月颔首，伸出手去，微笑道："南先生您好。"

南仲理伸手，很是敷衍地一握，既不表示欢迎，也不报以好奇，叫他们坐，紧跟着唤来服务员上菜。

南笳的担忧成真，这一餐要多尴尬有多尴尬，南仲理很是耿直，他不乐意的人，不存在虚与委蛇一说。一顿饭下来，南笳只能看着周濂月不断尝试找话题，又不断被南仲理三言两语敷衍过去。

气氛冷得要结冰。

南笳看了一眼周濂月，他一个擅长审时度势、察言观色的人，怎会看不出南仲理的态度是明晃晃的拒绝交流。但他的神情和态度一点儿也没受影响，依然不断地在尝试沟通。

直到后半段，周濂月起身笑说："失陪片刻，我去趟洗手间。"

门一合上，南笳当下就忍不住了："您要是不喜欢他，一开始就应该明说不要让我把人带回来。"

南仲理冷哼一声："我就想看看，玩弄我闺女的是个什么样的人。"

南笳愣了一下，忙解释说：“不是您想的……”

南仲理怫然打断她：“你就觉得你老爸不上网？对你的事一无所知？你们剧组都议论你！说你之前全靠人提携才演的主角，那人是不是就这姓周的？他是不是像网上说的，跟你在一块儿的时候还不清不白？你自己说说，这是这么行为……”

他胸口剧烈起伏：“南笳，我是不是跟你说过，这什么娱乐圈混不下去了，咱就别混了，转业行不行？再不济老爸养你行不行？你为什么作践自己，你没尊严吗？你十八九岁那会儿的那股子傲气呢？哪儿去了？”

傲气、尊严……南笳没想要掉眼泪，但似乎忍不住。她别过脸去拿手背抹泪，吸一口气，冷静地说：“你看到的我，不是你以为的那个我……算了，我不该带他回来的。”

“那就赶紧滚吧！把他送的破礼物一块儿拿走！”

南笳提起座位上周濂月的外套和自己的提包便起了身。

一推开包厢门，她与周濂月迎面撞上，而他手里捏着埋单的支付票据。

看他的神情，显然听到他们父女的争吵了。

南笳直接将周濂月的手腕一抓：“走。”

周濂月轻轻一挣，抬手拍拍她的手背：“你先去外面等我。”

“你不用跟他沟通……”

“乖。先出去等我。”

南笳犹豫了一下，还是松了手，先出去了。她走到门口的树下，抱着周濂月的外套，仰头，深呼吸。

不知道是不是有人认出了她，不远处有几个人停了脚步，向着她这边频频打量，她没管。

等了五六分钟，周濂月从酒楼大门口出来了，他径直走过来将她的肩膀一揽：“走吧。”

上了车，南笳一路不作声。

到了酒店，周濂月半拥半推着她进了电梯。穿过灰色地毯的走廊，两人停在房间门口，周濂月在她身后拿出房卡刷开门。

走进玄关，几乎灯光倾落的同时，南笳一下子蹲下去，举起一直抱在手里的周濂月的外套，蒙住脑袋抽噎。

周濂月跟着蹲了下来，伸臂，从背后将她一抱。

她的身体稍稍歪倒，手指在地板上撑了一下，紧跟着转身，膝盖落地。南笳将脑袋靠过去，周濂月往后倒了一下，索性背靠门板，屈起两腿坐了下来。

片刻后，她感觉到有手臂来解她蒙在头上的外套，手指一松，外套被扯开。

他的手指捧住她潮湿而泛红的脸，低头来找她湿漉漉又微咸的唇，碰了一下，低声哄道："别难过了。"

南笳抽气："他根本不了解我，也不了解你……"

周濂月低头看她："你想跟他说邵从安的事吗？"

"不想……也不能。"

"既然选择隐瞒，就得接受不被谅解。"周濂月的语气很是平静。

南笳一下子便沉默下来。

周濂月揽她起来："去洗个澡。"

南笳起身，周濂月拥着她往浴室走去。

她到了流理台前，拧开水龙头，清凉的水浇到脸上，她忽然说："我十八岁……"

周濂月本要先出去了，脚步一顿。

"我十八岁的时候，高考刚结束那会儿，跟同学去酒吧，有个富二代还是什么的，要了我的联系方式，之后追了我一个暑假。他开一辆兰博基尼，天天跑我爸大排档门口去堵我。我后来不胜其烦，泼了他一壶凉茶，他才消停。我爸觉得，我一辈子都该像十八岁那样傲气清高，他不知道十八岁的那个我早就已经死了……"

周濂月一步踏进来，手掌在台面上撑了一下，低头看她："什么话。不一直还活着吗？"

"哪里？"她问的是"哪里还活着"。

周濂月一把攥住她湿漉漉的手，往他心口处一按，示意她，这儿。

她的手指一颤，因为感知到蓬勃而规律的心跳。

她好像又要落泪。

周濂月再靠近一步，两手都抵在台沿上，自背后将她归拢在他的呼吸和体温里："他是你父亲，所以我想见见，也算是图个名正言顺。这事你别操心了，我再找他单独聊聊。时间还长，总有办法。"

南笳却摇头："你说得对，选择隐瞒就要接受被误解的代价。为什么要别人来决定一段感情是不是名正言顺……不被承认，感情就不存在吗？变成虚假了吗？虚名和实质，总要选一个。我不强求两全——你也别强求。"

周濂月抱紧她，声音沉沉地说："好。"

洗过澡，南笳换了身衣服，准备出门。

"去哪儿？"

"回去再跟我爸聊聊。再沟通不了就算了。"

周濂月起身："我送你过去。"

"不用。"

周濂月却坚持："送你到楼下。"

车开到小区门口。

南笳拉开门："你等我一下，应该不会太久。"

周濂月说："没事，你们好好聊。"

南笳进小区，上楼，拿钥匙打开自家房门。

南仲理正坐在客厅里抽烟，听见声响，动作一顿，淡淡地瞥了她一眼："还回来做什么？"

南笳往房里看，在餐桌上找到了周濂月送的礼品。

到底没扔。

南笳的手撑着玄关墙壁，低头换了拖鞋。进屋后，她走到餐桌那儿靠站着，而南仲理则背对着她坐在沙发上，也不回头。

南笳沉默了一会儿才开口："那时候因为我爷爷坐过牢，我外公外婆也是不同意您跟我妈在一起。而且因为您长得特魁梧，他们怕您会动手打我妈。我妈刚怀我那会儿出了血，卧床养胎一个月才保住。他们也传，肯定是您跟我妈吵架的时候动了手。您那时候还在当学徒，工资也不高，补贴家用都不够。大家都嘲笑我妈，灵气清秀的一个大美女，怎么嫁了一个伙夫？"

南仲理没说话，只是闷头抽烟。

南笳继续说："但我知道的是，您跟我妈结婚二十多年两人几乎没红过脸。那时候开了馆子赚的第一笔钱，全都拿出来给我妈买护肤品、买新衣服……您是一路被误解过来的，但不也总是劝我妈，感情和日子都是两个人的事，又不是贴海报，要搞得人尽皆知。怎么这个道理，到了我身上就不管用呢？"

南仲理霍然回头："我跟你妈是什么情况？你跟那姓周的又是什么情况？"

"你看到的都是真的，我也不否认。但在不犯法的情况下，我们的感情再不光彩、再被人指摘，那都是我们两个人的事。我不需要对外人交代，哪怕那个人是我的父亲。"

"他是什么身份的人，你是真不怕被他吃得一干二净！"

"他是什么身份不重要。重要的是，他可以为了我去死。"

南仲理皱眉，神情复杂。

"我说出来都觉得肉麻和矫情，但这是真的。"南笳叹了口气，"您能祝福我们固然很好，接受不了我也不勉强。归根结底，这是我跟他的事，是他要陪着我一辈子……"南笳直起身，"我的话说完了。我走了，您好好休息。"

"你等等……"

南笳脚步一顿。然而，南仲理看着她，却似乎不知说什么，最终，只是烦躁地挥了挥手："滚吧！"

南笳回到小区门口，拉开了车门。

周濂月用手指碰碰她的脸："怎么样？"

"反正该说的我都说了。"

车开回到酒店。

舟车劳顿加之情绪消耗大，南笳没一会儿就睡着了。

周濂月倒没睡着。他碰了碰南笳的肩膀，确定人睡得很熟，便放轻动作起身，套上了衣服，拿上房卡与手机出了门。

周濂月先给关姐打了个电话，从她那儿拿到南笳填写的紧急联系人，即南仲理的电话号码。紧跟着把电话拨了过去，笑问："南先生睡了没有？一起吃点儿夜宵、喝两盅酒如何？"

南笳做了一个梦。

梦里周濂月无声无息地进了房间，身体沉沉地往她身边一躺。黑暗里他伸臂来搂她的腰，体温较于平常热得很，身上有股烟熏火燎混杂酒精的味道，他躺下没多久，便呼吸沉沉地睡着了。

南笳睁眼的时候，意识到这不是梦。身边的人衬衫凌乱，酒精挥发了一晚上，那气息变成了恐怖的生化武器。

南笳很蒙，不知道发生了什么。难道见家长不顺这事对他打击太大，他半夜跑出去借酒浇愁？

南笳伸手推搡周濂月，他喉腔里发出闷沉的一声。

"你先醒一下。"

南笳持续推搡，周濂月始终没睁眼，但声音喑哑地问了句："……怎么了？"

"你昨晚出去喝酒了？"

周濂月迟缓地说："……嗯。"

"那怎么不叫上我？"

周濂月不出声了。

南笳捧住他的脑袋，使劲儿一晃。周濂月皱眉，终于要合不合地睁开了沉重的眼皮："……什么？"

"我说，你喝酒怎么不叫上我一起？"

周濂月伸臂，往她的肩膀上一搭，声音含混："……让我再睡会儿，醒了吃虾仁馄饨。"

"……什么虾仁馄饨？"

这一下，随南笳怎么摇晃，周濂月都不动弹了。

南笳无奈地爬起来，准备先去洗澡。

身后传来一声轻笑，她霍然回头。

周濂月已睁开了眼睛，那目光介于清醒和惺忪之间，正戏谑似的瞧着她。南笳抄起枕头砸了他一下，他没动弹，只闭了一下眼。

"什么虾仁馄饨？"

"你爸让我们回去吃晚饭。"

南笳震惊："……你昨晚找他去了？"

周濂月没作声。

"我爸酒量巨恐怖的。"

周濂月伸手，比出三根手指。

南笳说："……喝了三两？"

"偷偷吐了三回。"

"他也太狠……这不是把人往死里折腾？"

周濂月只说："应该的。"

"那……你跟他说了什么？"

周濂月又不说话了。

南笳凑近，往他耳朵孔里吹气。他受不了痒，抬手臂挡住了。

南笳去掰他的手臂，他抬起来一下反将她箍住。她挣扎了一下，不过片刻，周濂月便松了手，倏然坐起来，双脚落地，起身，要去洗个澡接着睡。

南笳追问："到底说了什么？"

周濂月解纽扣的动作不停："没说邵从安的事。"

"我知道你不会说，除此之外呢？"

周濂月脱了带着一身酒气的衬衫，往床上一扔："忘了。"

"……"

衬衫长裤都褪尽，周濂月走进浴室。像是受不了这种不清爽，他俯身，直接抽出面盆的抽拉水龙头，将温水从头顶淋了下去。他直起身捋了捋一头的湿发和沾在脸上的水珠，方拿了牙刷刷牙。

南笳寸步不离地跟着，再度追问。

这一下，周濂月的回答变成了："你猜。"

"……"

周濂月洗脸刷牙完毕，就进了隔间洗头淋浴。

南笳倚着流理台，往牙刷上挤了一泵牙膏："你不说，我今天就一直缠着你。"

隔着水声，淋浴间传来一声轻笑。

南笳刷完牙，漱净泡沫，又慢条斯理地挤出洗面奶洗脸。

周濂月正疑惑她怎么不“复读”了，抬眼一看，磨砂玻璃门外，人影一晃。

她抓着扶手，将门推开，赤着脚，悄无声息地走了进来。

接下来的一切像喝醉断了片一样。

周濂月低头，正好对上她仰头的视线，她的眼睛干净得如沉在水底的玻璃弹珠，那发问却是塞壬女妖的歌声。

她笑问：“……想我继续吗？”

“……”

“你知道条件。”

周濂月闭眼，认命地叹声气，伸手去按她的后脑勺：“……一会儿就告诉你。”

洗完澡，躺在床上，疲惫又如温水一般将周濂月的思绪泡得发胀。

客房禁烟，无法提神，偏偏南笳不让他睡。

“你答应我了的，大骗子。不说以后没下次了……”

周濂月瞬间清醒，考虑到以后，他只能屈服了。他抬起手臂盖在自己的眼睛上，缓声说：“也没说什么。你爸是江湖中人的脾气，反而容易打交道。硬钉子比软钉子好解决。”

“那你具体怎么说的？”

“实话实说。我的事，父母的事，周季璠的事，朱家的事，你的事——你的那套说辞，跟邵从安谈恋爱分手，对方因爱生恨封杀你。”

“……我爸信了？”

“喝得差不多了，说什么他都信。”

“……”她就知道，只要南仲理肯给周濂月一个沟通的机会，单单论话术，他不可能说得过周濂月的。

“你说了你的事情……”

周濂月“嗯”了一声：“也没什么。他知根知底才放心。虽说到最后，也不十分放心，毕竟我俩一开始……”

“谢谢。”南笳知道提那些事对周濂月而言有多难。

周濂月的手臂挪开，他睁着一只眼来看她：“谢什么？你的事不就是我的事。”

南笳躺下来，抱着他的腰：“我以前跟我爸经常吵架的，我俩都是直来直去的脾气，火气上来就兜不住。后来我妈去世以后，才好一些……他其实是个很固执的人，我妈妈去世这件事对他打击很大，之后在很多事情上，他就变得更固执了。我知道他很爱我，我也不该隐瞒，但邵从安的事，和一般的情况还不一样……他知道了一定怨恨自己，丈夫和父亲都做得失职，两个最爱的人都没能保护好。我现在又不在他身边，如果告诉他，这些情绪他只能一个人排解，我不放心。”

周濂月顺势伸出手臂搂住她的肩膀：“那为了让你父亲放心，你回去把字签了。”

“你怎么又来……”

“我跟你爸承诺过，假如未来跟你离婚，财产一半分给你。他说要看到协议书，回去以后，这个也得签了。”

南笳忍不住了：“我得打电话说说他去。”

周濂月用力将她拽回来：“说什么说，放出去的话还能收回来？”

“但这……”

周濂月笑了：“就这样了，一锤定音。还有问题吗？没问题我接着睡了……”

“你们昨天喝到几点？”

“四点多。”

“你赶紧睡。”

南笳自己看了一上午的书，到了中午时分，周濂月才醒过来。

吃过午饭，天上下起了蒙蒙细雨。夏日新绿的一切，被布上一层淡白的滤镜。

南笳在落地窗前站了一会儿，似有所感，忽说：“陪我去个地方吧。”

离开房间，两人走到地下停车场。

昨天来去都是酒店派的车，但今天的是一部黑色宾利，南笳隐约觉得那车牌号有些眼熟。

周濂月按车钥匙开锁。上了车，引擎启动，片刻后，南笳的手机弹出来车载系统已连接的提示。

她反应过来，是上回他来南城时开过的，他们一起听歌选歌。

南笳笑说："还真是你的车啊？你也不住南城，买部车做什么？平常放哪儿的？"

周濂月看了她一眼，最后决定还是说实话："原本不是我的车，一个生意伙伴的，那时候借来开了会儿。后来就买下来了。"

"……"南笳理解不了有钱人简单粗暴的做法，可也觉得……浪漫。她无法否认方才蓝牙自动连接上那一刻自己的惊喜感。

周濂月说："以后开的机会应该就多了。"

南笳笑起来。

途经一家花店，南笳叫周濂月将车暂停。她下去十来分钟，回来时手里抱了一束花，不是那种大朵的白菊，而是一大丛白色玛格丽特，细弱的小小花瓣，黄色的蕊，是春日草丛里最常见的。

周濂月已猜到她要去哪里了。

车往前开，南笳抱着花束，一路指给他看，这里她跟同学一起买过奶茶，这里以前是文具店，这里以前有个小网吧……前方出现南城外国语中学的招牌，南笳激动地说："我的母校！"

白色庄严的教学楼和尖顶的钟楼自车窗外掠过去，很快被沿路柳树垂下的青绿枝条所取代。在雨雾蒙蒙的这个午后，他好像浮光掠影般地参与了她前十八年青葱而鲜活的人生。

又开了一会儿，周濂月往外瞥了一眼，淡淡地说："我外曾祖父的老宅。"

南笳倏然转头，只来得及看见白墙黑瓦的围墙和紧闭的黑漆木门，围墙上露出二层楼的雕花木窗，也髹着黑漆："我想去看看。"

周濂月说："下次吧。钥匙不知道在哪个子辈手里，我回头打听打听。"

等穿过了老城区，便一路往郊区去，下雨的天气，前来墓园凭吊的人很多。

南笳穿着黑色连衣裙，抱着玛格丽特，在前方带路。

一路踏过嵌在草丛里的石板路，她脚步一停，朝右拐去。

一方大理石墓碑，那上面镌着小小的一张照片，照片上的人明眸善睐。南笳蹲下来，放好花，开始去揪那四周冒出的野草。

周濂月看了会儿，也跟着蹲下，挽起衣袖帮忙。

周濂月问她："你不说点儿什么？"

"啊……习惯了。感觉说什么都怪矫情。她应该知道的，知道我心里在想什么。"

周濂月也便不再开口。过了会儿，倒是南笳先出声了："我不是说过，曾经有一段时间，我想过要结束生命？"

"嗯。"周濂月瞥了她一眼。

"那时候的情绪，现在回头看多少也带有一点儿表演性质。因为我曾经认真想过，墓志铭要刻什么。"

"想刻什么？"

"好多。叔本华的名言，雪莱的诗，或者特别矫情的：这里埋葬着一个被戕害但依然纯洁的灵魂。"南笳轻笑，"好幼稚。"

周濂月静默地看了她片刻，忽平声说："如果我死在你前面……"

南笳立即打断他："瞎说什么。"

周濂月却把这句话接了下去："墓志铭我要刻上你的名字。"

南笳一怔。好奇怪，在这样的情境下，这样矫情的话，竟也变成了理所当然一样。"……死在我后面呢？"她不由得轻声问。

周濂月的声音微沉，像轻渺雨雾拂过她的面颊，连同她的心脏。

"你走之后的孤独和无意义，就是我余生的墓志铭。"

自墓园离开之后，开车回到城里，彼时已接近晚饭时间。

回家的路上，南笳先声明说："我家里真没什么可参观的。以前不住那儿，我高中毕业后，家里搬家，旧房子卖了，回忆都断了。我妈去世之后，我爸也后悔了，说早知道不卖了。一度找过接手的新业主想回购，但人家拿到手以后哐哐哐就把旧的装修全砸了。"

周濂月笑了一声："所以我把那套公寓送给你。"

"……你也太会见缝插针了。"

车停在小区门口，南笳挽着周濂月的手走进去。

以前的老居民楼，左邻右舍能认个面熟，也会打招呼，看见谁家领了人回来，多半会八卦几句。现在的小区邻里间都是陌生人，南笳觉察到有人注视她，大抵也只是因为她是在银幕上出现过的面孔吧。

刷卡开门禁，上楼。进电梯，一梯四户的格局，左转即到。

南笳打开提包拿钥匙。锁舌弹开，推门的瞬间扑出浓郁的鲜香味，是虾仁馄饨的高汤味道。

南笳开鞋柜，给周濂月找了一双南仲理的拖鞋。

与此同时，她说道："爸，我们回来了。"

周濂月觉得心中有什么铮然落地了。

南笳和周濂月在第二天下午离开南城，在吃了中饭以后。

中饭是在自家大排档吃的，南仲理说："家用的厨房还是太小，施展不开。"

在店里的后厨，南仲理给周濂月展示了一把自己绚烂的刀工，用那套昂贵的意大利手工刀具片鱼，每一刀切下去都是金钱的声音。

不知道是不是因为这，南笳觉得中午的酸菜鱼格外地香。

回去的路上，南笳问周濂月："你觉不觉得我爸这个名字，单看特别像是个研究地质学或者理论物理的教授？"

"……有点儿。"

南笳笑说："我外公外婆就是被这名字误导，同意叫我妈去相亲的，他们觉得哪怕是个厨师学徒，也估计是那种斯斯文文的，以后学成了要去做国宴的大师傅。后来见到他本人，人都傻了。外婆把说媒的呵斥一顿，说媒的委屈极了：身材高大五官端正，我也没说错啊。"

周濂月听得笑出了声。

南笳说："像你的名字，就比较表里如一。"

周濂月还头回听人这样评价他的名字，又笑了一声。

南笳打了个哈欠，不再说话，拉下眼罩隔绝舷窗外的阳光，歪头靠在周濂月肩膀上："我睡一下。"

"嗯。"

周濂月握住她放在腿上的手。南笳睡得迷迷糊糊的，只觉得周濂月在摩挲她的手指，轻声地对她说："以后小孩儿跟你姓吧。我不喜欢周这个姓。"

她被混沌睡意拉扯着，没有深入去想，"嗯"了一声以作回应。

回到北城没过两天，南笳接到一通电话，是严岷君打来的，约她见一面。

南笳处理完手头的一些拍摄工作，跟严岷君约了个时间，去了一趟。

到晚上七点多，周濂月打来电话，问她事情聊完没有，他过去接她。

她们谈话的地点在一家咖啡馆，周濂月到的时候，两人都站在室外。

周濂月泊了车，走过去跟严岷君打了声招呼，并问："严导要去哪儿？顺便送您一程。"

严岷君摆摆手，表情淡淡的："不用。我散散步自己回去。"

南笳挥手："严导下次见。"

对上南笳，严岷君却又换上笑脸："下次见。"

上了车，周濂月问南笳："聊了什么？"

"哦，去年圣诞节，严导给我画了个饼，今天来兑现这饼的。"

周濂月听明白了："要你接她的戏？"

"嗯。剧本初稿出来了，下午严导在跟我聊大纲和角色，讲一个底层舞女跨度三十年的人生，有点儿聚焦女性个体生命史的那种感觉，我觉得很有意思。"南笳想起周濂月上回在片场说的话，特意补充了一句，"不是死亡结局。"

周濂月轻笑。

后面南笳便不再说话了，她拿着手机一会儿点按几下，抓耳又挠腮的。

周濂月问她在做什么。

"算账。"

"算什么账？"

"算我现在有多少钱。"南笳叹了声气，"……我以为很多，但对拍一部电影而言有点儿毛毛雨了。"

"投资不到位？"

南笳点头："题材不讨巧。你也知道严导不是那种很有商业价值的导演，聊了几个制片人了，他们都不是特别有意向。严导说最不济是她自掏腰包，我也想投点儿，多少能缓解她的压力。"

周濂月刚要开口，南笳说："我再想想，能不能叫关姐给我再接两个代言……"

周濂月瞥她："其……"

"综艺也行。"

周濂月再瞥她："其实……"

"电视剧也行。"

周濂月憋不住了："你就不考虑问问我？"

"啊。"南笳终于抬头看了他一眼，笑说，"我第一时间就考虑你了啊，但这电影铁定不赚钱的。那性质就变成你哄我开心了。"

"赚钱不一定靠票房。电影拿了奖，一样能提升股价。"

"有道理。"南笳做思索状，"那实在不行的话，拿你当底牌吧。"

"……"敢情白说了。

南笳算了会儿，像是对自己的财务状况有数了。

周濂月这时候说："不一定得你自掏腰包，你可以以工作室名义替项目融资。你工作室现在的估值，肯定不只你个人资产这点儿。"

南笳瞳孔微张，像是受到启发。

周濂月笑说："回头找个人帮你。"

南笳有了底，暂时放下这件事，而后注意到，车是往近郊开的。

"去哪儿？"

"屈明城那儿。看个东西。"

开到地方以后，他们自车库上去。这回去的不是那间茶室，而是酒吧。

那家酒吧也是照着日式居酒屋的风格打造的。屈明城占了一桌靠窗的位置，冲南笳摆手，笑说："好久不见。"

两人走过去坐下，南笳点了大吟酿，兑青柠苏打水喝。

屈明城将放在一旁的笔记本电脑端起来，点开一份文档，推到周濂月面前。南笳顺着瞥了一眼，好似是什么建筑设计的比稿。

屈明城跟周濂月介绍情况，说这是最后杀出重围的两份设计稿，功能性方面差不多，就看设计风格，一个现代主义，一个解构主义。

周濂月看了一眼南笳，问她这两张整体效果图她更喜欢哪个。

南笳随手点了点那像是一摊水银融化了的大楼："这个。"

"那就这个。"

南笳震惊："拜托负点儿责。我随便说的。我连这是什么都不知道。"

对面的屈明城笑起来："这是个社区项目，文化商业综合体，建好了届时会有小型图书馆、先锋剧院、咖啡馆、酒吧和符合调性的商铺。"

"屈先生是做房地产的？"

"……怎么？我看着不像？"

南笳笑了一声，没说话。她一直觉得他是个草包二世祖，家里给了点儿钱打发他，纯让他别"祸害"家族生意，他就"不负众望"天马行空地建了这庄园。

屈明城笑说："这项目老周也投了。"

"这和他的业务好像不沾边？周总是做虚拟经济的呀。"南笳的后半句话是转头对周濂月说的。

"没办法，谁让他打赌打输了呢。"

"什么赌？"

"就上回……"

周濂月用警告的口吻道："屈明城。"

南笳哪里在乎，直起身凑到屈明城面前："你悄悄跟我说。"

周濂月挑了挑眉。这哪里是"悄悄"，是根本不把他放在眼里的当面密谋。

听屈明城说完，南笳哈哈大笑，并评价："你们男人好幼稚。"

"……"两人皆沉默了。

知道了这事的性质，南笳再度被周濂月问及意见。"还是这个吧，比较先锋。"南笳一再比较，还是觉得那融化水银的意象让人耳目一新。

周濂月拍板："那就这个。"

屈明城也说："那就这个。"

"……最后要是不行不会我来背锅吧。"南笳惊恐。

屈明城哈哈大笑。

坐了一会儿，南笳忽瞥见吧台那边，不知道什么时候多出来两个人。好巧，其中一个居然是她的大学同学庄安娜。

南笳这两年在一些场合碰到过她，但正面打招呼一次也没有。

庄安娜也注意到了南笳，两人目光对上，都有些尴尬。

但要装作没看见，又很刻意。想了想，南笳正准备过去打声招呼，庄安娜却先一步站起来，走了过来。

南笳笑说："嗨。"

庄安娜假笑："嗨。"

她的目光移到坐在南笳身边的周濂月身上："这是……"

她其实知道周濂月是谁，但想借南笳的介绍，方便跟人打招呼。

哪知道南笳笑说："哦，我老公。"

庄安娜脱口而出："上回那个呢？"

屈明城和周濂月齐齐看向南笳。

南笳笑说："上回那个啊，煤矿关了，破产了，离婚了。"

"……"庄安娜被逗得不知道该不该笑。

南笳正经介绍："这我男朋友，姓周。"

庄安娜打招呼："周总你好。"

周濂月淡淡地颔了颔首。

寒暄完，庄安娜朝南笳伸出手："下回有机会合作啊。"

南笳与她回握了一下："好啊。"

庄安娜转身回到了吧台那边。

下一瞬，南笳便感觉到周濂月的手伸过来，轻捏她的后颈，声音要笑不笑的："上一个？"

"……你听我解释。"

在屈明城这儿吃过饭，两人开车离开。

路上很是安静，他们一边听着歌，一边偶尔交谈，也不论话题。

片刻后，周濂月忽说："反正顺路，去山间别墅那儿看看吧。"

南笳发出疑问："……顺路？"根本是两个方向。

周濂月瞥了她一眼："不想去？"

南笳想了想："是好久没去过了，去看看也行。"

夏日，在那幢别墅里又是另外一番感受。洁净、明亮、宽敞的空间，开足了冷气，通过挑高的玻璃墙往外看去，会觉得那一重重的树也是清凉的，即便被隔绝了声音，也依然可以想象风吹过时，那外头阵阵的浪涛声，好像是夏日绿色的海。

周濂月在她身后的壁炉那儿。他往茶几上放了两只杯子，叼着烟倒冰镇过的白葡萄酒。紧跟着他点燃了托盘里的几支蜡烛，放在壁炉前面，不到烧火的季节，但蜡烛也能营造一点儿火光。

南笳看了会儿，转身走过来，在沙发上坐下。

那些蜡烛散发出一些乌木的气息，味道有点儿像是堆积了很久的木柴。

周濂月在她身旁坐了下来。

南笳端上一杯白葡萄酒，喝了一口，忽转头看了周濂月一眼。

周濂月咬着烟，也看着她，不作声。

“别动。”南笳笑。

他已猜到她要做什么。

南笳将他往后按，他的头往后仰，靠在沙发靠背上。

几捧烛光微微摇晃，似乎是这种隐约觉得窒息的缘故，那蜡烛燃烧后散发的乌木的气息，都显得更沉更闷。

一切都有种潮湿感。

明知应当是错觉，但是自雾蒙蒙的视线里看过去，也似乎觉得外面刚刚下了一场暴雨。不然玻璃墙外那延伸至黑夜伸出的树林，墨绿色怎么会像海浪一样，一层一层地漫上来？

结束后，南笳趴在沙发上平顺呼吸，葡萄酒没了，无以解渴。

“我要喝水。”

“自己去拿——帮我也拿一瓶。”周濂月瞥了她一眼。

南笳歇了会儿，穿上浴袍，赤着脚走下楼去。

开放式厨房明亮干净，没有一丝油污。她自岛台旁边绕过去，走到冰箱前面，一把拉开了门。

灯光和洁净的冷气扑出来，她一下顿住了。

然后她听见有脚步声。南笳转头一看，周濂月穿着浴袍出来了，就站在二楼上方看着她，微弓着背，手臂抵在栏杆上，手里拿了支烟。

她没忍住笑了。

她从冰箱里拿出那小束的娇艳欲滴的深红色玫瑰，以及放在一旁的深黑色丝绒盒子。

周濂月笑问："南笳小姐，愿意嫁给我吗？"

南笳笑说："求婚不可以这么俯视。"

"那你上来。"

南笳抱着花，拿着戒指盒，踩着木质台阶上楼。

二楼靠墙处有个置物的柜子，上面放了一幅画，就在周濂月的斜后方。

周濂月一把抱起南笳，将她放在那柜子上。

他的手臂搂着她的腰，周濂月微微抬眼，注视着她。

深红玫瑰与她分外相衬。热烈、张扬，连刺都是恰到好处的礼赞。

周濂月的声音不由自主地沉下来，但很难控制那里面些微的忐忑感。

南笳屏住呼吸。

"南笳，你愿意……"

"我愿意。"

在他如月落深海的眼睛里，她看见完整的自己。

人们会如何描述自己的爱情？

南笳会说：我跋涉于黑暗，于冰冷沼泽中，拥抱一颗滚烫的月亮。

/ 番外一 /

浮生

（一）戒

南笳仰躺在周濂月的腿上，举高了手臂，迎着光去看手指上的戒指。

“如果我今天没来，会怎样？”她问。

周濂月的身体朝着另外的方向侧着，怕烟灰落下来不小心将她燎到。“那就等下次。”他说。

“可花不就坏了？”

“吩咐了每天换新的。”

南笳微仰起头去看周濂月：“……换了多少天了？”

周濂月整个人都懒洋洋的，他瞥了她一眼，但没说话。直到南笳伸手往他腰间捏了一把，他才条件反射般地攥住了她的手，方说：“从南城回来以后就备着了。”

南笳一算，还好，没过去太多天，没叫那么多新鲜的玫瑰花“枉死”。

“大小刚合适。你怎么知道是几号戒圈？偷偷量过，还是目测的？”

周濂月垂眸看了她一眼：“你就当是目测。”

南笳笑：“什么叫‘当’？”

“南小姐，很多事寻根究底就不浪漫了。”周濂月咬死不肯再透露更多。

没过几天，南笳就明白周濂月为什么说寻根究底就不浪漫了——

那天，南笳戴着那枚戒指出门，去做一个采访。

一上车，小覃便“哇”了一声：“笳姐，恭喜恭喜！”

南笳笑说："等会儿我群里给你们发红包。"

小覃拿过她的手仔细端详："还好尺寸是合适的，不然就尴尬了。"

南笳挑挑眉："周濂月找你问的尺码？"

"对呀。"小覃顿了一下，"啊……我是不是不该说？"

南笳平常拍杂志、走红毯，会向很多品牌商借衣服和珠宝，她的身高、体重、三位、颈围、臂长、鞋码……甚至仔细到手指的戒圈尺码，都有详细记录。

南笳笑说："没事。"

……这个办事思路，确实十分周濂月。

过了几天，周濂月回到家，刚坐下没一会儿，就看到南笳两手揣在外套口袋里走过来。

"我想送你个东西。"

周濂月往她的口袋那儿看了一眼："什么？"

南笳踌躇一会儿，把手拿出来，紧攥着。

周濂月瞥她："手张开。"

她似乎很是挣扎，慢动作般地张开了五指。

周濂月："……"

她摊开的手掌里，什么也没有。

南笳笑了，紧跟着拿出了另外的那只手："在这里啦。"

周濂月这回直接将她的手一抓，自己将她的五指掰开了。

她的手心躺着两枚对戒，设计简洁，内嵌小颗的钻石。

南笳看着他："你会戴吗？"

"为什么不戴？"周濂月拿起那枚男式的，刚要套上，目光一顿，往戒圈内侧瞥去。

那上面有花体的刻字：ZHOU&NAN。

他笑了一声，南笳却扭捏起来，后知后觉到这似乎有点儿幼稚："……他们说刻字不额外收费，有便宜为什么不占，是不是？"

"不错，有商人思维了。"周濂月煞有介事地说。

南笳看着他戴上，问："大小合适吗？"

"嗯。"周濂月看了她一眼，"偷偷量的？目测的？"

南笳笑说："周先生，很多事寻根究底就不浪漫了。"

周濂月微微挑眉，明白了。

——问的许一鸣，许一鸣什么都知道。

（二）知名不具的幸运日

工作室之前做了一个转发抽奖的活动，送了一些南笳喜欢的电影的正版蓝光碟给粉丝。那些碟片到货了，小覃送过来给南笳签名，除此之外，还有随碟片附送的写真明信片。

南笳给小覃开了门，小覃往屋里瞥了一眼："周总也在？"

"嗯。进来吧——不用管他的。"

周濂月在书房里处理文件，南笳进去拿了支签字笔，就将门虚掩住，回到客厅里。她坐在地毯上，挨个儿给明信片写祝福语。

小覃闲聊道："话说笳姐，你有情侣粉了啊。"

"我不是一直都有吗？"

"不是和瞿子墨的。

"那是……"

小覃朝虚掩的书房门看了看。

南笳笑说："真情侣有情侣粉也不稀奇。"

"主要之前没人敢粉你们……当然现在他们也没有很敢，我是偷偷发现的，有个你们情侣粉的站子，已经有三千多粉丝了，名字也蛮隐晦的，叫'知名不具的幸运日'。"

南笳笑说："很会玩梗。点开我看看行吗？"

小覃当场就把微博点开了。

账号经营得特别漂亮，每条微博都设置了仅粉丝可见，内容是图片搭配凝练的文字。文字都是南笳演过的角色的台词，或者她喜欢的电影和歌曲的名句——她曾经分享过自己的片单和歌单。图片则是把狗仔偷拍的照片，经过裁剪、锐化、调色等一系列后期之后，氛围感拉满到极致。

比如她在港城跟周濂月买车仔面的那一次，后期过后的图片像电影截图，还是王家卫的那种腔调，配文就三个字："幸运日"。

而最新的一条微博发布于三天前，是两人上车之前的一张手挽手的抓拍。黑白调色配上高噪点，有别样的风味，其中一张是经过裁切后放大的两只手，两人手指上的对戒隐约可见。

这一条的配文便是南笳当时唱的《漫步人生路》中的一句：*在你身边路虽远未疲倦*。

南笳笑说："我能拿小号关注吗？"

小覃的表情像是给难住了，南笳的小号八百年前就已曝光，基本已经起不到什么"小号"的作用。

南笳说："我开玩笑的。"

小覃松口气。

南笳又说："我会拿小小号关注。"

"……"

碟片和明信片都已签好，小覃拿上东西走了。

南笳转身去往书房。她没敲门，进去的一瞬间，周濂月有一个不甚明显的合上笔记本电脑的动作。

南笳当然没漏过，笑问："你在看什么？"

周濂月神色淡淡的："邮件。"

"我不信。"

她走过去，要去掀笔记本，周濂月一把将她手腕攥住，那平静的目光和神色却难得地有几分强势。

南笳轻轻挣扎了一下，周濂月顿了一下就松了手，她就势往他膝头一坐，两手搂住他的脖颈，轻声笑问："是不是在看什么小电影？"

周濂月瞥了她一眼："需要吗？"

他刚从公司回来，因为她说小覃要过来，他就先没换衣服。解下来的西装和领带，都搭在皮椅的扶手上。商务风格的白衬衫，金色的细边眼镜，书桌……并非在办公室，但轻易叫人发散联想。

南笳仰头，周濂月垂下目光与她对视。片刻后，她已忍不住，抓着他的衣领便吻上去。

周濂月顿了一会儿，伸手按住她的后脑勺。南笳呼吸凌乱间，摸到了扶手上的领带。她将周濂月的两手拉下来并到一起，拿那条领带缠住他的手腕。

周濂月目光幽深，也不阻止。

她绑好了，系了一个活结，在他双手不能动弹的情况下，她开始去解他领口的扣子。周濂月抿紧唇角，片刻后，头往后仰去，避开了她喷在脖颈间的微热呼吸。

没一会儿，周濂月觉察到她的动作停了。低头一看，她不知道什么时候转过了身去，掀开了桌面上的笔记本。四位数密码，零八二三，她输得极快。

几乎一瞬，解锁的电脑便弹出了周濂月最后在浏览的东西。

南笳还没来得及发表什么感想，便发觉有一只手搂住了她的腰。

她回头一看，那活结已经解开，尚有半截领带缠在周濂月的手腕上。

他搂着她的腰，一把将她抱起，拂开了那笔记本，将她放在桌面上。南笳觉得不妙，想逃，但周濂月的手臂紧紧地拥着她。

南笳以为周濂月是在偷偷看“知名不具的幸运日”这个账号。

原来不是。他看的是她跟瞿子墨的情侣粉建的网页。

倒也不像是在看内容，因为解锁的瞬间，那鼠标光标的小手指，停留在那个站子的粉丝数“三万”那儿。

周濂月的手掌按着她汗津津的额头，问：“还好奇吗？”

南笳摇摇头。

“还看吗？”

她笑，示意他，自己现在可说不了话。

周濂月将领带扯掉，她方笑说：“我已经看到了。”

反正不怕，大不了这样再来一次。

她用脚趾蹭蹭他的西装裤，笑说：“周总，你有微博账号的吧？”

周濂月看着她：“怎么？”

他那账号从注册就没用过，名字头像都没改，就关注了南笳一个人，特别像是强塞给她的僵尸号。

“借来用一下呀，我要拿来关注我们的情侣粉站子。”

（三）私人放映厅

这一年南笳过生日，礼物还如往常一样多，甚至更多，摞起来堆成一座小山。她暂且都没兴趣拆，最期待的只有周濂月的礼物。

生日当天，南笳去拍了一组写真，晚上跟周濂月一块儿吃饭。

席间问他："我的生日礼物呢？"

"家里。"

吃完饭，南笳迫不及待地回家。

打开门，她的目光穿过玄关，一瞬间便看见电视机前方多出来了一个东西，不知是什么，拿一块黑布盖住了，整体好像一米多高。她换了拖鞋，快步走过去，到了那个东西旁边停下，问周濂月："我能掀开吗？"

"嗯。"

将那块黑布一掀，南笳情不自禁地"哇"了一声。一台胶片电影放映机，放置在三角支架的小桌上，粉白两色的胶片夹片盘，白蓝配色的机身。

"是模型吗？"

"真机。"周濂月走过来向她介绍，一九八七年生产的日本 Houkshin 的十六毫米氙灯胶片电影放映机。

"好想试试！"

"试。"周濂月示意她往地上看。

她才注意到，地上还有个黑色箱子。打开一看，是个铁皮的胶片盒，那上面贴了钢笔手写的标签：《城南旧事》。

周濂月走过来，熟练地接上电源与变压器。再蹲下身将那微微有些锈迹的胶片盒打开，从中取出胶片盘，安装上夹片盘，慢条斯理地牵住起始的一端，一一自下方绕过去，再缠上另一侧的夹片盘。

周濂月拿了遥控器，将投影幕布放下，转头说："关灯。"

南笳赶紧走过去将客厅灯关上了。

周濂月拿出了手机，打开手电作为照明。她走回到机器旁边，周濂月看她："开始了？"

"嗯。"南笳屏息凝神。

周濂月拨弄了几个按钮。氙灯亮起，周濂月关了手机照明，几乎同时，那投影幕布上画面闪现，出现“上海电影制片厂”的片头。

《城南旧事》的片头旁白在黑暗中响起来：“不思量，自难忘。半个多世纪过去了，我是多么想念，住在北京城南的那些景色和人物啊……”

那样小的画幅，那样闪烁的画面，那样音质受损的声音……

三十多年前的电影，经由三十多年前的放映机，呈现在她眼前。

一八九五年，卢米埃尔兄弟发明了电影。一个多世纪以来，英雄的、凡人的，集体的、个人的，写实的、虚构的，传统的、先锋的，歌颂美的、揭露丑的……

没有什么比电影的人生更浪漫。

此刻，氙灯外的世界是人生，氙灯内的世界是艺术。身边的是人生，眼前的是艺术。

南笳转身一把抱住周濂月，动作之大，撞得他稍稍退后了半步。

她的脸靠在他的肩膀上，因激动而热泪盈眶。“我会把今天的这个画面，记到临终前闭眼的最后一刻。”南笳认真地说。

周濂月做苦恼状：“……这调起得太高。明年得送你什么才成？”

（四）当时只道是寻常

周浠和苏星予订婚一事提上日程。没打算兴师动众，只准备两家人一块儿吃顿饭，就当是正式地定下来。

吃饭的地方选来选去，最后还是定了周濂月自己开的那间餐厅，一来宽敞，二来空间封闭不易被打扰。

周浠是跟着南笳和周濂月一块儿过去的，他们先到，没过一会儿，苏家一家就到了。

那门一打开，却有一条大狗冲进门，直奔周浠而来。

南笳吓了一跳，下意识地往周浠面前一拦。

周濂月瞧见了，心里顿有所动。他走过去将她的肩膀一揽，低声说：“没事，苏家养的狗。”

那条狗到了周浠跟前热情地又是转圈又是疯狂摇尾巴。

周浠一伸手，它的爪子便搭了上来。

南笳问周浠："它是什么品种？金毛？拉布拉多？"

"拉布拉多。"

"叫什么？"

"莫扎特——笳笳你也把手伸出来。"

南笳伸手，它便把另一只爪子也搭了上来。

"哇！"

周浠笑："它就喜欢漂亮姐姐。"

苏星予连同其父母紧跟着进来了。苏父和苏母都是大学教授，一个研究天体物理，一个研究国际公共关系。谦和、开明又健谈的两个人，看周浠和"莫扎特"玩闹，那神情是满心满眼的欢喜。

进门，一行人先去了茶室。

周濂月唤人来沏茶。

苏父和苏母坐下以后打量四周，二人自然也注意到了这里服务员的特殊之处。待沏茶的两个女孩子走了，苏母委婉地问了这个问题。

周浠笑说："是我叫我哥雇的。"

周濂月进而介绍，实则有一个周浠发起的慈善基金会，不对大众募捐，但接受一些定向捐赠。每一年，周浠都会从自己的股份分红里拿出一部分注入基金会，帮助一些无劳动能力的残障人士。而有劳动能力的，基金会就会想办法帮他们找工作，或者是进行自由职业的技能培训。

周濂月话音落下，大家看向周浠的目光都变了，仿佛她是头顶光环的天使。周浠虽然看不见，却能敏锐觉察到大家的情绪，一时间有些不好意思，"……没有那么高尚的，因为这么做还有一个作用是节税。"

南笳转头看了周濂月一眼，凑到他耳边，笑说："这部分一定是周总操作的吧。"

周濂月睨了她一眼，倒是应承了她的揶揄："看来你很了解我。"

"莫扎特"在屋子里待不住，由一个独臂的服务员牵去院子里遛弯去了。

在茶室里坐了没一会儿，大家转移到餐厅里去。

或许因为今天人多，且眼前的周濂月早已不是当初的周濂月，这个餐厅竟让南笳觉得不再那么冷清。

周浠的礼服裙是南笳帮她挑的，香槟色缎面，到小腿的长度，裙摆不夸张，方便活动。

苏星予给周浠拉开了椅子，南笳在一旁看着，露出“姨母笑”。

这一顿饭，气氛始终是轻松的。

吃完饭，周浠挽着苏母的手去庭院里找“莫扎特”，周濂月则跟苏父、苏星予三人站在廊下聊天。南笳去了趟洗手间回来，都先没去打扰他们，而是自己回到茶室里。

她走到置物架前，从匣子里找出倒流香，拿火柴点燃了，放置在那座假山的香插上。待“瀑布”流到了山底，她伸出手指去拨弄烟雾。

忽觉有人在看她，她转头。周濂月不知道什么时候过来的，就站在门口处，抱着手臂，不声不响地看着她，那目光很是平静。

南笳笑：“你怎么都没声音的？”

周濂月走了过来，在她身后站定。沉静的木质调子的香味，让这空间像是被树木包围的岑寂庭院。

南笳抬头看着周濂月，呼吸很轻。她想到以前来这里的事，燃灯的时刻、框着远山的窗户、蟹酿橙、西柚……时间已经磨平那时那刻的情绪，回想起来只有“当时只道是寻常”之感。如果这里是庭院，周濂月就是庭院里最清劲孤拔的那棵树，沐浴在如薄霜的月色里。

南笳抬手轻轻地往他肩膀上一搭，轻声开口：“你再不说话，我就要吻你了。”

（五）谜与解谜人

晚餐结束，周浠拉着苏星予去跟南笳他们挤一辆车回家。

路上，南笳笑问周浠：“想没想过婚礼要怎么办？”

“不知道呀。”周浠笑说，“怎么办都可以的，只要不是那种酒店办的酒席仪式，其他对我来说区别不大。”

周濂月的语气不咸不淡的：“你们先把证领了再说。”

周浠笑了，喊前排的苏星予：“那我们明天就去领吧。”

“都可以……”苏星予转头看了一眼活脱脱“老父亲”做派的周濂月，赶紧一转话锋，“不过还是挑个有纪念意义的好日子吧。”

周浠转而问南笳：“笳笳你们什么时候办婚礼啊？”

“我们啊……”南笳看向身旁的周濂月，“我们办婚礼的意愿好像没有特别强烈，对吧？”

周濂月睨了她一眼，没作声。

周浠说：“为什么啊？你不想穿婚纱吗？笳笳你穿婚纱一定超漂亮。”

南笳笑说：“之前拍过婚纱主题的杂志大片，拍了好几身，没有特别强烈的好奇心了。”

车先将周浠和苏星予送到西山，再载着南笳和周濂月回到公寓。

一进门，南笳便收到一条微信消息，是苏星予发来的，说他对于以后跟周浠的婚礼要怎么办，已有初步想法，到时候可能需要南笳的帮忙。

南笳回复：好说。应该的。

刚刚按下发送键，一只手自她肩膀上方伸了过来，将手机一抢，径直往沙发上一扔。

下一瞬，南笳两腿悬空，已被周濂月一把扛了起来。

南笳忙说：“还没洗澡！”

周濂月没搭理她。

头发、裙子和床单，一切都被弄得乱七八糟。

南笳的脸埋在枕头里，呼吸好久都没缓过来，她想，还好没洗澡，正好攒着一起洗了。

一线微凉的触感——周濂月的指尖正轻轻地划过她颈侧的皮肤。

这动作无端地叫南笳觉得危险，虽然她知道，周濂月绝对不会伤害她。转脸抬眼看去，周濂月嘴里衔着烟，与那燃烧的炽热火星相反的是，他的脸色沉静至极。

他的眼睛低垂，叫人看不清楚里面的情绪。

南笳撑着手臂爬起来。

刚刚周濂月对她所做的略显暴烈而失控的一切，好像尚未完全散去，还在她的血管和气息里，制造持续不断的小型余震。

她面对面地在周濂月的腿上坐了下来，伸手，夺了他衔在嘴里的烟，伸臂揿灭在烟灰缸里，而后迎上去，在离他嘴唇寸余的地方停下。

周濂月的目光垂下来，无声地瞧着她。

南笳一直知道，他是一个深邃的谜，但她恰好是那个最擅长解这道谜题的人。

她伸手，像他经常对她做的那样，轻轻地掐住了他的下颌。他没动，不过仍是看着她。

在她仰头去亲吻他的一瞬间，他却突然张口，咬住了她的唇。

比平常多了两分的狠厉，她感觉到痛，轻“嘶”了一声。

周濂月立即退开。

“破皮了吗？”南笳笑问。她尝到一点儿铁锈味。

周濂月不说话，大拇指力道轻柔地擦去那沁出来的血丝。她直勾勾地看了他一眼，张口含住他的大拇指。

两人的动作都停了下来。片刻后，南笳捉着他的手腕，将他的手臂拿开，再去吻他。

轻微的血腥气，激发他们之间的欲望。没有所谓的胜负、征服与被征服，他们在爱情里势均力敌。

这次结束后，南笳抱着周濂月，脑袋伏在他的肩头。

她惹出来的事，还得她来捋毛。她笑说：“我为什么说对办婚礼没有强烈的动力，因为跟你在一起的每一天都是高质量的。我想不到婚礼除了仪式感，还可以为我们增加什么。”

周濂月背靠着床头，微微偏着脑袋，看了她片刻，伸手搂住她汗水尚未蒸发、有几分凉津津的后背。“不办也行。”周濂月微闭着眼睛，淡淡地说，“你先把协议签了，然后我们去领证。”

“什么时候领？”

“明天。”

南笳笑出声来。

周濂月睁眼瞧她：“你当我开玩笑的？”

“不是……我户口本也不在我这儿，在我爸那儿。”

“那我们明天去趟南城。”

南笳顿了一下："是认真的？"

周濂月看着她，目光在说：你说呢?

后半夜，洗过澡换了身干净衣服的南笳，就被周濂月扣押在书房里，一页一页地看他早就拟定好的、要交给她父亲过目的婚前协议。

南笳忘了周濂月是多有决心的一个人。之前她几次通过转移话题、"卖萌""色诱"而得以蒙混过关，不过是因为周濂月尚且纵容她可以蒙混过关罢了。

但她今天惹到他了，让他不开心了，随她怎么使出浑身解数，他都无动于衷，依然是那句话："签了，不然今天你别想从这房间出去。"

"你明早不得上班？"

周濂月淡淡地说："你想试试谁能耗得过谁？"

南笳说不上自己是什么心态，这样强势、冷冰冰的周濂月，叫她觉得心痒难耐。她忍不住，于是试图让周濂月放弃防御，而他始终不为所动。

没办法了。南笳长叹一声气，破罐子破摔地拿起他的钢笔，指挥道："帮我翻页！"

周濂月一声轻笑。

于是，他翻一页，她签一页。厚厚一沓协议书全部签完，她丢了钢笔，推开文件，没好气："可以了吗？"

周濂月将她扔到一旁的钢笔拿过来，"嗒"的一声，盖上了笔帽。

定制的钢笔，那上面镌了他的姓。他垂下目光，盯着手里的钢笔，若有所思。

南笳第一次万分痛恨自己的想象力。

（六）长命百岁

南笳签了协议，周濂月就没再"逼"得那样紧，不至于真就第二天就把她押回南城领证。

一周之后的某天晚上，周濂月将南笳叫到客厅对行程。要是后面几天两人都没什么事的话，就回南城一趟。

南笳刚要开口，周濂月便用一句话堵住她的嘴："有也叫关秀丽先取消了。"

南笳笑："那你还问？有问的必要吗？你直接把我打晕，扛上飞机好了。"

周濂月轻哼一声。南笳站起身，周濂月没来得及伸手抓着她的手臂，就看着她绕过沙发，往书房去了。

"做什么去？"他问。

南笳只是挥了一下手。片刻后，南笳自书房里出来，手里拿着个快递的文件袋，走过来往他身旁一扔，扬扬下巴，示意他自己看。

文件袋锯齿的封条已经撕开了，周濂月打开一看，酱红色的封皮——是一本居民户口簿。

南笳转头看了他一眼，见他扬了一下嘴角，便笑说："这下高兴啦？"

周濂月不说话，伸手过来捏捏她的后颈。

她枕着他的手臂往后一靠，说道："为这讨我爸一顿骂，说这才多久啊就准备领证了，考虑好了吗，别兴奋劲儿一过就闪离。"

"那你怎么说服他的？"

"我啊，我给他拍了张我们签字的婚前协议发过去了啊。"

周濂月怎会听不出她话里揶揄的意思，垂眸睨了她一眼。

这目光不咸不淡的，南笳一下就有了危机感，照实说："我跟他说，他们当年偷户口本领证的人没资格批评我。"

周濂月轻笑一声。

"知道我为什么不叫你跟我回南城领证吗？"南笳看他。

周濂月以目光询问为什么。

"回去领了证，当天晚上我爸铁定拉着你喝酒。他高兴的时候酒量更恐怖，我好怕我刚领证就变寡妇。"

她这张嘴，一贯是有些生猛不忌的。周濂月笑看着她："这么体贴？"

"可不是。"

"那我真走你前面了，你怎么办？"

南笳顿了顿："要分情况。"

"怎么说？"

"要是七老八十，那很正常，本来女性的平均寿命就要长于男性。要是五六十，也凑合过吧，努努力把你留下的遗产花光，然后也就差不多了。"她一边说着话，一边漫不经心地拨弄着他自她肩头垂下来的手腕上戴着的那块百达翡丽的手表。

周濂月伸手解了表扣，脱下手表递给她玩："三四十呢？"

"要我才三四十岁，那时候影后奖杯在手，身价百亿又还年轻漂亮，我一定马上挑十个八个的帅哥，拿你的遗产买游轮买私人飞机，带他们出去玩，日日不重样。"南笳一下抬起眼，对上他的眼睛，"……拜托你，一定一定一定不要给我这个机会。"

周濂月一时间无言。

"陪我一起长命百岁。"她轻声说。

（七）原则性

证暂且没领，因为周濂月决心戒烟了，成功戒烟的第一百天，他就去跟她领证。

他笑言："可舍不得你变寡妇。"

周濂月戒，南笳好像也不得不跟着戒。但和周濂月比起来，南笳的意志力比裹在糖葫芦表面的那一层糖衣还要脆弱。

她真的佩服极了，怎么会有自控力这么强的人，仿佛连个难熬的戒断期都没有，他说戒就戒掉了，并且面对诱惑没有丁点儿的反应——

当然诱惑主要来自南笳。她那时候说要跟周濂月一块儿戒烟，但周濂月没强迫她，毕竟搞艺术的，香烟、咖啡和酒精，都是灵感源泉。

但是南笳戒了没一阵，就有点儿坚持不住了。后来有一天，她趁着周濂月洗澡的时候，偷偷跑去阳台抽了一支。那是种口味清淡的女士烟，抽完以后她还去刷了个牙，料想不会被发现。

周濂月洗完澡出来，靠近她的一瞬便停顿了一下。他抓起她的手臂，嗅闻了一下袖口和手腕。表情淡淡的，但什么也没说。

南笳一下子愧疚得像是出轨被抓一样。她道着歉，踮着脚尖要去吻他，而他表情依然淡淡的，说："以后凡是偷偷抽了烟，就不可以跟我接吻。"

周濂月这人原则性强得可怕，南笳多次尝试，他无一次破戒。

后面，哪怕是做着亲密的事，只要她抽过烟，他就绝对不肯接受她的吻，哪怕她再三勾引，他也无一次破戒。南笳没办法了，她可以忍受不抽烟，但没办法忍受不和周濂月接吻。

周濂月成功戒烟一百天的时候，南笳也勉勉强强地连续一个多月没有抽烟了。

她出去工作，特别想吸烟的时候就嚼某个品牌的话梅。后来某次录个临时开包的视频，南笳打开手提包倒出半袋子的话梅。

那一周这个话梅销量暴涨，市场部喜滋滋地跑来谈代言，开了一个关姐都无法拒绝的价格。

（八）妻子的职责

周濂月成功戒烟一百天，践行了承诺，两人去领证。

十二月二十八日，跟任何节日都不沾边的普普通通的一天，领证的过程也比想象更为简单。但在拿到红本的一霎，南笳却忍不住情绪翻涌。

她将两本结婚证摞到一起，举起来拍了张照，分别发给陈田田、南仲理和解文山。微信消息接连响起，大家纷纷道贺，南仲理倒没说什么话，就发了一个一百九十九元的红包。

南笳转头看了一眼，身旁的周濂月照旧开着车，脸上没有太多的情绪。

南笳笑问："我能发微博吗？"

周濂月瞥她："可以。"

"真发了哦？"

"发。"

微博已经打开，图片也已选中，但在最后一刻，南笳想了想还是算了。

周濂月上午还有个重要会议，领完证将南笳送回家以后就先去公司了。晚上周濂月回家，开门一看，南笳正站在厨房里。

他换了鞋走过去一瞧，菜板上有一堆切得歪七扭八的蔬菜，她手里正拿着手机查看菜谱，似乎是想做一份炒乌冬。

周濂月问她是受了什么刺激。

南笳转过头来，眨了一下眼："我觉得多少得履行一下妻子的职责。"

"……"

南笳自己先憋不住笑了："陈田田送了我一支很好的日本清酒，我觉得用来配炒乌冬应该不错。"

周濂月脱了西装外套，递给南笳，紧跟着挽起衣袖，手伸到水槽里，打开了水龙头洗手。

洁白的灯光与干净的流水，腕骨分明的手腕与修长的手指。这双手是艺术品，不该浪费在炒乌冬上，应该在她的皮肤上奏响某种和弦。

南笳伸手，顺着清凉的流水扣住了他的五指。

周濂月转头，她已凑过来，将他往后一推，踮脚吻他。

流水关了，菜暂且陈列在菜板上。

周濂月让她用另一种方式履行"妻子的职责"，比如，可以试着叫他"老公"。

（九）答案

搁在冷冻室的那块上好的澳大利亚谷饲牛排，归宿是门口的垃圾桶。

那还是在南笳搬到周濂月那里之前发生的事。

有一回南笳在外地参加活动，小区停了一天电。回来时冰箱没复位，那牛排早就自己解冻，变成了软趴趴的一团，拆开闻有股不大明显的酸味，她不肯定牛排是不是已经腐坏，为了安全起见就直接扔了。

从那以后总有种淡淡的遗憾，因为周濂月曾说"下一回"。

戒烟的那一阵，某天晚上，南笳看着书，手习惯性往茶几上的包装袋里一探，才发现常吃的话梅没了。没这话梅，她"熬不过"今晚。

南笳合上书页，起身走到书房门口。周濂月自书桌后方投来一个眼神，询问她怎么了。

"我要出门去趟超市，你有什么要我带的吗？"

周濂月思索片刻，起身说跟她一起去。

这公寓周遭配套设施齐全，步行三百米即有一家进口超市，且设置了供业主进出的专用通道。

北城的深秋，夜里已有相当的凉意。南笳出门时随意抓了身卫衣和牛仔裤套上，披了件咖色的羊绒大衣。周濂月也相对随意，穿了件休闲的白色衬衫，外头套一件黑色的粗针毛衣。

毛衣的质感总能中和掉他身上的疏寒之感，在进门的时候，南笳朝着玻璃门上望了一眼，反光里有两道手挽着手的影子。

他们在入口处推了一辆购物车，由周濂月推着，南笳沿路往里面丢进她要的东西。

原本只想买话梅，一圈下来，竟不知不觉凑满了半辆车。南笳注意到了，对自己感到无语，她为什么要拿化妆棉？品牌送的化妆棉都够她用到下辈子去了。她拿起那些不要的，又拉着周濂月要一一放回去。

她抱着三盒化妆棉踌躇，早不记得自己是从哪个货架上拿下来的了。转头，求助似的看向周濂月。周濂月挑挑眉，手一指。

走过去一瞧，真是。

断舍离一番，南笳确认剩下的都是自己想要的。她问周濂月："你还需要买点儿什么吗？"

周濂月没作声，正盯着前方某处。南笳顺着他的目光看过去，那边是生鲜区。

第二天南笳有个通告，晚上一到家，便闻到厨房那边飘来食物的香气。

她蹬了鞋穿着袜子便跑过去了，周濂月站在岩板的流理台前，那白衣黑裤的模样使得他面对的不像是食物，而更像是某个由他生杀予夺的并购案。

坦白讲"男人会做饭"这件事，不怎么在南笳的审美点上，因为她父亲就是个厨子。比南仲理形象好的，做饭没南仲理好吃，做饭比南仲理好吃的……这个世界上还不存在。

食物好吃才是第一要义，厨师本人如何都是附带的。

但这条在周濂月身上不适用。她只看了一眼，就恨不得自己此刻是煎锅上的那块牛排，被他妥帖看顾，悉心照料。

周濂月抬眼，是因为觉察到南笳在拿手机拍他。他睨了一眼，没说什么。南笳拍够了便凑过来，挨着他往平底锅里看。她回来得晚了些，没看见全过程，只闻到了香味，感觉应当要熟了。

"可以吃了吗？"南笳问。

“快了。”

南筎的目光顺着他瘦骨嶙峋的手腕和线条流畅的小臂，一路看过去，最后落在他清俊的脸上。她笑了一声，毫不掩饰自己眼中的热意：“可以先吃你吗？”

周濂月垂眸看了她一眼：“不可以。”

这样漫无情绪的一眼，挠得她越发心痒。

南筎去换了身衣服，那边牛排也端上桌了。拿两只白色大瓷盘盛放，以薄荷叶做点缀。

周濂月提了一瓶红酒过来，倒了两杯酒。

南筎先抿了一小口酒，再拿刀叉切下一小块牛排送入嘴里。周濂月知道她的喜好——她不喜欢太生的，也不喜欢太熟的，半熟的口感刚刚好。

周濂月瞥了她一眼，那目光是在问她觉得怎么样。

她对周濂月有滤镜，无法公正评判，他煮黑暗料理她都欣然接纳，何况这牛排确实很不赖。

吃完，他们提着红酒到沙发那儿坐下。南筎背靠着周濂月的肩膀，躺靠在沙发上，问他除了牛排还会做点儿别的什么吗。

“简单的都会。”

南筎都亲眼见过周濂月开火了，却仍觉得不可思议。她躺下去，躺在他的腿上，拿过他的手，摊开他的手掌仔细地看。

“你本科念的什么专业？”

“经济学。”

“如果……”南筎抬眼对上他的目光，“如果按照你的意愿，你会想学什么？”

她记起周浠曾说过，周濂月原本是想读大学的时候彻底脱离周家，为了周浠，他放弃了自己原本的喜好。

周濂月沉默许久。

南筎知道，这个问题不免将他拖入回忆之中。这么多年，他即便不喜欢，却已经习惯了与生意场上的一切打交道，他评估任何事情的思维，都已是制度化的商人思维，先讲利弊，不问对错。

“人类学、社会学或者哲学。”周濂月淡淡地说，“剑桥还有两门学科，AngloSaxon, Norse, and Celtic，以及 Classics，我去旁听过。如果那时候学了人文社科，这两个研究方向也有意思。”

“盎格鲁－撒克逊……”后面的南笳没听懂。

周濂月说：“盎格鲁－撒克逊，斯堪的纳维亚和凯尔特研究。Classics 是古希腊和古罗马研究。”

南笳顿了一下：“是这样了。”

“嗯？”

南笳望进他的眼睛里：“这些是和你的精神内核契合的。”

“精神内核。”周濂月似乎觉得有几分好笑，重复了一下这个词。

南笳却认真地说：“我第一次见你就没有觉得你会是商人，加上你说你是解老师的学生。你太有一种……孤孑感。”

周濂月伸手掐掐她的脸颊，说她讲这种话叫人牙酸。

他还是没有十分习惯，在她的面前自在地剖析他自己深层次的一面。他读高中那会儿，看过很多乱七八糟的东西，苏格拉底、伊壁鸠鲁、康德、尼采、黑格尔……对一个深陷现实泥沼的少年而言，这些抽象的学说并不能提供答案，反而叫他陷入一种更加宏大而无望的虚妄。

“我是说如果，”南笳把玩着周濂月的手指，“以后有时间了，你会想要再去读个人文社科的学位吗？”

周濂月没什么犹豫：“不会。”

南笳笑说：“为什么？怕生意没人打理？可以停一停没关系的，本女明星拍电影养你啊。”

周濂月跟着轻笑了一声，摸摸她的额头：“那时候想学这些专业，是想找一个答案。”

“现在有答案了？”

“生活的答案就是生活本身。”

“……这句有哲学家的味道了。”南笳笑说。

话音落下后，两人都不再出声，欲念在沉默里发酵。

对视片刻，周濂月俯下身来，南笳伸臂搂住他的颈项。他的口腔里还有红酒的气息，她拼命攫取，这样别扭的姿势很快就无法满足他们。

南笳起身，坐在周濂月的膝头。他拽了她的手去触碰他。

她的呼吸拂进他的耳郭里，手在动作的同时，她笑着喊他“周教授”。

（十）又一年

周濂月的公司办成立周年的团建，屈明城急忙出来揽活儿：肥水不流外人田。

周濂月只跟南笳提了一嘴，不要求她去。

南笳听说可以带家属，便问：“许一鸣的女朋友也去？”

“……好像去。”

南笳笑说：“那一定要去看看了。”

那天屈明城的整个场子都被包了，大冷天的，那个温泉大浴池正好派上用场。南笳都不免嫉妒，对周濂月说：“你公司员工福利待遇也太好了。”

他们几个人在茶室里打牌，屈明城笑着接了南笳的话：“南小姐是馋这温泉汤？别急啊，给你留了一个独门独户的套房，私人庭院，自带温泉，一会儿再叫服务员送点儿冰镇过的清酒或者冰激凌过去……”

“西瓜有吗？”

屈明城夸她“讲究”：“我这会儿就叫人去准备，保管一会儿就能吃上。”

南笳笑说：“周总团建包你这场子一天多少钱啊？”

屈明城笑说：“这不能说，商业机密。反正赚翻了，不然我跟这儿鞍前马后呢？”

“那我以后带我工作室的人来团建，屈老板打折吗？”

“肯定比给老周的折扣高！”

插科打诨一会儿，有人过来敲门。

是许助，来跟周濂月临时汇报个工作电话。

待许助跟周濂月说完，南笳笑眯眯地看向他：“许一鸣，你女朋友来了吗？”

“来了。”

“喊过来打牌呀。”

一会儿，许助带着他的女朋友小桃过来了。

小桃刚泡完温泉回来，穿着杏色毛衣和牛仔裤。杏仁大的眼睛，一张小脸被热水熏得白里透红。脸长得这么可爱，南笳以为是大学刚毕业。一问才知，人家是研究电磁场与微波理论及技术的在读博士生，还是排名前两位的院校的。

大家纷纷说："失敬失敬。"

南笳笑对许助说："难怪你二十四小时在线女朋友都不生气，敢情人家比你还忙，而且忙的都是有意义的、造福人类的。"

一旁"中枪"的周濂月闻言挑挑眉，瞥了南笳一眼。

小桃很腼腆，全程没怎么说话，在南笳目光对上来的时候，她总是会露出几分有些诚惶诚恐的笑。南笳以为是她这种待在实验室的学生，不怎么擅长跟人打交道。

打了几圈，南笳有点儿累，让周濂月替她，自己到一旁喝茶去了。

没一会儿，小桃也从牌桌上下来了。

她走到了桌子对面，笑问南笳："我可以在这里坐吗？"

南笳叫她随意，不用太拘谨。小桃抿嘴笑着，又偷偷看她。

南笳往牌桌那儿看了一眼："不喜欢跟周总一起打牌是吧？他这人的压迫感是有点儿强了。"

小桃摇摇头，微笑说："还好的。"

南笳怕她拘束不自在，问要不要把许一鸣喊过来陪着她。

小桃又摇摇头，笑说："不用。我……我跟笳姐单独坐会儿。"

"你吃过晚饭了吗？要不要叫人送点儿餐过来？"

小桃说："吃过了。笳姐你呢？"

"没吃，我在等西瓜呢……"南笳转头去喊屈明城，"屈总，西瓜备好了吗？"

屈明城笑说："估计还没镇好。"

"麻烦叫人送过来吧。"

小桃忙说："笳姐不用……"

"没事，反正我一个人吃不完的。"

没一会儿，西瓜就送到了。反季节的瓜，不怎么大，也不怎么甜。但在这暖融融的室内吃起来，有种别样的风味。

南笳拿了一牙，走到周濂月身边去，递到他嘴边。他转头看了一眼，还是张口咬了一口，但不肯接受更多的了，叫她吃："你自己吃吧。"

一旁的小桃看着这幕，露出谜之微笑，瓜都忘吃了。

吃完西瓜，南笳又跟小桃闲聊了会儿。

许助觉得叨扰太久了，给小桃发了条消息，问她要不要回房间。

小桃回了个"好"，紧跟着对南笳笑说："笳姐我们先走了。"

"好——你们自己去玩吧，待在这里肯定拘束。"

"没有的没有的。"小桃忙说。

南笳翻自己的包，翻出来一管尚未开封的口红："也没准备什么礼物，不介意的话拿去玩，就当是元旦节礼物了。"

小桃隐隐激动："是笳姐你代言的……"

"对。"南笳笑说，"你知道？我全都拿来送朋友和助理了，就剩下最后一支，我很喜欢的色号。"

小桃紧跟着去翻自己的包，拿出一只漂亮的小纸袋子："这个是我前阵子和朋友去日本玩，在清水寺买的御守。"

"哇……送给我吗？"

小桃点头。

交换过礼物，小桃就和许助离开了。过了没一会儿，许助又回来了，手里拿着本印着小桃学校 Logo 的本子，无奈地说："笳姐帮忙签个名吧，她一激动给忘了。"

南笳总算反应过来："……她该不会是我的粉丝吧？"

许助挠挠头："就那回带小桃去看包场电影，看笳姐你演的《灰雀》，从那之后她就很喜欢你。她之前叫我找你要签名，我觉得这有点儿公私不分，就没答应。"

南笳笑了。所以周濂月除了许助之外的人都不习惯，不是没道理的，许助是很有分寸感的人。

签完字，南笳将本子和笔递还给许助。

待许助出去了，南笳又问屈明城："屈总，你说的那独门独户的套房，还有吗？"

"统共就三套。"

"那还有两套呢？"

"我自己不得住一套。"

"那还有一套呢？"

"……"

南笳笑说："安排给许助和他女朋友吧。"

南笳歇息了一阵，回到牌桌。打了两三个小时，把把输，直接输掉了周濂月给她买的新款包。

牌局散了，南笳跟周濂月回到房间里。

那真是独门独户的一个和风小院，黑木栅栏的围墙，槭树自角落里探出头来，楼里的灯是开着的，透出浅黄色澄澈的光。

推开大门，由石板路的步道走进小楼里，穿过走廊，自后门出去，就是后院的汤池，热气缭绕，散发出一股浓重的硫黄味。

过了一会儿，一只冰镇好的西瓜送过来了。

南笳冲过澡，下了汤池。没多久，周濂月也跟着过来。两人分坐于汤池的两端，周濂月看着抱着西瓜、拿勺子喜滋滋地舀出瓜瓤的南笳，轻笑一声："输钱了还这么高兴？"

南笳笑得更开心了："说明我偏运结束了，正在走正运。"

南笳本就有些低血糖，不敢泡太久，一会儿就起来了。

她又去冲了个澡，穿着宽大的白色浴袍，坐在廊下的木阶梯上。

障子门被推开，周濂月走了进来，穿着和她同款的男式浴袍，手里提着一瓶清酒，和两只小酒杯。

刚泡过温泉的体温，让他们暂且无惧户外的寒风。

栅栏围墙外，天上一弯月亮，风吹过槭树的树梢，四下皆寂。

南笳忽说："是不是过零点了？"

周濂月说："嗯。"

南笳举起酒杯，笑说："又一年了。"

"新年有什么愿望？"周濂月看她。

"没有。跟你一年一年过下去就很好。"

周濂月没作声，只看着她。片刻后，他放下了酒杯，也一并夺了她的。他俯身过来，不由分说地将她往后一推。南笳倒了下去，倒在障子门与门廊之间，呼吸里是他身上微微的寒气与酒气。

她伸臂摘了他的眼镜放到一旁，他低头吻在她的肩头。

热的触感，冷的空气，冷热交替。

酒壶还是倒了。那几杯清酒开始上头，一切都微醺起来。

头上月正当空。

（十一）她是他的每个清晨

除夕过年，周濂月随南笳去了南城。

周浠原本也想去，但周濂月考虑到安全、便利性等各方面的因素，暂且没将她带上。

他们除夕当天下午抵达南城。进门便闻到一股浓郁的香气，南仲理拿文火炖着的老鸭汤在砂锅里汩汩作响。

南仲理出来招呼了一声后，仍旧回厨房里看着火去了。

南笳洗个手，进厨房去要帮忙。南仲理将她往外赶："别假模假式的。"

"是真打算帮您！"

"碍事。赶紧出去吧。"

厨房就是南仲理的疆域，他将其看管得很严格。带徒弟也是，技艺没到那程度的，连他专属的刀具都不许碰一下。

南笳笑："可别说我俩是吃白食的。"

"可不就是？"

南笳在厨房里逛了一圈，顺了一把圣女果出去。

周濂月跷腿闲坐在她家简单装修的客厅里，模样清贵，叫她想到蓬荜生辉、光耀其室这两个词。

她走过去在他身旁坐下，递了个圣女果过去。

周濂月没接，叫她自己吃。

“冷不冷？”屋里是开了中央空调的，但制热效果一般，比不上北方室内的干燥温暖。

周濂月说不冷，伸手顺手捋捋她肩膀一侧的头发。

周濂月瞧得出来，在这个空间里南笳是自在的。这自在与跟他在一块儿时的还稍显不同，在南城的家里，她更多展现出的是不附带任何社会身份的那一重人格。

南仲理张罗了一大桌子菜。南笳估计他们走了之后，这些剩菜撑到年初七初八都没问题，够管不知道多少年的“年年有余”了。

南仲理拿了瓶酒过来。南笳瞅了一眼，茅台。她就笑说：“我拿了第一笔片酬给您买的那瓶？今天总算舍得拿出来喝了？”

南仲理哼笑一声不说话。

南笳也是能喝酒的，不过不怎么喜欢喝白酒，她陪喝了一点儿，就甘愿将战场交给翁婿两人。

南仲理酒品好，喝醉了也不说浑话，就只爱反复卖弄他的那些厨艺。

这些南笳听得耳朵起茧，不爱听，周濂月倒总能适时递话。

南笳早就吃完饭了，抓了一把炒花生剥着吃，也不怎么参与他们没甚营养的聊天，但也没下桌。这氛围叫她懒洋洋的，不想多思考。

估摸着周濂月的酒量，南笳还是适时出来劝阻：“喝得差不多了吧？晚会还看不看了？”

周濂月和南仲理干掉了杯中剩余的酒。

南仲理吩咐南笳：“桌子就由你收拾了啊，碗也洗了。”

“……”

剩菜太多，冰箱里放不下了，剩余的不带汤汤水水的那些菜，南笳就撕了保鲜膜罩上，直接放在桌子上。

要洗的碗碟堆在水槽里，倒不算多。家里没装洗碗机，得南笳手洗。她拧开水龙头，放出温水，将洗碗布打湿，又挤出一泵洗洁精。

听见门口有脚步声，她转头看了一眼，周濂月走进来了。

他身上穿了件深灰色的毛衣，衣袖挽了起来，即便喝得半醉，皮肤也只是微微泛红，靠近时，才能闻到那毛衣纤维沾上的酒味。

“要喝水？”南笳刚准备将手上的泡沫冲净倒水，周濂月直接伸手，将她的腰一搂，低头，下巴往她的肩膀上一抵。

转头看一眼，他的目光少见地不再那样清明。

年节这样特殊的场景，似乎引导出周濂月的另一面。不是与她互相取暖的孤孑的灵魂，而是更具家庭属性的一种身份。

周濂月许久不开口，只这样抱着她，像是在闭着眼小憩。

南笳再度打开了水龙头，温热的水流浇在手指上。

那温度一路朝着心脏处蔓延。

周濂月这么抱了她片刻，忽地伸手，去掀她的毛衣下摆。

南笳吓了一跳：“……我爸在外面。”

“他回房睡觉去了。”

“那也不行。”

周濂月轻笑一声，手却不停，那笑声难得有几分轻浮。

他的呼吸，抑或是这一声笑，让南笳耳后烧起来一片。南笳拱了一下背，控制呼吸，手掌在水槽边缘撑了一下，一只手在水槽下冲干净了，抬手去轻轻打了他一下。

片刻后，周濂月到底松了手，声音也因半醉而有几分说不出的懒散：“我去你房间睡会儿。”

“去吧。”

南笳洗完碗筷，打扫了厨房，去洗手间里拿洗手液洗过手了，才走进自己的房间里。

周濂月叠着腿，合衣躺在那上面。

南笳在床沿上坐下。凭呼吸判断，周濂月还醒着。

“还没睡着吗？”

周濂月迟缓地“嗯”了一声。

“要不要喝水？我给你拿一瓶过来。”

“嗯。”

南笳起身去厨房冰箱里拿了瓶纯净水，回到卧室里，拧开以后递到周濂月手边。他撑起身体接过去喝了小半瓶，递还给她。

“你睡吧。”南笳抬手按掉了卧室的开关。

刚准备走，周濂月倏然伸手，一把抓住了她的手腕：“陪我躺会儿。”

南笳蹬掉了拖鞋，在床边上躺下。周濂月翻了个身，变作侧躺，手臂伸过来，搂她的腰。她也翻个身，嵌入他侧躺的四肢框架里。沉而温热的呼吸在她耳后，黑暗的寂静中，恍惚听见玻璃窗外，儿童打闹留下的一串笑声。

时间流速变慢。南笳以为周濂月已经睡着，刚准备起身。

身后的声音沉沉，又带着两分含混：“笳笳。”

“……嗯。”南笳应着，心里无端地翻涌。

周濂月的手臂伸过来，用手掌蒙住她的双眼。

即便这空间是黑暗的。

周濂月缓缓出声，告诉她，他记忆中，小时候过除夕总是周家一大家子人，吵吵嚷嚷。那时候周老爷子还在，三代同堂、共叙天伦的场合里，他却时常觉得，他和纪音华沉默得像是两个外人。

后来周老爷子去世，周家四弟兄各过各的。

他跟纪音华守在西山的别墅里，偌大的客厅只有电视声。他们都提心吊胆，怕周叔琮会过来，因为他一来必然得闹一场。

后来周叔琮去世，除夕就变成他与周浠两人单独过。

南笳听明白他的意思。

“……周濂月。”

“嗯。”

“我一直觉得，年节的意义，是人为赋予的。不是节日本身重要，是一起过节的人重要。”南笳伸手，去握住盖在自己眼前的手，轻声地说，“你现在有我了。以后，还会有其他人。”

周濂月这时候低笑了一声：“还有谁？”

南笳拿手肘撞了他一下：“睡觉吧你。”

待周濂月睡着了，南笳爬起来，又接着去收拾屋子。干了会儿家务，就有点儿想把两个大男人薅起来的冲动：拜托，你们叫我一个女明星在这儿扫地拖地？

做完清洁，南笳就躺在沙发上，处理微信上的消息，该拜年的拜年，该发红包的发红包。

周浠打了电话过来，南笳告诉她周濂月喝醉睡着了。

周浠说："好稀奇，我记忆中好像我哥从来没喝醉过。"

南笳笑，没说她知道的就有两回了，那是因为他之前都没碰见过对手。南笳问："要叫他起来吗？"

"不用不用，嫂子你帮我跟他拜个年就行。"

南仲理先醒的。他睡了一觉起来，就已经跟没事人一样了。听说周濂月还在睡，他自己收拾了一下，准备出门打牌去。

南笳说："爸，我跟他今晚是住家里还是住酒店？"

"爱住哪儿住哪儿。"

"哦。"南笳想起什么，"户口本放回你衣柜抽屉了啊。"

南仲理一顿："你俩的红本儿呢？瞅瞅。"

"……谁随身带结婚证啊？"

南仲理就不问什么了，抓了钥匙，换鞋出门。

南笳问："您几点钟回来？要等您吗？"

"用不着。你自己招待好你的人，我烧这顿饭已经仁至义尽了，陪聊陪玩的我可不干。"

到晚上九点半，周濂月醒了。

他从卧室走出来，看南笳单独坐在客厅里："你爸还没醒？"

"早就出门了，估计都赢了三四圈麻将了。"

"就你一个人？"

南笳笑："这不等您吗周总。你要出去打牌吗？我来攒局。"

"我先洗个澡——晚上住这儿，还是住酒店？"

"都行。"

周濂月瞥了她一眼："你爸晚上还回来吗？"

"……你想做什么？"

周濂月似笑非笑地瞥她："我可什么都没想。"

两人合计，就在这儿住了。

开了行李箱，周濂月拿出一身干净衣服。南笳到浴室去，指点他浴巾和沐浴露放置的位置，以及花洒的龙头往哪边旋。

“还有什么问题你喊我。”南笳预备出去。

“什么问题能喊你？”

“都能喊。”南笳送个浮夸飞吻，“贴心服务，包周总满意。”

“……”

周濂月洗过澡以后，南笳也去洗漱。

即便开了暖风机，南方冬天的浴室也是场噩梦，那温水一旦淋下来，便一时半会不愿意关上。半小时后，南笳才自浴室里出去，皮肤已被冲得泛红。坐在沙发上的周濂月瞥了她一眼：“你再不出来我以为你晕里面了。”

南笳做完了护肤，走回到客厅去。

周濂月歪靠在那儿，拿着手机，显然也是在处理微信消息。

南笳想起之前周浠的那通电话：“哦，周浠让我转告你一件事。”

周濂月抬眼看她，手里动作一停：“你可别告诉我，她怀……”

南笳忙说：“想哪儿去了！她敢苏星予也不敢啊，你不得剥了他的皮——浠浠说，她明天一早，要跟苏家出国去玩。”

周浠还是了解他这个兄长的，这事得当大事来汇报。

果真，周濂月立即打给苏星予，事无巨细地交代了一番，临了不忘威胁，必须将人全须全尾地带回来。

南笳在一旁笑，周濂月瞥她。

她说：“以后我们真要是生了女儿，你会是什么样子？是不是比现在还要大惊小怪？”

周濂月无可无不可的神色：“这么好奇？”

“……哪有好奇。”

周濂月的手臂伸过来，轻轻搭在她的肩膀上：“出去打牌吗？”

南笳转头来看他：“你想打吗？”

他们都不说话。心猿意马不在话语里，也能从对视的目光里泄露。

片刻后，南笳笑出声来，她伸手，食指自周濂月的领口向下，划出一条线，然后微妙地停顿："你过来，我跟你说个事。"

南笳捉住他的手腕，将他牵起来，带往卧室。

那里头灯没开，门一合上，一片漆黑。

南笳轻声说："你记得不记得，我曾经跟你说过一件事。"

"嗯？"

她仰着头，呼吸离他咫尺："……我让你，可以'礼尚往来'的……就是在这儿，这张床上。"

周濂月的声音有几分暗哑，声调倒仍是平静："是吗？什么时候？"

"去年过年，你来找我，还记得吗？我们去吃夜宵。"

"……嗯。"周濂月笑了一声，忽说，"……原来，香水是这用途？"

"……"南笳是主动挑起的人，但当周濂月拿回主动权，她便会骤然觉得羞耻度爆表。

更让她没想到的是，周濂月忽地抬手按下开关，室内恢复光明。

他垂眸看着她："复现一下？"

南笳仿佛僵住："什么？"

周濂月抬手，用手指轻轻摩挲她唇线的轮廓，为了不让她装傻，直接将话挑破得明明白白："我说，当着我的面，再来一次。"

南笳已经很少会觉得脸红了。但当下自耳根到脸颊，整个人的皮肤比刚冲完热水澡那会儿还通红。

她伸手去拉门把手。周濂月捉着她的手腕，轻轻巧巧地就化解了她的力道，将那门上的钥匙一转，直接反锁了。钥匙也拔了下来，往裤子口袋里一揣。

他低头瞧着她，那叫人脸热的轻笑拂过她的鼻尖："我是不是说过，挑事得想想后果。"

灯光下、他的注视、她的房间——三重效应。

刺激与羞耻互为表里，南笳仿佛鬼迷心窍，真就照做了。

也不全是她的独自表演。她完整地瞧见，抱臂靠坐在床头、目光幽深地注视着她的周濂月，是如何一分一分地被她瓦解理智，直至彻底沉入由她制造的情欲的旋涡。

次日南笳先醒过来。

她趿拉着拖鞋走到窗边去，将窗帘拉开一线。冬日里奢侈的阳光，正斜斜地倾泻而下。

南仲理在睡觉，不知道什么时候回来的。

南笳没叫醒他，跟周濂月下楼去，自己解决早饭问题。

初一的清晨，一切都有种革新的气象。

他们出了小区，步行了一阵，拐入旁边的小巷子里。路旁有一棵树叶半黄的梧桐树，浅金色的阳光里缭绕着薄薄的雾气。

周濂月落后一步。南笳走在前面，影子被阳光长长地折向他所在的方向。

片刻后，南笳像是意识到他没有跟上。转身折返两步，南笳一把挽住他的手臂。

“快点儿啦。”她说。

周濂月笑着跟上前去。

簇新的一切，连同那些事关这个年节的陈腐而痛苦的回忆，都一并被翻了出来，抖落灰尘，晾晒。

她是他的每个清晨。

/ 番外二 /

做我的信仰

（一）舅舅

严岷君的新戏即将开机。

这戏前期的筹备过程异常坎坷，有投资人撤资，有演员违约，连严导常用的美术指导也因为私人原因与严导分道扬镳……

最后将开机日期艰难定于六月。

南笳是女主角。女二号名叫白翎，是此前关姐带过、因她的“揠苗助长”而患了抑郁症的女演员，现在也是工作室的签约艺人。

白翎如今已经摆脱了抑郁症的折磨，也一度考虑过转行，但因为对这一行还有热爱，始终犹豫不决。关姐几次登门，真诚道歉，白翎终于决定捐弃前嫌，重新开始。

对这一行的大多数人而言，曝光即生命。白翎沉寂了五六年，圈里的环境一天一个样，早快没人记得她是谁，自己也去面试了几个剧组，却屡屡碰壁。

关姐当时跟南笳沟通，也诚实地道出了白翎的真实处境，以现在的情况，肯定很难一时半会儿就创造出可观的经济价值。

南笳见过白翎本人之后倒是毫不犹豫地就签了。

事后关姐说她：“你太性情中人，这样的性格其实不怎么适合当老板。”

南笳笑说：“没事啊，我家里不还有个真正的老板吗？最不济喊他来填赤字，反正他这人最喜欢花钱打水漂玩。”

——那时严岷君新戏的一个资方撤了资，留下的窟窿一时半会儿很难填得平，周濂月毫不犹豫地补了这窟窿。

南笳说："怎么最后性质还是变成你哄我开心了？"

周濂月无甚所谓："我挣的所有一切不都是为了哄你开心？"

为了筹备这部戏，南笳推掉了很多通告，小半年的时间都在揣摩角色。烟也抽回来了——理直气壮的原因：为了贴近角色心理。

对此周濂月也无话可说。

将要开机前的某天，周濂月傍晚回家，看见餐桌上花瓶里的花换了，他早上出门时是白桔梗，现在变成了一大束的粉色郁金香。

南笳在客厅里背单词，听见开门声就迎了上来。

"白天出门了？"

"没。"南笳顺着周濂月的视线看过去，"周浠来过，她带来的。"

"过来玩？"

"……嗯。"

公寓而今聘了专职人员，保洁和三餐都有人按时打理。晚餐厨师已经做好了，放置在餐桌上。

吃晚饭时，两人闲聊，南笳频频看向周濂月。

周濂月觉察到了，问她："你想说什么？"

南笳沉吟："……周浠让我转告你一件事。"

"又要跟苏星予出去玩？"

"不是……"

周濂月倏然抬头。

看他的表情，南笳知道他已经明白："……这回是真的。怀孕了。"

周濂月的脸色霎时沉了三分："她怎么不直接告诉我？"

"就是因为你现在这个表情，她才不敢直接告诉你。"

周濂月放了碗筷，当下便要去给苏星予打电话。

南笳赶紧起身到他身旁去，伸手夺了他的手机，挤着餐椅的边缘坐了下来，挨着他，笑说："你真不高兴啦？这是喜事呀。"

周濂月只叫她："把手机给我。"

“就不给。”南笳将手机往餐桌那头一推，让他一时够不着，“你就不想先听听周浠是怎么跟我说的吗？”

周濂月顿了顿，垂眼看她。

“她说，你肯定觉得她自己都还是个小孩儿，怎么能生小孩儿？听到这消息，一定是惊慌大于惊喜。她说，虽然是意外，但她跟苏星予都评估过，这结果是他们可以承担的。她虽然看不见，但苏星予可以做她的眼睛，还有苏爸爸、苏妈妈，他们都会帮她。这么多的大人，怎么会养不好一个孩子？”

周濂月没作声。

“她还说，她虽然看不见，但可以听，可以闻，可以触摸，最重要的是，她可以感受。她能感受到苏家对她无限多的爱护，就像她能感受这么多年你也一直心怀负罪地爱她一样。她想把这份爱延续下去，从一直被保护的人，变成也可以保护别人的人。”

南笳抬头看去，周濂月依然紧绷着一张脸。

但她比谁都了解，他不是不高兴，他的面无表情之下是茫然和无措。

“你要相信女性力量，浠浠会做得很好。”南笳笑说，“开心点儿，你要当舅舅了。”

吃完饭，南笳陪周濂月一块儿去苏家拜访。

果不其然，苏家一家都有些严阵以待的感觉，气氛凝重，连“莫扎特”都不敢摇尾巴。

尤其是苏星予，那壮烈而极有觉悟的神情，分明是做好了要被周濂月骂得狗血淋头的准备。

但周濂月没有。他只是很平静地询问，产检做过没有，联系了哪家医院建档。

大家都愣了一下。周浠是第一个出声的，笑说：“昨天去做了 B 超，你要看看吗？虽然医生说现在还看不出来什么。”

周濂月点点头。

苏星予急忙跑过去把孕检单和 B 超影像拿了过来。

周濂月伸手接过，南笳凑过去一起看，五周左右，确实什么都还没有，只隐约地能看见椭圆形的妊娠囊。

即便如此，南笳也不由得“哇”了一声：“感觉好神奇。”

周浠笑说：“过两周再去拍一次，应该就可以看见胚芽。”

南笳笑说：“那你叫你哥发给我，我那时候可能已经进组了。”

周浠转向周濂月，笑问：“可以吗？”

周濂月“嗯”了一声。

如此，苏星予及其父母才终于松了一口气。苏母紧跟着说明，定了哪家医院，联系了哪位医生到时候接生，孕期如何照顾，孩子生下来怎么带……

条理清楚，每一步都有规划。周濂月听着，没怎么发表意见，直到最后才笑说一句：“周浠就拜托二位照顾了。”

苏父忙说：“应该的应该的。”

拜访结束，将离开时，苏星予将周濂月叫到一旁去，说要跟他再单独聊聊。南笳在门口等着，周浠陪着，一旁卧着“莫扎特”。

周浠笑说：“笳笳，谢谢你。我哥这脾气，也只有你能治得住他。”

“没有，我只是把你说的话一字不漏地转述了一遍而已。”

周浠由衷地说：“他一直把我当成责任，现在正好叫他放下担子。我已经不是他的责任了，笳笳你才是。”

南笳笑说：“都是一家人，不要分得这么细。”

“一家人和一家人也是不一样的呀，你才可以陪我哥一辈子。如果没有你的话，我想象不到，我哥会有多孤单。”

南笳转头看着周浠。她长着一张不谙世事的脸。但这只是表象，她的内心是旁人难以想象的坚韧。她的世界只有黑色，势必需要强大的意志力来对抗这种黑色的虚无。

南笳微笑着牵过周浠的手：“知道自己要做妈妈的时候，会害怕吗？”

“有一点儿。但好像会有另外一种力量。种子破土而出，我觉得像是这样的。”

“会不会害怕自己做不好，保护不了她（他）？”

周浠笑着歪了一下头：“这是你的担忧吗？”

“……嗯。”

"我觉得笳笳你会做得很好。至少，你还看得见呢。"

南笳笑了一声："嗯。"

周浠转头："他们好像出来了。"

南笳顺着看了一眼。周濂月和苏星予走了出来。

南笳将周濂月手臂一挽，笑说："我们走啦，有需要随时打电话。"

"好的。路上小心。"

车汇入夜色。南笳偏头看着驾驶座上的周濂月："苏星予跟你说了什么？"

"就那些。"

"保证发誓？"南笳笑。

"嗯。"

"放心了吗？"

周濂月没作声。

"浠浠真是勇敢的人。比我们勇敢。"南笳轻声说。

周濂月转眼看她，片刻后，伸臂过去握住她的手。

（二）乱七八糟

还是在筹备严导的戏，在家琢磨剧本的那段时间。

南笳代言的彩妆品牌寄来新出的口红色号，她没事做，就拆开了试色玩。拿了 LED 灯补光的化妆镜，放置在茶几上，人往地毯上一坐，对着镜子涂抹口红，再拿卸妆棉擦去。

新出的几个颜色都很平庸，直到试到一支巧克力红棕色，上唇效果极佳，睥睨众生的冷艳，毫不媚俗。

南笳打开相机拍了张照，直接选中图片分享，原本是想发给陈田田，结果手一歪点到了置顶的周濂月。周濂月就坐在她身旁看书，手机响了一声，他拿起来点开看了一眼。

南笳转头看他，笑问："好看吗？"

周濂月挑挑眉，南笳站起身走过去。

周濂月看了她一眼："做什么？"

南笳不说话，伸手将他肩膀一推。

他的身体不由得往后一靠。她的手指伸入他的发间，使他的头往后仰。南笳不断凑近，呼吸离他嘴唇仅余分毫的时候，她却笑了一声。

没有吻下去，而是一低头，将口红印在他喉结附近，颈间白皙的皮肤上。完整的一个唇印，那颜色被冷白的肤色衬得越发冷艳。

周濂月抬手，南笳却一把攥住他的手，不让他去擦，而后飞快地点开了手机相机，对准了那唇印，连拍了好几张。

周濂月看着她，神色淡淡的："拍什么乱七八糟的。"

"你管我。"南笳喜滋滋地将照片归了档，刚点开相册，冷不防周濂月霍然伸手，将手机夺了过去。

那相册的名称就一个月亮的符号，里面全是"乱七八糟"的照片。

他做饭的侧面照，他打领带的手，他戴腕表的手腕，他戴着眼镜闭目小憩的样子，他镜子里一闪而过的身影……

周濂月："……"

南笳脸都红了："……别看了。"

周濂月轻笑："这回真得礼尚往来了。"

周濂月不信任任何可以随意拷贝的电子设备，尤其是可以云端联网的。他用胶片相机，照片不可拷贝。

书房的一角改造成了暗房，显影水里冲洗出来的，是他后来拍的"乱七八糟"。

她穿白色蕾丝内衣的锁骨，穿黑色吊带长裙的小腿肚，散下来的长发，贴文身贴的脚踝，没戴任何耳饰的耳洞，被亲花的口红……都带着胶片相机特有的复古质感，和周濂月直觉性的构图美感，靡丽而不低俗。

还有更私密的，是周总的私藏，夹在一本影集里，锁在保险箱中。

密码就他们两人知道。

（三）饿

拍严岷君的戏，就像把一只橙子榨成橙汁的过程。

南笳是那只橙子。

严导延续一贯的作风，片场封闭，不准探班，哪怕是投资人之一的周濂月也不行。

从初夏拍到深秋，终于杀青。

在片场多待了几天，补拍一些镜头，南笳叫小覃帮忙订机票，次日回北城。工作彻底结束，人也虚脱了。南笳没吃晚饭，回房间倒头大睡。

醒来时，房间里有人。南笳已不会觉得惊讶，笑了一声："拜托，我明天就回去了。"

周濂月无甚所谓地应了一声："过来接你回家。"

南笳抬手揿下总控开关，明亮的灯光里，周濂月就坐在沙发上，身上穿着一件薄薄的烟灰色线衫。

她没有动，就这样趴在枕头上看着他，直到笑出来，而他微微挑眉，起身朝她走过来。周濂月在床沿上坐下，南笳撑起身挪过去，枕在他的腿上，以仰视的姿势问他："想我没？"

"你说呢？"

"说想我。"

周濂月的手指轻梳她的头发，只说："小覃说你没吃晚饭，不饿？"

"不饿。因为某人都不想我。"

"那我跑来做什么？"

"来睡我。"

周濂月伸手轻掐她的两腮："我本来没这意思，你自己说的。"

没进行到最后一步，因为没带着东西。周总嫌弃酒店提供的不知道什么乱七八糟没听过的品牌。

"饿吗？"周濂月问。

"胃里不饿。"南笳摇摇头，继而抬眼，望着他笑，"别的地方饿。"

周濂月不作声，呼吸沉了两分。片刻后，他抬手去摸出了枕头底下南笳的手机，输入自己生日解锁。

"做什么？"

周濂月没回答，滑动手机屏幕，一时没找见，方才问她，点外卖的 APP 是哪个？

南笳笑出声，将其找出来点开了。她知道周濂月的手机上没安装这类软件。

周濂月定位到附近一家便利店，径直找到某品牌的计生用品下单。

南笳想想外卖员单送计生用品的场景，觉得很不好意思：“……顺便点两瓶茶。”

周濂月不以为然，说这样不过是欲盖弥彰。选完东西，周濂月点开地址，准备将其修改为自己的联系方式，瞥了一眼她预设的收货人：“……欧阳女士？”

“明星点外卖和网购怎么能用真名？你不知道吗，我的购物专用马甲是欧阳春花。”

周濂月哑然失笑。

东西半小时后送达。

后来周濂月问她，还饿吗？南笳累到只剩力气喘气，欲哭无泪，这下，胃里是真的饿了。

（四）New Look

回北城先与周浠见面。

南笳在剧组待足了五个月，一碰面乍见周浠隆起的肚子，觉得像在变魔法。

陪周浠逛母婴店，那些小衣服、小鞋子样样都可爱。

周浠劝她不要买，家里那些未拆封的早堆得放不下了，她还是忍不住怒刷一笔巨款，说是舅妈的心意，不能不收。

周浠笑说：“什么时候让我也展现一下姑姑的心意？”

南笳煞有介事地思考片刻，笑说：“……等我拿影后以后？”

周濂月回到家，看见南笳的鞋子，但没看见人影。

他唤了一声，衣帽间里传来声音。他一边解开衬衫袖扣，一边往衣帽间走，在门口往里瞥了一眼，脚步一顿。

南笳正在试连衣裙，察觉到脚步声，转头看他，笑着伸手拨了一下发尾，笑问："好看吗？"

她剪头发了。之前为了演戏，一头头发烫了又烫、染了又染，颜色从廉价的黄色到老气的酒红色，发质损毁，干枯毛糙，倒也符合角色的定位。

今天上午去做护理，发型师说单单养护估计救不回来了，建议剪短。于是洗了颜色，剪至过耳，微微烫卷，头发重新分路，变作四六分，配合她的这张脸，极有二十世纪英气与明艳兼具的港星的味道。

周濂月"嗯"了一声。

南笳走过来，背过身去让他帮忙拉连衣裙的拉链。周濂月将价签从衣领上方拿出来，手指捏住了后背处的拉链，却是一顿。

下一瞬，一把搂住她的腰，往前方一推。南笳的手臂抵在墙壁上，身后周濂月挨过来，他腕上的机械手表挨到了她的肌肤，微凉的触感，让她战栗了一下。

周濂月低声说："反正要脱的，先不着急穿了。"

（五）又冷又浪漫

陈田田十二月办婚礼。

她对冬季情有独钟，因为当年跟彭泽从青梅竹马变成恋人的关系，就是在冬天。

这故事南笳知道：陈、彭两家去滑雪，陈田田崴了脚待在酒店里，彭泽陪着她。两人偷偷喝啤酒，借着酒精终于终结了互相误会、互相怄气、互相试探的患得患失，直接完成了所有边缘性行为。

南笳对此评价，不愧是陈小姐，就是要比别人更大胆，她那时候还只敢跟人躲在体育器材室里打啵。

陈田田让她把在器材室打啵这段讲给周濂月听。

南笳说"你是想让我死"。

陈田田选婚纱的时候南笳在剧组，没亲身参与，只通过视频给出建议。

陈田田一贯的特立独行，婚纱都与众不同，摒弃长裙摆，只要短纱，搭配皮衣与长靴。

婚礼更与众不同。包了郊区的一栋民宿，请朋友们开了个一天一夜的派对，喝酒、唱 K、狼人杀、剧本杀……想玩什么玩什么。

没有传统仪式，陈田田玩到嗨了，拿上麦克风，爬到桌子上就开始对彭泽宣誓。彭泽被朋友推过去，给她戴戒指，她蹲在桌面上，戒指还没推到指根，便两臂缠过去搂住彭泽与他拥吻。

大家欢呼吹口哨，开香槟，场面热闹得如同炸锅。

捧花这东西也没有。陈田田直接摘了自己的头纱，团一团就当捧花了，站在桌上环视一圈，也不给大家抢的机会，径直朝着南笳扔过去。

后续因为叶洗的献唱，彻底变成演出现场。民宿庭院的草地上，大家挥舞荧光棒和冷烟花棒，气氛十足。

南笳抱着那团头纱，跟周濂月站在人群的外圈。

周濂月碰碰她的手，说要进屋去拿点儿喝的。

“我跟你一起去。”

他们回到屋里，拿了两瓶小瓶的冰镇啤酒。

玻璃窗隔绝了外面的歌声，耳朵里难得安静一霎。

两人几乎同时出声：“去外面走走？”

穿过屋子，走到前门，不远处是停车场。

他们走过去，南笳找到周濂月的车，想坐上车头，试了下，没成功。周濂月笑了一声，放了啤酒瓶在地上，两臂抱住她往上一举，她稳稳地坐上去。

后院里的歌声隐约传来，周濂月靠着车头，一只手的手肘撑在车盖上，另一只手举着啤酒瓶，与她碰一下，发出清脆的一声响。

南笳怀里还抱着那团纱的“捧花”，像抱着一团云雾。她喝了一口酒，转头看着周濂月，笑说：“我有个绝妙的想法。”

“嗯？”

“关于结婚的。”

周濂月一顿，转头看她：“不是说不办婚礼吗？”

“我认真想了想，要给你一个交代。”

周濂月觉得好笑；“给我交代？”

“是呀。”南笳将自己手里的啤酒瓶递给周濂月，而后把那个头纱整理了一下，往自己头上一披。

周濂月全程注视着她，没有作声，只是目光越发深沉。

南笳就这样戴着头纱俯身凑近他："不想浪费田田的一番心意，所以，还是办一下。"

"是吗？"周濂月瞥她一眼，语气淡淡的。

南笳看了他片刻，笑了，还是说了真话："刚刚田田宣誓的时候，我意识到……"

"嗯？"

"有没有亲朋好友见证都无所谓，但我想穿婚纱给你看。"

静静对视片刻，周濂月弯腰放了酒瓶，一步走到她跟前去。

头顶木头搭的架子上挂了灯串，垂落下来，一闪一闪的像是星星的瀑布。音乐声还在继续，他们在无人的角落里拥吻。

又冷又浪漫。

（六）私奔计划

南笳的绝妙想法是这样：他们拿出一到两周的假期，旅行结婚。单独两个人，不带任何工作人员。

旅行的形式是，他们先飞抵一个地方，然后拿出一笔固定的钱，每天的衣食住行都从里面支出，钱用完就停下作为此行的目的地，并在目的地随意找一个合适的地方举办婚礼。

南笳称之为"私奔计划"。

周濂月问："怎么决定往哪个方向走？"

"抓阄。"

"走多远？"

"抓阄。"南笳笑说，"一切交给命运。"

"第一站想去哪儿？"

"嗯……"南笳非常草率地考虑了两秒钟，"S 国？"

他们这段关系的起点，亦可作为本次"私奔"的起点。

周濂月没有异议，只说："最后的终点可别在威尼斯。"

南笳笑惨了。

“私奔计划”于次年三月，也就是周浠分娩一个月之后执行。

周濂月和南笳调整行程，原定的一些工作要么取消要么推迟，最后于三月下旬飞抵S国的首都，开始他们的旅行。总经费两万欧元，是综合考虑后的结果。太少了不够走几站路，太多了假期结束还没花完。

方向和距离一切随机。他们自由地在欧洲迷路，乘坐过飞机、火车，也租借过一部二手的雪佛兰，开两百公里穿越几乎无人的平原和废弃农庄。

他们住过大城市经营一百年的五星级酒店；住过小城上有七八十年历史的小旅馆，外墙上留有二战时期轰炸过的痕迹；也住过某个石头砌成的古城堡，庄园里有一棵欧洲山毛榉……

有一天他们被大雨困在一座小镇，彼时小旅馆剩余最后一间房。夜里听见隔壁两个东欧口音的人先是亲热，后是吵架，凌晨响起枪响，警察姗姗来迟，仿佛某部悬疑片的开场。

去过咖啡馆、花店，九十多岁的老头经营的书店，卖一些老旧的东欧文学。还去过一家地下小赌场，一举输掉五千欧——不用说，是南笳的手气。那是他们迄今为止，最大的一笔单笔开销。

第十二天，南笳坐在床上清点钱夹，剩下几百欧，就够他们去下一站了。

地图册上，到过的每一处都拿记号笔圈了出来，毫无规律又七弯八拐的旅行轨迹。

周濂月过来抓阄，定下旅途的最后一站，H国某个不知名的小镇。

第二天上午他们乘火车抵达，在一栋鱼鳞红砖屋顶的民宿下榻。这里有孔雀蓝的木栅栏，院里石子垒砌的花坛开着不知名的大朵的红花。

吃过中饭，休息之后，他们去踩点。

天空是水洗过的蓝色，石板路的街道干净整洁，沿路民居不超过三层，五颜六色的外墙，有一些花窗上悬挂红绿白三色的国旗。

向下延伸的倾斜坡道，尽头有一个禁止停车的指示牌，以为到底了就没有路，拐个弯却是另一条倾斜小径，白墙上爬满了紫红色的九重葛。

他们最后找到一家小教堂，就在某个街区的拐角处。

小小的红色尖顶，拱形花窗，内部石板地面被磨得发亮，十排木头长椅，扶手处有黑色的铁艺雕花装饰。

第二天上午，周濂月先去教堂里等待。

这是南笳的要求，多少保持一点儿神秘感——他们辗转这么多天，有一口设了密码的黑色皮箱从没打开过，周濂月猜想里头应当装着南笳的婚纱。

那天天气很好，天空一碧如洗。教堂里安静极了，光线从拱形玻璃窗投射而下，浅金色尘埃在空中缓缓浮游。

周濂月背靠着第一排的长椅靠背，沉默地等待。

这感觉他并不觉得陌生。当日送南笳去威尼斯，等着是否会有“官宣”的消息——几如现在一样的心情。

凡有人经过，周濂月都会抬头去看一眼。

不知道过去多久，外头有车子驶近的声音。

周濂月望去一眼，立即整理西装的衣襟，快步走过去。

门口停了辆黑色的古董敞篷车，南笳坐在后座，穿着一袭洁白婚纱，戴着长款白手套的手里抱着一大束的紫色鸢尾花。

周濂月躬身拉开了车门。南笳牵着那繁复重叠的白纱站起身，连同花束，一并投入他的怀中。

心里热意震荡，久久不可平复。许久，周濂月才松了手，低眼去看他的新娘。

妆发是她自己做的，简单，又恰如其分，头上戴着的是陈田田送的那一顶头纱。

南笳挽住他的手臂，两人往教堂里走去。

没有第三人在场，只有他们彼此。南笳和周濂月面对面地站在花窗投落的光影里。

誓词是自己写的，里面是对对方的期许。

南笳看着周濂月，笑说：“我希望周先生以后可以坦诚地对我示弱，坦诚地表达想念和喜欢，坦诚且心安理得地相信，我会爱你一辈子。你呢？你对我有什么期许？”

周濂月凝视许久，执起她的手，垂眸，一个吻落在她的手指上。

他是无神论者，不臣服于任何抽象的、人造的、宗教的信仰。

如果对她有期许，他希望是“做我的信仰。”

他将永远臣服，并将此生不渝。

这样的动静，不可能不引得人围观。

待南笳和周濂月走出教堂的时候，门口已聚了一圈周遭店铺的店员和顾客，他们操着听不懂的语言欢呼，不吝献出掌声。对面咖啡馆门口有个卖艺的小提琴手，这时候自发地为他们拉起了《D 大调卡农》。

周濂月朝南笳伸出手。

“嗯？”

“跳舞。”

南笳拥着鸢尾花，将自己的手递到周濂月手中。

那时候为了拍戏而特训的舞蹈课内容全忘光了。她只随着周濂月的引导进退，乱跳一气，最后差点儿踩着婚纱的裙摆。她朝着他扑倒而去，稳稳落入他怀中。

周濂月抱着她的腰转了个圈，然后停下。

深浅交替的呼吸声中，彼此凝视。片刻后，周濂月伸手，合着白色头纱，将她后背一搂，低头深深地吻她。

陌生的人群鼓掌欢呼，《D 大调卡农》正演奏至最热烈的一节。

敞篷古董轿车驶过石板小街。南笳举起花束欢呼，周濂月的手臂撑着窗沿，带笑看着她。

沿路经过，无人不投以打量的目光和微笑。

南笳放下手臂坐正，抓住周濂月的手腕，一把拽过来，两臂绕过他的肩膀。

他们在风里轻盈地、醺然地拥吻。

回到落脚的民宿，南笳走到木楼梯的下方，脱了高跟鞋提在手里，赤脚走上楼。周濂月暂且落后几步。

她听见拐角处的会客厅那里传来对话声，是民宿老板在同周濂月道喜。

片刻后，周濂月走了过来。他停在楼梯下方，抬头看她。

南笳倚着栏杆，整个人被层层的白纱拥住，一只手里抱着花，另一只手里提着白色的高跟鞋。她看着他笑，忽地抬手，将高跟鞋往他怀里一扔。

他双手接住了，挑挑眉。

“快上来！”她牵着裙摆，转身，朝楼上跑去。

身后木楼梯上传来脚步声，一声，两声，同样的力度和频率，不急也不徐。

南笳跑得更快。到了三楼，推开房间门，她踩着拼花地砖进门，在全屋找可以藏身的地方。

婚纱裙摆太大，哪里都藏不住。刚找到阳台，周濂月已经进门了。

她转头看去，周濂月放了她的高跟鞋，径直朝着她走过来。

穿过拼花地砖、深蓝色的地毯、鱼骨纹的木地板，穿过被风吹动的墨绿色灯罩上缀落的水晶装饰。

水晶折射水波样的光斑，轻晃着投在白色的墙壁上，也投落在她的眼睛里。

周濂月已到南笳跟前，他用深而热切的目光看着她。

她不由自主地往后退一步，那平推式的玻璃门彻底被推开，风吹起她的头纱，飘向他所在的方向。

他将永远臣服，并将此生不渝。

他们倒下，倒在那蓝紫色的鸢尾花旁，和繁复的、雪一样轻盈和洁白的薄纱之中。

一切寂静而热烈地发生。

（七）春日晚风

南笳和周濂月一觉睡到了午后。醒来的时候，微博上已经炸锅了。

起因是不知道上午在教堂前围观的谁拍了一段视频，发到了网站上，被一些华人用户看到，很快视频就“出口转内销”。

起初有粉丝以为是电影花絮，后来发现不是。那异国街头和着《D 大调卡农》的小提琴曲，和穿着婚纱、抱着鸢尾花、跳舞又拥吻的片段实在太浪漫，几乎病毒式地传播开来。

第一个把这段视频搬到微博的博主，已经获得了五六万的转发。

关姐给周濂月和南笳都发了微信消息，但都没得到回复。转评消息以正面反馈居多，工作室就没做降权处理，很快，# 南笳婚礼 # 的词条就变成了热搜第一。

南笳读了关姐的微信，又去微博上看了看，撑着额头，笑问周濂月："怎么办？"

"随你。"

南笳切换到了"小小号"——周濂月的微博账号，点进去"知名不具的幸运日"看了一眼，果真也有更新。

那段短视频的截图，后期处理过后的图片如胶片写真，配文是：风中赏雪，雾里赏花，快乐回旋。

再一看站子的粉丝数，几乎是几小时内暴增了一万多粉。

南笳将三张图片保存，又切回自己的大号，给站主发私信，问能否借图片一用。

站主几乎秒回：笳姐?！是真的活的笳姐吗！！！用！随便用！！！

站主：笳姐，祝你和姐夫百年好合！！！

南笳发了"谢谢"，和一串亲亲的黄豆小人表情包。

南笳选中那三张图片，编辑文字：

做我的信仰。

Yes, I do.

点击发送，然后给小覃发微信，请她给站子的站主发私信询问地址，由工作室寄出一份答谢礼物。

手机丢到一旁，南笳爬起来，顺便搡一搡一旁的周濂月："去找点儿吃的？"

"嗯。"

两人换上便装下楼。民宿可提供餐食，老板为祝贺他们，免费提供了一顿午饭，并送了一瓶二十年年份的红酒。

吃完饭，已经是下午三点半。两人去街上逛了逛，买了些纪念品。

回到民宿时天已经黑了，老板告诉他们晚上七点以后楼下酒吧会办小型派对，感兴趣的话可以下来喝酒跳舞。

回到房间里，南笳将婚纱稍作打理，叠一叠，又塞回到箱子里去。

她坐在行李箱上，这才介绍起了这婚纱的来历：找那位一直借给她礼服的设计师，专门赶工订制的。

南笳问周濂月："喜欢吗？"

"嗯。"

南笳抬脚踢踢周濂月的小腿肚，笑说："拜托，你才答应过我的，要坦诚表达。"

周濂月挑挑眉。

"要去楼下玩吗？"

周濂月依然是这句话："都随你。"

南笳顿了一下，从行李箱上站起身，拍拍身上的灰，转身打开另外一只行李箱，拿出来一只黑色的防尘袋。

周濂月好奇这又是什么。南笳将防尘袋挂在晾衣架上，拉开了拉链。

周濂月瞥了一眼，很意外也很惊喜，是那条六位数的、金色流苏的直筒裙。

南笳脱了身上的便装，将这条裙子换上。

拉链在侧面，周濂月走近一步，替她拉上了。手指一顿，停在她腰侧，沿着侧面的线条朝下走去。

他呼吸微沉，目光幽暗。南笳一把捉住他的手，制止他的动作，笑说："拜托，不要搞脏第二回了。"

南笳化好妆，穿上一双香槟色的平底鞋，由周濂月挽着，款款摆摆地下楼去了。

楼下餐吧音响里放着当国语言的歌曲，听不懂歌词，曲调是爵士风格，与南笳身上这条直筒长裙的风格正是相称。

南笳一亮相即是焦点，有个黑发碧眼、东欧长相的年轻男人走过来，行礼邀舞。

周濂月将南笳的手递到他手里去，自己则走到吧台那边坐下点酒。

爵士舞南笳更不会，基本是现学的。哪怕乱跳，她也落落大方。

周濂月斜靠着吧台，跷腿坐着，手里端着酒杯，看着人群中的南笳，那金色流苏轻轻晃荡，折射一闪一闪的流光。

快乐、肆意、耀眼。

他笑着喝了口酒。

偶然一个瞬间，南笳的视线越过人群来看他，与他目光触及，她便送出一个飞吻。

跳了好一会儿，南笳觉得热和渴，先暂离了跳舞的人群，朝他走过来。她问酒保要了一杯加冰威士忌，热得拿手扇风，等不及那酒调出来，便踮脚，双臂搂住周濂月的肩膀，去抢喝他口中的。

周濂月搂着她腰背的手臂收了收，她却一旋身又避开了，动作时裙摆流苏和耳饰一齐晃荡。

周濂月收回手，看着她没说什么，抿了一口酒。

一会儿，酒保递来威士忌，南笳喝了几口，又投入跳舞的人群中去。

音乐换过两首，南笳往吧台处看去，周濂月不在那儿了。

四下看了看，没找见人，以为他去了洗手间，结果转了几个圈，再一看，他人又出现了。

他手里端了一杯酒，径直朝着这边走过来。灯影摇晃，音乐靡靡，周濂月却是清孑的，与喧闹格格不入。

她不由自主地停了动作。

周濂月已走到跟前，将手里这杯酒，递给了她对面的那位东欧男人，而后笑着用英文对他说："你已经占用了我妻子太长的时间。"

男人接过酒杯，笑说："抱歉，你的妻子非常美丽迷人。"

周濂月牵过南笳的手，另一只手摸摸她汗津津的额头："饿不饿？"

"有点儿。我们出去找吃的？"

他们远离了人群，自大门出了院子，来到街上。

沿路是亮灯的小酒馆和咖啡馆，他们交谈，漫步，享受春日的晚风。

（八）康桥夜雨

下一站去哪里？

周濂月问南笳，想不想去伦敦看看？

他们次日从 H 国首都 B 市搭乘飞机去伦敦，再乘车前往剑桥郡。

周濂月叫人在镇上安排了一处短租公寓，离大学城骑车仅十五分钟。这是临时多出的计划，在他们的假期规划之外，那些暂且被搁置的工作，周濂月不得不开始处理。

周濂月每天上午开两三个小时的会，下午到晚上就陪着南笳一起逛大学城，沿着康河散步，参观那些游客必去的三一学院、数学桥或者徐志摩诗碑。

南笳问他："那儿有什么是游客不知道的？"

周濂月就带她去看他就读过的 King's College 康河上专属的 punts 和皮划艇。

他们那时候跟别的学院举行皮划艇比赛，赢了之后，有个社团同侪送了他自己设计和找人制作的珐琅纪念徽章。那枚徽章他当时随手给周浠了，也不知道她还有没有留着。

此外，他们还去看了国王剧社的演出，以及二十四小时图书馆里，他赶过作业的专属角落。

南笳笑问："学霸也要赶最后期限？"

还有些学生自己开的地下酒吧，位置很隐蔽，周濂月循着记忆带她过去，没想到竟然还开着，但已转手了好几任的老板。他尝试性地报出当年的暗号，竟还能获得八折优惠。

南笳看得出来，虽然学的不是喜欢的专业，虽然背负着周浠失明的罪愆，虽然面对着虎狼环伺的未来，但那仍是他能品得出快乐的四年时光。

在剑桥郡的这两周时间，夜里总会下雨。雨不大，蒙蒙的小雨，有时候伞也不必打，他们抱着购物袋，穿过街道。石板路面被打湿，反射着煤油灯和橱窗的光，望过去，一路是湿漉漉、亮晶晶的。

有时候去小餐馆吃饭，有时候在超市买来食材，自己做——准确地说，周濂月做。

意面、牛排、烤蔬菜和牛肉汤……都是简单菜式。

公寓面积不大，厨房也小。南笳总要挤在周濂月身边，不漏过他的每一个动作，仿佛只要错失一环，就很难想象这些食物确实是他亲手做出来的，而不是某种魔术。

吃过饭，他们各自忙一会儿自己的事，然后去洗澡，回到沙发或者床上，看一部电影。

有时直接相拥入眠，有时候不会。

他们像是与尘世隔绝，过着某种隐居的生活，慵懒，无所求。

雨声打在公寓的窗户玻璃上。

英国的夜雨和北城、南城的都不一样，有一种莫名的、诗意的伤感。

蓝牙音箱里在放卡百利乐队的歌，呼吸、交谈的话语和一切的动作，都因此变得温柔和缓慢。

周濂月伸臂去摸柜子的抽屉，顿了一下，伏在她的肩头，停下了动作。

“……没有了？”

“嗯。”

南笳的皮肤刚刚出了一点儿汗，音乐还在继续，情绪却被扯断了。

她有微微的不爽和茫然。

周濂月转头看了她一眼，爬起来，捞了长裤随意套上，而后拿薄毯将她一裹，抱起来，一边往书桌走去，一边说：“宝贝，我们聊个严肃的话题。”

南笳在桌上坐了下来。

周濂月站在她面前，一手撑在书桌边缘。

他没戴眼镜，看她的时候比平常凑得更近几分，声音微沉，问她：“笳笳，想过生孩子的事吗？”

“我……”

“你别紧张。我尊重你的意见，如果你觉得不必，我们就不把这事纳入考虑中。”

南笳看着他的眼睛，他的目光总是沉静的，能给她一些勇气：“我想，但我不敢。”

“为什么？”

“你曾经说，你怕你会做不好。而我是怕，我会保护不了。我爸妈他们那么爱我，可是我还是……”

周濂月伸手将她一拥，她低头，额头抵在他的肩膀上。

“不是还有我吗？”他说。

“我知道……”

“你要知道，没有绝对周全的保护，到一定时间总要放手的。你经历了那么难的事，也都过来了。你要相信生命本身的力量。”

南笳点头，眼眶无端地湿润了。

今天的周濂月温柔得不像话，低头亲亲她潮湿的眼角：“等你准备好。”

南笳不再说话。过了好一会儿，她轻轻呼出一口气：“我已经准备好了。”

周濂月一顿。

她抬头，亲他：“我已经准备好了。”

“刚刚？”周濂月笑问。

“刚刚。不可以吗？”

“可以。”他说。

都不再出声。

音乐声和雨声，一切都是轻缓的。与之相反的是他们，像跳脱出既定框架的乐章，音符激扬。

她直接接纳他，某种指向性明确的想象，叫她觉得一切都变得不一样。他也变得不一样，那种力量像是要拖着她一起毁灭。

或许，爱的奔赴本身，就是自毁倾向到达极限的唯一选择。

他们没有别人，只有彼此。明知毁灭的结果，也会毫不犹豫地赴约。

爱是世间唯一解。

Like dying in the sun.

Like dying in the sun.

Like dying in the sun.

雨下在脑海里，南笳睁开雾蒙蒙的眼，想将眼前的人看清。

她下意识地伸出手，却被他紧紧攥住。

“……濂月……”她求助似的喊他。

“嗯？”

她的手指轻轻挣扎一下，他松开了手。

她的手掌探过去，触碰到他跳动的心脏。

（九）毕业照

回国后，南笳接连赶了好几个通告。

商务问询骤增，听说还多出了一些洗衣粉、抽油烟机和奶粉的品牌。

非常顺理成章，又非常刻板印象。

南笳跟关姐开玩笑："早知结婚可以涨身价，我就应该多结几次。"

关姐一句话击倒了她："你把这话跟周总说去。"

南笳带了一堆纪念品，给朋友们派发。

给周浠带了一串蓝宝石项链，从某个落魄贵族后代手里买来的，说是维多利亚时期流传下来的传家宝，真伪不知。但好看，好看就足够了。

顺便问周浠："当年你哥不是参加过皮划艇比赛，说是赢了之后，同学送了一个珐琅徽章……"

周浠甚至都不用等她说完："在我那儿！一直保存着呢。"

南笳笑说："坦白说我想要。"

周浠说："给你给你。"

周浠打发苏星予回了趟西山那边，隔天就把徽章给南笳送过去了。

那徽章是枚胸针，百合花和象征康河的波浪形状簇拥着国王学院城堡风格的建筑，好看极了。

周濂月回家就看见南笳换了身衣服，是她平常绝对不会穿的风格，衬衫、领带、鸡心领针织背心和格纹裙，味很正的学院风。

一切都是为了搭配那枚珐琅胸针。

周濂月抱臂看着她对镜自拍，要笑不笑的："送你那么多首饰也不见你戴。"

"那怎么能一样？最好的首饰是男人胜利的荣誉。"南笳转头看他，笑得很暧昧，"你说对吧，周学长？"

"……"

在"会玩"这件事上，他们两人总是你追我赶，花样百出，不相上下。

这晚南笳成功哄得周濂月交出了他穿学士服的毕业照，那照片被她火速设置成了手机锁屏、手机壁纸和微信聊天背景。

南笳拿手机的频率剧增。小覃以为她是不是玩了某个手游。仔细一看也不是，就只是端着手机，莫名其妙地傻笑。

/ 番外三 /

生命流转不息

（一）美色害人不浅

陈田田准备搬家了。

忙过了这一阵，南笳去探望她。

据说新家是个四居室的大平层，宽敞得可以装进去一个舞蹈教室。

南笳知道陈田田，她对现在跟彭泽同居的这个两居小公寓情有独钟，每次都嫌挤，每次也不愿搬。这回怎么想通了？

陈田田说："这事就说来话长了。"

"多长？你这儿有冰激凌吗？我边吃你边说。"

"不控糖了？"

"偶尔吃一点儿嘛。"

陈田田去厨房打开冰箱，从冷冻室里拿了盒冰激凌递给她。

南笳开开心心地揭开盖子："你说吧。"

陈田田说："你知道吗，我二十岁刚出头那会儿，是个不婚主义者。二十岁愤世嫉俗，尤其痛恨婚姻。然后这两年呢，我原本是跟彭泽商量好了，要丁克。"

"彭泽能答应？"

"有什么不能的，他家又没有皇位要继承。"

南笳忽然从她这段"说来话长"的前情提要里，意识到了什么，转头上下打量陈田田："……你怀孕了？"

陈田田点头："玩嗨了，抱着纯粹的侥幸心理，觉得就一次，不至于吧。结果就……"

"多久了？"

"快三个月。"

"那还'丁'吗？"

"你以为我为什么搬家？我被四个家长绑架了。新家那么宽敞，一半为了请阿姨，一半当然为了以后方便崽子满地爬。"

"那你自己呢？你想生吗？"

"坦白说如果能选择，我是不想的。但我客观评估了一下，堕胎和生下来，还是选择后者吧。彭泽要升管理岗了，以后不会那么忙。还有月嫂和保姆帮忙，勉强不是不能对付过去。总之，笳笳你吸取我的教训，一定考虑好……"

"啊。"南笳突然说。

"怎么了？"陈田田看了一眼南笳，她举着冰激凌勺子，无端地呆在那儿了。

"今天几号？"

"二十五号。"

南笳的生理期很准，一般顶多推迟两天。这种推迟了十天的情况，很不寻常。

怪不得她这两天无比想吃冰激凌，是被过去几年生理期结束后的自我奖励调节出来的一种周期性条件反射。

南笳说："我说不定是有了。"

"……你别吓我。"陈田田比她还紧张，"你先待着。"

陈田田转身去了卧室，一会儿拿出一盒她当时没有用完的验孕棒。

南笳放下了冰激凌盒，接过去："怎么用啊？"

"看说明书。两道就是有了。"

南笳进了卫生间。

陈田田等在外面，片刻后，过去敲敲门："怎么样啊？"

里头传来南笳的声音："田田，我有个很严肃的问题。"

“嗯？”

“怀了以后，还能和老公同房吗？几个月可以？”

“……你就问这个？！”

“这个很重要啊。”

“……”

马桶冲水声响起。片刻后，卫生间的门打开了。

陈田田看她：“有了？”

“嗯。”

“恭喜你啊女明星，身材走样，事业至少停滞两年——美色害人不浅。”

南笳笑说：“你最后一句话是感叹你自己吧。”

南笳手里还捏着验孕棒，拿回去给某人看好像怪恶心的，就拍了张照，然后丢进垃圾桶里了。她洗了个手，手指翻飞，“啪啪啪”地打字。

“给周濂月报喜？”

“不是，我在问他助理，他这时候在不在开会。”

“你可真体贴，还找个非工作时间发过去。”

“No，”南笳笑得开心极了，“我就是要趁他正在开会的时候发。”

“……不愧是你。”

很快，许助回复：周总是在开会。

南笳：什么级别的？

许助：总监、部门经理之类的都在。怎么了笳姐？有什么事需要跟周总汇报吗？

南笳：不用。你自己忙去吧。

南笳点开周濂月的微信，将照片发过去：老公怎么办啊，我好像有了。

发完，她走出浴室，在小吧台那儿拿上了还没吃完的冰激凌。结果还没走到客厅，电话就回过来了。

电话里周濂月的声音听起来欠缺了一点儿平日的冷静：“……恶作剧，还是？”

南笳笑：“你猜？”

周濂月不会陪她玩幼稚游戏：“你人在哪儿？”

“田田家里。”

“我过去接你。”

“我跟田田约了晚上去吃火锅……”

“改天。”完全不容商榷的口吻。

电话挂断，南笳看向陈田田。

陈田田冷笑：“女人。但愿你过阵子开始孕吐的时候，还记得起这顿没被你珍惜的火锅。”

没一会儿，许助又给南笳发来了消息：笳姐，出什么事了吗？周总特别着急，会议都暂停了。

南笳：他刚刚什么反应？

许助：你说收到你微信的时候？脸色直接变了，很复杂，说不上来是什么，反正是我没见过的表情。

南笳：你可以试试最近跟他提加薪。我觉得成功率应该会很高。

许助：……新型整人把戏？

南笳：许一鸣，我发现了，你就没发财命。

在等周濂月过来的时候，南笳开始畅想娃娃亲。

陈田田说：“你们高门大户的，我可高攀不起。”

南笳回：“庸俗。”

半小时后，周濂月打来电话，说车已经到楼下了。

南笳提起包包：“我走啦。”

陈田田说：“下回一起约产检啊。”

“好啊好啊。”

陈田田看她轻飘飘的，决定泼她一盆冷水：“哦，你先问的那个严肃的问题。至少前三个月，不行。”

“……”

车停在路边。周濂月单手抄兜，站在副驾驶这一侧。

下午三四点钟，说早不早，说晚不晚，在工作日的这个时间见着周濂月，有种奇怪的感觉，尤其他西装革履，精致得仿佛生人勿近。

南笳在周濂月的注视下走了过去。还没开口，他的手臂就伸了过来，轻轻将她一拽，一把拥入怀中。

那是种将她骨骼勒出隐约痛感的力道，他呼吸沉沉的，一句话也没有说。南笳几度想抬头去看他，他都按着她的后脑勺儿，不许她动，声音沙哑地说："等会儿。"

南笳不再执意，伸手去回抱他。

骨骼，皮肤，还有贴近的，胸腔里跳动的一颗心脏。

（二）拒绝豪门联姻

怀孕二十四周左右，南笳接受了一个专访。

她怀孕期间很多商务性质的工作都推了，想趁机休息和充电。

这次接受专访，有三个原因。

一是杂志方负责新媒体矩阵业务的副主编周弥女士，三度电话邀请，诚意十足。二来是南笳去年拍摄的、作为女主参演的严岷君导演的《苏红》将会参展柏林电影节，采访主要内容也是围绕电影展开，不会过多涉及她的私事。三是这个访问属于杂志正在进行的"女性力量"专题下的一部分，受邀的俱是泛文化领域有影响力的女性。

采访是副主编周弥亲自做的。整个过程围绕着南笳的事业经历展开，唯一涉及私事的部分是她当时遭遇的"黑帖"风波。当然，杂志方尊重她的意愿，如果觉得过于敏感，这个问题可以不用回答。

南笳没有回避，将当时路演时碰见自己粉丝，对她说的那番话复述了一遍。这始终是她的答案：我不重要，我的私生活尤其不重要。观众的选择很重要。

相谈甚欢，意犹未尽。

工作结束后，周弥请南笳吃饭。问她想吃什么，南笳毫不犹豫选了火锅。

吃饭的时候，周弥极有分寸地将话题往她的私人领域稍作扩展，而宝宝是个堪比天气的好话题。周弥是过来人，对很多东西的品位也和南笳一致。南笳被种草了一堆的东西，从推车到安全座椅，从身体乳到湿纸巾。

周弥问到她更喜欢男孩儿还是女孩儿。南笳笑说："我们的盲盒已经开了。”

“能冒昧问一句吗？是……”

“女孩儿。”

周弥由衷地羡慕：“真好。”

等聊过孩子的话题，周弥又提到她之前上了热搜的那段婚礼的短视频。

南笳聊了聊自己的“私奔计划”。

“过程中有什么特别有意思的经历吗？”

南笳说到在小旅馆那次隔壁发生的枪击事件，以及“某一站是斯图加特，我们去了一座古堡，那儿种了一棵有一百多年历史的山毛榉，听说被某位中国女士买了下来，用来纪念她……”

周弥说：“死去的丈夫？”

南笳笑说：“你也去过吗？”

周弥撑着额头笑个不停：“……不瞒你说，那位中国女士就是我。”

南笳睁大眼睛：“真的吗？”

周弥笑着点头。

“好有缘分。冒昧问一句，你丈夫……”

“还活着。挺健康的，活到七老八十应该没问题吧。”

南笳笑说：“以讹传讹好可怕。”

周弥耸耸肩：“我们已经习惯了。”

吃完火锅，两人走到外面去坐车。南笳问周弥：“你怎么回去？”

“哦，我老公来接。”她伸手指一指停在路边的一辆车，又问南笳，“你呢？”

南笳指了指那辆车前面的一辆，周弥露出一个“不会吧”的表情。

两人大笑起来。

车门开了，周濂月下了车。

他正要朝着南笳走过来，瞧见自他后面的车上下来的人，顿了顿，走近一步，伸手打招呼：“谈总，幸会。”

周弥的老公谈宴西伸手与周濂月握手，笑说：“幸会。周总来接夫人回家？”

于是，南笳和周弥眼睁睁地看着两个男人站在路边攀谈起来，交换了联系方式，并愉快地达成了未来有机会进行合作的意向。

效率之高，叫人目瞪口呆。

一番寒暄之后，各自上了车。

南笳忍不住把“山毛榉”的那个故事讲给了周濂月。他们那时候看到了那牌子上写的“Monsieur Tan”，周濂月是听过谈三公子这个人的，可真没往这方面想。

南笳笑说：“世界好小。”

周濂月问她：“他们生的男孩女孩？”

“男孩……”南笳警惕，“不要豪门联姻。拒绝豪门联姻！”

周濂月笑出声来。

南笳补充一句：“而且他家小孩儿在学大提琴，今后多半是要做音乐家的。”

周濂月说：“那没事了。”

周总生平最讨厌做音乐的，来一个赶一个。

（三）傻

某天在家看书，南笳翻开茶几上周濂月正在看的那本，里头飘出来一张小纸条，上面是他拟的名字。

南笳把人叫过来，问他怎么名字都是南 × 或者南 × ×。

周濂月淡淡地说：“不是跟你说过吗，跟你姓。”

南笳绞尽脑汁也想不起来：“……跟我说过吗？”

“说过，你还答应了。”

“真的吗？什么时候？我为什么完全想不起来？完蛋，莫非一孕傻三年是真的？”

周濂月笑：“这会儿是够傻的。”

（四）最初

柏林电影节颁奖礼举办时，南笳刚出月子。

排除万难，也还是去了。

她将宝宝托管在苏星予家里，周濂月全程护送。

严岷君的《苏红》一举得了三座奖杯：最佳影片“金熊奖”，南笳的最佳主角“银熊奖”，白翎的最佳配角“银熊奖”。

同行的关姐坐在台下涕泪横流，事后她跟南笳说，经纪人做到这份儿上也别无所求了。

晚宴过后，周濂月挽着南笳去散步。刚下过雨，柏林的深夜冷而潮湿。

经过一家正在打烊的花店，挂了半价出售的招牌。

周濂月叫南笳稍等，自己走过去买了一束玫瑰。花用黑色布纹纸包扎，暗红的玫瑰花瓣上沾着洒上去的水滴。

南笳抱着花，周濂月掀开大衣，将她一裹：“冷吗？”

南笳摇头：“开心，不觉得冷。”

她低头嗅闻：“……但会觉得害怕。”

“嗯？”

她抬头看他，笑说：“太圆满。今后会没办法忍受任何的失去。而且，我还演得好戏吗？幸福会让人变得钝感，会不会柏林就是我的顶峰？”

“看来确实不冷，还有心思想这么多乱七八糟的。”

“你哄哄我啊。”

周濂月笑了一声，伸手搂她的腰。

她的体型还没恢复，而他依然觉得她美。未来可能会有的皱纹、白发、垂朽的呼吸，他也觉得美。

“你猜，我觉得人生最圆满是什么时候？”周濂月问。

南笳毫不犹豫：“宝宝出生的时候？”

周濂月摇头，低头深深地看她：“那天晚上，我在墓园外等到你的时候。”

南笳愣了一下，她微妙地有种战栗感。她以为和周濂月在一起这么久了，已经不会再有什么话，会让她觉得心脏像是被狠狠击中。

“……你不会觉得害怕吗？”她问。

“会。”但是，周濂月说，只要有了那一刻，她抛下所有来到他身边的那一刻，今后的无论何种境遇，他都能坦然处之了。人害怕是因为变得贪心，他碰巧不那么贪心。

南笳轻轻地呼出一口气，仰头对上周濂月的视线。

他眼里仿佛沉着月亮，幽静而明亮。

她已经拥有太多了，可以将她融化的炽烈爱情、柴米油盐的圆满家庭、事业上的顶级加冕。可是她怎么忘了，最初的最初，她也只是贪恋，此刻他大衣内衬里，这薄薄的温度而已。

“周濂月。”

“嗯。”

“说你爱我。”

“我爱你。”

（五）九十分

南笳婉拒了剧方招待大家在柏林游玩的邀请，获奖后的第二天早上就和周濂月回国了。

女儿七七放在了苏家，由有育儿经验的苏星予及其父母帮忙照看。但毕竟七七才满月，南笳和周濂月总是提心吊胆，一天要往家里打无数次视频电话。

下飞机是在凌晨，来不及休息，就直接到苏家去接人。

小孩儿在哭，由周浠抱着，苏星予在一旁冲奶粉。南笳放了手里的箱包，立即走过去将七七接了过来。也是神奇，刚一接手，小东西立即不哭了。

周浠笑说：“看来她也知道妈妈现在身份不同，是尊贵的柏林影后了。”

南笳有些不好意思，笑说：“这几天辛苦你们了，吵得你们也不能早睡。”

“我还好的，都是苏星予在忙，他是专业的。”

专业的苏星予拿恒温水壶里的温水兑了奶粉，放到自动摇奶机上，片刻拿下来，倒几滴在手背上试温，整套手法娴熟，如行云流水。

南笳笑说：“不愧是带过闹闹的人，真是专业的。”

闹闹是周浠和苏星予的女儿，一个高需求宝宝，从出生开始就让一家人操碎心。好在现在将满一岁，状况有所改善。

奶瓶递过来，南笳急忙接过。周濂月说了句“我来吧”，把七七抱了过去。和他高大身形一对比，拿薄毯裹着的婴儿小巧得像个玩具。

这边周濂月端着奶瓶给七七喂奶，那边南笳将行李箱推了过来，开箱拿出带回来的礼物。

“时间仓促，没空去逛街，是在机场候机的时候买的。”南笳拆开纸袋拿出里面的东西，一面递到周浠手里一面讲解道，“是小斗篷，粉色的，兔毛边，特别可爱。我买了一大一小两件，不过可能都有点儿大了。”

周浠拿手指触摸那柔软的面料，兴奋说道：“等她们大一点儿，小姐妹一起穿。”

周濂月这时候说：“我打电话那会儿，你就是去买衣服去了？”

南笳说：“对呀。”

周濂月说：“家里的衣服够从一岁穿到七八岁了。”

南笳和周浠齐齐说：“那又怎样？”

周濂月：“……”

他认输：“想买就买吧。”

将七七的东西都打包好之后，由南笳抱着孩子，周濂月提着行李箱，两人回到车上。

南笳低头看臂弯里沉睡的小朋友，伸手指捏捏她肉乎乎的脸颊。

周濂月问：“沉不沉？我抱着吧。”

南笳抬头笑看着周濂月：“周总今天这么积极？不会是因为我夸了别人，有危机感了吧？”

周濂月挑挑眉：“我平常不积极？”

“平心而论，还可以，给九十分吧。”

“十分扣在哪儿？”周濂月做虚心请教状。

“冲奶粉的手法不如苏星予专业。”

“……”

（六）乐不思蜀

女儿七七满四岁的那个夏天，南仲理生病，做了个小手术。南笳推了一些工作，带着七七回南城探病，并顺势留下来小住。

七七格外喜欢姥爷，尤其喜欢他那一手出神入化的好手艺。

周濂月在南仲理手术前后待了几天，因北城那边的工作耽误不得，就先行回去了。

一晃过了大半个月，听闻南仲理几近痊愈了，周濂月给妻女打电话，问什么时候回南城。七七在电话里咯咯笑，说就快了。

又一周过去了，母女俩似乎还没有动身的迹象，周濂月又打电话催问。

七七说："爸爸，今天姥爷教了我一个新成语。"

"什么成语？"

"乐不思蜀。"

"……"

（七）榴花

人家不愿意回来，周濂月只好亲自去接。

今年年初，南仲理把大排档的生意转手给了徒弟，自己只当个股东，偶尔去店里帮忙。如今七七在南城，南仲理更不往店里去了，只顾含饴弄孙，每天换着花样给七七做好吃的。

周濂月到的时候，七七正站在餐桌旁的小板凳上，跟姥爷一起捏面食。问她在做什么，她口齿清脆地回答："白案！"

周濂月被这过分专业的说法逗笑了。

南仲理捏了兔子形状的面点，再教七七捏兔子尾巴——圆溜溜的一团，简单得很，她小手搓捏几下，沾了点儿水，把小面团沾到兔子屁股上，两手捧起来："爸爸你看，我做的兔子！"

周濂月说："七七真棒。"

南笳在一旁笑，周濂月瞥过去："笑什么？"

"没。"她才不说，周濂月哄女儿的腔调怎么听怎么好笑。

捏好的面点，由七七亲自护送着送进蒸格里，她亲眼看着姥爷合上了蒸笼盖子才放心。

中午开饭，蒸笼盖子揭开，热气腾腾的，南仲理拿出个绘了桃枝的瓷盘，夹出兔子面点。七七两手端着盘子，如履薄冰地走到餐桌旁，待周濂月接过稳稳放下，她夸张地长舒一口气："这就放心了。"

她拉拉南笳的袖子，要先拍照。南笳拿出手机点开相机，一边找角度一边询问七七，这样可以吗？得到肯定之后，方按下拍摄键。南笳随手给照片加了张滤镜，发到朋友圈，配文“小公主的小小兔”。

席间闲谈，周濂月问南仲理恢复得怎么样。

南仲理对这位女婿的态度一直算不得有多热络，但在七七出生以后就大不一样了。大抵外孙女过分冰雪聪明，南仲理勉强愿意承认这里面有一半周濂月基因的功劳。

南仲理怀疑周濂月问这问题的用心：“怎么着，是准备接七七回家了？”

周濂月有些哑口无言。

七七则说：“七七和姥爷说好了的，暑假过完了再回去！”

周濂月说：“你不想姐姐吗？”

提到表姐闹闹，七七犹豫了一下。

南仲理马上说：“七七，明天想吃点儿什么？姥爷给你蒸桂花糕？”

七七一秒钟忘掉小伙伴：“好耶！”

南仲理笑得很得意。

吃完饭，七七犯困睡午觉，周濂月让南仲理帮忙照看，自己跟南笳单独出去走走。

外面日光毒辣，南笳好奇大中午的要去哪儿。周濂月不多解释，将停在露天停车位上的车启动，打开空调。两人在树荫下待了一会儿，等车里凉快了方才上车。

车驶出小区，往老城区的方向开去，最后停在了周濂月外曾祖父的那座老宅前。

几年前，周濂月在打听到钥匙下落之后，带着南笳去了一次。

两进的格局，带个天井，院子角落里斜栽了一棵石榴树，初夏里，那花红得像火炬一样。石板地面上生了青苔，凉幽幽的，这里分明离街道不远，但院子里极其安静。

南笳下了车，走到门口，只感觉木门和围墙似新了几分。

周濂月走过去，拿了钥匙开门。木门用的是那种老式的铜锁，有一种古朴之感。他推门，“吱呀”一响，跨过门槛进去，森森的绿意扑面而来。

不只外墙，里头都做了修缮，那些破损的雕花窗棂都换了新，但照着原本的风格，修旧如旧。

周濂月说："这儿的钥匙我拿过来了，以后可以带七七和她姥爷过来小住。"

是周濂月的行事风格，南笳只是笑，不多问。上回只在院子里逛了逛，这回才推门去参观屋内，一水儿古朴的木质家具，完全不显得沉闷，只觉得幽静。

南笳说："这儿能开店吗？"

周濂月说："餐馆？恐怕不行。在文保名单里，过不了消防审查。"

南笳点点头，她也就随口一问。

一间一间屋子看过去，最后周濂月停在二层的一间房间里，说这曾经是纪音华的房间。

南笳顿下脚步。

床上挂了新换的白色纱帐，雕花窗前一张乌木木桌，摆着尚未开封的笔墨纸砚。一旁是一座梳妆镜，挨着的位置摆了一口黄铜锁的樟木箱子。

南笳的手臂撑在木桌上往外看，阳光斜照的天井里，她仿佛能穿过时光看见当年的少女踏过石板地面，裙摆沾染上幽绿的青苔。

周濂月平声说："回头请解老师过来这儿看看。"

南笳微笑："好呀。"

寂静的午后，他们不说话，都往院子里的角落看去。

那榴花如焰火烛照，是生命流转不息的颜色。